Y A-T-IL UN FRANÇAIS DANS LA SALLE ?

SAN-ANTONIO

Y A-T-IL UN FRANÇAIS DANS LA SALLE ?

ROMAN

ÉDITIONS FLEUVE NOIR
6, rue Garancière - PARIS VIe

ISBN 2-265-01145-2

Pour Françoise,
à qui j'ai écrit ce livre

Des noyés descendaient dormir à reculons
Arthur Rimbaud

I

Le Président bâille dans la fumée de son café.

Il s'assure que le valet de chambre espagnol est sorti pour péter un grand coup.

Le domestique a disparu.

Le Président pète, comme tous les présidents lorsqu'il fait matin et qu'ils sont seuls.

Flûte ! Juan-Carlos était encore là, dans l'embrasure de la fenêtre, à se débattre avec les multiples cordons des rideaux.

Ennuyé pour son standing, le Président remue sa tasse sur le plateau dans l'espoir de trouver un bruit plus ou moins similaire, mais la rime est pauvre.

Qu'importe ! Après tout, cet ancillaire est espagnol. Un pet présidentiel, un pet tricolore, ne saurait désobliger ses subalternes et ibériques tympans.

Le Président boit son café. Une petite gorgée brûlante, pour commencer. Il aime le café, le Président Tumelat, chef pour l'instant incontesté du groupe R.A.S. à l'Assemblée, ancien ministre, futur ministre, voire — pourquoi pas ? c'est affaire de conjonctures — Président tout court. Une carrière politique est longue, en dents de scie, avec des plongées imprévisibles, des chutes d'I.F.O.P. pernicieuses, et, tout à coup, au détour de l'événement, des remontées triomphales.

Juan-Carlos a ouvert les doubles rideaux et le jour gris de Paris s'insinue dans la chambre. Lit à baldaquin. Le Président s'y sent mieux que dans un autre. Il rêve du lit breton de son enfance dans lequel il fut conçu un soir de tempête ; sorte d'habitation dans l'habitation, peu hygiénique, certes, mais si propice aux ébats amoureux, si sécurisant. Ce tribun tonitruant a besoin de cabane. Il lui arrive, parfois, au cours de ses incessants voyages, de ralentir pour admirer une niche à chien. Il fait un complexe de chien, le Président Tumelat. A preuve : il adore pisser dehors, n'importe où, contre n'importe quoi Quand il rentre tard, il ne manque jamais d'uriner dans les bacs marmoréens ornant le hall de son fastueux immeuble. Un philodendron exubérant agonise à cause de lui, malgré les traitements prodigués par le concierge. Lorsque le Président s'absente plusieurs jours, il se refait tant bien que mal une santé, le philodendron ; ses jeunes pousses reverdissent et les vieilles se défroissent. Mais les retours du Président le compromettent à nouveau. C'est, entre eux deux, une lutte farouche dont l'issue ne fait aucun doute. Oui : le Président Tumelat se voudrait chien, secrètement. Quand il consacre quelques instants — combien précieux ! — à une demoiselle sélectionnée par l'une des nouvelles Mme Claude en fonction, il ne la baisera jamais sans l'avoir préalablement fait mettre à quatre pattes et lui avoir longuement humé le rectum. Ensuite de quoi, faute de mieux, il va compisser le lavabo, très brièvement. La petite giclette grégaire pour délimiter son territoire. Un cas !

Le Président Tumelat qui prévoit tout — sauf toutefois l'imprévisible —, s'est fait faire par un professeur de Faculté en renom un certificat de complaisance déclarant qu'il a des mictions fréquentes et impérieuses le contraignant à se soulager dans les délais les plus brefs et les endroits les moins propices. Ce, pour calmer l'éventuelle fumiardise d'un agent à l'esprit gauchiste. La police, à présent, n'est plus blanc-bleu, il en sait quelque chose, ayant été ministre de l'Intérieur. Le flic politisé est le plus odieux fumier de la planète, il ne l'ignore pas, Tumelat. On n'a rien à espérer de lui, nulle clémence, pas la moindre compréhension. Tout heureux, le bougre, de coincer les personnages en vue quand ils ne sont pas de son bord. Ils font des tableaux de chasse à la Grande Maison, collectionnent leurs illustres clients, ces têtes d'haineux ! La palme va au sous-brigadier Verdu qui compte à son palmarès : trois ministres, seize députés, huit vedettes de music-hall passées à la Majorité jusqu'au prochain contrôle fiscal, plus de la broutille : du conseiller municipal, des P.-D.G. célèbres, des salopes couchailleuses illustres, suceuses de haut vol, capables de parler au subjonctif la bouche pleine.

Le Président se fait beaucoup de souci au sujet de la Police. Il sent qu'elle craque. Qu'elle n'est plus fiable, comme disent ces cons de l'automobile. Déjà, l'armée est inutilisable, voire puérile. Il n'y a plus que la bavasse pour tenir debout l'édifice. Hélas, malgré leur rigueur, des discours sont moins porteurs que des piliers. Les leaders, dont il est, montent à l'essai en se faisant des passes avec les Institutions. Une mauvaise interception, et elles tomberont par terre, les Institutions.

Le Président boit sa seconde gorgée de café. Le café, c'est un peu la clé de voûte de sa carrière. Balzac n'était rien comparé au Président. Ceux que prend ce grand homme sont presque boueux, tant ils sont denses.

Il regarde les journaux sous bande étalés sur sa couverture.

D'ordinaire, il aime à les décapsuler lui-même. Il commence toujours par *l'Aurore* qui lui est acquis, continue par le *Figaro* qui ne lui est point hostile, puis, amoureux de la douche écossaise, passe bille en tête à l'*Humanité*, histoire de se refaire une fureur.

Ce matin, il éprouve un vague désintéressement pour l'actualité imprimée. Il hésite, re-pète. Soulève un coin du drap pour étudier le bouquet. Aucune odeur fâcheuse ne lui parvient. Il est presque déçu. Il ne déteste pas le fumet de ses pets, tout comme il raffole de ses crottes de nez. C'est un grand artiste de la boulette, le Président.

Son sens tactile affiné se complaît dans de subtils pétrissages d'une délicatesse presque orientale. Nul, mieux que lui, ne sait collecter la matière première, à la faveur d'un mouchement, la dissimuler dans le creux de sa main gauche et entreprendre de la modeler, longuement, voluptueusement, sans éveiller l'attention, d'un mouvement léger de son médius opposé à son pouce. Là est le secret de son éloquence. Avant un discours, il s'approvisionne et se met à pétrir tout en parlant. A la fin de l'envoi, il fait mine de toussoter, et gloupe la boulette d'un geste preste, imparable, d'ancien tennisman dont le revers fut aussi célèbre que les revers. Il se rappelle avec effroi un congrès au cours duquel la boulette lui chut des mains en pleine diatribe, le laissant déconcerté, démuni, aux rives du bafouillage, lui, le ténor étincelant.

Sans doute, lecteur à la con, trouveras-tu ces détails scatologiques, scabreux, malséants et tout ce que tu voudras, indignes sûrement du grand écrivain que je suis par inadvertance; j'empresse de t'assurer que la vie est bien telle que je le dis ici, pauvre et vivante, éclopée et sanieuse, et qu'il est odieux de ne pas écrire ce qui est quand on sait de sources fieffées que ce qui est est. De plus, ô mon lecteur inavouable, songe que je n'aurais jamais conçu ni entrepris une œuvre de cette majuscule importance si je ne t'avais emmerdé préalablement, ce de manière indélébile, formelle et indexée.

Le Président avance sa main manucurée jusqu'au poste téléphonique monté sur un bras pivotant. Il décroche, appuie sur une touche bleu-des-mers-du-sud. La voix de Ginette Alcazar lui arrive comme un air d'autrefois dans un coin de rue à circulation unilatérale alternée.

— Bonjour, monsieur le Président.

— Où en êtes-vous de mon discours de Saint-Germain-en-Laye ?

— Je l'ai terminé cette nuit, monsieur le Président, il ne me reste plus qu'à le dactylographier.

— Apportez-le !

— J'arrive, monsieur le Président.

Ginette Alcazar raccroche. Elle sait ce qui l'attend. Passe aux lavabos pour un petit rafraîchissement express, troque sa culotte blanche d'honnête femme contre une culotte noire à dentelle de secrétaire particulière. Parée !

Elle se visionne un tantisoit dans la glace. Bien qu'elle soit très moche, elle s'estime simplement pas très belle car c'est une femme dotée d'une grande objectivité.

Son chien, une horrible chose à poils longs qu'il convient d'examiner longtemps avant de déterminer où se trouve sa tête, et par conséquent, sa queue, jappe allégrement.

— Tout à l'heure, Titan, tout à l'heure ! lui miellise sa maîtresse.

Elle empare le dossier vert-pomme hébergeant le discours et sort.

Le Président, bien qu'il lui arrive d'être superstitieux, raffole du vert. Il le veut très acide. Tout est vert, autour de lui : les murs, les draps, les dossiers, les automobiles privées (la voiture officielle est d'un beau noir cafard, comme il se doit). Il met des cravates vertes avec ses complets gris, et son compte numéro de l'U.B.S. Zurich est plein de dollars.

Dans l'antichambre, Juan-Carlos fait les cuivres. Il a le poignet mélancolique, because sa bonne femme qui tombe indisponible au moment du coït matinal, la conne ! Et chez elle, ça n'en finit pas, ces machins-là. Et pourtant c'est beau, l'Espagne, merde ! En Italie, il n'y a que des villes et pas de paysages. En Espancherie, ils ont les deux. Sa rombière, à Juan-Carlos, n'est pas mal roulée. Un peu rondouille, mais ça ne gâte rien, au contraire. Il la brosse quotidiennement, souvent deux fois par jour parce qu'il a du tempérament et peu de loisirs. La vie n'est pas toujours marrante. Enfin, il a un permis de travail en bronze, Juan-Carlos. Grâce à monsieur el Presidente. Le renouvellement, c'est un coup de téléphone à donner. *Arriba Francia ! Olé !*

Ginette adresse un salut hautain au valet. Vachement déférent, Juan-Carlos, devant la secrétaire. A genoux, le Bon Dieu passe ! Tout juste s'il ne se prosterne pas pour de bon.

— Allez donc passer l'aspirateur dans mon bureau ! fait la mochasse afin de l'éloigner.

Mais comment donc, señorita !

Elle toc-toque à l'auguste chambre et une voix d'auguste lui permet d'entrer

Le Président est beau comme un roi mort, sur sa couche à colonnes. Dans ses draps vert d'eau, avec son pyjama vert amande, gansé de blanc, sa tête illustre ennoblie de cheveux gris à reflets bleutés, il a quelque chose d'authentiquement majestueux. Quand il ferme les yeux, surtout. Lorsqu'il les tient ouverts, il reprend l'air de ce qu'il est d'une rusée salope

Ginette Alcazar sourit de bonheur quand elle parvient à l'orée du souverain. Elle est fière de lui, donc plus ou moins amoureuse. D'ailleurs il a une queue très longue et fine de Saint-Cyrien dont il se complaît à lui fouetter les fesses en période euphorique. L'époux de la donzelle, lui, se contente d'un sexe sans agrément, gros mais bref et vaguement tire-bouchonné de façon peu sympathique. Très important un zob, songe Ginette dans l'arrière-salle de sa pensée. Un homme, c'est sa queue, pour les femmes qu'il aime. Louis XIV possédait-il un beau paf ? Et Einstein ? Et le chancelier Helmut Schmidt ?

Ginette Alcazar s'attend à des frivolités préalables. Quand le géant de la politique la mande en sa chambre, c'est qu'ils vont forniquer avant d'étudier l'agenda du jour. Toujours la même séance : elle se met à genoux, il fait pareil. S'approche d'elle en jappant, la retrousse, la hume et va compisser les plinthes de la pièce avant de venir la prendre en levrette, comme il sied lorsqu'on est un solide bouvier des Flandres à poil dur.

La fête terminée, Ginette court chercher son chien, le vrai, puis, cinq minutes plus tard, pousse des hauts cris à la cantonade comme quoi l'hirsute bestiole a souillé la chambre présidentielle.

Juan-Carlos se pointe alors avec sa bombe de mousse *Supuro*. On évacue le clébard. L'honneur, comme toujours, est sauf, pas sain, mais sauf ! Au début de ces ébats secrets, le toutou assistait à la scène, mais on l'en a éloigné depuis le jour où, jugeant sa maîtresse en danger, il mordit les testicules opérationnels du Président. Ces petites bêtes teigneuses sont parfois aussi connes que leurs propriétaires.

Contrairement à toute attente, le Président Tumelat ne rabat pas le drap du dessus pour découvrir à sa précieuse auxiliaire le siège de ses desseins. Il la contemple sans plaisir, se disant qu'il préfère son cul à sa figure blettissante et qu'on devine jaunâtre sous les fards. Beaucoup de femmes laides sont réhabilitées par leurs fesses, et bien des physionomies inavenantes charrient leur lot de consolation dans un slip.

Ginette Alcazar attend le bon vouloir du Prince. Elle s'est oint le soubassement d'eau de toilette et a vaporisé sur les poils blondineurs de sa chatte un nuage *made in* Mme Rochas que tu m'en diras des nouvelles.

— Programme de la journée ? s'informe le Président.

Ginette le sait par cœur.

Le récite comme du Verlaine.

— Onze heures trente : rendez-vous au Siège avec le Président du patronat français. Treize heures, déjeuner à l'Hôtel de Ville avec le maire de Paris et le Premier Ministre bamboulais en visite officielle en France. Après-midi à libre disposition jusqu'à dix-sept heures trente. A dix-sept heures trente, réception à l'Elysée. A vingt et une heures, dîner à l'Ambassade des Etats-Unis.

Le Président renifle d'écœurement. Il n'apprécie pas les

mondanités, les réceptions officielles. Fils du peuple, il préfère les bains de foule de sous-préfectures, beaucoup plus tonifiants. Il aime à presser des mains anonymes mais ferventes. Se croit alors guérisseur d'écrouelles, marcheur sur eaux, multiplicateur de pains, ressusciteur de Lazare. Il se délecte en la compagnie des édiles municipaux, faciles à éblouir. Mais ces présidents d'Assemblée Nationale ou de la République, ces ambassadeurs surdécorés, ces généraux, ces académiciens, ces ministres, ces deux cents personnages plus ou moins illustres qui s'appellent la France, qui vous tapent sur l'épaule en vous appelant « mon cher », le font chier, archi-chier. Il voudrait leur cracher dans la gueule ; si possible, même, les éliminer ; par chambres à gaz ou tout autre moyen définitif. On a le droit de rêver, non ?

Il murmure :

— Après-midi à libre disposition...

Cette formule d'Agence de Voyage cache moult chausse-trapes. Elle signifie qu'il recevra une bonne demi-douzaine de vieux branleurs en ses bureaux du Siège. De ces gens quémandeurs auxquels il faut distribuer le contingent de décorations, de charges ou de prébendes dont on dispose. Et les stocks s'épuisent plus vite que la rapacité des solliciteurs. N'importe, il trouvera bien une petite brèche pour aller se faire reluire chez Marie-Germaine de Castro, quoi, merde ! Car décidément, la mère Alcazar ne lui dit rien. Même la bandocherie matineuse ne l'incite pas à la sauter, malgré qu'elle prenne des poses et des mines sur sa chaise à os de mouton. Elle tourne radadasse, la pauvrette. Sa chair devient flasque et sent le vieux missel, malgré l'abus des déodorants corporels et les vapeurs de Mme Rochas. Toute pensée en amenant une autre, il songe : « Tiens, il faudra que j'aille à la messe, dimanche, il y a longtemps que ça ne m'est pas arrivé. Je dirai à mon chargé de presse d'alerter quelques photographes. L'église part en couille, malgré tout il ne faut pas négliger les derniers fidèles. Mais qu'est-ce que je raconte, moi ! Dimanche j'ai mon discours de Saint-Germain !

Marie-Germaine de Castro est une nouvelle venue dans la galanterie parisienne ; extrêmement morne et conne, étant suédoise d'origine, mais malgré sa peau blême et son regard passé à l'eau de javel, elle apporte des techniques de pointe très poussées. Un séjour en Extrême-Orient lui a été profitable. Elle fait de l'acte une œuvre d'art. Avec elle, oui, on prend son pied ; avec Alcazar, on ne prend que son petit orteil.

L'image fait sourire le Président, grand amateur de métaphores, principalement quand il les fait.

La Ginette extasie déjà du frifri.

— Vous riez, monsieur le Président ! annonce-t-elle, la gorge gonflée de lubricité.

— Moi, je ris ? s'étonne le Président.

— Oui, vous riez.

Il adopte un air grincheux.

— Ça m'étonnerait. Bon, vous me récitez votre discours?

Elle démouille, Gigi. La moulasse aspirante ! Le fumier, il ne baisera pas ce matin. Et lui, quand il chope une période de non-brossage, il faut un électrochoc pour le redéclencher. Il lui est arrivé de rester huit mois sans la toucher. Eux deux, c'était devenu papa-maman, du point de vue rapports. Elle avait mis une croix sur la biroute au Président. Et puis, un matin, elle revoit la scène : Ginette s'est pris le pied dans la peau d'ours à la con jetée sur le plancher. Si au moins on l'avait décapité, ce plantigrade de merde, mais je t'en fous : il a une tronche grosse comme celle à Séguy, le nounours (cadeau des Soviets, merci bien ! Chiche que les crocs sont enduits de curare, tu paries ?). Donc, elle a buté sur la tête d'ours et s'est ramassé un bifton de parterre grand style. Que sa jupe Chanel en a craqué. Elle était tordue de douleur sur la moquette, la pauvre chérie. Et voilà-t-il pas que le Président s'est mis à aboyer comme quand le facteur sonne pour les recommandés !

Tout, dès lors, (comme on dit en politique : « dès lors que... en tant que tel... le pluralisme... le consensus ») a recommencé entre eux.

De mauvais gré, mais de force, Ginette Alcazar ouvre le dossier, y cueille les feuillets couverts de sa grande écriture facile.

— Combien de pages ? s'inquiète le Président.

— Seize, mais une fois dactylographiées en double interligne avec les caractères *Delegate,* il n'en restera plus que huit.

— *Achtung !* Il ne faut pas que je les emmerde !

— Impossible, lèche Ginette, vous dites si bien. C'est de la musique. Récité par vous, l'annuaire des téléphones deviendrait beau comme du Shakespeare !

Le Président n'est pas sensible aux louanges. D'origine rurale, il se méfie des flatteurs. Chaque fois qu'on met trop de cirage sur la brosse à reluire, il rembrunit. La mère Ginette prend une pose pour lire le discours. Le Président la juge ridicule. Lui, jamais féministe. Il sait bien pourquoi l'homme conservera toujours la suprématie. C'est physiologique, point à la ligne. La bonne femme aura beau escrimer, dire et faire, remuer ciel et terre, il lui manquera éternellement une paire de couilles.

Bon, il voit Ginette Alcazar, là, devant soi, si gauche, si grotesque malgré son intelligence et son savoir politique. Elle irait déclamer ses turluteries devant l'auditoire, ça poufferait. Lui, il saura détailler le texte, lui donner des implications, le trémoler, en faire une sorte de petit suspense. S'arrêtant au milieu d'une phrase, baissant la voix sur certains mots, glissant du sarcasme de-ci, de la colère de-là. Bref, l'animant.

Elle glapit, de sa voix un peu aiguë de connasse :

— A l'heure où la montée des périls se fait plus pressante...

« Ça veut dire quoi : une montée pressante ? » se demande le Président qui a fait de solides études. Qu'importe, il fera passer.

Ginette poursuit :

— A l'heure où l'Occident chancelle, et où la vieille Europe exténuée...

Le Président concrétise. Il imagine l'Europe : une vieille femme, drapée dans des voiles noirs en lambeaux. Image saisissante. Il ajoute une béquille de bois pour faire davantage cour des miracles. L'Europe se déplace en crabe, ayant une jambe raide et l'autre qui ne va guère. Pauvre Europe, parvenue à bout de course. Elle sera crevée multilingue, la vieille garce ! Baragouinant ses dialectes anglo-saxons, latins, slaves, nordiques et toutim. L'Europe ne peut même pas soliloquer sans interprètes. Elle n'entend pas toujours ce qu'elle pense. C'est une espèce de réseau sanguin qui serait tributaire de plusieurs cœurs. La faute à l'esprit nationaliste, à ces cons de rois toujours en guerre pour de fallacieuses conquêtes territoriales. Maintenant, la comédie continue à l'échelon de la planète. Agrandir son territoire, pour un peuple, est une ambition utopique. Le monde fait quarante mille kilomètres de tour de taille, pas un pouce de mieux. On ne l'agrandira jamais. Envahir ceci, cela, et alors ? C'est le même monde, les mêmes hommes. Le Président aimerait pouvoir démontrer la chose, mais ne s'y risque pas. Ils sont tellement abrutis, tous. Tellement claquemurés dans de malencontreuses idées reçues et retransmises. Tellement cocardiers, qu'ils appartiennent à une grande ou à une minuscule nation. Tellement fiers d'être ce qu'ils sont, surtout quand ils sont très peu de chose ! Non : mieux vaut leur parler en con, puisqu'ils sont cons à tout jamais.

— ... compte tenu des données fondamentales du problème, poursuit Ginette Alcazar.

Pas possible, sa voix. Elle le fait songer à celle d'une comédienne — il se rappelle plus laquelle — qui parlait comme ça, pointu, avec des petits couacs...

Il se lève pour pisser. Il n'écoute pas.

Alcazar s'arrête de tribuner. Le Président lui dit que non non continuez. Elle continue. Comme tout cela est bellement creux, d'une plantureuse insignifiance. Elle a enfilé des mots, des clichés, des formules... On dirait un gargarisme. Il s'attend à ce qu'elle aille recracher tout ça dans le lavabo. Les épithètes, les verbes bien concordés, les ironies, tout ce bric-à-brac verbeux, glaireux, dont il galvanisera les populaces dans quelques jours. Il regrette la messe, le Président. Se rappelle avec émoi l'église de son village, le vieux confessionnal où il allait se branler avec un copain, les jeudis après-midi. Tiens, il va échanger ce confessionnal contre un neuf. « *Don du Président Horace Tumelat à l'église de Cortentin* ». L'ancien a au moins deux cents ans, il en fera un bar du tonnerre dans sa demeure de Kelhamac.

Dès demain il écrira à la commune pour annoncer la bonne nouvelle.

Il pisse. Pour de vrai : dans la cuvette des gogues, une fois n'est pas coutume. Ginette a enregistré le fait et comprend que tout espoir de baisance s'est envolé. Le Président n'est pas en condition.

— ... les ennemis de la République dont nous nous vantons, mes compagnons et moi-même, d'être les défenseurs.

Le Président inadverte d'un nouveau pet. Il faudra qu'il reprenne son médicament contre les ballonnements.

— Alcazar ! coupe-t-il.

Elle cesse en dérapage grinçant, comme un qui ne sait pas soulever convenablement les bras du pick-up.

— Vous m'ajouterez irréductibles et farouches dans cette phrase !

Il entonne :

— ... les ennemis *irréductibles* de la République dont nous nous vantons d'être, mes compagnons et moi-même, les *farouches* défenseurs !

Mon Dieu que c'est beau ! Elle mouille pour de bon, Ginette. Autrefois, c'était Piaf qui lui faisait cet effet-là. Ensuite, ç'a été la voix du Président. Voix d'airain, aurait dit Hugo, ce con. Son « irréductibles » et son « farouches » tu croirais deux coups de trompette du haut d'un donjon, par matin clair.

A cet instant, le téléphone se met à sonner.

Tout va se déclencher dès lors (en tant que tel, pluralisme, consensus, et poil au culte) inexorablement, comme il est dit dans les écritures pour bibliothèques de gares. Le Président finit de vider la vessie d'un homme comblé. Sa prochaine miction sera celle d'un homme aux abois.

Il secoue son sexe, comme un goupillon, enclenche la chasse et va se passer le bigoudoche sous le robinet Le Président a toujours donné à laver des slips irréprochables On ne peut pas être Président du R.A.S et porter des calbutes douteux

Ginette Alcazar a pris la communication. Il ne perçoit pas ce qu'elle dit car elle dit peu et le dit bas.

Ce matin, il se sent tout bizarre et le découvre avec inquiétude. Plus exactement, son état d'âme est le suivant : il a envie d'avoir envie de quelque chose, seulement il n'a envie de rien de précis. Pas même d'une visite à Marie-Germaine de Castro C'est un état de super-disponibilité inemployée. Le creux.

Dans le fond, il a plutôt besoin de faire chier quelqu'un. Qui ? Le Président de la République, peut-être ? Pourquoi ne confierait-il pas à un journaliste charognard l'une de ces réserves alarmantes qui foutent la merde au sein de la majorité ? Il aime les remous : ça réveille. La mer ne peut pas rester d'huile, sinon les poissons s'endormiraient, se plaît-il à répéter. La phrase est de lui. Conne, mais de lui. Les journalistes lui donnent toutes les interprétations que leur imagination leur suggère.

Le Président attend que son gland soit bien sec avant que de le rengainer dans son pyjama.

— Et si j'allais baiser ma femme ? se demande-t-il brusquement.

Il est pris de vertige. Que lui arrive-t-il, putain d'elle ? Ça ne carbure pas, décidément.

Trois ans qu'il n'a pas touché sa bergère. Adélaïde ne vit plus sous le même toit, mais dans leur maison des environs de Houdan. Elle se fait un vieux peintre figuratif, Malgençon, champion toutes catégories de la croûte : Marines, sous-bois, bouquets de fleurs. Il vit dans l'annexe dont il a fait son atelier. On lui doit le portrait en pied du Président qui trône au siège du R.A.S. dans le salon d'apparat. Le Président essaie d'évoquer le corps de son épouse. N'en conserve qu'un foutriqueux souvenir de chair fluide et blême parsemée d'aspérités. On pouvait mettre la main entière dans son entrejambe sans frôler ses cuisses. Il détestait son système pileux non frisé, bêta comme un pinceau à revernir. Et voilà-t-il pas que la tentation renaît de cendres qu'il croyait pourtant dispersées à tout jamais ! Elle baisait comme une sotte, Adélaïde, sans broncher, sans mot dire ; pas ennuyée mais presque. Rien de plus désespérant que la passivité d'une épouse résignée. Le refus excite ; le morne consentement désespère. Il était vain de l'impliquer dans des fantaisies, de la contraindre à des postures non académiques. Elle se foutait en « i » grec, l'idiote, et faisait la planche pendant qu'il la déferlait. Quelle gueule pousserait-elle en le voyant surgir à l'improviste, la refouler dans sa chambre et lui déballer son chibre contemporain (1) ?

Ginette Alcazar a raccroché. Il a perçu le déclic feutré. Le Président se hâte de terminer la rubrique Adélaïde avant de retourner dans sa chambre. Sa décision est prise : il se rendra à Gambais le plus rapidement possible ; demain peut-être ? Il lui semble avoir « matinée à libre disposition ». Il arrivera sans crier gare. Il ne dira pas bonjour. Il saisira Adélaïde par le bras et, à marche forcée, l'entraînera dans la chambre, comme un maître éjecte un élève turbulent de sa classe. Et puis il la prendra tout habillée. Et si elle proteste, ce sera une tarte dans la gueule. Il veut la violer, voilà. C'est ça, l'idée sous-jacente : le viol.

Ginette Alcazar a une mine un peu fripée. Son discours lui pend à bout de bras.

Le Président pressent une mauvaise nouvelle.

— Quoi ? demande-t-il à voix de corbeau.

La secrétaire accentue son air navré. Toute sa physionomie

(1) Pourquoi pas contemporain puisque c'est le terme qui me vient ?

prend de la gîte. Il y a dans ses prunelles une éplorance qui te conduit au pire en quatre pensées superposées.

— C'était à propos de votre oncle Eusèbe, fait la donzelle en désignant le téléphone.

Le Président a brusquement l'impression qu'il va dégobiller sur la peau d'ours ses organes les plus vitaux, les mieux enfouis.

— Mort ?

— Oui.

— Subitement ?

— Eh bien...

— Eh bien quoi ? espèce de petite crevure.

— Il s'est pendu.

Le Président se dit qu'il serait temps de respirer un grand coup vu qu'il s'abstient de le faire depuis un nombre considérable de secondes.

Il respire donc, le plus profondément possible, mais ses poumons fonctionnent mal. Ce qu'il parvient à collecter d'oxygène lui suffit néanmoins à résumer le drame :

— Oncle Eusèbe s'est pendu.

Il pense à l'oncle Eusèbe, tout vieux, tout gringalet, ridé, mal réparti. Il a une tête trop forte, des mains trop grosses avec des doigts en spatules comme les personnages des dessins d'enfants. Le Président imagine son vieux tonton accroché par le cou au plafond, sa grosse tête inclinée et, peut-être, la langue sortie, les pieds en flèche et bien sûr, le fond de son pantalon plus flasque que toujours.

— Quand s'est-il pendu ?

— Cette nuit, probablement.

Le Président cherche un nom à son émotion. Ce n'est pas du chagrin, c'est de l'angoisse, voire de la peur. Oui : de la peur. Une belle trouille verte et monolithique.

La tuile !

La pire des tuiles !

Sa carrière dans les choux, sa vie d'homme brisée. Le drame. Le scandale. L'hyper-merderie ! L'abomination !

— J'y vais.

— Mais, monsieur le Président, balbutie Ginette Alcazar...

— Mais quoi, connasse ?

— Vous avez rendez-vous dans une heure avec le P.-D.G. du patronat français...

La Ginette, elle est dans la grande tradition : le devoir d'abord. Elle veut que les comédiens jouent la comédie le soir de l'enterrement de leur mère, que le pauvre Pompidou aille en Islande avec son chou-fleur, que les commandants de navire demeurent sur la dunette tandis que leur barlu se la coule douce. Elle n'admet pas que le Président annule un rendez-vous attendu par toute la presse pour aller se recueillir devant la dépouille d'un vieil oncle.

Mais le Président a ses raisons. Une au moins, de toute beauté. Le Président rebiffe contre le sort de chiasse qui vient de lui jouer le plus mauvais tour de sa belle et plantureuse existence.

Aussi, manière de se soulager, hurle-t-il de toutes ses forces :

— Je l'encule, le patronat français !

II

Depuis sa fenêtre, elle le regarde partir.

La manière qu'il s'engouffre dans la Mercedes vert pomme et se met au volant au nez et à la barbe du chauffeur planté sur le bord du trottoir.

Il a passé son pardeusse demi-saison en vigogne. Il a coiffé une casquette irlandaise, à petits carreaux chasseur, et chaussé des lunettes teintées qui le méconnaissent un peu, pas assez toutefois car les verres sont d'un vert vraiment vert et attirent l'attention. L'auto démarre à l'arrachée. Le chauffeur commisère du chef.

Ginette. Alcazar pousse un soupir.

Pour la première fois, le Président l'a déçue. Elle le croyait plus stoïque devant la peine.

Dans son dos, l'aspirateur de Juan-Carlos ronronne, mécanique de prix, haut de gamme performant, comme disent ces cons de prospectus.

Alcazar laisse retomber le rideau et se retourne. Si vivement qu'elle surprend le manège du valet. Il se tenait agenouillé derrière elle et lui examinait le sous-robe. Il a le regard haletant. Honteux, il se lève. Une corne de toro tend son bénouze à présent. Elle retapisse la chose d'emblée, Ginette. Ça protubère trop, d'ailleurs, pour passer inaperçu. Au lieu d'indigner, elle reste perplexe. Ainsi donc, le larbin la convoite ? Dès lors (en tant que tel, pluralisme, consensus) elle est capable d'exciter un mâle tout venant, ce qui est bien plus fortiche et réconfortant que d'émoustiller un patron à force de promiscuité et de poses abandonnées, oui ou merde ?

Elle, si altière, si rigide, lance un sourire à l'espingo. La pomme d'adam de l'Ibérique se fout en traviole de sa garganta. Il voudrait répondre au sourire, mais il bande trop fort.

— *Hombre de la Castilla !* elle lui hasarde, comme ça, gentiment, en lui flattant la queue, en camarade, à travers l'étoffe noire du pantalon.

Juan-Carlos pousse un hennissement insalubre, kif le cheval

caparaçonné du picador, lorsqu'un taureau impétueux le soulève à demi pour essayer de l'embrocher, ce con.

Ginette se dit que, dans des instants pareils, la tergiversation est un vilain défaut. Foin des périodes languissantes. Oui : foin, foin et fouin ! Le désir ne s'accroît pas quand l'effet se recule, ainsi que le prétendait l'autre pomme de grand frisé. Le désir, il charge à la baïonnette, comme en 14. Ginette Alcazar sait parfaitement que si le domestique reste trop longtemps à la considérer, il va dégoder. C'est son cul qui l'a fait triquer, pas sa figure de rombiérasse ramant déjà vers sa méno. Elle porte un kilt, ce matin, Alcazar. Dans les tons gris-blanc-noir, avec des filets verts en hommage au Président. Un kilt que maintient un brin de courroie à la taille et que ferme impudiquement une énorme épingle genre sûreté fixée trop haut pour être efficace.

Ginette ôte l'épingle, sachant trop combien les bonshommes sont maladroits dans ces moments-là. Ils t'arracheraient la peau du ventre pour se défaire plus rapidement d'une agrafe et ne se laissent pas intimider par les labels prestigieux.

L'homme en rut, c'est la déchéance de Chanel, la mort de Sonia Rykiel, la décadence de Saint-Laurent. Il déshabille au burin et au ciseau à froid, l'homme en rut : doigts gourds, haleine rauque, regard composteur de biroutien en non-retour.

Bon, elle se débarrasse de l'épingle. Super garce, sachant d'instinct l'enjôlerie perverse, elle exécute une pirouette qui fait voler la jupe, l'ombrellise. Juan-Carlos d'Espagne se prend un coup de soleil dans le centre social. La vue du slip noir, des bas, des jarretelles, je te défie, même si tu grommelles de la membrane, de pouvoir éviter la surchauffe. Il est là, les mains stupides au bout de ses longs bras. Sa poitrine à rayures se dilate à l'extrême.

Elle est très bien, Ginette Alcazar, pas pimbêche pour une peseta. Beaucoup exigeraient que le larbin ôtât sa veste d'infamie. Elle, pas. Elle cède totalement à la folie du moment, sans négociation aucune, ni compromis. Il y a, dans son coquet bureau, un canapé de cuir à deux places. Elle s'y récamière, une jambe sur l'accoudoir, l'autre à libre disposition, tel l'après-midi du Président. Juan-Carlos, que son épouse intempestive a privé des libérations matinales, découvre la bioutifoule moulasse à Madame, renflée agréablement sous sa toison indécise, coquillage surchauffé, bâillant d'impatience. Alors, se dégrafe posément. L'Espagnol est un pur, malgré ses allures hardies. Il siffle les étrangères dans la rue, mais ne leur fera jamais minette. Pour loncher, il se dessape, du moins de l'hémisphère sud. Ginette s'amuse secrètement de cette application ; de la manière dont son presque partenaire dispose délicatement son grimpant sur un dossier de siège. Il est musclé, le bougre. Faut dire qu'il a pratiqué le football avant de venir en France. Il jouait ailier droit à Granada. Ginette se demande si Charles Quint possédait des cuisses pareilles ? En tout cas pas le général Franco, rondouillard et bombonnesque, avec son calot à la con duquel gnagnatait un gland d'Espagne. Elle n'était pas contre le franquisme, Ginette, du moins a priori, mais elle déplorait le franqueur, si banal, à morpho d'exportateur d'huile d'olive.

Voilà, le crépuscule se fait à demi dans la pièce, car Juan-Carlos vient de s'étendre sur elle, la bite en métronome débloqué. Un gamin ! Une chatte nouvelle, il désoriente et tâtonne. Ginette est obligée de le guider jusqu'à l'entrée des artistes. Oh ! la brute ! Ce qu'ils sont restés arabes, ces gens-là, merde ! Depuis 1492, ils n'ont pu purger le sang maure de leurs veines. Il se met à limer fougueux, l'apôtre. Alcazar désabuse d'entrée de jeu. Pas la peine de vouloir reluire avec un brasse-cul pareil ; il calce trop désordonné, le toréador. Ça ne va pas durer lulure, ce caracolage effréné. Un gazier qui part en trombe, de cette manière, c'est qu'il ne va pas loin, espère. Dommage, car il est membré correct, Juan-Carlos. Modulé tout terrain. Et il te vous cigogne le jésus comme un soutier sa chaudière. Elle espérait qu'il allait un peu gueuler en espagnol, la chérie. Bredouiller de ces syllabes gutturales qui sont comme des angines permanentes dans leurs gosiers ibériques, ces cons. Mais non, juste l'international ahanement du bûcheron quand il s'en prend au plus coriace de tous les troncs : le tronc humain.

Il ne baisse pas de rythme. Ginette Alcazar se dit qu'après tout, elle aura peut-être le temps de se placer un petit fade express. Elle espérait du Président, et puis le Président a voté l'abstention. Alors, *why not ?* Juan-Carlos a la pédalée de plus en plus rapide. C'est pas le genre de grimpeur dressé sur ses pédales. Il monte pas en danseuse, lui, que non : il y va facile, style Bahamontes. Est-ce que Bahamontes baisait comme il roulait ?

Elle s'abandonne. Des vagues lui accourent du tréfonds, parviennent jusqu'à sa chatoune qu'elle berce d'une langueur verlainienne. Ce con de Titan qui en écrasait, se réveille et se met à aboyer plus fort que le Président. Elle n'a plus le courage de le faire taire. Heureusement, les roustons de l'ibérique sont hors de portée. Ginette se le dit, s'en persuade, laisse flotter.

Titan devient frénétique. Lui, le pauvret qui ne sait rien de l'accouplement et qui en est réduit à se la lichouiller pendant que Mitterrand cause à la tévé, il croit qu'on attaque sa maîtresse. N'écoute que son courage. Jappe ! Jappe ! Egosille...

Juan-Carlos s'en fout. Il va chercher son éburnage au fond de lui-même, consciencieusement, la tête dans les épaules, respirant à l'économie car sa prise est mal assurée vu la position d'Alcazar.

Et la porte finit par s'écarter, sans que les duettistes en soient informés. C'est Rosita, la femme admirablement réglée de Juan-Carlos.

Elle pige pas dans l'immédiat, bien que n'étant pas flamande, mais espagnole. Cet entrelacs de membres, cette cuisse à bas noir, ce cul musclé où le lichen sombre des poils ne laisse que peu de surface libre pour le baiser, ces deux têtes joue à joue, ces souffles ravagés par l'effort, il faut du temps à Rosita pour les identifier, puis les restituer à l'acte qui se perpètre. Quand elle a la clé de l'énigme, elle pousse un cri, une clameur qui se mêle aux aboiements de Titan.

Se précipite sur son homme en hurlant hystériquement des espagnolades dont nous vous promettons la traduction dans une édition ultérieure et intra-utérine.

Tu t'imagines que le Juan-Carlos va déjanter ? Impossible. Il est dans la ligne droite à présent. Aucun freinage n'est plus envisageable.

— *Cerdo ! Cerdo !* glapit Rosita en le tirant par le pan de la veste.

— Attends, il éructe, le larbin. Attends !

Il s'efforce d'aller au plus vite. Elle avait tort de craindre, Ginette, il détient l'autonomie de croisière, Juan-Carlos. Et même il lui faut du temps pour conclure. Au ciel de l'amour, c'est pas un météore, mais un ballon dirigeable. Il prend son temps. Sa vachasse s'enfume de folie. Lui annonce qu'elle va le tuer s'il ne décule pas séance tenante. Et lui, contre vents et marées, de lancer en ahanant : « attends, attends ».

Curieux, qu'il use du français en cet instant, songe Ginette, intéressée. Le fait-il par délicatesse pour elle ? Est-ce que Salvador Dali, qui est au moins bilingue en plus du reste, emploierait le verbe *attendre* plutôt que le verbe *esperar* s'il vivait la même situation ?

Ginette a renoncé à l'apothéose. Elle réfléchit à ce que sera son propre comportement après que ce grand poulpe aura jeté l'encre. Il lui faudra se composer une attitude, un personnage. Surtout pas d'excuses, ni même de confusion. La dignité !

Juan-Carlos parvient enfin à destination ! A l'arrachée avec une espèce de braiement nostalgique.

Il paraît se décharger (si j'ose) d'un lourd fardeau. Et puis il recule, attendant tout, résigné, pantelant.

La Rosita en débite à perdre haleine

Ginette pense qu'il est temps d'intervenir.

Sa chatte refermée, elle gifle Juan-Carlos à toute volée.

— Je le dirai au Président ! annonce-t-elle d'une voix glaciale.

Rosita éclate en sanglots et se jette à ses pieds pour lui demander pardon.

III

C'est l'heure où, habituellement, elle se fait un café fort. Ce matin, elle n'ose pas, étant donné les circonstances. Elle regarde s'activer les policiers, les estime un peu badernes. Ce sont des gars, lourds d'habitudes, et les habitudes sont toujours mauvaises : amollissantes ou contraignantes. Elle ignorait que le principal du métier de flic consiste à écrire La découverte la surprend. Ils écrivent. Le plus âgé du moins. On a l'impression qu'ils procèdent à un inventaire. Ils regardent autour d'eux, échangent à voix basse quelques paroles dont le rédacteur transcrit le résumé.

Georgette Réglisson attend.

— Je pourrais peut-être vous préparer une petite tasse de café ? suggère-t-elle insidieusement.

Les flics ont un grognement négatif.

Georgette Réglisson décide :

— Je vais tout de même en faire.

L'indifférence des deux hommes correspond à une approbation par défaut.

Georgette Réglisson est une femme d'à peine quarante ans, alerte malgré un certain embonpoint. Depuis six ans, elle entretient l'intérieur d'Eusèbe Cornard Maintenant, elle va devoir se chercher une nouvelle place et ça ne l'enchante pas car il faisait bon travailler pour le vieux bonhomme. Il trouvait toujours qu'elle en faisait trop, se foutait de la poussière, aimait le désordre et ne passait jamais son doigt sur un cadre pour s'assurer qu'il était propre. Avec ça, rien du vieux bouc dégueulasse, comme il est fréquent chez les veufs prolongés. Une seule fois, en six ans, il a demandé à Georgette de lui montrer son cul, ce à quoi elle s'est refusée encore qu'il l'en eût priée avec délicatesse. Eusèbe Cornard avait articulé sa demande en termes choisis. « Ma chère amie, vous possédez le postérieur le plus affriolant qui se puisse rêver, savez-vous que vous me combleriez en me le montrant ? Je vous le dis sans façon, prenez cela comme un caprice de vieillard et n'y attachez pas plus d'importance que ça n'en mérite. »

Georgette en était restée comme deux ronds de ce que tu voudras. Elle ne s'était pas fâchée, loin de là, et même cette requête l'avait flattée. Gentiment, elle avait sorti l'argument imparable : sa fidélité à son époux. Cornard n'avait pas insisté. Et puis, à quelque temps de là, un soir de Noël, alors qu'elle allait rentrer chez elle pour préparer le réveillon familial, le Vieux lui avait offert quatre louis d'or. « Prenez, c'est une prime au dévouement, madame Réglisson ». Les larmes en étaient montées aux yeux de Georgette. « Je ne sais comment vous remercier, monsieur Cornard ». Il avait eu un geste vague qui encerclait l'impossible. Un geste d'infinie résignation, comme il en vient aux vieillards lorsqu'ils sont conscients de leur mortalisme. Et elle, dans un grand élan de tendresse humaine, avait demandé : « Puisque c'est Noël, ça vous ferait encore plaisir de voir mes fesses ? ». « Vous êtes bonne, ma chère Georgette ». « Vous me promettez de ne pas toucher ? ». « Pour qui me prenez-vous ! ». Elle s'était troussée, puis déslipée. Et alors, loin de s'approcher, Eusèbe Cornard avait au contraire pris du recul. Il s'était mis à tourner lentement autour d'elle, comme on tourne autour d'une sculpture, afin de la capter sous tous les angles. Il hochait la tête avec admiration, approuvant ce qu'il découvrait. Tout autre aurait cherché à pousser plus loin sa félicité. Il ne l'avait même pas priée de poser un pied sur une chaise. « Je vous remercie infiniment, Georgette. Joyeux Noël ».

Les larmes lui reviennent d'évoquer cet instant.

Elle prépare le café dans la vieille cafetière émaillée datant d'un demi-siècle et dont l'intérieur reste jaunasse comme les dents d'un gros fumeur. L'ustensile va lui manquer également. La vie, c'est rudement bête, tu sais. Tu crois que ça va, que ça suit son train, que ça le suivra toujours. Et puis un matin, en arrivant, tu trouves le vieil Eusèbe accroché au piton de la suspension. Et alors tu donnes un coup de barre à ton destin, tu changes de cap...

La pluie se met à tomber. On l'entend crépiter sur le toit de zinc de l'appentis. La maisonnette d'Eusèbe Cornard est accolée à un mur d'usine désaffectée. Il s'agit d'une petite construction à un étage, laide à faire grincer des dents et destinée à disparaître un jour prochain, balayée en même temps que l'usine de briques sales par des engins du troisième type. Entre la rue morne, aux pavés disjoints et la cahute, s'étend un jardinet légumier. Les végétaux s'y débattent dans un air surpollué. L'eau javellisée dont on les arrose ne leur assure qu'une vie précaire ; quant à la terre épuisée, elle contient plus de plâtre que d'humus. Il n'empêche que ce brin de jardin distrayait Eusèbe Cornard, citadin farouche pour qui la campagne est figurée par quatre poireaux et une bordure de pensées.

Une automobile stoppe violemment devant la porte du jardinet. Taïaut, le chien du disparu, un berger allemand résiduel, aboie au bout de sa chaîne, dressé sur ses antérieures. Une portière claque, massive comme celle d'un coffre bancaire. La petite sonnette chétive, accrochée au portillon, grelotte comme un matin d'automne.

L'un des policiers demande :

— C'est l'ambulance ?

Celui qui n'écrit pas jette un œil par la fenêtre.

— Non, c'est un type.

Le type se pointe et entre sans frapper dans la pièce servant de salle-de-séjour-cuisine.

L'un des policiers ronchonne :

— Qui êtes-vous, et que voulez-vous ?

Au lieu de répondre, l'arrivant ôte simultanément sa casquette et ses lunettes. Les trois personnages n'en croient pas leurs yeux. Leur incrédulité dure, dure... N'en finit pas. Le flic qui écrivait se décide à se lever et sa chaise bascule en arrière avec un bruit intempestif, un bruit de gaucherie maximale.

Le Président lit l'effarement Il se dit « Quel con j'ai été de me précipiter, ça va faire des gorges chaudes ». Mais il ne laisse rien paraître de ses regrets.

L'odeur du café lui fait tourner la tête en direction de Georgette Réglisson.

— C'est vous qui m'avez fait prévenir ? lui demande-t-il, la situant femme de ménage bien qu'il ne l'ait jamais vue.

Georgette secoue la tête.

— Non, non.

Le Président fait face aux policiers.

— Alors c'est vous, messieurs ?

Les deux fonctionnaires dénèguent à leur tour.

— Oh, non, fait le rédacteur, nous ignorions... Mes respects, monsieur le ministre.

Le Président sourcille.

— Enfin, bon Dieu, qui m'a téléphoné ?

Les autres ne savent pas.

— Peut-être un voisin ? suggère le plus jeune. Les allées et venues ne sont pas passées inaperçues, ça se sait vite, ces choses-là.

— Peut-être, consent de mauvaise grâce le Président.

Mais il reste surpris, inquiet. Eusèbe n'était pas le genre d'homme à révéler leurs relations, à preuve : sa femme de ménage les ignorait. On continue de le contempler. Fatima ! Lourdes ! Les trois Bernadette Soubirous se gorgent de sa vue. L'officier de police épistolaire, Marc Seruti, pense ardemment et très vite : « Bon Dieu, c'est LUI, Lui en personne. Je le vois, je lui cause, je peux le toucher. Je sais maintenant qu'il a une petite cicatrice à l'oreille droite qu'on ne remarque pas sur ses photos ni à la télé. Il faudrait que je mette à profit, coûte que coûte. Une occasion pareille ! Le tenir entre quat'z'yeux, pratiquement, c'est unique, ça ! Je devrais lui demander quelque chose, n'importe quoi. Mais quoi ? De l'avancement ? Un autre appartement ? Une médaille ? A quoi ai-je droit ? Que puis-je décemment ambitionner ? » Il est éperdu, fou de cupidité. L'instant passe, va passer, charogne de bordel de merde ! Et il l'aura dans le cul, comme de règle. Ah ! non, les grandes occases, uniques, ça se saisit par n'importe quel bout ! Il faut exploiter celle-ci. Il n'a pas le droit, Seruti : dix-huit ans de mariage, sa mère à charge, quatre enfants dont un handicapé-moteur. Il doit, tu m'entends, Ducon ? Il DOIT réclamer un quelque chose, un n'importe quoi ! C'est son dû, nom de Dieu ! T'es là, fonctionnaire râpé, à te faire chier la bite dans les noires banlieues avec des patates de tout genre : racailles de grands z'ensembles, arbis malintentionnés, gourgandines viceloques, grévistes en délire, et tu voudrais que le sort t'organise un tête-à-tête surprise avec le Président Tumelat sans le mettre en exploitation ? Sans obtenir un tantinet soit peu de cet homme aux pouvoirs démesurés ? Non, non ! Faut trouver ! Se payer de culot. Justement qu'il a l'air ému, le Président, par la mort pendulaire du vieux kroum. Alors allons-y ! N'hésite pas, mon vieux Marc. Mais quoi ? QUOI ? QUOUA ?

Une grande détresse l'enveloppe, le désunit. Il se sent démuni, loqueteux de l'âme.

— C'est vous qui l'avez découvert ? demande le Président à Georgette Réglisson.

— Oui, m'sieur...

Elle bafouille. Ne sait quel titre donner à ce grand nomme. Elle ignore les protocoleries, Georgette. En politique, elle est zéro. Elle trouve le Président très bel homme, mais n'a jamais touché un mot de cette admiration à son mari qui appelle Tumelat « L'autre fumier ». Victor travaille à la S.N.C.F. et appartient au P.C.

— Où était-il ?

— Dans sa chambre.

— Il vous avait fait part de ses intentions ?

— Oh, non. Hier, il était très bien, il a mangé une omelette de quatre œufs à son quatre heures. C'était un homme qui mangeait beaucoup.

Tu parles ! Il s'en doute un peu, le Président.

— Il n'a pas écrit de lettre ?

La question s'adresse aux trois personnes. La femme de ménage dit qu'elle n'en a pas trouvé ; les flics confirment. Il était tout raide, M. Eusèbe Cornard. Le docteur prétend que le décès a dû se produire dans le milieu de la nuit, vers une heure du morninge.

— Où est le corps ?

— Dans la chambre, monsieur le ministre, nous attendons l'ambulance, mais il y a eu un grave accident sur l'autoroute du Nord et les ambulanciers sont débordés.

Le Président acquiesce.

L'officier de police Seruti se risque à demander quelque chose :

— Ce monsieur vous touchait de près, monsieur le Premier Ministre ?

— C'était mon oncle.

— Oh ! mon Dieu, lance Georgette, comme plainte de mouette roulée par un vent de noroît.

Six ans qu'elle lave les slips et la vaisselle du tonton d'un des hommes les plus importants du royaume ! Et elle l'ignorait. Elle a refusé de montrer son cul à un vieillard assumant un onclariat de cette envergure ! Heureusement qu'il y a eu ce fameux soir de Noël au cours duquel il lui fut donné de réparer sa faute !

Le cortège quitte le séjour pour gagner la chambre du premier La maison ne comporte que deux pièces, mais vastes.

Le défunt ne se ressemble plus guère dans son vieux lit de noyer. Son visage est comme révulsé. Il a l'expression d'un qui aurait morflé un seau d'eau froide en pleine poire. Son cou est tordu, violacé, porteur d'un horrible sillon souligné de sang séché. Il fait tout petit, dans son plumard, Eusèbe. Détail insoutenable : un morceau de la corde sectionnée pend du plafond.

Les trois témoins attendent du Président. C'est un instant historique auquel ils ont le privilège d'assister. Eux trois, gens de peu, rassemblés par le hasard de leurs occupations. C'est beau, c'est grand et noble, un Président Tumelat, inondé de gloire à t'en foutre des rayons de feu plein les châsses, quand il s'avance vers la couche funèbre d'un vieil oncle Eusèbe strangulé de frais. Tu regrettes qu'il n'y ait pas de caméras, pas de musique chopinesque. On aimerait une volée d'orgue dans ces cas-là ! Un salut aux couleurs ! Du clairon, des ordres pour prise d'armes ! Eux, leur concours, c'est le silence recueilli. Ils aident au formidable du moment en se retenant de respirer. Peut-être devraient-ils fermer les yeux, mais ça, non, franchement, c'est au-dessus de leurs moyens.

Ils doivent voir. Ils auront à témoigner, plus tard. Il est étourdissant de grandeur, le Président. Fils du peuple, il a acquis de la classe en édifiant sa prestigieuse carrière. Il s'approche du lit, le buste droit, le pas bref, les bras légèrement décollés en avant comme s'il s'apprêtait à déposer une gerbe sur une dalle sacrée. Il stoppe en bordure du plumard, remarque une traînée de café sur l'oreiller, un trou de mite dans la couvrante, de la poussière en coton sur le bois de lit.

Son siège est fait : la femme de ménage est une vieille sale. Elle ménageait à la va-vite. Cela dit, Eusèbe s'en tamponnait, avec lui, le décorum : fume !

Cher Eusèbe... Pour le coup, un brin de chagrin lui vient, léger filet de vieille tendresse plus ou moins éventée. Il incursionne dans son passé, le Président. Les années difficiles bouillonnent au fond d'un cratère noir d'où ne sort jamais la moindre fumée. Ça ne reste chaud que dans les extrêmes profondeurs. Eusèbe n'est pas son oncle, mais l'ami avec lequel sa mère acheva sa vie après que son époux fut mort en mer. Elle ne l'a jamais épousé because la pension de veuve qui aurait passé à l'as. Eusèbe fut pour Horace un second père, plus vigilant, plus tendre que le premier. Il réparait des vélos à La Courneuve dans un petit atelier de deux mètres sur trois qui sentait l'huile et le pneumatique. Il venait passer ses vacances à Cortentin. C'est là qu'il a connu maman Tumelat, là qu'il l'a séduite avant de la ramener triomphalement dans la région parisienne avec son môme.

Et voilà qu'Eusèbe n'est plus. Le Président ne pensait jamais à lui. Il le croyait heureux dans sa bicoque, lui donnait de quoi vivre confortablement. Au lieu d'en profiter, le vieux mec s'acharnait à faire des économies. Non qu'il fût ladre, mais il mettait un point d'honneur à devoir le moins possible au Président, par fierté. Le Président devrait se signer. Un Breton ! Il préfère la minute de silence, plus laïque. Son regard se pose sur les mains de l'oncle Eusèbe. Il y décèle quelques petites taches rouges laissées par un crayon à bille. Eusèbe écrivait comme les tout jeunes enfants, en tenant le porte-plume ou le crayon le plus bas possible, au ras du papier.

L'officier de police Seruti cherche toujours, de plus en plus frénétiquement, ce qu'il va pouvoir solliciter du Président. Tout à l'heure, il le raccompagnera jusqu'à sa voiture, lui ouvrira la portière, au garde-à-vous ; puis, tandis que le monarque prendra place au volant, il dira, d'une voix respectueuse mais ferme, quelque chose dans le genre de : « Monsieur le Président, je suis à votre entière disposition pour toutes les démarches inhérentes (très bien, inhérentes, ça c'est un mot qui trahit la culture) à ce grand malheur. Je sais, monsieur le Président, que les circonstances sont mal choisies, pourtant je me permettrai de vous demander s'il ne serait pas possible de...

De quoi ? L'avancement ? La médaille (médaille de quoi ?) ? L'appartement ? La mutation ? Il faut choisir. Se décider. Il faut trancher. S'y tenir. Ne pas courir plusieurs lièvres à la fois.

Le Président s'écarte du lit pour considérer l'humble chambre au crépi grenu. Au-dessus du lit, il y a la photo de sa mère dans un cadre mouluré. Sur le cliché, elle rit et fait le geste de refuser l'objectif, ce qui donne à l'image un je ne sais quoi de très vivant. Le Président n'évoque jamais sa mère non plus. Ce qui assure sa force, c'est qu'il est parvenu à se séparer de son passé. Il n'est pas encombré et peut donc aller de l'avant sans entraves d'aucune sorte. C'est un homme disponible. Du moins c'était, car, avec la mort de l'oncle Eusèbe, un terrible fardeau lui tombe sur le râble et le fait ployer.

On entend siffler au-dehors. Un type à l'âme purgée s'interprète « O sole mio », ce qui est rare dans nos contrées grises. Le chien aboie en force.

— C'est sûrement l'ambulance, dit le flic qui ne pense à rien (sinon je t'aurais fait part).

Le Président imagine une ambulance en train de siffler « O sole mio » par son pot d'échappement. L'officier de police Seruti se précipite dans l'escalier et, à la cantonade, se met à tancer le siffleur.

— Ah ! ça, mais où vous croyez-vous, bougre de malotru : il y a un mort dans cette maison !

Il est content de sa sortie, certain que le Président aura entendu. Préjugé favorable.

Deux brancardiers font une entrée furtive avec une civière pliante.

On y allonge tonton. Ces deux cons n'ont pas reconnu le Président : des Italiens du sud, tu penses !

Il est pitoyable sur le brancard, Eusèbe. Considéré d'en haut, on se rend compte l'à quel point il était mal bâti, le pauvre : sa grosse tronche, ses énormes mains comme des gants de baseballeur... Et puis il y a cette expression d'agonie. Pourquoi s'est-il pendu ? Qu'est-ce qui, tout à coup, s'est rompu en lui ? Au point qu'il n'a pas voulu voir le jour suivant se lever ? Il porte un pantalon de bleu, bloudjine avant la lettre, un vieux pull marron plein de mailles filées, une chemise crasseuse. Sa dépouille fait un peu honte au Président. Sur le lit, il bénéficiait de la majesté de la mort. Couché sur une civière, il semble pauvre, infiniment. Il n'est plus le parent d'un superman de la politique, mais le modeste mécano de La Courneuve qui graissait des pédaliers jadis. Il a une gueule de fait divers.

On l'embarque.

— Et tâchez d'aller doucement, hein ? gronde l'officier de police Seruti. D'ailleurs je vous accompagne pour saluer la dépouille une dernière fois.

La mère Réglisson se fout à bieurler comme une vache. Les mots sont des clés à ouvrir la porte de nos sentiments. Cette expression : saluer la dépouille une dernière fois, lui déferle la peine à travers tout son être.

Le Président se prend le visage dans ses mains pour laisser passer un peu de temps, s'abstraire... Ses mains en conque composent un masque dont il a besoin pour traverser l'instant fatal du départ.

— Il était si gentil, si gentil, pleurniche Georgette.

Allons, bon, on ne va pas donner dans les louanges *post-mortem*. Le Président s'assoit dans l'unique fauteuil : un vieux Voltaire déglingué que ni son dos, ni ses miches n'avaient vraiment oublié.

Seruti revient, sévère.

— Pardonnez-moi de troubler votre chagrin, monsieur le Président...

C'est décidé : une décoration. Ça fera chier les copains et c'est plus accessible que le reste. Il se voit déjà avec l'ordre du Mérite. La Légion d'Honneur, ce serait envoyer le bouchon un peu loin. Se cantonner dans le raisonnable pour plus sûrement atteindre son objectif.

Le Président les regarde et interrompt le parleur.

— Je vous remercie, tous les trois ; maintenant vous seriez gentils de me laisser, j'ai besoin de me recueillir, de faire le point...

Seruti s'incline.

— Je comprends parfaitement votre sentiment, monsieur le Président. Votre peine...

Le Président recoupe :

— Vous, madame, donnez-moi votre adresse, je veillerai à ce que vous soyez dédommagée. Vous possédez, je pense, un jeu de clés de la maison ?

— Bien sûr.

— Alors veuillez me le rendre.

C'est net, sans réplique possible, comme tout ce que dit le Président. La Georgette obtempère en laissant son chagrin courir sur son erre...

— Et le chien ? demande-t-elle.

Tiens, oui, c'est vrai : le chien ! Il n'y pensait pas. Il réfléchit Envisage les conséquences.

— Je l'emmènerai, le dernier compagnon de mon oncle, je ne puis m'en séparer.

Ils s'inclinent, pénétrés. Chapeau ! C'est beau ! Posséder le quart de l'électorat français et s'encombrer d'un clébard à la noix parce qu'il appartenait à son oncle, faut le faire !

Le Président tend la main à la ronde. On la lui presse avec ferveur. Seruti, désespéré, au bord d'il ne sait quel gouffre, s'invective *in petto*. « Tu ne vas pas t'en aller sans rien lui demander, espèce de bourrique ! Si tu passes le seuil de cette bicoque sans lui avoir parlé, t'es pas un homme. »

Ils descendent l'escadrin. Seruti est devenu automate. Sa cervelle tourne yaourt. Et son collègue qui ne moufte pas, ce trou de balle, qui ne pense pas, qui ne comprend pas qu'une rencontre pareille dans la carrière d'un flicard de banlieue constitue l'aubaine des aubaines.

La Georgette enfile son manteau à col de lapin anémié. Elle décroche son cabas à provisions du porte-torchon où elle le fixait depuis six ans.

Les voilà dans le jardinet. Le chien dort dans sa niche et ne se donne plus la peine.

— J'oubliais ! s'écrie Seruti en rebroussant chemin.

Il remonte quatre à quatre le roide escalier branlant. Le Président est toujours assis dans le fauteuil. Seruti surgit, insignifiant dans son insignifiance. Il a de la bonbonne sous son imper tendu, plus constellé de taches que la blouse d'un droguiste. Il est sanguin, déjà. Sa moustache de charcutier, son début de calvitie en font un boubouroche.

— Monsieur le Président, si je puis me permettre, malgré les circonstances ..

Le Président pose sur lui son regard polaire qui a fait bredouiller tant et tant d'adversaires politiques. Seruti perd pied, ne se rappelle plus les mots préparés.

— Eh bien ? demande le Président.

Seruti se dit qu'il doit être en train de déféquer dans son grimpant ; parole : il sent comme une fissure à la place de son sphincter. Il part du rond, le pauvre.

— Je… C'est rapport à notre rapport… Ma montre est arrêtée, puis-je me permettre de vous demander l'heure ?

Le Président la lui donne, puisée toute fraîche à sa Piaget.

IV

Enfin seul !

Le Président se lève. La pièce sent le vieillard. Pas la mort : le vieillard. Il continue de pleuvoir. Un grand silence peu troublé s'étale. Il va falloir agir. Dieu que tout cela est pénible, périlleux. « J'aurais dû prévoir une solution de rechange, pense le Président. Il commençait à se faire vieux, le bougre ; ça me pendait au nez. »

Mais au lieu de cela, il s'est endormi dans l'euphorie de la confiance absolue. Il a banni la chose de sa vie, comme les hommes chassent de leur mémoire les souvenirs pénibles de leur petite enfance pour n'en garder que le soleil et le duvet.

Le Président s'approche de la fenêtre. Elle donne sur un paysage féroce de gazomètres, d'usines lépreuses, d'immeubles soutenus par des madriers comme des navires en cale sèche. Il n'a jamais voulu d'un autre décor, oncle Eusèbe. Il lui fallait l'odeur de la suie, le tintamarre des vélomoteurs, tous ces vestiges de banlieue merdique où il a mené son existence de petit brave homme mal fabriqué. Le jour où le Président (qui n'était pas encore Président) lui a proposé d'habiter la Côte d'Azur, il a éclaté de rire.

— Tu me prends pour un vieil angliche, petit ! Moi, le mimosa, j'en ai rien à fiche et le soleil me flanque la migraine.

Le Président quitte la fenêtre. Une question importante le tracasse : « qui l'a prévenu de la mort d'Eusèbe, puisque ce n'était pas la femme de ménage ? » Et puis, il y a pire encore : qu'est devenue la lettre que l'oncle a fatalement laissée pour expliquer son geste ? Car ce n'était pas le genre de type à s'esbigner sans explications ; d'ailleurs, n'a-t-il pas des traces de crayon rouge aux doigts de la main droite ? Le Président a remarqué cela tout de suite.

Tumelat furète dans la chambre. Celle-ci, outre le lit, comprend une garde-robe, une table, une chaise et le fauteuil Voltaire. La table est chargée de livres et de revues. Il bouquinait pas mal, Eusèbe. Des lectures historiques faciles, genre : les grandes énigmes du passé. Le Président ouvre le tiroir bourré de paperasses, y trouve immédiatement ce qu'il cherche : un bloc de correspondance sentant le papier moisi et une pointe Bic rouge. Il soulève la couverture du bloc. La première page est vierge, les suivantes également. Il retourne devant la croisée pour examiner la première page. Il y découvre l'empreinte des caractères tracés sur le feuillet qui la précédait et que l'on a arraché. Son pressentiment est à présent certitude : Eusèbe a écrit avant de se pendre. On ne se pend pas sans expliquer pourquoi.

Tumelat cherche une source de lumière intense et concentrée. Il va dans la salle de bains archaïque : baignoire à pieds, robinets en nez de boxeur. Eusèbe possédait un miroir lumineux grossissant. Il se rasait au coupe-chou et s'entaillait la gueule chaque fois. Le Président se rappelle les feuillets de papier à cigarette que « l'oncle » appliquait sur ses blessures pour stopper l'hémorragie. Il trouvait cette thérapeutique assez écœurante.

Il place le bloc de correspondance devant la lampe du miroir éclairé. Des mots lui apparaissent, penchés, pointus, légèrement tremblés.

« *Mon cher Gamin,* (il l'appelait ainsi depuis son plus jeune âge).

Il a beaucoup changé ces derniers temps et je n'y tiens plus. Il va falloir que tu t'en arranges. Te connaissant, le mieux était de te mettre devant le fait accompli mais surtout, n'aie confiance en personne. Moi, je meurs sans regret car j'ai très sommeil... Et puis je sens bien que ta mère m'attend.

Adieu.

Ton vieil Eusèbe

Alors, il se passe quelque chose : le Président éclate en sanglots.

Des larmes d'enfant, de celles qui suffoquent et font hoqueter. Il pleure sur le vieil Eusèbe à bout de vie, il pleure sur le passé si complètement passé à présent, il pleure sur sa propre solitude.

Il est monté si haut, le Président. Et il se découvre si vulnérable.

Il s'appuie au lavabo afin de pleurer dedans, avec la pose qu'on adopte quand on essaie de dégobiller : bien arc-bouté, la tête soumise.

Toute sa belle carrière pour en arriver là : à ce vieux lavabo jauni. Il voudrait y dégueuler sa vie ; la reprendre à zéro. Il se rappelle le premier dépouillement de scrutin le concernant. C'était pour des municipales dans un arrondissement populaire. Il figurait en cinquième position sur la liste. Cela se passait dans une salle de classe. Il revoit la pile de bulletins, et les gonziers sévères, d'opinions différentes, qui la cernaient en se regardant en chiens de faïence. Une vieillasse mal fagotée et mal déodorée ouvrait les enveloppes, passait le bulletin à son coscrutateur qui clamait le résultat. Sa liste l'emportait progressivement. C'était comme un ruisseau que la dernière pluie grossit et qu'on voit monter, monter. C'est cette nuit-là, dans cette salle de classe à l'éclairage morne, aux murs tapissés de dessins et de cartes de France, qu'il s'est élancé vers le Pouvoir.

La salle de bains aussi, sent le vieil homme.

Le Président fixe le fond du lavabo, se laisse hypnotiser par la traînée brune imprimée sur la faïence.

Oncle Eusèbe a démissionné. Oncle Eusèbe l'abandonne à son sort. C'est aujourd'hui seulement que le Président est adulte. Jusqu'à cet instant, il n'était qu'un enfant confiant, qu'un gamin, en effet.

Il ouvre le robinet. L'eau coule maigre en déclenchant un bruit de vieille machine à battre. Le Président s'humecte la frite de la paume, à tapotis légers.

La situation lui réapparaît, impitoyable.

« Qui m'a prévenu ? Qui a pris la lettre d'Eusèbe ? »

Il réfléchit. Peut-être que le vieux est allé lui poster son message d'adieu avant de se buter ? Bien que le texte n'ait rien de compromettant, il n'aura pas voulu le laisser à la disposition des autorités. Il le recevra probablement par un prochain courrier.

Reste la première question : qui l'a prévenu ?

L'un des policiers a suggéré que ce pouvait être un voisin. La chose n'est pas impossible. A moins que la femme de ménage n'ait menti ? A suivre...

Maintenant, il va falloir affronter le reste.

C'est-à-dire le pire.

V

Paul Pauley (dit Pau-Pau), le second flic, celui qui ne pense pas, dit à Seruti : arrête-moi-là-je-suis-devant-chez-moi-et-il-est-presque-midi.

Seruti, qui a envie de mourir depuis un instant, depuis son échec avec le Président, freine sans piper. Il se hait. Il savait secrètement qu'il était con, archi, multi, hyper-con. Mais il ne pensait pas que ce fût dans de telles proportions. Il consentait à sa connerie, s'y trouvait à l'aise. Un con conscient bénéficie d'avantages. D'abord, réputé con, il peut voir venir et jouer à plus-con-qu'il-n'est pour, le cas échéant, estoquer l'adversaire endormi. Ensuite, la connerie délibérée est un capital sûr qui vous met à l'abri des besoins intellectuels, lesquels sont incessants, multiples et, qui plus est, imprévisibles. Voyons : il tenait le Président entre quat'z'yeux. Un Président ébranlé par le chagrin. Un Président fondant. Un Président bon à cueillir telle la poire dodelinante au bout de sa branche. Tout ce que ce royal con a su lui soutirer, c'est l'heure. Il était onze heures vingt-cinq. De cette heure-là, il s'en souviendra à perte d'existence, et jamais plus aucun onze-heures-vingt-cinq n'aura une telle intensité. Il a vécu le onze-heures-vingt-cinq de sa vie.

Pau-Pau descend de la chignole et ils se larguent sans un mot. En fait, ils ne s'aiment pas. Mais ça n'a aucune importance dans leur métier.

La tendresse, la sympathie, l'estime, n'engendrent que des complications, comme la haine. S'indifférer est idéal. Ils n'ont donc aucune imbrication.

Paul Pauley pousse la grille de son pavillon. Bref jardin de six mètres sur deux où batifolent les sept nains de Blanche-Neige en céramique peinte, œuvres d'une grande beauté.

De la musique chaude s'échappe de la maisonnette en meulière qui ressemble à une grosse pierre ponce. Paul tourne le loquet et pénètre dans le couloir étroit, tapissé avec d'anciennes premières pages de « *Qui Détective* » mises sous verre. Ça sent les tripes lyonnaises. Mireille est lyonnaise. Elle mange peu, because son métier, mais uniquement des lyonnaiseries. Paul ne pense toujours pas. Il bande un peu, vaguement car c'est à midi qu'il fait l'amour le plus volontiers. Cet instant de la journée est privilégié : le corps est affûté sans connaître encore les premières atteintes de la fatigue. Paul a un gag qui tourne à l'habitude. Une fois dans le vestibule, la porte d'entrée refermée, il sort sa queue, se branloche un brin pour lui composer une petite allure de parade et toque à l'huis de la cuisine. Mireille vient ouvrir, la bouche déjà entrouverte par un sourire de grande complaisance et tombe à genoux devant son poulet.

Paul Pauley (dit Pau-Pau) opère comme à l'accoutumée. Toc-toc. Il a le cerveau climatisé, franchement disponible. Sa tête est comme une belle boîte vide. Car il est joli garçon, Paul Pauley, malgré son air con. Mireille vient lui ouvrir. Elle est plus désirable que jamais dans son pantalon de velours noir uni et son pull noir. Ce qui fait coquin, c'est le petit tablier noué par-dessus et dont le motif représente une grosse chope de bière débordante de mousse. Paul Pauley le lui a ramené d'Allemagne où il s'était rendu en commission rogatoire. La chope a quelque chose de polisson : tu dirais une chatte écumante, c'est très joli.

Mireille se met à genoux et file un coup de langue drôlement expert et précis sous la queue de Paul Pauley, comme un coup de pierre à aiguiser, tu sais ? Le membre du flic vibre.

Le spiqueur de la radio annonce un nouveau morcif. Les tripes odorantent. Moi, je trouve que Paul Pauley mène une belle vie. C'est chouette de posséder une Mireille, un pavillon de meulière, un zob à dispose et une cervelle feutrée. Tu vois venir. Plus tard, il aura sa retraite, son cancer, et ç'aura été une drôlement chouette existence, franchement. Quand t'en rencontres qui ont tout et qui s'emmerdent pour rien, et puis d'autres qui ont rien et qui s'emmerdent pour tout !

Le drame, c'est que d'ici très peu, tout va changer pour Paul Pauley. Et il l'ignore. Celui qui ne pense pas est imperméable aux pressentiments.

Pour l'instant, il réagit favorablement aux coups de langue de Mireille. Elle réitère, en ponctuant d'intervalles judicieux qui laissent leur libre cours aux ondes culières.

Il a maintenant devant lui une chopine de grenadier, l'officier de police Paul Pauley. La vraie hallebarde de suisse.

— Attends : faut que je réduise, mes tripes vont « attacher », fait Mireille en se relevant d'une détente féline.

Elle va réduire la flamme du gaz et agiter la poêle. Paul Pauley l'a suivie d'une allure somnambulique d'homme en queue.

Il se plaque contre le beau derrière bien rond et dur de Mireille. Elle glousse. Il commence de la dégrafer. Fait glisser le futiau sur les hanches étroites. Elle aide à la manœuvre par de menues contorsions. Quand elle est dépiautée à demi, il fourre son mandrin à la va-vite dans le premier interstice venu.

— Ce qu'il est pressé ! s'exclame-t-elle.

Cette troisième personne du singulier, débouchant à cette période de leurs relations, constitue une espèce d'hommage à la virilité de Paul Pauley.

Elle s'éloigne de la cuisinière à gaz, la queue de son homme toujours entre les jambes, marchant à petits pas d'automate pour ne point la perdre. Elle s'appuie à la table, se cambre. Paul Pauley cherche sa voie véritable, la trouve.

— Oh ! qu'il est fort ! gémit Mireille.

Fort étant pris dans le sens de considérable. Paul Pauley ne pense pas plus loin que le bout de son nœud. Il investit Mireille délibérément, en souverain absolu. Mireille gémit déjà et sa voix se fait drôlement rauque, si tu savais. Il faut dire que Mireille ne s'appelle pas Mireille, mais Michel et qu'il est « artiste de genre » dans une boîte de tantes à Montmartre. Paul Pauley l'a vu dans ses œuvres, un soir qu'il faisait un dégagement avec des copains. La grâce équivoque de « l'artiste » l'a télescopé. La semaine d'après, il est revenu, seul. Et puis le lendemain, et encore le lendemain et ainsi de suite, jusqu'à ce que lui vienne le courage d'aller frapper à la loge de Mireille pour lui proposer d'aller prendre un pot (c'est l'expression dont il a usé et elle a beaucoup amusé ces « demoiselles »).

Par la suite, Paul Pauley a divorcé d'avec une bourguignonne boulotte qui roulait les « r » en parlant et s'est mis en ménage avec Mireille. Dans le quartier, personne ne sait que Mireille se prénomme Michel. Et les collègues de Paul l'ignorent également. Au reste, il la montre peu : le bonheur requiert la solitude.

Quand ils ont achevé ces aimables ébats, Mireille trotte se fourbir l'oignon, non sans avoir agité derechef la poêlée de tripes. Les autres oignons roussissent exquisement. Ils s'ablutionnent abondamment, gravement, en homosexuels civilisés qu'ils sont.

— Tu es rentré plus tôt que d'habitude, observe Mireille, en statue équestre de chez Jacob-Delafon.

— Oui, répond Paul Pauley, lequel n'a jamais cherché à nier une évidence.

Il se fourbit le paf à grande moussée savonneuse, très attentif à ce qu'il entreprend, car c'est un fonctionnaire minutieux qui n'hésite pas à réclamer au Larousse lorsqu'il trébuche devant un mot en rédigeant ses rapports.

Comme il pense peu, il pourrait se taire.

Néanmoins, il va laisser tomber une phrase qui sera pesante de conséquences, tu verras.

— Tiens, ce matin, on a été constater le suicide d'un vieux bonhomme qui est l'oncle de Tumelat.

Voilà, c'est parti...

Mireille demande :

— Le Président, Tumelat ?

— J'en connais pas d'autres. Et le Président est venu nous rejoindre.

— En personne ?

— Et tout seul.

— Il est comment ? s'informe Mireille tout en réintégrant son pantalon.

— Assez impressionnant.

— C'est vrai ?

— Je trouve.

— Qu'est-ce qu'il a dit ?

— Pas grand-chose, il paraissait peiné.

Un long silence. L'odeur des tripes ramène le couple dans la cuisine. Paul Pauley débouche une bouteille de Chinon. Mireille dispose le couvert sur la table de formica. La radio donne les informations : les guerres, le chômage, le pétrole, les syndicats et deux buts de Platini.

— Il s'est suicidé comment, l'oncle Tumelat ?

— Pendu.

— Aïe ! exclame Mireille qui envisagerait pour son compte une fin plus ouatée.

Elle se reprend, vaillante petite femelle de flic aguerri, et dit d'un ton plaisant :

— Tu aurais dû rapporter un bout de la corde, ça nous aurait porté bonheur.

Par bout, elle n'entend pas extrémité, mais morceau, car c'est ainsi qu'on exprime à Lyon : on va manger un bout.

Les tripes fument dans les assiettes. Elles sont délectables. Paul Pauley fait part. Mireille rosit de contentement. Reine de l'enculade et fin cordon-bleu, c'est beau d'avoir ça chez un même être, moi je trouve. Paul Pauley a beaucoup de chance. S'ils parlaient d'autre chose, elle pourrait durer encore longtemps.

Seulement ils ne parlent pas d'autre chose.

— Et pourquoi il s'est pendu, ce vieux ?

— On ne sait pas.

— Il n'a pas laissé de lettre ?

La remarque remémore à Paul Pauley la question immédiatement posée par le Président.

— Non.

— Il était malade ?

— Non.

— Il ne devait pas être dans le besoin s'il était l'oncle de Tumelat.

— Sûrement pas, non ; d'autant que le Président Tumelat paraît l'avoir bien aimé.

— Alors pourquoi s'est-il pendu ?

— Peut-être parce qu'il vivait seul.

— Si tous les gens qui vivent seuls devaient se foutre en l'air..

— Tu as de la moutarde extra-forte, chérie ?

— Regarde dans le placard, le rayon du haut, j'ai mes réserves.

Il va regarder et trouve ce qu'il lui faut. Reine de l'enculade, fin cordon bleu et prévoyante ! La perle !

Il reprend deux fois des tripes. Elle les achète dans le quartier Saint-Lazare, au petit matin, avant de rentrer. Un charcutier lyonnais, donc de qualité et ouvert avant tous les autres.

— T'es sûr qu'il s'est bien suicidé, le tonton ?

— Comment ça ?

— Ben, je sais pas, moi... Voilà un bonhomme, tout allait bien pour lui et il se supprime sans explications. Il me semble que c'est pas normal. Et puis, tu veux que je te dise ? C'est les jeunes qui se suicident, pas les vieux ; ils ont tellement pris l'habitude de vivre...

— Alors, selon toi, on l'aurait pendu ?

— Me fais pas dire ce que j'ai pas dit. Je tire seulement des conclusions, malgré que je ne sois pas flic, moi.

Le sarcasme flétrit les couilles de Paul Pauley. Il déteste qu'on le chambre à propos de son dur métier.

Comme il rumine ses ressentiments, elle détourne sa grincherie en le ramenant au centre du terrain pour une remise en jeu.

— L'oncle d'un homme comme le Président Tumelat, c'est pas n'importe qui. Il doit avoir un paquet d'ennemis, Tumelat. Ecoute, gros loup, tu ne vas pas me dire qu'un garçon de ta valeur n'a pas des arrière-pensées devant une affaire de ce genre !

Elle évacue la poêle vide.

— Tu veux que je change d'assiettes pour la salade ?

— Pas la peine.

— J'ai de la doucette et des carottes rouges, dit Mireille.

Traduit du lyonnais, cela signifie qu'elle a conjugué de la mâche et de la betterave. Paul Pauley s'en tamponne. A présent, il pense. Un peu, pas trop, mais il pense.

— Je vais parler de tout ça au commissaire, décide-t-il.

Mireille explose :

— T'es donc pas capable d'agir seul, pour une fois ? Tu te rends compte : si tu découvrais qu'il s'agit d'un crime, le tabac que ça ferait ?

D'une phrase, d'une seule, elle vient de condamner son homme à mort.

VI

Les miroirs que l'on a chez soi sont complaisants parce qu'ils nous connaissent. On ne s'y rencontre pas fortuitement : on s'y regarde. Et, s'y regardant, on sait ce qu'on va y trouver. Ils sont sans imprévu. Les miroirs perfides, ce sont les miroirs d'ailleurs, les miroirs de hasard, embusqués le long de notre route et qui, soudain, surgissent pour nous agresser.

Le Président aperçoit la silhouette d'un vilain patibulaire qu'il ne connaît pas. Une toute sale gueule, en vérité, richement pourvue en vices. Il s'approche du grand cadre doré aux moulures écaillées et finit par se reconnaître. Le choc ! Merde, c'est lui ! Un moi à chier ! Il est déjà vieux, il a une expression d'arnaqueur, un regard de fumier, quelque chose de dur et pourtant d'affaissé. Il s'immobilise, pantois, éperdu de déception. Il cherche sa jeunesse et ne la trouve plus. Elle a disparu sous les rigueurs de l'automne. Bientôt l'hiver. Le printemps c'est fini, il ne reviendra jamais. Le Président va crever d'ici dix ou vingt ans avec sa triste gueule plus démantelée encore qu'aujourd'hui. On finit mal. Il le savait. A présent il le voit. Il est déjà en train de mal finir, au milieu de sa pseudo-gloire, de sa relative puissance. Quand il a la couverture de l'*Express* ou de *Match*, il ne s'intéresse qu'à son regard conquérant, qu'à son menton volontaire, qu'aux reflets bleutés de ses cheveux tôt blanchis.

Les photos-portraits sont comme les glaces de son salon : illusoires. Elles n'expriment que le bien qu'il pense de lui. Ici, dans l'appentis de l'oncle Eusèbe, plein d'un indescriptible fouillis, la grande glace mise au rancart dit tout. Elle ne le trahit pas : elle le révèle. Le reflète sans son masque. Et le Président se prend en pleine poire, tarte de désillusion, dégoulinante de merde.

Il a du mal à s'arracher au regard désespéré qui le sonde. Ses traits se relâchent. Il paraît un peu moins salaud. « Vieux con ! » se dit-il.

Et c'est la première fois qu'il se traite ainsi. Jusqu'à présent, il avait une confortable idée de lui-même, se tenait pour quelqu'un de bien, pour un homme de premier plan. Son ascension est un exploit. Il était pauvre, il est riche ; il était inconnu, le voici célèbre ; il était timide, à présent il fait peur aux plus grands ; il craignait les femmes, depuis longtemps il baise d'autorité toutes celles qu'il convoite, ayant découvert que rien n'est plus aisé. Seulement, l'oncle Eusèbe s'est pendu. L'oncle Eusèbe en a eu marre de tenir sa sécurité à bout de bras ; alors le Président doit se mobiliser, faire le tour de lui-même pour mesurer jusqu'à quel point il peut compter sur soi.

L'appentis est un fourre-tout de quatre mètres sur trois. On y trouve un bric-à-brac dominé par la bicyclette. C'est plein de cadres de vélo accrochés aux murs, de jantes enfilées sur des pieux, de caisses bourrées de pédaliers ou de guidons. Et puis il y a aussi des meubles bancroches, de vieilles valises déglinguées contenant les pouilleries d'une vie pouilleuse, le limon d'un passé besogneux ; plus cette grande glace pompeuse, issue d'on ne sait quel appartement petit-bourgeois, qui vient de lui ouvrir à deux battants les portes de la réalité.

Il a farfouillé dans ce fatras sans trouver ce qu'il cherche Décidément, tout se complique.

Où donc, bon Dieu, Eusèbe planquait-il l'objet de son affolement ?

Le Président quitte l'appentis. Ses vêtements sont gris de poussière, ses mains également. Il avise le chien assis devant sa niche et qui frétille de la queue en le regardant, l'ayant déjà admis. Bon toutou. Celui-ci, il ne l'a jamais connu chiot. Il s'agit d'un semi-corniaud, ou, plus exactement, d'un berger allemand abâtardi. Il a le museau moins long qu'un berger allemand, et plus touffu ; quant à ses oreilles, elles sont drôlettes : au départ de la tête, elles se dressent pour se casser à mi-hauteur.

— Taïaut ! appelle le Président.

Il ne risque pas de se tromper : tous les chiens d'Eusèbe ont porté ce nom passe-partout. Le cador se dresse et s'ébroue, tout content. Et pourtant ses yeux restent tristes. Il sait que l'oncle Eusèbe est mort.

Le Président s'accroupit devant la niche, louche avec envie sur l'intérieur de celle-ci. Elle est spacieuse. C'est tonton qui l'a construite. Le Président aimerait y pénétrer, s'y lover et dormir.

Oublier.

Taïaut vient poser sa truffe fraîche contre le cou du Président. Ils restent un instant immobiles l'un et l'autre, laissant leurs ondes faire connaissance.

Il n'a pas besoin de se faire psychanalyser, Tumelat, pour connaître l'origine de son complexe de chien. Lorsqu'il était tout petit, là-bas, à Cortentin (Finistère) et qu'il se trainaît à l'intérieur d'un parc pour bébé, ses parents lui avaient adjoint, pour compagnon de jeu, un chiot frétillant. L'enfant et le toutou s'ébattaient et dormaient ensemble à l'intérieur du parc, s'amusant des mêmes jouets, partageant les mêmes gâteries. Parfois, le chiot se mettait à lécher le trou du cul du Président, lui apportant ainsi une espèce de félicité indéfinissable. Au point que le jeune Horace se mettait automatiquement à quatre pattes dès qu'il avait le derrière à l'air, afin de proposer un mignon anus à la gourmandise de Loulou.

Le Président sourit. Il imagine la gueule que feraient ses adversaires politiques s'ils apprenaient que ses premiers émois sexuels lui furent prodigués par un clébard.

Il consulte sa montre. Charogne ! Midi trente ! Et son déjeuner à la mairie de Paris ! Avec Monsieur le maire, le Premier Ministre Bamboulais, des cons noirs et des cons blancs se congratulant, échangeant des propos insipides... Il n'a plus le temps d'aller se changer. D'un pas nerveux, il marche jusqu'à sa voiture, laquelle est pourvue du téléphone. En vingt secondes, Alcazar est en ligne.

— Ah, c'est vous, monsieur le Président, justement, le Premier Ministre vient d'appeler pour vous demander...

Il l'interrompt sec :

— Je l'encule, le Premier Ministre ! Appelez le secrétaire de Chirac à la Mairie, dites-lui qu'on m'excuse à ce foutu déjeuner de bougnoules ; je ne puis m'y rendre.

Ginette n'en croit pas ses étiquettes.

— Qu'est-ce que vous dites, monsieur le Président ?

— Que je n'irai pas au déjeuner de l'Hôtel de Ville, vous êtes sourdingue, Alcazar !

— Mais, monsieur le Président, vous savez l'heure qu'il est ! Ils vont passer à table dans trente minutes. Et quelle table ! On ne va pouvoir la refaire...

Le Président hait sa vie à cette seconde, pas sa vie organique, non, mais la manière dont il en use.

— Alcazar, trouvez n'importe quoi, mais dites-leur que je n'irai pas.

La vieille salope manque défaillir. Elle ne saisit plus, le monde lui bascule sous les pinceaux.

— Mais leur dire QUOI ? époumone-t-elle.

— Ce que vous voudrez, bougre de carne ! Supposez que je vienne de faire un infarctus ? Ou de me casser le fémur, moi aussi, irais-je alors à leur sauterie de mes fesses ? Hé, attendez : ne parlez pas de crise cardiaque, surtout, ils m'enterreraient déjà, les veaux ! Coliques néphrétiques ! Voilà. Compris, Alcazar ? Coliques néphrétiques, tous les vieux kroums de mon âge connaissent ça. J'en ai déjà eu, c'est très jouissif.

Elle se soumet, écœurée jusqu'aux filaments de l'âme.

— Bon.

Puis, d'un ton de vingt-cinq degrés sous zéro :

— Et la réception à l'Elysée, je la décommande également ?

Il réfléchit.

— Je vous le dirai plus tard, ne bronchez pas d'ici, faites-vous servir à bouffer dans votre bureau.

Il raccroche.

Des gens le regardent depuis les pavillons d'alentour. C'est plein de pauvres gueules derrière les vitres ; on aperçoit des morceaux de physionomie sous les rideaux bonne femme soulevés.

Le Président retourne dans la bicoque. Il l'a déjà visitée du haut en bas sans rien découvrir, cave et grenier compris. Il va falloir recommencer.

Ce qu'il cherche ne peut pas se trouver ailleurs Impossible. Eusèbe devait l'avoir à disposition, jour et nuit.

Il était malin, Eusèbe. Le bricoleur-type. Sa planque est sûrement un chef-d'œuvre d'astuce.

« Il me faut un mètre », décide le Président.

VII

Victor Réglisson est en grève depuis quatre jours, comme tout le personnel du réseau banlieue. Bien que membre du P.C., il n'aime pas la grève, car c'est un homme d'habitudes. Semblable aux trains qu'il conduit, il a besoin de rails pour se mouvoir. Réduit à l'inaction, il se sent abandonné sur une voie de triage.

Il tourne en rond dans son modeste logis, sans parvenir à se rendre utile. Georgette a beau lui suggérer des tâches ménagères, tiens, zob, il n'est pas partant, préférant lire et relire son *Huma* devant le poste de T.V. silencieux.

Aujourd'hui, la mort d'Eusèbe change profondément le climat de l'appartement. Pour la vingtième fois, elle raconte le drame, Georgette : l'ombre sur le mur, quand elle est entrée. Et puis ce pauvre vieux, immobile comme un saucisson à son crochet de charcutier. Elle s'est mise à crier et s'est enfuie. Ce n'est qu'une fois dans la rue qu'elle s'est calmée. Des gens passaient, elle leur a dit. Ils sont revenus à la maison. Le chien hurlait à la mort, à l'arrivée de Georgette.

Pendant des jours et des jours, elle racontera cette matinée folle : les policiers, le docteur. Et puis cet homme, brusquement devant eux, dans la cuisine, avec sa casquette à petits carreaux et ses lunettes vertes : le Président Tumelat, lui, bien lui, tout seul... Lui, en personne, en couleurs naturelles ; avec un regard qui l'a frappée, la Réglisson ; plein d'un certain désespoir.

Elle en mouille tout de même un peu, rétrospectivement, Georgette. Cet homme si connu, si présent dans la vie du pays, qu'on voit partout au moment où on s'y attend le moins ; lui qui assure le succès d'un débat télévisé, et qui prédit si bien l'avenir de la France éternelle, glorieuse à chier, si héroïque par contumace. Putain, cette France ! Lui, piédestal, mondial, rois et reines culs et chemises, lui dont la main a pressé toutes les grandes mains de l'univers : Elisabeth Deux, Hiro-Hito mon amour, Mme Soleil, Sheila, Victor Hugo, probable, par aïeul préalable. Lui, là, devant elle, la regardant, lui parlant. Elle l'écoutait respirer. Sentait son parfum.

Elle dit avec mesure pourtant, à cause des opinions extrêmes de Victor. Et Victor déclare que s'il avait su que le Vieux avait pour neveu l'*autre fumier,* il aurait préféré mettre sa bergère au tapin, à pomper des crouilles dans un garni plein de cancrelats, plutôt que de la voir laver l'auge et la bauge d'un parent du Président Tumelat.

Il aurait été d'elle, quand cet *autre fumier* est arrivé, il lui crachait en pleine frite et se barrait sans dire un mot. Pardon, comment ? Il a dit qu'il la dédommagerait ? Et ses couilles, à Victor ? Hein ? Et ses couilles, bordel ! Son dédommagement, si jamais il arrive car ces salopards c'est promesse et suce-ma-bite, il le lui retournera, son dédommagement, après s'être torché avec.

Il interrompt parce qu'on vient de sonner. Il attend de sa femme, mais elle a les bras dans le Pic-vaisselle jusqu'aux genoux. Noëlle, leur fille, s'exerce à la flûte dans sa chambre. Bon, magnanime, il va ouvrir. Sur son paillasson, il trouve le Président Tumelat. Victor en reste comme un paralytique qui guérit sans être allé à Lourdes.

Le Président tient ses grosses lunettes vertes à la main.

— Monsieur Réglisson, je suppose ?

Il tend sa main libre :

— Horace Tumelat !

Victor est ému d'entendre l'autre se nommer, comme si on risquait de ne pas le reconnaître ! Y'a une certaine modestie foncière dans cette réaction.

— Je crains de vous déranger, dit le Président.

Victor n'en a encore pas cassé une broque. Il remue un peu sa tronche et s'efface pour laisser entrer.

— C'est qui ? demande Georgette à la cantonade.

Son vieux ne répond pas. C'est le Président qui le fait à sa place ; il lance, d'un ton gentil :

— Ce n'est que moi, madame Réglisson.

T'entends, Dunœud ? Il a dit ce n'est QUE moi. QUE lui, ben ma vache ! Georgette accourt, les bras mousseux, le regard comme deux capotes anglaises avant usage.

Elle rougit, vagit, gargarise.

Le Président assure :

— C'est sympa, chez vous.

Puis il se dépose sur le canapé deux places en rotin geignard, auprès d'une splendide poupée à qui on a peint les yeux truculents de Line Renaud.

Le Président a déjà retapissé l'*Huma* sur la table basse, et puis le poster de Georges Marchais contre la porte de la cuisine.

Il a un sourire triste.

— J'espère que ma visite ne vous désobligera pas, monsieur

Réglisson. Ce n'est pas le politicard qui sonne à votre porte, mais un pauvre homme dans le chagrin.

Il pince ses paupières pour stopper deux belles larmes qui lui échappent néanmoins, les gredines.

Victor se sent privé de rancœur. La présence de son épouse le gêne. Il devient tout guindé. Apitoyé, tiens. Franchement. Bon, l'*autre fumier*, on a beau dire, c'est un gars comme tout le monde après tout...

Il se risque à en placer une.

— Mme Réglisson m'a mis au courant de votre oncle, je suis navré pour vous.

Et il va fermer la porte de la cuisine, parce que ce regard lourd de Georges Marchais posé sur lui, non, merci, c'est pas possible. Victor ressent la capiteuse griserie de la trahison. Il est gagné par le charme insidieux du Président Tumelat, ce suppôt du capitalisme décadent. Il voudrait perdre ses convictions profondes pour offrir à l'arrivant une ferveur sans tache. En plus, ça le démange sous les burnes, comme chaque fois, la surexcitation, et il se retient de se gratter. Mais quand ça te fourmille ainsi, à cet endroit, t'as férocement besoin de passer la main dans ton futiau pour aller fourrager à grandes onglées, moi je te le dis.

Je t'ai pas raconté Victor, physiquement ? Aucune importance. Sache seulement qu'il a une bonne gueule pleine de comédons à tête noire, car il séborrhe vachement dans ses trains de merde. Les cheveux en brosse, aussi, il faut signaler. Ça se fait de moins en moins ; lui, il les a toujours eus. Et puis ça suffit pour le physique de ce type.

Le Président écoute Noëlle jouer de la flûte. Elle s'explique pas mal du tout, cette môme. Il lève le doigt et dit en désignant la musique :

— Ce n'est pas mal du tout, qui joue ?

— Notre fille, répond Victor qui adore sa fille.

— Elle est douée.

— Vous trouvez ?

— Je pense bien. Rien de plus délicat que la flûte. Elle la maîtrise parfaitement.

Victor ne comprend pas bien, mais du moment que c'est élogieux, il prend son pied. Théâtral, il va ouvrir la porte donnant sur la chambre de Noëlle. On découvre la musicienne, face à l'encadrement, debout devant un grêle pupitre métallique. Alors elle, tu vois, ça mérite qu'on la décrive. Un ravissement de gosse. Dix-sept ans, de longs cheveux blonds qui lui tombent sur les épaules, d'immenses yeux d'un bleu intense que veloutent de très longs cils naturels. On la reçoit comme le printemps quand tu ouvres ta fenêtre donnant sur le jardin.

— Mon Dieu ! Mais elle est ravissante ! s'exclame le Président.

Il est de ces hommes pour qui la vue d'une jolie fille est une sorte d'épreuve car ils la convoitent immédiatement. L'impétuosité de leur cupidité sexuelle les meurtrit entièrement. Un instant, le Président oublie sa situation dramatique. Il regarde à en perdre le souffle cette adolescente irréelle, si peu d'aujourd'hui avec son air pur, sa flûte, ses yeux bourrés d'été. Il voudrait pouvoir la prendre dans ses bras ; la presser contre lui, se faire aimer d'elle. Hélas, par comparaison, il se sent vieux et lent. Elle est hors de portée. Il faut se résigner à admirer sans espoir. Il n'a aucune chance de l'émouvoir. Ni sa situation, ni sa belle queue énergique ne sauraient lui valoir une telle conquête. L'âge est une belle saloperie, je te jure ! Il songe à son propre corps, trop blême et qui fait des plis. Les seins tombent, il y a des vagues successives sous son nombril. Sa viande est bleuâtre entre les aisselles et le coude, et puis les veines remontent à la surface de ses jambes. On suit leur sinuement aux endroits sans poils.

— Viens voir qui est là, Noëlle, dit Victor d'un ton sucré.

Elle déflûte et s'avance. Réservée. Pas timide. Elle reconnaît le Président. Ayant entendu le récit de sa mère, la visite de l'Illustre ne la dépourve pas. Il est ici, bon, et après ? Elle le salue d'un hochement de tête. Le Président s'est levé, les fanaux phosphorescents, la bouche humide. Ses salivaires en foutent un coup, espère. Tout juste s'il ne bave pas.

— Bravo, mademoiselle, vous êtes très douée et plus que jolie !

Elle retient ses réactions, le juge vieux crabe, se fout de ce qu'il peut lui dire. Il ne l'impressionne pas le moins du monde et l'attitude empressée de son coco de père l'irrite secrètement.

Elle attend la fin de la corvée. Le Président lui demande où elle en est de ses études. S'informe de qui lui enseigne la flûte ; tout ça... Elle répond sobrement, sans le quitter des yeux. Elle voit bien que le Président a envie d'elle. Il y a déjà pas mal de temps qu'elle sait distinguer le sexe des hommes dans leurs prunelles. Les bites se reflètent dans les regards, comme les bougies des chandeliers.

Le Président sent qu'il l'emmerde et n'insiste pas. Noëlle retourne flûter dans sa piaule.

— Est-ce que j'oserais vous proposer un petit apéritif ? demande Georgette Réglisson en rougissant d'extrême.

— J'accepterais volontiers, mais je n'ai pas déjeuné et ça me ferait tourner la tête.

L'estomac vide du Président bouleverse Victor, solide bâfreur.

— Ma femme peut vous faire un petit quelque chose, monsieur le...

Il accepte. Le couple s'affaire, malgré ses protestations. Georgette court réchauffer un reste de gratin de macaroni et met à cuire l'escalope destinée au dîner de Noëlle (à cet âge, il faut manger de la viande à tous les repas). Victor débouche une bouteille de « Pelure d'oignon ». Quelques instants plus tard, le Président est attablé chez les Réglisson et casse la graine avec un appétit qu'il s'ignorait. Où en sont-ils à l'Hôtel de Ville ? Au café, sans doute. C'est le moment des toasts. L'indéfectible amitié qui lie la France et le Bamboule... Il les imagine, tous, chamarrés, surdécorés, et a pitié d'eux.

L'escalope est délectable. Il le dit. Georgette explique qu'ils ont un boucher tout à fait exceptionnel : un vieux de la vieille qui laisse encore la bidoche se rassir dans ses chambres froides.

Et maintenant, si on causait un peu de tonton ? Il est venu pour parler de lui, le Président. Accaparé par ses fonctions, il le négligeait, le pauvre chéri. Mais il a besoin de savoir... Cette mort cruelle le désespère.

— Sortait-il souvent ?

— Pratiquement jamais, répond Georgette. Je lui en faisais la remarque d'ailleurs ; je lui disais : vous devriez marcher, à votre âge il ne faut pas se laisser rouiller. Mais il refusait. C'était d'autant plus mauvais, selon moi, qu'il mangeait beaucoup. Je lui mijotais des petits plats, des grands plutôt, et il ne restait rien, le lendemain.

Elle parle d'abondance. Raconte les journées paisibles d'oncle Eusèbe ; ses lectures, son bricolage. Elle lui apportait des choses de chez elle à réparer, il insistait. Il a pratiquement remis à neuf le Solex de Noëlle, et pour pas un sou. Et d'une gentillesse, d'une courtoisie. Sa pudeur était excessive, si elle vous disait que le cher homme a toujours refusé qu'elle s'occupe de sa salle de bains. Il y mettait un point d'honneur. « L'endroit où je me nettoie, c'est moi qui dois le nettoyer », affirmait-il.

Le Président croit comprendre. Il n'existait pas de salle de bains, autrefois, chez Eusèbe. On se lavait sur l'évier, un évier fermé qui sentait le limon. Le miroir à raser de tonton était placé à gauche du chauffe-eau pour mieux recevoir la lumière de l'ampoule électrique. Oncle Eusèbe s'avançait au-dessus de la pierre d'évier, une vraie pierre très ancienne, grossièrement creusée.

La Réglisson poursuit, tandis que son homme se sert à boire pour tenir compagnie à leur hôte :

— Un jour, j'ai voulu lui faire sa salle de bains tout de même, en cachette. Eh bien il est entré dans une colère terrible et j'ai cru qu'il allait me renvoyer, c'est dire...

Cette fois, un déclic s'opère dans l'entendement du Président.

Ce qu'il cherche se trouve dans la salle de bains. Il a bien fait de venir.

VIII

Ginette Alcazar sonne pour faire enlever le plateau sur lequel on lui a servi un très substantiel en-cas : toasts de saumon fumé, poulet en gelée, tarte au citron, plus une demi-bouteille de Mercurey et un café.

C'est Rosita qui vient desservir, tu parles : pas folle, la guêpe ' Elle dédie de grands sourires contrits à Ginette, des sourires implorants pour l'amener à absoudre son époux. C'est un chaud latin à la chair faible ; et elle, avec ses trucs qui débarquent ce matin, qu'est-ce que vous voulez...

Alcazar entretient le suspense par un mutisme cataclysmique et un visage hermétique.

Le téléphone vrombit. C'est l'Elysée. Le secrétaire particulier du Président de la République demande si le Président Tumelat ne pourrait pas se pointer trente minutes avant la réception prévue pour un entretien express avec le Président.

— Je vais faire l'impossible pour le prévenir, assure Alcazar

Le secrétaire murmure :

— Il paraîtrait qu'il s'est fait décommander à l'Hôtel de Ville ?

Comme quoi les nouvelles vont vite dans cette petite bourgade de la politique parisienne.

— En effet, répond Ginette.

L'autre ne se contente pas de ces deux mots. Le laconisme, c'est pour les journaux. A la Présidence on parle peu, mais clairement. Alcazar est douée, sinon il y a lurette que Tumelat l'aurait envoyée se faire bouffer le cul ailleurs. Elle sait comporter en toutes situations pour préserver les intérêts de son seigneur et maître.

Savoir jeter du lest au bon moment. Renier quand il faut. En dire trop quand c'est de bonne politique.

— Le Président a eu un gros chagrin, ce matin : il a perdu l'homme qui l'a élevé. Sa peine est telle qu'il ne s'est pas senti le courage d'aller à l'Hôtel de Ville ; officiellement, nous avons mis cette absence sur le compte d'une crise de coliques néphrétiques.

Le secrétaire ne réagit pas. Il dit bonsoir. La confidence est bénéfique à Tumelat car l'Elysée et l'Hôtel de Ville ne s'aiment guère. Encore faut-il qu'elle puisse joindre Tumelat et qu'il se rende à la convocation du chef de l'Etat.

Ginette hésite et commence par le commencement, c'est-à-dire par appeler le poste posé sur la voiture personnelle du Président.

Le signal retentit. Longtemps... On ne répond pas.

Elle cherche le numéro de l'oncle Eusèbe, se rappelle soudain que le vieux mec n'avait pas le téléphone. Alors ? A tout hasard, elle essaie au Siège, mais son instinct de gonzesse l'avertit qu'elle y fera chou blanc. Effectivement, nul n'a aperçu le Président ce jour ; et c'est d'autant plus regrettable qu'il y a dans l'antichambre de son cabinet deux maires importants, un P.-D.G. en renom et un sous-préfet plein de tuyaux obscurs.

— Dites-leur que le Président souffre de coliques néphrétiques et qu'il est improbable qu'il viendra, déclare Alcazar.

Elle raccroche. On frappe à sa porte. C'est Juan-Carlos. Sa grognace est dans la lingerie, à repasser, il profite pour venir s'excuser. Il a eu une folie, mais ça n'est pas entièrement de sa faute : la señora Alcazar est tellement désirable ! Des mois qu'il meurt de la regarder et que son parfum de femme le chavire.

Elle lui oppose une expression chiément réprobateuse. Non qu'elle ne remettrait pas le couvert avec plaisir, car il est doué, l'espanche ; mais ce serait risqué. Elle a su dominer l'incident, restons-en là.

Pour conserver tout leur jus, les conneries ne doivent pas se répéter souvent. Juan-Carlos ferait bien rebelote, il est visible que ça remue dans ses avant-postes. Une vraie nature, décidément. Bien utilisé, il ferait un partenaire exceptionnel.

— Veuillez me laisser, l'en prie Alcazar, j'ai de gros problèmes à résoudre.

Lui n'en avait qu'un, mais grand commak. Il évacue sa tige sans bonheur, se demandant où il va aller se calmer les nerfs. La cuisinière est une grosse vieillarde abominable. En dehors d'elle, il ne connaît personne dans le secteur, sinon des bonnes portugaises prises présentement par leur service. Ginette resonne la voiture et cette fois-ci le Président répond illico. Le signal a retenti pile comme il s'installait au volant après avoir pris congé des exquis Réglisson.

— Ah, bon ! s'exclame Ginette, je commençais à me faire un sang d'encre. Le Président vous convoque pour dix-sept heures.

— Quel Président ?

— Eh bien, le vrai, voyons ! Entretien particulier avant la réception officielle. Ne me dites pas que vous ne pourrez pas y aller !

— J'irai.

Elle respire.

— Heureux de vous l'entendre dire, quel costume dois-je vous préparer ?

— Un gris éléphant.

Il est amusé par ces deux mots, au détour de la pensée. Se voit arrivant à l'Elysée déguisé en éléphant.

— Vous passerez au Siège ?

— Probablement pas.

— Pendant que j'y pense : l'Elysée sait que vous n'avez pas de coliques néphrétiques, mais que votre oncle est décédé.

— Comment le sait-il ?

— Je le lui ai dit.

Le Président, en un éclair, pèse les responsabilités de Ginette. Il sait qu'elle a agi pour son bien, comme toujours.

— Vous avez bien fait, ma poule.

Il raccroche. Alcazar soupire d'allégresse. Il est probable que le Président la limera demain matin.

IX

Tumelat dépose le combiné sur le socle noir fixé sous le tableau de bord.

Pourquoi le Président de la République souhaite-t-il le voir tout à coup ? Il n'a balancé aucun vanne sur lui, ces temps derniers et ses troupes — souvent frondeuses — comportent avec loyalisme. Intrigué, il passe en revue les mouvances de la conjoncture politique. Non, franchement, rien n'explique cette rencontre précipitée. Bon, enfin, là n'est pas le plus important pour le moment.

Il s'apprête à mettre le contact quand il voit sortir de l'immeuble cacatesque la fille Réglisson. Elle porte un trois quarts de laine grège tricotée, un foulard bleu qui colle pile avec son merveilleux regard. Le cœur du Président exécute un double Nelson tandis qu'un coup de lampe à souder lui incandescente le bas-ventre.

D'un petit coup de klaxon léger, il attire l'attention de la jouvenceuse. Elle regarde dans sa direction et l'identifie malgré les miroitements du pare-brise plein de soleil. Noëlle adresse un brin de geste, à peine. Sa main ne s'est pas soulevée de dix centimètres.

Elle va vers les hangars à vélo qui jouxtent l'immeuble, pour y prendre son Solex (réparé entièrement par l'oncle Eusèbe). Le Président roule dans cette direction. Une petite bordure de ciment limite le chemin cimenté. Le Président la franchit et se met à rouler sur la pelouse galeuse semée de trous, pour s'approcher de l'adolescente. Un locataire de l'ensemble lui lance un « non mais ça va pas la tête ! » dont il n'a cure. Il est troublé par son comportement. Alors qu'il traverse le plus grand péril de son existence, voilà qu'il se surprend à courser une adolescente ! Il déconne, le Président. Déconne à outrance. Si son « équipe » le voyait, lui dont il est l'oracle, l'homme fort, le guide dont on guette les mots et les froncements de sourcils ; si son équipe le voyait, elle se mettrait à le contester vite-fait-sur-le-gaz, ces salauds !

Surprise, Noëlle s'arrête et attend.

Cette Mercedes verte qui roule hors des sentiers prévus à travers ce bout de lande vomique mobilise l'attention. Elle est certaine que cent regards d'un peu partout sont braqués sur eux et que ça caquette ferme dans les grands navires de ciment amarrés à la n'importe comment.

Pourvu, Seigneur, qu'on ne reconnaisse pas le personnage ! Elle va à l'auto pour l'empêcher d'en sortir au cas où il en aurait l'intention.

— Qu'est-ce qu'il y a ? balbutie la jeune fille.

Il y a qu'il perd les pédales, le Président. Il y a qu'il a un coup de vingt ans ; brutal comme une décharge électrique ; mais comment le dire à la flûtiste ?

Il la regarde. Ses yeux le font songer à la mer. A des tas d'autres choses... Des chansons, tiens. André Claveau : « J'ai pleuré sur tes pas... », à des champs rouges de coquelicots qui s'étendaient derrière leur maisonnette de Cortentin. A-t-il envie d'elle ? Envie, physiquement ? Sûrement pas. Il ne la baiserait pas s'ils étaient au lit ensemble, ne lui groumerait même pas la chatoune. Ce n'est pas cela qu'il cherche en elle. Non, non, pas un contact. La toucher, la caresser ne l'intéresse pas. Il souhaite seulement la tenir à disposition. En silence. Pouvoir la contempler sans s'occuper du temps qui passe ni de l'environnement. L'avoir à soi, quoi. Qu'elle devienne son bien, au même titre qu'un tableau.

— J'ai ressenti un choc en vous apercevant, fait-il.

Il trouve ses intonations piteuses. Et ses paroles, donc ! Ce qu'il ressent est trop sincère, trop profond pour pouvoir être dit avec des mots.

Un je ne sais quoi de goguenard passe dans les yeux bleus.

— Vous devez me considérer comme un vieux bonhomme, n'est-ce pas ?

— Evidemment, répond la cruelle, sans appuyer, juste parce que c'est la vérité et qu'il est vain de vouloir l'atténuer.

Le Président en dérouille un bon coup dans l'orgueil, dans la viande, partout...

— Vous devez également me prendre pour un vieux cochon ?

Elle hoche la tête, signifiant que ça n'a aucune importance qu'elle pense ça ou à autre chose. Ils sont tellement loin l'un de l'autre. Si parfaitement irrapprochables !

— Ne croyez pas que je cherche une aventure avec une fille qui a l'âge d'être ma fille...

— Votre *petite*-fille, rectifie Noëlle.

Elle ne pleure pas ses coups de grâce, la garcette ! Te Ravaillaque son birbe de première, et rran et rran ! Estoquant au gré du geste ou de la voix, sans choisir, animée par cette haine confuse qu'éprouve la libre jeunesse face à la vieillesse bourgeoise.

Le Président rebiffe. C'est un battant, oublie jamais. Tumelat, sa force, c'est sa fougue, son emportement, sa violence incontrôlable. Et également son sens inné de la situasse.

— Ecoute, petite conne : grand-père ou arrière-grand-père, vieux dégueulasse ou bande-mou, je meurs du besoin de te revoir, un point c'est tout.

Il prend une carte dans sa poche de veston et la jette par la portière.

— Tu peux m'appeler à ce numéro tous les matins. Et nous fais pas chier avec tes dix-sept ans, ils ne dureront pas ! Regarde-toi attentivement dans une glace, tu n'es pas loin des quatre-vingts !

Là-dessus, il décarre comme Pierrot-le-Fou, le Président. Carbonisant ses boudins sur les bordures de ciment franchies en trombe, sans être « négociées ». Il traverse toute l'esplanade, vire sec devant une poussette chargée de jumeaux et disparaît.

Noëlle est muette de surprise. Une étrange colère se fait jour en elle. De son talon en vrille, elle enfonce la carte de visite du Président Tumelat dans le sol débile qui sent la pisse au soleil.

***

Le Président roule à tombeau ouvert jusqu'au pavillon. Taïaut aboie un grand coup lorsque la voiture s'arrête devant la portelle, mais il se tait et frétille en reconnaissant le conducteur. Tumelat le flatte d'une rude caresse qui fait sonner creux la boîte crânienne du clébard. Saisi d'une idée, le Président le détache de la niche et l'emmène dans la maison.

Sans escale, ils grimpent au premier. Les pattes caoutchouteuses du chien dérapent sur les marches vernies. Il bat de la queue, Taïaut. C'est nouveau, pour lui, cette expédition. L'oncle Eusèbe n'a jamais été un « père-au-chien ». Pour lui, un toutou était chargé de fonctions précises qu'il devait accomplir dans des limites données. Pas la moindre interférence entre la vie de l'animal et la vie de son maître.

Le Président ouvre la porte de la vieille salle de bains. La banalité du local le décourage en dissipant ses espoirs. Qu'attendre de ce volume aux parois lisses, d'un jaune ripoliné, pisseux, avec son lavabo antique et sa baignoire à pieds Louis XV ?

Et pourtant, voilà que le chien se prend à tourniquer sur ses quatre pattes en poussant des cris d'impatience. Il fouisse de la truffe, un vrai aspirateur, tu dirais ! L'instinct de ces bêtes, franchement, c'est intéressant à observer. Il a la queue rectiligne. Il soulève parfois ses pattes de devant et plonge, le museau au ras du carrelage. Le Président le regarde agir, son intrigance en éveil, car il pressent que Taïaut a détecté de l'anormal.

L'animal se met à flairer les plinthes de faïence. Il bute contre l'angle du mur et de la baignoire. Son pif va devenir triangulaire, tant tellement qu'il pousse, arc-bouté des antérieures, le poil hérissé. Il grogne d'énervement. Il enrogne des griffes. Patine sur le dallage.

Tumelat voudrait assister Taïaut ; mais de quelle manière ? Comment l'aider ?

Il élève son âme au-dessus de l'instant terre à terre, le Président. Vieux fond breton. Le catholicisme, tu peux jamais en dépêtrer totalement, même que tu sois passé, comme c'est le cas d'Horace, par les rangs radicaux à tes débuts, et que tu aies côtoyé la franc-maçonnerie. Le Notre-Père te reste collé à l'âme comme du chewing-gum après de fausses ratiches. Il peut pas s'empêcher de para-prier dans les cas d'exception. Un réflexe conditionné.

« Seigneur, fait-il, je ne crois pas vraiment en vous, je vous soupçonne seulement ; mais je me sens enclin à faire comme si vous existiez devant les largesses que vous eûtes pour moi. Vous m'avez tant donné, Seigneur, que vous n'avez plus le droit de jouer au con avec moi désormais ; ce serait détruire une œuvre pleine d'harmonie et très exceptionnelle. Seigneur, je suis un grand pécheur, certes, je n'aurais pas l'outrecuidance de prétendre le contraire ; mais vous qui savez tout, malgré votre douteuse existence, vous n'ignorez pas que de bonnes intentions m'animent. Si je ne possède pas la ferveur patriotique d'un de Gaulle, je n'en ai pas non plus la vanité dindonnante.

« Je ne suis pas un surhomme, Seigneur, mais un simple citoyen sachant manipuler d'autres citoyens. Ce pouvoir, comme tout pouvoir, a engendré des devoirs. Il me faut du temps et une grande liberté d'action pour les accomplir. Délivrez-moi du mal en me permettant de le dénicher. O, Dieu Tout-Puissant, bien que probablement illusoire, cessez immédiatement de me faire chier de cette intolérable manière. Si vous me sauvez, en cette effroyable conjoncture, Seigneur, je m'engage à accomplir quelque chose pour vous. Je ne vous dis pas quoi, ce sera une surprise ; mais je vous jure que je ne tricherai pas. Amen. »

Car il a déjà triché à deux reprises avec le Bon Dieu, le Président. La première fois, il lui a promis d'aller à Lourdes en échange de sa sécurité. Il conserva sa sécurité mais trouva de bonnes excuses pour ne pas accomplir son vœu. La seconde fois, c'était au cours d'un ballottage périlleux, pratiquement perdu. Il s'engagea, en cas d'élection, d'aller à messe tous les dimanches. Il fut élu et n'alla à la messe que le dimanche qui suivit le scrutin. Se comporter avec Dieu comme avec les électeurs est dangereux. Le Seigneur, qu'il existe ou pas, déteste l'arnaque. C'est pourquoi, présentement, Tumelat ne s'engage pas. Il promet dans le vague, se réservant d'acquitter par la suite, au mieux de ses disponibilités, s'il est exaucé.

Taïaut gémit de plus en plus fort. Ce qui le fout en rogne, le clébard, c'est de ne pouvoir entamer le dallage avec ses griffes. Une noire fureur l'agite, au point qu'il cherche à mordre la main du Président lorsque ce dernier tente de le faire reculer.

Le Président est dans cet état un peu second du joueur devant une table de roulette qui joue le 4 plein en sachant que le 4 va sortir. Et le 4 sort. Et puis c'est terminé pour presque toujours, ce genre de consentement occulte, cette largesse de l'au-delà.

Ça n'a été qu'un moment de dépassement. Un moment d'une extrême intimité, follement capiteux ; un moment secret.

Tumelat sait que c'est là que ça se tient.

A présent, il faut comprendre comment ça fonctionne. Pour cela, un seul chemin : retrouver la psychologie de l'oncle Eusèbe, se rappeler ses talents étonnants de bricoleur, confinant parfois à la magie. Pendant l'occupe, il avait bricolé un vélo pour un copain résistant. Un vieux clou branlant qui recelait dans son cadre tout le fourbi d'un poste émetteur. Merde, faut le faire, non ? Et puis aussi l'espèce de coffre-fort où il rangeait ses valeurs : du pognon, quelques titres, des papiers personnels, des napoléons... Un truc insensé ! Eusèbe avait traficoté le chauffe-eau de l'évier. Lui avait adjoint une espèce de compartiment supérieur en verre, avec de la flotte à l'intérieur. Mais dans le milieu, se trouvait un gros cylindre chromé et c'était cela, la planque d'Eusèbe. Qui donc se serait amusé à dépiauter le vieux chauffe-eau, tu peux me dire, bougre de fifre ? Edgar Poe, tiens, fume !

Le Président s'adosse au lavabo et regarde très attentivement la baignoire, le mur, le sol.

Il croit comprendre.

Il a compris.

X

Elle possède des ciseaux exprès pour ça, Mme Fluck. Des ciseaux aux mâchoires rouillées et qui cisaillent mal. Mais pour couper du mou, hein ?

Ses chats miaulent comme des perdus autour d'elle. Elle en a seize, de tout poil, de toute race, et des sans race. Des castrés, des entiers, mâles et femelles confondus. Tout ça grouillasse dans ses jupes, sur la table, même sur le fourneau à gaz éteint.

Elle est contente de sa chatterie. La passion, le pied !

Son appartement est une infection. Quand tu y pénètres, l'odeur te prend à la gorge. Tu recules. Aucune personne étrangère, jamais, n'a pu y entrer sans exécuter un pas en arrière, tellement que ça te chavire, cette odeur féroce ; tellement qu'elle te fait peur, si éloignée de l'humain comme elle est.

Mme Fluck n'est pas juive. C'était son mari. Tailleur dans le 18e jadis. Elle, elle est suissesse, fribourgeoise native de Bulle. Elle a connu Moïse pendant la guerre. Il s'était réfugié en Helvétie comme tant. C'était un beau garçon à l'époque. Après la guerre, il l'a épousée bien qu'elle fût goye. Mariage heureux ; pas d'enfants, des chats. Beaucoup de chats. Moïse les raffolait. Quand ils allaient passer leurs vacances dans l'ancienne maison de ses parents, près de Gruyère, elle embarquait toute sa chatterie : cinq cages dans leur vieille Celtaquatre. Les dimanches de fête, Moïse allait à la messe, habillé en armaillies qui est le costar folklorique de la région : veste courte, brodée, manches bouffantes, calotte brodée. Ça le dépaysait pas trop, la calotte, et quand il s'en coiffait, il se rappelait la synagogue de son enfance, près de Lublin.

Et puis, il a pris ce vilain cancer au cou et il est mort au bout de deux ans à peine.

Les gens du village rigolaient sous cape de le voir fringué en armaillies, Moïse, avec son gros nez de youpin. Malgré tout, ça les flattait qu'il se soit fait confectionner ce costume de chez eux, et qu'il l'arbore triomphalement, comme s'il suffisait de revêtir cette tenue pour être naturalisé fribourgeois ! Ils sentaient, les gens, tout le monde, à travers leurs ricanements, qu'il y avait quelque chose de gentil là-dessous. Un besoin d'aller aux autres, de se fondre parmi eux pour mieux s'en faire aimer.

Après la messe, dans la Saarine, et même ailleurs, les fidèles ne s'égayent pas tout de suite. Ils se répandent dans le cimetière entourant l'église pour rendre hommage à leurs morts. Moïse allait se recueillir sur la tombe de ses beaux-parents : des personnes de la basse montagne, dures au travail, qui le regrettaient pour gendre, juif à ce point, tu penses, dans ce canton si catholique ! Ses vieux, à lui, étaient partis en fumée dans le ciel honteux de Treblinka. Il aurait bien aimé avoir une tombe où les réunir, Moïse. Les savoir endormis sous une terre paisible, comme la terre de Suisse par exemple, si riche qu'elle semble n'avoir pas encore servi.

Je te parle de Moïse sans trop savoir pourquoi. Il n'a rien à branler dans ce livre. Seulement sa femme, Mme Fluck, avec ses seize chats libidineux qui répandent la plus effroyable odeur de la création.

Mais enfin, je t'en ai parlé, c'est fait, c'est fait, pas à biffer, que ça reste tel, dans ce bouquin à la con.

Et Mme Fluck coupe son mou. Le poumon, c'est après la tripaille ce qu'il y a de plus dégueulard dans notre composition, je trouve. Affaire de réactions. L'organique m'épouvante. J'ai honte de ne pas être végétarien uniquement. Parfois, je stoppe au milieu d'une entrecôte marchand de vin, terrorisé à la pensée qu'elle mugissait quelques jours plus tôt ; qu'elle regardait passer les trains... Manger une vache ou un petit garçon, tu peux me prouver la différence ?

Ses greffiers l'assaillent, positivement. Elle les recule du coude (je te signale en passant que je n'ignore pas qu'on doit dire : « elle les fait reculer », mais j'écris à l'improviste, moi, comprends. A l'improviste. Je fais feuille de rose à la langue française ma maman chérie. Si ça t'agace, laisse quimper, ça ne nous empêchera pas de crever, toi et moi, connard !).

Et alors, bon, voilà qu'on sonne à sa porte. Juste au moment qu'elle grapatouille dans son monceau de poumon, avec des mains rouges et des ciseaux rouillés. Elle regarde que le loquet est accroché. C'est-à-dire qu'on peut ouvrir depuis l'extérieur. Alors elle crie d'entrer. Un type plutôt jeune, blond veau, fringué de gris, avec un imper, pénètre dans le logement. Plus précisément, il ouvre la porte et fait un pas en arrière. Mme Fluck le reconnaît aussitôt, c'est un des deux flics qui sont venus ce matin chez le vieux d'en face. Il se force et entre dans la chatterie, la gorge nouée de répulsion indicible. De près, elle lui trouve une gueule franchement déplaisante d'homme soucieux d'emmerder ses contemporains. Il y a des policiers avec des physiques convenables, celui-ci appartient à la catégorie des bas fumiers.

Néanmoins, Mme Fluck lui sourit de bienvenue.

— Excusez-moi, c'est l'heure de mes chats...

Paul Pauley (dit Pau-Pau) grimace. Le spectacle est écœurant. Ces matous affamés, avec leurs queues verticales, leurs trous du cul bien ronds, leurs miaulasseries exaspérantes, il aimerait les massacrer à coup de gourdin ; en faire un vrai carnage. Il déteste les chats, c'est viscéral chez lui. Il en a déjà bousillé plus d'un, et de manière pas sympa.

— Je suis l'officier de police Paul Pauley, annonce-t-il entre ses dents.

— Enchantée, répond Mme Fluck ; mais je crois bien vous avoir aperçu en face, ce matin, pour les constatations.

— Probable. Vous le connaissiez, le vieux bonhomme ?

— En voisine. Bonjour-bonsoir. Son chien est une sale bête qui fait la guerre à mes minets.

— Vous savez qu'il s'est pendu ?

— Ben oui, j'ai appris. Qu'est-ce qui a pu lui passer par la tête ?

Paul Pauley s'abstient de répondre. D'ailleurs il n'y a rien à répondre. Il regarde la mémère répartir le mou en morceaux dans des écuelles de plastique. Les chats se jettent sur la nourriture en se soufflant après : de vrais fauves. Quelle engeance ! Nom de Dieu, si on le laissait seul avec eux, muni d'une lampe à souder, ce qu'il voudrait s'amuser !

— Vous savez de qui il était le parent, ce type ? demande l'officier de police-enculeur en montrant la fenêtre.

Mme Fluck lève son visage de vieille méduse ; elle a une frime toute plate, avec un regard très surpris par tout ce qu'il contemple. Elle est un peu dure de la feuille, mais heureusement Pauley parle ferme et articule comme s'il s'adressait à ses semblables par l'intermédiaire d'un porte-voix.

— Comment cela ? demande-t-elle.

Elle a retrouvé son accent fribourgeois de jadis. Il s'était gommé au contact des banlieues parigottes. Il revient au pas de charge, because la troublance.

Il insiste :

— M. Cornard, le vieux d'en face, avait pour neveu une très haute personnalité du monde politique, vous ne le saviez pas ?

— Ah ! ça, non, bée la vioque. Qui donc ?

— Une personnalité qui se trouve chez lui, présentement. Sa voiture est devant le jardin. Vous n'avez pas remarqué la cocarde tricolore au tableau de bord ?

Du coup, Marie-Marthe Fluck trotte à sa fenêtre pour regarder. Effectivement, elle aperçoit la Mercedes verte avec son macaron fixé devant le volant.

— Et c'est qui ? insiste-t-elle.

Mais Pauley préfère la laisser languir.

— J'aimerais vous poser quelques questions, tranche-t-il d'un ton professionnel.

— Quelles questions?

— Vous n'auriez pas une autre pièce où on pourrait parler sans tous ces chats qui puent?

Elle se sent meurtrie dans ce qu'elle possède de plus noble, la dame Fluck. « Tous ces chats qui puent! ». Quel infect type! Des chats qui sont la propreté même. Pas un seul qui se laisserait aller en dehors de son bac à sciure, sauf malaises ou cas de force majeure.

— Il y a ma chambre, propose la vieille dame.

Il accepte. Une vague pensée égrillarde lui traverse l'esprit, mais elle est trop tarte, trop blette. Et puis, désormais, il n'aime plus que le rond, Paul Pauley. Une vocation tardive... Avant Mireille, il coursait la gonzesse, comme tout un chacun. Tombait des bistrotières, des commerçantes, des dames oisives que ses fonctions et ses épaules rembourrées intimidaient. Il les affalait d'autor, la démarche lourde, la prunelle plombée. Par ici la bonne soupe! Leur ramassait les cuissots sous ses bras, comme un jouteur tient sa perche, pour les enfiler sans barguigner, à coups de reins policiers; hop! Pas d'histoires ni de rouspétances je vous en prie! Maintenant il va-et-viente dans l'œil de bronze; ce qui est plus intime, plus chaleureux.

Il suit la mère Fluck dans sa chambre. Mais là aussi, ça fouette le minet négligé, et vilain, crois-moi! Dedieu, cette puanteur! Faut vraiment aimer ça. La horde de greffiers, comment qu'il te la virgulerait dans une chaudière allumée, manière de les faire changer de foyer

C'est une chambre de vieille Suissesse honnête et propre, malgré la chatterie qui promiscuite. Un crucifix est suspendu au-dessus du grand lit de bois. Le château de Gruyère, en couleurs, s'étale sur un rondin fixé au mur. Du juif Fluck, ne reste que sa photo prise sur le pas de la porte de son magasin de tailleur. Marie-Marthe a toujours banni de son logis les objets israélites: chandelier, thora et autre quincaille. Chez elle, fribourgeoise, il n'y a place que pour le vrai bon Dieu.

Une table à pied unique, ovale, recouverte d'un napperon brodé en provenance d'Interlaken occupe le milieu de la pièce. La vieille dame désigne l'unique chaise. Quant à elle, la position verticale prolongée ne lui fait pas peur, elle était sommelière, jadis, dans les hôtels de commune de son canton et il lui en est resté la manière de se reposer debout, comme les échassiers.

Paul Pauley déboutonne son imper et allonge grand ses jambes Il se caresse la queue à travers son bénouze, négligemment, du bout des doigts, en songeant aux fesses bien dures de Mireille Une gravité inconnue l'habite Pour la première fois de sa carrière, il travaille à son compte. Ça implique des choses. Faut de la hardiesse.

— Vous êtes madame Fluck, n'est-ce pas ? Il commence, pour dire quelque chose, et quelque chose d'un peu inquiétant dans sa banalité. Car quand un flic demande à Untel s'il est bien Untel, Untel se sent en perte de vitesse.

Mme Fluck s'étrangle.

— Oui, oui, c'est ça, née Kübli.

— Mouais, fait Paul Pauley, mouais...

Puis, cette question chausse-trape, déconcertante — ô combien !

— Vous n'avez pas la télévision, n'est-ce pas ?

— Non, non, s'excuse la pauvre femme : je suis sourde. Alors juste l'image, vous comprenez, ça ne justifie pas la dépense.

Elle se hâte de demander, d'un ton flageoleur :

— Je devrais l'avoir ?

Mais l'art policier, c'est de toujours répondre à une question par une autre question. Plus qu'un autre, un flic sait la perfidie des réponses car toute réponse est compromettante.

— Pourquoi dites-vous que vous êtes sourde : je cause normalement et vous ne me faites pas répéter, objecte-t-il.

La remarque frappe Mme Fluck. Ça l'éperde, cette vérité insolite.

— Vous, je vous entends, avoue-t-elle, très bien, même. Probablement parce que vous avez une bonne diction.

Paul Pauley la regarde, soupçonneux. Ses idées se formulent plus ou moins bien. Il sent que la vieille panique. Elle est là, devant lui, éperdue, penaude d'elle ne sait quoi, coupable d'avoir un policier chez elle. Elle danse d'une jambe sur l'autre, entremêle ses doigts, bat des paupières, luttant désespérément pour ne pas fuir le regard inquisiteur de Paul Pauley braqué sur sa personne comme le double canon d'une mitrailleuse jumelée.

Il se dit qu'elle a un corps tout ce qu'il y a de pas mal pour son âge, la mère. Les bonnes femmes, c'est la frite leur talon d'Achille. Elles charrient leur âge sur leur figure, mais souvent leur corps passe outre et s'attarde dans les beaux épanouissements de la quarantaine. Lui, il ne connaîtrait pas Mireille, il se la carambolerait, Mémère. Avant sa conversion, il aimait les veuves, Pauley. Même faisandées, il y allait à la renversade, les hypnotisait de ses yeux froids et denses et les chibrait implacablement, sans qu'elles songeassent à protester. Bon, d'accord, Mme Fluck a probablement les poils du con gris, ce qui refrène, mais il lui devine une belle motte renflée, comme il les aimait au temps de son orthodoxie.

— Du moment que vous n'avez pas la télévision, vous devez passer beaucoup de temps à votre fenêtre, affirme péremptoirement Paul Pauley.

Et qu'elle tâche de ne pas dénéguer, sinon il va se foutre en pétard. Quand il dit quelque chose, c'est parole d'évangile, point à la ligne. Ceux qui veulent la ramener, ergoter ou autre, la sentent passer, fais-lui confiance !

— Oui, en effet, reconnaît Mme Fluck.

— Et votre fenêtre donne directo sur la maison du pendu, exact ?

— Mais... oui.

— Si bien que vous ne perdez rien des allées et venues. La preuve : quand je suis entré chez vous, tout à l'heure, vous m'avez dit que vous me reconnaissiez ; toujours exact ?

— C'est exact, balbutie la malheureuse qui se croit en cour d'assises et s'attend à ce que l'avocat général réclame sa tête.

Paul Pauley se frotte la queue un peu plus fort, juste du bout des doigts, comme ça, tu vois ? La tête du gland, le casque de Néron, d'un mouvement régulier. Et il bandoche sans y penser, en matant les hanches pleines de la vieille. Il s'est accoutumé à l'odeur des matous. C'est vrai qu'on s'habitue aux pires choses, comme aux pires gens ; sinon, tu penses bien que cette merderie d'existence ne serait plus du tout vivable. C'est sa position allongée sur la chaise qui l'incite à se caresser le pénis, Paul Pauley. Et puis cette chambre à coucher et la vioque pas mal de son corps. On est bizarre, pour dire, nous les hommes. Ces bas instincts, sous-jacents, ce perpétuel émoi jamais complètement endormi. En filigrane de sa pensée, il y a la motte dodue de Mme Fluck. Elle le fascine. Il voudrait la voir, simplement s'assurer qu'elle est bien telle qu'il l'imagine, fendue impec, la poilure en casoar, *very nice,* je te dis !

Paul Pauley concentre son regard cruel, le fait insoutenable

— Dites, vous allez bien rappeler vos souvenirs, et me dire qui est entré chez le vieux d'en face depuis hier soir, disons, huit heures, jusqu'à l'arrivée de la femme de ménage, ce matin, ça joue ? Son con de chien aboie dès que quelqu'un s'approche de la barrière, vous, automatiquement vous allez jeter un coup d'œil par votre fenêtre, c'est normal.

Son « c'est normal » rend espoir à Marie-Marthe, l'incite à donner satisfaction.

Paul Pauley (dit Pau-Pau) comprend tout à coup pourquoi cette vieille vachasse l'émoustille, le phénomène vient de ses bas. Contrairement aux morues de son âge, elle ne porte pas de gros bas de coton, résignés et inesthétiques, mais des bas presque fins qui font chanter la jambe.

La dame part à rebrousse-temps dans ses souvenirs Elle réfléchit posément, en bonne Suissesse qui ne fait rien à la légère. Hier au soir, personne... Dans la nuit, l'affreux clébard du père Cornard s'est mis à hurler à la mort ; elle s'est levée pour aller regarder par la fenêtre de sa chambre. Mais elle n'a rien remarqué d'insolite, bien qu'elle y soit restée un sacré moment. D'ailleurs, le chien n'a presque pas cessé de hurler au cours de la nuit, sans doute parce qu'il savait son maître défunté. Au matin, une motocyclette flamboyante a stoppé devant la grille. Un garçon vêtu d'un complet sport et coiffé d'un casque de martien en est descendu et s'est dirigé vers la porte de la bicoque. Il a frappé. Et puis il est entré dans la maison, n'y est demeuré que quelques minutes. Il en est ressorti précipitamment, a renfourché son bolide de feu et a disparu dans un vacarme de cataclysme.

Du coup, Paul Pauley bande d'allégresse. Bon, d'accord, la mort du vieux s'est produite sur le coup d'une heure du matin, mais cette visite inusitée est vachetement intéressante, tu conviens ?

Il coupe :

— Vous l'aviez déjà vu, ce gars ?

— Non, jamais.

— Quelle heure pouvait-il être ?

— Sept heures et demie environ. La femme de ménage est arrivée peu de temps après.

— Et il ressemblait à quoi, le motocycliste ?

— Il était grand, jeune d'allure, mais comme il avait gardé son casque je n'ai pas vu sa tête...

— Bien entendu, ajoute-t-il, sarcastique, vous n'avez pas relevé le numéro de la moto ?

Mme Fluck rougit.

— Ça non, je n'ai pas pensé. Et puis même, à cette distance... Je ne possède pas une très bonne vue non plus, vous savez...

— Couleur de la moto ?

— Noire.

— Elle était grosse ?

— Enorme, pleine de tuyaux chromés.

— Ses vêtements, maintenant ?

Mme Fluck réfléchit.

— Il portait un pantalon de velours beige et une veste pied-de-poule, avec un polo marron.

Eh mais, dis donc, elle est précieuse auxiliaire de la poule, dame Fluck. C'est du précis. Sans bavures...

Pauley en est comme attendri. Son pantalon décrit une belle bosse de dromadaire à l'emplacement du zob. Mme Fluck, très éloignée de ces choses, depuis des ans et des ans, ne s'en aperçoit pas. Au reste, elle continue de craindre. Quand tu redoutes, tu n'es guère conditionné pour le tagada. Pauley songe que ces vieilles dames sont crédules et intimidables ; car enfin celle-ci ne lui a pas seulement demandé sa carte. D'accord, elle l'avait aperçu ce matin, mais quand même. Pas surprenant qu'elles se fassent détrousser, voire torturer et buter par des loulous en désœuvrance, ces connasses décrépites.

— Et après ce garçon, plus personne n'est venu ?

— Si, je vous l'ai dit : la femme de ménage.

— Vous m'avez raconté que le type en question a frappé, puis qu'il est entré, il détenait une clé de la maison ?

— Non, la porte ne devait pas être fermée. Avant d'entrer, il s'est reculé. Il a vu de la lumière au premier et c'est pourquoi il a eu l'idée de tourner le pommeau. Il a dû penser que le propriétaire n'entendait pas.

— Vous prétendez qu'il n'est demeuré que quelques minutes à l'intérieur. Ça veut dire quoi, quelques minutes ?

— Eh bien...

— Alors ?

Mme Fluck, dont les craintes s'endormaient, repart dans la trouille noire.

— Attendez, je réfléchis.

— C'est ça, réfléchissez. Fermez les yeux et reconstituez la scène par la pensée. On va minuter.

Pauley lâche sa queue pour enclencher la trotteuse de sa montre.

— Allez-y.

Mme Fluck clôt docilement ses paupières fripées. Elle reconstitue ce qu'elle a vu. Le garçon casqué est entré. Oui... Il disparaît dans le couloir. Le temps s'écoule. Elle l'évalue de son mieux. Il ne s'agit pas d'induire ce fumier de flic en erreur. C'est le genre de vilain coco aux revanches implacables. Elle se tenait derrière son rideau. Ses greffiers miaulaient à qui mieux mieux dans la cuisine. Elle a eu un élan pour les rejoindre, mais la curiosité l'emportant, elle est restée à son poste d'observation. Oh, pas longtemps. Bon, ça doit faire le joint.

— Ça y est, bredouille-t-elle.

Paul Pauley presse le petit bitougnot d'arrêt.

— Une minute quarante, annonce-t-il, c'est pas lerche.

Mme Fluck croit à une accusation.

— Je vous assure que ça n'a pas été plus long, à quelques secondes près.

Paul Pauley se dit qu'en une minute et quarante secondes, on n'a pas le temps de pendre un homme. Et puis le vieux était mort depuis au moins six plombes à sept heures et demie du matin. N'empêche qu'il aimerait bavarder avec le petit motard.

Il se lève. Quelque chose l'entrave un peu : sa queue tendue qui ne désarme pas, la gueuse ! « Ah ! maudite, l'invective-t-il *in petto,* comme dans du Paul Féval, tu es donc insatiable ! ». Il a tiré son coup voici moins de deux heures et déjà elle pavoise ! Quelle nature d'élite, ce Pau-Pau !

Il s'approche de la vieille craintive, lui propose un sourire blafard et torve de fumier toute catégorie.

— C'est un plaisir, des personnes coopératives comme vous, déclare Paul Pauley.

Mme Fluck en pâmoise de trop de soulagement. Se demande si c'est lard ou cochon, sincère pour de vrai. Mais les yeux fixes du flic la chavirent. Elle ignore pourquoi puisqu'elle cesse d'avoir peur.

— Vous savez que vous êtes encore pas mal dans votre genre, déclare Paul Pauley en avançant la main sur le corsage bien garni de la vieille femme.

Elle le laisse toucher, incrédule. Lui est sidéré par la fermeté de ce qu'il palpe. Merde : le cul de Mireille, positivement !

Paul Pauley ricane à vide, manière de dominer cet instant cafouilleux, de le laisser filer plus loin. Puis sa dextre descend jusqu'au bas-ventre de Marie-Marthe. Ça y est, il lui palpe la motte, il est presque heureux de constater qu'elle est à peu près comme il la voulait : généreuse, dodue, bombée. Il se met à souffler du nez, comme un dauphin, ce con. Et la mère Fluck, alors, tu parles à quel point la voilà éperdue. Dix ans qu'elle n'a pas subi le moindre assaut d'un mâle. La dernière fois, c'était un livreur, pendant que son mari se trouvait à l'hosto. Un grand costaud un peu gelé qui l'avait enfilée au débotté, l'espace de trois répliques. Elle se rappelle pas ce qu'il avait livré. Toujours est-il qu'il avait les mains sales. Elle lui avait proposé de se les laver. Il s'était mépris, et puis, crac ! La pointe ! Il puait la vinasse

Qu'importe... Il se trimbalait un solide chibre de roulier. Il l'avait embroquée sur la table de la cuisine, parmi les chats indifférents. Un chien, tu limes devant lui, ça l'énerve, il veut en savoir davantage sur les Français qui bougent. Le greffier, lui, il s'en fout éperdument de la tringlerie humaine. Pourvu qu'il rêvasse et se lèche le bout des pattes...

Et voilà que ce flic à l'air mauvais se permet des privautés, lui balade une main de soudard sur toute la géographie, Mémère. Lui contacte les estuaires, les monts d'Auvergne, les cols, tout bien, de ses gros doigts de cogneur. Ça, c'est une drôle de surprise. Comme quoi, on dira ce qu'on voudra, mais y'a bien un bon Dieu qui régit, non ? Dites, à son âge, Marie-Marthe : soixante-huit bougies en novembre prochain ! Et un jeunot balancé colosse, qui la pelote féroce, la mâchoire crochetée, le souffle comme un sanglier en train de truffer. Tu veux parier qu'il va l'empaffer sauvage, sur le plumard ? Elle se met à craindre en sourdine pour le couvre-lit délicat, brodé frivole, minutieux, par des paysannes patientes de l'Appenzell. Que ce garçon c'est pile le genre de déchargeur fougueux, qu'en fout partout et d'abondance, sans se gaffer des conséquences ultérieures. Mais enfin, quoi, tant pis : une occase pareille, quand t'abordes les septante ans, hein ? Vider les couilles d'un mec qui a la moitié de ton âge...

Elle tourne vers Paul Pauley sa gueule plate de presque vieillarde, se croit obligée de marquer sa participation franche et massive en roucoulant des « Ehhrrr, Ehhrrr ».

Lui, il la trouve brusquement à chier, cette morue pâmée

Grotesque, pas tringlable. N'importe sa belle moule plantureuse. Et puis elle pue la pisse de chat. Qu'est-ce qui lui prend, Pauley ? Officier de police, merde ! D'accord, il enfile tout ce qui bronche ; il a les capacités pour ; néanmoins faut savoir se borner si on ne veut pas déchoir.

Par acquit de conscience, il passe la main sur son tiroir-caisse. Ça y est, il a déjà dégodé complet.

Alors, d'un geste brutal, il refoule la vieille, si fort qu'elle manque choir à la renverse.

Il gronde :

— Vous m'avez l'air d'une vieille salope, vous, hein ? Je vous aurai à l'œil !

Il part en faisant craquer le plancher. Mme Fluck est égarée, en perdition. Ne sait que faire. Va au plus pressé : se signe.

XI

Il est allé, à grand-peine, reconduire le chien à sa niche. Taïaut était comme fou. Il l'a calmé de son mieux, du geste et de la voix. Il a toujours su parler aux chiens, le Président Tumelat ; aussi bien qu'aux hommes, et un langage plus direct.

Il retourne à la salle de bains. Cette fois, il est frappé par l'odeur de la mort. Le corps est parti depuis plusieurs heures, cependant cela sent le cadavre dans la bicoque. A moins que ce ne soit l'effet de son imagination ?

Maintenant qu'il a compris, il a hâte d'agir. Il veut avoir confirmation de ses conclusions. L'instant est capital. Il referme au verrou la porte de la salle de bains à laquelle est accroché un vieux peignoir en tissu-éponge d'un blanc grisâtre. Il doit s'assurer du maximum de sécurité. A présent, il respire un grand coup et s'agenouille sur le carrelage. Il saisit l'un des quatre pieds de la baignoire : celui qui est le plus éloigné des deux murs d'angle contre lesquels elle est posée. Il tire à lui. Cela est d'une docilité qu'il sous-estimait : la baignoire pivote, comme une porte, démasquant une cloison de briques. Le cœur d'Horace Tumelat cogne à grandes pulsions violentes, comme ces masses pneumatiques servant à enfoncer d'énormes pieux dans le sol. Il considère la cloison et y promène sa main : il s'agit de fausses briques en matière plastique.

L'une d'elles est en saillie très prononcée par rapport aux autres. Le Président y plaque ses doigts et tire sur cette saillie. Le panneau coulisse, pour se loger dans l'épaisseur du mur. A mesure qu'il s'écarte, une effroyable odeur, autrement redoutable que celle de la mort, investit les narines du Président. Une odeur de vie ! Mais de vie concentrée, de vie croupie.

Il s'avance à croupetons vers le passage ainsi dégagé. A l'intérieur, il y a de la lumière. Une clarté électrique miséreuse, très faible, mais suffisante cependant pour qu'on puisse découvrir le réduit. Elle est produite par une ampoule minuscule branchée sur une batterie.

La niche découverte mesure environ deux mètres de long, sur un mètre cinquante de large. Le plafond est incliné, car le réduit s'inclut dans l'extrémité d'une soupente. Il mesure un mètre trente dans sa partie haute et quelque cinquante centimètres dans la basse. Les yeux affolés du Président détectent tout à la fois ; c'en est vertigineux. Ils découvrent l'étroit matelas, la couverture brune, le bidon, les latrines de caravane, le transistor à écouteurs, les livres épars. Chose curieuse, le Président enregistre les détails avant de se consacrer à l'essentiel. Ainsi, il remarque la bouche d'aération grillagée, la chaîne scellée au mur qui rive le prisonnier à sa geôle grâce à un cercle d'acier passé à l'une de ses chevilles. Il se force à tout regarder, à tout comprendre, le Président. Il vit la minute de vérité. Il ne doit pas chercher à l'escamoter ; ce qui se présente à son entendement n'est d'ailleurs pas escamotable. C'est épouvantable, mais il faut s'y consacrer.

Il s'attarde sur les livres, cherchant à en lire les titres à la clarté ténue. N'y parvient pas.

Alors il ose.

Et un tremblement le parcourt entièrement. Il ose soutenir le regard fixé sur lui.

Un regard de cauchemar ; un regard de fin du monde ; un regard d'au-delà, qui paraît sortir de deux blessures en cours de cicatrisation. Un regard qui est comme vitrifié, mais non vitreux — nuance ! —, plein d'une insupportable acuité. Il comprend qu'Eusèbe n'ait pu le soutenir davantage. Ce regard issu du fond d'une tombe est plus angoissant que l'œil de Caïn. C'est une plongée dévastatrice dans l'âme de celui qui le subit. Une sorte de biopsie de la conscience. Ces yeux qui n'en sont plus viennent capter ta substance au plus intime, au mieux caché. Ils te prennent au dépourvu malgré que tu t'y sois préparé. Ils s'enfoncent inexorablement, et tu sais que ce rayon laser n'a pas de fin, qu'il ira plus loin que ton être, bien en deçà de ton aura même, pour rejoindre le néant d'où il vient.

Le Président est tout à coup en partance pour le trépas. Il se sent mourir d'insupportabilité. Il y a dans son individu une dissociation inconnue de son esprit et de son âme, un formel divorce, une irréconciliation douloureuse qui le prive de toutes ses facultés.

Il pensait assez fréquemment à cet être enchaîné, mais de manière évasive et fragmentaire. Par clichés improbables, se déchargeant pleinement sur Eusèbe de l'ignominie de la chose. Il était un Ponce Pilate dédaigneux qui parvenait à penser à Jésus comme à n'importe qui ; moins même qu'à n'importe qui, lui ayant retiré toute réalité, s'étant délivré sans mal d'une décision qu'il n'avait pas prise et d'une peine qu'il n'appliquait pas.

Et maintenant, ils sont face à face. Le Président ignorait tout des conditions d'existence de l'homme. Un homme dont il ne connaît pas le nom ! Il le savait vivant, seulement vivant. Vivant et inoffensif et cela lui suffisait. Il pouvait se poursuivre sans risque, sans remords, apaisé par l'entreprise inhumaine du brave Eusèbe.

Mais voilà qu'il révise son jugement à propos de ce dernier. Peut-on être un brave homme et tenir un individu en total esclavage ? Louis XI était-il un brave homme ? Il avait pour lui la raison d'Etat. Eusèbe également, après tout. Sa raison d'Etat, c'était le Président, la sécurité du Président, la carrière du Président. Le Président est confondu par la démonstration de tant d'amour fanatique. Cette monstrueuse preuve de dévouement le chavire, le noie dans les abysses de l'humilité. Qu'est-il ? Qu'a-t-il fait pour mériter un tel sacrifice et un tel forfait ?

Le regard est immobile, semblable à celui d'un reptile qui fascine sa proie. Il voudrait pouvoir s'en détacher, ne fût-ce que le temps d'un battement de paupières, mais il n'a plus de paupières ; il regarde en continu, bloqué. Il en arrive à souhaiter que le prisonnier parle, dise quelque chose, n'importe quoi, un mot, une syllabe, profère un cri, la moindre plainte, voire un soupir ; il sent que cela couperait le contact. Il est là, foudroyé par le regard de nuit rivé au sien comme un homme qui vient de saisir un câble électrifié. L'autre ne profère pas un son, n'esquisse pas un geste. Le Président le regarde. Il regarde comme il n'a sans doute jamais regardé de sa vie : pas seulement avec ses yeux, mais également avec son corps, avec son âme, avec les ondes qui partent de sa personne vers le Mystère. Est-il en catalepsie ? Est-il déjà mort ? Tué par un regard d'outre-tombe ? Il ne sait plus. Il ne sait pas.

Tout à coup, une voix providentielle retentit. Une forte voix, tranchante :

— Il y a quelqu'un ?

Le Président a un tressaillement qui l'arrache à l'hypnose. Il recule vitement, tire le grand volet coulissant, notant au passage qu'il est revêtu d'un isolant phonique à l'intérieur, pareil à celui tapissant les cabines téléphoniques ouvertes.

Hagard, il remet la baignoire en place. Il a du mal à se relever. Des prémices d'arthrose lui jouent déjà des tours quand il conserve longtemps une même position. Son cœur bat-il encore ? Il pose la main à plat sur sa large poitrine. Il devine plus qu'il n'éprouve de discrets battements, anormalement espacés. Un grand froid est en lui. Une grande mort noirâtre et silencieuse.

— Il y a quelqu'un ?

Des pas martelés font vibrer l'escalier de bois. Alors le Président récupère sa présence d'esprit. D'un geste prompt il tire la chasse d'eau. Puis se recoiffe sans se regarder. Pourra-t-il jamais venir à sa rencontre dans un miroir ?

Le Président ôte le verrou et sort. Il a devant lui l'un des deux policiers du matin : le plus jeune, le taciturne.

— Qu'y a-t-il ? demande le Président.

Chapeau ! Sa voix est calme, avec cette âpreté feutrée qui intimide tant ses interlocuteurs. L'arrivant se trouble.

— Je n'entendais rien, explique-t-il...

Le Président accentue son ton mordant.

— Mon cher garçon, cette maison m'appartient, et j'aimerais bien pouvoir m'y recueillir à ma convenance.

L'autre en tremble de crainte.

— Mais certainement, monsieur le Président. Je...

— Oui ?

Implacable, Horace Tumelat ne laisse jamais à son interlocuteur le temps de récupérer ses esprits. Il le met d'emblée en état d'agitation interne et l'y garde comme on tient un chiot sous l'eau pour le noyer.

— Je... Je suis venu...

— Je vois, et pour quelle raison ?

— Un supplément de... d'enquête.

— Vraiment ; motivé par quoi ?

— Eh bien, heu...

— Je vous écoute ?

— Le décès de votre oncle... Compte tenu de votre haute personnalité, je me demandais si...

— Si quoi ?

Paul Pauley ressent quelque chose qui ressemble à de la nausée. Le frichti lyonnais de Mireille lui remonte de l'estomac. Les tripes, c'est traître quand on n'est pas natif d'entre Rhône et Saône.

— S'il était naturel, comprenez-vous. Votre parent n'a pas laissé de lettre et...

Le Président gronde tout à coup :

— Si, monsieur, mon oncle avait laissé une lettre. Une lettre que vous n'avez pas été foutus de trouver, vous et votre collègue. Comment se nomme votre commissaire ?

Pauley serre la rampe à s'en faire éclater les jointures.

— Lardouin, bredouille-t-il, Maurice Lardouin.

Alors le Président pose sa dernière banderille. Il a un sens divinatoire, le Président. Un sixième sens qui lui permet de baiser tout le monde.

— Le commissaire Lardouin est au courant de votre démarche ?

— Eh bien, c'est-à-dire...

Le Président pose son index sur la poitrine de Paul Pauley, comme s'il se proposait de le faire basculer dans l'escalier.

— Ecoutez, mon vieux, vous avez choisi une profession où le zèle doit s'exercer avec mesure. Le commissaire Lardouin, dites-vous ?

Son vis-à-vis hoche miséreusement la tête.

— Merci, vous pouvez disposer.

Pauley déglutit mal, se laisse aller à une amorce de salut militaire très intempestif et en tout cas grotesque et dévale l'escalier.

A cette seconde il hait Mireille

Voudrait la sodomiser avec un rince-bouteilles

XII

Dans l'antichambre présidentielle, Horace Tumelat presse distraitement les mains qui se présentent. A peine reconnaît-il leurs possesseurs, tant il est choqué encore par sa prise de contact avec le prisonnier de feu Eusèbe. Il entend des paroles, il en prononce, mais tout ça dans un brouillard transmutateur qui transforme la réalité en rêve flou, sans aboutissement. Il a en lui la dantesque vision de tout à l'heure. L'image de l'homme est plantée en lui et des racines inarrachables se mettent à l'investir, grouillantes, impitoyables ; les racines de l'existence du prisonnier en Tumelat ; de la prise de possession de Tumelat par le fantôme arraché aux ténèbres. Racines-pieuvres qui vont remplacer la substance du Président, très vite. Le modifier jusqu'à l'anéantir peut-être ?

Il y avait ce regard vertigineux, ce visage d'Apocalypse, mi-tête de mort, mi-tête d'ermite, glabre du haut, mal barbé du bas, un visage parcheminé, à peau couleur de bronze, à poils couleur de toile d'araignée. Un visage qui se dilue dans sa mémoire au bénéfice du seul regard. Regard épée tout droit planté dans l'entendement du Président. Il se sent malade d'écœurement, infiniment délabré ; en cours de destruction. Il ne vit plus que machinalement, soutenu, mû par la force inerte de l'habitude ; disant des mots, souriant à des sourires, marchant sur son ombre comme sur les rouleaux caoutchoutés d'un home-trainer.

Il ne parvient pas à réintégrer sa vie. Et pourtant le voici à quelques mètres du Président, du vrai, du seul authentique qui soit en France à ce jour, toutes les autres présidences gardant un aspect parodique, moi je trouve. Je vois les choses comme ça, moi l'auteur ; comme ça et pas autrement : un seul Président, celui de la République, Une et si divisée ; point à la ligne. Tous les autres étant des rigolos, puants va de la gueule, cons de première classe, endoffés de frais, amateurs de pourlècheries. Les présidences gamines, pitreuses, à roulettes. Ces nœuds, tous : monsieur le Président, tout le monde ! Que la gêne m'en vient, que le rouge m'en monte. Président de n'importe quoi . de sociétés de boules, du gaz, de la Chambre, de mes couilles. Moi, Président de mes couilles, à vie, je leur dénie, les archicompisse, les merdouille, les enfouis dans la cangue incassable de mon profond mépris dont je suis le Président d'honneur, moi l'auteur ; auteur de pas grand-chose, mais P.-D.G. de ma pensée, ça oui, compte-z'y. Et je ne reconnais pour valable que le Président de la République, élu au suffrage universel. Ne tolère ce mot que pour lui seul. Parce qu'il en faut un, et qu'il est celui-là, n'importe ses convictions, n'importe sa politique, Président pour sept ans. D'accord, pas d'accord, mais Président il est ; le Président de France. Il a droit à l'exclusivité du terme. Moi, l'auteur, né à Jallieu, Isère, de parents cent pour cent français, je dépréside tous ceux qui s'affublent du titre de Président histoire de se dénéanter selon leur conception chétive des valeurs. Je les abolis de fond en comble, moi, Président de ma bite. Les destitue entièrement, moi, Président de l'interdiction de présider autre chose que le pays de France.

Et voilà ! Ouf ! Je l'avais à dire. L'ai dit. Vais mieux. Continue l'histoire. L'étrange — et tu verras — pathétique histoire du Président (puisque les autres lui reconnaissent ce titre infamant, qu'il le garde) Tumelat. Horace Tumelat.

Il est à l'heure convenue dans l'antichambre du Président ; pardon DU Président. Tumelat ne s'assoit pas, sachant qu'il sera reçu tout de suite.

Qu'effectivement, le secrétaire Michegru vient lui chuchoter à l'oreille que le Président l'attend.

Alors il pénètre dans le cabinet du Premier des Français. La chose lui arrive plusieurs fois l'an. A chaque visite, Tumelat ressent un léger picotement dans le fondement et une anomalie dans ses pulsions cardiaques. C'est que LE Président l'intimide. Non, pas le terme exact : l'inquiète. Voilà : l'inquiète. Le Président a un regard froid et mystérieux, façon Joconde. Un regard à la fois cru et voilé. Un regard intelligent, et ils ne sont pas lourds à l'être, intelligents, en politique, haut ramassis de cons superbes et redondants, et redindons, et dingue-dingue-dong tant tellement cloches les voilà ! Toute la prudence du monde dans ces yeux vifs qui se retiennent d'être plus vifs encore. Ton aspect premier, il en a rien à branler, LE Président. Il va chercher le second, d'entrée de jeu, avant même que tu lui dises bonjour. Il se fout de ce que ton visage lui apporte, ce qu'il tient à savoir, c'est ce qu'il lui cache. Il écoute ce que tu lui dis, en cherchant à deviner ce que tu lui tais. Il y a quelque chose de continuellement pensif, chez lui. Le Président Tumelat tient LE Président pour une personnalité d'exception, à fréquenter avec le plus grand soin. Ne surtout pas chercher à biaiser. Rester soi-même, le mieux possible, sans prendre la pose. Etre sincère, sans faire de sa sincérité un numéro de franchise Tumelat est en divergence avec lui sur bien des points, mais ces divergences n'ont rien de fondamental, c'est plutôt une différence de tempérament. Tumelat est un fonceur, LE Président un analytique. Tumelat pense que cette prudence excessive engendre des faiblesses. Il est, pour sa part, l'homme des décisions spontanées et, chez lui, l'exécution suit immédiatement la décision. Il arrive même qu'elle la précède. LE Président, lui, aime à voir venir. Faut dire qu'il a la France sur les côtelettes. Au début c'est grisant, très vite ça devient un exploit physique. D'ailleurs, son boulot ne s'appelle-t-il pas une charge ?

Il arrive que Tumelat l'estoque en critiquant certains points de sa politique. Il agit de la sorte non pour nuire AU Président, mais pour lui rappeler sa présence à lui dans le pays, l'obliger ainsi à ne pas négliger son adhésion en la considérant comme définitive. LE Président aime-t-il Tumelat ? Tumelat en doute. LE Président n'est pas l'homme à aimer ses alliés davantage que ses adversaires. C'est un romantique froid, selon Tumelat. Un individu ardent mais qui se self-contrôle totalement. Sans doute sait-il qui il aime, mais qui donc se sait aimé de lui ? Le Pouvoir isole et l'Elysée est une île déserte bourrée de courtisans.

Tumelat pénètre d'un pas décidé dans la pièce. Comme à chacune de leur rencontre, il est surpris par la taille DU Président car il ne se souvient jamais qu'IL est aussi grand. Grand sans ostentation, grand sans le faire exprès, comme c'était le cas de De Gaulle lequel semblait toujours en rajouter. LUI, il est grand sans y penser, et non pour dominer.

Il vient à la rencontre de son visiteur, avec aux lèvres un certain sourire. Celui de Mona Lisa, toujours. Il paraît grave et vaguement mélanco, LE Président, en cette fin d'après-midi. Les hautes fenêtres de son cabinet donnent sur le parc verdoyant. On ne se croirait pas au cœur de Paris, mais dans quelque grande demeure tourangelle.

Tumelat s'efforce à la concentration. Il veut s'arracher l'odieuse vision de l'esprit. Il repensera au prisonnier plus tard, à tête reposée. Il regarde LE Président qui porte un complet de soie bleu nuit en prévision de la réception de tout à l'heure. Il a l'air fatigué mais encore plus maître de soi que d'ordinaire. Et, comme disait l'oncle Eusèbe : quand on est maître de soi, on l'est aussi des autres !

LE Président désigne un siège. Pas celui qui fait face à son fauteuil, mais un autre, éloigné du bureau, entendant signifier que leur conversation sera marginale.

Tumelat murmure :

— Rien de grave, monsieur le Président ?

Et il est aussitôt frappé par l'outrecuidance de sa question qui peut donner à croire que c'est vers lui que se tournerait LE Président si justement quelque chose de grave se produisait

Bien qu'ils se connaissent de longue date, les relations des deux hommes ne se sont jamais entachées de familiarité. D'abord parce que ça n'est pas le genre DU Président de taper sur des ventres ; mais surtout parce qu'ils se sont toujours comportés comme deux boxeurs de premier plan n'ayant jamais tiré les gants l'un contre l'autre et qui ne souhaitent pas qu'une rencontre soit organisée un jour. Il y a de l'estime et de la défiance dans leurs rapports. Ils se redoutent parce qu'ils se savent. Leurs contacts sont un peu crispés pourtant ; du côté de Tumelat parce que LE Président est Président, du côté DU Président parce que Tumelat est une salope d'envergure qui caresse les rêves les plus héroïques et les plus ambitieux.

LE Président à majuscules examine de son regard sagace le Président bidon. Il est surpris par une expression inhabituelle chez Tumelat. L'on dirait que le chef du R.A.S. est en proie à un tourment secret. Cette peine voilée l'humanise.

Il n'a pas répondu à la question de son visiteur, LE Président. Comme s'il ne l'avait pas entendue. Tumelat admire l'aisance des gestes présidentiels. Un homme qui, en toutes circonstances, sait quoi faire de ses mains domine toujours la situasse.

— Que pense-t-on du Premier Ministre chez nos amis du R.A.S. ? demande LE Président.

Cette petite phrase ouvre la porte à toutes les hypothèses. « Alors, ces bruits de disgrâce qui courent les couloirs seraient fondés ? LE Président serait disposé à changer les draps ? »

Tumelat se sent emporté vers des sommets. Son heure est-elle venue ?

Il étudie les paroles de son hôte. Mots piégés, mots perfides. Sa réponse peut entraîner des conséquences incalculables qu'il calcule pourtant, vitement, clairement.

— Ma foi, monsieur le Président, le Premier Ministre est un homme fort estimé, mais vous savez combien certains éléments de mes troupes sont turbulents...

LE Président reste grave, juste qu'il a un de ces petits clappements de bouche qui font le bonheur des imitateurs. Il ne se satisfait pas de la réplique. Il lui faut du positif. Il a posé une question nette, il exige une réponse nette, et non une pirouette évasive. Alors il attend en continuant de scruter Tumelat, de cet œil oblique des peintres peignant leur auto-portrait.

Tumelat se protège derrière une moue dubitative, ultime concession à sa nature tortueuse. Puis il plonge :

— Il est certain que le Premier Ministre est taxé de faiblesse par l'ensemble des Français, reprend-il, sérieux comme trois-papes-en-deux-mois. Ce qui ressort de la prudence, pour lui, passe aux yeux de beaucoup pour de l'inefficacité. La pression de l'Opposition ne se détend pas, quoi qu'affirment les chroniqueurs de la Majorité. Un mouvement profond, peut-être irréversible, amène lentement la Gauche au pouvoir.

LE Président rit du coin de la bouche, très brièvement.

— Rien n'est irréversible, dit-il rapidement. Comment serait ressenti chez vous un changement de gouvernement ?

— Comme une chose souhaitable, empresse Tumelat. Le peuple est versatile, monsieur le Président, il croit que la nouveauté est un signe de progrès. Une nouvelle équipe distrairait l'opinion.

— Gouverner ne consiste pas à distraire, fait observer LE Président.

Tumelat marque le coup. Voilà qu'il déconne, merde ! A un moment décisif qui pourrait le hisser au pinacle ! Vite, il reprend :

— Pardonnez ce lapsus, par distraire, j'entends lui redonner confiance.

Il ajoute, négligemment :

— Naturellement, encore faudrait-il que ce fût quelqu'un d'envergure, possédant déjà une réputation d'homme énergique…

Et voilà, roulez, c'est lâché ! Il guette la réaction de son illustre vis-à-vis. A cet instant, le prisonnier lui est enfin sorti de l'idée. Il se sent infiniment disponible, le Président Tumelat, prêt à affronter l'univers politique, la garde bien haute, l'œil rapace, les réflexes bandés.

— Ce ne serait pas nécessairement un homme, murmure LE Président.

Bloiiiing ! Descendez, on vous demande ! Il aurait dû assurer son ventral, Tumelat, car son parachute ne s'ouvre pas et il choit vertigineusement, lesté de sa désilluse immense.

Tant tellement qu'il en reste sans voix. Son interlocuteur rit avec les yeux. Chouette estoque. En pleine poire, il a morflé la tarte-crème, ce requin de Tumelat !

« Ça y est, IL va LA prendre, songe-t-il. IL va en faire une Golda Meir française. Quel choc psychologique dans le pays !

Alors il reste de marbre, toute allégresse fanée. Il dubitative du maxillaire, du regard, du nez. Il ne peut pas LA souder. Elle n'est pas du clan politique. Se tient trop en réserve des magouilles. On ne fait rien de bon dans ce métier quand on conserve de la fraîcheur. Et puis, ELLE ne peut pas le piffer non plus. C'est réciproque, ces choses-là. Qui tu hais te hait.

— Vous ne dites rien ? semble s'étonner LE Président.

Tumelat hoche la tête.

— Eh bien, je suis convaincu que les Français, dans leur ensemble, sont restés très phallocrates, monsieur le Président. Ils aiment les femmes dans la vie publique, mais à doses homéopathiques, par galanterie croient-ils.

Il parle sans conviction. Il sait que cette consultation n'en est pas une ; que la décision DU Président est arrêtée, et qu'il l'a choisi uniquement comme hérault, afin que Tumelat annonce au monde politique la Grande nouvelle.

— Vous avez probablement raison, admet LE Président, reste à savoir si l'élément de surprise ne serait pas favorable. Vous l'avez dit : ils se veulent galants, les Français.

IL se lève.

— Je vous laisse descendre, car il est l'heure de la réception.

Et puis, il a une petite expression mélancolique et chuchote :

— Je compte sur vous, Horace.

La première fois qu'il appelle Tumelat par son prénom !

XIII

Gil décrit des « 8 » avec son solex autour de celui de Noëlle. Elle en est irritée :

— Tu vas me faire casser la gueule ! lui crie-t-elle en réduisant les gaz de sa machine.

Aujourd'hui il l'agace. Pourtant elle l'aime bien, Gil. Ils sont en terminale ensemble et c'est un garçon intelligent et joyeux, plein d'esprit, dont elle adore les réparties à l'emporte-pièce. Il la raccompagne tous les soirs, bien qu'il habite assez loin du grand ensemble, dans un coinceteau presque résidentiel, car son vieux est architecte.

Ils ont couchaillé ensemble à deux reprises, après de vagues surboums plutôt chiantes chez des copains. La première fois, il l'a baisée à la va-comme-te-la-pousse dans un abri de bus de la R.A.T.P. alors qu'il pleuvait à pierre fendre (ou à perdre haleine, ou à chaudes larmes, voire comme vache qui pleure). La seconde, ça s'est passé chez lui, pendant un voyage de ses parents. Et il a été drôlement emmerdé parce qu'il a déchargé sur l'édredon de soie, qu'ensuite il a dû renverser délibérément du café par-dessus pour modifier l'aspect du sinistre. Et t'aurais entendu sa mère !

Ces deux expériences, comme disent les vieux cons, n'ont pas convaincu Noëlle. De tempérament artistique, cet aspect bâclé de l'amour l'a choquée. Elle sait bien que la fougue d'un adolescent n'est pas représentative des étreintes que lui promet l'avenir, pourtant elle a trouvé que ça commençait mal, de façon dégueulasse et honteuse. Le temps de la bricoler, et ce dadais ne pouvait plus se contenir, déchargeant à la sauvage en tournant des yeux comme le négrillon de la publicité Truquemuche, jadis. Tout embêté, après, tout emplâtré, ce veau à sève incontrôlée. Il a fallu plusieurs jours à Noëlle pour surmonter son dégoût et se remettre à regarder Gil en copain. Les choses de la vie sont débectantes. On les chante sur tous les tons, en prose et en alexandrins, avec accompagnement de luth, mais dans le fond il n'y a vraiment pas de quoi être la maîtresse de Victor Hugo pendant cinquante piges ou aller s'éclater la gueule sur la tombe de Marguerite de Bonnemain, elle pense, Noëlle. Qu'un petit fourre-bite en transes t'agrippe, t'assaille, se stimule contre et en toi, merci bien. Pourtant, il est sympa quand il refait le monde. Gilou. Et quand il déconne pour la faire rire, il dit des trucs drôlement futés. D'abord il est fort en français, c'est quand même un signe, non ?

Elle se pointe au hangar à vélos. Il entre à sa suite. N'a pas un geste pour l'aider à engager sa péteuse dans sa travée. A leur âge, ils sont mufles. J'en sais même que le temps n'arrange pas. Qui se précipitent dans les bagnoles sans se soucier des dames. Qui s'éloignent de la table sans la retirer pour aider leur compagne à se dégager de la banquette. Des trouducs, moi je pense, l'auteur. Comme s'il était malséant que de se montrer empressé avec les gonzesses, merde ! Et la politesse, nom de Dieu, tu crois qu'elle est déchéante, dis, paltoquet de mes deux ! Si tu ne considères pas les gonzesses comme des fleurs, y n'te reste plus que leurs trous. C'est un joli jeu, pourtant, l'empressement. Les animaux eux-mêmes sont galants. T'as regardé des pigeons sur un chéneau, ou bien un cheval et une jument dans un pré ? Toute la grâce du monde. Là, oui, t'as envie de perpétuer l'espèce.

Mais ces crevures muflardes, tu sais à quoi elles me font penser, moi l'auteur, né à Jallieu, Isère (aujourd'hui Bourgoin-Jallieu) ? A des bananes mûres ; mollasses, noircies, giclantes. Je voudrais leur beigner la frite, histoire de les apprendre à vivre. C'est plein de sous-merde haïssables, de plus en plus. Tu sais plus où te fourrer. Elles débordent.

Noëlle achève de caser son solex, tant bien que mal. Son godelureau, canaille, lui envoie la main au réchaud. La jeune fille rebiffe. « Je t'en prie ! ». Pas de la rebiffure mutine qui incite, mais de la vraie, qui interdit. Il prend la mouche, le gars Gil. Se méprend.

— Mademoiselle a son 6 juin 44 ?

Elle sourcille, pige l'astuce et se fout en renaud :

— Goujat ! Connard ! Tu te crois jeune, mais tu es prêt de tes quatre-vingts ans !

Pourquoi la réplique du Président Tumelat lui revient-elle à cet instant ? Elle a songé à lui tout l'après-midi. Elle le revoit au volant de sa tire, le regard intense, la bouche à la fois dédaigneuse et douloureuse. Cette manière qu'il a eue de franchir les bordures de ciment avec sa bagnole, sans seulement ralentir.

Le couple sort de la remise.

— Allez, salut ! lance Noëlle.

— T'en fais une tronche ! s'étonne Gil.

Elle hausse les épaules. Il remet sa machine en marche et

entreprend de faire l'acrobate en roulant seulement sur la roue de derrière. Habituellement, cette petite performance amuse Noëlle, mais là, elle ne le regarde même pas. Elle quitte l'allée cimentée pour aller fureter sur la pseudo-pelouse qui ressemble à un bourbier avec des plaques de tapis-brosse. Elle cherche, cassée en deux...

— T'as perdu quelque chose ? demande Gil.

Elle s'abstient de répondre.

On voit encore les traces des pneus de la Mercedes au sol. Noëlle finit par retrouver la carte du Président, qu'elle a presque complètement enfouie dans son talon. Le bristol est crevé, boueux, détrempé. Elle le coule dans la poche de sa longue veste de laine.

Le solex de Gil crache une fumée bleue en pétaradant. Gil se tient toujours sur la roue arrière. Il a lâché le guidon et placé ses bras en croix. Il dirige son vélomoteur par brèves impulsions du tronc.

Noëlle marche vers l'entrée B qui est celle de leur immeuble. Elle trouve que la vie a un drôle de goût, ce soir. Et une odeur de gare, la nuit...

XIV

Les grands salons de l'Elysée sont pleins.

D'un regard averti, Tumelat a situé l'éclectisme des invités. Il s'agit d'un panachage de personnalités appartenant au monde politique, diplomatique, artistique. Il reconnaît le Président Poher, le Président Edgar Faure, le Président Hervé Bazin, le Président Ionesco, le Président Philippe Bouvard, le Président Jacques Chancel, plus des Présidents de couleur arborant des badges de rotaryens en voyage groupé. Des chiées de Présidents, voire de vice-Présidents : des noirs, des ocres. Ça grouille. Dès qu'il entre, des mains se tendent. Mais il a du mal à identifier leur propriétaire. Il les serre sans conviction. Sans regarder. Cette réception est une corvée. A nouveau, le voici repris par le prisonnier d'Eusèbe.

« Un whisky ne me fera pas de mal ». Il s'approche d'un des deux immenses buffets dressés en « L », s'empare d'un verre de scotch. Le breuvage lui met du feu dans le gosier. Sous de Gaulle, on ne trouvait pas de produits étrangers aux buffets élyséens. Il fallait écluser du champagne, et le Président n'aime pas le champagne qui lui flanque des aigreurs d'estomac. Son regard tombe sur les pyramides de sandwiches joliment dressées. Alors il est saisi d'une angoisse folle à la vue de ces appétissantes denrées. Il pense soudain qu'aujourd'hui le prisonnier n'a pas mangé. L'oncle est mort dans la nuit et Tumelat a quitté la maison précipitamment, sans songer un instant à procurer de la bouffe au malheureux. L'idée ne lui en est même pas venue. Une grande panique humaine empare le Président Tumelat. Il s'adosse à une colonne dorée du salon. Ça jacasse ferme autour de lui. Tous ces gens attendent la venue du couple présidentiel. Pour la première fois de sa putain d'existence, Horace n'ambitionne pas la charge de Chef de l'Etat. Il a le coup de pompe Une pensée très secondaire lui vient . « Et s'il taisait sa converse avec LE Président ? S'il ne soufflait mot de l'auguste projet ? O K vendu il ne dira rien On s'attend à ce qu'il prépare le terrain par des confidences, eh bien il va la boucler hermétique »

Un bref instant distrait, il revient à sa préoccupation majeure. La situation est critique. Tellement critique qu'il n'a pas encore osé se la résumer à lui-même. Le regard fixé sur les sandwiches (saumon, caviar, foie gras) il se demande ce qu'il va faire du prisonnier. Le remettre en liberté ? Pas question ! A quoi auraient servi ces vingt années de séquestration, bordel ! Ce prisonnier, somme toute, représente l'œuvre d'Eusèbe Cornard ; sa mission ici-bas. Le pauvre bricoleur de vélos n'est venu au monde que pour en retirer cet être nocif, que pour le maintenir dans les ténèbres d'où il est probablement issu. Alors plus de liberté pour l'homme. Plus jamais.

Reste la solution de « l'oublier ». Le Président a un haut-le-cœur. Il imagine le prisonnier mort de faim et de soif, momifié dans sa soupente insonorisée. Un jour, dans plus ou moins longtemps, on le découvrirait, le quartier étant promis aux démolisseurs. Tumelat voit d'ici le scandale ! A moins qu'une fois l'homme mort, il n'aille se débarrasser de sa carcasse dans une quelconque décharge publique ? Vite, il repousse la louche tentation. Le Président est une ordure, mais pas un assassin.

Reste donc la dernière solution : continuer de l'alimenter et attendre.

Seulement voilà : attendre quoi ? Qu'il défunte de sa « bonne mort » ?

Pour apaiser sa conscience ? Le décès d'un homme séquestré depuis plusieurs décennies peut-il être considéré comme naturel ? Tumelat a mal à la conscience. Elle le torture pis qu'une dent gâtée. Il en crierait de douleur au beau milieu de l'Elysée.

Philippe Bouvard s'approche de lui, l'œil gourmand. A-t-il repéré l'air soucieux du Président Tumelat ? Le Président aime bien Bouvard que ses collègues redoutent parce qu'ils sont cons. Lui n'est pas con et Bouvard le sait. Il n'a pas les mêmes griffes pour les cons que pour les non-cons. A plusieurs reprises, il a passé le Président au feu de ses perfidies et Tumelat s'en est toujours sorti calmement, laissant filer la moquerie pour, en bout d'effet, la récupérer à son profit.

— Savez-vous, monsieur le Président, que vous n'êtes pas encore passé dans ma nouvelle émission ?

Le Président qui n'a pas le temps de regarder la téloche, du moins pas les émissions de variétés, ignorait que son interlocuteur en eût une nouvelle.

— Savez-vous que j'y passerai bientôt ? rétorque-t-il.

Là dessus, les haut-parleurs laissent éclater une sonnerie de trompettes, puis une voix annonce l'entrée DU Président et de Madame.

Le couple opère sa venue, encadré de deux huissiers à chaîne et suivi du chef du protocole et d'un officier Aussitôt, c'est la ruée, le rush comme on dit en français. La masse des courtisans afflue. Les visages se proposent, éclairés de sourires extatiques, la bouche dégoulinante de compliments dûment préparés.

— Croyez-vous aux présages, monsieur le Président ? questionne Bouvard.

— Pourquoi ?

— Parce que vous êtes adossé à une colonne fraîchement repeinte et qui déteint. Les dorures élyséennes sont déjà sur vous !

Obligeamment, il époussette le Président, cependant que l'autre, le vrai, le seul, se fout au charbon. Pour lui, la réception consiste à se rendre à l'extrémité du premier salon, puis à obliquer à gauche pour aller au bout du deuxième. L'aller-retour lui prendra une bonne heure. Il avance en légers zigzags, pressant les mains brandies. Les fervents, les humides, les lécheurs sont massés sur sa route, humilité offerte, yeux pendants, langue pointée ; tous les suceurs éperdus, les paillassons, les échines courbes, les mielleux, les extasiés, se proposent au bon vouloir du prince, mendiant un mot gentil, rêvant d'une poignée de main. Ils sont là, tapis humain, carpette en peau d'homme, à faire des grâces, à prendre des mines. Le chef du protocole oriente la manœuvre. Il présente les inconnus, contourne les punis, va chercher les rares timides enfouis au creux de la foule roucoulante et que son œil sagace a repérés. Il est magistral, LE Président. Plein d'un charme discret. Tumelat qui le regarde distraitement évoluer ne peut se défendre d'admirer la performance. Au début du septennat, à l'époque des mini-gadgets protocolaires, il était de ceux qui pensaient que LE Nouveau n'aurait jamais le vrai contact avec le peuple. Que son accent du Seizième ne passerait pas dans les tympans populaires. C'était oublier le goût du populo pour le faste. Qui donc lit les hebdomadaires consacrés aux derniers monarques, sinon les gars des grands ensembles ?

Chose curieuse, plus il a tenté d'aller à la foule en se mettant à son niveau, LE Président, plus il planait au-dessus d'elle. Et quand il allait clapper chez les lampistes, n'agissait-il pas comme un roi avec ses manants ?

Tumelat se laisse bercer par la rumeur de la réception. La mer qu'on voit danser au fond des golfes clairs... Comme tous ces gens sont vieux ! Ça le frappe ! Certains hommes de couleur exceptés, il n'y a pratiquement que des croulants à l'Elysée, ce soir.

On peut suivre de loin la trajectoire DU Président aux éclats des flashes, car des journalistes marchent à reculons devant le cortège et le mitraillent inlassablement.

Le Président Tumelat s'approche du buffet et s'empare d'un toast au caviar qu'il bouffe d'un seul happement de chien affamé Il pense au prisonnier qui n'a rien pris de la journée. Se rappelle le bidon de fer dans le réduit Il contient de l'eau probablement. Il faut lui porter à manger. Mais quand ? « N'aie confiance en personne », a dit Eusèbe dans son ultime message. Cette mission, personne d'autre que lui ne peut l'accomplir. En qui aurait-il confiance, maintenant qu'oncle Eusèbe a commencé de pourrir ? La mère Alcazar ? Sûrement pas. Son épouse ? Adélaïde accepterait de lui venir en aide, mais c'est une petite nature. Et puis comment lui expliquer ce qui a motivé la séquestration de l'homme ? Elle en périrait de honte, la pauvre sotte. Non : lui ! Lui seul. Mais quand ? Il est un homme-spectacle, Tumelat. Un homme prodigieusement connu. Ses visites à la maison du mort auraient tôt fait de déclencher la curiosité publique... Et pourtant...

Des gens qui ont déjà « fait » LE Président viennent à lui, dans l'espoir de se placer. Les baliseurs par vocation, les lècheculteurs patentés, prodigueurs de pipes tout azimut qui se hasardent sur tous les terrains. Il regarde sans voir, il répond sans y penser. Décidément, ces pleutres insupportent. Il peut s'en aller maintenant qu'il a fait acte de présence.

Mine de rien, il se dirige vers le hall. Un jeune homme l'aborde :

— Vous permettez, monsieur le Président ?

Tumelat sourcille. Il déteste la hardiesse du garçon, l'un des rares hommes jeunes de l'assistance. Vêtu de velours bleu, chemisé à col bouffant, il y a du dandy chez son interlocuteur, une insolence naturelle.

Le sourire contient une sorte de perfidie voilée. Oh ! qu'il connaît bien les hommes, le Président Tumelat ! Oh ! qu'il sait les cataloguer d'un regard. Et comme il interprète bien leurs effluves. Il possède un pif fantastique. Ce type, c'est de la vermine. De la toute grande vermine, racée, habile, calculatrice. Il utilise sa jeunesse pour se frayer le passage, c'est le cheval de Troie de sa saloperie fondamentale.

Tumelat considère son interlocuteur avec prudence et réprobation. Il a horreur qu'un inconnu se permette de l'aborder, fût-ce dans les salons de l'Elysée. Pour lui marquer sa défiance, il s'abstient de lui parler. Sa grande tactique, Tumelat : voir venir, toujours. Ne jamais se découvrir d'entrée de jeu.

L'autre a une courbette plus ironique que déférente :

— Eric Plante, je suis journaliste et j'aimerais faire un grand papier sur vous, monsieur le Président ; sous l'angle du privé, en laissant de côté vos activités politiques.

— Si on les laisse de côté, il n'y aura plus grand-chose à dire sur moi, répond sèchement le Président.

Le jeune homme hoche la tête :

— Tout homme a une vie privée, monsieur le Président, principalement les hommes publics.

Et il rit, content de son astuce.

— La vie privée des hommes publics doit rester privée,

rétorque Tumelat, et d'ailleurs la mienne est des plus banales, vous perdriez votre temps.

Il rompt brusquement l'entretien pour s'éloigner. Mais le jeune type, avec une belle impudence, le prend au coude.

— Dans la vie privée d'un homme tel que vous, monsieur le Président, il n'y a pas que le présent, mais surtout le passé. A ma connaissance, on n'a jamais rien écrit sur votre jeunesse. Je crois savoir que vous avez été élevé par un très brave homme du nom d'Eusèbe Cornard, lequel habite une petite bicoque aux confins de Levallois, n'est-ce pas ?

La foudre ! Jamais personne n'a parlé d'Eusèbe au Président Tumelat, comment diantre ce fouille-merde a-t-il appris l'existence de « l'oncle » ? Grâce à sa présence d'esprit impériale, le Président n'a pas un tressaillement. Les paroles du journaliste ne semblent lui faire ni chaud ni froid. Il dégage son bras d'un geste lent mais ferme.

— Vous vous occuperez de mon passé lorsque je serai mort, dit-il, pour l'instant je le cultive moi-même.

Le scribouillard est déçu. Il espérait une réaction plus vive du Président.

— J'espère que vous consentirez néanmoins à m'accorder un entretien très prochainement, monsieur le Président ?

— Non, répond Tumelat catégorique.

Cette fois il s'en va. Dans le hall (qui n'est pas si vaste que ça, je trouve, moi l'auteur qu'on a un jour honoré de ma présence) il croise le Premier Ministre.

Poignée de mains. Le Premier Ministre paraît tout guilleret. Se rappelant sa conversation avec LE Président, Tumelat éprouve quelque chose qui ressemble à de l'apitoiement. Et pourtant, c'est pas son genre, la pitié, à Tumelat.

Il louche sur les plantes vertes. Elles lui donnent envie d'uriner. Il se dit que s'il est Président de la République un jour, il se débrouillera pour les compisser.

Et puis merde, voilà qu'il repense au chien d'oncle Eusèbe, demeuré là-bas, *lui aussi.*

XV

Quand il rentre chez lui, Mireille n'est pas encore partie au boulot. Elle est en train d'enfiler ses bas, car elle porte des jarretelles pour son numéro ; elle aime bien passer ses dessous à la maison, et n'avoir plus que sa robe de scène à mettre dans la loge miteuse où elle promiscuite avec une douzaine d'autres follingues de son espèce.

Pauley la regarde entrer dans ses bas sans émoi. Sa rogne tue le désir qu'elle lui inspire d'ordinaire. Il est mécontent de son après-midi. Il aurait dû se faire la vieille mère Fluck, décidément. Et puis il a mécontenté le Président Tumelat, et il n'est jamais bon pour la carrière d'un fonctionnaire de se foutre à dos un personnage de cette dimension.

— Ça n'a pas l'air d'aller fort, gros loup ? note Mireille.

Elle fredonne une chanson de Michel Sardou. Un truc très formidable, comportant la strophe suivante : « Tu me croyais chêne, je ne suis qu'un gland ». Très beau, qu'on pige l'engouement du populo pour cette admirable vedette. Y'a pas que son air soucieux et morfondu quand il clame, la qualité des textes fait beaucoup aussi, soyons justes.

Pauley a sa gueule sinistrée pour passage à tabac. L'air rogneux, youyouille ; je te dis que ça !

Vaguement alarmée, Mireille se pointe pour le cajoler.

— Qu'est-ce qu'elle a, ma grosse belle queue chérie ? lui gazouille-t-elle.

Il la giflerait ; c'est un vrai violent, Paul Pauley. Un impatient. Plus elle se fait chatte, plus elle l'agace.

— Tu m'as foutu dans un sac d'embrouilles, connard ! lui dit-il.

Quand il lui cause au masculin, c'est qu'il est vraiment en renaud. Elle peut pas supporter, Mireille. La voici qui tire son nez en demandant de quoi il s'agit.

Il raconte la manière dont le Président l'a pris à partie et s'est enquis du nom du commissaire dont il dépend Il aura sur les doigts avant longtemps.

Mireille réfléchit, sans s'émouvoir. Elle n'a peur de rien. Quand tu raffoles des baffes et des bites dans l'oigne, tu redoutes plus jamais. Le point de non-retour, c'est une belle étape ! La plus importante de toutes celles qui marquent l'existence d'un bipède.

— Tu vois, ma grosse belle queue chérie, dit-elle à Pauley, ce qui te manque, c'est le flair. Tu ne comprends donc pas que cette affaire n'est pas catholique ? Tu trouves normal, toi, qu'un homme de l'importance de Tumelat reste toute la journée dans la bicoque de son oncle ? Il est arrivé sur les lieux après la femme de ménage et après vous, les poulets, or il prétend avoir trouvé une lettre du suicidé qui vous avait échappé à tous les trois ?

Ces paroles gaillardissent Pauley. Bon, alors très bien : il cesse d'en vouloir à son emmanché, et il lui rapporte, en supplément, le témoignage de la vieille chatteuse, concernant le jeune motocycliste du matin qui entra et repartit peu après... Mireille est vachetement excitée, je te promets.

Tu sais qu'elle a des dons de détective, cette gosse ? Faut dire qu'elle voit énormément de feuilletons policiers à la téloche et puis, en plus, les Lyonnais ont de la jugeote. C'est inné.

— Tu tiens le bon bout, mon grand loup, assure-t-elle.

Elle va décrocher son manteau de drap vert dans le vestibule et annonce à son grand chéri qu'il y a de la viande froide dans le frigo, ainsi qu'un bol de mayonnaise au citron.

Ils s'embrassent. Pauley attend qu'elle ait foutu le camp au volant de sa Mini, puis il décarre à son tour pour retourner « là-bas ».

***

C'est l'heure que tout se mélange dans mon livre. L'instant qui m'échappe en cette fin de journée pas comme les autres. Ramasser les personnages pour en refaire un fagot d'êtres, les recohérer. L'heure où Seruti bat son fils pour se punir de n'avoir demandé que l'heure au Président. L'instant où Noëlle prépare une disserte sur Camus tandis que son vieux regarde le journal sur la 2. L'instant où Ginette Alcazar dîne en tête à tête avec son mari, un courtaud pas sympa. L'instant où le Président Tumelat change de fringues une fois encore pour aller bouffer à l'Ambassade américaine. Une bouillie d'instant, le même mais différent pour chacun de mes protagonistes. Taïaut, le chien, se lèche le sexe sur le pas de sa niche. Le même instant de l'heure qu'il est, je te dis. Et chaque instant vécu différemment, compose une chiée de même instant qui décompose la vie en fines lamelles. Est-ce que tu peux comprendre ?

T'en as peut-être pas envie, après tout. De quel droit cherchéje à insérer ma pensée dans la tienne ? Moi, si éperdument factice et chiche de bon vouloir !

N'empêche que la mort d'oncle Eusèbe constitue un événement capital.

Mme Fluck finit un reste de blanquette. Elle mange dans le plat émaillé, c'est bien meilleur. Quand on est seule, au moins, on n'a pas à se gêner.

Du temps de Moïse, elle n'aurait jamais agi ainsi. Se serait crue déshonorée de ne pas dresser un couvert impec, sur une vraie nappe brodée (Appenzel, toujours, elle a fait ses provises, là-bas, à l'époque morte des vacances, l'époque où son vieux juif avec son gros nez gris, plein de poils, se déguisait en armaillies pour aller à la messe, bien fervent, bien abîmé dans les orgues et dorures, pire que les punaises de confessionnal).

La blanquette, au plus tu la réchauffes, meilleure elle est. C'est un plat qui a besoin de tarder longtemps au coin du feu ; qu'il se caramélise un brin pour ainsi dire. Elle déguste avec de la moutarde. A ses débuts en France, elle n'aimait pas la moutarde française, Marie-Marthe, la trouvait trop véhémente, parce que chez elle, c'est le genre condiment fadasse, avec des goûts qu'on ne sait pas où ils vont chercher ça. Pas le goût français, en tout cas, je peux te jurer. Et puis elle s'y est faite aux Amora, Bornibus, Grey-Poupon, et même elle emploie des extra-fortes.

Sa chatterie lui mendie, mais elle est intraitable. Tu cèdes sur un morceau (en Suisse, ils disent une morce vers chez elle) et puis ça les détraque, les beaux minets. Jamais déroger avec les bêtes ; elles en paient les conséquences. Pour ça, elle est inflexible, Mme Fluck. La santé avant tout. Elle possède une âme d'infirmière-chef. La santé, ça ne s'obtient pas par des bricolages. Faut une règle de vie tracée immuable.

Allons, bon, on sonne à la porte. Comme à cette heure elle a mis le verrou, elle doit aller ouvrir. Heureusement, sa lourde est munie d'un judas, car de nos temps, les femmes âgées, seules, faut drôlement qu'elles se gaffent. Elle guigne à l'œilleton et elle voit un grand type blond élargi par la lentille : le flic du tantôt, cette espèce de sale gestapiste.

Ça lui donne un coup au cœur. Que veut-il encore, ce pourri ? Elle le sent porteur de calamités. Il est de la race des nuisibles. C'est quand même anormal que des gens se vouent au mal et se délectent de saloperies. Ça leur avance à quoi, vous pouvez lui dire, à Mme Fluck ? Quand elle voyait son mari, par contre, si gentil et généreux bien que juif ; si mignon dans son canton de Fribourg à elle, déguisé en armaillies, avec les manches courtes bouffantes — gigot ça s'appelle — et les broderies que ça représente généralement des edelweiss... Il vivait pour les autres, Moïse. Avait besoin d'aller à eux, de se confondre avec eux. Besoin d'en être par n'importe quel moyen. D'accord, le costume d'armaillies faisait sourire les gens de là-bas ; mais dans le fond ils comprenaient bien à quoi ça correspondait pour Moïse Fluck, ce besoin de leur rendre hommage en se fringuant comme les fameux barbus de la Gruyère qui défilent aux fêtes du pays d'Enhaut, la barbe carrée et floconneuse.

Le vilain entre d'une démarche assurée, en plaquant toute la surface de ses deux semelles sur le parquet. Un chat peu psychologue va se frotter à lui, il le shoote d'un coup de savate qui arrache une plainte à Marie-Marthe. Quel fumier, ce mec !

Pauley vient s'asseoir à la table. La blanquette lui fait envie. Il tarde à causer. La pauvre femme n'ose plus rien : ni bouffer, ni parler, pas même se rasseoir.

Oh, que ça pue la pisse de chat dans son gourbi. Comment peut-elle supporter ? Note que l'habitude neutralise toute réaction ; elle annihile l'odorat. C'est la grâce de Dieu, ça, de faire s'habituer les gens à la merde dans laquelle ils barbotent. Pauley est plein de ricanements imprécis. Il allonge ses jambes, comme tantôt, et tout comme, se frotte la queue du bout des doigts à travers son futiau ; qu'aussitôt le voici bandant, l'apôtre.

— A quelle heure est-il parti ? demande-t-il enfin

— Qui ça ?

— Le Président.

— Quel Président ?

— Le neveu du vieux qui s'est pendu.

Il s'enrogne :

— Vous n'allez pas me dire que vous ne l'avez pas reconnu ?

La mère Fluck hausse les épaules.

— Un monsieur bien mis avec les cheveux blancs ?

— Voilà.

— C'était un président ?

Agacé, il laisse tomber, redemande d'un ton grincheux :

— A quelle heure est-il parti ?

Elle cherche à se souvenir.

— Peu de temps après vous, répond-elle. Vous êtes retourné à la maison, n'est-ce pas ? Il vous a pratiquement suivi.

— Et depuis, plus personne n'est venu ?

— Non, personne, juste un gamin qui distribue des prospectus pour l'ouverture d'un nouveau Mammouth, le papier est dans la boîte...

Pauley continue de frotter sa queue qui gonfle de plus en plus Dans le fond, c'est ce qu'il préfère en amour : la mise en condition. Ça date de son adolescence. Il passait ses vacances dans une ferme. Le matin, il se levait en même temps que la fermière, une solide luronne de quarante et des. Son vieux était aux champs depuis longtemps, elle, contrairement aux filles de sa race, traînassait un peu au lit. Ils déjeunaient face à face. Paul Pauley se frottait la bite à travers son pyjama et il bandait à s'étouffer sous la table en regardant la monumentale poitrine de son hôtesse. Quand il avait terminé son déjeuner, c'était la croix et la bannière pour s'évacuer avec un chibre aussi féroce. Et un matin, il y a plus tenu. Il s'est dressé du banc, le zob sorti et dodelineur comme les têtes de tortues jouets. La fermière qui bouffait une tartine large comme ses fesses s'est arrêtée de mastiquer pour contempler.

— Ben, elle est belle ! a-t-elle dit sans s'émouvoir.

Puis elle a continué de manger. Pauley ne savait plus quelle contenance prendre.

Il en voulait à la grosse de rester impavide. Il aurait préféré son indignation à cette espèce d'apathie bovine. Alors il s'est astiqué sous la table pendant qu'elle continuait de déjeuner Pour elle, tout ça n'avait pas d'importance. Il s'agissait d'un caprice de nature qui ne la concernait pas et se situait entre le tricotin du cheval et la saillie du taureau. Des élans de la sève. Il avait seize ans et il avait besoin. Et alors, quoi, hein ?

Il conserve un souvenir ébloui de cette branlette face à la fermière, Paul Pauley. Pour lui, ça représente un sommet de la volupté. A cette époque, déjà, il avait décidé de se faire flic afin de disposer d'un maximum de moyens pour pouvoir faire chier un maximum de gens.

— Mangez, mangez, ne vous occupez pas de moi, dit-il à la mère Fluck.

Elle accueille la permission sans la moindre satisfaction Il compte s'incruster, ce dégueulasse ?

Comme c'est une femme de bonne pratique, elle demande :

— Vous en voulez un peu ?

Il répond que oui, sans hésiter.

Elle lui met un couvert, va chercher une bouteille de Côtes du Rhône dans le placard.

— Je n'ai pas grand-chose, s'excuse-t-elle, du fromage et des pommes, je me nourris de peu.

C'est tout de même malheureux de partager son fricot avec un individu pareil.

Pendant qu'elle s'active, il continue de faire ses gammes sur le cou de sa bite ; très agréable. Il a toute la soirée pour lui, toute la nuit au besoin. Il est émoustillé. C'est la première fois qu'il double Mireille. Mais enfin, la tromper avec une femme, ce n'est pas vraiment la tromper. Surtout avec une femme de cet âge ! Une presque vieillarde. Ça devient cérébral, moi je trouve

La blanquette est délectable.

— C'est dommage, soupire Pauley en savourant

Marie-Marthe balbutie :

— Qu'est-ce qui est dommage ?

— Ces saloperies de chats, sinon on est bien ici

Elle se dit qu'il ne mérite pas de vivre

XVI

Il se retrouve à passé-onze-heures rue du Faubourg-Saint-Honoré, marchant en direction de sa voiture. Il aurait pu la parquer dans la cour de l'Ambassade, naturellement, mais comme il avait l'intention de filer dès que possible, il a craint qu'elle ne fût bloquée par d'autres, aussi l'a-t-il laissée dans la rue. Il a hâte de la réintégrer, ayant horreur de déambuler en smoking. Les passants le reconnaissent et se poussent du coude en chuchotant son nom. Le Président ne s'est jamais habitué à la célébrité. Il a conservé des humilités de son enfance quelque chose d'un peu pataud qui doit être de la timidité. Lui, si plein de superbe, aux reparties si fulgurantes, aux œillades si dominatrices, lui qui fait taire les autres sans avoir à hausser le ton, il est timide ! Mais lui seul le sait. C'est son secret. Un de ses secrets.

Il démarre en souplesse, libéré tout à coup, protégé. Ce repas chez les Ricains a été une corvée de plus : une bouffe de traiteur, des conversations languissantes, des gueules incommodes ; moins vieilles que celles qui grouillaient à l'Elysée, mais sans résonance. Quelle existence navrante, dans le fond : toutes ces creuses mondanités officielles, tous ces gens abominables, flux et reflux de dindons, écume de sots. Tous ces congrès, réunions, assises, séminaires. Tous ces micros brandis comme des najas dressés sur leurs queues et prêts à le fouailler. Et cette horde toujours renouvelée de quémandeurs. Et ces incessantes attaques de l'Opposition ! Et ces interminables chausse-trapes des autres partis de la Majorité ! Et ces perfidies au sein du sien, cette contestation toujours en éveil qu'il faut continuellement juguler et juguler encore, comme on ravaude une chaussette dont les mailles filent ! Merde ! Et il a usé son temps à cela, à éteindre des foyers d'incendie, à calmer des traîtres, à endormir des ennemis, à jeter du poisson salé à des otaries affamées. Tant de compromissions ! Tant de basses bassesses ! Tant de colères feintes ou rentrées ! Tant de sourires torves. Tant de sales mains effusionnées ! Il a travaillé le public comme une pâte qui fermente, l'a malaxé, longuement, longuement. Il y a plongé ses bras jusqu'aux épaules et chaque fois les en a retirés crépis de merde ou de sanie. Il n'en peut plus de promesses, le Président, de promesses imperturbablement renouvelées et si rarement tenues à son corps défendant. Demain, Juan-Carlos lui apportera son café. Il pétera entre ses draps brodés. Alcazar viendra lui raconter sa journée à vivre, jumelle de celle qui s'achève Quoique, aujourd'hui est d'exception.

Oncle Eusèbe est mort.

« *Mon Cher Gamin,*

« *Il a beaucoup changé ces derniers temps et je n'y tiens plus* ».

Il comprend parfaitement le geste désespéré de tonton. Il mesure à son prix le sacrifice d'Eusèbe ! Le fabuleux cadeau qu'il lui a fait en s'occupant du prisonnier pendant si longtemps. Seulement ça lui était devenu plus qu'insupportable : impossible à assumer. Alors il a craqué, le vieux lapin ! Craqué après être allé au bout de son endurance. Il ne s'est jamais plaint, simplement, quand il n'a plus pu, il s'est pendu. Au Président de décider à présent. Oui, mais voilà : décider quoi ?

Après tout, cette maison lui appartient et il peut la laisser inoccupée pendant des années encore si cela lui chante. Il est suffisamment puissant pour détourner les pics voraces des démolisseurs, quitte un jour, dans longtemps, aller y foutre le feu pour que tout s'anéantisse, y compris un cadavre momifié qu'il aurait préalablement recouvert de chaux vive. Ne serait-ce pas là la solution idéale ? L'homme qui l'a regardé, tantôt, n'appartient-il pas au néant ? N'est-il pas déjà mort en grande partie ?

Oh, oui : l'oublier. S'efforcer de l'oublier. Laisser les jours, laisser la vie anéantir l'effroyable regard d'outre-tombe jusqu'à ce qu'il ne soit plus qu'un cauchemar qui le fasse se dresser, en sueur, dans son lit, certaines nuits plus mauvaises à dormir que les autres...

Il roule mollement dans Paris illuminée. Il y a plein de gens sur les Champs-Elysées, des autos garées n'importe comment, une rumeur, du cosmopolite, le chatoiement des cinés aguicheurs. Un remous qui paraît joyeux, comme ça, à cause des lumières, mais qui ne l'est pas, chacun se conservant pour soi ; chacun traînant son instant dans la recherche du plaisir.

Le Président n'a pas envie de regagner son vaste appartement dit de « haut standing », pas même envie de compisser le philodendron, agonique. Il n'a pas envie de demain.

A quel mobile obéit-il ? A quelle réaction méconnue de ses sens ? Ne voilà-t-il pas qu'il stoppe en double file sur les Champs-Zé ? Qu'il sort en trombe de sa tire et qu'il fonce au drugstore temple de la vie nocturne, haut lieu de la société de consommation où gravitent ou s'agglutinent tant de désœuvrances noctambulatoires ?

L'intrusion du Président en smoking dans ce bazar qui pue la foule et la nourriture fait sensation. Mais il ne voit pas les gens. Cette nuit, il les ignore et a perdu sa timidité.

Il se rend au rayon d'alimentation où les serveuses lâchent tout pour l'enquérir. Il désigne des denrées, comme s'il se trouvait en état d'hypnose.

— Deux tranches de saumon, deux tranches de rosbif, un poulet froid, deux bouteilles de bordeaux, oui : du léger. Des fruits. Des raisins d'Israël ? C'est ça : un kilo ; et puis des pommes golden, et ajoutez encore ce gâteau, c'est quoi ? Aux amandes ? Parfait. Non, ce sera tout !

Il doit avoir l'air d'un fêtard qui n'en finit pas de festoyer, ce con, avec son smok, sa gueule fatiguée et son grand sac plein de bouffement. Il retourne à sa voiture, marchant tête baissée pour être moins reconnu. Il se rappelle l'atelier d'oncle Eusèbe, jadis. Ça sentait la graisse, le pneumatique, et puis une odeur de limaille et de dissolution ; et aussi le vieux chiffon alourdi d'huile, et encore la selle de vélo neuve. Eusèbe tentait de l'intéresser à son job. Rêvant secrètement de l'avoir pour successeur. Dans le fond, il a toujours regretté que le Président ne soit pas bricoleur de bicyclettes plutôt que ministre, député ; plutôt que Président avec des décorations, des chiées de présidences, de charges ; plutôt que demi-roi de France. Oui : le vélo au lieu de la politique.

Eusèbe qui savait tout pensait qu'une piste cyclable est plus sûre que les allées du pouvoir. C'est curieux que le bon croquant lui ait voué une telle affection. Pourtant il la lui rendait bien mal. Quand il était enfant, Eusèbe représentait pour lui une sorte d'intrus captateur qui avait distrait à son profit l'amour de sa mère. Il le haïssait à petit feu, presque tendrement. Il détestait que sa mère couchât dans le lit de ce type et, quand elle en sortait, il lui découvrait des odeurs pas permises. Voilà lurette qu'elle est morte sa maman. Il n'est jamais parvenu à en éprouver un vrai beau chagrin, bien fort, bien intense. Ça s'est traduit par une immense gêne, définitive, mais à laquelle on s'habitue, comme on s'habitue à la perte d'un œil ou d'une main. C'est cela : de la gêne, mais pas de la vraie peine, probable parce qu'elle dormait dans le grand lit de noyer d'oncle Eusèbe qui sentait la ménagerie et toujours un peu le vélo.

Il repense à tout cela en conduisant, le Président. Il branche la radio, puis vite l'interrompt car à cette heure de la journée ce n'est que vociférations insupportables. Pourquoi les jeunes se complaisent-ils dans le vacarme ? Leur ouïe a-t-elle dégénéré ?

Il passe non loin de chez lui, franchit la zone des beaux quartiers résidentiels...

Résidentiel ! Il rit. Le mot est saugrenu. Résidentiel mon cul ! Quoi, résidentiel ? Putain ! Et dire qu'il est un champion de la presque droite Tumelat, lui qui faisait sa toilette sur l'évier et qui a été élevé aux patates et macaroni ! Il défend le Capital, cet ahuri, ce sous-con, lui qui s'était fait veilleur de nuit dans un hôtel pour pouvoir assumer ses études ! Qu'en a-t-il à branler, tu peux lui dire, du capital ? La vérité, c'est que le pognon ne l'a jamais tellement fasciné. Certes, il possède des biens : son appartement, la propriété de Gambais, une vingtaine de kilos d'or et même un compte numéro en Suisse où s'accumulent certains « cadeaux », plus des actions, des obligations auxquelles il ne comprend pas grand-chose ; mais il n'est pas un bâtisseur de fortune. Son pied ? Le pouvoir ! S'imposer, dominer. Point à la ligne. Fomenter des intrigues, faire basculer des entreprises issues d'ailleurs, et parfois même les siennes, lorsqu'il en a marre parce que trop de gens y adhèrent. Comme tous les êtres forts, il a le sens du sabordage. Tout grand homme est suicidaire, c'est-à-dire capable du dédain suprême.

Il franchit la Seine, et alors, bon, tout change. On quitte le marbre altier pour la brique creuse ; les hauts immeubles à balcons pour les petits pavillons de guingois.

Il en ressent du soulagement, le Président : une fleur de banlieue avec des racines bretonnes. Il sait les petites rues grisâtres qui te donnent l'impression de vadrouiller dans un Utrillo ; les boutiques cafardeuses où l'on vend des choses chiches à des gens chiches. Les écoles communales, les mairies toutes bâties dans le même style Ile-de-France-fin-de-siècle, les murs qui ne tiennent encore debout que grâce aux affiches qu'on y superpose.

Rasséréné, il a l'impression de se rendre à un rendez-vous

XVII

Il a perdu la notion de l'heure ; mais il s'en fout. Le temps passe comme jamais chez la mère Fluck. Elle a confectionné une grande cafetière de caoua qu'ils éclusent sans presque se parler, sans se regarder non plus.

Paul Pauley a sorti sa queue de son pantalon, comme autrefois chez sa fermière. Il la laisse bander sous la table. Marie-Marthe ne s'en est pas encore aperçue. Elle est suisse et il lui faut du temps pour retapisser ce genre de gag. Ses greffiers roupillent pour la plupart. Ils jonchent la cuisine, couchés sur le flanc, abandonnés, confiants. Certains sont endormis sur un meuble et laissent pendre leurs pattes avant dans le vide. D'autres s'obstinent à veiller et musardent à pas de velours, la queue en anse de pot à lait, la moustache circonspecte.

Elle se demande, la vieille, s'il ne va pas bientôt les mettre, ce flic de malheur, cet oiseau de nuit au regard de faïence. Il lui rappelle des gendarmes de par chez elle, sévères en leur uniforme verdâtre, magistralement autoritaires et imbus, qui ne toléraient rien à personne : service-service ; à te peler la peau du cul pour une misère, bien même que tu étais leur meilleur ami.

Il règne dans son petit logement chatteux une atmosphère bizarre, un peu critique. Comme si on attendait une mauvaise nouvelle. Pauley boit du café, très lentement. De temps en temps, il dit une phrase sans réalité ni importance, du genre : « Ce que le quartier est tranquille » ou bien « Chez vous, on a l'impression d'être hors du temps ».

Elle répond qu'oui, la Marie-Marthe, par politesse distraite, mais elle trouve conne la réflexion. Le temps, elle le sent passer. Il roule molo parce qu'elle est seule et âgée, mais bon Dieu, il s'écoule comme par la taille de guêpe d'un sablier. Il n'en reste plus tellement dans la partie supérieure. N'empêche qu'elle ira jusqu'à huitante ans passés, la mère. Dans sa famille, sauf accident, personne ne clabote avant, c'est une règle bien ancrée. Donc, il lui reste au moins quinze piges encore à nourrir des chats oisifs, à mijoter des blanquettes et à lire *La Feuille d'Avis de Fribourg* à laquelle elle est abonnée depuis au moins quarante ans. Ce qu'il y a de positif, dans son cas, c'est que sa vie ne lui sert à rien d'autre qu'à vivre. Elle existe pour durer, uniquement, et tu ne peux rien ambitionner de mieux ici bas que ça : te prolonger pour te prolonger, sans être porté par des tâches ni chahuté par des événements. Elle est à l'écoute de sa santé, tend l'oreille à son corps pour en capter le parfait mouvement, comme on écoute le tic-tac d'une montre increvable.

Pauley pense à Mireille qui, en ce moment, est en train de se reposer après sa première prestation, en compagnie des copines. Elle fume et raconte son homme, la manière qu'il l'a plantée de première, son flic, en rentrant, et qu'il remettra le couvert au petit matin, quand elle se pointera avec les premiers croissants et que lui sentira le sommeil d'homme.

La petite pendule de marbre vert, sur le buffet, sonne à tire-larigot. Elle essaie de compter, mais s'y est prise trop tard et s'y perd ; alors elle se retourne pour consulter le cadran.

— Déjà onze heures, fait-elle.

Paul Pauley consulte sa montre d'acier.

— Ouais : pile !

Il donne une petite flatte à sa bite qui remercie de l'encolure. Alors, il se décide ou quoi, pour la vioque ? Ils ne vont pas passer la nuit ainsi ?

— Le chien est toujours là ? demande-t-il en désignant du menton la maison d'en face.

— Oui, répond Marie-Marthe.

— Vous êtes sûre ?

Il insiste pour qu'elle aille vérifier à la fenêtre. Elle y va, soulève un coin du rideau, place ses mains en œillères de chaque côté de son visage afin de ne pas être troublée par la lumière du logement.

— On ne le voit pas parce qu'il doit être dans sa niche, annonce Mme Fluck.

Il va la rejoindre. Il rêvait que ça se passe ainsi, pile comme elle est là, son gros cul jeté un peu en arrière. Il se plaque à elle, la bite relevée pour pas gêner. Elle aimerait lui échapper mais comprend qu'il vaut mieux pas. Elle sent trembiller son sexe contre elle, ne comprend pas encore qu'il est dégainé. Tout ce qu'elle pige, c'est l'à quel point qu'il trique, ce gueux. C'est rare, un fumier qui bande aussi fort. Elle les figurait pas virils à ce point, les tortueux comme Paul Pauley. Une saloperie louche et vénéneuse, tu la situerais plutôt bande-mou, à problèmes. Tandis que cézigue, oh pardon ! Y'a de la membrane ! Du survoltage. Il se trimbale un goumi de première classe, messire poulet ! Et que va-t-il en faire, l'horrible ? L'aguicher sans conclure ou se décider à la lui foutre dans le train un bon coup, espèce de sale charognerie ! Merde, elle se rappelle plus bien de l'effet, une bite dans le cul, Marie-Marthe Chouette à prendre certes, mais les sensations lui ont échappé. Moïse, ça n'était pas un feu d'artifice au page. Il limait comme il cousait ses costars dans sa boutique de tailleur, assis à croupetons sur la grande banque bourrée de pièces de tissus ; laborieusement, quoi ; sans inspiration ni fougue. Les sens de Marie-Marthe n'ont vraiment été exaltés que par des troussées occasionnelles, very rarissimes. Et franchement, elle sait plus bien comment cela s'opère, le panard joli. L'envol dans la liesse, avec cris et éfroutrage triomphal. Ça l'intéresse de retrouver, même avec ce salopard qui aurait travaillé pour la rue Lauriston s'il était né vingt-cinq ans plus tôt. Il est de la race à Bonny, Pauley. C'est de la pourriture garantie ; de celle qui déshonore la police.

Il continue de se frotter lentement contre elle. Elle a un tout beau cul, qui n'en finit pas, large comme une grosse caisse et pas flasque le moindre. Que non ! C'est d'origine fermière, ce genre de vieille. Elle a le cul des alpages. Lui, il trémousse dans le sens du Gulf-Stream, ses mains châtaigneuses plaquées sur les hanches à Mme Fluck, que son pauvre brave mari se loquait en armaillies pour aller à la messe dans le canton de Fribourg, lui, si juif qu'il s'appelait Moïse. Et qu'on se souviendra toujours de lui, là-bas, M. Fluck, avec son vieux nez gris de juif dont on voyait l'intérieur des narines sans se baisser, je vous jure.

La position incertaine l'engourdit du torse, la vieille. Elle voudrait en changer un peu, pas beaucoup, juste se redresser pour prendre de l'assiette ; mais l'autre la cramponne à mains de fer, et son gros nœud étourdi de banderie chemine contre l'étoffe de la jupe. C'est beau, la vie, y'a des moments, somme toute. Faut pas avoir peur de les susciter, peu de chose comme nous sommes tous, manière de se compenser la mortalité, et surtout ces chieries qui la précèdent et n'en finissent jamais : ce mal immense, prodigieux qui nous vient de la nature et des autres, principalement des autres qui nous dépècent pire que des piranhas. Oh, Seigneur, comme tu tardes ! Et tu vas nous faire le coup de ne pas exister, au dernier moment, je le sens bien. On l'aura dans le baba, de TON espoir, c'est couru ! Feintés totalement, poisson d'avril ! En fin finale ? Le néant ! Mais à quoi sert que j'agonise ? Attends, j'ai trop mal, moi l'auteur, né natif de Jallieu, Isère (aujourd'hui Bourgoin-Jallieu). Ce jour d'hui, j'ai mal à vivre, qu'à peine si je le peux, par routine. Et qu'il me revient du boulanger avec sa camionnette, qui passait à Aillat. Je grimpais sur son marchepied. Ça sentait formidable le pain chaud. Et le pain était bon. Et il vendait des bonbons au miel, en sus, M. Thévenon. Et puis j'étais heureux et je le savais. Savais que c'était le moment unique de mes jours, là-bas, à Aillat, où *elle* m'évitait tout ce qui n'était pas le bonheur, ma vieille morte que je pleurais de son vivant, pleurais d'appréhension de la perdre, moi qui l'ai perdue au point que je n'ose plus l'imaginer dans son petit carré de terre suffisant pour elle . n'ose plus aller rôder près de sa tombe entre deux tombes de cons bien défuntés de belle et sainte mort comme il est écrit dessus ! Les bonbons au miel à M. Thévenon étaient ronds, poudrés de gros sucre et il y avait du miel liquide à l'intérieur, que quand tu croquais, il te vasouillait dans toute la bouche. Et alors, ce jour d'hui plein de mélancolie mortelle, pourquoi y a-t-il eu les bonbons à M. Thévenon le boulanger ? Qui va répondre ? Pourquoi ma vie a-t-elle commencé par le meilleur bout ? Et pourquoi Dieu va-t-il me claquer dans les mains à mes instants ultimes, si proches que je les entends survenir, moi qui t'écris cette histoire qui me faisait envie, mais je ne suis pas sûr. Cette histoire du Président Tumelat avec tout ce qu'il y aura d'incidents, péripéties, choses à méditer. Moi, l'auteur de Jallieu, quand je longeais la rue des Fabriques sous le soleil en me disant déjà des choses à faire pâlir l'enfant pâle que j'étais. Et que ma mort ne servira pas la cause de Dieu qui n'est que le rêve à vivre des hommes. Et que je n'irai pas la retrouver, *elle,* ce qui n'a pas d'importance après tout, car je crois qu'on n'avait plus rien à se dire. Tout ce qui me restait, que j'avais pas pu, je suis allé le lui pleurer contre le mur de l'église où l'on avait porté son pauvre petit corps la veille de l'enterrement. Je l'ai dit pendant la nuit aux pierres grises qui s'en souviennent encore peut-être ; va donc leur demander, pour si des fois... Et que voilà, je t'ai écarté de l'histoire déjà assez sinistre, moi l'Antonio pourtant hautement marrant, cocasse, riche en calembours et à-peu-près. Le blagueur en larmes, c'est risible, je pense. Le contrepéteur de charme ! Le scatologue de la redoute ! L'impudent ! Le semeur de poil à gratter. Regarde à quoi je t'entraîne de me laisser aller aux gravités. J'en perds mon centre.

Mais il faut vite revenir à la grosse bonne queue frétillante du vilain Pauley, toute tâtonnante sur la jupe de dame Fluck. Qu'à force d'errer sur le tweed rugueux, elle va s'irriter, la jolie zobette pimpante, si dure, casquée à l'allemande, avec sa belle jugulaire bleue et son col d'astrakan.

Insensiblement, Marie-Marthe acquiert une posture plus supportable pour la suite d'à toutes fins utiles. Il grogne un peu de mécontentement, mais elle parvient à se géographier plus solidement sans trop le déranger.

A ce moment, il y a un bruit de voiture dans la rue. L'auto stoppe juste en face. Taïaut, le cador du défunt M. Eusèbe Cornard, aboie comme un bienheureux, ou à poings fermés, ou à tue-tête, tu fais au mieux, c'est toi le plus instruit.

La vioque qui regardait sans voir se met à voir sans regarder.

— C'est le neveu qui revient, elle chuchote en choisissant une voix pour pas réveiller la grosse pine à Paul Pauley, tout en l'avertissant de la chose en tant que flic cependant.

Paul Pauley, policier comme il est, moi, je serais à sa place, je m'offrirais un temps mort pour regarder à mon tour la venue extrêmement insolite du Président. Mais avec une queue pareille. il dispose plus de son potentiel complet, tu comprends ?

Il est en train d'établir un record, Pau-Pau, d'en tout cas battre les siens antérieurs concernant sa durée de bandage. Ça fait un bout qu'il en tient une en nickel-chrome renforcé, l'ami ! Dieu de Dieu, quel mandroche ! Le ballet du casse-noisette, tu parles ! Sa biroute de flic n'a pas faibli un instant. Nul besoin de la stimuler par une flatterie expresse, ce qui serait la moindre des choses. Les mayonnaises les mieux montées ont besoin d'être touillées un chouïe, vite fait, geste expert, très bref, du jongleur chinetoque qui refout de la rotation à ses assiettes en cigognant un peu le bâton. Il bande de plus en plus lourdement, tel un métronome réglé au plus lent. Sa verge fait cling-clong. et a des inclinaisons comme une baguette de sourcier, et puis des remontées, des tressaillements, vibrations, tout ça ; très curieux, à parcheminer la jupe de Marie-Marthe, la vieille Suissesse, bien grasse de moule et forte de buste, la biroute de Pauley. L'explorant en robot programmé. C'est un drôle d'instrument, je te l'annonce. Une solide queue bien fraîche, arrivée à Rungis le matin même dans les rosées de la nuit ! Véhémente bite, douée du mouvement universel. Elle martèle doucement le tissu qui loque le majuscule cul à Mme Fluck. Centimètre par centimètre.

Elle ressent ça dans des lointains, la vieille. Ça l'énerve. Qu'il la lui carre un bon coup dans les noix, bordel ! C'est le troisième degré qu'il lui mijote, ce pourri blond ! Haute attente, elle en a le fion en agonie de poireauter. Pour l'inciter aux conclusions, elle trémousse doucement en faisant de beaux huit bien formés. Mais tu crois que ça lui exaspère Coquette, ce veau ? Il va son train de sénateur, calmos. Généralement, ce sont les mâles qui sont pressés et dévastent de trop de hâte ; ce sont les gonzesses qu'implorent la lenteur.

Marie-Marthe, qui continue de zieuter en face, y va de son commentaire mezza-voce :

— Il vient de descendre de l'auto. Il est en smoking (elle prononce smokingue). Il tient un grand sac de plastique. Il va caresser le chien. Le chien lui fait des fêtes comme s'il le connaissait déjà de longtemps. Maintenant, il rentre dans la maison. Il donne la lumière. Il referme la porte...

— Tu vas fermer ta sale gueule, charogne ? exhale Paul Pauley dans un soupir

XVIII

Le Président a refermé la porte à clé derrière lui. Il grimpe l'escalier quatre à quatre, pressé, non pas d'en finir, mais de commencer au contraire.

Une fois dans la salle de bains, il assure le verrou, puis il ôte sa veste à parements de soie et l'accroche au portemanteau, pardessus le peignoir-éponge qui sent les bains-douches publics. Après quoi, il s'attelle à la baignoire et la fait pivoter ; ensuite il coulisse le panneau insonorisé. Et tout commence. Il retrouve son cauchemar là où il l'avait abandonné l'après-midi : l'odeur indicible, la lumière fragile, le silence capiteux de la tanière.

Vite, il s'agenouille sans se préoccuper du pli tranchant de son pantalon. Il veut retrouver le regard d'outre-tombe ; y lire sa mort et s'y désintégrer.

Et le regard est là, qui l'attend. Un regard d'une fixité hallucinante. Pas un regard hostile à proprement parler : un regard de néant. Et son sang se fige, au Président ; son cœur ralentit. Il glisse en semi-catalepsie. Le temps prend une nouvelle démarche ; il échappe aux instruments de mesure que sont les montres et les horloges.

Tumelat se remet à regarder le regard.

Il redécouvre ce qu'il y a autour : un visage parcheminé d'où pendent des poils longs et blanc sale qui ressemblent un peu à la barbiche clairsemée d'un bonze oublié.

A présent, il va falloir parler. Tumelat doit coûte que coûte communiquer avec cet être de nulle part.

— Je vous ai apporté de quoi manger, bafouille-t-il.

Sa propre voix lui fait peur tant elle est méconnaissable. S'il peut parler encore sur son lit de mort, le Président, ce sera ainsi tout faible et chevroté, avec des blancs au milieu des mots

Il attend Le regard n'a pas cillé

« *Il a beaucoup changé ces derniers temps, et je n'y tiens plus !* »

La phrase justifiant le suicide d'Eusèbe le cueille comme un coup de poing au plexus Comment « tenir » en effet devant une telle créature ? A ce point dévastée, si peu présente désormais, si arachnéenne...

Le Président attire le sac du drugstore. Et le sac, c'est tout le drugstore résumé par un sac et une calligraphie d'avant-garde. Il a honte à crever, Horace Tumelat. Ce drugstore plein de modernisme, de brouhaha et de lumières, d'un côté, la quasi-dépouille de cette quasi-momie d'un autre ; l'opposition est dure ! Insupportable.

Il fouille dans le sac en tremblant et en sort, lugubre magicien qui rate ses tours, les denrées achetées pour l'homme. Sottement, il annonce : du saumon, du poulet, du...

Ces mots ont-ils encore une signification ici ? Au fait, il le nourrissait de quoi, son pensionnaire, l'oncle Eusèbe ? De vagues ragoûts, de pâtées qu'il partageait entre l'homme et Taïaut ?

Le Président défait les papiers enveloppant chaque mets. Tout cela est pimpant ; c'est de la boustifaille luxueuse pour mecs au pèze qui chipotent. Car les gens riches n'ont jamais très faim. C'est le caviar qu'on ne finit pas, le canard aux pêches ; les plats de macaroni ou de frites, eux, espère : il n'en reste jamais. Torchés fond en comble ! Le fantôme n'a pas réagi.

— J'ai aussi pris du vin, dit le Président.

Seulement il n'a pas de tire-bouchon et il est peu probable qu'il en découvre un dans ce trou à mourir.

Comme il se sent gauche, et ténu, et hautement misérable devant cet ectoplasme nul et non avenu, indigne de tout, hors humanité.

Et soudain, c'est le cataclysme. Pis qu'un ouragan ! L'être parle. Pas fort, mais cependant d'une voix parfaitement intelligible et calme.

— Vous avez beaucoup vieilli, monsieur le Président !

C'est tellement inattendu ; tellement ahurissant que le Président reste un bon moment à douter de ses sens. Voilà ce que lui déclare une tête de mort boucanée : qu'il a beaucoup vieilli !

Il manque de souffle, le Président.

— Mais vous... vous me connaissiez donc ?

— Qui ne vous connaît ? J'avais conservé de vous l'image de l'homme de quarante ans, brillant, beau, énergique. Et vous voici presque vieillard, monsieur le Président. Quelle idée de conserver vos cheveux blancs ? Vous n'avez donc pas senti la nécessité de vous faire teindre ? Ignorez-vous donc qu'à notre époque l'âge est rédhibitoire et que ces cheveux de neige vous condamnent ?

L'homme parle sans s'animer. Les mots tombent d'un masque de vieux cuir craquelé, racorni d'être trop sec Et il s'exprime sans passion, non par dessein d'être désagréable au Président, mais simplement pour constater une réalité qui le surprend Il paraît détaché de son propre problème Horace Tumelat a la désagréable impression d'être observé, jaugé, estimé par une statue de cire. Cauchemar au Musée Grévin ! Il est jugé par les ténèbres.

Un long silence succède.

— Vous ne voulez pas manger ? demande le Président.

L'autre attend un peu, puis il dit de sa voix curieusement vivante bien qu'elle sorte d'un être momifié :

— J'ai le temps.

Et le Président comprend. Manger, l'homme-momie n'a que cela à faire au cours des interminables jours, semblables aux interminables nuits. Mais parler... Parler !

Echanger des ondes, des regards et des mots avec UN AUTRE, fût-ce son geôlier. Communiquer ! Emettre des idées... Cela, oui, cela lui est plus compté que tout le reste. Il peut boire et dormir, écouter la radio, lire... Il n'a que quelques instants fugaces pour contempler le visage d'un homme, pour lire ses yeux, entendre le son de sa voix.

Le séquestré reprend :

— Il est mort, n'est-ce pas ?

— Oui.

— Suicidé ?

— En effet.

— Il me l'avait annoncé et je savais qu'il le ferait. A cause de moi, n'est-ce pas ?

— Oui.

— Je comprends.

L'homme ajoute :

— Il a fait quelque chose qu'il n'avait pas la force de faire. Il l'a fait pour vous.

— Je sais, répond le Président.

Il s'habitue à l'odeur infamante, comme, en face, le gestapiste Pauley s'est habitué à celle de la chatterie de Mme Fluck. On s'habitue à tout, y compris au pire. D'ailleurs, le pire n'existe pas. Il y a toujours pire que le pire.

— Vous saviez où je me trouvais ?

Décidément, il connaît tout, le zombie. Il devine ce qu'il ignore. Dans sa nuit perpétuelle, un sixième sens lui est venu.

— Je pensais que vous restiez à portée de mon oncle

— C'était votre oncle ?

— Non : une sorte de beau-père putatif

— Oui, c'est bien ce qu'il m'avait dit.

Il paraît satisfait, le masque de cuir, de vérifier qu'Eusèbe ne lui mentait pas. Le Président se dit qu'ils ont dû beaucoup discutailler pendant ces dix-huit années d'horrible tête-à-tête

— J'ai été difficile à découvrir ?

— Assez oui.

— Vous n'avez pas éte tenté de de m'oublier complètement ?

Le Président blêmit un peu plus de se voir percé à jour si profondément.

— Je ne pense pas, je ne suis pas un assassin.

— Non, vous êtes pire. Je suis vivant parce que vous n'avez pas osé me mettre à mort. Vous laissiez la pleine responsabilité de ma séquestration au vieux.

— C'est lui qui a pris la décision de vous séquestrer, je ne lui ai jamais demandé une chose pareille, déclare vivement le Président, je l'avais seulement chargé de négocier la rançon, ce qui m'était impossible dans ma position. Eusèbe était la seule personne au monde en qui j'avais confiance. Je lui avais même remis l'argent pour vous. Il me l'a restitué au bout de quelques jours en me disant qu'il n'était plus nécessaire. Je lui ai demandé la raison. Il ne voulait rien me dire. J'ai même cru, au début, qu'il vous avait tué. A force de le questionner, il a fini par m'apprendre la vérité.

Intéressé, l'homme au regard fixe semble ne pas avoir besoin de respirer. Il est absolument monolithique.

— Et maintenant ? demande-t-il.

Le Président s'attendait à la question, pourtant elle le déconcerte. Et c'est d'une voix de grande honte qu'il soupire :

— Maintenant, quoi ?

— Vous allez continuer de me garder ici ?

— Je n'en sais rien. Probablement.

Il a failli ajouter : « que puis-je faire d'autre ? », ne s'est retenu qu'à l'ultime moment, conscient de l'effarante outrance d'une telle réponse.

Il commence à reprendre de l'énergie, le Président. A se faire tarter moche avec la perspective qui se dresse d'un pensionnaire à assumer, et à assumer par lui seul. Aucun être au monde ne saurait l'assister, aucun. L'unique qui a pu est mort. Il s'est pendu d'avoir pu, justement. C'est chiendent, la vie, merde ! Elle te pose de ces colles, vingt dieux de chiasse ! Ah ! pommade ! pommade ! pommade ! Maintenant, il a un boulet aux pieds, Tumelat, et quel ! Comment va-t-il se tirer d'une telle corvée avec la vie qu'il mène : tous ces déplacements à travers la France et l'étranger ?

Il regarde l'homme de cuir bouilli, le racorni, le momifié, le bonze sec, l'épave, l'ectoplasme, le fantôme. Si au moins Eusèbe lui avait remis son fric, jadis, tout serait réglé depuis longtemps. Mais le vieux a dit par la suite à Horace : cet homme, mon gamin, ne t'aurait jamais lâché. Il aurait passé le restant de ses jours à te faire cracher. C'est une canaille intellectuelle : la pire espèce de salaud qui soit.

Un élan de méchanceté, de rage aigrie, secoue le Président. Il imagine son existence boiteuse dorénavant, sa carrière compromise par ce pensionnaire. A force de venir ici lui apporter la pâtée il attirera l'attention. Qui sait si on ne finira pas par découvrir le pot aux roses ? Déjà, tantôt, à l'Elysée, un gredin de journaleux n'est-il pas venu l'asticoter avec l'oncle Eusèbe ? La première fois qu'on lui parlait de tonton, à Tumelat. Il lit des présages dans cet incident. S'il avait pour vingt francs de couilles au cul, de vraies, bien dures comme des noix, il foutrait le camp et ne reviendrait que dans quelques mois avec des sacs de chaux.

L'autre n'a toujours pas cessé de le fixer et on dirait qu'il suit le cheminement des pensées présidentielles.

Qu'il « sent » la rogne de son tortionnaire et le louche projet auquel elle le conduit.

— Le plus simple serait que vous me remettiez en liberté, soupire-t-il.

— Vous êtes fou ! s'emporte le Président. Où iriez-vous ? Et vous arriveriez d'où ? On n'aurait, en vous séquestrant, fait que différer le problème.

Cette longue ignominie qui n'aurait servi de rien, lui donne de l'angine de poitrine.

L'homme de cuir hoche la tête. Son crâne déplumé a d'étranges reflets dans la lumière geignarde de la minuscule ampoule.

— Je vais chercher un tire-bouchon ! annonce soudain le Président.

Il sort à reculons de la tanière.

En se relevant, il s'avise dans la glace du lavabo. Tout vieillissant, c'est vrai, bien que son corps ne le sache pas et qu'il sente sa jeunesse à fleur de peau, sous les rides et les tavelures du temps. Il s'approche du miroir mesquin devant lequel oncle Eusèbe raclait avec un vieux rasoir à manche ses joues savonneuses. Il y manque des plaques de tain, ce qui est la maladie des miroirs, leur chancre. Là-dedans, il fait rabougri, Tumelat. Pas frais du tout malgré sa belle chemise au plastron gaufré et sa chevelure blanche à reflets bleutés. Les premiers mots du prisonnier ont été pour le traiter de vieux. Et alors ? Cinquante-huit ans, ça conduit où ? N'est-ce pas la maturité pour un homme politique ? Le moment de sa vie où il est le mieux en possession de ses possibilités ? L'âge où les déceptions se sont transformées en sagesse ? L'âge où les erreurs ont enfin engendré l'expérience ? Il bande fort, Tumelat, encore. Et volontiers, sans que son sexe fasse de chichi. Il boit sec quand il le faut. Il parle haut ! Il fait peur à ceux qu'il déteste. Sa haine a une sale gueule impressionnante. Alors, pourquoi ce souvenir-de-salopard a-t-il commencé par lui déclarer tout de go qu'il était un presque vieillard ? Vieillard mon cul, oui ! Un vieillard capable de conduire sa bagnole une nuit entière sans lever le pied de l'accélérateur ! Victor Hugo n'avait-il pas soixante piges lorsqu'il écrivit « Les Misérables » ? Et pourtant, « Les Misérables » c'est jeune, bordel ! Léopoldine, Cosette, Gavroche, c'est pas un kroum qui les a inventés, si ?

Il dévale jusqu'à la cuisine. Elle sent encore le café du matin. Il furète dans les tiroirs et déniche un vieux tire-bouchon dont le manche est un cep de vigne. Il l'a toujours vu chez Eusèbe. Il le regarde, insolite objet, luisant d'usure, rouillé, branlant.

Tout Eusèbe !

Il remonte. Il tremble de rancœur. Maintenant, il n'a plus peur du prisonnier ; au contraire, il le hait de lui jouer ce vilain tour de vivre encore et de le traiter de vieux, et de l'obliger à venir le ravitailler... Tous les combien, au fait ? En tout cas pas tous les jours, ce ne sera pas possible. Deux fois par semaine ?

— Il faudrait vider mes latrines ! lui dit l'homme à la gueule de parchemin.

Le Président a un haut-le-corps. Vider des latrines !

Il regarde le récipient muni d'un abattant de plastique. Après une hésitation, il va le saisir par son anse de fer et se rend aux toilettes. Un spasme lui emplit la bouche de bile. Il croit qu'il va vomir la bouffe de ce con d'ambassadeur U.S.

Il y a quelques heures, il se trouvait en tête à tête avec le Président de la République, et le voici en train d'évacuer la merde d'un homme improbable, qu'il détient prisonnier.

Il tire la chasse.

Comment réagirait le peuple de France s'il apprenait que l'un de ses grands leaders politiques, chef incontesté d'un des plus puissants partis, détient un homme captif et qu'il lui porte du saumon fumé au milieu de la nuit, qu'il vide ses excréments et qu'il rêve de l'anéantir ? Tumelat croit entendre le sympathique Poivre d'Arvor annoncer la chose à la téloche. La stupeur nationale, madoué ! Ces ondes d'indignation jusqu'au plus reculé de l'électorat !

Il revient avec des latrines encore puantes, mais qu'il n'a pas eu le courage de laver à grande eau comme devait le faire Eusèbe, toujours consciencieux.

L'homme avait fermé ses paupières pendant son absence. Il ressemble ainsi à un hibou empaillé auquel on n'a pas encore fixé des yeux de verre. Le retour du Président le remet en état de fixité.

— Voilà, dit le Président en reposant le chiotte.

L'autre ne lui dit pas merci. S'il s'imagine que le Président va jouer les femmes de service, il se trompe ! Et cependant, il n'existe aucun autre moyen de lui assurer un minimum d'hygiène. Tumelat va devoir se charger de tout ! De tout !

— Quand vous reviendrez, vous penserez à m'apporter des piles pour mon transistor ? Il faiblit !

Il faiblit ! Qu'il crève donc, et lui avec ! Qu'ils s'engouffrent dans le silence définitif tous les deux !

Le Président lui lance une œillade mauvaise. Pour ce qui est des piles neuves, fume, mon con !

— Ce sont de grosses piles, il en faut trois ! reprend le prisonnier.

Le Président l'écoute et il est frappé tout à coup par une chose : comment l'homme a-t-il pu être séquestré sans que sa disparition ne déclenche des recherches ? Il a bien dû se poser la question, à l'époque. Seulement Eusèbe lui a révélé la vérité plusieurs mois après le rapt de ce salaud, si bien que tout danger était déjà probablement conjuré.

— J'ai écouté la séance de la Chambre, avant-hier, dit l'homme. Plutôt affligeant. Votre intervention aurait pu ramener le calme, mais vous vous êtes laissé emporter par la passion, comme les copains. Autrefois, les politiciens étaient probablement aussi pourris que maintenant, seulement eux croyaient tout de même en la France. Ce qui frappe, c'est que de nos jours, personne n'y croit plus. Certains croient peut-être encore à des idées, mais au pays, non, c'est fini, archi fini. Je les écoute, tous, l'un après l'autre, ceux de gauche, ceux du centre, ceux de droite et je suis frappé par l'absence de la France ; et Dieu sait que vous continuez à vous en gargariser ! Tenez, pendant la retransmission de la séance d'avant-hier, au milieu des clameurs, des invectives et des nasillements du Président qui ne serait même pas élu chez les fromages du même nom, savez-vous ce que je me demandais ? Je me disais : « Y a-t-il un Français dans la salle ? Un seul, un vrai ! » Je me rappelle la définition du Petit Larousse : « Français : qui est de France ! » Eh bien, j'ai le regret de vous dire que vous n'êtes plus de France. Vous êtes de Communisme, de Socialisme, de R.P. Risme, de R.A. Sisme, d'U.D. Fisme, mais plus de France, l'ami, plus de France. Votre bannière, c'est la Sofrès, votre vraie patrie, la Télévision !

Le Président se sent mourir de colère.

Il agonise de ces outrances et ignominies débitées d'un ton implacable. Et par qui ? Par qui, nom de Dieu !

— Je n'ai pas de leçon de civisme à recevoir d'un maître chanteur, gronde-t-il.

Le type a un mouvement avec sa bouche, comme pour rigoler, mais c'est trop tendu, racorni, trop desséché dans ce secteur et juste ses lèvres s'écartent un peu.

— Maître chanteur, je n'ai fait qu'essayer de l'être un jour d'il y a longtemps, monsieur le Président. Et mal m'en a pris. Depuis, je suis un ermite perdu à l'écoute du monde et à celle de son âme.

— Je m'en vais ! décide le Président.

— Et quand reviendrez-vous ?

Tumelat a une réponse de barbare :

— Peut-être jamais, dit-il.

— Ça m'étonnerait, fait le fantôme, sans plus s'émouvoir qu'un fantôme, enfin vous ferez comme vous voudrez !

Il referme ses paupières semblables à deux morceaux d'écorce séchée.

XIX

La bite de Pauley, avec son beau casque de velours — casque allemand, mais de velours — est gorgée de sang, violette d'attente, dilatée de la plus infernale des impatiences.

Le filet, par-dessous, est légèrement irrité par le frottement sur le tweed de la mère Fluck. Rugueux, le tweed, lorsqu'il est de mauvaise qualité. Celui de la jupe à Marie-Marthe, jupe de veuve sans très gros revenus, tu penses qu'il n'a de britiche que le nom. Y'a encore des brins de paille qui en sortent, ou de crin, ou de je ne sais quelle saloperie synthétique issue du pétrole de merde que vivement qu'il n'en reste plus un baril sur cette planète, tant il l'a faussée, moi je trouve, l'auteur, né à Jallieu ; faussée complètement : ses hommes, ses denrées, leurs prix, les guerres ; faussé les continents ; corrompu air et mers, terre et amour, conscience et congés payés ; tout empétrolé, qu'au point, quand tu baises, ta queue sent l'essence comme si tu venais d'enfiler un jerricane. Et donc, la bibite à Pauley qui déambule sur la jupe, mouche sous verre cherchant une issue et, qui tâtonne de la joue — si je puis dire — contre la mesquine étoffe pour supposer les délices d'en dessous. Tant que ma pauvre femme Fluck ne se tient plus debout et qu'elle rêve d'effondrer sur son carrelage de cuisine, sa gueule plate dans la caisse à chiures des greffiers dormeurs. Et le Pauley, sentant la mort foutre venir, crochète ses trente-deux dents carnassières de flic viandophage, ce prince de l'enculade debout ! Il a le tempérament sentinelle, l'homme-poulet ; il adore brosser à la verticale, comme Victor Hugo et Henri Troyat écrivent, ce qui procède de la même jouissance.

Et la vieille, la pauvre sainte vieille dont le con n'en peut plus, et qui résigne, la chérie, altière Suissesse riche de toutes les patiences, la pauvre vieille continue de jouer les vigies, et d'annoncer :

— Il a éteint la lumière du premier, sûr qu'il se renva.

Le beau nœud plantureux à Pauley se traîne désormais sur le

faux tweed de dame Fluck. Il touche à son terme. Il va s'accomplir urbi et orbi. Faut lui porter aide, assistance ! L'empêcher de naufrager sottement, sur la jupe de la vieille veuve sans enfant que c'est plus maintenant, à soixante-huit et mèche, que les beaux flocons à Pauley risquent de lui faire jouer *La Maternelle.*

Pauley lâche les hanches de sa digne partenaire afin de la trousser convenablement. Intéressée par la manœuvre qui annonce du bon, la vioque essaie de s'effiler pour se prêter à l'écossage. Elle a même l'obligeance de baisser sa grande culotte pendante du milieu comme un froc arabe, pour gagner du temps et libérer ses grands espaces.

La voici donc avec la jupaille à la taille, la culotte sur les talons, superbe avec sa moulasse renflée, sa crinière qui fait un bruit de papier défroissé, ses vénérables jarretelles dont l'élasticité a de l'arthrite, ses bas trop bas, qui lui boudinent le départ de la cuisse, si bien que la chair bleutée produit comme un revers de botte en viandasse pas trop comestible.

Pauley pousse un cri d'ours devant ces trésors. Mais il s'avise que les poils à Marie-Marthe sont gris, presque blancs, la conne de merde, sacré bordel ! Bien le moment de lui causer un choc pareil ! Un con de vieillarde ! Alors qu'il allait prendre le fade de sa vie !

Mais c'est donc une vraie purée, cette charogne de vieille ! Elle l'excite à outrance, qu'il en bande des heures durant, et puis te lui montre ses vilains poils gris hors d'usage et mon Pauley part en sucette, ramollit comme une patte-mouille. Elle se met à le dégoûter effroyablement, comme dans l'après-midi. Net comme un coup de hache sur sa belle queue turgescente. Pouah ! Il détourne les yeux. A présent, sa bite vultueuse n'est plus qu'une poignée de chasse d'eau qui pend au bout de sa chaîne. Des heures durant elle se dressait, altière, avec son casque allemand velouté et sa jugulaire bleue, massive et nerveuse. Et puis : courant d'air, un ange passe, ce con ! Plus personne, voyez guimauve ! Pas de veine. Mais il ne se la fera donc jamais, cette saloperie de bourrique vieillarde ! Il aimerait la bousiller à coups de pieds, la mère Fluck, lui crever la paillasse sur le carreau de la cuistance, qu'elle agonise parmi ses chats, non de fichtre !

— Voulez-vous que je vous dise, la mère ? Vous n'avez aucune pudeur, laisse-t-il tomber froidement. Pas la moindre. Vous n'êtes qu'une vieille truie pourrie ! Quand on vous voit dans cette tenue à votre âge, on se dit que la pire putain ne vous vient pas à la cheville question dégueulasserie.

Tout en causant, il rentre sa queue inutile dans son slip kangourou, apitoyé de voir combien elle a mouillé de désir en cours de frénésie, et puis la voilà toute humble et déconfite, cette bite magnifique, plus rien qu'un souvenir écœuré.

— Quand on a les poils du cul blancs, la mère, on les cache.

ou on les rase. En aucun cas on ne les montre. Vous allez me faire le plaisir de me raser cette saloperie de poils pour si je reviens, compris ? Ils me donnent envie de gerber. Me dégoûtent pire encore que vos autres chats à la con ! Vous m'entendez ?

Elle entend et elle pleure, la dame Fluck. Retrémousse en sens contraire pour faire retomber la jupe comme un rideau de scène sur le plus navrant des spectacles. Ses larmes ont un bruit de pluie sur un toit de zinc.

Vaguement gêné, Pauley s'approche de la fenêtre. Tiens, au fait, c'est juste, la vioque l'avait annoncé : le Président est revenu, au beau milieu de la nuit. Pour quoi fiche ? Se recueillir ? Tu parles, Charles ! Alors quoi ? Cherche-t-il le magot de l'oncle Eusèbe ? Ça se pourrait, non ? En tout cas il y a bien une raison à sa visite nocturne. Et une raison péremptoire.

Le voilà qui sort de la bicoque. Il est en smoking et la lueur du lampadaire de la rue fait scintiller les revers de soie. Le chien, en le voyant réapparaître, se met à danser au bout de sa chaîne, joyeusement. Il aime déjà le Président. Le Président s'approche, le caresse longuement, puis détache sa chaîne. Il s'accroupit devant la niche, on dirait qu'il va y pénétrer. Mais non, il se redresse, va compisser un petit massif de fleurs tristes en même temps que Taïaut. L'homme et la bête pissent de concert, côte à côte, gravement unis par leur commun pissat.

Le Président, à présent, entraîne le chien jusqu'à sa Mercedes. Il ouvre la portière arrière, mais le chien n'a pas l'habitude et l'auto lui fait peur, il refuse d'y grimper. Le Président insiste, le flatte, le pousse. Le chien s'arc-boute. Le Président le prend alors à bras-le-corps et le jette dans l'auto dont il referme vivement la porte. Il époussette les poils qui garnissent son vêtement.

Est-il revenu pour chercher le chien ? se demande Pauley à la fenêtre. C'est probable. Dans l'après-midi il l'a oublié. Alors il s'en est souvenu en rentrant chez lui après une soirée quelque part, dans la haute...

La Mercedes a un ronflement velouté, délicat. Ses phares s'éclairent, elle démarre en vaseline, doucettement, le long du trottoir en terre.

Pauley se retourne. La mère Fluck a retrouvé une attitude décente. Paul Pauley se demande s'il ne va pas se remettre à la bricoler, pour voir... Mais non, elle le fait chier. Elle est trop vieille, quoi. Trop mochetée. Trop finie irrémédiablement.

Il s'approche d'elle et darde sur la face plate l'éclat impitoyable de son regard sadique.

— Et faites-moi le plaisir de me raser ces poils blancs répugnants, hein ? La prochaine fois, je veux trouver un con de petite fille, vous m'entendez, la mère ? Faut pas me chercher, moi ! Si vous continuez comme ça, vous le paierez cher !

Il va à la porte et l'entrouvre. Comme il sort, l'un des matous de la mère Fluck tente la belle. L'occase est trop bath. D'une détente forcenée, Pauley referme la porte sur le chat à demi engagé dans l'ouverture. Ça fait un fort bruit mou, ponctué d'un gémissement d'étoffe déchirée. La vieille hurle de désespoir. Pauley rouvre la porte, le chat s'agite désespérément sur le sol, les reins brisés, ramant des quatre pattes en exhalant des plaintes d'agonie.

Pauley s'en va.

XX

Il arrive qu'on agisse sans se donner le temps de la réflexion, spontanément.

Ainsi, le Président ne pique-t-il pas sur Paris, mais sur l'Ouest sans l'avoir décidé. C'est seulement au bout d'un instant qu'il constate la chose. A quel mobile a-t-il obéi ? Pourquoi retarde-t-il le moment de rentrer à son domicile ? Il se sent infiniment malheureux. Malheureux sans espoir, malheureux à tout jamais. Le jour ne se lèvera plus. Il est vieux, il a les cheveux blancs, il n'est pas français. C'est en somme un raté de grand luxe. Un raté célèbre et adulé ; mais un raté tout de même. L'être qui lui a parlé dans l'infâme réduit, c'est sa conscience. Il a cheminé pendant cinquante-huit ans avant de se trouver nez à nez avec elle. Elle l'attendait dans une sorte de bauge puante, entre une latrine de camping mal torchée et un bidon d'eau potable ; elle l'attendait à la lueur d'une confuse loupiote électrique bricolée par Eusèbe. Elle l'a regardé au fond des yeux, elle a plongé en lui, au plus secret, au plus noir, jusqu'à l'inexploré et elle lui a assené les terribles vérités : vieux et renégat, vieux et paumé, vieux et malfrançais.

Derrière lui, Taïaut, paniqué par la voiture qu'il emprunte pour la première fois, tournique en gémissant sur la banquette. Il pointe son museau contre les vitres. Il voudrait sortir de cette caisse roulante qui ne lui inspire pas confiance.

Le Président pilote les dents serrées, l'âme froide. Ses paupières lui cuisent. Mais il n'a pas sommeil. Il a su dominer cette exigence corporelle et il est capable de tenir cinquante heures avec seulement des bouts de somme de quelques minutes, du café noir et des douches froides.

Le Président songe à la montée des périls. En se tuant, l'oncle Eusèbe a libéré des forces sournoises et vénéneuses qui, maintenant, se concentrent pour terrasser Tumelat. C'est l'accident nucléaire de la centrale qui justifie les pires appréhensions. Avec force lui reviennent les paroles du journaliste à l'Elysée, à propos de son passé, de son oncle. Il y avait de la menace sous l'insolence. Ce jeune homme torve le prenait pour un vieux con, indubitablement. Un vieux con hypothéqué par la saloperie. Il est prêt à soulever les pierres cachant les cancrelats. Quel est son nom, déjà ? Plante ! Eric Plante. Le Président se promet de réclamer des renseignements sur l'individu. Ne pas attendre l'estocade ; toujours prendre les devants, frapper le premier.

Il longe la Seine. Quelques voitures solitaires lui adressent des appels de phares pour une partouze. Il accélère. Le cul ? Pas envie, merci. Sa chair est calme, indifférente. Rien ne le tente à cette heure au plan de la luxure.

Il traverse le pont conduisant à l'autoroute de l'Ouest, fonce en direction du tunnel de Saint-Cloud.

Taïaut continue de se trémousser. Que va-t-il fiche de ce chien dans son appartement ? L'animal, habitué à la vie à l'extérieur, va tout saccager. On verra bien.

Il champignonne à fond, une fois le tunnel franchi. Ses pensées restent cependant immobiles au milieu de la vitesse. Elles sont lourdes et se succèdent de manière saccadée, comme des diapos dans un appareil de projection. Au point qu'elles lui paraissent produire un bruit identique lorsque l'une remplace l'autre. Il pense à la corde tombant du plafond dans la chambre d'Eusèbe ; aux deux flics impressionnés par sa présence ; à la jeune flûtiste, debout devant son pupitre métallique ; au fantôme ! Surtout au fantôme ! A ce noir regard accusateur, à cette voix restée étrangement vivante et qui sortait de l'homme comme d'un ventriloque, sans qu'il ait à remuer les lèvres. Il pense AU Président de la République qui l'observait par-dessus ses yeux, comme on regarde quelqu'un par-dessus des lunettes. Il pense à la réception dans les grands salons de l'Elysée, avec tous ces gens vieux et compassés, tous ces lécheurs nationaux, serviles et obséquieux, si ardemment soucieux de se montrer, de parler AU Président, d'être sanctifiés par quelle grâce d'Etat ? Il y avait pourtant Bouvard, Chancel, Marcel Jullian, bien d'autres qui, au sein du palais présidentiel, ne se ressemblaient plus tout à fait, s'échappaient de leur personnage, gênés qu'ils étaient par l'ambiance compassée des lieux. Le Président Ionesco, à l'œuvre tellement insolite, tellement libre, et qui pourtant se drape dans les fastes qui lui sont tendus : Académie, Décorations, Réceptions... Les hommes, tous pareils. La même avidité de grandeur vieillissante chez tous. Ce même besoin de s'affirmer dans les honneurs, quand bien même ils en clament la vanité dans leurs œuvres ! Le Président Poher, modèle rêvé pour tête de pipe. Le Président Hervé Bazin, sculpté par Tim dans un marron. Quels autres Présidents a-t-il encore salués, à cette réception ? Le Président Edgar Faure, si parfaitement immuable qu'il semble avoir toujours existé, sous toutes les Républiques, et ne devoir jamais cesser ; le Président Marcel Carné qui regardait depuis le buffet le fantastique ballet des courtisans en transes, tout en éclusant de copieux whiskies, les regardait en rigolant de l'œil, rond et caustique, toujours, riche de son œuvre immense et si pauvre en sa gloire ; regardait ces figurants mis en scène par lui, croyant entendre le froufrou capiteux de la caméra... Quels autres Présidents encore, nom de Dieu ? Tumelat hausse les épaules. Pourquoi s'obstine-t-il à passer cette revue de détail, à cataloguer dans sa mémoire ces gueules célèbres ? Célèbres pour combien de temps encore ?

Nous venons, nous émergeons, et puis le monde nous perd en route. Un jour on cesse de nager. L'océan se vide derrière nous.

Il prend l'embranchement de gauche, direction Montfort-l'Amaury...C'est-à-dire Gambais.

Car oui, c'est vrai : cette nuit, le Président Tumelat rentre coucher chez sa femme.

N'en avait-il pas décidé ainsi, le matin, à son lever, pendant que le téléphone sonnait pour annoncer la mort d'Eusèbe ?

Au fait, il ne sait toujours pas qui la lui a apprise.

*
* *

C'est une très belle maison basse, en « L », avec des portes-fenêtres blanches garnies de petits carreaux, des tuiles romaines anciennes, du lierre sur les façades, des rosiers tout autour..

Cela sent bon la campagne nocturne. Campagne de luxe, mais quoi : l'herbe d'une pelouse tondue a tout de même l'odeur du foin.

Il a pris la clé dans la boîte à gants. Il a toujours des chiées de trousseaux dans ses bagnoles, le Président : une marotte. Cela correspond à un besoin inné de tenir à dispose tous les éléments utiles de son cadre de vie.

Il entre par la cuisine. On a fait un soufflé au fromage et des relents de gruyère cuit s'attardent encore dans cette pièce-laboratoire étincelante.

Il passe du couloir de l'office au grand, celui qui dessert la demeure. Le salon est langoureux dans des pénombres riches en éclats. Un reste de braises rougeoie encore dans la sublime cheminée Louis XIII achetée à prix d'or à un antiquaire de la région. Le Président continue son cheminement le long du tapis déroulé à n'en plus finir. Il aime les tapis, les vrais, et il s'y connaît un peu, étant capable de te dire la différence entre un naïn et un chiraz. Il se rend directement dans la chambre de sa femme qui est « leur » chambre, en somme, car ils font paradoxalement vie à part, mais non lit à part, officiellement.

Il entre, referme la porte sans bruit et, à tâtons, actionne une petite lampe d'opaline mauve qu'il sait sur une commode en bois fruitier.

La clarté est tamisée, agréable. Bien que modeste, elle permet au Président de découvrir la pièce. Il voit les vêtements de son épouse déposés sur un fauteuil, soigneusement, presque chastes. Il y avait une secrète vocation au célibat chez Adélaïde. La pointe ? Connaît mal. Peut-être a-t-elle eu des expériences féminines avec des amies de pension qui l'auront faussée sexuellement ? Il ne le lui a jamais demandé.

Sur un siège voisin, jetées à la diable, les fringues de Malgençon, l'amant. Rudes loques de peintre : pantalon de jean constellé de taches, gros pull de laine, slip en haillons, chaussettes en accordéon, savates de cuir.

Le couple dort dans l'immense lit de deux mètres de large. Adélaïde sagement, en posture de gisant, la tête sur l'oreiller, les mains jointes sur le pubis. Malgençon dans une attitude bestiale, à plat ventre, nu, en chien de fusil, une main passée sur la poitrine de sa camarade de dorme.

Le Président contemple, tandis qu'une musiquette rouillée grince au fond de lui, pleine de nostalgie. C'est la première fois qu'il les voit ainsi, sa femme et son jules, jetés dans le sommeil. en tenue d'abandon suprême.

Il s'assied sur un coffre gothique servant de socle à un magnifique bois polychrome représentant il ne sait plus quel saint.

Et il regarde sa vie morte, sa vie tarie dans les renoncements. Sa vie en forme d'un autre couple endormi. Et sa misère d'homme croît un peu plus. Et cela s'ajoute à la mort d'Eusèbe, à la découverte du fantôme, à ses tourments brûlants.

Adélaïde n'est pas très belle, blonde teinte, coiffée à l'ange, elle a des rides autour des yeux ; elle surveille sa ligne et fait bien, sinon elle aurait tendance à l'embonpoint.

La lumière, la présence de l'intrus — mais oui : l'intrus ! — finissent par l'arracher à l'inconscience. Elle ouvre les yeux, très lentement ; puis elle avise son mari et sursaute. Elle a un élan comme pour se couvrir, s'aperçoit qu'elle est couverte, s'occupe alors de la nudité insolente de son compagnon. Mais ce veau est couché par-dessus draps et couverture et il est impossible de masquer ses fesses velues.

— Laisse, murmure le Président, ça ne me gêne pas.

Adélaïde se met sur son séant :

— Il est arrivé quelque chose ?

— Oui, dit Tumelat, l'oncle Eusèbe est mort.

Elle s'en tamponne, du décès de tonton, l'Adélaïde. Ce vieux, elle ne pouvait le souffrir et reniflait de mépris lorsqu'il était question de lui. Ça fait au moins trente ans qu'elle ne l'a plus revu. Pas de son monde ! Un vieux réparateur de vélo, à la bonne vôtre ! Néanmoins, sachant ce qu'il représentait pour Horace, elle se croit obligée de prendre une expression apitoyée.

— Je suis navrée.

Puis, presque aussitôt :

— Tu aurais pu m'appeler au lieu d'entrer dans ma chambre

Le Président soupire :

— C'est également la mienne, non ?

Réveillé par leur converse, Malgençon grognasse, s'étire et se dresse sur un coude, éberlué. C'est un vieux phoque plein de poils : moustache en guidon de course, chevelure ébouriffée, favoris d'astrakan gris. Il a tout de l'artiste, sauf le talent véritable. Quand il déclare hautement : « moi, que voulez-vous, je suis un figuratif », le Président, chaque fois, se retient d'ajouter : « et un grand con ! » Car c'est ça, un vrai con, solide, mesuré, irréfutable. C'est Malgençon et ses œuvres pour bureaux de tabac !

Il se dresse tout à fait et regarde le Président, non pas avec les yeux d'un amant en flagrant délit, mais avec ceux d'un dormeur brutalement réveillé.

— Eh ben quoi ? Hum ? Quoi ? il bajaffe, ce vieux mec velu, totalement siphonné, ne sachant plus de quoi il retourne.

— Couvre-toi, Alain, je t'en prie ! lui dit Adélaïde mécontente.

Il réalise, procède à des reptations pour se couler à l'intérieur des draps ; ce faisant, sa grosse chopine de mauvais peintre brimbale ridiculement.

— Quelle heure est-il ? demande Mme Tumelat.

Le Président lui désigne la pendule.

— Une heure moins dix ! s'exclame-t-elle.

Elle attend un peu, espérant des explications que son époux ne songe pas à lui fournir. Pourquoi diantre débarque-t-il au cœur de la nuit pour lui annoncer la mort d'Eusèbe, cet idiot ?

Elle constate qu'il est en smoking.

— D'où sors-tu ?

— D'un dîner à l'Ambassade U.S.

— Il est mort quand, Eusèbe ?

— L'autre nuit.

— Et tu l'as su quand ?

— Hier matin.

— Il est mort subitement ?

— Oui, si l'on peut dire : il s'est pendu !

Adélaïde fait la grimace. Ne manquait plus que ça. Un suicide par-dessus le marché ! Il ne lui suffisait pas d'être un minable vieil ouvrier, à l'oncle Eusèbe, il a fallu qu'il se permette de se pendre, ce sale bonhomme. Bien une mort de valet de ferme, ça, la pendaison !

— On l'enterre quand ?

Voilà une bonne question. Elle prend le Président au dépourvu. Pas un instant il n'a songé aux funérailles de son vieux Eusèbe. Comme si son décès volontaire le soustrayait à ce genre de formalité. Un comble, non ?

— Je n'en sais fichtre rien, avoue-t-il.

Il ajoute :

— Mais rassure-toi, tu n'auras pas besoin de venir à ses obsèques.

Le mot obsèques paraît trop important pour l'usage du pauvre Eusèbe. Adélaïde fronce le nez. Pourtant, elle a une lueur de soulagement dans le regard en entendant qu'elle va couper à la corvée.

— Oh ! tout de même, croit-elle devoir dire, par politesse, mais sans insister davantage.

Le grand connard demande :

— Qui est-ce qui est mort ?

— Un vieil oncle d'Horace, répond vivement sa partenaire

Le Président se met à rire frêle, sans plaisir.

— C'est marrant de vous voir tous les deux dans mon lit, dit-il

— Je t'en prie ! s'écrie Adélaïde, éperdue de honte et de rage.

— Tu me pries de quoi, ma poule ? Tu es mon épouse, non ? Tout ce qu'il y a de légitime ! Et cette maison m'appartient, et cette chambre est aussi la mienne, ce lit aussi le mien. Pourtant, un autre homme que moi l'occupe et nous sommes là, tous les trois, à deviser. Alors, moi, je déclare que c'est marrant, parce que c'est marrant.

Adélaïde jaillit du lit et va décrocher sa robe de chambre.

— C'est cela, murmure le Président, va nous faire du café, ma brave femme.

Elle sort. Il lui crie :

— Très fort, le café !

Et il reste en tête à tête avec ce grand branque poilu de Malgençon. Un vrai phoque hirsute.

— Ça marche, la barbouille, Alain ?

— Oui, oui, très bien.

— Quand t'est-ce que tu repeins la Chapelle Sixtine ?

L'autre rigole pour lui faire plaisir.

— Elle baise bien, d'après toi ? demande le Président.

L'autre vieux con hoche la tête.

— Vous avez de ces questions...

— Ben, qui d'autre que moi peut te la poser à juste raison, Alain ? Hein, qui d'autre ? Je voudrais savoir si tu prends vraiment ton pied avec elle ou si c'est seulement pour la soupe que tu te l'envoies ? Une manière comme une autre de payer ta pension, pas vrai ? Tu es un bohème authentique, Alain. Tu n'as pas plus de talent que mon cul, mais tu es un bohème...

Malgençon voudrait se lever, seulement il est à poil et il répugne à se montrer nu au mari. Il louche en direction de ses hardes.

— Je te laisse t'habiller, fait le Président, magnanime.

Il quitte la chambre pour gagner son bureau. C'est la seule pièce de la maison qui lui soit concédée vraiment, où l'on n'entre jamais et qui garde ses volets perpétuellement clos dans l'attente de l'homme illustre. C'est le sanctuaire, le haut lieu. Lui seul peut y pénétrer, en dehors évidemment de la femme de chambre qui chasse la poussière. Il y flotte un parfum de citronnelle et de livres anciens, car la bibliothèque du Président est riche en ouvrages rares.

Le Président allume sa lampe de bureau et prend place dans le grand fauteuil tendu de cuir de Cordoue. Il attire le téléphone à lui et compose d'un index frénétique le numéro privé d'Alcazar. Ce n'est pas la première fois qu'il va la tirer du lit à une heure peu chrétienne ; elle a l'habitude des caprices nocturnes du Maître. Cette nuit, il a besoin de se raccrocher à du solide, à du familier. Elle, au moins, lui est dévouée.

Elle ne tarde pas à décrocher et sa voix n'est même pas ensommeillée. Elle sait qui l'appelle.

— Oui, monsieur le Président ?

Du coup, le Président sent une grâce lui revenir, un sentiment délicat de reconnaissance.

— Pardonnez-moi, petite, c'est au sujet des funérailles de mon oncle, il faudrait...

— J'ai tout arrangé hier après-midi, monsieur le Président, elles auront lieu demain à quinze heures trente à l'église de Levallois-Perret, inhumation au cimetière de Levallois. Vous aviez l'après-midi libre. J'ai commandé une grande couronne de fleurs. En ce qui concerne l'inscription, j'attends vos instructions.

Brave Alcazar, combien précieuse ! Irremplaçable Alcazar. Un pleur en vient à l'œil du Président, il ne sait pas lequel. Il voudrait l'embrasser.

— C'est bien, ma fille, c'est parfait.

Elle trémulse. Quand il lui dit « ma fille », c'est qu'il est content d'elle, sa manière de lui pincer l'oreille.

— Dites-moi, petite, qui vous a prévenue de la mort d'Eusèbe hier matin ?

Elle est surprise.

— Mais...

— Oui ?

— Eh bien, à vrai dire, cette personne ne s'est pas nommée. Elle a dit simplement : « Veuillez prévenir le Président que son oncle Eusèbe est décédé cette nuit, il a mis fin à ses jours en se pendant. » Et puis on a raccroché.

— Voix d'homme ou de femme ?

— D'homme.

— Vous n'avez aucune idée sur l'identité de ce correspondant ? Car en dehors de vous, ma belle, personne n'était au courant ; sa femme de ménage elle-même ignorait nos liens, tout autant que les gens du commissariat venus pour les constatations.

— Alors là, non, je ne vois pas, dit Alcazar, troublée, franchement pas...

Un silence. Il entend sa secrétaire réprimer un bâillement.

— Connaissez-vous un journaliste du nom d'Eric Plante? demande encore Tumelat.

Elle répète le nom.

— Je ne le connais pas, mais je peux me renseigner.

— C'est ça, renseignez-vous, à demain.

Il raccroche.

Dans le couloir, il trouve Malgençon, hirsute, avec sa tête à la Moustaki, toujours un peu en reliquat de gueule de bois. Une odeur de bon café, stimulante, parvient de l'office.

— Allons boire un jus, dit Tumelat en posant son bras sur l'épaule du peintre. A propos, Alain, je n'avais encore jamais songé à te la proposer : la Légion d'Honneur, ça t'amuserait?

Le barbouilleur croit qu'il se fiche de sa figure et lui coule un regard de reproche, mais le Président paraît on ne peut plus sérieux.

— Ma foi, ça ne se refuse pas, balbutie Malgençon.

— Alors tu seras de la prochaine promotion : prépare-moi un petit curriculum.

Horace Tumelat éclate d'un franc rire juvénile.

— Il ferait beau voir que l'homme qui baise ma femme, dort dans mon lit et boit mon bordeaux, meure avec un revers vierge. Horace Tumelat n'est pas un ingrat, tu sais, Alain.

Dans la grande cuisine, Adélaïde les attend, adossée au bloc-travail. Le Président est frappé par l'expression mauvaise de sa femme. Serait-elle *réellement* méchante? se demande-t-il. Il ne s'était encore jamais posé la question.

XXI

Ginette Alcazar va boire un grand verre d'eau fraîche avant de retourner au lit. Elle est tout émoustillée par la voix du patron. Sa couche matrimoniale, pour le coup, lui paraît maussade. C'est curieux d'être mariée et de se sentir sous la domination d'un autre homme ; de vivre pour cet autre homme presque exclusivement, de ne se passionner que pour ce qu'il fait, de ne s'intéresser qu'à ce qu'il dit.

Elle hait son époux, ce courtaud butor à grosse queue brève et torve, en pas de vis, tu comprends ? Jérôme travaille dans la représentation. L'électro-ménager. Il change assez fréquemment de boîte car c'est un instable. Il aime la vie de bistrot, non qu'il soit ivrogne, mais il a besoin du brouhaha de cafés, de l'atmosphère des comptoirs, des gens qui s'y agrippent, des odeurs...

— C'était lui ? grogne son mari quand elle revient dans la chambre.

Elle acquiesce.

— Alors, c'est du vingt-quatre heures sur vingt-quatre, merde !

Elle ne répond pas. Jérôme est jaloux du Président. Normal. L'autre ne la mobilise-t-il pas complètement ? N'est-elle pas à son entière dévotion ? Préoccupée de tout ce qui le concerne, s'appliquant à lui rendre la vie plus facile, à tondre les difficultés devant ses pas pour lui permettre de se déplacer plus librement ?

Elle se recouche. Ce sale con a balancé des pets pendant qu'elle répondait au téléphone et ça pue le zoo dans leur plumard. Un vrai butor, ce mec ! Elle donnerait n'importe quoi pour être veuve, Ginette, y compris de la mort-aux-rats à son vieux !

— Qu'est-ce qu'il voulait ?

— C'est à propos de l'enterrement de son oncle.

Jérôme tressaille.

— Sans blague, il est canné, le tonton ?

— La nuit dernière ; il s'est pendu.

Jérôme reçoit la nouvelle et songe qu'elle est inopportune. Récemment, il a fait la connaissance d'un journaliste de *Parfait*, un certain Eric Plante qui voulait en savoir davantage que les autres sur la vie privée du Président. Alcazar lui a parlé du vieil Eusèbe et ça n'a pas manqué d'intéresser le journaleux. Il lui a même fourni l'adresse de tonton, tout ça... L'autre a juré de ne pas révéler ses sources d'information. Dans son job, basé sur l'indiscrétion, il faut être discret, justement. Il regarde le plafond où des moulurations de stuc portent à la songerie en t'entraînant dans des arabesques. Ginette éteint, anéantissant le plafond. Furieux, Jérôme rallume de son côté.

— Minute, je n'ai plus sommeil, moi ; avec ce tyran qui se permet de te sonner en pleine nuit ! La vie privée, connaît pas, hein ? Ces mecs veulent que tout le monde soit à leur botte.

Ginette renonce à entrer dans le débat. Son mari n'a que l'embarras du choix, question arguments. Tout ce qu'elle peut lui objecter c'est que cette vie lui plaît et qu'elle préfère mille fois cirer les pompes du Président que de s'allonger auprès de son vieux picoleur à grosse queue en forme de moignon. Une pine, je vous jure, pas ragoûtante, toute tordue, au point que la grosse veine bleue passe par-dessus...

Jérôme Alcazar ronchonne. Sa nuit est carbonisée. Il va lui écrire un mot, au Président-de-ses-fesses. Lui expliquer comme quoi il a besoin de sommeil, lui. Le jour, il travaille et il lui faut ses nuits pleines et entières pour récupérer, bordel !

Ginette laisse dire. Se demandant si le Président la baisera demain. Pourvu qu'il n'attrape pas une période de chasteté. Hier matin, elle a fait ballon ; certes Juan-Carlos lui a compensé ça avec beaucoup de brio, mais sa danse de Saint-Guy espagnole n'a rien de commun avec l'enfilage de grand style du Président. Elle mouillotte un brin d'y penser. Si au moins son mari pouvait crever ! Ce sont bien des choses qui arrivent, non ? Pourquoi toujours aux autres et jamais à soi ? Elle en connaît, des veuves, Ginette. Veuves intempestives, libérées sans crier gare par un mari qu'on pouvait estimer en parfaite santé. Est-ce que la reine Elisabeth II d'Angleterre rêve du décès du prince Philippe ? Pourquoi non ? En tout cas, la secrétaire du Président souhaite ardemment, avec une ferveur éblouissante, la crevaison de son bonhomme. L'imagine, roide et désert en leur couche, ses grosses mains jointes sur son gros ventre promis à la cirrhose. Ce serait un spectacle de qualité. Elle en pleurerait de soulagement, Ginette. L'idée d'aller épouser ce type, je vous jure ! Quand on est jeune, toute connerie vous est bonne. Et ils sont allés leur foutre le droit de vote à dix-huit berges ! Le Président était contre. Il ne pouvait pas s'opposer ouvertement, c'eût été se mettre la jeunesse sur le râble. Déjà qu'à droite ils ont l'air rétro... Elle en revient au décès de son mari. Se demande pourquoi elle ne le truciderait pas gentiment. Là aussi, ce sont toujours les autres qui tuent ! Mais pourquoi pas nous, dedieu ! On est aussi bien capables que Pierre, Paul, Jacques ou Landru, non ? Vous n'allez pas lui dire qu'un peu de poison sagement administré, avec mesure et persévérance, peut vous conduire aux Assises ! La Terre est pleine de sages morts défuntés de manière moins que catholique. Est-ce que la reine Fabiola, cette connasse, ferait prendre de la poudre de perlinpinpin à Baudoin ?

Jérôme ramasse son journal sur la carpette. Et il n'y a rien de plus horripilant que quelqu'un qui lit un journal au lit. Insoutenable ! Il le fait exprès. Mon Dieu, s'il pouvait périr ! Est-il suffisant de souhaiter ardemment sa mort pour qu'elle s'accomplisse ? Une prière jaillie du fond de l'âme aiderait-elle le destin à se perpétrer dans le sens désiré ? « Mon Dieu, Seigneur, d'infinie bonté, Toi dont la mansuétude est totale, prends ma requête en considération. Vois comme mon époux ne sert à rien. Comprends qu'il est un être veule, déplaisant, superflu et reprends-le, Seigneur bien-aimé. Je Te le rends, il est à Toi, je n'en veux plus. Amen ! »

Ah ! qu'il s'en aille vite pourrir dans l'argile gluante ! Que ses yeux fétides se muent en crachats. Elle le rêve d'abord liquide, son tourmenteur inlassable ; puis squelette, ce gros lard ! Tout en os, après les dures métamorphoses. Et alors, un jour, dans les futurs nébuleux : poussière enfin ! Poussière : l'apothéose ! La promesse biblique souveraine. Poussière, ce con, ce matamore à queue torve. Poussière, cette redondance bistrotière. Poussière, ce triste veau qui se croit lion ! Ah ! l'ordure ! Ah ! l'infâme ! Le pauvre bougre désamorcé à tout jamais, cartouche à blanc, pétard mouillé, sac à merde, pineur d'en hâte ! Le pauvre annulé ! Le pauvre stupide qui la brime avec autorité, qui croit que rouscailler est une forme d'autorité, qui s'estime utile à l'harmonie universelle. Ce surcon qui lui a donné son nom clinquant comme le fouet de Zoro, faux Zoro, vrai zéro, bipède en trottinement. Transhumant des pâturages merdiques de la sottise et de la mesquinerie. Sombre sédentaire hépatique. Saligaud dont le blanc de l'œil est jaune, et noir le blanc de l'âme. Etre sanieux, en continuelle dégoulinance. Enfant de putain de Dieu qui aggrave le péché du Monde ! Misérure du dedans. Charognerie du dehors. Bonhomme sans foi ni loi Récipient d'anisette. Oh, oui, qu'il meure ! Fais ça pour moi, Dieu auquel je crois, à qui je pense parfois dans les cas de nécessité urgente ! Meurs-moi ce fumier, Seigneur ineffable, Lumière des justes ! Sois juste avec moi, Ginette, femme de dévouement et d'honneur. Tue-moi cette déjà crevure ! Rends-moi veuve, Dieu de miséricorde, je saurais si bien faire ! Oh ! le bonheur du noir après lui ! Oh ! la merveilleuse tombe si bellement fleurie, si pimpante, si croustillante, pleine de marbre et de regrets tous plus éternels l'un que l'autre ! Comme j'arroserais bien, et avec quel empressement, les végétaux que je mettrais à pourrir sur son pourrissement ! Comme j'irais avec ferveur, les premiers jours de son absence du moins, réciter les notre père d'amadouement. Je sais le ciel qu'il fera au-dessus des cyprès du cimetière, et le vent entre les tombes, et les oiseaux tourbillonnant parmi les feuilles mortes. Et il y aura son silence dé-fi-ni-tif, à lui. Il sera étranger à jamais dans sa fosse, grandiose d'indifférence, et j'aurai tout le temps de le haïr et de l'insulter entre deux prières. Je prierai pour me faire pardonner mes blasphèmes. Une pour lui, une pour moi. Et je caresserai mon tailleur noir, voluptueusement. Et je le garderai pour me faire trousser par le Président. J'en relèverai l'étroite jupe pour épanouir mon cul. Je mettrai des bas noirs, des vrais, comme à french-cancan, afin de l'exciter « en situation », le cher grand homme d'énergie aux sublimes abandons. Et à chaque allée, à chaque retour de sa bite dans mes fesses, je penserai à toi, Jérôme, si solidement crevé pour toujours. Et je t'imaginerai, gros pendard, étendu de tout ton pauvre long dans ton pauvre cercueil sans air ; et je prendrai le pied des pieds sous les beaux coups de reins du Président. Et j'écarterai mes fesses à deux mains pour qu'il vienne plus loin en moi éjaculer sur ta mémoire, misérable type !

Le journal tombe sur le groin du bonhomme Alcazar. Ginette ponte au-dessus de lui pour éteindre sa lampe de chevet. Le mouvement le réveille en sursaut

Aussi sec, il se met à fulminer.

— Tu vas me foutre la paix, non ? Alors, y'a plus moyen de lire. Ton grand connard de Président me réveille au milieu de la nuit, et je n'aurais pas le droit de lire pour me rendormir, nom de Dieu de merde ! C'est un comble, non ! Ce type, si je le tenais, je lui crèverais la paillasse ! D'abord, aux prochaines, je vote socialiste !

— Tu as toujours voté socialiste, objecte Ginette. Et si tu le tenais, comme tu dis, tu lui roucoulerais des « Mes respects, monsieur le Président » comme tu le fais chaque fois que l'occasion s'en présente.

Il bondit sous le sarcasme, avec d'autant plus de violence qu'il le sait justifié.

— Tu vas me faire le plaisir de lui coller ta démission, à ce forban, tu m'entends, Ginette ? J'en ai ma claque d'avoir pour épouse la secrétaire particulière d'un suppôt du Capital. J'ai l'air de quoi, moi ? D'un prince consort ! Tu m'entends, Ginette ? D'un prince consort. Bernard de Lippe, le mari de la reine Juliana, ce grand nœud qui palpe des pots-de-vin pendant que sa rombière fait du vélo à travers les champs de tulipes, la grosse vachasse ! Seulement moi, je palpe mes couilles, point à la ligne ! Je répète : mes couilles, tu me reçois cinq sur cinq, Ginette ? Ce que j'ai droit, c'est d'être réveillé en pleine nuit par ton tyran.

Y a des moments, tu serais moins tarte, je me demanderais s'il te baise pas, par-dessus le marché.

Ginette bloque ses dents pour ne pas dire au monstre que ben-si-justement, malgré sa tarterie, il l'enfile, le Président. A genoux dans sa chambre, en levrette : houa houa ! Et qu'il la prend longuement, Danube Bleu, paf de velours !

Il l'empétarde magnifique, Ginette Alcazar. En trémoussant du bassin, le Président, pour qu'elle apprécie mieux sa belle bite de tribun : Françaises, Français ! Toujours, depuis Gaulle. Avant, c'était simplement « Français ! ». Priorité du masculin ; mais le Charly, pas fou, a travaillé l'électorat femelle. Majoritaire, la gonzesse sur notre planète. Les grandes options politiques, les professions de foi, elle s'en tampaxe. Ce qui lui importe, c'est la délicatesse, les manières du bonhomme, sa galanterie. Alors, quand le vieux chevalier des marches de Lorraine attaquait « Françaises, Français », ça mouillait tout azimut.

Alcazar en dégoise long comme la check-list d'un D.C. 10. Il dit tout bien : l'à quel point elle est locdue, sa femme, calamitas en plein ! Que si elle savait pomper, au moins, on aurait de quoi se raccrocher aux branches. On pourrait lui décharger dans la gueule sans voir sa frime sinistrée par la nature. Mais va-te-faire-cuire-un-œuf ! elle tord le nez devant le zob, cette bécasse. Elle vaut nibe en amour.

Il dit. Il dit encore, en litanies du Dr Gustin. Des monstruosités, des choses irréparables. Des outrages indélébiles. C'est l'hyper-fumier, Jérôme Alcazar, l'indigne existant. Voilà pourquoi, c'est décidé, il n'a plus le droit d'exister.

Pendant qu'il écoule ses sous-produits : injures, bave et bile mêlées, elle fomente, Ginette.

Elle échafaude.

Très bien, puisqu'il n'y a pas de meilleures solutions, elle va le tuer. Pourquoi ça n'arriverait qu'aux autres de buter leur conjoint, elle redemande, en vain ? Pourquoi pas elle ! Un tel besoin de veuvage, quand tu ne peux plus résister, il faut agir.

Elle tente une dernière sortie. Lui donne une ultime chance

— Veux-tu que nous divorcions, Jérôme ?

Ça lui laisse la pensée tout de guingois, cette propose, Alcazar.

Divorcer ? Quelle idée ? Pour quoi faire ? Qu'est-ce qui lui prend, à l'autre vachasse ! Ça ne sait pas te tailler une pipe, c'est moche comme trente culs collés à un bâton, et ça te parle de divorcer ! Quel culot ! Non, mais elle se croit quoi ?

— Ça ne va pas, la tête ? il répond.

Tout ce qu'il a trouvé pour traduire son sentiment ; son refus indigné.

— Ma foi, si je suis si moche que ça, si nulle en amour, si

invivable de par mon travail, mon pauvre Jérôme, il faut bien penser à toi, préserver ta vie...

Il bougonne :

— Toi, comme pot à merde, on ne fait pas mieux.

Rageur, il éteint.

— Alors, c'est oui ou c'est non ? questionne Ginette dans le noir.

Il rallume.

— Divorcer, moi ? Compte là-dessus, ma garce ! Jamais, tu m'entends ? Ja-mais !

— Parce que tu m'aimes ? hasarde-t-elle.

Il éclate de rire, tourne vers elle sa trogne ingrate, marquée de varices de comptoir, sa tête veule et désagréable, sa tête de con protestataire.

— T'aimer ! Va te regarder dans la glace ! Va vite, et tu comprendras. Non : je refuse de divorcer parce que j'ai des principes, un point c'est tout. Je suis contre le divorce. C'est un mot qu'on ne devrait même pas prononcer ; s'en servir, c'est déjà le tenir à disposition ; c'est se laisser tenter. Me fais plus chier avec ça, Ginette, sinon ça voudrait barder, tu m'entends ?

Cette fois il éteint et se jette violemment sur le côté, pour tourner le dos à sa bergère avec un maximum d'ostentation.

Ginette laisse éclore son projet capiteux.

Elle va trouver le moyen. Prendre son temps, mais trouver. Pour le moment, elle consacre son imagination à la finalité de la chose. A la perspective de ce sinistre époux, allongé mort sur leur lit ; blanc, lointain, dur et froid comme caillou de janvier. Mort entièrement ; plein de nuit sidérale. Les pieds en flèche, les mains jointes, les veines de son visage devenues noirâtres sur le gris blafard de la peau ; n'ayant plus de souple que ses cheveux poivre et sel. Délicieusement mort, Jérôme. Oh, oui, fabuleusement mort sur leur lit, en simple attente très provisoire, juste qu'elle ait le loisir de parfaitement concevoir le fait, de l'apprécier à sa juste valeur ; de s'en persuader, mieux que tout : de le COMPRENDRE ! Ah ! l'instant triomphal ! Elle s'assoira près du lit, Ginette, regardera, comme tu regardes la Baie de Rio, ou celle des Anges depuis Cimiez. Regardera jusqu'à l'extrême repaissure. Regardera comme on regarde Lyon depuis Fourvière, ou Paris du haut de la Tour Eiffel.. Et ce qu'elle verra enchantera ses sens, la comblera d'une félicité morale et physique, pleine comme un orgasme réussi. Jérôme enfin mort, mort pour l'éternité et au-delà encore, plus loin que la durée du monde. Jérôme pétrifié dans le mystère de la cessation. Mais l'air d'un con, tout de même, elle se le promet. D'un sale con, malgré son masque mortuaire. Félicité, ma chatte ! Il sera aussi minable mort que vivant, aussi mesquin foutriqueux verminard Aussi méprisable

Elle s'abandonnera aux délices du veuvage, comme aux bras d'un amant délicat.

Elle vivra davantage pour le Président ; pourra l'accompagner dans ses voyages, ce qu'elle faisait peu jusqu'alors. Elle lui consacrera tout son temps, toute son énergie. Une espèce de bonheur douceâtre s'épanouira alors, elle le pressent. Une quiétude veloutée.

« Je vous salue, Marie, mère de Dieu. Je vous salue, mais aidez-moi. Trouvez-moi une combine. Il faut que je liquide ce goret. Il l'a mérité, ma bonne très Sainte Vierge. Même Vous, ne sauriez cohabiter avec un être aussi méprisable. Je dois trouver coûte que coûte le moyen de m'en débarrasser, Sainte Marie. Comment dites-vous ? D'abord me fixer une date limite ? Très bonne idée, ça attisera ma volonté. Bon, nous disons six mois. Dans six mois au plus tard, je serai en tailleur noir de chez Céline, Sainte Vierge. Le style Céline me va bien. Dans six mois, il n'existera plus. Et ce sera mieux encore que s'il n'avait jamais existé. Dans six mois, je l'aurai oublié. Sainte Marie, pleine de grâce... Ayez pitié de moi. Secourez-moi. Il faut que je réussisse. N'importe le moyen et tant pis s'il meurt sans souffrances. L'essentiel est qu'il soit enfoui au fond d'une tombe, Sainte Vierge, qu'il soit vraiment très très mort. Amen ».

Le sommeil ne vient pas.

Ne viendra plus. C'est trop bon de rêver la mort de Jérôme

De la préparer.

Car Ginette la prépare.

Elle est en route pour la plus grisante des croisières.

XXII

Il a choisi la voiture officielle, avec chauffeur. C'est une CX noire d'apparat, avec glace de séparation entre le conducteur et les passagers de l'arrière. César est en complet bleu sombre, de ville, chemise bleue, cravate bleu marine. Seule concession : il porte une casquette à visière de plastique. Cette gâpette, c'est sa livrée, en somme. Il a la permission de fumer en conduisant, à condition de laisser sa vitre ouverte.

Derrière, le Président, de noir vêtu, écharpe de soie blanche, en compagnie de Ginette Alcazar. C'est elle qui lui a demandé de l'accompagner à l'enterrement d'Eusèbe. « Bonne idée, vous prendrez votre bloc ! ». Et pendant que la voiture roule, il dicte, non pas du courrier, mais des instructions. Leur disparité traduit l'universalité de sa pensée ; il passe de problèmes domestiques à des problèmes politiques avec une remarquable désinvolture.

— Vous me prendrez un rendez-vous chez le coiffeur le plus vite possible !

Elle s'étonne :

— Mais vous y êtes allé il y a quatre jours, monsieur le Président !

Il la rembarre :

— Eh bien, j'y retournerai !

Ginette note, sans insister, en piquant un fard.

On stagne dans les encombrements. Le Président guigne sa montre, hanté, toujours, par la perspective d'être en retard. Il tient à sa réputation d'homme exact.

— J'aimerais que vous me convoquiez quelqu'un de chez *Publicis,* mais discrètement. Dites à Bleuchstein que je veux un gars avec du chou, hein ? Ce qu'il possède de plus brillant, pas coco de préférence : je voudrais faire étudier un nouveau sigle pour le R.A.S., c'est affaire de professionnel, ces machins-là. Quand j'en parle à mes compagnons, les idées qu'ils soumettent feraient chialer un débile profond. C'est du conditionnement comme un autre, un beau sigle. Ça s'étudie comme l'emballage du *5 de Chanel* ou le titre de l'*Express*...

— Celui actuellement en vigueur n'est cependant pas mal, ne peut se retenir d'objecter la secrétaire.

Le Président esquisse une moue chagrine :

— Il n'est pas mal esthétiquement, mais il ne galvanise pas. Vous avez envie de vous inscrire au R.A.S., vous, Alcazar, en voyant nos affiches ? Elles bandent mou, ma petite vieille. C'est ternasse, léché. Je veux le coup de poing. Que ça m'agresse, merde ! Que ça me flanque une décharge de patriotisme. La vérité, je vais vous la dire : elles ne sont pas suffisamment françaises, nos affiches. C'est tripoti-tripota, quoi. Moi, je veux qu'on les associe à la France. Vous m'entendez ? A la France, point à la ligne. Et pas qu'on vienne se branler avec du bonnet phrygien ou du drapeau et autres conneries trop ressassées. Neuf et violent ! Français sans ambages ! Direct, poum ! Le coup de poing, vous dis-je ; tricolore ! Un coup de France dans la gueule, vu ? Et pas me bricoler un hexagone tricolore, surtout, ça aussi c'est du réchauffé, du branle-mou. Un coup de poing tricolore ! Bon Dieu, la voilà l'idée, ma chatte : un coup de poing tricolore. Et un slogan comme un trait de lampe à souder ; style : *Suffit, ici France !* Vous comprenez ? Vous comprenez tout bien ?

— Oui, oui, que bêle la Ginette, c'est très beau, monsieur le Président, très émouvant. Direct ! Fort ! Magistral ! Bravo..

Il se sent en bordure de transes, Tumelat, exalté du plus loin. Sang et foutre, génie, tout ça, à fleur de peau.

— Vous expliquerez bien à Bleuchstein ? Son gars le plus malin j'exige ! Une équipe, si un seul ne suffit pas. Toute sa taule au besoin ! Je veux qu'on phosphore sur mon idée, qu'on en extraie la quintessence.

— Comptez sur moi, monsieur le Président.

César s'est arraché des coagulations et emprunte des voies paisibles. Il roule bien, en virtuose. On approche de la bienfaisante banlieue. L'enseigne d'une boucherie chevaline attendrit le Président. Il se met à penser à Eusèbe, Eusèbe qu'il va porter en terre. Eusèbe qui l'a largué comme un vilain, sèchement, qui a claqué comme une lampe, non pas comme la fameuse lampe qui s'éteint, mais comme une ampoule.

Depuis l'autre nuit, le Président n'a pas remis les pieds dans la bicoque de l'oncle. Chose tout à fait extraordinaire, pendant ce laps de temps, il a pratiquement oublié le pensionnaire. L'homme se juge-t-il abandonné ? Croit-il que le Président ne reviendra plus ? D'ailleurs, Tumelat y retournera-t-il ? Il balance, soudain, nanti d'un effroyable courage. Il est froid de cynisme éperdu.

— Que comptez-vous faire de la maison ? demande Alcazar.

Le Président a peur des phénomènes télépathiques. Pas

croyable qu'elle formule ce genre de question à l'instant précis où lui-même évoquait le problème.

— La garder ainsi pour l'instant, murmure Horace Tumelat. Je souhaite pouvoir aller y méditer si l'envie m'en prend.

Des larmettes humectent les cils inférieurs de Ginette. Ce qu'il est grand, cet homme ! Combien sublime de simplicité, d'humanité vraie ! Elle se permet de poser sa main froide sur celle du Président. Lui regarde comme s'il s'agissait d'une fiente de pigeon tombée du ciel. Ginette retire peureusement sa menotte de mocheté.

Voilà, on arrive à l'église.

C'est l'église grise de banlieue, sans style particulier. On y rencontre peut-être moins Dieu que dans une église de campagne où Il s'attarde plus volontiers. Un vilain fourgon noir attend au pied du porche avec trois employés des Pompes qui rigolent. L'un d'eux, en reconnaissant le Président, jette précipitamment son mégot et se découvre. Le Président grimpe les quelques marches sans se retourner. Il n'y a personne d'autre que les employés à l'horizon. On entend vrombir une perceuse quelque part. Alcazar escalade également le perron, se tenant à deux marches de son illustre patron.

L'intérieur de l'église est plein de froidure et d'une lumière bizarre, émaillée de couleurs qui ne la réchauffent pas. Des tréteaux sont préparés devant le chœur. Trois personnes attendent : le flic qui a demandé l'heure au Président, chez tonton ; une grosse vieille dame aux formes rebondies et la gueule plate auréolée de mistifrisures ; et puis — ô surprise — Malgençon, le peintre qui cultive sa future légion d'Honneur. Il a revêtu un costume de velours sombre, une chemise à carreaux beiges et a noué une espèce de gros lacet de cuir à son cou, en guise de cravate. Ces trois personnages se tiennent à l'arrière-plan, fort modestement. La mère Fluck est venue en voisine. Elle n'a jamais parlé à Eusèbe et c'est tout juste si elle répondait à ses bonjours d'un hochement de tête de châtelaine quand il leur arrivait — si rarement ! — de se croiser dans la rue. Mais les visites du flic ont créé, inexplicablement entre eux, une espèce de connivence post mortem. C'est plutôt étrange, non ?

Horace Tumelat s'avance jusqu'à la hauteur des deux tréteaux. Il choisit une chaise, sur la droite, et y tombe à genoux. Le dossier de ladite porte un nom gravé au fer rouge : *Tournier*. Il promène son index dans les caractères en creux. Il récrit Tournier, avec la peau de son doigt.

C'est — ou c'était — qui, Tournier ? Un homme, une femme ? A moins que la chaise n'eût appartenu à la famille...

Ginette s'est placée à deux travées du Président. Toujours respecter la hiérarchie, même avec les supérieurs qui vous honorent de coïts impétueux. D'ailleurs, une bite dans le cul n'a jamais créé de liens. Les liens ne sont jamais que du cœur, la chair est une illuse, sitôt rassasiée elle devient sans mémoire.

Les porteurs amènent le cercueil d'Eusèbe. Machinalement, le Président lui jette un regard de curiosité. C'est une assez belle boîte, avec d'opulentes poignées et un crucifix qui ne fait pas toc. Là-bas, un enfant de chœur allume des cierges sur l'autel, puis se livre à tout un petit ménage auquel, bien qu'il soit catholique et qu'il eût été pratiquant, le Président n'a jamais rien compris.

Il regarde encore le cercueil. Oncle Eusèbe est là. Mais si peu... Pour lui, tout s'achève, son destin est conclu, fermé, comme est fermé un livre lu, la page 4 de couverture dessus. Il tente de se le remémorer dans son petit atelier ; mais l'église est peu propice à ce genre d'évocation. Il aimerait se sentir plein de souvenirs chaleureux, Tumelat, déborder de reconnaissance, se laisser déraper dans de subtiles tendresses, c'est en vain. On ne fabrique pas de l'émotion. Il faut l'accueillir quand elle vient, inutile de vouloir la provoquer ; les larmes qu'on recherche n'ont pas de sel, elles sont insipides.

Il voudrait se retourner, mais se retient, par dignité. Pourtant, un double bruit de pas le sollicite. Les pas sont hésitants et s'arrêtent derrière lui, à quelques travées. Il prend son air sévère, préoccupé, son air de vouloir contrôler tout, et il amorce une volte raide. Il aperçoit deux nouvelles venues : la femme de ménage et sa fille, la jeune flûtiste. Comment se prénomme-t-elle déjà ? Ah oui : Noëlle. Putain, ce qu'elle est jolie, cette gosse ! Il en prend plein le cœur, l'espace de deux secondes, le Président. Elle est gentille d'être venue. Probablement sa mère a dû insister pour se faire accompagner d'elle ?

Il voudrait la regarder encore. Un grand frémissement intérieur le prend, le berce. Qu'existe-t-il de mieux en ce monde qu'une ravissante fille fraîche, avec des yeux d'innocence ? Qu'est le pouvoir en comparaison de ce divin présent ? Qu'est la richesse ? Il n'a pas suffisamment vécu en état d'amour, le Président. Il n'a fait de concessions qu'à sa queue, jamais à son cœur. N'a pratiqué l'amour qu'au-dessous de la ceinture. Amoureux, il ne fut plus jamais depuis sa prime adolescence. Il va mourir comme un arbre creux dont la sève s'est lentement tarie. Et quelque chose souffre en lui, quelque chose est en manque, c'est comme chez un agnostique le besoin tourmentant de Dieu.

Et puis, pas d'enfant à qui se raccrocher. Juste une épouse vieillissante qui vit avec un vieux pique-assiette de peintre sans talent ; une épouse qu'il vient de découvrir mauvaise, alors qu'il ne la croyait qu'insignifiante.

Le prêtre fait son entrée, flanqué de l'enfant de chœur. Petite bénédiction au cercueil. Les orgues retentissent. Merde, quelle idée a eue Alcazar de décider une messe en musique ! C'est d'un triste pour cet enterrement à la sauvette qui ne réunit pas dix personnes. Ça fait mascarade !

Il se met à rêvasser. Il pense au prisonnier qui continue de morfondre (1) dans le réduit d'Eusèbe, à sa barbe clairsemée d'individu au système pileux évasif, glabre de vocation, sûrement, à son teint couleur bronze, avec ces craquelures de vieux cuir. Et puis à son regard, bien entendu, inhumain de fixité. Un regard d'ailleurs.

Mme Fluck prie...

Ça ne vaut pas les églises de Fribourg où la foi est compacte, indéniable. Là-bas, la religion n'est pas mise en question. Dieu existe à Fribourg et dans tout le canton, un vrai Dieu, solide, sans controverses. Un Dieu qui t'aide vraiment à suivre ton chemin et le rend sans embûches. Ici, c'est plus aléatoire. Le Dieu de la banlieue est inscrit au P.C. ou au P.S. On le sent farouchement social et les prêtres qui le servent méprisent les valeurs d'antan, les sacrements, le catéchisme, les dogmes, tout ce qui faisait la solidité de l'église avec, principalement, la crainte ; la sage crainte préservatrice de tous maux.

Elle prie pour son chat, mort l'avant-dernière nuit dans d'atroces souffrances. Elle sait que le Seigneur n'accueille pas les animaux en son glorieux paradis, pourtant elle ne peut se défendre d'une prière en mémoire de Zizi. Sa fin honteuse lui assure un régime de faveur. Elle sait que le flic blond l'a fait exprès d'assassiner Zizi. Qu'il hait les chats autant que les gens C'est un individu aux basses pensées, bourré de sombres desseins. Un vicieux machiavélique. Il lui fait peur. Elle sait qu'il ne lui apportera que chagrins et humiliations, parce qu'il est ainsi. Il a jeté sur elle un sombre dévolu Et alors elle appréhende, Marie-Marthe. Elle appréhende le pire. Ne sait quelle forme il va prendre, mais le sent en marche, le pire, inexorablement. Somme toute, en priant pour Zizi, c'est aussi pour elle qu'elle réclame la protection divine. Elle ne peut rien faire d'autre pour se protéger puisqu'il est policier et que, donc, il a la loi à son service, le mauvais. La loi, c'est lui ! Il la détient dans sa poche, dans tout son être !

L'officier de police Seruti ne prie pas, mais il se livre à des préalables dûment mûris. Il a tout préparé, repassé, mis au point. Après l'office religieux, il se rendra au cimetière. Il suivra l'enterrement jusqu'au bout. Et puis il coincera le Président à la sortie. Il sait ce qu'il va lui dire, chaque mot a été soigneusement envisagé. Il va parler sobre, mais net, Seruti. Le regard tranquille et décidé, ça oui. L'heure, il peut se la garder, le Président.

Un enterrement, ça rapproche, non ? Surtout lorsqu'il y a quatre pelés et un tondu pour y assister, chaque présence pèse lourd, et la sienne, officier de police, plus que les autres. Il s'est

(1) Excuse, je n'ai pas envie qu'il SE morfonde

fait remplacer exprès, le brave. A demandé sa demi-journée pour aller au docteur, soi-disant...

D'un regard inlassable, il caresse le dos du Président. Il commence une préparation hypnotique. A force de lui braquer sa volonté contre, il doit bien rendre le terrain apte à héberger la graine.

Cher Président, grand homme de France. Visage tant et tant vu qu'il nous appartient un peu, à tous, qu'il est de notre vie au même titre que notre automobile, la pension de nos vacances, la chasse d'eau de nos chiottes. Homme-pouvoir ! Homme en qui puiser ! Homme de recours imprévu ! Il l'aime de pré-reconnaissance, Seruti. Il voudrait faire quelque chose d'utile pour le Président. Retourner son jardin, par exemple, lui laver sa belle voiture officielle (que le noir est si délicat !), lui envoyer une caisse de vin de Loire, porter ses achats au sortir d'un grand magasin. Se donner, quoi ! S'en faire apprécier, aimer peut-être... Oui, forcer sa sympathie, exister pour le Président.

Mme Réglisson pleure.

Elle pleure feu Eusèbe Cornard.

Elle est la seule. Le cercueil contenant le bougre de petit cadavre la bouleverse. C'est l'adieu sincère au vieux bonhomme toujours satisfait et reconnaissant du travail qu'elle accomplissait pour lui.

Elle l'aimait bien, ce doux vieillard pour qui l'humilité constituait une espèce de défense. Ils appartenaient à la même race et possédaient le même code de vie.

Un code très simple, reposant sur la gentillesse et l'oubli de soi.

Elle a été surprise lorsque sa fille lui a demandé de l'accompagner aux funérailles. Ça ne ressemble pas à Noëlle qui, comme la plupart des jeunes, fuit ces corvées. La jeune fille n'avait dû rencontrer le père Cornard qu'une ou deux fois, à l'époque où il lui a refait son Solex...

Noëlle jette des regards indécis au Président. Le cercueil l'impressionne. Depuis l'enterrement de sa grand-mère, elle n'en avait pas fréquenté d'autre. Elle a voulu venir pour revoir le Président. La veille, elle a hésité toute la matinée à lui téléphoner. Elle a conservé sa carte boueuse, mais c'est une précaution superflue : elle a appris le numéro par cœur. Elle est la première surprise par l'intérêt qu'elle porte au Président, ce vieux type pédant qui, par esprit de démagogie, joue les tendres. Ce n'est pas sa gloire politique qui l'impressionne, non plus que sa personne physique, mais elle a été violemment touchée par l'éclat qu'il a eu naguère, au volant de sa voiture, lorsqu'il lui a lancé : « Nous fais pas chier avec tes dix-sept ans, ils ne dureront pas ! Regarde-toi attentivement dans une glace : tu n'es pas loin des quatre-vingts ».

Ce cri — car c'en était un — elle l'a pris en pleine insouciance, Noëlle. Un cri de désespoir. Un appel au secours. Ainsi, il y a donc une fêlure à cette statue triomphante ? Ainsi donc, le prestigieux Président n'est pas heureux, et même pas satisfait de sa carrière. Comment vit-il dans le privé ? A-t-il des enfants, une femme aimée, des maîtresses, une vieille liaison qui n'en finit plus, comme c'est souvent le cas des politiciens nantis d'une égérie combinarde qui leur souffle leurs grandes décisions ?

Elle aimerait savoir, du coup. Le mieux connaître. Comme il semblait accablé en lui lançant ces mots rageurs ! En grande misère humaine. Il a eu une expression pitoyable qu'elle n'oubliera plus.

Et maintenant il est là, à trois mètres d'elle, droit et attentif. Il a distrait une paire d'heures d'un emploi du temps redoutable pour venir enterrer son vieux parent modeste qui réparait les vélos. C'était quoi, l'enfance du Président Tumelat ?

Charmée par la musique d'orgue, l'âme conciliante, elle contemple cette stature fichée devant elle, noire et immobile. Il a les cheveux presque blancs, avec ces reflets bleutés à la con qui n'arrangent rien. Elle se dit que si elle l'avait rencontré plus tôt... Mais quoi, la vie est ainsi, elle comprend bien, Noëlle. On ne choisit pas les hasards, les sensations, les troubles. Quand elle joue de sa flûte, devant son grêle pupitre de métal doré qui ressemble à un squelette de lutrin, elle éprouve une élévation, un transport. Quelque chose, en elle, prend son vol et la différencie des autres existants. L'espace d'une partition, elle appartient à un monde meilleur, s'approche de quelqu'un d'ineffable.

Elle se sent des larmes. Sa vue se brouille. Pitié pour le Président, Seigneur. Pitié, pitié, pitié !

Alcazar rêvasse en louchant sur le cercueil. Son imagination l'emporte vers des quasi-certitudes. Elle devine que, très prochainement, Jérôme sera bouclé, vissé serré, dans une boîte toute semblable. Elle se tiendra près de sa bière, recueillie, pleurante. Elle n'osera échafauder des projets, se sachant l'éternité devant elle désormais. Oh, si ce pouvait être ce porc puant qui soit dans ce cercueil, à la place du vieux bonhomme dont elle ne se rappelle plus les traits. Son sac à pastis, avec son gros nez, sa queue tordue, ses mains courtaudes et massives de tâcheron. Son sale bonhomme, avec sa gueule enfin close comme la vitrine d'un magasin dans une rue en cours de démolition. Charogne, quel beau vrai mort il fera, Jérôme ! Inerte par tout son corps porcin. Fini, bien fini. Maintenant qu'elle a arrêté sa décision, reste à trouver le moyen de la réaliser. Elle n'en entrevoit aucun, malgré tout elle est fortifiée par une confiance aveugle : elle crèvera son jules bientôt. En douceur, sans presque y toucher. « Seigneur mon Dieu, puisque nous sommes ici, réunis par la mort, tiens compte de ma prière. Aide-moi à supprimer mon indigne époux. Toi qui peux tout, retire-lui l'existence. Inspire-moi, Dieu souverain. Dicte-moi ma conduite. L'heure de son trépas a sonné. Il n'a jamais servi à grand-chose, mais à présent c'est négatif. Il est au-dessous de zéro dans l'échelle du droit à la vie. Chaque goulée d'oxygène qu'il aspire est un vol. Un forfait contre l'humanité, Seigneur. Il déshonore tout ce qu'il touche ou regarde. Fais, mon Dieu ! Fais bien, j'ai confiance en Toi, éperdument. Je Te veux pour unique Maître. Oui : Toi et le Président, un point ce sera tout. Amen !

Et puis, bon, l'office se termine par des aspersions d'eau bénite.

Malgençon, le peintre, trouve que c'est vachement phallique comme objet, un goupillon. Des ecclésiastiques s'en s'ont-ils carré dans le train ? Probable. Trop tentant. Ça lui rappelle une blague que faisait un pote à lui, autre barbouilleur décadent. Quand il se rendait à un enterrement, il emportait un goupillon dans sa poche, s'arrangeant pour se placer derrière quelque vieille bigote au moment où le public défilait devant le catafalque. Et quand la dame qui le précédait lui proposait le goupillon dont elle venait de bénir — pourquoi, mon Dieu ! —, il tirait le sien de sa poche en disant : « Non merci, j'ai le mien », la laissant abasourdie avec l'instrument entre les doigts. Malgençon rigole. Il a bien fait de venir. Tumelat ne peut pas être insensible au geste. Il a bien compris, l'autre nuit, que le Président en avait sec de les trouver au plumard, Adélaïde et lui. Etre au courant d'une liaison, c'est une chose, pour un époux ; assister à la concrétisation de celle-ci en est une autre. Pourquoi lui a-t-il proposé la Légion d'Honneur ? Par moquerie ? Pour montrer sa grandeur d'âme ? Peu importe, l'essentiel est de l'avoir, non ? Malgençon va plus loin : l'Institut. Si le Président le veut, il en fera partie. Malgençon, qui se vêt ordinairement de hardes, rêve de s'admirer en Académicien.

Ceindre l'épée, coiffer le bicorne, vingt dieux, voilà qui serait ronflant. Il dresse en hâte une liste des gens qu'une telle élection ferait chier. Car au fond, c'est uniquement cela qui fait l'intérêt de la réussite : la jalousie qu'elle engendre. Etre environné d'ennemis souriants, c'est cela le vrai et seul bonheur.

Il va tenir les pieds chauds à Tumelat. Jusqu'alors, il n'avait pas l'idée de l'utiliser comme levier. Il brossait sa femme, gîtait chez lui, cherchant à se faire oublier de lui. Mais la propose insolite du Président concernant le ruban change tout. Lui ouvre des perspectives immenses. Dans le fond, c'est un original, Tumelat. Cynique et malicieux, il est capable de lui concéder de grandes choses, par esprit sportif Oui sportif

On embarque tonton.

Le maître de cérémonie, un jeune type qui-n'a-pas-la-tête-à-ça-mais-fait-de-son-mieux, s'incline devant le Président et, du geste, l'incite à suivre la bière. Bon, le Président se signe face à l'autel. Le curé lui adresse un bref hochement de tête. Il file le train à Eusèbe. Passe devant l'officier de police Seruti, fou d'onction, extasié d'à force, puis devant Mme Réglisson et sa fille. Son regard va capter celui de Noëlle. Il lui sourit tendre. S'il s'écoutait, il quitterait l'allée centrale pour s'approcher d'elle et la prendre dans ses bras, tandis que les orgues rugissent le final, là-haut, dans la tribune. Mais il suit.

Cligne des yeux à la lumière retrouvée. Le soleil est de la partie. Le Président perçoit un bruit caractéristique, un bruit qu'il connaît bien : celui d'un appareil photographique au déclencheur à répétition. Il tourne la tête dans la direction des irritants clic-clic-clic-clic. Une fureur spontanée l'empare. Deux jeunes gens sont là, sur le parvis : le journaliste rencontré à l'Elysée, et qui reste debout, ironique, bras croisés, passant l'ongle de son pouce sur ses lèvres, comme pour en vérifier le modelé, style Humphrey Bogard, tandis qu'un autre gars, plus jeune que lui, sapé jeans-blouson de cuir, mitraille le cortège.

Rageur, il se retourne pour chercher Ginette Alcazar. Bien entendu, sa secrétaire est là, toute proche. Le président lui fait un signe. Elle va alors parlementer avec le journaliste. L'autre conserve son attitude de dandy badin. Il se comporte comme devant des caméras, ce petit gueux, garde la pose. Tu dirais le mauvais garçon d'Oklahoma City, dans un western, lorsque le nouveau shérif décidé à mettre de l'ordre dans la contrée descend du train qui siffle trois fois.

Le Président rompt avec tonton et va se jeter dans sa bagnole. Il regarde la place de l'église, Noëlle et sa mère se dirigent vers une vieille 4 L Renault au volant de laquelle les attend Réglisson, en pull d'apparat. Vont-elles se rendre au cimetière ? Le Président le souhaite. Il a une envie noire de revoir encore la jeune musicienne.

Et encore, et encore encore !

XXIII

— Ce garçon est un malotru ! dit Ginette, bouillonnante de rage, en prenant place auprès du Président.

— Je sais, soupire ce dernier, c'est à son propos que je souhaitais des renseignements.

— Ah ! c'est lui, le dénommé Eric Plante ? Il vient de me dire qu'il travaille pour *Parfait* et qu'il veut publier une série d'articles sur les à-côtés de la vie publique des grands leaders politiques.

Le Président ronchonne :

— C'est une petite vermine.

Il imagine la manchette de l'hebdomadaire. Style : « *Quand le Président Tumelat enterre son passé* ». Après tout, qu'il assiste à un enterrement de pauvre ne peut le desservir dans l'opinion publique, au contraire...

César, le chauffeur, suit le fourgon noir derrière lequel est accrochée l'énorme couronne commandée par Ginette. Cette couronne, plus une modeste gerbe amenée par Mme Réglisson, constitue tout l'aspect floral des funérailles d'Eusèbe.

La CX roule donc lentement par les rues populeuses. Des gens se découvrent au passage du maigre convoi : pas beaucoup, tout se perd et la foule ne prête plus guère attention aux corbillards en maraude, de nos jours.

Le Président jette un regard par la lunette arrière et a la satisfaction d'apercevoir la 4 L de Réglisson. Donc « elle » vient au cimetière.

Mme Fluck n'a pas de moyen de locomotion pour s'y rendre. Elle devait choisir entre l'église et lui, elle a opté pour l'église, beaucoup plus proche de son domicile.

Elle est troublée parce qu'elle a reconnu le visiteur matinal qui se rendit chez son voisin d'en face le matin de sa mort : l'homme à la moto. C'est un journaliste. Le voici qui acalifourchonne son bolide de feu, accompagné d'un photographe. Il coiffe un gros casque de cosmonaute et déclenche la foudre. Il fonce en direction de Paris en se jouant de la circulation. Elle signalera la présence de ce garçon à l'enterrement au flic tourmenteur dont elle ignore le nom. Au fait, le lui a-t-il dit, la première fois, et l'a-t-elle oublié ? Elle ne sait plus très bien, la pauvre. La voilà qui pense aux poils de sa chatte. Il lui a ordonné de les raser ; elle a essayé loyalement hier matin, en utilisant le rasoir de feu Moïse ; mais il s'agit d'un antique rasoir à manche d'ivoire et tout ce qu'elle a réussi à faire c'est de s'entailler le bas-ventre. Il faudrait un rasoir mécanique, ou bien une tondeuse. Seulement ça fait des frais. Sa nature économe, caractéristique de ses origines helvétiques, l'incite à la rébellion. De quel droit ce maudit poulet s'en prend-il à ses poils de cul, tu pourrais le lui expliquer, toi ? Un authentique maniaque, ce type. De la graine de tueur de l'Oise. Gendarme modèle, et trucideur dès que ça se fout en civil. On n'est plus protégé. Jadis, les flics se faisaient tuer volontiers, pour un oui, un non ; dorénavant, c'est eux, quelquefois, qui assassinent, tu remarqueras. Eux qui attaquent les perceptions, ou bien réclament des rançons. Le monde part en déliquescence. Non : elle n'achètera pas de rasoir, ne se rasera pas la chatte. Ses poils lui appartiennent et elle les conservera, qu'ils soient blancs ou pas complètement !

*
* *

Au cimetière, c'est mené rondo ; d'ailleurs il n'y a pas de curé. Ginette explique que le prêtre s'est abstenu, vu la nature du décès. Pas mal déjà qu'il ait consenti à une messe en musique.

Le Président hausse les épaules et soupire simplement : « Bande de cons ». Il n'a d'yeux que pour Noëlle. Elle est adorable, si blonde dans un tailleur bleu sombre qui la rend toute menue, presque gracile. S'il le pouvait, il l'inviterait à monter dans la bagnole et se ferait conduire à l'aéroport. Là, il prendrait deux billets pour très loin. Nord ou Sud, qu'importe ? Il voudrait essayer de recommencer avec elle. Seulement, recommencer quoi, gros malin ? Hein, réponds, bourrique ! Ta vie ? Elle en a un coup dans l'aile, mon vieux gredin. Elle arrive dans la dernière ligne droite, ta pauvre vie glorieuse, mon Tumelat. On aperçoit les tribunes dans le lointain.

Il regarde tanguer le cercueil de tonton par les allées du cimetière. Il moutonne sur les épaules des porteurs, un peu comme s'il était pris au téléobjectif, ça fait, tu vois ce que je veux dire ? Le Président ne se rappelle plus où est la tombe de sa mère. Depuis qu'elle a disparu, tant de gens sont clamsés que le cimetière a pris de l'étendue. Il suit, docile. Des oiseaux gazouillent dans les rares cyprès. Des fonctionnaires roulent des brouettes de détritus funéraires : vieilles couronnes rouillées, fleurs pourries, vases brisés. Sans doute des ossements se sont-ils fourvoyés parmi ces saloperies ? Les morts, t'as beau les enfouir profond, ils finissent toujours par remonter à la surface, sous une forme ou sous une autre. Le cycle de l'azote ! C'est pour cela qu'il convient de beaucoup baiser, songe le Président. S'en goinfrer jusque-là, bordel ! Vivre sa vie, nom de Dieu ! En plein !

Ce matin, il a voulu tringler la mère Alcazar, mais il y a eu un incident pénible. Pendant qu'il la limait consciencieusement, Taïaut, le chien de tonton, a bondi de sous le lit et s'est mis à leur aboyer contre, ce tordu de clébard. Pas mèche de le faire taire. Qu'à la fin, le Président a éclaté de rire et débandé à bloc. Ils ont foutu le cador à la porte, mais le climat était rompu. La bandoche, c'est d'une fragilité féroce. Une pensée de traviole. quelquefois, et tu te retrouves avec le nœud en berne.

Cela dit, il est brave, Taïaut et il s'est admirablement adapté à sa nouvelle condition de chien de luxe. Il pleure quand il a besoin de sortir. Juste à lui reprocher cette foutue manie qu'il a de gratter le bas des portes. Le Président tente de l'en corriger, mais le chien paraît ne pas tenir compte de ses admonestations et le panneau inférieur des lourdes dans sa chambre ressemble à une vieille planche à laver.

On est arrivé. Le cercueil — ouf ! — est posé sur le monticule de terre. Deux terrassiers à frites ronchonnes se tiennent à l'écart, considérant les rares assistants avec des yeux tellement réprobateurs, qu'à trop regarder torve ils n'ont pas reconnu le Président.

Il y a une courte période d'indécision. Le maître de cérémonie leur adresse un signe et ils s'approchent, traînant une longue corde qu'ils doublent pour la glisser sous la bière.

L'officier de police Seruti prépare une ultime fois son laïus. Tout bien, mot à mot, sans défaillance. Un condensé très chouette de ses requêtes, car en fin de compte, il va demander deux choses : sa mutation à Paris et un appartement.

Surtout, ah ! oui, surtout, ne pas rater le Président. Etant donné qu'il n'y a presque personne, il risque, après la première pelletée de terre, de filer comme un pet sur une tringle à rideau, le cher grand bougre !

Alcazar tire Tumelat par la manche.

— N'oubliez pas de donner une gratification au maître de cérémonie, monsieur le Président. Certes, je peux le faire pour vous, mais je pense qu'il serait mieux que...

Le Président opine. Sa main inventorie déjà sa poche. Il ne serre pas son argent dans un portefeuille, comme le font les gens qui le respectent et ont du mal à s'en séparer, mais le met en vrac avec ses clés. Discrètement, il tire une liasse et l'écosse de deux billets de cent pions. Il les plie en quatre et les garde dans le creux de sa main pour quand ce sera le moment...

La corde se raidit. Le cercueil s'enfonce dans l'oubli où

grouillent des vers de terre brillants comme l'intérieur d'une coquille d'huître.

Poum ! Eusèbe est parvenu à destination. Ça produit un choc creux, une résonance qui donne à frissonner.

Qu'est-ce qu'on fait, à présent ? Le maître de cérémonie propose une petite dernière tournée de goupillon, à la laïque ; à vrai dire, c'est une branche de buis qui sert de goupillon. Elle trempe dans une sorte d'écuelle à demi emplie d'eau que l'on souhaite bénite ou quelque chose dans ce genre.

Le Président trace lentement la forme de la croix au-dessus de la tombe. Le dernier souvenir qu'il gardera de tonton, ce sera un dessus de cercueil sur lequel pleut de la terre. Il n'est pas ému. Quelque chose de terriblement indifférent est en lui, qui lui fait presque peur.

Il propose la branchette à Ginette.

Ensuite, c'est plus ses oignons. Il se dirige vers la sortie. Attendre pour serrer les quelques mains présentes ? A quoi bon ! Et cependant, il voudrait tellement s'approcher de Noëlle, sentir ses ondes se mêler aux siennes, respirer l'odeur suave qu'il lui devine et contempler de tout près ses yeux pervenche.

On dirait qu'elle a pigé ça, la gosse. Ma parole, mais oui ! Elle s'écarte de sa mère, coupe entre deux tombes et vient l'attendre dans l'allée. Le Président parvient à sa hauteur. Ils se regardent. Et l'instant produit de la musique. Ils ne songent pas à se tendre la main.

Ils n'ont pas le moindre sourire l'un pour l'autre. Ce qu'ils ressentent, c'est comme une angoisse suave, un arrière-goût de bonheur triste.

— Merci, dit le Président.

Et bon, que veux-tu, c'est la vie : il s'en va. Il s'en va, avec le cœur fendu en deux comme une bûche sous la cognée. Il s'en va, malade de détresse, malade d'un chagrin inconnu dans lequel l'oncle Eusèbe ne joue aucun rôle. Pour ce dernier à présent, c'est comme avant sa naissance. Mais le Président, lui, continue d'exister, le flanc percé par l'existence.

Un bruit de pas rapide, presque de galopade, l'incite à se retourner. Un homme qu'il a vaguement aperçu, obséquieux, bien mis, moite d'onction, la bouche en violette, le rejoint. Il est blanc de crainte, cet homme. Haletant de timidité.

— Monsieur le Président, je voudrais vous dire combien je compatis à votre douleur...

— Mais oui, merci, répond le Président.

Et il glisse les deux cents francs dans la main imbécile de Seruti.

XXIV

Le Président pénètre dans le bureau de son groupe à l'Assemblée. Quelques-uns de ses plus proches collaborateurs sont là, qui discutent les problèmes de l'heure avec vivacité. Ils se taisent tous en voyant entrer le Président. Non qu'ils veuillent lui dissimuler le sujet de leur conversation, mais ils sont sidérés par le nouvel aspect de l'arrivant. Celui-ci a rajeuni de quinze ans. Ses cheveux blancs sont devenus d'un châtain cendré à reflets blond-roux. Il est bronzé, avec toutefois des rougeurs aux pommettes à cause de l'intensité de la lampe à rayons U.V. Il a raccourci ses favoris. Et quoi d'autre encore ? Les yeux avides de ses amis sondent, affolés, son nouveau visage. On cherche, on ne trouve plus rien. Se peut-il qu'une simple teinture balaie les ans à ce point ?

— Mais que t'arrive-t-il, Horace ? s'écrie Pierre Bayeur que tout le monde considère comme son dauphin.

Bayeur est un garçon de quarante ans, solide, ventru, un rien négligé, au rire communicatif, à la lippe gouailleuse. Probablement le parlementaire dont les mots d'esprit sont les plus féroces.

Tumelat affronte ses amis d'un air à la fois bravache et gêné.

— Eh bien, oui, voilà le travail ! dit-il.

Il pue bon le grand salon de coiffure, tous ses vêtements sont imprégnés de parfums multiples et délicats. Il s'avance parmi les siens d'une allure qu'il veut dégagée, mais il se sent mal à l'aise.

Un silence succède, puis Pierre Bayeur laisse tomber, froidement :

— Je crois que tu as eu tort.

— Ah bon ! répond Tumelat, glacial.

L'autre s'explique :

— Tu connais le fameux mot de Sacha Guitry ? Quand on est célèbre, il faut se faire une gueule et passer le restant de ses jours à lui ressembler. Toi, tu ne te ressembles plus, mon vieux ! Mais alors plus du tout du tout ! Tu as rajeuni, c'est un fait, beaucoup même, seulement ça n'est plus toi.

— Ça va le redevenir, promet le Président.

Bayeur tord son nez :

— Le passage ne se fera pas sans mal. Pour le monde entier, tu es un homme à cheveux blancs !

— Eh bien, pour ce même monde entier, je vais être un homme aux cheveux châtains.

— On va clamer aux quatre points cardinaux que tu te fais teindre ! Et ça, mon bon Horace, ça fait con. Les gens ont des préjugés. Pour eux, un type qui se teint est fatalement un vieux pédé ou un vieux cabot !

Ces objections commencent sérieusement à briser les couilles du Président, d'autant qu'il ne peut donner tort à son féal.

— Les gens sont pleins de préjugés, c'est exact, mais par ailleurs ils ont la mémoire courte, et ce n'est pas moi qui l'ai dit le premier, Pierre. Dans un mois, après avoir bien ricané, on aura oublié que j'ai eu les cheveux blancs.

Les autres députés présents, sentant la sourde irritation de leur leader, se hâtent d'approuver. Ils assurent en chœur que l'initiative du Président est excellente et qu'un homme de pouvoir a tout intérêt à passer pour plus jeune qu'il n'est.

Malgré ce renversement d'alliance, Bayeur s'attarde sur ses positions.

— On va dire que tu es tombé amoureux, affirme-t-il.

— Tant mieux. Jamais les Français n'ont eu autant de sympathie pour leur Président que lorsqu'il était soupçonné de fredaines nocturnes. Ce sont des choses que les gens de chez nous comprennent et qui les amusent plus qu'elles ne les irritent.

Ça suffit. Bayeur le comprend et ferme sa grande gueule d'homme qui veut toujours avoir le mot de la fin. Il admire secrètement le culot du Président. Dans le fond, c'est une audace qui peut se montrer payante au plan de la popularité.

Alors il change de sujet.

— Tu es au courant des bruits qui circulent ?

— Sur qui ?

— Le Premier Ministre. On chuchote que ses jours sont comptés. Et sais-tu qui le remplacerait ?

— Probablement une gonzesse, répond calmement le Président.

En haut lieu, on a dû être secrètement agacé par sa discrétion et on a créé d'autres vecteurs de fuites.

— Tu étais au courant ? demande Bayeur.

Tumelat hésite entre avouer qu'il était dans le secret et feindre l'ignorance. S'il admet qu'il était au courant, ses compagnons vont se formaliser de son silence. S'il a l'air d'apprendre la chose, il passera pour un chef de groupe plus tardivement informé que ses collaborateurs, ce qui n'est pas fameux non plus. Il opte pour un moyen terme :

— Au courant sans l'être, tout en l'étant, fait-il.

On se met à envisager ce que sera l'installation de Madame le Premier Ministre à Matignasse ; les répercussions de cette nomination en France. Comme toujours, les avis divergent.

— On va probablement te proposer la Justice ou l'Intérieur, pronostique Pierre Bayeur.

Le Président secoue la tête.

— Pas question !

— Qu'est-ce qu'on parie ?

— Pas question que j'accepte, rectifie Tumelat.

Sa déclaration passe pour une forme de minauderie. On lui adresse des clins d'œil sceptiques.

— Vous préféreriez les Finances ou les Affaires, Président ? insiste quelqu'un.

— Rien ! Je ne serai pas ministre dans le prochain gouvernement, un point c'est tout. Et aucun de vous ne sera ministre ! déclare farouchement Tumelat. Les tranches de gâteau, marre ! Gardons les mains libres pour pouvoir voter librement.

Pierre Bayeur sourcille :

— Tu as bouffé du lion, en rajeunissant !

Le Président ne répond pas. Il songe à l'homme de la bicoque. Cela fait quatre jours pleins qu'il ne lui a pas rendu visite. Le pauvre bougre a dû bouffer jusqu'aux os du poulet. Mais peut-être que le jeûne ne l'affecte plus ? Peut-être a-t-il accédé au détachement total ?

Dix-huit ans, à vivre dans un réduit sans air. Dix-huit ans de prostration, de méditation, avec pour unique distraction un méchant transistor, ça doit vous ouvrir les voies du renoncement, non ?

Le Président se promet d'aller à Levallois dans la journée. Peut-être pendant midi ? Il a un déjeuner de groupe, mais il lui sera loisible de le supprimer de son emploi du temps ; ainsi les chers compagnons pourront-ils gloser sur sa teinture tout leur content.

— Ecoutez, attaque-t-il soudain.

Tout le monde la ferme. Lui-même est surpris par son ton claironnant qui a dépassé son intention.

— Ecoutez, reprend le Président, je trouve que dans cette grande boutique, tout le monde pense trop à la politique et pas suffisamment à la France.

Il surprend des amorces de sourire, çà et là. Alors il se fâche.

— Et ça vous amuse, nom de Dieu ! Ça vous amuse ! Vous n'êtes donc plus que des marchands de salade !

— Tu ne crois pas que tu t'envoles un peu ? riposte Bayeur.

— Je t'encule ! rétorque le Président, comme chaque fois quand il est à bout de rogne et qu'il renonce aux arguments.

— Chiche ! plaisante Pierre Bayeur.

L'assistance rigole.

Le Président aimerait leur cracher à la gueule, ou bien leur foutre sa démission, là, séance tenante. Et puis s'en aller. Et laisser crever l'homme de la masure vide ! Et oublier sa foutue carrière et tous les gens qui la soutiennent, comme ces veaux, par exemple, enfiévrés de cupidité multiforme. Ah ! les sales cons ! Ah ! les vilains requins aux dents gâtées ! Comme il les hait bien, tendrement. Oui, il a soif de départ, Tumelat. Aujourd'hui, tu ne sais pas ? Il voudrait prendre Taïaut avec lui, dans sa Mercedes verte et s'en aller au gré des routes et des sens interdits, s'en aller ailleurs, s'en aller plus loin dans sa vie pour aller voir s'il s'y trouve ! Mais ne serait-il pas malade, au fait, pour traîner des envies pareilles ? Tu veux parier qu'il couve une vacherie quelconque ? Une vacherie de son âge, lente et inexorable, comme l'écrivent avec pudeur les journaux. Inexorable, toujours... Comme si la vie ne l'était pas pis encore que le cancer, inexorable !

Il a déjà oublié sa nouvelle gueule, aperçue l'espace d'un instant dans la glace du coiffeur, et regardée à la hâte, avec une pudeur désinvolte : « Oui, oui, Charly, c'est parfait, vous venez de réparer de mes ans l'irréparable outrage ». Une boutade, une pirouette. Des mots, des rires, des pourboires... Ce que tout cela est vain, quel univers de songe-creux ! Et dire qu'il y a cru pendant plus d'un demi-siècle-qui-vous-contemple ; il était entré dans le système d'un pas décidé, en retroussant ses manches, en retroussant sa conscience aussi. Et le voici sur le point de tout larguer, le Président.

Il médite et murmure :

— Vous voulez que je vous dise le fond de ma pensée ? De Gaulle était un grand con ou un grand apôtre ; c'est pas possible autrement !

Ses « compagnons » (compagnons de mes fesses !) sourient avec étonnement. Dis, il perd les pédales, Horace ! Il fait sa méno ou quoi ?

***

Il existe une ligne téléphonique ultra-secrète pour relier le Président à Ginette Alcazar. Une ligne toujours disponible que lui seul a le droit d'utiliser et qui, donc, ne fonctionne qu'à sens unique. Lorsque Ginette s'absente, pour le déjeuner ou pour tout autre motif, un répondeur automatique rapine où elle se trouve.

Le Président la sonne chez lui. Il a besoin d'un renseignement top secret à puiser dans le fichier personnel de Tumelat, qu'ils ont baptisé « la boîte à malices » Des malices, elle en est truffée, cette boîte de bois verni, si banale d'apparence De bien curieuses malices, achetées souvent un bon prix — plus souvent troquées contre d'autres —, et qui sont relatives à la plupart des gens connus composant la France d'aujourd'hui. Rédigées en code, de manière à ce que ce fichier puisse tomber entre toutes les mains sans livrer ses secrets, les notes constituent un bel éventail de la misère humaine. Il y a dans le coffret un tas grand comme ça d'immondices en tout genre, qui vont de l'adultère à la malversation, en passant par la prévarication, le débordement sexuel, et moult vilenies dont les échotiers d'une certaine presse feraient leurs choux gras.

La sonnerie retentit : un tout petit coup foireux, puis dérive sur le répondeur. Alcazar n'est pas à son poste. Agacé, le Président va raccrocher, mais la voix enregistrée, nasillarde, de la secrétaire le retient.

« Comme je n'avais rien d'urgent, ce matin, monsieur le Président, je suis allée mettre de l'ordre dans la maison de votre oncle Eusèbe. J'ai trouvé les clefs dans la boîte à gants de la Mercedes. Je serai de retour vers dix-sept heures ! ».

Un déclic.

Voilà, c'est tout.

Le Président vient de dérouiller un grand coup de bâton dans le portrait. Alcazar chez tonton ! Alcazar mettant de l'ordre là-bas ! LÀ-BAS ! La salope ! La garce honteuse ! Voilà ce qui arrive lorsqu'on accorde trop de libertés aux subordonnés ! Le moment vient où ils en font trop et où tout s'écroule.

Tu leur laisses la bride sur le cou et ils ne se sentent plus, les vomiques, les sales manars ! Foutre merde, et dire qu'on paie cette engeance ! On se croit obligé de les choyer, de les baiser, même, à la rigueur, comme c'est le cas pour Ginette. On ne se méfie jamais suffisamment des ancillaires, on pense naïvement qu'ils vous sont acquis parce qu'on les paie, mais il n'y a rien de plus redoutable. Ce sont des espions à qui on sert une mensualité pour compromettre votre tranquillité. Alcazar *mettant de l'ordre* chez tonton ! Non, mais de quoi je me mêle, vérole ! Et elle se juge très précieuse, cettre truie fatiguée ! Indispensable ! Se prend pour un ange gardien ! Pourriture, va ! Archi-merde à principes d'. Il voudrait la détruire au lance-flammes en cette seconde de stupeur indicible, le Président. La découper en fins morceaux pour l'évacuer par la lunette des gogues ! Il la conspue de toutes ses fibres. Voilà qu'elle va flanquer sa vie par terre à trop vouloir l'assister, lui fignoler les encombres... Déjà qu'il bande de justesse devant son cul fané, mais l'enfourne à force d'imaginations artistiquement agencées ! Ah, la carne-pute !

Il regarde sa montre.

Rappelle en fougue chez lui, sur la ligne normale. C'est Juan-Carlos qui décroche, ce con d'Espagnol que Franco aurait dû génocider s'il avait vraiment eu des burnes, mais avec sa bouille de boulanger de village, hein ? Fallait pas trop espérer de lui !

— C'est Monsieur, annonce le Président.

Il a horreur de ce terme, l'emploie pour faire comme tout le monde, du moins comme le monde jouissant de larbins. Monsieur ! Monsieur, frère du Roi ! Faut de la santé, pour se faire appeler Monsieur. Académicien, encore, tant qu'à te foutre des plumes et des dorures, pourquoi pas qu'on t'affuble du titre

L'Espanche se met à jacter des salutations empressées avec son accent à la fois doux et guttural. Car c'est comme ça, l'espingo : doux et guttural. Faut une angine pour choper l'accent, au début.

Le Président la lui boucle d'un « Oh, merde, bordel ! » qui se passe de traduction.

— Mme Alcazar est partie depuis combien de temps ?

— Vingt minutes, monsieur, répond l'esclave en rougissant, mais ça, le Président ne peut pas s'en gaffer.

Il voudrait profiter de la circonstance, l'Ibérique, pour bavarder un chouïa avec Monsieur qu'il ne voit jamais dans de bonnes conditions : le matin, au réveil, le Président n'est pas à prendre avec des pincettes, et ensuite, il ne le revoit pratiquement plus, ou alors en compagnie de gens qui le rendent inapprochable. Or, un bon valet souhaite toujours de s'entretenir avec son maître. Mais ce vieux *estiercol* (1) lui a déjà télescopé le tympan en raccrochant le plus brutalement qui lui a été possible.

Le Président se dit que cette sous-chèvre d'Alcazar conduit comme une enfoirée et qu'en fonçant il peut arriver chez tonton peu après elle.

A temps, peut-être ?

(1) Estiercol : fumier

XXV

L'idée, la grande idée qu'elle était certaine de trouver sans la chercher lui est venue à un détour de réflexion.

Ginette classait les paperasses ayant trait à l'oncle Eusèbe : déclarations de revenus, taxes mobilières, caisses d'assurances et autres amusettes du genre.

C'est elle qui, depuis des années, s'occupait des obligations administratives du vieux.

Elle est tombée sur l'ordonnance d'un cardiologue réputé où elle avait conduit Eusèbe à la suite d'une mini-attaque de paralysie faciale. Rien de très méchant. Toutefois, par mesure de précaution, le professeur Randelle avait prescrit des anti-coagulants. Très vite, la santé de l'increvable bonhomme s'était rétablie. Connaissant tonton comme elle le connaissait, à travers les évocations attendries du Président, elle était convaincue qu'il n'avait pas dû prendre son médicament très longtemps. Toujours d'après l'idée qu'elle se faisait de lui, il n'avait pas dû non plus les jeter. Donc, sans trop de mal, elle pouvait mettre la main sur le *Sintrom* ordonné par le professeur Randelle (ne pas dépasser la dose prescrite). Réduire ce *Sintrom* en poudre, le faire absorber à son mari d'une manière quelconque (agréable si possible) et ce bon Jérôme claquait d'hémorragie.

Tout lui apparut en un éclair somptueux, flamboyante image d'un rêve réalisé. Beau comme à Lourdes : la vierge et cette petite connasse extra-lucide de Bernadette Soubirous ! Beau comme le bonheur quand un précaire état de grâce vous permet de l'imaginer, et ainsi de le rendre accessible. Vigoureux comme un futur docile qui se soumet aux projets les plus téméraires. Même si le *Sintrom* laissait des traces, personne ne pourrait jamais prouver qu'elle s'en était procuré. Aussi, avant d'aller plus loin, commença-t-elle par aller jeter l'ordonnance du cardiologue dans les chiottes, après quoi elle fit pipi dessus et tira la chasse du néant.

Cette destruction de l'ordonnance constituait un tonique

début d'exécution. Ginette apprécia la griserie de l'action. Elle laissa le message que l'on sait au répondeur, annonça à Juan-Carlos qu'elle s'absentait, lui toucha fugitivement la queue par sympathie et aussi pour lui signifier que l'avenir appartient à ceux qui savent aller à lui. Etourdie par son allégresse, elle voulait que tout le monde eût sa part d'espoir. Elle partit en souriant d'extase, comme si elle se fût rendue à un rendez-vous galant ou à l'enterrement de son mari.

***

La maison d'oncle Eusèbe l'intimide brusquement. Lui fait même carrément peur car c'est la maison d'un mort récent, la maison d'un pendu. Il y stagne d'étranges et désagréables odeurs de vieux, de mort, de renfermé. Elle croit percevoir des bruits, Ginette. Des bruits inidentifiables qui lui glacent le sang, comme dans un film d'épouvante.

Elle s'ébroue pour obliger la trouille à tomber d'elle. Laisse la porte du bas grande ouverte afin de conserver le contact avec l'extérieur, c'est-à-dire avec la vie.

Rapidement, elle gravit l'escalier rectiligne menant au premier étage. Un robinet saigne du nez — l'on dirait vraiment du sang car l'eau est teintée de rouille —. Son bruit menu de torture chinoise achève de mettre ses nerfs à vif. L'armoire de fer scellée au-dessus du vieux lavabo ne contient que des misères : un rasoir à manche, un cuir à aiguiser ledit, un savon à barbe enveloppé de papier d'étain, un blaireau en cœur d'artichaut, quelques rouleaux de papier hygiénique de mauvaise qualité, une brosse à dents recouverte de poussière, des ciseaux rouillés, des savons réduits à l'état d'hosties tant ils furent utilisés, un carnet de papier à cigarettes Job dont tonton se servait pour colmater les coupures dues au rasoir. Mais pas de remèdes. La déception crispe la poitrine d'Alcazar. Elle examine son air déçu dans la glace piquetée. Se trouve blette, brusquement. Plissée soleil ; avec un elle ne sait quoi d'infiniment suranné. « Je fais poupette », se dit-elle. C'est-à-dire, dans son langage : tarderie. Et tarderie provinciale. Non seulement elle est moche, mais elle est en outre vieillissante ; et pis encore que vieillissante, elle est godiche. L'on dirait une secrétaire fanée de soyeux lyonnais ou de viticulteur girondin. Elle se fringue à la con, Ginette. Son mari qui la brime exige qu'elle s'attife de la sorte, pour faire sérieux. Le sale mec ! Il ne sera content que le jour où elle ressemblera à une madame pipi. Ou à une chaisière. Il rêve pour elle d'un faciès de bigote dolente que tout effarouche. Laisse qu'il crève, ce maudit, et tu vas voir la transformation de Madame ! Pour commencer, aux prochaines vacances, elle se fera tirer, qu'on en finisse avec ces mille rides qui, dans la région du cou principalement, lui donnent une peau de lézard. Ensuite, elle se précipitera chez Carita : à la beauté directo ! Soins intensifs du visage : crèmes et onguents suractivés, toute la panoplie à rajeunir les Madame Faust décrépites. Une fois nickel de corps, ce sera la garde-robe qu'on mettra au point.

Seulement, en attendant, elle n'a pas trouvé le *Sintrom*. Elle se rend dans la chambre de tonton. Un cri lui échappe à la vue du tronçon de corde qui pend encore du plafond. Quelle horreur ! Elle complète la vision, imagine Eusèbe suspendu au-dessus du plancher, la langue tirée, grotesque dans ses pantoufles.

Elle éprouve le besoin de s'enfuir. Cette chambre est lugubre. Qui donc pourrait l'habiter désormais, même en ignorant ce qui s'y est passé ?

Ginette demeure dans l'encadrement, en proie à des maléfices. Pour la première fois, elle se demande ce qui a bien pu pousser tonton au suicide. Un type si près de sa fin ? Si dénué de problèmes ?

Elle avise la table de nuit au dessus de marbre blanc fendu S'en approche peureusement, presque en retenant son souffle Dans le tiroir, elle ne trouve qu'un grand mouchoir à carreaux, recroquevillé par les expectorations séchées qui y furent déposées.

Elle ouvre la porte du meuble placée sous le tiroir. Une boîte à chaussures apparaît. Elle l'en sort, fait sauter le couvercle et découvre tout un bric-à-brac de menus objets hétéroclites dont le regroupement dans ce carton raconte la gentille maniaquerie d'un vieillard qui se refuse à jeter ce qui est hors d'usage. La boîte de *Sintrom* est là, sur le dessus, jaune pimpant, avec son couvercle rouge, son minuscule rectangle rouge dans lequel on a imprimé la phrase fatidique : « Ne pas dépasser la dose prescrite ». Elle l'agite avant de l'ouvrir. La boîte est presque pleine Si elle contenait cinquante cachets au départ, comme indiqué, il doit en rester beaucoup plus de la moitié. Ginette en oublie l'endroit où elle se trouve et qui l'épouvantait une minute plus tôt. Elle tient enfin dans sa main la mort de son odieux mari. Elle regarde le gros tube jaune avec tendresse. Oui, ce qu'elle serre entre ses cinq doigts, ce n'est pas un tube de médicament, c'est une grande tombe de pierre portant une délicieuse inscription : « Ici repose Jérôme Alcazar » ; ce qu'elle tient, c'est : une messe en musique, un corbillard automobile, une pension de veuve, la liberté, des voyages en compagnie du Président, la belle bite du Président, des toilettes de Sonia Rykel. Ce qu'elle tient, c'est le sceptre de son futur. Car elle va devenir une souveraine régnante. La reine de son avenir !

Elle réchauffe le tube dans sa main. Voudrait se l'introduire dans la babasse pour mieux communier avec lui, plus intensément, plus totalement. On laisse s'éteindre les ferveurs, de nos tristes jours, et on a tort. La ferveur en tout est un gage de réussite. Tout espoir, toute supplique, le moindre projet s'étiolent sans elle, tel un végétal privé d'eau. Elle est nourricière de l'âme, conjuratrice de mauvais sort. Ginette se passe le tube entre les jambes, décidément, pour le réchauffer de son intimité la plus intense, et puis se l'annexer. Il est bite, soudain, ce réceptacle à comprimés. Il est un aspect de la virilité puisqu'il doit procréer l'avenir de Ginette, lui faire l'enfant du bonheur : son cher veuvage, merveilleux, complet, vigoureux. Elle clôt les yeux. Une image qui la hantait lorsqu'elle était adolescente lui revient à l'esprit. C'était toujours la même. Elle marchait dans un immense jardin fleuri, orné d'arbres rectilignes au cœur desquels pépiaient de mélodieux oiseaux. Elle allait par des allées bien tracées, la chère petite Ginette pubère, allait du pas léger des filles indéçues, allait comme l'innocence va à l'avenir qu'elle suppose encore plus radieux que son radieux présent, allait en respirant les fleurs alourdies d'abeilles, allait par les allées de lumière, ralentissant dans l'ombre des arbres pour profiter d'elle. Elle se sentait libre jusqu'à l'ivresse, la chère âme. Grisée de parfums suaves et de bruits délicats, chavirée par la tiédeur de l'air et confiante — ô combien — en les jours à vivre qui se présentaient du fond de l'horizon, comme vous arrivent les vagues blanches de la mer bleue. Elle ignorait ce qu'était ce jardin d'Eden. Et voilà que maintenant, à l'âge tarte, elle l'apprend. Ce lieu de félicité est un cimetière ; celui où sera inhumé Jérôme Alcazar, son époux, bientôt mort, grâce à la bienveillance divine. Décédé à la faisandance de l'âge des comprimés blottis dans ce tube jaune à bouchon de plastique rouge ; tube miséricordieux, portant la mention chérie adjurant qu'il ne faut pas, ô que non, surtout pas, dépasser la dose prescrite Avertissant de même, qu'il recèle 50 comprimés Avec, entre petites parenthèses, *voie buccale*. Ah ! chers laboratoires Ciba Geigy, que de reconnaissance Ginette Alcazar ressent pour vous. Que d'infinie gratitude !

Elle ouvre le tube, libérant un mignon et ténu nuage rose, car les comprimés sont roses, roses et sécables, ces amours. Mais à quoi bon, sécables, puisqu'elle va en administrer force à l'homme maudit, le triste sire nanti d'une queue en pas de vis

Au fait, combien en subsiste-t-il dans le tube ? Elle verse le contenu d'icelui sur le marbre de la table de nuit. Et alors, elle compte avec grande dévotion. Et voici qu'il en reste 37 ! Quelle merveille ! Elle les réintroduit dans le tube. Elle baise le tube qui sent un peu sa chatte, du fait de tout à l'heure. D'un souffle à éteindre toute ses bougies d'anniversaire, elle disperse la poussière rose étalée sur le méchant marbre de la table, tel du sucre glace sur des rahat-loukoums En prend dans les yeux, la connasse ! Mais qu'importe ! Que la poudre de *Sintrom* lui picote la rétine est réjouissant. Ainsi peut-elle éprouver la réalité des comprimés libératoires. Elle imagine leur cheminement dans le sang dégueulasse de Jérôme qu'ils se mettent à fluidifier à outrance, à désanguiniser, si on peut dire. Et l'autre, tout bêta, se met à sourdre de toute part, tous orifices : du cul, de la bouche, des naseaux, par ses pores, même, moi je pense, par larges hématomes bleus et capricieux comme la représentation d'un lac. Elle lui voit le Léman sur la cuisse, le lac d'Annecy sur les bras, le lac du Bourget en plein bide, avec son nombril pour figurer l'abbaye de Hautecombe. Car il a le nombril proéminent comme tout, l'apôtre, tu penses ! La loi des malformations, quand elle empare un individu, elle lui fait sa fête. Je te passe ses verrues plantaires, grains de beauté (de saleté, oui !) disproportionnés dont il a le corps constellé. Et ses varices en chapelet, nouées serrées, avec des violaceries nécrosées, beurgh, pouah ! Ah ! qu'il lui fera bon pourrir, à Alcazar.

Elle en rit d'avance, rebaise le tube, réprime cet appel de sa chatte qui se le voudrait capter tout entier. Elle devrait s'en tamponner le frifri et marcher avec ça en elle. La mort de Jérôme dans son sexe ! Apothéose ! Et puis tout à coup, il y a un bruit, en bas. Quelqu'un vient. Son sang ne fait qu'un tour ! Ou deux, ou trois, on s'en fout ! Vitement, elle glisse le tube magique dans son soutien-gorge : le compartiment de gauche, là qu'elle a le nichon le plus faible. Qui peut se présenter ainsi dans la maison du mort ? S'y déplacer aussi délibérément ? Elle s'avance jusqu'au palier du premier. Un homme est en bas, dont l'allure générale lui dit quelque chose, mais qu'elle ne reconnaît pas. Un grand type châtain, très bronzé.

— Qu'est-ce que vous fabriquez ici, Alcazar ? lui lance l'arrivant.

Le Président ! La voix du Président !

Elle regarde monter l'homme. Doute de la réalité de l'instant. Et pourtant c'est bien lui, rafraîchi, rajeuni, refondu sous un autre aspect. Lui et pas tout à fait lui. Lui, avec dirait-on plus de forces mâles, mais moins de séduction. Lui, avec un sale regard flétrisseur. Un regard à tout casser. Elle se met à trembler.

— Mais que vous arrive-t-il, monsieur le Président ?

Comment ça, ce qui lui arrive ? Il ne saisit pas, achève de gravir les pauvres marches craquantes tout en cherchant la vérité, follement, sur la frime en navrance de la mère Alcazar, cette odieuse bonne femme qui grimpe dans les airs comme un cerf-volant chinois parce qu'il lui a laissé trop long de fil pour le faire. Cette merderie de cheftaine-secrétaire. Cette adjudante. Cette pécore à gros cul. A-t-elle déniché le « pensionnaire » ? Non, elle paraît inquiète, mais sereine. Inquiète à cause de lui, de sa survenance intempestive. Sinon elle frivolerait, la mocheté. Elle pousserait une autre gueule si elle avait trouvé la momie. Et puis, pourquoi aurait-elle découvert en vingt minutes ce qu'une femme de ménage aux prestations quotidiennes n'a pas même soupçonné après des années de service chez Eusèbe ?

Alors, il se rassérène à toute allure. Il rit large, en tranche de pastèque. Se remet à estimer Ginette, à la trouver au poil, efficace et tout, et bonne salope le matin, quand elle vient le rejoindre avec le courrier et son slip de pute sud-américaine.

Elle répète :

— Qu'est-ce qui vous arrive ?

Horace Tumelat comprend qu'elle fait allusion à sa teinture. Il n'y pensait déjà plus. L'homme qui se vénère oublie ses modifications ou altérations. Il s'accepte si rapidement, si complètement, se pardonne tant spontanément ses maux ou misères physiques...

— Eh bien, vous voyez, Ginette, j'ai essayé de faire peau neuve.

Elle balbutie.

— Le coiffeur, c'était pour cela ?

— Eh oui, une idée comme ça ; un caprice de génaire. J'en avais assez de ressembler au Mont-Blanc. Ne me dites pas que ça me va mal, surtout !

Elle secoue la tête, prête à lui pardonner tous ses caprices.

— Non, non, mais ça vous change tellement, il faut s'y faire

— Eh bien, faites-vous-y, ma poule, ajoute le Président. Au fait, quelle idée vous a prise de venir draguer dans cette sinistre bicoque ?

Elle se trouble, bafouille, elle pourtant très maîtresse d'elle-même habituellement.

— Je pensais qu'il convenait de classer les papiers de votre oncle, de... de mettre un peu d'ordre, quoi !

Le Président secoue la tête.

— Inutile, ma bonne, ne touchez strictement à rien, au contraire. J'entends laisser les lieux tels qu'ils furent de son vivant. Je veux que sa maison devienne pour moi, comment vous dire ? Une sorte de sanctuaire, oui, de sanctuaire. Une humble retraite où, parfois, entre deux réunions, je pourrai venir méditer sur ma jeunesse. Comprenez-vous cela, Alcazar ? L'enfance est une chose qui vous saute à la gorge quand vous prenez de la bouteille. La mort d'Eusèbe me contraint à un retour sur moi-même, à une certaine remise en question de ma vie.

Une larme lui vient, qu'il n'attendait pas. Il s'attendrit sur son sort, le Président. Un comble !

Ginette est pleine d'élans mal refrénables. Elle voudrait se couler contre l'illustre mec, ou bien non, prendre sa tête teinte contre ses deux roploplos, et la bercer en lui débitant des trucs tendres pas prémédités, de ceux qui viennent tout seuls, comme le sang coule d'une blessure, par giclées abondantes. Des mots, des râles, des bouts d'amour. Un suintement passionnel. Elle voudrait bien, Ginette. Et puis il y a ce tube de *Sintrom* coincé contre sa loloche gauche. Et, de toute manière, elle n'oserait pas ; le Président, même quand il a un coup de flou, n'est pas le gars à se laisser chougnouner comme un marmot qui a sommeil.

— Oui, oui, je comprends parfaitement, monsieur le Président C'est bien de vous, un tel sentiment. Il vous honore comme vous honore la moindre de vos pensées !

Oh ! comme elle sera mieux à lui après la crevaison de Jérôme ! Tout ce temps libre, ces harnais neufs, ce minois régénéré, à lui consacrer. Elle aussi se lancera dans les teintures savantes (des mèches, tiens !), et dans des maquillages subtils, des tirages de derme. Elle deviendra lisse comme du papier couché, la peau caïmanteuse de la mère Alcazoche. Un vrai velours ! Doux à caresser. Suave. Elle sentira ce qu'il y a de meilleur, Ginette ! Se parfumera la chatte itou. Les poils sous les bras. Mieux : ceux-là, elle les fera épiler ! Massage de la cellulite, promis ! Massage de toute sa géographie en brimbalance. Aux armes citoyens ! Ses chairs se raffermiront !

Elle le contemple amoureusement. C'est vrai que ça lui va bien, ce coup de badigeon. Tu lui donnerais quarante-cinq ans au Président. Quarante-cinq printemps, à vrai dire.

— Vous êtes très beau ! chuchote-t-elle.

Il a un léger sourire noyé d'incrédulité. Beau, il n'en demande pas tant, Horace. Potable lui suffit.

— Mon chou, il va falloir que vous rentriez dare-dare à la maison, il se pourrait que j'aie des appels de l'Elysée, car ça remue de ce côté et je ne veux plus que vous désertiez la boutique pour venir faire je ne sais quels rangements dans une masure pareille. Allez, ouste, filez vite, vous me serez plus précieuse là-bas qu'ici !

Elle opine. Regrette. Lui taillerait bien une petite pipe expresse dans cet escalier, tiens, justement. Ce serait sympa, nouveau. Le dépaysement, par moments, force les feux de la jouissance. Mais enfin, quoi, dans cette maison qui pue la mort, hein ? Bon. Alors, soit, elle décampe.

De toute manière, elle emporte ce qu'elle est venue chercher. Elle a la mort de Jérôme dans son sein.

Mieux qu'avec une lardoire, elle le saignera.

L'époux abhorré aura une fin digne de lui : une mort de goret !

XXVI

Une fois la baignoire déplacée, le Président n'ose ouvrir la porte de la planque tout de suite. Il applique son oreille contre le panneau pour écouter, mais il n'entend rien : pas le moindre son. L'homme serait-il mort ? Ou bien l'isolation phonique d'Eusèbe est-elle à ce point parfaite ?

Il se décide et fait coulisser la cloison.

Non, rien n'a changé. La scène se présente, identique aux deux premières. C'en est hallucinant. Il regarde le regard qui l'attendait, plus dru, intense et inexorable que les autres fois.

Et comme précédemment, saisi de vertige, de honte, d'une angoisse mortelle, il ne sait que dire, se contente d'émettre un vague : « Alors ? » qui signifie tout et rien.

L'autre s'abstient de réagir.

— Je n'ai pas pu venir plus tôt, dit le Président.

Le masque de cuir boucané ne moufte pas. Ses paupières sans cils ne battent plus. Elles restent relevées ou baissées mais ont perdu ce petit mouvement spasmodique qui préserve un individu des regards plongés dans le sien. Le Président découvre la chose à cet instant. Plus de cils, plus de battements de cils, donc.

— Je ne vous ai rien apporté à manger, ajoute le Président.

— Ça ne fait rien, dit l'homme de sa voix ténue mais bien articulée et qui tombe de sa bouche sans qu'il ait à remuer les lèvres.

Il ajoute :

— Je vois que vous avez suivi mon conseil.

— Quel conseil ?

— Vous vous êtes fait teindre.

Tiens, c'est vrai que c'était une idée à lui. Le Président en conçoit une profonde mortification. Il sourit niaisement et dit, plus niaisement encore :

— Croyez-vous !

La riposte est piètre, surtout venant de ce superbe. L'homme demande, sans y croire :

— Vous m'avez apporté mes piles ?

— Non plus.

— Mon poste est muet depuis hier.

Le Président hausse une épaule, signifiant que peu lui importe.

— Il va falloir prendre une décision, dit l'homme.

— Quelle décision ?

— A mon propos. Ce qui était possible pour votre tuteur ne l'est plus pour vous. Il m'a assumé pendant dix-huit ans. vous, vous ne pourriez pas le faire pendant dix-huit semaines.

— Et pourquoi ?

— Parce que votre vieux bonhomme agissait par amour pour quelqu'un : vous, ça l'a soutenu. Vous, vous n'agissez plus que pour vous, pour continuer un état de choses que vous n'aviez pas décidé. Ça n'ira pas loin.

La démonstration est éblouissante de vérité. Le Président en convient. Il réfléchit et soupire :

— Je ferai ce que je pourrai.

Dans quel sens ? Il ne le précise pas, car lui-même n'en sait fichtre rien.

Il se hâte de dire :

— Je vais aller voir à la cuisine si je vous trouve quelque chose à manger ; demain je reviendrai avec des vivres et des piles, et puis des livres si vous le voulez. Des revues ?

— A votre bon cœur, fait le prisonnier.

Il a le même sourire que l'autre jour, un sourire auquel la bouche ne participe pas, et à peine les yeux. Un sourire uniquement composé d'ondes.

Un sourire du dedans. Un vrai sourire, en somme.

Le Président souhaiterait s'arracher, et cependant il ne se sent pas la force de rompre avec sa victime. L'être est là, à tout jamais ruiné, quasiment réduit à l'état de squelette, flamme vacillante, mais qui continue de perpétuer la vie sacrée. Le monstrueux dépouillement de cet individu lui confère une affreuse noblesse. Il est grand de son indicible misère, riche de son absolu dénuement, puissant de sa faiblesse intégrale. Il gît sur un grabat, enchaîné, privé d'air, décharné et ankylosé, lambeau d'homme racorni, mais homme à la puissance mille. Homme par tout ce qui subsiste en lui de lucidité affûtée.

Le Président le fixe avec angoisse et aussi — pourquoi donc, grand Dieu ? — avec espoir. Oui, il espère du fantôme. Il espère il ignore quoi d'inconnu, de souverain, de suprême. Il espère une force neuve, il espère se refaire une âme à son contact, tortionnaire envoûté par sa victime. Et malgré tout, il demeure impitoyable, le Président, inexorable vis-à-vis de l'abominable situation. Il ne fera rien d'autre pour sa victime que de lui assurer, pendant un temps qu'il se refuse à apprécier, les denrées et objets nécessaires à sa survie physique et cérébrale.

— Vous avez bien fait de vous faire teindre, dit le prisonnier. Cela a dû créer un grand mouvement de surprise dans votre entourage, n'est-ce pas ?

— Vous pouvez le dire.

— Evidemment : puisque vous dérangez quelque chose. Il y aura des échos dans les journaux, mais vous ne devrez pas y attacher d'importance. D'ailleurs, vous devez être cuirassé contre les perfidies, non ?

— Pas tellement, répond piteusement Tumelat, pas tellement. Je fais semblant, mais je reste très fragile.

— Faire semblant d'être fort, c'est déjà de la force, rassure l'homme.

Il demande, poussé par quelque chose qui, en fin de compte, doit être un besoin de vérifier ses hypothèses, en posant le calque de ses pensées sur la réalité :

— Vous n'êtes pas pleinement satisfait de votre carrière, je suppose ? Vous détenez du pouvoir, un certain pouvoir qui vous fait mesurer combien vous êtes loin du vrai pouvoir, n'est-ce pas ?

— Exactement, reconnaît Horace.

— Vous ne pouvez guère faire mieux. Vous n'espérez plus grand-chose, au fond. Parce que la situation est bloquée. Les forces qui grouillassent en France sont des forces négatives, elles ne s'exercent que dans la négative, voilà pourquoi elles sont vaines et de courte portée. Il y aurait cependant un moyen pour en sortir, pour rompre ce cercle infernal.

— Un moyen ? demande le Président à voix peureuse.

— Tout abattre, pour tout refaire. Ne plus céder aux incessantes compromissions des alliances qui asservissent les alliés et épuisent leur pouvoir. Abolir la peur, monsieur le Président, surtout abolir cette peur qui s'est installée en France depuis plusieurs années, et qui croît à une vitesse vertigineuse. Tout le monde a peur de tout et de tout le monde. Une sensation de précarité annihile les facultés, les volontés bonnes ou mauvaises. Vous sombrez, monsieur le Président, par manque de courage. Vous coulez à pic dans le laisser-aller. Vous pratiquez, les uns et les autres, une politique de relâchement. Vous donnez avant qu'on ne vous demande par crainte qu'on ne vous demande davantage, et comme vous donnez sans qu'on ne vous demande, on vous demande davantage ! C'est la ronde vicieuse, sans fin, qui vous épuise les uns et les autres et va vous contraindre à l'écroulement.

Le Président hoche la tête.

— Vous en parlez à votre aise, riposte-t-il, maussade, comme s'il se trouvait en face d'un interviewer.

— Ne parlons pas de mes aises, ricane l'homme enchaîné. Que le Président, mon pauvre vieux, en reste tout con, tout abêti, nigaud perdu dans les déboires de sa conscience en charpie.

— Pourquoi dites-vous que j'en parle à mon aise ? insiste le prisonnier.

— Vous oubliez que nous sommes confrontés à une crise économique mondiale grave, qui...

L'autre le coupe.

— Voilà que vous parlez comme à la tribune de l'Assemblée, mon pauvre homme.

Le Président rebiffe. Se laisser traiter de pauvre homme par... par *ça !* Par cette loque informe ! Par cet inexistant ? Ce débris !

Mais la loque profite du mutisme de colère pour poursuivre.

— La crise n'est pas sans précédent, monsieur le Président, comme vous l'alliez dire, j'ai bien senti. Il y en a eu d'autres qui se sont solutionnées par des guerres mondiales. Cette fois, peut-être échapperez-vous à la guerre en sombrant directement dans un autre engloutissement. La crise peut se dominer, d'autres nations plus avisées que la vôtre, déjà, lui font face, seulement, pour cela, il faut prendre de vraies mesures. L'ouverture est là, comprenez-le et agissez ! Tout vous est possible au moment où je vous parle, il est sot ou criminel de ne pas le comprendre et agir.

— Agir, murmure le Président.

— Agir au lieu de palabrer, de moquer, d'invectiver, de faux-fuir. Agir au lieu de mijoter des coups bas sans graves conséquences devant des flûtes de champagne. Agir en force ! Mieux : agir en trombe ! Dans mon trou, tout me paraît clair. Le Pouvoir est à portée de main pour qui le désire vraiment. Seulement voilà, personne n'en veut vraiment. Tous le réclament en gardant leurs mains dans le dos de crainte d'avoir à le saisir. C'est un sceptre chauffé au rouge. Mettez des gants d'amiante, monsieur le Président, et cessez de jouer les bellâtres, les faux-forts, les faux-sages. Embrasser la vie politique n'est valable que si on veut aller au bout de son propos qui est la conquête absolue. Sinon elle n'est que la participation à je ne sais quel banquet de société sans buts autres que lucratifs. Serre-la-main, prébende, passe-droits. Quelle misère miséreuse ! Quelle aumône, monsieur le Président. Faites donc votre métier de conquérant au lieu de présider des rassemblements de sots dindons ! Faites-le complètement ! Sans peur des conséquences, sans même les envisager. Mourir à Sainte-Hélène ou adossé à un poteau de bois est bien plus stimulant que de claquer de cirrhose mondaine. Laissez faire vos testicules, monsieur le Président ; eux, ils savent. Obéissez-leur. Prenez de vrais risques. Jusqu'ici, les seuls que vous avez encourus se réfèrent à votre tension ou à votre taux de cholestérol.

Il se tait, pas épuisé ni à court, mais pour voir l'effet de ses paroles sur la physionomie de Tumelat. Et Tumelat le regarde à œillades pénibles. Lui, il cille, oh là là, pardon ! Faut voir comme. Ses paupières, tu dirais un envol de pigeons sur la place Saint-Marc.

A la fin, il se résout à articuler :

— Pourquoi me croyez-vous capable de prendre le pouvoir ?

Et le masque de carton craquelé de dire, toujours sans bouger ses lèvres desséchées de marionnette dont le montreur serait caché à l'intérieur :

— Parce que vous êtes capable d'ignominie, monsieur le Président !

Le Président a un bref flamboiement intérieur, comme un coup de lampe à souder sur ses poumons, comme une décharge électrique dans ses méninges. Il émet un grognement de lion dérangé. Puis il se contient. Il attend que sa bouffée de noire rogne se dissipe. Elle se dissipe.

Au lieu de chercher des ripostes impossibles, il contourne.

— Supposons que je m'empare du pouvoir, dit-il, ensuite, qu'en faudrait-il faire, selon vous ?

Le masque de cuir porte la main aux affreux et longs poils blancs qui lui dégoulinent du menton et le font, je te répète, ressembler à quelque bonze thaï qu'on aurait omis de brûler après sa mort.

Il hoche la tête.

— Votre question me fait mesurer la vanité de mes exhortations, monsieur le Président. Quand on prend le pouvoir, ce n'est pas pour demander ce qu'il convient d'en faire, sinon, il est préférable de le laisser où il se trouve en effet.

— Répondez-moi, grommelle Tumelat.

— Ce n'est pas la peine, répond le prisonnier.

— Il m'intéresse d'avoir votre opinion sur la chose.

L'homme ferme ses yeux et s'adosse à la cloison. On dirait qu'il va mourir, qu'il est presque mort. Le Président a la gorge nouée. Il regarde les latrines qu'il conviendrait de vider à nouveau, mais il ne s'en sent pas le courage. La merde, la crasse, l'abandon complet... Il devrait en finir avec ce meurtre qui dure depuis dix-huit ans ! Achever l'homme, enfin ! Pour en terminer avec l'horreur et rétablir un peu de dignité humaine dans cette sale histoire.

— Ça ne va pas ? s'inquiète-t-il dans un élan de compassion irréfléchie.

— Si, dit le masque de cuir en gardant les yeux fermés.

— Je vais voir à la cuisine s'il ne reste pas des choses consommables.

Il se retire. Par mesure de sécurité, il remet tout en place, sait-on jamais. Le panneau, la baignoire...

La cuisine commence à puer le renfermé. La poussière en prend royalement possession et se dépose sur toutes les surfaces possibles. Tumelat va ouvrir le réfrigérateur. Un reste de bouffe moisie, qu'il faudrait évacuer d'urgence... Des bouteilles de

Contrex... Du beurre : deux paquets dont l'un à peine entamé. Il les prend. Dans un placard, il déniche une boîte de thon, une autre de petits pois, un paquet de biscuits. Il avise un transistor sur le frigo, va pour s'en emparer, mais se dit que celui-ci n'a pas été bricolé par Eusèbe et qu'il fonctionne sans écouteurs, en direct. Il en a une suée, le Président, en imaginant ce qui aurait pu se passer s'il avait monté l'appareil au type du haut et que quelqu'un...

Il ouvre le ventre du petit poste, lui arrache ses piles. Elles sont de belle taille, sans doute conviendront-elles à l'engin du prisonnier ?

Il remonte, lesté de ses marchandises diverses. Il n'a même pas oublié de se munir d'un ouvre-boîtes.

— Tenez ! fait-il, presque théâtralement, en déposant l'eau, le beurre, les biscuits et les conserves sur le grabat. Et puis vous essayerez ces piles... Je repasserai demain, sans faute.

Il faut repartir à présent, il a un programme chargé cet après-midi, le Président. Stérile, mais chargé. Des cons, et encore des cons. Des cons avec des propositions, des requêtes, des soucis. Des cons baveurs. Des cons qui le dépiauteront un peu plus encore...

Le pouvoir ! Prendre le pouvoir ! C'est un utopiste, ce mec du diable. Il voit ça de sa cage, l'horrible !

— Si je faisais la moindre tentative pour m'emparer du pouvoir, lui dit-il néanmoins, ce serait un tollé général : tout le monde, y compris mes compagnons, me traiterait de fasciste !

L'autre daigne rouvrir ses yeux en trou de néant.

— Vos compagnons ! Foutaise ! Comme si l'on avait des compagnons. On n'a que des spadassins, mon cher ! Que des reîtres à sa solde dont il faut se méfier plus que de ses ennemis.

Puis il soupire :

— Et qu'on vous traite de fasciste, la belle affaire ! Vous ne vous comporterez jamais en fasciste d'abord, même si vous preniez le pouvoir, car vous n'êtes pas un homme de droite. Pas plus que M. Mitterrand n'est un homme de gauche, d'ailleurs ! De gauche, il l'est pour convenance personnelle, il l'est par l'esprit, peut-être aussi par le cœur, après tout, mais en aucun cas il ne l'est comme on doit l'être, c'est-à-dire viscéralement. Il est de gauche jusqu'à la ceinture, jamais ses testicules ne le seront. Tandis que vous, si ! Et voilà bien la balourdise de cette carrière. Vous êtes un homme de gauche rangé à droite, donc un salaud, je vous demande bien pardon de vous le dire aussi crûment, mais c'est tellement vrai ! Un pur salaud, monsieur le Président. Parfaitement accompli. Résistant à tous les tests ou critères. Un salaud mémorable, qui, je le crains bien, n'est même pas intéressant. Un salaud sans folklore. Allez, partez. Partez vite ! Je préférais encore la compagnie de votre oncle.

XXVII

Noëlle roule sur son Solex (remis à neuf, gratuitement, par tonton), dans les rues populeuses de sa banlieue.

Elle aime s'enfuir des grands ensembles (comme on dit) et plonger dans le noyau de la cité, là qu'elle conserve une âme. l'odeur de ses frusques anciennes, sa couleur grisâtre, si mélancolique. Là qu'elle reste une vraie agglomération, avec des magasins qui sont des vrais magasins, bordel ! une église, des trottoirs inégaux, des gens d'humilité, des chiens errants qui savent où ils vont, des pavés ; oh ! oui, surtout : des pavés. Pavés gras et mouillés, pavés de rage et d'orage et désespoir, de vieillesse ennemie ; pavés pour gueules de flics, pavés dans la mare ; pavés de bonnes intentions ; pavés dont on tient davantage le bas que le haut ; pavés que l'on brûle ; pavés que l'on bat : pavés sur lesquels on est, nous les pauvres de ville, les très lamentables épaves glissant au fil de nous, un pavé au cou, prêtes pour le final : l'ai-je bien descendu ? Nous les pauvres comme toi. Les pauvres de malvie. Pauvres d'exister, toi, moi l'auteur de Jallieu (Isère). Jallieu si grand à mes yeux lorsque j'étais si petit à ceux des autres. Et que je regardais ce bourg avec effarement, le prenant pour une grande ville tentaculaire, que depuis lors, tant et tant j'en ai arpenté d'autres, moi l'auteur de Jallieu : New York, et Londres, et Hong Kong, et Helsinki, et Abidjan, et Paris, et Damas, et Leningrad, et Téhéran, et Bangkok, et Rio de Janeiro, et Montréal, et Bruxelles, et Rome, et Madrid, et Athènes, et Sofia, et Budapest, et Berne, et Tunis, et São Paulo, et Dakar, et Vienne, et Napoli, et San Antonio, et Beyrouth, et Hambourg, et Amsterdam, et Konakry, et Marrakech, et Dublin, et Saint-Nom-la-Bretèche, et tant d'autres encore qui me sont glissées dans l'oubli du moment ; des villes, des lieux, des peuples, moi l'auteur de Jallieu (aujourd'hui Bourgoin-Jallieu) si parfaitement fait pour rester à Jallieu, le con, le petit sale con ! Quel besoin d'aller chercher ailleurs si j'y étais ! Que loin de m'y rencontrer, m'y suis perdu à tout jamais.

corps et âme, dans les algues indémêlables de l'errance, loin de ma mousse berjalienne, pauvre trouducul que je fus et reste ! Péteux vadrouilleur sans foi ni lieu, sans feu ni liard. Jallieu devenu en toute logique Bourgoin-Jallieu puisqu'on passait de l'une à l'autre sans le savoir, Jallieu dont il m'arrive de raser les murs qui ne me reconnaissent pas, ne me reconnaîtront jamais plus : zob à l'enfant prodigue ! Salut, les épiciers de Jallieu, les merciers, les primeurs, les plombiers, les marchands de couleurs, les bouchers, les bistrotiers, les boulangers, les rémouleurs, les médecins, les professeurs, les chômeurs, les ouvriers de ceci et ceux de cela ! Salut aux repasseuses, aux marchands de ce que vous voudrez, aux électriciens, salut même aux monteurs en chauffage central, comme le fut papa, là-bas, dans ce coin d'Isère. Salut aux femmes de ménage, aux serveuses de café, aux infirmières et aux putes, si comme je l'espère ardemment, il s'en trouve. Salut ! Salut ! Voyez comme je vous envoie de jolis baisers du haut de mon trapèze, mes amis, mes pays. Du haut de mon âge venu. Du haut de ce livre qui raconte la béatifique histoire du fameux Président Horace Tumelat.

Et je te reviens enfin — pardon pour ce coup de téléphone tempestif — à la délicieuse petite Noëlle Réglisson qui faufile son Solex (refait entièrement par Eusèbe) à travers la circulation de sa cité banlieusoque, en rêvassant à elle ne saura jamais plus quoi.

Des cris la tirent de sa songerie. Elle aperçoit, sur les trottoirs, des gens paniqués qui font des signes de moulins à vent dans la tornade. Elle se demande ce qui leur prend ; tarde à comprendre que c'est à elle que vont ces gestes et clameurs. Réalisant, elle se retourne et l'effroi la crispe quand elle avise une remorque de camion qui dévale la rue en pente. Le semi-véhicule a largué ses amarres et s'est délivré de sa mère motrice. Il déboule en tanguant, en heurtant des autos, en tordant des lampadaires, en fracassant des boîtes à ordures. Il vient sur elle comme un monstre en chaleur fasciné par le mignon petit cul posé sur la veinarde selle du Solex. Il est tout prêt, il l'a rejointe, il l'écrase. Elle a un réflexe insensé puisque contre nature : elle s'élance loin de son vélomoteur en marche, sans préalablement freiner ni tenter de l'orienter, et c'est ce qui va lui sauver la vie, car elle tombe entre deux bagnoles à l'arrêt. La remorque folle écrase son Solex réparé par Tonton Eusèbe ; roule encore une dizaine de mètres et emplâtre un autobus.

Noëlle est allongée sur le pavé gras qui sent l'huile de vidange et la laitue pourrie. Haletante, commotionnée, à demi évanouie sous les effets conjugués du choc et de la peur. Elle a mal, mais en sourdine. La douleur ne se développe qu'après un moment, lorsque la carcasse fait le bilan. Des gens s'empressent. On lui pose des questions auxquelles elle ne répond pas. On la saisit, on la malaxe, on la transporte.

Elle se débat en demandant qu'on la laisse. Mais on ne lui obéit point. Justement, une pharmacie est à portée. Le pharmago n'est pas joyce joyce de la voir débarquer. Les pharmaciens détestent qu'on souille leur officine, aussi qu'on les prenne pour des brancardiers de la Quatorze-Dix-huit. Mais ils doivent aide et assistance, caducée vert oblige !

Il joue les toubibs avec une gravité circonspecte qui en impose aux assistants, obligeant Noëlle à mouvoir sa nuque, puis chacun de ses membres. Un agent survenu prétend la conduire à l'hôpital, mais la jeune fille récrie que non non, inutile, qu'on laisse l'hosto aux gens plus atteints qu'elle, elle n'a rien de grave. En fait, elle est contusionnée sérieusement à l'épaule droite, mais ça, elle avisera plus tard. Et puis du sang raisine de son joli front : une arcade pétée. Des ecchymoses aux jambes... Rien d'impressionnant, somme toute. Le potard désinfecte ses plaies. C'est un vieux rouleur, avec des lunettes d'écaille, de longs favoris gris, et des parenthèses très creusées de part et d'autre de sa bouche aux lèvres minces. L'air soucieux, un peu dédaigneux. Un insigne du Rotary ponctue sa boutonnière, le révèle notable huppé, seigneur de quartier, homme de bien soucieux de générosité organisée au cours de banquets avec et sans dames (les dames une fois par mois qu'elles démitent leurs fourrures, ces vaches).

L'alcool brûle les plaies de Noëlle. Elle se sent naître des souffrances un peu partout, comme s'allument les étoiles, au crépuscule d'été. Elle songe à son Solex naze complètement. Il aura peu survécu à tonton Eusèbe. Ça la contriste de devoir obliger son père à en acheter un autre. Mais il est vrai que l'assurance paiera, probablement. Cette remorque folle n'avait pas à dévaler la rue Gabriel Péri toute seule. En voilà des manières ! Ne pas oublier de noter les numéros, de prendre les renseignements. Elle demande à monsieur l'agent pour un constat, et lui, ça le maussade, il abhorre les pages d'écriture, ce con. Malgré tout, il peut pas se dérober, surtout devant les quelques personnes jacassantes qui continuent de cerner la petite et pour lesquelles cet accident est une aubaine dans leur merdique quotidien. Bon, il sort un carnet ; puis il sort tout court.

— Voulez-vous téléphoner à quelqu'un de venir vous chercher ? propose le pharmacien rotaryen, touché par la grâce juvénile de la blessée.

Il a été sensible au grain de sa peau meurtrie et à l'odeur de printemps qui s'en dégage.

Le premier mouvement de Noëlle est de refuser, car chez eux, ils n'ont pas le turlu. Et puis quelque chose lui arrive, de soudain, d'inattendu, véry insolite.

— Oui, si vous permettez.

Le pharmago lui apporte un appareil téléphonique qu'il dépose sur les genoux de la demoiselle. Noëlle fouille dans le petit sac de cuir clair passé dans sa ceinture, sur le rabat duquel il y a écrit « Capri » en relief : un cadeau-souvenir de sa marraine.

Elle finit par en extirper un bristol froissé et maculé. Elle connaît par cœur le numéro de téléphone inscrit au bas du petit rectangle, mais croit devoir le vérifier. Alors elle compose méthodiquement les sept chiffres.

* * *

Outre la ligne ultra privée qui le relie à Ginette Alcazar, le Président en possède une autre dans sa chambre, qu'il a surnommée « la ligne rose » ; ligne du cul, en fait, et qui est réservée exclusivement à ses conquêtes. Lui seul décroche lorsque sa sonnerie aux sonorités très particulières retentit.

Elle est muette depuis lulure. En effet, il s'abstient de donner ce fil privé à des nanas casuelles ou aux professionnelles. En l'entendant carillonner, ce matin, depuis son dressing où il achève un nœud de cravate impeccable, il a une moue d'agacement. Il n'attend aucun appel de ce genre et cette sonnerie ne lui dit rien qui vaille.

Il hésite à aller décrocher. Mais le Président se refuse aux petites lâchetés de l'existence. Il sait que, différer une emmerde, c'est lui donner le temps de croître. Alors, bon, très bien, il va cueillir le combiné blanc dans la niche où est blotti l'appareil.

D'abord, c'est un silence. Et Tumelat déteste qu'on ne parle pas spontanément au téléphone.

— Oui ? invite-t-il sèchement.

Une petite voix éclôt alors, inattendue. Voix ténue, fragile, qui tout de suite lui fait évoquer « les grelots d'argent du muguet » (cliché).

— C'est Noëlle Réglisson.

Il cherche à la vitesse grand « V ». Il a une mémoire d'éléphant, le Président. Réglisson, il a entendu ce blaze-là quelque part. Oh, oui, ça y est !

L'image de la petite flûtiste, debout devant son pupitre doré dans sa chambrette, le frappe à la volée. Instantanément, il se sent en état de bonheur absolu ; et Dieu sait qu'il en avait besoin, le pauvre, depuis son entrevue avec le spectre, la veille.

— Oh ! oui... Quelle merveilleuse surprise. Où êtes-vous ?

— Dans une pharmacie, j'ai eu un petit accident.

Dans la pharmacie où les gens la regardent et l'écoutent, elle est toute décontenancée, soudain, Noëlle ; elle mesure le saugrenu de son initiative. Cette idée d'aller tuber au Président dans un cas pareil ! Qu'est-ce qui lui a passé par la tête ? Il y peut quoi, le grand homme, qu'elle soit contusionnée, un peu dolente. parmi un groupe de banlieusards jacasseurs.

— Mon Dieu, c'est grave ? s'écrie Tumelat.

Et il s'aperçoit qu'il est alarmé, réellement alarmé, comme s'il s'agissait d'un être cher. Et il a beau chercher dans sa grande tête bourrée de tout, il ne trouve personne d'autre capable de l'alarmer ainsi, de lui arracher ce presque cri.

— Non, pas trop, répond Noëlle.

— Donnez-moi l'adresse, j'arrive !

Oui, il s'entend aussi dire cela, et il ne se comprend plus du tout. Il a rendez-vous avec une commission de Bretons d'ici à trente minutes.

Et la Bretagne, merde, c'est son fief !

Noëlle demande son adresse au pharmacien. Elle n'a pas besoin de la répéter au Président qui a entendu.

Il crie : « j'arrive ».

Court au bureau d'Alcazar.

— Un empêchement ! Qu'on m'excuse auprès des Bretons, j'aurai une heure de retard.

— Qu'est-il arrivé, monsieur le Président ? égosille Alcazar.

Et que veux-tu qu'il lui réponde ?

Rien, n'est-ce pas ?

Alors il ne lui répond rien et se taille comme un fou.

* * *

L'arrivée du Président dans la pharmacie fait sensation. Tellement imprévisible, cette survenue ! Tu comprends : une gloire comme le Président, que tu la rencontres chez *Lipp* où à la Comédie-Française, passe encore. Mais dans cette pharmacie de quartier, avec ces gens de grande modestie, ces gens de chétiverie et de non-aventure, ben mon vieux, rappelle-toi que ça commotionne ! Un silence pour commencer, comme toujours. Un silence intégral, si intense que le brouhaha de la rue paraît incongru comme un concours de pets. Et puis des chuchotements. Les gens se reculent. Le pharmacien, ébloui, s'avance, lui, le regard fervent, la bouche salivée. Un regard au revers du Président qui non, tiens, ne fait pas partie du Rotary, mais ça n'empêche pas, hein ?

— Monsieur le Président, je...

Tumelat n'entend pas. Il n'a d'yeux que pour cette presque enfant, assise sur une méchante chaise de formica (pieds chromés). Elle est adorable, elle est jolie d'une manière forcenée, elle est en fleurs, quoi ! Elle est tout ce que le Président n'a jamais été ni abordé ; ni même osé rêver, je crois bien.

Elle est faite de grâces emmêlées. Elle est de la couleur du

Premier Jour du monde. Elle a les yeux bleus comme il n'y a encore jamais eu de bleu, ni dans la mer, ni dans le ciel, jamais, jamais ! Un bleu d'enchantement profond. Un bleu de partance infinie. Un bleu d'amour, si vibrant, si doux. Sa bouche fait honte aux plus subtiles roses, il se dit, bêtement, comme un vieux con, le Président.

Avec ces mots-là, parfaitement : *fait honte aux plus subtiles roses !* Te dire sa vertigerie, cet homme, bordel de merde ! Un instant prodigieux. L'instant des instants ! L'instant de sa vie ! Celui qui la justifie enfin. Celui qui l'éblouit. Celui qui l'inonde de la lumière des cieux quand les cieux se purgent de leurs scories de nuages et d'avions.

Il se tient immobile devant la chaise, et il regarde Noëlle qui le regarde. Et tout son être se soulève, tout son être est une clameur d'allégresse, un formidable alléluia rédempteur. Il se sent comme sauvé de lui-même et des autres, le Président. Il se sait prodigieux, doté d'une autre puissance qui, celle-là, est la bonne, l'authentique, la puissance de l'âme en fête ! Il voudrait crier. Il est d'une pâleur chavirée, il tremble. Sa gorge est devenue raide et sèche comme une grosse corde de grenier à foin, patinée par les poulies sur lesquelles elle passe et repasse.

Il fait un pas de plus. Il tend ses bras. Elle y vient. Il la serre contre lui, fait connaissance avec sa chaleur divine, avec ses volumes qu'il ne parviendra jamais à apprendre par cœur. Et alors, il se met à pleurer. A pleurer, là, dans cette pharmacie qui sent la drogue et tout le chenil des pharmaciens, sous les regards médusés, dans le silence entier. Il pleure d'avoir atteint son but, de manière si prodigieusement inattendue. Il pleure sa misère enfuie. Il pleure de la joie des justes. Il pleure de la gloire indéniable de Dieu qui veut tout.

Et Noëlle sanglote également. Et comme elle sent bon le mercurochrome ! Et puis le foin plein de fleurs. Comme elle est douce, et vivante. Oh, oui : si parfaitement vivante ! Si ardemment vivante ! Mais quoi ; c'était donc cela, la vie, dis, l'Enflure ? Cette petite fille aboutie ? Il voudrait lécher son sang qui sourd doucement de ses blessures. Il se calme.

Se reprend plus ou moins bien.

— Ma nièce ! explique-t-il au pharmacien interloqué.

Et cela suffit. Sa nièce ! Le rotaryen a sauvé la vie de la nièce du Président Tumelat.

L'agent qui est de retour avec des paperasses salue militairement.

— Ma nièce ! répète le Président.

L'agent salue militairement la nièce.

Le Président chuchote :

— Pour les histoires de constat, laissez tomber. Inutile de communiquer la chose à la presse...

— Mais le Solex de Mademoiselle est complètement détruit !

— Peu importe, tranche Tumelat. Vous serez gentil de le faire évacuer.

Il s'adresse au pharmacien :

— Combien vous dois-je, docteur ?

Le pharmago refuse comme si on lui proposait l'enculade et qu'il n'aime pas ça.

— Non, non, pas question !

Le Président ne peut pas accepter.

Il chuchote :

— Donnez-moi votre carte !

Il empoche la carte d'Abel Cingond, pharmacien de première classe. D'une œillade, il promet tout.

Le pharmacien va lui-même ouvrir la porte de la Mercedes abandonnée en double file.

Il s'essuie le front en la regardant disparaître.

Putain ! Rude matinée !

XXVIII

Dans la voiture, c'est doucement climatisé. Cela sent le cuir allemand, c'est-à-dire que s'y mêlent comme des relents d'huile de foie de morue. Et puis, bien sûr, l'eau de toilette du Président, une chose de très bon goût, légèrement indiscrète malgré tout.

Ils roulent en silence, comme soucieux avant tout de fuir ces lieux qui les ont réunis et qui, à présent, leur deviennent inexplicablement odieux. Oui, c'est bien d'une fuite qu'il s'agit.

L'auto fonce, conduite avec sûreté, dans des ruelles bordées d'échoppes. Bientôt, elle se trouve dans la zone des villas Sam'Suffit et, ouf, la détente se produit.

— Pourquoi m'as-tu appelé ? demande le Président.

Elle se le demande aussi, hausse les épaules, ce qui lui fait très mal à la droite car elle a la clavicule cassée.

— Je ne sais pas, convient Noëlle.

Et, pour passer outre sa gêne, à son tour elle questionne ·

— Et vous, pourquoi êtes-vous accouru ?

Le Président quitte un instant la rue renfrognée sous le ciel bas, bordée de petites grilles foutriques, en fer ou en bois, humbles et dérisoires protections contre des malveillances improbables.

— Moi, je le sais, répond-il. Je l'ai su en entrant dans cette pharmacie : c'est parce que je t'aime. Tu ne m'en veux pas de te parler aussi catégoriquement ?

— Non, au contraire.

— Tu me crois ?

— Oui, je vous crois.

— Est-ce que tu me croirais encore si je te disais que j'aime pour la première fois de ma vie ?·

Noëlle soupire :

— L'essentiel est que vous, vous le croyiez ! Si vous le croyez, ce sera vrai.

— C'est vrai !

Il frappe le cercle de son volant du poing, comme il l a fait, l'autre fois, dans la cour de l'immeuble, lorsqu'il la coursait à travers le gazon galeux.

— La première fois, bon Dieu ! Quel âge as-tu ?

— Dix-sept.

— Passé ?

— De trois mois.

Le Président bombe le torse et annonce d'un ton presque bravache, comme s'il proférait une surenchère victorieuse :

— Moi, je vais sur mes cinquante-neuf

Noëlle demande :

— Pourquoi avez-vous fait teindre vos cheveux ?

— Pour paraître plus jeune, répond le Président.

Il rit maigrichon, pas convaincu, pas convaincant

— Vous paraissez plus jeune, reconnaît Noëlle.

Il reprend, pour se faire mal :

— Je suis au bord de la soixantaine.

— Et alors ?

— Je pourrais être ton grand-père.

— Mais vous ne l'êtes pas. C'est ça qui importe

Musique ! Musique céleste !

Il demande avec rage, et sa voix produit des couacs :

— Tu m'aimes, toi ?

— Oui, dit-elle sans hésiter.

Et c'est vrai qu'elle l'aime. Elle le sait en toute certitude. Elle l'aime puisqu'elle pense à lui sans trêve, puisqu'elle a besoin de sa présence, puisqu'elle est heureuse de se tenir à son côté. Elle l'aime. L'aime.

Est-ce anormal que d'aimer un vieux type de soixante piges ? Ne l'aime-t-elle pas uniquement parce qu'il est célèbre ? Elle tente d'affronter loyalement ces questions, mais finit par se convaincre que non : *il y a autre chose.* Elle aime cette puissance qu'on sent en lui. Elle l'aime d'être à ce point capable de vaincre les autres Elle l'aime comme, chez les cervidés, la femelle aime (probablement ?) le vieux porteur de ramure qui a supplanté les autres mâles. Elle aime son énergie. Son regard qui veut. Elle aime sa peau tannée par l'âge. Elle aime ses manières soignées, mais si fragiles devant le bouillonnement intérieur qui fait du Président un volcan sur le qui-vive. Elle aime son parfum de faux coquet. Elle aime le timbre vibrant de sa voix, une voix destinée à la colère et à la passion. Petite femelle innocente, elle a tout senti du personnage, l'espace de quelques instants. Elle redit

— Oui : je vous aime.

Mais pas en pâmade, comprends-tu ? Elle parle d'un ton constatatif. C'est comme ci, et puis encore comme ça, point à la ligne. Net. Evident. Elle l'aime, indéniable. Le lui dit. Oui . je vous aime ! Banco, c'est inscrit Plus à y revenir. Elle l'aime Elle est dans l'auto. à son côté, prête à tout. à partir aux antipodes s'il dit un mot.

— Où allais-tu, au moment de l'accident ?

— Ben, au lycée !

Au lycée ! Il en a froid dans le dos, le vieux bougre. Voilà qu'il déclare sa flamme à une gamine qui fréquente le lycée. Et qui n'est peut-être même pas en terminale. Pour aller à fond dans la dérision de son aventure, il demande :

— Tu passes le bac cette année ?

Elle secoue vivement la tête.

— Non.

— L'an prochain ?

— Non plus, je ne le passerai jamais. Je veux tout laisser tomber et faire de la musique en vous attendant.

En l'attendant !

Il lâche son volant pour rendre disponible sa main droite, mais ne sait où la poser. Sur les genoux de Noëlle, ça ferait trop osé. Sur ses épaules, ce serait bête.

Il la place entre eux deux, dans l'espèce de petite boîte capitonnée qui les sépare et contient des cartes routières. Elle n'y est pas bien. Le contact lisse et glacé du papier à cartes ne lui convient pas, c'est de tiédeur qu'elle a besoin.

— En m'attendant ! reprend pensivement le Président.

— Eh bien oui, pourquoi ?

— En m'attendant où ?

— Mais, n'importe où. Chez mes parents. Où vous voudrez...

Elle a une petite exclamation.

— Dites, ce n'est pas la maison de votre oncle, là ?

— Si, tu la connais ?

— Je suis venue plusieurs fois y conduire maman et la rechercher pendant les grèves des transports. Elle montait en amazone sur mon porte-bagages.

Le Président ralentit et range sa voiture devant la bicoque. Elle fait déjà abandonnée, ainsi, la maison d'Eusèbe. Sans le chien, portes et fenêtres fermées, avec les herbes du jardin qui s'en donnent à cœur joie.

— Tu veux bien entrer ?

— Bien sûr.

— Ça ne t'effraie pas de penser qu'un homme s'est pendu sous ce toit ?

— Non.

Il sort, l'aide à en faire autant. Elle grimace de douleur.

— Tu souffres ?

— C'est mon épaule, j'ai dû me casser la clavicule.

— Veux-tu que je te conduise chez un médecin de mes relations ?

— Oh, non, j'irai chez le nôtre, plus tard.

L'air de dire : « ne perdons pas le temps en broutilles » Elle clopine en traversant le jardinet.

Le Président ouvre la porte et s'efface pour la laisser entrer. Elle le fait sans hésitation. Va tout droit à la cuisine qui sent de plus en plus le renfermé, et aussi le rance. C'est l'unique pièce qu'elle connaisse. Elle prend place sur une chaise pour déposer avec précaution son bras endolori sur la table. De cruelles lancées vrillent son épaule. Elle cherche des positions sédatives, mais n'en trouve pas. Les traits de son ravissant petit visage se sont tirés et des cernes bleus soulignent ses yeux bleus. Le Président a honte de lui avoir parlé d'amour. Plus de son âge ! Qu'elle ne s'en rende pas compte ne change rien à la chose. Il est devenu un vieux birbe et il commet un sacrilège en disant son amour à cette enfant sage trop romanesque. Elle est victime de son tempérament artistique. Elle s'invente une histoire. Et aussi, sans doute, subit-elle l'influence de sa gloire, sans peut-être en avoir vraiment conscience...

Alors il est là, debout, de l'autre côté de la table, à l'écoute de ses nostalgies et de ses louches convoitises. Qu'a-t-il à espérer ? Son corps ? L'apprivoiser et puis la prendre ? En faire sa maîtresse-enfant ? Honte ! Honte ! Baiser cette herbe tendre, lui, le vieux bouc blasé ! Non, non ! Impossible. Rien que d'imaginer le sexe de Noëlle l'épouvante. Alors il est là, debout, de l'autre côté de la table, qui la regarde de loin, de plus loin, de beaucoup plus loin que la largeur de la table. Qui la regarde, les larmes aux yeux, navré jusqu'à la moelle de ne plus être jeune, lui le vieux taureau mal famé. D'en être parti irrémédiablement de sa jeunesse pour tellement toujours, lui qui ne l'a pas vécue, qui l'a consacrée à devenir adulte au lieu d'en jouir goutte à goutte. Les larmes aux yeux, pis que s'il était réellement impuissant. Il la contemple comme une œuvre d'art. Elle est œuvre d'art, Noëlle. Si sublime et précaire de beauté infantile. Avec la folie de l'enfance accrochée à elle encore, mais pour combien de temps ? Il sait que s'il la touche, il la fera vieillir par contamination.

Il sait que s'il l'approche trop longtemps, elle s'étiolera comme une fleur dans le noir, car il n'est porteur que d'obscurité, le rayonnant Président. Charogne déjà, un peu, sur les pourtours. Faisandé, quoi. Pourrissant en sourdine, au préalable.

Alors il est là, debout, de l'autre côté de la table ; et son cœur lui fait mal comme une fraîche blessure. Et il se demande ce qui peut découler d'un moment comme celui-ci. Il se demande, oui... Comment continuer ? Que dire ? Que faire ? Que taire ? Son enthousiasme fabuleux est tombé, il est empêtré dans sa victoire Si au moins elle lui faisait envie ? S'il pouvait s'assouvir comme un porc en rut ! Mais non, non, il n'a besoin que de la contempler, que d'étudier ses couleurs et ses expressions, que de compter ses cheveux sur ses tempes — sans chausser ses lunettes si possible ! — Il n'a besoin, je vais te dire, que des ondes menues qui partent de Noëlle, se mêlent aux siennes propres, les sales siennes, ondes de crocodile à la peau inutilisable ! Merde ! Ça se goupille mal. On convoite, on obtient, le sort t'est favorable, et tu meurs d'angoisse, écrasé par le poids de ta conquête !

Il est là, debout. Elle est belle à faire frémir. Il frémit. Belle à faire chialer. Il chiale. Belle à décourager les sacrés véroleries de vieux croquants qui osent se faire aimer d'elle. Belle ! Belle ! Belle !

Il se dit des choses vaines, des choses crues, des choses infamantes. Ballets roses ! Elle est mineure ! Souillure ! Détournement de mineure ! Affaire de mœurs ! Mœurs ! Quel drôle de mot. Mœurs ! Quel mot uniquement réservé à autrui. Aucun de nous n'a des mœurs. Ce sont les autres qui en sont accablés.

— Vous semblez désemparé ? observe Noëlle.

— Je le suis.

— Pourquoi ?

— Tu es là, rêve de rêve. Et moi aussi. Tu es une enfant, moi un vieux type, un vieux sale mec éculé comme une godasse dans une décharge publique.

Elle a un geste pour le couper, mais vite il enfle la voix, comme lorsqu'il est sur la 2 en compagnie d'Alain Duhamel et de Jean-Pierre El Kabach et qu'il domine du ton leurs contradictions, sans leur laisser le temps de les formuler.

— Ne proteste pas, mon amour, je sais mon âge si je ne le sens pas. Il est pareil à une vilaine défroque que je ne ferai plus jamais tomber de mes épaules. Se teindre les cheveux, se bronzer la peau du visage, sont des manigances dérisoires de comédien. Je suis un vieux cabot à la recherche d'un emploi nouveau, mais qui se refuse à jouer les grands-pères. Bientôt soixante ans, mon ange. Je souille tes yeux quand ils se posent sur moi. Et pourtant cela s'est fait machinalement, si tu savais ! Pendant la première partie de ma vie, j'avais soif de maturité. Hâte de sembler plus vieux que je n'étais, car cela inspire confiance, et, inspirer confiance, c'est le premier atout de mon métier de gredin ! Et puis j'ai eu l'âge rêvé : la belle, la solide quarantaine, socle de toutes les ambitions. Il aurait fallu s'y fixer, n'en plus bouger. Mais le temps nous glisse sur le corps furtivement. Il nous ruine aimablement. Tout se déglingue en grand secret. Et voilà ma soixantaine servie, et si Dieu le veut, je la dépasserai. Dans dix ans, je serai un vrai vieux, teinture ou non. Dans dix ans, ma tendresse, tu auras vingt-sept ans Dans dix ans nous serons irréprochables, toi et moi.

Elle acquiesce et dit :

— Peut-être, MAIS dans dix ans !

Et ce *mais* le gonfle démesurément d'un espoir nouveau, prodigieux, insensé. Comme lorsque tu tires sur la chevillette des gilets de sécurité et qu'une simple capsule débouchée te fournit un volume de survie démesuré par rapport à son volume initial. Un *mais* tellement comprimé qu'une fois dégoupillé il emplit toute la maison d'Eusèbe, et puis Paris, la France, l'univers. Le *mais* salvateur. Le *mais* du bonheur. Cette gamine, si riche d'avenir, lui apprend le présent comme il ne l'a jamais su. Elle le lui offre.

Alors le Président contourne la table et vient se pencher sur Noëlle. Il ose baiser sa bouche ; lui trouve un goût de fruit chaud. Il a la grande joie de bander, le Président Tumelat. De bander en catimini, rien que pour lui, dans sa culotte. Cette immédiate virilité ne donne-t-elle pas raison à la gamine ? Il sent se tendre son sexe entre ses jambes. Passe outre, ne lui accordant aucun égard.

Il ne parvient pas à se rassasier de ces lèvres offertes, maladroites, certes, mais pleines de bonne volonté prometteuse. Une femme, déjà. Comme toutes les petites filles. Une femme toute prête à l'abandon.

Le Président ne pense pas un instant au prisonnier de là-haut. Il est sorti de sa vie. Il n'y a plus de place pour personne dans la tête du Président. Merde aux délégués bretons qui font le pied de grue dans son antichambre ! Merde aux servitudes du pouvoir ! Merde à la vie politique ! Une bouche d'adolescente bouffe l'existence du Président. L'aspire comme une verrée de coca à travers un chalumeau.

Pour la première fois depuis qu'il est au monde, Horace Tumelat éprouve la plus grande joie qui nous soit accordée ici-bas : il se donne !

XXIX

Georgette Réglisson est très alarmée.

Elle répète à Victor :

— Je crains que cet accident ne lui ait causé un choc au cerveau.

Un choc au cerveau ? Victor examine le problème. Il vient de parler à sa fille. Les raisons de Noëlle lui semblent valables. Du moins de son point de vue à elle. Et c'est un père sans intransigeance stupide qui sait se mettre à la portée des gens qu'il aime. Il hoche la tête.

— Ne la contrarions pas. Qu'elle refuse d'aller au lycée aujourd'hui, voire pour quelques jours, ça me paraît normal. Merde, elle a pris un sérieux chtard, non ? Une épaule froissée, c'est pas jouissif ! Et son arcade sourcilière, tu crois que ça fait du bien à une gamine qui a découvert la coquetterie ? C'est parce qu'elle ne veut pas se montrer à ses petits loubards qu'elle prétend abandonner ses études. D'ici à quelques jours elle aura réfléchi.

Mal convaincue, Georgette ne répond pas. Elle sait sa fille. L'attitude ferme et froide de Noëlle la glace. Et puis, ce qu'elle ne comprend pas, c'est la nature de cet accident. L'absence de constat. Pourquoi ? Un vieux type dans une grosse américaine, a prétendu l'adolescente. Pas de sa faute, mais de la sienne à elle qui a fait un brusque écart et s'est jetée sous les roues de la Cadillac.

Le monsieur voulait l'emmener à l'hôpital, appeler la police ; elle a refusé. Pourquoi, grand Dieu ? Parce que. Comme ça. Elle n'avait qu'une idée : qu'on lui fiche la paix. Le monsieur l'a conduite à une station de taxis et lui a remis de force deux mille francs pour ses frais médicaux et qu'elle s'achète un nouveau Solex. Et il ne lui a pas donné son adresse ? Bien sûr que si, mais elle l'a jetée. Pourquoi, grand Dieu ? Parce que. Une sorte de refus de la chose. Elle n'avait plus ses idées bien à elle. Quand Mme Réglisson parle de prévenir la police, Noëlle se rebiffe. Si on alerte les flics, elle s'enfuira. Que sa pauvre maman en a les larmes aux yeux d'un tel langage ! Sa Noëlle si gentille depuis toujours, si facile. Pas du tout le genre de pécore qui crache à la gueule de ses vieux sitôt achetée sa première boîte de tampons Machin. Le choc, fatalement ! Et cette brutale décision de quitter le lycée alors qu'elle est en terminale et que le bac est pour bientôt. Une bonne élève, si forte en français que son bac A n'était qu'une formalité, le suspense résidant dans l'obtention d'une mention.

Perplexe, Georgette dresse le couvert. Victor branche la tévé. Les chiffres et les lettres. Il ne s'en lasse pas. Ce jeu lui a permis de constater qu'il était moins ignare qu'il ne le pensait modestement. Il a l'impression de retrouver une famille, chaque soir, lorsqu'il peut rentrer à temps. Ces bons amis des chiffres et des lettres font partie intégrante de ses aises, de son confort. Bien sûr, parfois viennent se glisser des gueules de concurrents pas sympas. Mais Victor a remarqué que, quand ils sont fortiches, on s'y fait et que lorsqu'ils ne le sont pas, ils sont vite éjectés.

Il regarde la petite môme avec son beau cul pommé qui dispose les plaques de chiffres. Se dit qu'il l'enfilerait volontiers. Pas qu'il soit un forcené de la tringlette, Réglisson, mais il lui vient des appétits, parfois, teintés de nostalgie. Mari trop fidèle, travailleur trop consciencieux, il sent en lui des tas de disponibilités insatisfaites. Des zones d'ombre tourmentantes. Heureusement ça ne dure pas. Ça surgit à la faveur d'une jolie gueule de fille ou d'un cul appétissant.

Et puis cela passe. Et il continue de marcher dans les ornières bien tracées de son existence. Il rêve d'un monde meilleur, s'en remet au communisme pour réussir cette mutation.

A présent, c'est une concurrente, genre vieille fille à moustache qui appelle des lettres : voyelles, consonnes... Elle, sa martingale, c'est trois voyelles, puis trois consonnes, et ensuite, au choix, selon le tirage obtenu. Cette vieille seringue rigole sous cape car elle se paie un mot de huit lettres visible par probablement tout le monde tant il est évident et mal brouillé : ministre.

— Tiens, à propos, fait Victor...

— Oui ? invite Georgette.

— T'as des nouvelles du Président ?

— Pas depuis l'enterrement, non.

— Il ne t'avait pas promis la lune, à la mort de son oncle ?

— Comment, la lune ?

— Un dédommagement pour services rendus ou quelque chose dans ce genre ?

L'épouse hausse les épaules.

— Et rien n'est venu, n'est-ce pas ? dit Victor, sans trop d'aigreur, presque content de prendre un suppôt du capitalisme en flagrant délit de promesses fallacieuses.

— Non, rien, convient sa femme.

Victor retrouve le bon Favalelli toujours coquin, le mot pour rire, que l'on sent gentil et pas contaminé par ses ruses verbales.

Georgette repense à la mort d'Eusèbe. Si je te disais que le Vieux lui manque. Il y a des moments, elle se sent désœuvrée et inutile en songeant à l'époque du ménage dans la bicoque. Pourquoi ne l'a-t-il jamais entretenue de son illustre parenté avec le Président ? Par modestie ?

Elle revoit le jour où elle s'est troussée pour lui laisser regarder sa chatte. Cet air qu'il avait, de grand intérêt. La manière, aussitôt, qu'il a pris du recul comme pour tout bien voir dans son ensemble. Pas salingue. Un type qui va mater la Joconde, au Louvre, n'est pas un salingue. Eh bien, M. Cornard a contemplé son cul comme s'il s'agissait du chef-d'œuvre de Léonard de Vinci. Pareil ! Pour la seule fois de sa vie, Georgette a été fière de son postérieur. Au point que, tu ne sais pas ? Rentrée chez elle, elle s'est foutue à poil du bas pour l'examiner à loisir dans la glace de leur armoire. Et, le soir, en se couchant, elle a demandé à son bonhomme :

— Vic, franchement, comment tu trouves mon derrière ?

Et il a haussé les épaules, derrière son *Chasseur Français,* sans seulement l'abaisser une seconde, en murmurant d'une voix distraite :

— Sympa, pourquoi ?

— Pour rien.

Et depuis cette mémorable journée (mémorable pour une honnête femme qui s'est toujours réservée pour son mari et son gynécologue) un trouble lui est resté, à Georgette. Pas des regrets, pas du remords, non : une espèce d'obscur enchantement, un contentement secret de s'être troussée pour la délectation d'un gentil vieillard.

Victor éteint la tévé. La vieille fille a gagné contre un bon jeune homme mille fois plus sympathique qu'elle. Elle est fortiche, cette saucisse. Elle risque d'aller loin : va falloir s'y faire ; oublier sa tronche ingrate pour admirer son savoir. Elle trouve des mots que même le père Max semble épaté, sans blague. Et pourtant, cézigue, il l'a arpenté le vocabulaire, depuis des chiées et des qu'il tisse des mots croisés dans tous les sens, entrecroisés, pour ainsi dire. Bon mec, avec sa gapette de brave voyou ou de lord angliche déguisé, Fava, avec son regard de malice paterne. Le copain du soir, lui et ses équipiers qu'il considère comme ses enfants. Qu'on a envie de leur apporter un gâteau d'anniv, à tous, pour le plaisir de les voir souffler sur les bougies. Joies propices et programmées, si rassurantes dans le fond, que, tiens, je les aime d'exister, ceux de ce petit groupe débonnaire qui lutine ma langue, la tarabiscote et calme ma haine des chiffres noirs. Toujours, les chiffres ! Noirs, tu remarqueras. Trop importants qu'ils sont pour qu'on se risque à les tracer en couleur. Et Victor regarde la table mise, renifle une odeur de foie de veau persillé. Puis examine le poster de Georges Marchais, éclaboussé de graisse, sur la porte de la cuisine. Sourcilleux, le sourire méchant, mais ça me plairait de le prendre en stop ! Pas pour causer chiffons, juste comme ça !

— Ça ne me dit rien qu'elle s'achète un nouveau Solex, remarque Réglisson, les deux-roues, j'ai toujours eu peur...

— Il lui en faut pourtant bien un, non ? Ici les moyens de transport, tu sais...

— Et toi, pour aller chez le vieux, comment faisais-tu ?

— Moi, j'avais choisi mes heures. Mais au lycée, ils n'ont jamais le même horaire...

Réglisson songe que sa femme l'emmerde après tout. Il n'y avait jamais pris garde. Elle est trop banale, trop quotidienne, cette grosse vachasse. Sans imprévu, popote. Il manque d'air avec elle. Mais quoi, l'attelage est constitué, non ? Il faut bien traîner la carriole. Heureusement, il y a sa fille ; sa fille qu'il admire totalement. Il vit sous son charme.

N'empêche, il devrait s'offrir une pute de temps à autre. Aller se faire faire une petite pipe au bois, un de ces quatre matins, histoire de se fabriquer une esquisse de jardin secret.

Il respire mal. Il pressent des choses néfastes.

— Il reste pas un fond de Martini ? demande-t-il.

Elle est tout de suite inquiète. Son homme boit peu, seulement lorsqu'il a besoin de remontant. Quand on conduit une locomotive, il faut savoir rester sobre. Un principe.

— Ça ne va pas ?

Il la rassure d'un sourire forcé.

Evidemment que ça ne va pas. Il sait bien que cette histoire d'accident, telle que la leur raconte Noëlle, ne tient pas debout. Mais il faut ficher la paix à la môme. Elle commence à faire vie à part, contre son gré. Pas facile pour personne. Chacun doit y mettre du sien. Des nuages se rassemblent au-dessus d'eux trois. Il les devine pis que vilains. Des chagrins pleuvront bientôt. Et il les prendra sur la gueule, comme on subit un orage qu'on se refuse à fuir.

Georgette sort d'un placard une bouteille fatiguée. Elle lui sert elle-même un demi-verre de Martini ; sans glace, c'est pas pour déguster. *On the rocks,* ça va au *Fouquet's...*

Lui, il le prend au titre d'insecticide, pour essayer de tuer le cafard.

Tiens, il ne se rappelle pas avoir vu passer le mot cafard, aux chiffres et aux lettres. Six lettres, la bonne moyenne...

XXX

Ginette Alcazar respire à pleins poumons l'air sucré de cet après-midi ensoleillé. Elle marche lentement, les mains dans les poches de son manteau noir imperméabilisé. Elle garde dans la main gauche le tube de *Sintrom,* comme s'il s'agissait d'un fétiche. Ou bien, tu vois : d'une arme. Un tueur qui s'apprête à tuer doit ainsi caresser la crosse de son pistolet dans sa poche, déambuler avec cette foudre entre les doigts, en se préparant à vivre l'instant où il la déclenchera.

Les tombes sentent le jardin. Il y a peu de monde dans le cimetière bien que l'on soit dimanche. Seulement de rares veuvasses dont on se demande, en les voyant, qui a bien pu les épouser un jour (et qui en est mort, ça, crois-moi !).

Le cimetière Montmartre est un cimetière surchoix. Pas question d'y inhumer Jérôme, naturellement ; et elle le regrette car elle en aurait bien fait son lieu de détente. Se dit qu'il eût fait bon venir se recueillir ici, au creux de la ville folle, à portée de fracas, dans le halo des lumières foraines. Mais elle demeure à l'autre bout de Paris, hélas. Il est bon pour les banlieues, Alcazar-à-la-bite-tordue. Pour ces nouveaux champs clos, sans intimité ni complicité d'aucune sorte, où les tombes s'alignent comme à Gravelotte ou Verdun, bâclées, presque anonymes malgré leur état civil. Soit, elle regrettera. Peut-être pourrait-elle goupiller une sépulture campagnarde ? Mais les déplacements... Non, mieux vaut l'avoir à portée de métro, quitte à concéder sur le décor.

Elle avise une pierre tombale en granit gris. Le style lui plaît assez. Sobre. Une croix à la proue, une jardinière à la poupe. Sur le pontage, une inscription noire : Ici repose Jean-Baptiste Lemuret 1911-1977. Elle y superpose les blazes de son vieux glandu. Ce sera rupinos tout plein. Elle viendra s'asseoir. Attends, bouge pas... Elle s'assied sur la dalle rugueuse, pas même froide. La chance de la dame Lemuret, si elle existe ! Elle se sent son amie, voudrait la connaître, causer avec elle, évoquer leurs chers défunts. Comme ils sont bien morts, de mort probante, après avoir vécu comme ils purent, ces chiants bonshommes. Ce Lemuret osseux, à l'intérieur, elle le hait d'instinct. L'injurie au fond de son cœur.

Hier soir, comme elle venait de rejoindre Alcazar au plumard, il s'est écrié : « Mets ta tête sous les draps, je vais éternuer ! ». Elle a obéi d'instinct, la sosotte, et alors, tu penses, Jérôme a balancé une louise carabinée, nauséabonde comme toujours, que c'est à se demander ce qu'il bouffe à midi, le fumier !

Outragée, elle s'est relevée pendant qu'il rigolait comme cent bossus, le doux farceur. Ginette est allée se faire un café dans sa cuisine en attendant qu'il s'endorme. Puis elle a caressé le tube de Sintrom et a décidé que tout démarrerait ce soir. Parce qu'elle va prendre son temps. Le raidir d'un coup créerait des risques. Pour commencer, elle lui administrera huit comprimés concassés, pour voir. Histoire de se rendre compte des effets du médicament. Qu'il ait une première alerte. Intéressant, non ?

Ce dimanche, il est allé à Longchamp. Elle, elle est venue se conditionner au cimetière Montmartre. Combien, parmi tous ceux qui sont alignés ici, ont eu une mort provoquée ? Va-t-en savoir si Jean-Baptiste Lemuret n'a pas eu droit, lui aussi, à sa potion magique !

Un Arabe passe, en combinaison bleue, poussant une brouette de saloperies. Il s'arrête pour se rajuster un cradingue pansement à la main droite, qui se détortillait. Il l'aperçoit, lui sourit.

— C'est ton mari ? demande l'Arabe après avoir pris connaissance de l'inscription.

Ginette a un acquiescement dolent. Elle déguste. Oui : c'est son mari, là en bas. A deux mètres au-dessous du niveau de la vie. Son mari bien haï, bien mort de partout. Le brouettier ne s'apitoie pas, pas pour un époux clamsé ! *Inch Allah.* On va pas en faire un fromage. Il louche sur les jambes de Ginette, pas dégueulasses du tout. Lui, il en a classe de se taper des rassis ou bien ses potes de chambrée. La mère Alcazoche constate l'intérêt de l'arbi et remonte un peu sa jupe, qu'il en prenne plein les vasistas, ce bon manar. Le voici qui déglutit péniblement comme au mitan du ramadan, quand celui-ci tombe en plein été. La tricotine le biche, Mahomed. Il demandait rien à personne, coltinait sa brouette (il fait du noir le dimanche) sans penser à mal, et puis voilà qu'il stoppe devant une veuve en contemplation.

Son sourire se dilate autant fort que sa braguette.

Comment peut-on se hasarder en pareil cas, quand on est crouille et dans un cimetière ?

— C'est dommage que t'as pas de mari, t'es jolie, fait-il.

Pas mal emballé, son compliment. Ça manque de syntaxe, mais le cœur y est. Il a un petit tatouage à la con au milieu du front ; des yeux taillés dans du charbon, un beau profil. Il aurait dû garder des béliers dans ses djebels au lieu de venir défiler sous des banderoles rageuses à Paris. Moi, l'auteur de Jallieu, je peux te l'affirmer. Je connais la question.

Ginette se sent une âme de pute, tout à coup. Elle regarde autour d'elle. Personne. Si : des ombres de veuves professionnelles dans les lointains, penchées sur leurs macchabes comme des paysans sur leurs labours. Mais la forêt des croix forme écran. Et puis, juste à deux mètres, il y a un fort bel arbre. Et puis merde, c'est comme ça. Si tu veux écrire ce bouquin à ma place, ne te gêne pas, je te laisse la plume toute chaude et des rames de faf.

La Ginette réussit une prouesse, dans son genre : écarter ses jambes tout en conservant un beau maintien sérieux de vraie veuve chagrine, éplorée de son bonhomme.

Le camarade Ali, ou Moktar, ou Dunœud, je m'en branle, laisse serpenter son pansement, pour lors. Dans son futiau, tu croirais un combat entre un cobra et une mangouste. Il cesse de rire sur la pointe des dents. Tant pis pour les conséquences. Sa carte de séjour, il te la colle au train, mon petit ! Alors notre chère Ginette se met en posture convenable, les bras en arrière, mains à plat sur le granit antidérapant de la dalle. Le vertige de sa vie sexuelle, quoi. Le tout grand. Elle écarte ses compas au maxi. Son slip n'est même pas une formalité pour Abder qui a dégainé l'un des plus impétueux zobs de la Nord Afrique et te le lui incombe de première, sans fioriture ni préalable, rrran ! Le coups de reins du chef ! Ce que devient seulement le slip dans l'affaire, on veut l'ignorer, plus personne n'y songe.

T'emplâtre Gigi carrément. Là, sur la tombe de Jean-Baptiste Lemuret, à la santé de sa vie éternelle. La mère Alcazar en a la peau du cul qui part en copeaux. Elle éprouve une félicité inimaginable. Se fout d'accueillir en chemin vérole et morpions. Elle baise sur la tombe de Jérôme. C'est ça l'important. Abib tire sa magistrale crampe, le front frisé dans la frite de sa conquête expresse, soufflant fort, s'activant ferme, merveilleusement bestial et pressé de s'assouvir. Ce dont. Il se relève plein de scintillements pendulaires qu'il enfouit prestement dans les profondeurs de son bénoche béant.

— T'as une cigarette ? demande-t-il.

Ginette s'excuse : elle ne fume pas.

L'arbi hoche la tête pour dire que tant pis et qu'il ne lui en veut pas, se remet entre les brancards de sa brouette et continue son chemin de peine entre les morts.

Et encore, le pied, c'est ça, pour Ginette : écraser les huit comprimés de *Sintrom* à l'intérieur d'une enveloppe à l'aide d'une bouteille qu'elle roule voluptueusement, écoutant avec délices craquer les pastilles roses sous son menu rouleau compresseur. Craquer comme craqueraient les cartilages de Jérôme, le bien haï !

Après le coup de verge de l'arbi, elle a pris un taxi et, une fois rentrée, longuement s'est fourbi la babasse avec tous les désinfectants possibles, pas aller refiler une chetouille maghrébienne au Président, non mais des fois ! Elle a le con en feu, presque autant que le dargif, la vaillante secrétaire. Se laisser limer sur le granit, à part chez des Bretonnes dévergondées, aucun cuir n'y résiste ! La voici inapte pour plusieurs jours, le temps de colmater. Pourvu que son gros porc ne soit pas d'humeur mutine en revenant des courses ! Ce serait le comble !

Les huit comprimés continuent de craquer, de grincer ; et ce sont des gémissements qu'elle croit entendre, Ginette. Le *Sintrom* doit être réduit en poussière, mais elle s'obstine, mettant toutes ses forces dans son extrême pulvérisation en pesant du buste sur la bouteille.

Elle s'arrête enfin et essuie son front où dégouline la sueur de ses espoirs. Ginette a confiance, elle sait que tout se passera bien.

Pour se reposer, elle relit la recette du sabayon (pour 6 personnes) *7 jaunes d'œufs, 250 g de sucre, 3 dl de porto.*

« Dans une casserole, au bain-marie à peine frémissant, montez les jaunes au fouet avec le sucre jusqu'à ce que le mélange soit blanc et fasse le ruban. Retirez le bain-marie du feu, continuez à fouetter en incorporant peu à peu le porto jusqu'à ce que la préparation devienne bien mousseuse. Servez aussitôt dans des coupes individuelles. »

Individuelles ! Tu parles !

Comme le *Sintrom* est rose, et qu'il va teinter le sabayon, elle a eu une chouette idée, l'ardente salope : y adjoindre des pralines ! La recette ne fait pas mention de cette fantaisie, ce sera une trouvaille à elle, en cuisine l'invention compte autant que le tour de main. Il raffole de sucreries, ce gros lard. Lui, le diabète, connaît pas !

Ginette mettra la part de son goinfre dans la grande coupe, se réservant une petite pour elle-même.

La voici qui retourne prendre un bain de siège. La manière qu'il l'a misée, ce Nordaf ! Est-ce que le pauvre Boumedienne avait un coup de dossard aussi éloquent ? elle se demande. Bref mais vigoureux. Pas le genre de julot qui se soucie du panard de sa partenaire. Le parfait égoïste, comme tant, comme presque tous, hormis le Président qui, lui, tu le remarqueras, ne part jamais à dame sans s'assurer qu'on lui file bien le train. Il a le coït élégant, cet homme. Depuis deux jours, il est complètement transformé, il rit pour des riens, chantonne dès qu'il se croit seul et annule ses rendez-vous chiants A croire que sa nouvelle couleur de tifs lui a donné une personnalité nouvelle, primesautière. Un gosse !

Ginette Alcazar pouffe toute seule, sur son bidet rafraîchissant. De temps en temps, elle floflotte de la main pour faire bouillonner un peu autour de ses miches tuméfiées. Quelqu'un l'a-t-il vue se faire embroquer au cimetière ? Ce scandale si l'une de ses compagnes veuves s'était annoncée en cours de tringlette ! Les journaux : « La secrétaire privée du Président Tumelat fait l'amour avec un travailleur émigré sur une tombe du cimetière Montmartre ! ». Sûr que le Président l'aurait virée ! Elle en frémit d'horreur rétrospective.

Renvoyée par le Président, elle, l'incomparable, l'indispensable, sa conscience, son bras droit, sa grognarde. Surtout, ne plus jamais renouveler des exploits de ce genre !

Elle se dit : « Serais-je salope ? ». Elle n'y avait pas pris garde, mais enfin, en quelques jours elle s'est envoyé Juan-Carlos et un arbi... Et dire que son vieux jeton à la queue hélicoïdale la prend pour une chaisière de province, une malbaisante, un lot à ne pas réclamer !

« Salope ! se dit-elle affectueusement dans la glace de son lavabo qui fait face au bidet. Elle ponctue l'invective en se bricolant le clitoris avec canaillerie, sans cesser de se regarder. Elle se fait de l'œil, se prend de tendresse pour elle et sans doute aussi s'admire. C'est beau, d'être une salope ! C'est plaisant. Ça fortifie. Quand elle sera libre, elle pompera beaucoup de mecs, au gré de ses heures creuses. Des inconnus, ce qui est bien plus excitant. Des gonzes de hasard accrochés brusquement en des lieux non prémédités. Elle jouera les putes, Gigi. Se fardera outrageusement. Quelquefois, elle se fera payer. Pour voir, pour connaître la griserie de vendre ce corps tant méprisé par feu Jérôme ! La racole. Tu montes, chéri ? Angèle, elle se rappelle bien : Orane Demasis Fernandel. Oui : pute, pour jouer. Se faire sabrer rapide par des gars en trop plein. Le Président pour la passion, tous les autres pour le jeu. Pas par vice ; elle n'est pas viceloque ; en tout cas pas comme on l'entend d'ordinaire. Mais elle a bien le droit de se gaver de bites, Mme Alcazar, pour berner son vieux *post mortem,* non ? Ce sera sa grande revanche. Le tuer ne suffit pas, la mort de Jérôme ne sera qu'un épisode de sa vengeance. Elle veut recouvrir sa tombe de foutre. Dresser une barrière de pafs entre elle et la mémoire du sagouin. L'expérience du cimetière est révélatrice. Merveilleux l'à quel point elle se sent apaisée maintenant, délivrée de Jérôme, de son emprise maudite.

Elle trône sur son bidet, s'ouvre au maxi pour s'offrir à l'eau tiède teintée de désinfectant. Son frifri est un estuaire, l'entrée d'un port de voluptés où seront accueillis beaucoup de bateaux !

Et pendant qu'elle ressent les premiers émois du bonheur en gestation, ce con d'Alcazar s'énerve en regardant moutonner des casaques de couleur par-dessus les haies de Longchamp.

Il trépigne, le vilain sanguin. S'excite parce qu'il a misé une pincée de francs sur l'un des quadrupèdes écumants. Elle en rit de plus rechef, Ginette. S'adresse des mines dans le miroir en laissant baignasser sa moule. Est-ce que la princesse Margaret aime à se laver le cul ?

Elle imagine la princesse dans sa posture. Chère petite Princesse qui fit rêver tant d'hommes et qui ressemble à présent à une charcutière de La Garenne-Colombes ! Injuste détour des choses ! Cette fleur de la monarchie britannique bourrée de cellulite et dodue à pleine peau ! Les Rolls ne sont plus ce qu'elles furent depuis qu'elles sentent davantage le pétrole dans l'habitacle que sous le capot.

Ginette Alcazar est rayonnante d'une intense santé morale. Elle ne pouvait plus supporter que tout ça n'arrive qu'aux autres : devenir veuve, assassiner un homme, se faire mettre par un Arabe sur un caveau de famille... A elle, un peu, pour changer, Dieu de Dieu ! Toujours autrui, classe à la fin !

XXXI

Juan-Carlos a droit à son dimanche, mais il préfère épargner ses jours de congé pour les prendre en bloc lorsqu'il se rend dans son pays andalou, une fois l'an, vers octobre. Une convention avec son patron.

Il toque à la porte du bureau où Tumelat potasse des dossiers en ce dimanche après-midi, attendant qu'il soit l'heure d'aller rejoindre Noëlle chez tonton

Leur premier rendez-vous !

Il devrait redouter cette maison, à cause de l'affreux locataire qu'il n'a pas revu depuis que le fantôme l'a chassé de ses limbes ; et pourtant c'est là qu'il a demandé à la jeune fille d'aller l'attendre.

— Entrez !

Juan-Carlos s'avance vers le bureau que tu penses bien ministre, voyons ! Il tient le petit plateau d'argent qui lui sert tour à tour à présenter les cartes de visite ou les verres de porto.

— Qu'est-ce que c'est ? s'inquiète le Président.

— Un monsieur de la police, répond le larbin en tendant le bristol fané.

Un monsieur de la police ! Un dimanche après-midi ! Sans s'être annoncé ! Tumelat ressent de l'âcreté plein sa gorge. comme des relents de bile.

Il s'empare de la carte et lit :

Marc Seruti
Officier de police

Dessous, il y a du texte tracé au crayon feutre : « *qui a eu l'honneur de s'occuper du décès de feu Monsieur l'oncle de Monsieur le Président.* »

Le Président n'aime pas ça. Il renifle, acquiesce :

— Introduisez-le.

Tu verrais Seruti, tu en prendrais plein les carreaux. Cette élégance ! Complet bleu uni, chemise blanche, cravate noire. Il sent le *Vétiver homme* à gros flacons. S'est parfumé à la lance d'incendie et tout le vaste appartement du Président en est déjà imprégné, au point que le Président qui a des allergies éternue comme dans du Walt Disney lorsque l'autre glandu franchit le seuil de son cabinet de travail.

Seruti a le rectum qui se crispe. Son grand moment est arrivé. Il est là, seul avec l'Illustre. C'est dimanche, ils ont du temps. Ils vont deviser. Il pourra s'expliquer, exposer ses requêtes concernant : sa mutation à Versailles (son épouse n'a pas voulu entendre parler de Paris), l'obtention d'un appartement, son avancement, plus, si possible, une décoration de bon aloi.

Les dimensions de la pièce l'impressionnent. Quel luxe ! Des livres reliés, de ceux qu'on n'ouvre jamais, pas même pour les épousseter ; des tapis superposés ; des meubles dont les dimensions indiquent qu'ils furent fabriqués pour des monastères ; des tableaux ; des tentures...

Dès la porte, Seruti s'incline. Il s'avance vers le trône en saluant tous les deux pas. Retient un obscur besoin de se prosterner comme devant la pierre noire de La Mecque lorsqu'il parvient à faible encablure du Président.

Ce dernier contourne sa banquise d'acajou et vient serrer la main du flic.

— Prenez place, cher ami.

Cher ami ! Se peut-ce ! Il est ébloui, Seruti. De partout. Sa main est éblouie par la pression ouatée de l'autre. Son derrière est ébloui par le velours du fauteuil et ses bras par les accoudoirs rembourrés. Ses narines sont éblouies par l'odeur précieuse qui règne céans, mais que la sienne contamine à fond la caisse, bordel !

Le Président pense au fantôme de la bicoque. Il croit le voir rôder autour d'eux et une grande panique intérieure le glace.

Il s'assied dans le fauteuil voisin, en intimité, au lieu de retourner à son trône.

— Qu'est-ce qui me vaut le plaisir de votre visite, cher ami ?

Le cher ami compte jusqu'à quatre, *in petto* avant de répondre. Il a décidé, se connaissant, de pratiquer de la sorte chaque fois que le Président lui posera une question, pour se calmer les nerfs et fournir une réponse de qualité.

Alors : un, deux, trois, quatre...

Il sort son portefeuille en rougissant qu'il ne soit pas de crocodile Hermès, et bafouille :

— C'est à propos de l'enterrement, monsieur le Président.

Instantanément, le Président est soulagé.

— Quel enterrement ?

Un, deux, trois, quatre..

— Celui de monsieur votre oncle, l'autre jour. Comme vous l'aurez probablement remarqué, je m'y trouvais..

— En effet, dit Tumelat qui ne se souvient pas de l'homme.

— Je pense que vous vous êtes méprisé, monsieur le Président, et que vous m'avez pris pour l'ordonnateur des Pompes funèbres, car vous m'avez mis deux cents francs dans la main.

Le Président éclate de rire.

— Quel étourdi je fais ! Je vous demande mille fois pardon, cher ami, pour cette imbécile méprise.

— Alors, je vous les rapporte, bredouille Seruti.

Il extrait les deux cents pions de son larfouillet. Les dépose sur le bureau du Président. Ses mains tremblent. Il va s'évanouir. Et sais-tu pourquoi ? Parce qu'il vient de réaliser avec retard qu'il s'est gourré dans son dialogue et qu'il a employé « méprisé » pour « mépris ». Oui, il a dit au Président : « Vous vous êtes méprisé ! » au lieu de « vous vous êtes mépris ». Et voilà pourquoi le Président rigole. Le Président se fout de sa pauvre gueule de flic de banlieue. Le Président le prend pour un ignare ; un connard. Alors tout se brouille, tout chavire. Il ne sait plus. Oublie ce qu'il devait dire. N'a qu'une hâte : foutre le camp. Disparaître.

— C'est trop aimable à vous, fait le Président. Vraiment vous n'auriez pas dû vous déranger. Est-ce que je peux faire quelque chose pour vous, mon cher ?

Seruti secoue la tête aussi négativement que possible.

— Vous n'avez pas besoin d'une recommandation quelconque.? D'un appui pour votre avancement ou pour une mutation ? insiste obligeamment l'homme de gloire, le Tout-Puissant.

Non, non, répond Seruti de la tête. Non, non !

Comprend-il seulement les mots qui lui sont adressés ?

Il se lève déjà en chancelant.

« Je pense que vous vous êtes méprisé ». Parfaitement, voilà ce qu'il a débité au Président, l'abominable crétin ; l'incapable-à-tout-jamais. « Je pense que vous vous êtes méprisé » !

Il trébuche sur un coin de tapis. Manque de s'allonger, pauvre gugus. Et le Président réprime mal son hilarité, l'odieux personnage ! A moquer tout un chacun, et les subalternes surtout, les sans-grade, ceux qui marchent toujours et jamais n'avancent à grand-chose. Les tartes molles ! Les Seruti !

Il traverse un hall somptueux. Tapis, tableaux, tentures... La grand-porte que déjà le larbin en uniforme, mystérieusement alerté, entrouvre pour qu'il s'évacue plus vite, sans temps morts ni trompettes, le gueux !

Pression de main du Président.

Qui dit encore des choses au fond d'un brouillard de honte. Voilà, c'est fini, il est sur le palier ! Le paillasson du Président est monogrammé H.T.

Seruti se dirige vers l'ascenseur, comme un singe vers la porte de sa cage qu'il sait pourtant à jamais fermée.

Il pourrait rebrousser chemin. Se ressaisir. Sortir quelque « A vrai dire, monsieur le Président, et en réponse à l'aimable proposition que vous venez de me faire... »

Mais non, à quoi bon : il est trop tard !
Dorénavant, Seruti ne veut plus rien lui demander.
Il préfère le haïr.

Il a préparé les provisions à l'avance et il ploie sous le faix, Horace. Il a accumulé une foule de camelotes hétéroclites dans le coffre de sa voiture. Pas en une seule fois, mais sur plusieurs jours, quand il disposait d'un moment de liberté. Il a acheté des conserves, des viandes et des poissons fumés, des gâteaux en boîte, du chocolat, de la bière, des fruits confits, de la choucroute (comment la fera-t-il réchauffer ?). Il emmagasine à l'intention de son prisonnier. Puisqu'il reste de longues périodes sans le visiter, il lui apporte de quoi tenir un siège, selon la vieille expression ! Tenir un siège ! Un siège contre la mort. Il n'est question que de survie pour l'homme cloîtré.

Le Président a donné rendez-vous à Noëlle à dix-huit heures. A dix-sept, il a fini de tout décharger dans la bicoque. Alors il referme les portes à clé, de l'intérieur, pour garantir sa sécurité, et il se rend auprès de sa momie.

L'odeur est plus monstrueuse que les fois premières. Tout ce qui existe de nauséabond en ce triste bas monde ne saurait donner une idée approchante de la puanteur de l'endroit. Cela suffoque, cela agresse avec une violence brutale. Odeur de fosse à lisier, d'égouts en délire, de sanie, de pourriture humaine. Il se retient de respirer. Mais notre avidité d'oxygène rend cette précaution vite dérisoire.

Le séquestre le regarde. Bouge-t-il quelquefois ? Le Président le trouve toujours dans la même position assise, le dos à la cloison, les bras allongés le long de ses jambes, dans l'attitude qu'a Turenne mourant, au pied d'un arbre, sur les manuels d'histoire pour classe de dixième.

— Salut ! hasarde brièvement le Président, tout craquant de paquets indépliés.

Il dépose sa charge dans le réduit. Puis, sans un mot, s'empare des latrines qui doivent être pleines. Il évacue avec précaution les excréments du malheureux. Des spasmes lui viennent en cours d'opération. Drôle de façon de se préparer à un rendez-vous d'amour avec une jouvencelle ! Pourquoi diantre a-t-il demandé à Noëlle de venir le rejoindre ici ? Pourquoi mêle-t-il en un même lieu hautement sinistre la vilenie de son existence et son élévation la plus pure ? A quel instinct confus correspond ce besoin de réunir, sous le toit du suicidé, sa déchéance et son espoir ? Espère-t-il, dans le grand secret inviolable de son âme, conjurer l'un par l'autre ?

Il a les yeux pleins de larmes d'effort, la bouche pleine de vomissure difficilement contrôlée. Cette fois-ci, il pousse l'esprit de sacrifice jusqu'à rincer le récipient. Ensuite, il ouvre en grand les fenêtres du premier étage pour établir un courant d'air.

— Merci, dit l'homme.

Puis, montrant les paquets amoncelés :

— Vous m'avez gâté.

Le Président ne relève pas l'ironie. Il dit :

— Je vous ai apporté des livres, des revues.

— C'est très aimable à vous.

Tumelat ajoute :

— Et même un jeu de cartes.

— Je me ferai des réussites, fait le prisonnier en ponctuant de son rire affreux.

Il observe :

— Vous semblez heureux, monsieur le Président.

L'interpellé ne confirme pas, par décence.

— La prochaine fois, je vous apporterai du linge, promet-il.

— Ce serait très bien.

Le Président s'accroupit sur les talons, comme le font les Orientaux pour manger. Il a envie de communiquer avec sa victime. Un appétit confus de l'entendre le critiquer ou lui donner des conseils le tourmente. Il a besoin des paroles de l'homme. L'homme ! Pourquoi ne lui demanderait-il pas son nom ? Une gêne l'en empêche. Il lui semble que l'anonymat du prisonnier rend son calvaire moins odieux. Il est un maître chanteur puni. Un individu sans grande réalité, qui se voulut malfaisant un jour, et qui en fut châtié par Eusèbe.

— Vous m'avez apporté d'autres piles ? demande « l'homme ». Celles que vous m'avez proposées, en secours, ne sont guère fameuses.

— Vous en trouverez une pleine boîte, assure le Président en laissant courir son geste au-dessus des paquets.

— Ah, bon ! fait l'autre soulagé. J'ai entendu que le gouvernement actuel branlait au manche et des bruits circulent qui laissent prévoir que Mme Angèle Stein serait choisie comme Premier Ministre ?

— On en parle, oui, admet Tumelat. Mais comment pouvez-vous vous intéresser à ce genre de choses ?

Voilà, c'est parti. Il n'a pas pu se contenir. Cri du cœur. C'est un fougueux, Horace. Depuis toujours. La langue trop longue !

L'autre soulève lentement sa main droite, très lentement, comme un moribond qui s'apprête à bénir. Il la considère par-dessous ses paupières de crocodile et il soupire :

— A quoi donc voudriez-vous que je m'intéresse ?

Le Président se mord les lèvres.

— L'instant est à vous, si vous savez oser, reprend l'être du néant.

Il ressemble à quelque parchemin, prêt à tomber en poussière si on le touchait, tels ces papyrus égyptiens qu'un contact humain, un frôlement, anéantissent.

— Ne reculez pas devant le coup de force, mon cher, reprend cet être d'infinie faiblesse. Informez le Président de la République que vous ne voulez pas de ce nouveau gouvernement et que vous le démolirez. Laissez se dérouler le jeu des atermoiements, des propositions et contre-propositions. Attendez que le fruit mûrisse. Que la situation se dégrade. On en viendra à vous proposer d'être Premier Ministre, automatiquement.

— Et alors ? bougonne Tumelat. Je ne serais pas maître absolu de la politique française pour autant. Le Premier Ministre n'est que l'instrumentiste du chef de l'Etat.

— Une fois en poste, vous aurez la position idéale pour prendre le peuple français à témoin des actions que vous devriez entreprendre. Il faudra à cet instant parler haut et ferme. C'est à la tribune de l'Assemblée que vous imposerez vos vues au pays. Vous entraînerez l'opposition, une bonne partie du moins, dans votre sillage, toute ravie qu'elle sera de pouvoir faire un magistral croc-en-jambe au chef de l'Etat. Devant cette situation ubuesque, le Président sera amené à dissoudre l'Assemblée. Il y aura de nouvelles élections législatives dont vous triompherez brillamment. Allié à l'opposition, vous rendrez le pays ingouvernable par le Président qui démissionnera. Vous vous présenterez alors aux élections présidentielles et, comme vous constituerez l'ultime recours de la France conservatrice, de la France peureuse, de la France pot-au-feu, vous, le fringant batailleur, vous, l'homme du Renouveau Français, vous serez élu.

« Pauvre type ! se dit Tumelat. Stratège sur grabat ! Supputations d'inconscient, d'ermite moisi. »

— Utopiste, votre plan, soupire le Président, peu convaincu par l'évocation de ces audaces.

Il n'est guère préparé à une carrière à la Bonaparte, après avoir traîné une vie de couloirs pendant vingt-cinq ans. Il s'est montré bien trop ficelle jusque-là pour galvaniser les foules et entraîner l'adhésion sans réserve de ses partisans.

— Je l'espère bien, rétorque le zombie, sans l'utopie rien n'est possible. Croyez-vous que Hitler n'était pas un utopiste ?

Modestement, le Président déclare :

— Je ne suis pas de taille.

— Lorsque vous aurez réussi, vous comprendrez que vous étiez de taille. Il suffit de bien vouloir et d'imposer sa volonté ; le public qui n'en possède aucune n'attend que cela. Il souhaite quoi, le peuple français ? Qu'on le décharge de ses prérogatives. Il se bat pour les obtenir mais ne sait qu'en fiche ensuite. Son pire ennemi, c'est le libéralisme. Le Président actuel est un homme bien trop honnête, bien trop respectueux du suffrage universel duquel il croit tenir sa charge.

Le prisonnier toussote, il s'agit d'un petit chevrotement

caverneux. Cela suffit pour le plonger dans l'épuisement extrême.

Il ferme ses yeux de grand brûlé, sans cils. Ses paupières de cuir mince en font une sorte d'homme mort depuis des siècles. Il murmure :

— Curieux que vous disposiez de tout et ne fassiez rien. Je vais encore vous dire une chose, Tumelat, pour ma satisfaction personnelle : si un jour, contre toute attente, vous avez le pouvoir, occupez-vous en priorité du travail. La France meurt de ne pas travailler suffisamment. Laissez un maximum de liberté aux gens, mais imposez-leur de travailler. Ce pays vit en état de pré-vacances. Il confond paresse avec avantages. L'inaction n'est pas un avantage, au contraire, c'est le pire des chancres.

— Vous êtes resté très patriote, ironise le Président ; décidément, l'avenir de la France vous hante.

L'homme rouvre les yeux.

— Je ne suis pas français, dit-il.

***

Le Président a tout remis en place.

Les mauvaises odeurs se sont à peu près dissipées. Malgré tout, il devra apporter des déodorants quand il reviendra. Ayant déniché un reste d'eau de Cologne, il en disperse une giclée dans la salle de bains, se lave longuement les mains et se recoiffe. Déjà, un peu de gris sourd de ses favoris teints. Il lui faudra rendre de fréquentes visites à son coiffeur s'il veut « rester jeune ».

Il est bientôt six heures. Il ressent une inquiétude capiteuse de collégien attendant une fille dans un square.

Viendra-t-elle ? En aura-t-elle seulement encore envie ? Et si oui, pourra-t-elle échapper à la férule de ses parents ? Le jour où il s'est rendu chez eux, il a trouvé le père plutôt sévère d'aspect Courtois, empressé, mais grave. La petite doit être très surveillée.

Si elle ne venait pas, il en ressentirait un véritable chagrin. Depuis le jour de l'accident, il pense à elle sans relâche ; elle reste en filigrane de ses actes, et même de son sommeil puisqu'il rêve à elle au point de se retrouver assis sur son lit, le souffle court et la sueur au front. La présence du brave Taïaut le réconforte. Alors, il lui parle d'elle, lui raconte combien il aime cette fillette blonde aux yeux pensifs, poussée dans le béton, et qui joue son âme sur une flûte.

Il descend l'attendre sur le méchant bout de perron (trois marches bordées de vilaines briques). Il s'assied, le dos à la maison. Bon Dieu, il en avait de la chance, Eusèbe, de savoir se contenter d'une telle masure. Il doit être rudement soulageant de ne pas ambitionner autre chose et de mener une vie de profil, bien foutriquette et silencieuse, dans un décor de film réaliste d'avant-guerre. Confier ses jours aux jours qui passent, ses pensées au flou environnant, manger pour se sustenter, et surtout ne rien convoiter, ne pas échafauder de projets flambards ; rester dans son coin comme Taïaut restait à sa niche.

Il regarde la niche avec convoitise. En réalité, c'est à elle qu'il aspire ; c'est elle qu'il voudrait pouvoir habiter, le Président Tumelat : la niche de Taïaut ; recouverte de carton goudronné ; une grande niche confortable pour un chien et suffisante pour un homme. Qui sait si son prisonnier est malheureux, là-haut, dans son trou pestilentiel ? *Dans sa niche !*

Tumelat s'ébroue. Il ne va pas se mettre à l'envier, tout de même !

Pourtant, si le séquestré a pu acquérir, au fil de sa détention, la résignation absolue, il ne peut pas être malheureux. L'homme blotti en lui-même, et qui n'espère rien, qui ne convoite rien, qui n'est pas effrayé par la perspective de sa fin, cet homme qui n'a comme ultimes biens, et pour dernier refuge, que ses pensées, uniquement ses pensées, cet homme est proche du nirvana.

Le Président laisse flotter son regard sur ce qui l'entoure. Maigre paysage pelé et pauvre, sans joie... Une rue bordée de lampadaires trop espacés et de pavillons rabougris condamnés par l'ogre urbaniste. Pas d'arbres. Des tuiles mécaniques noircies par les fumées d'usine. Des bâtisses en ruine. Des gens de morosité héréditaire... Des gens venus d'ailleurs et qui iront ailleurs : drame de la banlieue. Elle ne possède presque pas d'autochtones, mais rien que des gens de passage : provinciaux attirés par Paris, puis rejetés par Paris. Quelques-uns réussissent à y vieillir, à y mourir...

Il réfléchit, le Président.

En face de chez tonton, il y a un bout d'immeuble d'un étage Le bas est occupé par des Ritals, le haut par une vieille dame seule (la mère Fluck) qui passe beaucoup de temps à sa fenêtre. Elle contemple le Président. L'a-t-elle reconnu ? Si oui, elle doit s'étonner de voir un tel personnage assis sur les marches de la masure, le dos au mur lépreux, méditant sur on se demande bien quoi. Pourquoi revient-il dans cette maison où elle ne se rappelle pas l'avoir vu du vivant de son parent ? Les regrets ? Cherche-t-il l'ombre du vieux pendu ?

Un bruit de motocycle.

C'est Noëlle !

Le Président se jette en avant. Elle stoppe devant la portelle, ravissante dans un tailleur de velours bleu à fines cottes. Elle rentre son engin dans le jardinet. Une motobécane d'occasion achetée la veille, sans ses parents.

Elle passe devant le Président sans le regarder et entre délibérément. Surpris, Tumelat pénètre à son tour dans la maisonnette dont il repousse la porte du talon. Alors Noëlle se retourne et se plaque à lui, raide, les bras ballants le long des cuisses. Elle a le visage dans la chemise du Président. Il sent la chaleur de son souffle contre sa poitrine. Il referme les bras sur elle. Un long moment de félicité absolue les unit indiciblement. Quelque chose de farouche, de très âcre, de bouleversant. Quelque chose qui les grandit. Une échappée vertigineuse par des voies invisibles qu'ils ne soupçonnaient ni l'un ni l'autre. Ils voudraient pouvoir demeurer de la sorte jusqu'à la consommation des siècles. Les paroles du Christ viennent aux lèvres du Président : « Je resterai avec toi jusqu'à la fin du monde. » La fin du monde, pour lui, n'est-ce pas la fin de sa vie ? Oh, comme il va bien lui consacrer ce qui en reste ! Comme il va bien en faire son sanctuaire, de cette enfant ! Il ne trouve rien d'autre à lui dire que ça : « Je resterai avec toi jusqu'à la fin du monde. » Aucun « chérie », aucun « mon amour » ne lui vient. Il la presse aussi fort qu'il le peut. Il a le corps en liesse, l'âme en musique. Tout est chant, tout est exaltation souveraine. Tout l'emporte, le transporte, l'enivre. Il est grisé comme on l'est parfois de parfums pénétrants.

Il devrait lui poser des questions sur son existence, essayer de savoir la manière dont elle fonctionnait avant lui. Mais rien ne l'intéresse hormis ce temps de bonheur. Ce temps céleste accordé par grande et insigne faveur.

Il a besoin de se montrer fort. Fort de vraies forces physiques. Et voilà qu'il se penche et la saisit. Elle comprend tout de suite, s'accroche à son cou. Il grimpe l'escalier sans peiner, sans même être essoufflé ; espèce de vieux jeune marié survolté par son amour tardif. Ajeuni par son triomphe. Vigoureux comme il ne l'a jamais été, n'ayant jamais eu de vigueur de ce genre à déployer.

Il la conduit à la chambre d'Eusèbe. Et n'importe le lieu infâme, avec ses draps qui n'ont pas été changés depuis qu'on a emporté le cadavre ; avec ce tronçon de corde qui tombe du plafond, moignon de suicide dont l'extrémité est cisaillée comme un membre tranché par les roues d'un train.

Il la dépose sur le lit abominable qui reçut le pendu après son décrochage ; et avant lui le vivant délabré, vétuste et crachoteur, grevé de vilains maux de vieux ; et malpropre surtout, plein de remugles accumulés. Il étale cette jeunesse en fleur, si suave, toute neuve, fraîche comme une eau de montagne, sur le lit de mort d'Eusèbe.

Il ne sait plus que l'oncle a existé, ni que le zombi existe à deux mètres de là. Ni qu'il est monsieur le Président

Il s'allonge auprès d'elle, indifférent aux odeurs dégradantes

L'ombre de la corde se projette sur le mur, comme dans un film d'épouvante Mais elle ne les épouvante pas

Il embrasse Noëlle d'une grande gueulée qui lui emprisonne toute la bouche.

Et lui qui ne voulait pas, lui qui ne la désirait pas, lui qui la souhaitait seulement pour la placer dans une châsse et la contempler, il ne peut s'empêcher de laisser aller sa main souilleuse le long des jambes de l'adolescente. Cette main le défie, elle le brave, remonte jusqu'au sexe de Noëlle qu'elle découvre lentement, dans lequel elle se glisse avec d'infinies précautions.

Le Président déplore. Non ! il n'a pas voulu se comporter ainsi. Il agit comme un valet de ferme. Un soudard ! Il n'est qu'un vieux dégueulasse qui ne peut se contenir. Qu'un bouc boucanant, un forniqueur.

Mais sa main a trop envie de ce sexe délicat, si frémissant, inondé d'émoi. Un sexe en attente éperdue. En grand désir intense. Noëlle respire de plus en plus fort, le visage de sa honte caché au creux de son bras. Livrée à la réalité suave du moment, mais refusant de la voir, l'appelant sans l'accepter. Docile et rebelle à la fois.

Et le Président la dénude et l'embrasse. Il la capte ! Elle gémit, malgré elle. Proteste de céder ainsi. Lutte pour ne pas s'engloutir.

— Oh ! je t'aime ! lance-t-elle lorsqu'elle renonce

Qu'ensuite, il la prend, comme Adam a pris Eve

***

Et il demeure dépourvu à son côté, accoudé sur la rive de Noëlle, ébloui et radieux, plein d'une incommensurable fierté de mâle transcendé. Et alors, il se met à lui parler, parce que l'heure de parole est venue et qu'il faut ! Et il lui dit n'importe quoi de fou et de vrai, de très vertigineux. Lui dit qu'elle est désormais sa femelle, sa pervenche, son italienne, sa maman, sa petite fille, son regard, son blond bonheur, son gomme-vieillesse, sa coupe et sa soif, sa jeunesse et sa mort, qu'elle est son passé, qu'elle est le feu venu du centre de la Terre entre les jambes d'Haroun Tazieff, vulcanologue (que moi, l'auteur de Jallieu, je me ferai jamais à ce terme et que je crois à chaque fois qu'il rechape des pneus, l'Haroun al-Rachid de mes Tazieff) ; lui dit qu'elle est sa baie de Rio, sa rose d'Ispahan, son trophée, la lumière et le pain bénit, l'horizon de l'horizon, la gloire du couchant, sa gonzesse, son saphir, son flocon de neige, son ventre Lui redit qu'elle est sa maman, et puis encore son italienne. Lui promet de l'emmener au bout du monde, qui est ici même, mais après être passé par l'équateur, et les tropiques, et les deux pôles, et toutes les mers, et par-dessus tous les monts depuis les ridicules Grampian d'Ecosse jusqu'au super Himalaya. Il la ramènera de partout, lui donnera tout, en fera mieux qu'une souveraine : une fée ! Et tout ça... Et puis il lui répète qu'elle est devenue sa maman dont il a tant tellement besoin depuis toujours, le Président, même à l'époque où il en avait une, il ose le convenir, n'étant plus à un sacrilège près.

Tout l'emporte dans une apothéose indescriptible. Tout s'entremêle : le lit sur lequel on a allongé le roide cadavre d'Eusèbe et où il vient de faire l'amour à une petite fille sans qu'on eût changé les draps ; la maison pourrissante qui recèle simultanément un être de ténèbres et le flamboiement de son intense amour.

Il l'aime, Noëlle. Il la boit par tous ses pores, et par ses lèvres et par son sexe capiteux, exalté par la sublime meurtrissure de l'homme.

Il l'aime plus que tout au monde, comme disent les locutions courantes. Il l'aime immensément comme la cathédrale de Chartres. Plus fort qu'Hiroshima. Plus profondément que la plus profonde mer. Il l'aime par-delà les galaxies les plus insoupçonnables. Et il restera avec elle jusqu'à la fin des temps ; comme Jésus avec nous, le cher Jésus, dont on sent si bien la divine présence, n'est-il pas ?

Il voudrait pouvoir composer un hymne pour cette musicienne. Il voudrait être Beethoven, il voudrait être Victor Hugo, et puis Louis le Quatorzième, et aussi Napoléon au moment des conquêtes, et Pasteur, et Vinci, François Ier en son Drap d'Or époustouflant, Lindberg, de Gaulle, Lamartine, Pascal, Richelieu, d'Artagnan, Rudolf Valentino, le comte des mille et une nuits, Mozart, Danton, Aristophane, Ettore Bugatti, Tolstoï, Charles Quint, Louis Blériot, Apollinaire, Picasso, Jules César, Jacques Borel, Cézanne, Louison Bobet, Paul Bocuse, Jacques Daguerre, Jean XXIII, Musset, Henri IV, Shakespeare, Le Titien, Pierre Bellemare, Casanova, le comte de Monte-Cristo, Lavoisier, Gary Grant, Paul Kenny, Fleming (sir John Ambrose), Ignace de Loyola, Louis IX (dit Saint-Louis dans la clandestinité), Gershwin, Marcel Cerdan, Vercingétorix, Lecanuet, et Bayard. Ouf. Elle rit, enamourée. Ne répond à tout cela qu'une chose : la plus noble, la plus complète et sans réplique, qu'elle l'aime.

Et sacré bon Dieu de merde, ce qu'elle peut l'aimer en effet ! Comme il la fait jouir somptueusement ! Qu'elle en mesure pour lors combien les menues baisouillanches de son camarade de lycée n'étaient que stupides bricolages sans initiative ni finalité. Le Président l'a comblée, ce qui s'appelle comblée. Les cieux, un instant, se sont entrouverts pour elle, l'adorable divine. Femelle en herbe à la chatte exquise. Se sont écartés en même temps que ses cuisses pour accueillir l'infini, et après l'infini, ses résonances ineffables, plus belles encore que lui, l'infini. Elle en défaille d'amour trop éperdu, si follement intense que l'être humain ne le supporte plus et voudrait périr par lui. S'allonger sous l'aimé et périr de haulte et noble mort.

Le Président rebande assez vite. Et pourtant, deux coups de suite, ce n'est pas son genre. D'ordinaire — mais justement : c'est d'ordinaire ! — il est l'homme du coït unique. Fignolé, avec effets-retards, mais unique. Remettre le couvert ? Connaît pas ! pas !

Selon lui, on vide ses couilles, on ne les exprime pas. Le côté rebelote, il n'était pas partant, considérait le bis comme une atteinte à sa virilité et du temps perdu. Un affaiblissement criminel. Un coup, bravo : ça purge et revigore. Deux, ça neutralise. Aucune bonne femme jamais, même la plus experte, ne lui a fait faire philippine.

Il se gardait pour lui. Une giclée suffisait. A la gloire de l'amour libérateur. Le reste restait en compte au tréfonds de ses chères précieuses, vigilantes et sages.

Mais là, là, vois-tu, il voudrait se vider jusqu'à la désintégration totale. Il a besoin, tu m'entends, bas-de-cervelle ? BESOIN de s'offrir entièrement. Donc, il lui refait l'amour, longuement, lentement, à culées méthodiques, sous le bout de corde de pendu, et dans les draps de vieux démis de leurs fonctions de draps par la mort. La reprend, fou d'amour, la pénètre en grande gloire amoureuse, plus belle que le lever du soleil sur l'océan. Se sent en elle, se sait en elle, se dit qu'il est en elle ; est émerveillé d'être en elle, s'applique à éprouver la moindre sensation qui en résulte. Et baise sa bouche tout en la pénétrant. Baise ses tempes en sueur à travers des mèches de cheveux fins mouillés par l'agonie de l'amour. Et le Président croit refaire le monde, peut-être même refaire sa vie

XXXII

Mme Fluck s'apprête à se mettre au lit. Son ménage est terminé. Elle a préparé le couvert pour le petit déjeuner du lendemain. Sa cafetière est prête, au coin de la cuisinière à gaz. Et la casserole pour chauffer l'eau. La plupart de ses chats roupillent, et ceux qui ne dorment pas encore se lèchent le bout des pattes en ronronnant.

Maintenant, elle est en chemise de nuit très chaste, d'un tissu pelucheux, et qui tombe bas sans marquer la taille ni la poitrine. Elle prend son verre d'eau pour passer dans sa chambre à coucher. Ce dimanche a été un bon dimanche, admirablement creux et insignifiant, comme elle les aime. Marie-Marthe a retrouvé sa vitesse de croisière. Le vilain flic n'est plus revenu et elle espère bien qu'il se consacrera à d'autres souffre-douleur désormais. Peut-être a-t-il eu honte de lui avoir tué un pauvre chat et a-t-il décidé de ne plus se montrer ? Bon débarras !

Elle éteint la lumière dans la cuisine.

Et alors, juste comme elle passe dans sa chambre, la sonnette retentit avec une violence révélatrice.

— Oh mon Dieu, c'est lui ! balbutie la pauvre dame.

Elle est tentée de ne pas ouvrir, mais ce sale type a vu la lumière avant de monter.

Alors, Mme Fluck pose son verre d'eau et se décide. Oui, c'est bien le gars Pauley. Paul Pauley surnommé Paupau par ses collègues. En sportif. Il porte un survêtement rouge décoré de grandes lettres blanches. Il paraît plus bestial encore dans cet accoutrement. Son sourire est infect. Elle en frissonne, la chérie.

Pauley s'avance, l'obligeant ainsi à reculer. Il referme la porte, assure le verrou. Tu pourrais croire qu'il rentre chez lui, tant déjà ses gestes savent l'appartement. Tant il fait montre de placide assurance, de désinvolture acquise à l'habitude.

— C'est un peu tard, hé ? dit-il en manière de bonjour et d'excuse.

Il pénètre dans la cuisine. Marie-Marthe l'y rejoint, harassée par la frayeur. Ce qui l'épouvante le plus, c'est sa passivité devant lui. Sa soumission absolue. Il l'annihile complètement, comme le serpent l'oiseau. Il ne lui vient pas à l'idée de regimber le moins. ELLE NE PEUT RIEN, voilà la vérité. Alors, le sachant, ELLE REDOUTE TOUT de lui.

— J'allais me coucher, fait-elle, mais c'est plus une excuse pour sa mise qu'une protestation à cause de la visite tardive.

Pauley s'assied là où il a déjà pris l'habitude, allonge ses jambes. Il ne caressera sa bite que plus tard, il lui faut d'abord pénétrer dans l'ambiance du logis, s'accoutumer à l'affreuse odeur des chats, se faire à la qualité du presque silence.

— Alors ? fait-il, buté, sans la regarder.

Elle en profite pour jeter son lest. Un occupé a toujours le réflexe d'offrir à l'occupant avant qu'il ne lui demande.

— J'ai du nouveau, dit-elle en essayant que ce soit mystérieux ; mais l'indifférence bourrée de morgue du visiteur fait que ça ne peut pas l'être.

Il attend. Un chat inconscient vient se frotter à ses jambes. Pauley lui consent une caresse (à rebrousse-poil, bien entendu) le long de l'échine. Mme Fluck en est attendrie. Ça lui donne du cœur pour narrer.

— J'ai revu le jeune homme à la moto qui est venu ici le matin du... du malheur.

Elle désigne la rue, plus exactement le pavillon d'Eusèbe. Pauley soulève un sourcil afin de marquer son intérêt. Touché ! La Marie-Marthe en jubile de contentement.

— Il est venu à l'enterrement de M. Cornard. C'est un journaliste. Il était avec un photographe qui a pris des photos de l'enterrement. Et puis ils sont repartis. Le garçon en question avait un blazer noir décoré d'un gros écusson brodé, énorme. C'est un jeune homme blond, avec un air désagréable...

Elle s'est retenue d'ajouter : « Comme vous », mais l'a pensé si fortement que le flic la regarde. Et tu prétends que la transmission de pensée n'existe pas, toi ! Même que la chère vieille dame en rougit par-dessus sa chemise de nuit bleu ciel.

Elle laisse filer sa gêne atroce, et se hâte de reprendre la conversation. Il faut meubler. Elle a compris que les longs silences ne valaient rien au policier, qu'ils débouchent toujours sur des saloperies de sa part, comme si sa vilaine caboche se mettait à fermenter pendant ces périodes de mutisme. Alors, Mme Fluck dit :

— Le Président est revenu plusieurs fois, ce soir encore... Mais il n'est pas seul. Il donne rendez-vous à une jeune fille. La manière qu'il la raccompagne, on voit bien ce qu'ils viennent de faire. Et cette fille, toute jeune, sûrement mineure...

Pauley lève encore son sourcil. Re-touché ! Ça l'intéresse. Ce soir, elle lui fournit de la bonne marchandise, du tout sérieux premier choix.

Contente de son effet, elle reprend, toute salivante de complaisance délatrice :

— Cette fille, sûrement mineure, si je vous disais qui c'est !

— Eh bien dites ! fait rudement le poulet.

Ses doigts continuent de frotter l'échine du chat, comme ils frottaient sa bite à lui, aux précédentes visites. Le chat, ça lui botte, cet attouchement d'expert, régulier, bien rythmé, il s'arque de plus en plus et dresse sa queue comme un gros point d'exclamation.

— C'est la fille de l'ancienne femme de ménage du vieux : Mme Réglisson. Une gamine. Jolie d'ailleurs. Mais vous vous rendez compte, ce type qui pourrait être son père, voire son grand-père ! Une gamine ! Menue, ravissante. Un bonhomme de cet âge ! Franchement, votre Président est un vieux dégoûtant !

Elle n'aurait pas dû employer le mot Président. Associé à l'adjectif dégoûtant ça devient pénible.

Pauley redresse la tête, braque sur son hôtesse un regard d'acier.

— Ménagez vos expressions, la mère, quand vous parlez d'un Président de groupe, ancien ministre !

Comme ça : sévère. Que dis-je : sinistre !

Refroidie, elle recroqueville, Marie-Marthe. Se demande s'il existe des choses à dire qui peuvent complaire à cet homme. S'il est capable d'une gentillesse. S'il sait parler en dehors des cruautés, ce flic de malheur. Oh, oui, de grand malheur, elle le sait depuis sa première visite.

Alors, elle la ferme.

Maintenant, il faut attendre son mauvais vouloir. Elle soupire, se recule le plus loin possible et reste adossée à l'évier.

Il continue de grattouiller l'échine de Sultan. Sultan biche. Sultan miaulasse par petites plaintes frêles de volupté en instance.

Pauley lui consent un sourire de fumier (il n'en sait pas d'autres). On dirait que, sa remontrance exceptée, il n'a pas été motivé, comme disent tous ces cons, par les révélations de la mère Fluck.

— Vous avez fait ce que je vous ai demandé ? questionne-t-il en continuant de sourire au chat.

Ça y est ! Elle n'y coupe pas. Il n'est venu que pour ça, le monstre.

Elle joue les amnésiques, la Marie-Marthe.

— Fait quoi ? balbutie-t-elle en rougissant comme le drapeau de sa Suisse natale.

Il ne s'embarrasse pas de circonlocutions. Là, il se paie la joie de la foudroyer de son regard trop pâle de tortionnaire.

— Je parle de vos saloperies de poils, vous le savez bien !

Elle secoue piteusement la tête :

— Non, non... Je... Je n'y ai plus pensé !

Pauley ramasse Sultan avec sa main en pelle de grue passée sous le ventre dodu de l'animal.

— C'est pas correct, madame Fluck.

— Mais, je...

— Oui ?

Il lui a craché son « oui » en pleine figure. Elle recule, du buste seulement, se trouvant stoppée par l'évier.

— Ecoutez, je ne veux pas me raser les poils, s'enhardit la vieille dame, comme on monte sur les barricades pour montrer de quelle manière l'on meurt pour quarante sous. C'est mes poils, enfin !

Pantelante, elle appréhende ce qui peut suivre et qui de toute façon sera terrible.

Pauley caresse le chat de sa main restée libre. Et mon Sultan ronronne comme un moteur de pétrolette.

— Voyez-vous, madame Fluck, articule l'officier de police Paul Pauley, je comprends mal, à votre âge, de chercher des histoires.

— Mais je...

— Oui ?

Il a hurlé. Elle a poussé un cri en écho. Elle sort ses yeux terrifiés des yeux fixes du flic. Va-t-il la cogner ? Oserait-il aller jusqu'aux coups ?

— Je ne cherche pas d'histoires, monsieur, éclate la malheureuse dans un sanglot.

Paul Pauley tire de sa poche une petite boîte en matière plastique.

La tend à Marie-Marthe qui lui demande du regard ce que c'est.

— Un rasoir, dit-il, car j'étais certain que vous me feriez faux bond. Vous êtes cabocharde, hein, dans votre genre. Bon, allez vite vous raser, la mère ! Et grouillez-vous, vous m'avez suffisamment mené en bateau comme ça !

Elle prend la boîte en tremblant et trébuche jusqu'à sa chambre où se trouve un grand placard encastré qui fait office de salle de bains : un lavabo, un bidet sur roulettes...

Mme Fluck exit.

Pauley ouvre la fenêtre pour respirer un grand coup profond l'air de la nuit commençante. Il a un goût de suie.

Sultan ronronne d'une autre manière pour réclamer la suite des caresses interrompues. Paul Pauley le tient alors à bout de bras et se met en posture de discobole. Il prend de l'élan, pivote sur son torse et, de toutes ses forces, propulse le chat par-dessus la rue, par-dessus le pavillon d'oncle Eusèbe. Sultan disparaît en silence, happé par l'obscurité, et le choc lointain de sa chute ne fait pas plus de bruit que celui d'une tomate mûre tombant au pied de sa plante.

Pauley a un petit rictus de soulagement. Depuis l'enfance,

certaines de ses réactions le comblent de petite jouissance allègre, le revigorent. Il referme la fenêtre et regarde somnoler les autres chats d'un œil glacé par de sinistres promesses.

— Ça y est bientôt ? crie-t-il à la cantonade.

XXXIII

Et alors il se passe la chose suivante : c'est qu'au pied de ces falaises de ciment quadrillées de lumières, au pied de ces clapiers de chiasse, bien géométriques et qui se fendillent, bien sûr, d'un peu partout parce qu'ils ne sont point faits pour durer mais pour souiller le paysage et engouffrer des humains, au pied de ces sombres montagnes coloradesques, nouillorkaises aussi, un peu, toutes mugissantes des télés et des vociférations de leurs troglodytes habitants, au pied de ces faux donjons de l'an de merde rôde un homme.

Il va, il vient. Il sait, par sa montre au cadran lumineux mille fois consultée, qu'il est 21 heures 10. Tous les trois pas, il lève les yeux vers les rectangles de lumières jaunâtres, cherchant à deviner celle qui correspond à la chambre de Noëlle.

Cet homme, c'est le Président. Un Président en mal d'amour, en peine d'attente. Il a quitté sa jeune amante vers sept heures, après lui avoir fait l'amour à perdre haleine. Il est rentré chez lui. Il s'est changé. Et puis il a su qu'il devait la revoir, la revoir tout de suite, l'approcher encore avant que la nuit ne se fasse complètement. La regarder. La respirer. Etre un instant auprès d'elle, pour cesser de douter de sa joie, s'assurer qu'elle existe bel et bien, la divine fleur d'existence, et que tout fut, REELLEMENT. Qu'il n'est pas en proie à une hallucinance, à un rêve de pavot. Mais qu'il a bien vécu cette intimité fabuleuse. lui, Horace Tumelat. Que s'est parfaitement accompli l'acte de généreuse chair. Il découvre que le pied, plus il est magnifié. plus il semble sans prolongement et que seul importe l'amour en cœur, l'amour en tête. La baise ne dépose que la cuisance de sa cessation, que les regrets de l'avoir si hautement vécue, et la morsure insoutenable de l'attente.

Alors, il a cherché un prétexte, a cru l'avoir trouvé. S'est précipité à accélérateur rabattu vers les grands ensembles dont un alvéole, un seul dans leur immensité, recèle la plus merveilleuse merveille qui soit au monde, de tout jamais et pour tout jamais. Recèle l'unique raison d'être du Président.

Mais une fois au pied des montagnes abruptes quadrillées de lumières et parcourues d'ascenseurs riches en graffiti, une sotte et glaciale timidité l'a saisi. Il s'est mis à contempler ces étages bondés d'individus, bipèdes abrutis par leur dimanche creux passé en télé, visites, promenades transhumantes, footballeries trépignantes. Et il a eu peur de ces rayonnages d'hommes. Depuis un quart d'heure il marche dans la salle des pas perdus de son embarras, si singulier, pour lui l'homme des hardiesses, qui ignore tout de la pusillanimité.

Combien de fois s'est-il avancé jusqu'à l'entrée vitrée de l'immeuble ? Il est même entré et a passé en revue les boîtes aux lettres métalliques, lisant les noms écrits dessus.

Il se donne encore une minute pour oser. Sinon, il décide que ce sera l'écroulement, la chute irrémédiable de ses espoirs. Un gamin ! Il n'est plus qu'un vieux gamin de cinquante-huit ans sous les fenêtres de sa belle.

Et puis d'un coup, la hardiesse lui revient. Il cesse d'errer pour plonger vers la porte dont une des vitres est fêlée

Il va droit à l'ascenseur.

La cage de métal grisâtre l'emporte. Il contemple deux cœurs entrelacés dessinés au poinçon dans la paroi et surmontés d'un gros paf bêta, couilles jointes.

Il ferme les yeux pour ne plus voir ces ordures qu'elle voit, de ses grands yeux d'innocence en montant chez elle. Il voudrait pouvoir gratter l'obscénité avec ses ongles, mais quoi, l'intérieur de l'ascenseur en est truffé. Et les mots de pissotière pleuvent, en long, en large, en rond, en forme de vagues. Les propositions malséantes de sodomie, de fellation, de masturbation en commun. Un vrai délire jamais éloigné pourtant de la gauloise rigolade qui transforme le sexe en article pour farces et attrapes.

L'ascenseur s'immobilise avec un curieux soubresaut de mécanique mal réglée.

Le Président en sort, tel le taureau du toril, fougueux, fumant et vaguement hagard. Conscient d'affronter des périls et pressé de les vaincre. Il fonce droit à la porte du logement sur laquelle est punaisée une humble carte de visite non gravée au nom de « Madame et Monsieur Réglisson ».

Madame et Monsieur. Ça l'émeut, le grand homme, tant de naïverie doucement redondante. Un hymne de gratitude lui vient pour ces humbles Réglisson qui se sont accouplés un jour d'il y a dix-huit ans afin de lui faire, dans le mystère de l'ignorance, le plus divin cadeau qui fût. Et il les bénit, là, devant leur pauvre porte, avant que de sonner, le Président Tumelat ; les bénit de reconnaissance, les bénit dans un élan de ferveur profonde, pour qu'ils soient marqués du signe de LA protection, eux qui ont fait Noëlle, ces deux cons, ces deux simples cons, bizarre assemblage chimique dont elle est issue pour la plus grande gloire du monde. Il les bénit infiniment, de l'âme et du cœur, de toute sa spiritualité. Voudrait, dans cette intention forcenée qui dépasse ses propres pouvoirs et même sa propre durée, leur apporter avec certitude ce dont ils auront besoin jusqu'à leur fin pour subsister dans la plénitude et décide. lui. Président Tumelat, qu'il va pénétrer sous peu chez deux élus de frais, grandioses de respectabilité.

Deux vénérables cons dont la médiocrité est effacée par quelques secondes et quelques centilitres de copulation sans histoire. Deux êtres à tous supérieurs du fait de l'interpénétration de leurs sexes un soir de bal et de vin blanc, voire plus simplement de pluie. Un couple *désigné* à l'image de celui formé par Joseph et Marie. Un couple de gens qui se croient simples et dépourvus de toutes missions extraordinaires ; que les autres voient simples et mal fagotés dans des philosophies marxistes ; mais qui sont, ces gens, mais qui est, ce couple, sur le chemin de l'apothéose : Laetizia Ramolino et Carlo Buonaparte célébrés à retardement à travers l'aigle par eux enfanté.

Et le doigt post-co-bénisseur du Président s'engage sur le clitoris de la sonnette, le presse, en obtient un son prolongé et bizarre, qui tient du signal d'annonces d'aéroport et de la sonnerie de réveille-matin japonais au *tout à dix francs.*

Consécutivement, Georgette s'en vient ouvrir après s'être enquise auprès de son homme de qui-ça-peut-t'être et qu'il lui eut répondu qu'il-n'en-sait-rien-va-voir.

Elle est en combinaison rose saumon sous son peignoir imprimé. Elle traîne des mules savateuses, adorables avec leurs pompons en forme de houpettes roses.

Elle considère le visiteur sans trop y croire.

Ce ne peut être le Président, quoi, merde ! Et pourquoi serait-ce le Président ? Cela consisterait en quoi qu'il débarquât à pareille heure, un dimanche, ce grand homme débordé ? Qu'il vînt dans cette banlieue lointaine, qu'il ascensionnât dans ce bâtiment tintamarresque et dégueulatoire, plein d'ordures furtives, d'inscriptions vengeresses, d'odeurs intempestives et de bruits profanateurs ?

Néanmoins, elle exclame, la voix couacante :

— Oh ! Par exemple ! Monsieueueur le Président.

Il salue et entre. Le foyer des Réglisson renifle encore la choucroute sous cellophane. Victor, en maillot de corps, lit l'*Humanité-Dimanche,* dédaigné jusqu'alors, because ses préoccupations à propos de Noëlle (quand il a l'esprit ailleurs, le brave cheminot, lire ? Fume !).

Il abaisse son baveux en regrettant le titre fracassant. Se lève. Il est désastré de voir surgir l'Illustre au milieu de leur désarroi parental, en cette soirée de dimanche fané. Il sourit maladroitement, tend sa rude main qui sait conduire une locomotive pour saisir celle du Président qui elle ne sait pas.

Le Président les vénère, tels qu'il les trouve, Victor et Georgette, dans leur intérieur frileux, menacé, si humbles, ces chéris, si bellement médiocres et résignés !

Il cherche des yeux Noëlle. Ne la trouvant pas, son âme se recroqueville. Une grande et sourde peine lui vient.

Il murmure :

— Décidément, vous allez me trouver bien impoli, mes chers amis…

Et c'est vrai, véridique, qu'ils sont ses amis les plus chers, sans le savoir, les Réglisson. Mon Dieu, que de tendresse il leur porte ! Voudrait les emmener en voyage avec lui, tous les TROIS. Dans des pays qui les étonneraient : au Brésil par exemple, ou bien en Laponie pour errer de lac en lac et d'une forêt à l'autre, en regardant passer les hardes de rennes…

— … mais mes occupations me contraignent à ne consacrer à ma vie privée que des heures abracadabrantes…

« Putain, ce qu'il cause bien », songe Réglisson. Y a pas, la culture c'est la culture et le grand Georges, avec ses sourcils charbonneux et son sourire Colgate un peu tordu, n'est pas de force pour rivaliser de langage avec un Président Tumelat. Lui, le grand Georges, ce sont des formules simples, violemment assenées : *c'est un scandale !* Des trucs de ce genre, auxquels on ne croit plus beaucoup et qu'on attend parce qu'ils font marrer.

Georgette bafouille « qu'il n'y a pas de mal ; qu'ils sont enchantés ; qu'asseyez-vous donc, je vous prie ».

Ce à quoi consent le Président. Il louche sur la porte de la chambre qu'il sait être celle de Noëlle. Se peut-il que ce simple panneau de bois (que dis-je : de panoflexe ou assimilé) les sépare ? A moins qu'elle soit absente ? Aussitôt, une jalousie affreuse tombe sur lui et lui glace les poumons. Où serait-elle ? Auprès de qui ? De quel godelureau ?

— Mademoiselle votre fille est déjà couchée ? s'enquiert-il, et il s'enroue de demander une chose pareille.

Réglisson hausse les épaules.

— Opfff, notre fille, dit-il en plaignant.

Ces alarmes mortelles aussi bien qu'imprévues pour le Président ! Mais il agonise, cet homme. Vous ne voyez donc pas qu'il défaille, qu'un étourdissement va l'abattre comme un chêne qu'on ? Qu'il est blême vert, avec du bleu sous les yeux, comme quand il sera mort dans sa belle bière capitonnée ?

Victor, tout à ses chagrins, ne s'avise pas de ceux de son visiteur.

— Elle… est… malade ? finit par proférer Tumelat, et que, d'après la réponse, ça risque d'être ses dernières paroles, parvenu à un tel degré émotionnel qu'est-ce tu veux qu'il surenchérisse encore, le biquet !

— Non, fait Réglisson, mais elle nous cause beaucoup de soucis. Elle arrive à un âge où les filles deviennent bizarres.

— Mais, mais quoi ? émet encore le Président qui a besoin de savoir.

Victor se rend compte (à cause des mimiques de sa femme) qu'il est en maillot, bras nus, avec plein de poils qui passent à travers les mailles, et du douteux à auréoles sous les aisselles. Alors il écrie : « s'cusez-moi », court à sa chambre pour enfiler une limouille propre, blanche, et qui sent la lavande des Alpes (ramenée en sachets l'été précédent).

Ça ne calme pas les transes du Président. Pour un peu, il irait toquer à la porte de Noëlle, histoire d'en avoir le cœur net. Elle est ici, oui ou merde, nom de foutre ! Ils vont lui répondre, ces deux larves affreuses !

Il s'attaque à Georgette.

— Votre fille est chez elle ?

Qu'elle pense ce qu'elle veut de la question. Il s'en fout.

— Oui, mais ça ne va pas du tout, sans doute est-elle amoureuse...

Pour lors, le Président voudrait embrasser Georgette, la saisir dans ses bras et l'appeler belle-maman ; la couvrir de cadeaux multiples et coûteux. Il réalise qu'il n'a pas encore fourni le motif de sa visite (l'officiel). Il se dresse, sort une enveloppe à en-tête de l'Assemblée Nationale de sa fouille et l'agite en la tenant par un angle.

— Ma très chère amie, lors du décès de mon oncle, je vous ai promis une gratification destinée à vous marquer ma reconnaisance pour les soins assidus dont vous l'entourâtes...

Il avance l'enveloppe vers elle.

La voilà toute rouge de confuse, cette exquise. Toute malaisée de ne savoir que faire ni dire. Bon, « merci ». Un merci ça va, ça vient, c'est de la monnaie courante, du tout venant, un essentiel dont on se débarrasse.

Elle cherche et ajoute : « Il ne fallait pas. »

Ça aussi, ça ne pisse pas loin. Ça manque d'envol. C'est de la gratitude de dedans ses bottes. Elle a la trouvaille :

— Venant de vous, monsieur le Président...

A la bonne idée de laisser la phrase courir sur son erre. A lui de la compléter. D'imaginer le reste. Qu'il se serve, elle signera au bas de la feuille !

Réglisson revient avec une braguette béante comme une pastèque tombée de la camionnette. Un pan de sa chemise en sort. Georgette lui crie : « Victor ! Oh ! Victor » en considérant la partie délictueuse. Il se rend compte et se referme. Et puis il y a un silence. Le Président fixe la porte. Seigneur, faites qu'elle s'ouvre et que Noëlle apparaisse. Il doit la voir, la revoir encore. Il a besoin d'elle.

— Regarde ce que monsieur le Président me donne, fait

Georgette, triomphalement, en montrant l'enveloppe à son jules.

Il l'a dans les sarcasmes, Victor ! L'ingratitude du Président, ses promesses à la gomme, dans le cul, tout ça, le chemindeferman !

Doit-elle ouvrir l'enveloppe en présence du donateur ? Est-ce correct ? Ou bien serait-il désobligeant d'attendre son départ pour m'éventrer cette saloperie d'enveloppe ? Il ne l'a pas cachetée. Elle sent de l'épaisseur. Elle suppute malgré sa volonté de rester urbaine, de se maîtriser.

— Vous allez dire que je suis curieuse, fait la Georgette en soulevant le rabat gommé.

Elle sort deux liasses dodues, chacune épinglée. Sans vraiment compter, elle feuillette les bords. Pas d'erreur, il y a un million d'anciens francs ! C'est étourdissant, un pareil don !

Elle chuchote à Victor :

— Un million !

Victor est catégorique.

— Tu ne peux pas accepter cela, Georgette ! Vous n'y pensez pas, monsieur le Président !

Non, monsieur le Président n'y pense pas. Il ne pense qu'à Noëlle, lui. Il veut revoir Noëlle. C'est une question de vie ou de... Non, c'est une question qui prime toutes les autres : une question d'amour ! Il l'aime ! Elle est à lui. Il est venu parce que ses yeux ont besoin d'elle. Et qu'il lui faut encore entendre sa voix, percevoir sa tiédeur, contempler sa blondeur. Tu veux la vérité ? Il ne sait plus comment elle est faite, parole ! Il ne l'a plus à l'esprit, Noëlle. Incroyable ? Non : l'amour. L'amour s'accompagne du doute continu, du doute extrême.

Alors, raconte : elle est comment, cette petite ? Blonde ? Ça oui, il se le rappelle. Et ses yeux bleus également, et puis le dessin de ses lèvres, et les ailes de son nez... Mais il lui manque le reste : la vraie couleur de sa peau. Le vrai mouvement de ses pommettes. La courbe des arcades sourcilières, le bombé du front... Tant et tant de détails infimes mais primordiaux qui la constituent, qui sont elle.

Il adresse des gestes calmants aux parents, pour qu'ils acceptent ce fric de merde sans tous ces tralala-machin-chose auxquels ils se croient obligés. Leur exprime, par onomatopées, que ça n'a rien d'extraordinaire. Une brique, et alors ? C'est presque de la monnaie à notre époque.

Lui, ce qu'il veut, ce qu'il va exiger si on l'y contraint, c'est d'ouvrir la porte, là-bas, près du buffet Henri-Chiotte.

— Vous prendrez bien un petit verre de rhum !

Du rhum ! C'est de l'alcool pour guillotine, ça. Ils ont des drôles d'idées, les électeurs. Du rhum ! Un tord-boyau qui va lui foutre un sale goût dans la gueule. Sa bouche sanctifiée par le sexe délectable de Noëlle. Il l'a encore dans ses papilles, cette merveille suave ! Longuement, il s'en est repu. Alors, il la lui faut encore, Noëlle. Maintenant, elle est à lui. Doit-il l'annoncer aux parents, pour briser court ? Peut-il la leur acheter ? Il évoque un voyage dans un relais de chasse africain. Une Noire dont il caressait la petite fille, voulait la lui céder contre deux litres d'huile. Les Réglisson lui abandonneraient-ils Noëlle en échange d'un gros chèque ? Il a du mal à réagir pour ne pas leur proposer un marché de ce genre. Mais va-t'en savoir, avec les pauvres de nos jours, surtout quand ils sont à gauche, jusqu'où va se nicher la probité et même l'honneur. Y a pas que les truands qui en ont ! Ça arrive également aux gens modestes.

Bouteille, petits verres (heureusement très petits). L'odeur du rhum. Une odeur de grippe pour Tumelat qui se souvient des grogs de sa jeunesse.

Et puis il retrouve d'autres images. Une papeterie tenue par un petit homme tout jaune dont sa mère chuchotait qu'il avait le cancer et qu'il était condamné. Horace allait souvent chez le type faire l'emplette d'une gomme ou d'un crayon. Il le guettait du coin de l'œil, espérant confusément le voir mourir. Dans le magasin, ça sentait en permanence le rhum car le gars devait se tacher pour oublier son mal, le mieux supporter. Il devenait, au fil des jours, de plus en plus jaune et maigre et faiblard et lointain. Horace regardait, regardait, comprenant que c'était cela, mourir. Ce lent recul en soi, cet effacement progressif. Le petit papetier le faisait songer à un ballon rouge, ballon réclame, « Chaussures André », qu'il avait laissé en liberté dans sa chambre et qui maigrissait, se fripait, redescendait peu à peu sur la terre. Et puis un lundi on sut que le papetier était mort à l'hôpital. Et puis on l'oublia. Et le Président Tumelat, chef de groupe, ancien ministre, tout ça bien, tu le vois qui pense à ce pauvre minus de jadis, depuis longtemps évanoui dans la valse cosmique de notre planète. *De profundis*. Il boit le rhum à la mémoire du petit papetier défunt. Il boit à ses souvenirs d'enfance. Une enfance si lointaine et si proche pour lui !

Bon, et maintenant qu'il a bu, il lui faut Noëlle.

— J'aimerais bien saluer votre fille, dit-il, tout de go.

La mère Réglisson qui palabrait reste coite, une phrase pas finie aux commissures, comme du jaune d'œuf. Elle sourit. Mais son bonhomme reprend sa gueule de catastrophe ferroviaire.

— Si vous n'y voyez pas d'inconvénient, je préfère la laisser dormir, dit-il. Elle est sortie en fin de journée et, à son retour, elle s'est claquemurée dans sa chambre en disant qu'elle allait se coucher sans manger. Depuis quelques jours, elle est comme folle. Je voudrais la montrer à un neurologue. Elle a eu un accident de Solex et...

Le Président n'écoute pas. Il VEUT la voir ! Point à la ligne ! C'est pourtant simple, non ? Il est à trois mètres d'elle. Il vient de cracher une brique à ces deux bœufs pour franchir leur seuil ;

drôle de péage, non ? Alors, Il VA la voir, et puis quoi te dire de plus ? Quand une chose est nécessaire, elle devient obligatoire, pas difficile à piger ! Il est obligatoire que le Président Tumelat voie Noëlle.

— Vous n'avez pas d'enfants, monsieur le Président ? Eh bien vous connaissez le proverbe qui dit « Heureux qui a des enfants, mais pas malheureux qui n'en a pas ». Là là, si vous saviez. Quand ils ont fini avec leurs maladies infantiles, c'est l'école. Et puis après, les peines de cœur. En ce moment, je ne sais pas ce qui la mène, mais elle est accrochée, croyez-moi. Et quoi faire, nous parents ? Quoi dire ? On est en porte-à-faux, à contre-courant, ils nous prennent pour des vieux kroumirs radoteurs...

Ainsi gémit Victor Réglisson. Petit lait pour le Président qui le lape et se délecte. « Elle est accrochée, croyez-moi ! ». Ainsi donc, c'est authentique : elle l'aime pour de bon ?

Il se lève :

— Laissez-moi lui parler, je vous prie.

Le couple s'entre-dévisage, incrédule. Le Président veut parler à Noëlle ! La secourir ? Quelle mansuétude inimaginable ! Il veut lui porter la bonne parole ? Il veut les aider à récupérer leur enfant ? Mais c'est le bon Samaritain, cet homme ! C'est Dieu-le-Père !

Entre lui et moi, il n'y croit pas fort à l'efficacité verbale du Président, Victor. Sa fille, ce qu'elle en a à foutre des préchi-préchas de ce vieux mec ! Enfin, s'il y tient...

Il va frapper à la porte :

— Noëlle, ouvre !

Personne ne lui répond. Il frappe plus fort. Rien.

Agacé, le Président le rejoint.

Il dit simplement :

— Noëlle, c'est moi !

Et vite, terrifié par son audace, ajoute :

— Le Président Tumelat.

Tu n'as pas le temps de compter jusqu'à trois que la porte s'entrebâille. La petite figure triangulaire de la jeune fille paraît, un peu brouillée parce qu'elle avait le visage dans son oreiller et qu'elle pensait, pensait, pensait à perdre haleine, ou à bouche que veux-tu, ou à tire-larigot ou d'autres, comme tu juges...

Elle porte un curieux pyjaveste qui lui tombe presque aux genoux. Stupéfaite, elle considère le Président, puis ses parents pareils à deux artistes d'opéra quand c'est pas leur tour de chanter. Vite, Tumelat murmure :

— Navré de vous importuner, mademoiselle, verriez-vous une objection à ce que nous bavardions un instant, vous et moi, en tête à tête ?

La surprise l'empêche de répondre. Sa mère croit devoir insister :

— Tu peux ! Monsieur le Président pourrait être ton père.

Car elle est polie, Georgette.

Noëlle laisse entrer le Président. Ce dernier pénètre dans une chambrette pleine de cretonne fleurie, d'objets délicats, et il y a même encore des peluches sur un coffre d'osier : un nounours et une tortue qui bouleversent le Président. Il donne un tour de clé à la porte.

Il prend Noëlle dans ses bras, la porte jusqu'à son lit qui sent le lit. Il l'étend, lui ouvre ses jambes, plonge sa tête sur la source. Et encore une fois, il la prend avec d'infinies précautions, et tous deux essaient de haleter sans bruit. Et pour la première fois, ce lit de nubilité devient un lit d'amour, il est dépucelé par le Président. On découvre qu'il possédait un sommier et que ce sommier, pareil à tous les sommiers, chante la charge de l'acte d'amour.

Alors ils s'aiment le plus menument possible, à corps feutrés. Mais ils s'aiment violemment dans le silence exigu de la prudence. Tornade silencieuse, typhon à bourrasque de velours... Abîmes de nuages, sans fin, sans fin... Valse du néant. L'amour. Ils se mangent la bouche ; ils se mordent les dents. Prodigieux de passion et de fureur extatique.

Enfin leur étreinte se calme et cesse. Ils se désunissent de corps. Le Président caresse le visage couvert de sueur et brûlant de jouissance.

— Je leur ai dit que j'allais te sermonner, essaie de les rassurer, promets-leur ce qu'ils voudront. Et surtout à demain, ma fée bleue, à demain, mon soleil, à demain, ma maman.

Il rajuste un peu sa mise, espère ne s'être pas filé du foutre sur le bénouze, regarde discrètement autant que faire se peut ; ne voit rien.

Il est enivré d'elle. Il l'attend déjà.

Dans le living, les Réglisson se confondent en remerciements.

XXXIV

Pour une personne grassouillette, il est malaisé de se raser les poils du pubis. Elle en a le torticolis, Marie-Marthe Fluck, de tellement se contorsionner, relever son ventre avec l'avant-bras gauche et de la main gauche, aussi, se tendre la peau pour que la droite puisse promener le rasoir à bon escient. Elle a eu beau se savonner le pourtour de la moulasse avec un reste de crème dont usait son mari, et qui est séché, mal moussant ; oui, elle a eu beau, ça rase mal. Manque d'habitude.

Cela forme une sorte d'emplâtre écœurant au bas de son ventre, c'est grisâtre, collant, et des poils rebiffeurs en émergent. Elle, consciencieusement, promène la tête du rasoir sur la partie à dénuder. De petites rafales de pleurs lui montent. Elle trouve honteux, à son âge, de devoir céder à ce caprice sadique. Pourquoi n'a-t-elle pas l'énergie nécessaire pour flanquer ce type à la porte ? Qu'est-ce qui la pousse à se soumettre ainsi, sans protester ? Ressent-elle confusément, très au fond de son être, une vague ivresse à être dominée, humiliée par ce tortionnaire ? Et pourquoi pas ? La nature humaine est si complexe, si tortueuse…

Alors elle rasotte, breli-brela, de-ci, de-là, avec une gaucherie affligeante, chougnassant, reniflant, évoquant son défunt, le cher Moïse qui voulait devenir Suisse héréditaire, le pauvre chou. Leur petite vie sans problèmes d'autrefois. Que, de temps à autre, au gré du vent malin, elle se laissait fourrer par un mâle de passage : livreur, postier, représentant, voire chauffeur de taxi, la petite tringlée mutine, soulageante, sans lendemain jamais. Le coup hygiénique, pour compenser le manque d'ardeur du tailleur qui baisait sans grande conviction avec son pauvre nœud circoncis. Elle déplore l'engloutissement des menues joies d'antan, Mme Fluck, maintenant qu'elle se trouve sous la coupe de ce grand pendard, vaurien empolicé abusant de ses pouvoirs.

— C'est bientôt fini, oui ? s'inquiète Pauley, depuis la cuisine.

Il hésite à entrer, mais s'y refuse parce que le spectacle de cette bientôt vieillarde en train de se dépoiler le frifri risquerait de le dégoûter. Or, il en a classe de lanterner avec la mère Fluck Elle l'obsède, cette grosse vache ! Pas une heure dans la journée sans qu'il pense à son gros cul et à sa forte moule bombée, un peu pendante comme chez les vieilles juments, tu sais ? Alors, merde à la fin ! Il va la foutre une bonne fois, lui ramoner le baigneur d'importance pour museler son imagination. Qu'à la longue, le mignon derrière de Mireille finit par ne plus rien lui dire. Il la sodomise à la négligée, sans chaleur ni prémices savantes ; une fille pareille, dont le succès est éclatant et qui pourrait se lever des michés de grand panache si elle le voulait ; mais elle préfère être chibrée par sa brute de flic, la mignonnette ! Elle l'a dans la peau. C'est son homme, quoi, comme dans la chanson. Pourtant, elle est bien plus intelligente que lui ! Paul ne voit pas plus loin que son nœud. Il est tout juste bon à emballer des loubards en folie, quand ils viennent faire la corrida chez un bistrot. Là, oui, il est à son affaire, le bandit. Il a une manière de les empoigner par le col de leur blouson, un dans chaque main, et de les faire trinquer de la tronche : blong bing ! Il aime les crânes qui sonnent le creux. D'ailleurs, il a remarqué, tous les crânes sonnent le creux, y compris les mieux remplis Celui d'Einstein aussi sonnait le creux, on n'y peut rien. La finalité d'un crâne, c'est de ressembler à une boîte. Ne dit-on pas la *boîte crânienne ?* Et alors là, quand il les assomme mutuellement, Pauley, personne ne peut l'accuser de passage à tabac, tu comprends ? Les dégâts, c'est les loustics qui se les causent. Lui il n'a fait que tenter de les séparer. Il est le seul, parmi ses collègues, à réussir ce petit exploit. Faut de la musculature et le coup de poignet, espère !

Bien, je te disais qu'il ne veut pas entrer chez mémère avant la fin de l'opération.

Mais il se fait tarter à attendre, alors il la houspille de l'autre côté de la porte. Et la malheureuse promet que « oui oui ça va y être », mais ça n'y est pas ; pas encore. Et ça n'y sera pas parfaitement bien quand elle en aura terminé. Se faire ça soi-même, avec un ventre et des bourrelets, à la tienne !

Comme Pauley s'emmerde, il se rabat sur les chats. C'est son obsession, ces matous gras comme des évêques de province. Il mijote de tous les détruire, au fur et à mesure de ses visites. Déjà deux de liquidés ! Il cherche des moyens originaux pour se payer les autres. Décide de trouver un mode d'exécution particulier pour chacun d'eux. Chiche ! Ça l'excite.

Tiens, il lui vient une idée. Et fameuse, je te promets ! Il va allumer le four de la cuisinière, le branche sur le 6, qui est le maximum, puis choisit un greffier endormi : un vilain blanc et noir, très gouttière d'aspect, un peu mité même sur le dos. Le chat se laisse prendre en confiance. A peine s'il ouvre un œil. Il ne redoute rien de personne, ce minet, ayant eu affaire à Mme Fluck depuis qu'il est chaton. Gavé de mou, de lait, de poisson, il passe sa vie entre sa caisse de sciure et son coussin de velours. De temps à autre il se bat avec un autre copain chat du lot, mais sans grand dommage, plutôt pour dire de tuer le temps.

Paul Pauley (dit Paupau) l'introduit dans le four tiédissant. Bonne idée, songe le matou. Il se rendort. Pauley referme la porte vitrée. Il va au transistor de la vioque et se met à chercher de la musique parce qu'il prévoit que, dans pas longtemps, le chat ne va plus trouver l'aventure marrante.

« Bon, se dit Marie-Marthe, il écoute de la musique, ça va lui faire prendre patience ».

Elle rase dans les coins, maintenant, ayant enlevé le plus gros, pourchasse loyalement les touffes sournoises embusquées dans les replis.

Encore dix minutes minutieuses et elle en a terminé. Elle va se filer une petite ablution sur son bidet jauni dont les roulettes gémissent sur le vieux lino du placard-salle d'eau, puis elle se contemple dans la glace. Ça fait cinquante-cinq ans qu'elle n'a plus eu la chatoune dénudée. Je peux te dire que ça lui fait tout chose ! Petite fille, elle avait un mignon triangle de peau rose ; à présent, ça n'a plus de forme précise, c'est gras, quoi, boursouflé de partout, débordant, voilà le mot : dé-bor-dant ! Va-t-il être enfin satisfait, le salaud ?

Justement, à bout de patience, il frappe. Elle lui annonce qu'il peut venir.

Pauley se retourne pour mater les soubresauts du greffier dans le four. Il cabriole en poussant des plaintes affreuses couvertes heureusement par la radio (on retransmet en différé une soirée du Festival du Jazz d'Antibes). Très bon, le jazz, idéal pour couvrir l'agonie d'un chat qu'on a mis à cuire vivant.

Pauley se hâte d'entrer et de refermer la porte.

Il s'y adosse.

— Alors ça y est ? demande-t-il avec son large sourire de sombre fumier.

Elle acquiesce, craintive pour la suite. Le tyran va-t-il lui marquer sa satisfaction ?

Marie-Marthe est redevenue une petite écolière maladroite, elle se revoit à l'école des sœurs lorsqu'elle apportait son cahier du calcul à la religieuse sévère qui lui faisait la classe. Là, c'est son sexe qu'elle doit montrer.

— On peut admirer ? ricane Pauley.

Rien que ce mot « admirer », qui indique la moquerie, la fait frissonner. Elle relève sa chaste chemise de nuit, si peu propice aux libertinages. Pauley est très anxieux de voir le résultat. Il s'approche, s'accroupit sur ses talons dans la posture du joueur de pétanque. Drôle de chatte, décidément, les lèvres très marquées pendent trop à son goût, mais quoi, il ne peut pas lui demander des les découper, hein? Il ne lui reste plus qu'à triquer. D'ordinaire il commençait par là. Et voilà qu'il ne se sent pas tellement en forme. Après un temps d'hésitation, il va s'allonger sur le lit de la mère Fluck, tout loqué, sans seulement ôter ses baskets poussiéreuses, ce qui panique la bonne dame. Il pense au chat qui cuit dans le four et se retient de rigoler ouvertement. L'animal est-il mort? Il voudrait aller se rendre compte. Ça le prend d'un coup.

— Ecoutez, la mère, fait-il, vous allez vous rhabiller, mettez le tailleur que vous aviez un jour, vous vous rappelez? Et surtout, n'oubliez pas vos bas, hein. Grouillez-vous!

Il ressort. Dans la cuisine, une odeur pas fameuse commence à dominer celle de la pisse de chat : l'odeur du minet dans le four. Pauley va regarder par la vitre, comme s'il surveillait la montée d'un soufflé. Le chat est convulsé, pattes raides, tête tordue, denture dégainée, bouche plus béante que celle d'un crocodile assoupi dans la torpeur torride d'un marécage tropical.

Paul Pauley éteint le four, et tout de suite après la radio. Satisfait, il retourne dans la chambre où la vieillasse résignée achève de se harnacher comme pour sortir.

— C'est comme ça que je vous préfère, assure-t-il. Relevez-moi voir votre jupe que je me rende compte!

Elle obéit. Elle ne chiale plus. Elle est d'une passivité déconcertante. On dirait un automate.

Pauley prend beaucoup de plaisir à regarder, à présent qu'elle a ses bas, ses jarretelles et la jupe. C'est très particulier, ce con imberbe. Excitant. Il faudrait simplement que mémère y mette du sien, qu'elle participe. Le plaisir solitaire est mutilé. Il la voudrait bien salope, Mme Fluck. A fond dans les dévergondages. Vorace d'amour; montant au paf comme les soldats de 14 montaient en ligne, avec une détermination exaltée.

Il essaie de la chauffer.

— Maintenant, plus rien ne s'oppose, lui dit-il, t'entends, poupée?

Oui, elle entend. Pense que allons-tant-mieux, ouf!

— Tu sais que t'es bandante, la mère? Je me demande, une grosse vacherie pareille, ce qui peut m'exciter.

Tout en disant, il se dégaine le braque. Un projet de bandaison désamorphe son gros sexe de bourrin. Il le fait sautiller dans sa main, l'épanouir; souvent ça réussit. Cette nuit, il est tout indécis, le zob à Pauley. Pas déconfit, oh que non, mais son potentiel d'énergie est en veilleuse. Il faudrait un petit quelque chose, pas beaucoup, comme un déclic propice. Que l'autre truie entre franco dans le jeu, quoi!

Il lui dit :

— Approche!

Elle vient à lui, un rire niais de gêne mal surmontée sur sa face plate.

— Tu fais un petit bisou à ce trésor, poupée ? demande-t-il en offrant sa bite.

La mère Fluck dénègue. Non, non !

— Je pourrais pas, j'ai jamais fait, j'aime pas ça, s'excuse-t-elle.

Ça part à une vitesse folle. Une gifle qui la fait reculer de deux pas. Elle heurte une jolie table ovale à un pied, appelée guéridon. Dessus, il y a un cache-pot de cuivre ciselé rapporté du Maroc où ils font des œuvres d'art très belles dans le genre, là-bas, et dans le cache-pot, une plante artificielle qui représente des cyclamens. Tu jurerais des vrais.

Le guéridon bascule, et le cache-pot, et la plante.

La dame Fluck en est calamitée. Malgré tout, elle se retient de pleurer. Trop, c'est trop. Elle commence à se tarir. La voici qui ramasse les objets. Sans rabaisser sa jupe. Et c'était ça qu'il lui fallait à Pauley, ce gros cul brusquement ouvert par la position. Il est instantanément vigoureux. Sans perdre une minute, il saute sur la veuvasse et l'enfile à même le plancher, parmi les faux décombres. C'est un ardent coït, fringant, nerveux. De la très belle troussée d'étalon aux moyens solides. Elle doit convenir qu'il la fait reluire, mémère.

— Ma poupée, lui chuchote-t-il à l'oreille, ah ! ma poupée, ma poupée !

Et il râle en avant-coureur du pied, Paupau.

Pendant qu'il escrime comme un esclave nègre, elle murmure, mi-pâmée, mi-consciente :

— Dites, mon petit loup, vous me promettez de ne plus faire de mal à mes minous, hein ?

Oh ! nom de Dieu, la garce ambulante ! Ça le désamorce net, Pauley, cette supplique à la con en plein brossage. Lui désarticule la membrane. Il est à zéro immédiatement ! Et dans une colère pas agréable à contempler des tribunes !

Il déjante en hâte, demeure agenouillé entre les brancards de la grosse et se met à lui marteler les cuisses à coups de poings. Ce bruit flasque de pâte à pain pétrie le stimule.

— Mais, puanteur ! Mais, vérolerie ! Mais, putain crevée ! Mais, furoncle ! Mais, sac à merde ! Mais, tombereau ! Mais, nuisance ! Tu ne pouvais pas la fermer pendant que je te mets, ta charognerie de gueule pourrie ! Espèce de claque-chiasse ! Gamelle ! Chienne en chasse ! Gadoue ! Diarrhée verte ! Ce besoin de déconner juste que j'allais te lâcher ma fumée, salaupiaude ! Et pour dire quoi, hein, godasse ? Me causer de tes crevures de chat à un moment pareil ! Mais t'es donc juste une chasse d'eau détraquée ! Juste un nœud de varices ! Juste un tas de boyaux fumants ! De la choucroute avariée ! Une poubelle de bidonville ! Tu me pollues, la vieille, à force d'à force. Tu m'uses le système. Tu sais que je vais finir par te buter si tu continues, punaise. T'éventrer à coups de talons. T'enfoncer mon poing dans la gueule jusqu'au coude ! Que je t'arracherai les cordes vocales, ma bourrique, les poumons, le gésier, toute ta merdasse intérieure. Oh ! mais j'ai jamais rencontré une radasse pareille, moi. Je suis là à essayer de te faire briller, moi, un garçon qu'a pas la moitié de ton âge, ancien champion de volley au Racing, beau, bien monté, officier de police, donc bachot, je vous prie ! Et toi, morue, au lieu de m'implorer à genoux, de me sucer avec dévotion en remerciant le ciel la bouche pleine, toi, sous-salope, bourrée d'années et de cellulite, tu me traites le baisage par-dessous la jambe ! T'es là, horrible et faisandée, puant du cul et de la clappe, t'as cent berges et un râtelier qui ne tient plus le choc, tu pends de partout, t'es grasse et daubée, t'es rance, t'as des vergetures, des plaques bleues comme les noyés de longue date, des veines en relief, une bouille de colique, t'es conne, conne et re-conne, et en plus grotesque, je porte à ta connaissance ! Gro-tesque ! On te trouverait clamsée dans la rue, c'est pas une ambulance qu'on demanderait mais la voirie ! Tu ferais chier un constipé, rien que par ta présence, toi et tes chats à exterminer d'urgence. Moi, je vais porter le pet sur tes bestioles, ma crevure, tu peux y compter ! Atteinte à la salubrité ! Tu contamines le quartier avec ces sacs à vermine ! Y a des enfants dans la maison : chez les ritals, tiens, là en-bas. Ils ont droit de vivre, les petits ritals, que tu veuilles ou pas, chamelle ! Y en a marre de les étioler avec tes cent six chats mités, pleins de gale et de bactéries féroces. Tu nuis, la vieille ! T'es de trop, faut qu'on s'occupe ! Et étrangère de surcroît, je n'oublie pas ! Veux-tu que je te dise ? T'embarrasses ! Il fut un temps, on détruisait les ordureries de ton espèce. Ce besoin de me parler de tes greffiers en plein élan du cœur. Pile que ça venait, que j'allais te faire l'insigne honneur de mon foutre surchoix, bougre de corbillard !

Au fil de la rogne, Pauley s'est remis debout, a rentré sa queue molle dans son training rouge, et a gagné la porte.

Il est mort d'essoufflement, épuisé par sa colère. Ce brasier de rage a consumé toutes ses forces.

Simplement, il ajoute avant de partir :

— T'as de la chance de tant ressembler à ma mère !

XXXV

De même qu'il s'est livré à une espèce de danse incantatoire avant de se décider à monter, de même il en exécute une autre avant de se décider à partir.

Le voici de nouveau au pied de l'immeuble menaçant, si haut, si fragile, criblé de lumières. Et il ne se résout pas à s'en éloigner, parce que cet immeuble la contient. Il est l'ostensoir brillant où elle est placée pour rayonner sur le destin du Président. Et comme il la vénère, il vénère tout ce qui l'approche, tout ce qu'elle touche ou voit. Il vénère ce grand ensemble et sa faune harassée, il vénère l'esplanade galeuse qui l'entoure, et plus encore toutes les fenêtres illuminées comme autant d'étoiles de crèche. Il vénère la sinistre banlieue aux odeurs nocives. Il vénère l'horizon rébarbatif, où se découpent des usines et des gazomètres, des châteaux d'eau, des toits de poésie noire et où les nuages sont semblables à d'énormes ballons en dégonflade.

Il vénère son amour, le Président Tumelat, ce bel amour si tardif, mais si puissant, combien insolite ! Alors il se rapproche de la gigantesque bâtisse que la nuit embellit en l'effaçant, mais qui est si laide au soleil, avec ses matériaux d'économie et ses fadasses couleurs pour camouflage. Il s'approche de la bâtisse, pose ses mains à plat dessus le crépi rêche, comme un homme qu'on fouille. Et il touche la peau de l'immeuble avec ferveur, s'imaginant que c'est celle de Noëlle, la gamine élue, la gamine régnante. Et il applique sa joue contre le ventre de l'immeuble, à l'écoute de sa respiration à elle, là-haut, quelque part, cachée dans un alvéole de la ruche. Et puis se met à lui parler à voix chuchoteuse. A lui répéter qu'il l'aime, et qu'elle est sa souveraine, son italienne, sa maman, sa petite pauvresse de bonheur, son enchantement, sa mission. Il dit les mots qui lui giclent de l'âme, comme moi, l'auteur de Jallieu, je disais d'autres mots aux pierres froides de l'église où l'on avait porté le corps de ma vieille morte menue, la nuit d'avant qu'on l'enterre ; la nuit d'avant le froid instant depuis toujours prévu et redouté où on l'a laissée glisser dans un trou rectangulaire, aux parois bien nettes, je me demande comment.

Oui, il a besoin de s'épancher, besoin de ne pas conserver tout entier le monceau de tendresse qui l'écrase. Il sait à quel point demain sera long à venir. Une vieille et grosse femme en forme de tonneau arrive en se dandinant, noire et charriant un cabas bondé. Elle marque un temps de surprise devant cet homme appuyé au mur par ses deux mains à plat et qui parle au sale crépi couleur de vilaine merde. Pense qu'il dégueule en ce dimanche soir. S'étonne pourtant de ce qu'il est bien mis : pas endimanché, non : élégant. D'une élégance coûteuse. Et les riches élégants n'ont pas pour coutume de dégobiller au pied d'une H.L.M.

Le Président réagit, la pudeur étant chevillée aux individus. Il sourit à la vieille femme qui, vaguement rassurée, continue d'aller vers la porte.

Le Président, poussé par une force obscure, la hèle

— Madame, je vous prie!

Elle s'arrête de rouler d'un pied sur l'autre et de traîner son cabas plein, son corps plein aussi, et l'un comme l'autre c'est de choses de mauvaise qualité.

Il vient à elle en tirant son argent de sa poche. La lumière soufrée de l'entrée jette un rectangle brisé sur le sol malade. A cette lueur pour agression, Tumelat choisit un billet de cinq cents francs qu'il propose à la vieille. Elle ne fait pas un geste, cesse de regarder la coupure, dès qu'elle l'a identifiée, pour s'intéresser au Président. Lui, elle ne le reconnaît pas dans les pénombres et vu l'endroit.

— Qu'est-ce qu'il y a? elle demande, gentiment, comme on s'adresse à un énervé dont on redoute les emballements.

— Faites-moi plaisir : prenez cet argent! supplie le Président.

Elle fait non de la tête. Pas une seconde elle n'est tentée par l'aubaine.

— Rangez ça et rentrez chez vous! dit-elle, se voulant persuasive.

Le Président frémit.

— Ce n'est pas ce que vous pensez, madame, je ne suis ni fou ni ivre, simplement amoureux. J'aime quelqu'un qui habite ici, et j'ai besoin de faire quelque chose pour célébrer cet amour ; je ne sais si vous pouvez comprendre...

Elle ne peut pas, bien entendu, puisqu'elle n'est pas en état d'amour ; comment voudrais-tu?...

— Je vous le demande, insiste le Président d'un ton pathétique. Vous vous achèterez quelque chose d'agréable afin que vous ayez des miettes de mon bonheur.

Elle a une question de pauvresse :

— Mais, pourquoi à moi?

— Parce que vous passiez au moment où j'ai eu besoin d'accomplir ce geste.

Il s'empresse d'ajouter, afin de ménager sa susceptibilité :

— Je sais bien que vous n'avez pas besoin de ce billet, mais considérez-le comme le lot d'un de ces jeux radiophoniques idiots qui abêtissent les gens et les corrompent bon gré mal gré. Là, au moins, c'est voulu. C'est... fraternel.

Mais elle continue de hocher négativement la tête.

Le Président dépose le billet sur le sol. Il ne le jette pas, ce qui serait méprisant. Non : il le dépose, tel un objet fragile.

— Eh bien, si vous le refusez, quelqu'un d'autre profitera de l'aubaine, mais c'est dommage car j'aurais aimé que ce fût vous. Bonsoir, madame et bonne chance...

Il s'éloigne.

Se retourne après quelques pas. Et il voit la grosse vieille ramasser le billet Il en conçoit un grande joie brûlante, comme si son bonheur avait dépendu de ce geste.

Cette fois, il file tout droit à sa voiture, garée à la diable sur le parking défoncé.

Mais il ne va pas regagner son domicile tout de suite. La solitude l'effraie. Maintenant qu'il a Noëlle, il ne va plus pouvoir vivre comme avant.

Une fois au volant, et tandis que son moteur ronronne feutré. il réfléchit. Où aller ? Chez *Lipp* pour y retrouver des gens de connaissance ? La perspective de devoir affronter des relations et échanger des phrases avec elles le terrifie 'l hésite

Et démarre lorsqu'il a trouvé.

***

Cette fois, il n'est plus adossé à la cloison, mais allongé, en chien de fusil sur le grabat. Dormait-il ? En tout cas, lorsque le Président se coule dans le réduit, l'homme a les yeux ouverts D'ailleurs, sa petite loupiote faiblarde se trouvait allumée.

— Déjà vous ! fait le fantôme. Mais il est la nuit, non ? Quelle heure avez-vous ?

— Dix heures et demie, dit le Président. Voulez-vous que je vous laisse ma montre ?

— Non, je ne suis plus en étant de suivre la marche des aiguilles sur un cadran. Le temps, pour moi, c'est devenu autre chose.

Le Président ne demande pas quoi, et le séquestré ne songe pas à le lui révéler.

Tumelat s'assied à la turque, les jambes croisées, une main appliquée sur chaque genou.

— Vous m'avez dit, tout à l'heure, que vous n'étiez pas français, attaque-t-il ; de quelle nationalité êtes-vous donc ?

Le fantôme se remonte sur sa couche pour adopter sa posture favorite quand il reçoit *une visite*.

— Oh. voyons, faites un peu travailler vos méninges. Président, ce n'est pas difficile à deviner.

— Allemand ? demande Tumelat.

— Bravo ! vous voyez que la déduction s'imposait...

Un silence embarrassé succède.

Pour meubler, le Président finit par dire :

— Vous n'avez aucun accent.

— Je n'en ai jamais eu, j'ai été élevé en France, mon père dirigeait à Paris la succursale d'une fabrique d'appareils d'optique allemande.

— Voilà pourquoi vous vous intéressez tellement à l'avenir de mon pays ?

— Non ; votre pays, monsieur le Président, je lui ai beaucoup nui pendant une période de ma vie. Tellement que des regrets me sont venus. Et, des regrets aux remords, il n'y a que le temps de la maturité.

Il soulève un peu sa main, en un geste qui lui est familier, pour la promener devant lui et écrire sa pensée dans le vide.

— Mais ce n'est pas pour me demander ma nationalité que vous êtes venu, ce soir, je suppose ? J'ai l'impression que quelque chose vous est arrivé ; quelque chose d'exaltant dont vous souhaitez m'entretenir.

Le Président est admiratif devant cet être de divination qui sent tout et lit en lui, pourtant retors, avec une telle aisance.

— C'est juste, dit-il. Il m'arrive en effet quelque chose. Quelque chose qui doit sembler banal, vu de l'extérieur, mais qui, pour moi, est considérable.

— Vous êtes tombé amoureux ?

— Oui.

— De quelqu'un de très jeune ?

Là, le Président réagit.

— Mais bon Dieu, comment diantre le devinez-vous ? Liriez-vous dans ma pensée ?

— Pas trop, répond le spectre, mais quand un homme de votre âge et de votre assurance se met à ressembler à un écolier puceau, c'est qu'il est sous le charme d'une très jeunesse. Quel âge a-t-elle ?

— J'ose à peine le dire.

— Seize, dix-sept, dix-huit ? Ne me dites pas qu'elle a plus de dix-huit, car ce ne serait plus une jeunesse. Selon ce que j'entends à la radio, les filles sont adultes de plus en plus tôt.

— Elle a dix-sept ans, révèle le Président.

Ça lui cause un bien délectable de parler de Noëlle à ce zombie. Il devrait avoir honte de son impudeur, cependant. Raconter le plus chaud, le plus pur, le plus ensoleillé de tous les sentiments à ce cloporte prostré dans une nuit définitive constitue un crime moral. Décidément, il aura été jusqu'aux limites de son infamie.

— Vous voilà tout bouleversé, note le prisonnier. Viviez-vous donc sans amour, Président ?

— Je crains que oui. Un mariage raté, quelques pétasses savantes, de brèves liaisons, dites mondaines et certaines habitudes sexuelles avec des ancillaires me tenaient lieu d'amour. Piètre tableau de chasse, n'est-ce pas ?

— Il me semble, en effet. Notez que, dans ma vie active, j'étais homosexuel, et encore : par vocation philosophique. Et cette enfant répond à votre passion ?

— Tout me le laisse espérer.

Et puis il raconte Noëlle, le Président. Par le menu, en reprenant les choses à la mort d'Eusèbe. Il n'omet rien, fournit des détails qui ne paraissaient pas avoir impressionné sa mémoire auparavant. Il dit sa première réaction, faite d'avidité de l'avoir à lui pour le contempler. Leur furtive rencontre au cimetière. L'accident de Solex. Et les premières étreintes, à quelques mètres de là, sur le lit de vieillesse de tonton, son lit de piètre mort. Il raconte sa visite de ce soir, la manière dont il a forcé sa porte ; et puis sa joue, plus tard, contre la grande caserne où elle demeure pour l'instant. Il a dit pour l'instant, car il sait que la situation ne se prolongera pas indéfiniment. Et il parle du billet de cinq cents pions offert à la grosse vieille, toute ronde, qui roulait en marchant, encore alourdie par le gros cabas noir. Il retrouve les folles paroles qu'il a dites à Noëlle, les répète sans y changer une syllabe ni une intonation, car il est en état second, le Président. L'état second de l'amour qui se perpétue, comprends-tu ? Qui ne peut pas se permettre de faiblir et dont les flammes dansent bien haut, en crépitant.

Le spectre écoute sans interrompre ; face de cuir boucanée, masque d'une autre fois. Que pense-t-il de ce conte rose pour sexagénaire ? Se retient-il de ricaner ?

Quand le Président se tait, le séquestré recommence à promener sa main au-dessus de ses jambes superflues, pour préparer le chemin aux paroles qu'il va prononcer.

— Eh bien, le voici, le levier, déclare-t-il.

— Quel levier ? s'inquiète le Président.

— Celui qui vous donnera la force de conquérir le pouvoir !

Son éternel dada ! Il doit être dérangé, fatalement, par sa claustration infinie. On ne peut rester accroupi dans un trou pendant dix-huit ans sans...

Le Président reçoit un coup au cœur.

Mon Dieu, c'est vrai : l'homme a été enfermé ici avant même que Noëlle ne soit conçue ! Il était déjà là, dans cette sous-bauge, le jour où les Réglisson ont rapproché leurs deux ventres ! Il en est hébété d'épouvante. Il a comme un sanglot infini qui l'ébranle de la tête au pieds. Il voudrait demander pardon à l'homme. Mais on ne demande pardon qu'à quelqu'un à qui on a cessé de nuire. On ne peut le faire pendant son supplice, ce serait fou et cela ajouterait à la barbarie.

— Oh, Seigneur, le pouvoir, soupire-t-il avec écœurement.

Son interlocuteur s'anime ; oui : s'anime. Il cesse d'être un fantôme à sang froid — ou privé de sang ? — pour dire avec fièvre :

— Tout est tracé, tout est tracé, écrit. Tout s'accomplit. Je savais que mon calvaire n'était pas gratuit. Je flairais qu'un jour, il m'échoirait une mission ; et cette mission consiste à vous inculquer la notion de la vôtre. Ce que vous n'êtes pas capable de réaliser pour une idée, pour un peuple, voire par simple ambition personnelle, vous allez l'entreprendre pour une fille. Elle surgit à point nommé pour vous permettre de respecter votre destin. Monsieur le Président, je vous promets que vous allez devenir grand par amour, fort par amour, invincible par amour. Défaites-vous de votre femme actuelle qui vous encombre et épousez cette petite. Après quoi, faites-lui le plus fabuleux des cadeaux de noces : offrez-lui la France !

XXXVI

Et donc Ginette Alcazar dort du sommeil du juste après avoir fait absorber, sans la moindre difficulté, le sabayon sintromé à son mari.

Elle dort, blasée d'espoir, contente d'elle comme d'une grande œuvre ; dort dans l'infinie félicité de l'espoir bordé de certitude.

Elle rêve.

Rêve étrange, prémonitoire ou complémentaire ?

Elle rêve qu'elle arpente, à pas comptés, les allées d'un cimetière luxuriant, débordant de plantes tropicales qui noient les tombes sous un moutonnement de couleurs.

Elle va en poussant une gigantesque poubelle verte équipée de roulettes. Par moments, de fâcheux graviers freinant l'attelage, elle doit s'arc-bouter pour pouvoir continuer sa route. Mais rien ne la rebute ni ne contrarie son bonheur. Sa joie reste imperturbable, son bien-être intact. Elle va, va, sous des frondaisons odorantes, sans hâte. La poubelle, bien qu'énorme, ne la désoblige pas. Elle contient le cadavre de Jérôme, en position fœtale dans un sac en plastique. Alors Ginette pousse la charge en grande allégresse, sachant qu'aucune fatigue ne s'ensuivra. Elle poussera le temps qu'il faudra pour atteindre le dépotoir.

A un croisement d'allées, elle se réveille en sursaut. La réalité lui revient avec un instantanéisme étourdissant.

C'est Jérôme qui se lève, le sale con, sans prendre la moindre précaution.

Serait-il déjà incommodé ?

— Ça ne va pas ? demande-t-elle, la bouche sèche.

— Pourquoi que ça n'irait pas ? grommelle l'apôtre en balançant un flouze de caissier, je vais pisser !

Ginette regarde l'heure au réveil. Il est trois heures et des. Les comprimés ont dû se mettre au boulot dans l'organisme du vilain. Sûr qu'il va pisser rouge. Elle a toujours prévu que cela commencerait ainsi, la mère Alcazar, par une miction couleur de rubis. Cela vient de ce que le spécialiste avait dit à Eusèbe : si vous constatez qu'il y a du sang dans vos urines, prévenez-moi !

Jérôme sort de la chambre en grattant son derrière poilu à onglées rageuses.

Sa femme suit son cheminement dans le vestibule. Elle l'entend ouvrir la porte des chiches. Puis il se met à pisser dru. Pas de prostate à l'horizon ! Elle s'attend à une exclamation ; et aussi à ce qu'il l'appelle car il n'y a pas plus trouillard que ce type du point de vue santé. Mais il urine sans mot dire. Alors non ? Il ne saigne pas ? Pourtant, merde, huit comprimés de 5 mmg, ça devrait faire du dégât. Sans doute est-il embrumé et ne regarde-t-il pas dans la cuvette ? Ou plutôt attends : comme il ne porte que sa veste de pyjama, il se sera assis sur la lunette au lieu de pisser debout. La chasse tonitrue dans le silence de l'immeuble, réveillant sans doute le vieux militaire en retraite du dessous.

Jérôme quitte les cagoinsses pour se rendre à la cuisine. Quand il se réveille, la nuit, ce qui n'est pas tellement fréquent, il va faire une virée au réfrigérateur pour y piquer un reste de quelque chose car son appétit nocturne est féroce. « Il va saigner des gencives », espère encore Ginette. Elle continue d'attendre, mais rien ne se produit, alors elle enfouit sa tête dans l'oreiller pour ne plus être incommodée par la lumière et finit par se rendormir, mais sans plus rêver cette fois.

La sonnerie de son réveil la dépote de l'inconscience. Elle la laisse s'égoutter sans faire le geste qui libérerait ses tympans de ce grelottement acide.

Et tout à coup elle sursaute en réalisant que la lumière de la lampe de Jérôme brille toujours. Elle est sûre qu'il n'a pas regagné leur couche depuis son pissat de trois heures, sinon elle l'aurait entendu car elle a le sommeil ténu.

Ginette saute du lit pour foncer à la cuisine. Ce qu'elle espérait le plus au monde s'est bel et bien réalisé : Jérôme gît sur le carrelage, la face au sol, devant la porte ouverte du frigo. Mon Dieu ! Enfin ! Et si vite ! Sans fausses alertes ni atermoiements. Pile ! Poum ! Descendez on vous demande !

Son premier réflexe est de gratitude éperdue. La chère femme tombe à genoux auprès du cadavre et laisse grimper son âme reconnaissante :

« Seigneur, Tu m'as entendue, Seigneur, Tu as rendu Ta justice souveraine ! Seigneur, Tu m'as repris cette charogne ! Seigneur, Tu m'as libérée du joug immonde de cet être pestilentiel et de sa queue tordue ! O Seigneur, je passerai les cinquante ans de vie que Tu vas sans nul doute m'accorder encore à célébrer la gloire de Ta gloire, Dieu de bonté et de miséricorde. Puisque Tu l'as rappelé à Toi, un conseil : ne le garde pas à Ton côté, pas plus à Ta sainte droite qu'à Ta vénérée gauche, Seigneur, mais fous-moi cette saloperie en enfer jusqu'à la consommation des siècles et des siècles. Fais-le griller, non pas à petit feu, mais à gros brasier, sans jamais qu'il s'éteigne ! Amen !

S'étant acquittée d'un saint devoir, elle avance, toujours sur ses genoux, jusqu'à Jérôme. Tressaille en constatant qu'il n'est point mort tout à fait. Il râle faiblement, très imperceptiblement, le regard mal fermé et la gueule grande ouverte, avec un peu de bave aux commissures.

Mais c'est du peu au jus.

Elle palpe la poitrine, le cœur ? Une plaisanterie. Il bat comme une montre détraquée lorsque tu la secoues pour lui redonner un frisson de vie. L'agonie !

Elle se redresse et se place à califourchon sur le haï, un genou de part et d'autre de sa tête de porc, qu'il ait la chatte de son épouse en manière d'ultime bonsoir. Elle rit, elle bat des mains. Est-ce que Mme Tito se comporterait comme elle si elle vivait la même aventure ?

Elle envoie des baisers à l'espace, Ginette. Le vide, c'est tout le potentiel de possibilités qui s'offre à elle dorénavant. Un capital jouissance fabuleux dans lequel elle va pouvoir puiser sans jamais le tarir. Elle se goinfrera de liberté.

Bon, assez rigolé, il convient de souscrire aux choses embêtantes.

Elle va téléphoner à leur médecin de famille, le Dr Mordius. Il est encore chez lui et décroche personnellement. Ginette se compose une voix haletante pour raconter. Elle s'offre même un ou deux semi-sanglots qui font bien dans l'affaire.

— Il nous a probablement fait une hémorragie cérébrale, diagnostique le toubib. Ecoutez, il est inutile que je passe chez vous, ce serait une perte de temps, il faut immédiatement le conduire en milieu de réanimation ; je téléphone à l'hôpital pour qu'on vous dépêche une ambulance.

Ginette demande :

— Croyez-vous qu'il y ait de l'espoir, docteur ?

Le médecin a la réponse enchanteresse :

— Mon pauvre petit, je crains bien que non ; à quoi bon vous leurrer !

Oh, certes : à quoi bon !

Quand elle a raccroché, Ginette va retrouver son mari.

— Alors, Jérôme, ça y est ou ça n'y est pas ? interroge-t-elle en souriant.

Comme il est bien inanimé complet ! Parfaitement moribond C'est encore plus inespéré, plus chouette, de le trouver dans cet état que déjà roide. Là, elle a le temps de savourer. Elle voit s'accomplir son veuvage. C'est de la bonne prise de congé, bien ronde, impeccable !

D'allégresse, elle trousse sa chemise de nuit et se fait un brin de branlette près du défunteur. Est-ce que Mme Mao Tsé-Toung a eu envie de se masturber auprès de la carcasse du Grand Timonier ?

Elle n'a pas le temps de se finir. Les ambulanciers vont se pointer. Après, après, après, après, APRES ! Tout, après ! Tout ! Tout ! TOUT ! O joie forcenée, ô grandeur de l'existence, ô délices... et orgues, ça, compte-z'y, mon Jérôme !

Attends, il lui semble qu'elle oublie quelque chose... Putain d'elle ! Le *Sintrom !* Il faut liquider le tube dare-dare au cas où des doutes...

Elle va chercher la boîte cylindrique, la baise, se la refrotte sur le sexe. Comment s'en débarrasser ? Pas ici ! Ne sois pas sotte, ma fille ! Calmos ! Réfléchis ! Evite les emballements !

Elle hésite et finit par la glisser dans son sac à main. Elle la larguera à l'hôpital même ; n'est-ce pas l'endroit rêvé pour se défaire d'un remède ?

Elle finit de s'habiller quand on sonne. Ce sont les infirmiers, les bougres n'ont pas chômé. Deux types gaillards et sympas. Ils développent leur brancard pliant et y chargent Jérôme. Les regards qu'ils échangent en disent long sur leur façon de concevoir le futur du bonhomme Alcazar.

— Je vous accompagne, annonce Ginette.

***

L'ambulance fonce dans le Paris du gentil matin. Il va faire beau, il fait soleil. C'est vraiment une réussite totale. Le conducteur a déclenché la sirène et il roule bon train. Son compagnon se tient à l'arrière, auprès du mourant. Il a appliqué un masque à oxygène sur le groin de Jérôme. Ginette est assise en face de l'infirmier, ses jambes entre les siennes, ce qui l'excite beaucoup, cette dévergondée. Il faut convenir qu'il est bien de sa personne, tout brun, tout jeune dans sa blouse blanche.

Il tâte le pouls d'Alcazar.

— Alors ? demande Ginette.

L'infirmier a un hochement de tête évasif. Ça signifie quoi, que c'est fini ? Ginette se penche pour poser sa main sur la poitrine de son vieux crabe. Dans le mouvement, ses genoux sont prisonniers de ceux du convoyeur qui, d'instinct, resserre ses jambes sur les siennes. Le matin, t'as les sens à fleur de peau, quoi.

Ginette croit sentir encore un frémissement dans la poitrine de l'abject. Mais à ce stade-là c'est peut-être ses pulsations à elle qu'elle perçoit, non ?

Elle retire sa main, la laisse couler de la carcasse du mort au genou droit de l'infirmier. L'y laisse. Surpris, le type en blouse blanche la défrime. Il ne s'attendait pas. Il...

Elle le voit rougir et lui sourit. Un sourire triste et salingue.

— J'ai l'impression de devenir folle, chuchote-t-elle.

— Bien sûr, balbutie son vis-à-vis.

— C'est encore loin, l'hôpital ?

— Dix minutes.

Bon, elle a le temps de lui faire une petite pipe avant d'arriver. Ils sont bien peinards dans cette voiture garnie de verre dépoli. Elle s'agenouille devant le gars et cherche la tirette de sa fermeture éclair. Comprenant l'aubaine inattendue, inespérée, il l'aide.

L'oxygène fuse avec un léger bruit pas désagréable.

* * *

Elle attend dans une salle très claire, fraîchement repeinte, meublée de vingt-huit chaises en bois verni et d'une table basse surchargée de vieux « *Jours de France* » dépenaillés. Mais elle n'a pas le cœur à lire. Elle est barbouillée parce qu'elle a sucé ce garçon avant d'avoir bu un café. Comme elle se plaît à le répéter : « Moi, avant mon premier café, je n'existe pas. » Et ce con de brancardier était d'une abondance folle ! Néanmoins, elle ne regrette pas. C'est une finale en vraie apothéose, elle dit. Pomper un type à côté du cadavre (ou presque) de son mari, ça n'est pas réservé à n'importe laquelle.

Ah,. vérole ! Et dire qu'elle s'est imaginé pendant des chiées d'années que ces choses-là n'arrivaient qu'aux autres. Dedieu, ce destin qui l'attend ! Parce que maintenant, c'est parti pour la gloire. Si elle sait manœuvrer, le Président l'épousera un jour. Et un autre jour, il deviendra Président de la République, le Président. Si bien qu'elle sera Mme la Présidente, elle, Ginette Alcazar, après avoir servi de souffre-douleur et de paillasson à un monstre dont le zob ressemblait à n'importe quoi sauf à un zob !

Elle a envie de glousser ; s'en empêche vu que ce n'est guère l'endroit. Tiens donc, et le tube de *Sintrom ?*

Elle le palpe à travers son sac de daim. Où diable le jeter ? Cette salle est si nue...

Elle sort. Demande les toilettes à une fille de salle noire qui traîne une serpillière au bout d'un balai, sans croire à son message humain. La fille lui montre l'extrémité du couloir

Bien enfermée dans les toilettes, Ginette commence par se débarrasser des comprimés roses en les flanquant dans la cuvette des ouatères ; elle actionne la chasse à deux reprises par acquit de conscience. Reste le tube. Elle l'écrase, le plie en deux, puis l'enfouit dans le seau à ordures déjà souillé de rebuts immondes.

Soulagée, elle retourne dans la salle.

Elle est surprise en voyant entrer le Dr Mordius car elle ne pensait pas du tout à lui. C'est un homme d'une cinquantaine d'années, petit, trapu, grisonnant, toujours vêtu en sport. Il raffole des vestes à carreaux, et plus les carreaux sont larges, plus il semble heureux. Il n'est pas seul : un homme en blouse blanche portant un avertisseur d'appel dans la poche supérieure de ladite l'accompagne. Un grand, déplumé, avec des bajoues placides, un regard difficile à émouvoir et des lèvres de critique gastronomique.

Les deux arrivants se taisent devant Ginette.

— C'est fini, n'est-ce pas ? demande cette dernière en admirant la justesse de son ton.

Emouvante voix de veuve-qui-se-domine ; un chef-d'œuvre du genre. Jeanne Moreau ne pourrait réussir mieux.

Elle est ravie d'avoir à jouer ce rôle d'éplorée alors que tant d'allégresse lui gonfle le cœur, Ginette. Feindre le chagrin, lorsqu'on est heureuse à ce point, c'est du raffinement qui surmultiplie les rouages du bonheur. Elle en mouille dans sa culotte. Se jette contre son toubib (plus de quinze ans qu'il les soigne, les Alcazar). L'assermenté d'Hippocrate, embêté, lui tapote le dos. Tiens : il en a un fameux paquet dans le bénouze, cézigue-pâte, elle n'avait jamais remarqué... Ah ! si : une fois, alors qu'il l'auscultait. Mais elle se cognait un 40 de fièvre, la pauvrette. Elle avait tout de même été alertée par les génitaux copieux du docteur qui dilataient ses grimpants.

Ginette se frotte un chouaïa au praticien, rapidos, car ce serait indécent, moi je dis, et proprement inopportun à cet instant où il va lui confirmer la mort de Jérôme.

— Ce n'est pas fini, mais le docteur Saboniche que voici n'a guère d'espoir. Il vient de pratiquer une trépanation pour tenter de résorber le...

Pas fini ! Tout ce qu'elle retient, la Gigi. Pas fini ! Tu parles d'un obstiné, Jérôme. Qu'il prenne son temps si ça peut lui faire plaisir ; le résultat n'en est pas moins acquis.

— Qu'a-t-il eu, docteur ?

L'autre, le chirurgien, prend la parole :

— Hémorragie cérébrale, son taux de coagulation est anormalement bas, il a fait une chute de tension artérielle. Lui arrivait-il de prendre des anti-coagulants ?

C'est à son confrère qu'il s'adresse. Mordius secoue la tête

— Du tout. Rien n'aurait justifié cette thérapeutique.

L'homme en blanc hausse les épaules. Après tout, il s'en fout. Il traite les conséquences, les causes ne sont pas de ses oignons. Ginette est soulagée. Il n'y aura aucun problème, aucun ! Tout va bien, bon train. Elle n'a plus qu'à attendre de pouvoir enterrer ce gros sac. Veuve, elle l'est déjà pratiquement.

Elle demande ce qu'il y a lieu de faire. On lui répond qu'il faut attendre. Attendre, simplement attendre. Non, non, le bonhomme n'est pas visible pour l'instant. Dommage, elle aurait souhaité le contempler dans son costume de robot détraqué, avec plein de drains et de tuyaux, misérable point de rencontre d'appareils à prolonger la vie après la vie. Oh, oui, le voir ainsi bricolé par la chirurgie, son matamore ; totalement vaincu, mais encore un peu présent au creux de son absence. Vacillant d'un cœur acharné à palpiter malgré tout. Flasque, inconscient. Voire ? Pour son plaisir intime, elle lui aurait chuchoté des horreurs, à tout hasard, pour si des fois une infime bribe d'entendement subsistait encore vaille que vaille dans un recoin de son cerveau. Elle lui aurait chuchoté sa haine, lui aurait dit que le Président la chibrait, le matin, et qu'elle s'est laissé verger par un arbi, sur une pierre tombale, et que tout à l'heure, à côté de lui, pauvre loque éperdue, elle a royalement pompé un infirmier éberlué. Lui aurait chuchoté que c'est elle qui l'a eu au *Sintrom,* M. Ducon. Qu'elle jouissait de lui voir clapper son sabayon délectable. Lui aurait chuchoté qu'il se meurt. Se meurt pour de bon, en plein, pour toujours. Et qu'il n'y aura sans doute pas de Dieu pour lui, l'ignoble exécré. Elle lui aurait chuchoté comment elle envisageait son avenir triomphal de Présidente de la République. Elle lui aurait raconté la manière qu'elle descendrait d'avion, au Guatemala, ou à Moscou, au Caire ou à Pékin, sur les talons de son Illustre. Et comment elle adresserait des signes à la foule en délire massée pour les accueillir, comme ça, du bout des gants, un clair sourire brandi. La manière qu'elle prendrait les gerbes des mains des petites filles. Et aussi sa visite des hôpitaux. Le Noël des vieillards. Et des scènes très ravissantes encore, qu'elle connaît pour les avoir mille fois vécues en imagination, à l'Elysée, à l'Opéra, dans la loge d'honneur, aux côtés de la reine d'Angleterre revenue à Paris pour faire sa connaissance, la chère chérie.

Le Dr Mordius qui ménage Ginette, du fait de ses fonctions auprès d'un grand politicard, lui propose de la raccompagner à son domicile. Mais elle refuse. Elle veut aller prendre un café. Ce goût de foutre finit par lui porter au cœur. A jeun, faut le faire ! Elle rit intérieurement de cette expression du brancardier quand elle lui a balancé la main au falzar. Son incrédulité était réjouissante. Elle est fière, oui, fière, d'avoir vécu un tel moment. Se promet bien d'autres tours de ce genre avant de devenir Présidente. Elle enterrera sa vie de veuve dans un fameux tohu-bohu. Seigneur, que l'existence est donc agréable à traverser !

Et dire que ça n'arrivait qu'aux autres !

XXXVII

Mireille est vannée, ce matin.

Elle a hâte de retrouver son homme dans la touffeur du lit qu'il a bassiné de sa chaleur bestiale et parfumé de ses mâles effluves. Néanmoins elle lui prépare son café quotidien avec dévotion. Les croissants chauds, disposés sur une serviette, embaument la cuisine. Il raffole des croissants, le gars Paul. Il les exige bien chauds, bien craquants, et doucement beurrés. S'en expédie quatre, à la file, sans parler. Ensuite, satisfait, il boit son bol de noir et la fourre à la paresseuse, selon une méthode assez savante laborieusement mise au point.

Elle pénètre dans la chambre, s'arrête près de la porte afin de savourer cet instant et tout ce qui en constitue la félicité : le léger et rauque ronflement de son aimé, la pénombre que forcent des traînées de soleil incolmatables, l'odeur forte qui monte du lit comme celle du bois brûlé d'une cheminée.

Elle s'avance jusqu'au plumard. La vaisselle du petit déjeuner tinte doucement. Cela suffit pour éveiller Pauley, du moins le mettre en état de pré-conscience.

Elle n'a plus qu'à promener sa main experte sur sa bite dressée. Il bande chaque matin que Dieu permet, c'est de son âge.

Le rituel accompli, l'homme bâille férocement. Tu croirais un lion dans sa cage, avant l'heure de la curée. Il bâille et rebâille, le plus bruyamment possible, ce qui est sa manière de dire bonjour.

Ses premières paroles sont pour demander le temps qu'il fait. Tout le monde est sensible au temps, et les cons plus que les autres gens, j'ai remarqué. Ils se téléphonent d'un bout de la planète à l'autre, et, s'étant à peine nommés, se demandent le temps qu'ils « ont là-bas ». Et moi ça m'agace, parce que je me sens à peu près intelligent, et que je m'en fous, du temps d'ailleurs, et même de celui d'ici. Le temps, du moins pris en qualité d'état de l'atmosphère, m'indiffère parce que j'ai d'autres motifs de préoccupations endémiques beaucoup plus graves et irréversibles.

Mireille annonce qu'il va faire beau.

A savoir qu'il fait déjà beau, mais que l'événement ne prendra effet pour Paul que lorsqu'il mettra le pied dehors.

Alors il commence à clapper ses croissants croustillants, sans les tremper dans le café qui les transformerait en *Spontex*.

Quatre.

Puis il souffle un peu sur le café, provoquant une mignonne tempête à sa surface. Se met à le boire par petites gorgées prudentes.

Mireille, extasiée, le regarde exister. C'est beau, un recommencement de son jules. Elle adore assister à cette lente remise en route de l'individu Pauley. Belle bête, vraiment ! Assise auprès de lui, elle boit son énième caoua tout en lui massant les protubérances. Mais, ce matin, ses caresses provoquent l'effet contraire. Le beau sexe plantureux du mec s'engloutit dans une redoutable modestie.

— On a fait des photos de travail pour le prochain spectacle, annonce-t-elle sans rien laisser paraître de sa surprise inquiète ; tu veux les voir ?

Il ne répond pas. Qui ne dit rien consent. Elle va chercher une grande enveloppe de papier kraft dans le vestibule.

Elle en sort des photographies qu'elle expose dans le rond de lumière de la loupiote de chevet. Les clichés la représentent en des postures salaces, vêtue d'un collant noir découpé à l'emplacement du postérieur, si bien que le beau petit cul musclé de Mireille rutile comme un joyau dans un écrin de chez Piaget. Paul Pauley (dit Pau-Pau) regarde, mais distraitement. Il n'a pas envie d'elle aujourd'hui. Anormal, cette inappétence sexuelle. Le policier se dit que ses glandes sont perturbées par la mère Fluck. Il fait une fixation à son sujet. Tant qu'il ne l'aura pas baisée, ça cafouillera avec Mireille. Et la Mireille, pardon : pas le genre de jeune fille à supporter de longs carêmes !

Pour opérer une prompte diversion, il se met à lui rapporter les informations glanées chez la vieille femme : le coup du journaliste retrouvé, et aussi l'histoire du Président qui donne des rendez-vous clandestins à la fille de l'ex-femme de ménage de son oncle.

Mireille est intéressée. En fait, cette « affaire » est la sienne. N'est-ce point elle qui a lancé ce berger allemand obtus de Paul sur la piste ? N'est-ce point elle qui a deviné, illico, que quelque chose de pas très catholique entourait la mort d'Eusèbe Cornard ?

— Il faut que tu mettes très vite la main sur le journaliste, déclare-t-elle, péremptoire.

Il hausse ses épaules nues couvertes de poils.

— Comment veux-tu que je le retrouve ? Je ne dispose pas des moyens d'investigation qui...

Ecœurée, elle lui lance, maussade, sincère :

— T'es con, tu sais ! Vraiment con !

Que ce bon Pauley en a le souffle sectionné.

Complètement réveillé, il la regarde, essayant de comprendre. Alors elle lui explique.

— La vieille t'a dit qu'il assistait à l'enterrement de l'oncle et qu'un photographe a pris des photos, non ?

— Ben oui, et alors ?

— Alors ton gars est l'auteur de l'article qu'illustreront ces photos. Il s'agit sûrement d'un magazine. Achète tous les hebdomadaires et cherche. Si tu ne trouves rien, reporte-toi aux quotidiens datant du lendemain de l'enterrement ; mais moi je flaire un hebdo...

Admiratif, Paul dédie à sa dulcinée un grand sourire reconnaissant.

Ne bande pas pour autant.

Il se lève.

— Ben, Paul ! proteste Mireille en se dégrafant, tu ne vas pas me laisser comme ça !

Il hausse les épaules.

— Ce matin, je ne suis pas d'humeur.

— Tu m'as trompée cette nuit ! s'égosille « l'artiste » tout de suite portée à l'incandescence de la jalousie.

— Je te fourrerai à midi, promet-il. Et ne dis pas de conneries !

***

Eric Plante écrit toujours ses papiers au bistrot, comme le faisaient ses pairs, les grands du temps jadis dont le nom flotte encore sur les salles de rédaction, comme, dans une gare, la fumée d'un train parti depuis lurette.

Il a un café d'élection : *Le Bar Biturique,* dans le quartier des Champs-Elysées. Une salle tout en longueur, coupée de cloisons rassurantes, dispense une relative intimité aux amoureux. Plante a « sa » place, tout au fond, près de la porte des gogues. On lui fout la paix et le téléphone est à un pas. Il écrit sur des feuilles volantes de couleur vert d'eau, dont il a plein sa giberne de cuir façon gendarme. De temps à autre, il écluse un Fernet-Branca entre deux cafés serrés. Il a une écriture très menue et rapide, fiévreuse, qui fait râler les secrétaires du journal incapables souvent de le relire parfaitement.

Il s'interrompt pour vider sa tasse, rêvasse, à la recherche de phrases incisives. Il voudrait avoir du vitriol dans son stylo-plume. Rien ne lui paraît suffisamment corrosif, ni assez vache. Il est beaucoup redouté et plus encore haï, fatalement. Il le sait et s'en réjouit. Il s'est donné pour mission de faire chier ses contemporains par tous les moyens dont il dispose. Masochiste, il adore qu'on le contre : ça le stimule. Nuire n'est pas toujours facile. On a des relâchements. A certaines périodes, le corps bien dispos incline à l'indulgence. Il est dur de se regarder continuellement dégainé et braqué, bien affûté, bien pointu. A force de discipline, en exerçant un sévère contrôle de soi, on y parvient.

Il est occupé à rédiger un papier sur un présentateur de télé. L'enterrement ! Il veut exécuter ce type une bonne fois. Et l'inspiration lui vient à débit régulier, le meilleur.

Il ne s'aperçoit pas que quelqu'un vient de s'arrêter près de sa table. Il a l'habitude : la proximité des chiottes et du téléphone attire du monde dans cette partie de la salle.

— Vous êtes Eric Plante ?

Il lève la tête, furieux qu'on vienne brouiller sa pensée alors qu'elle se trouve en état de grâce.

Un solide gaillard est là ; un blond, la trentaine, l'œil clair mais un peu vide.

— Et alors ? grogne-t-il.

— On peut causer ?

— Je travaille ! dit Plante avec aigreur.

— Moi aussi, répond l'homme en déposant une carte de flic sur le formica verdâtre de la table.

Il s'assied délibérément en face du journaliste.

— Comment savez-vous que j'étais ici ? s'inquiète ce dernier.

Pauley hoche la tête.

— Des gens de votre journal m'ont conseillé de venir y faire un tour.

Il semble avoir oublié sa carte barrée de tricolore. Le loufiat vient s'enquérir, Pauley commande un jus d'ananas. Un silence succède. Eric Plante a retourné ses feuillets pour soustraire sa prose à l'indiscrétion de l'arrivant. Il est incommodé par lui, par ses yeux trop bleus et trop déserts. Entre salauds, on se reconnaît tout de suite et la crainte s'installe.

— Que puis-je pour vous ? demande-t-il avec un sourire d'enculé.

Pauley n'apprécie pas cette tournure de phrase qui semblerait le placer en position de faiblesse. Mais alors pas du tout. C'est un homme d'agacement, en fait, et qui ne tolère pas grand-chose des autres, à commencer par leur présence.

Il empoche sa carte sans répondre.

Une jeune conne se croit obligée de déclencher le juke et un braillard natif d'Aubervilliers se met à hurler en anglais des mots sans la moindre importance.

Pauley se lève, plus massif, semble-t-il à Eric Plante, que lors de son arrivée. Il contourne la table pour venir s'asseoir sur la banquette auprès du journaliste, le repousse contre le mur d'un fort coup de cul. Fruste, mais instinctif justement, il a tout de suite flairé la pédale en Plante.

Il lui met le bras sur l'épaule, familièrement, trop familièrement. Eric voudrait se dégager, ne l'ose. La grosse patte du flic pend sur sa poitrine comme une plaque de gendarme allemand.

— Ce que tu peux pour moi, murmure Pauley qui est à la fête, c'est me dire ce que tu es allé foutre chez le dénommé Eusèbe Cornard le jour de sa mort.

Plante réfléchit au plus vite, se dit qu'à quoi bon nier. Si l'autre lui tient ce langage plein d'assurance, c'est qu'il est certain de sa visite à l'oncle Eusèbe. Prétendre le contraire risquerait de le mettre dans une fâcheuse situasse. Et pour comble, le policier déguise sa main pendante en poing et lui martèle doucettement la mâchoire amitieusement. Il sent le fort, ce flic, le taureau. Ses menus gnons ne tardent pas à étourdir gentiment Plante qui est pris de vertige.

Alors il se met à table de son mieux. Soucieux de calmer cette brute toujours imminente, qu'on devine cogneuse par vocation. Il dit la vérité, vu que rien n'est plus aisé ni sécurisant. Il parle de sa visite matinale chez Eusèbe. Il a frappé ; on ne lui a pas répondu. Il est entré. A appelé. Le chien hurlait. Quelque chose de sinistre et d'indéfinissable a attiré Eric dans cette bicoque, l'a incité à monter l'escalier. Il a trouvé le vieil homme pendu. Une lettre se trouvait posée en évidence sur le couvre-lit, il l'a empochée et il est parti. C'est tout !

Il a le malheur de conclure par « c'est tout », Eric Plante.

— Ah oui, c'est tout ! reprend vivement Pauley.

Et ses martèlements de mâchoire se font de plus en plus rapides et violents. Le pauvre journaliste sent qu'il va s'évanouir, s'évanouir pour de bon, comme au théâtre du siècle dernier. Il a des zébrures rouges dans la vue, son cerveau soubresaute, cahote.

— Laissez-moi, supplie-t-il.

Mais Pauley continue de plus rechef, tu penses bien ! Qu'à la longue, Eric y voit trouble. Il a tout un service à café devant lui, au lieu d'une seule tasse.

— Non, non, râle-t-il.

Pauley se souvient opportunément qu'ils sont dans un bistrot. Il stoppe pile et dit :

— Donne-moi cette lettre !

A tâtons, Plante prend sa giberne. A l'intérieur se trouve un compartiment muni d'une fermeture-Eclair C'est là qu'il conserve la bafouille d'Eusèbe. Il l'empare et la présente au policier. Pauley lit, sans bien piger. Puis il glisse la lettre dans sa poche, mais une chose lui tarabuste l'esprit. « Pourquoi le Président lui a-t-il déclaré qu'il avait découvert une lettre puisque celle-ci se trouvait en possession de ce crevard ? »

Paul Pauley réfléchit. Que penserait Mireille de tout ce mic mac ? Quel parti peut-il tirer de la situation ? Escompter l'avancement en se prévalant de son enquête privée auprès de ses supérieurs ? Compte là-dessus, mon poulet ! Ces fumiers-là ne lui pardonneront jamais son initiative et encore moins son succès. Alors il attend d'avoir l'opinion de Mireille. Il sent parfaitement qu'il a mis la main sur un filon, seulement il ignore ce qu'il contient et ne sait pas le mettre en exploitation.

Il s'aperçoit que son jus d'ananas est devant lui. Tiens, il n'avait pas vu revenir le garçon, trop occupé qu'il était avec le journaleux. Il boit à menues gorgées d'homme bien élevé, le petit doigt arrondi.

Son compagnon de banquette se remet lentement de ses émotions et ne dit rien. Il est surpris par le comportement de Pauley. Il sait qu'un flic en exercice n'agit pas de la sorte. Malin comme cent singes, il flaire du pas net.

— Vous êtes du commissariat de Levallois ? questionne-t-il timidement.

Et l'autre con, dans la foulée, répond que oui.

— Officier de police Paul Pauley, murmure Plante qui a une mémoire de surdoué.

Pau-Pau ça lui grince dans l'oreille. Ils sont deux coquins réunis. Deux saligauds de la pire espèce. L'un détient la force, l'autre la ruse. Pauley comprend que sa victoire est éphémère puisqu'il travaille en marginal, au noir !

Et l'autre salope, qui hume l'odeur capiteuse du faisandé, s'organise à toute allure, prépare sa sonde.

— Je risque quoi ? pleurniche-t-il.

Pauley lui vote une moue inquiétante et laisse tomber, d'une voix rêveuse :

— Ça doit mouiller : violation de domicile, vol de document ! Sans compter que rien ne nous prouve qu'il s'est pendu lui-même, cet homme.

— Si, objecte Plante : sa lettre. D'ailleurs il était déjà archimort lorsque je l'ai aperçu. Violation de domicile, c'est vite dit, la porte n'était pas fermée à clé, le viol est donc inexistant. Surtout que je n'avais aucune mauvaise intention. J'étais venu pour le voir vivant, cet homme. Quant au vol de document..

Pauley attend. Eric Plante hausse les épaules.

— Le mot document est large. Peut-on appeler cette lettre un document. .

— Je ne sais pas ce qu'il te faut : la lettre d'un homme qui donne les raisons de son suicide et qui les donne à qui ? A une personnalité politique éminente, l'une des gloires du pays...

— J'ai eu un réflexe journalistique, plaide Eric.

— Je ne sais pas trop si le juge acceptera ton réflexe, ricane Pauley.

Eric y va de sa première banderille.

— Le juge, le juge, nous n'en sommes pas encore là ! Mon

directeur a des relations, il va s'occuper illico de cette affaire, remuer ciel et terre selon l'expression consacrée, cet homme, c'est une vraie tornade.

Pauley tique. La merde ! Conne de Mireille qui l'a drivé droit dans un sac de nœuds.

Il s'écarte de son « client », regarde ses ongles pour tenter d'y lire des conseils.

— Je pense que vous êtes de bonne foi, soupire-t-il, réintégrant le voussoiement en signe d'allégeance

Eric réprime un sourire de soulagement. Ouf ! C'est gagné. L'autre, le chourineur, est un gros malin qui fonce dans cette affaire sans trop savoir ce qu'il y cherche, ni que faire de ce qu'il y trouve.

Le journaliste le visionne en plein dans les carreaux, toute hardiesse récupérée :

— Je le suis d'autant plus, de bonne foi, que c'est moi qui ai prévenu le Président de la mort de son parent.

— Ah oui ? fait Pauley, se rappelant que le Président, en arrivant sur les lieux, s'est justement enquis de la personne qui lui avait téléphoné. Et pourquoi lui avez-vous annoncé cette triste nouvelle ?

— Pour voir ses réactions ; nous autres journalistes, sommes friands de ce genre de chose : notre côté un peu charognard ; mais ça n'est pas notre faute, ce qui intéresse le public c'est l'anecdote. Hélas, c'est sa secrétaire qui m'a répondu.

Son bla-bla ne fait pas l'affaire de Pauley. Pauley se méfie hautement de lui. Il le sent fumier et malin, brillamment sodomisé aussi et par là, le bas lui est plus léger à Pau-Pau. Un enculé, il sait tout bien, le grand blond, ayant affaire. Pour annoncer la couleur, il pose sa rude patte meurtrissante sur le genou de Plante. Eric a un léger cillement, plus un léger sourire. Il presse ses jambes pour emprisonner la main du soudard. Banco ! Après tout, ça doit payer de se faire mettre par ce viandu. Pour l'heure, il est en ménage avec un industriel divorcé, l'Eric. Un bonhomme de soixante bougies et des, converti sur le tard. Tendre et gauche, mais généreux.

Un silence frissonnant passe sur eux comme la brise du matin sur un étang. Une complicité se noue, au plus bas niveau. Leurs vices font connaissance, sympathisent. Eux, les deux salopards, sont pareils à des parents de rencontre sur un banc de square qui regardent jouer leurs enfants et qui se sentent gagnés par les relations de leurs rejetons.

— Pourquoi avoir fauché cette lettre ? dit Pauley.

Le côté flic qui lui revient, comme des radis. Il n'en a pas fini de roter des questions, le gueux.

Eric avoue :

— Je n'en sais même rien. Un réflexe, vous dis-je C'était

adressé au Président Tumelat, j'ai pensé... Qu'ai-je pu penser au fait ?

Pauley reprend la bafouille dans sa poche et la relit posément. Ces mots lui paraissent bizarres. La première phrase le plonge dans les perplexités : « *Il a beaucoup changé ces derniers temps et je n'y tiens plus* ». Il s'interrompt après le point. Regarde une pube pour *Pernod Fils* sur le mur, dans les jaune et bleu.

Eric, qui le suit, murmure :

— On se demande de qui ou de quoi il est question, hé ?

Pauley opine.

— Peut-être parle-t-il d'une maladie ? suggère-t-il, supposons qu'il ait eu un cancer et que ce cancer se mette à évoluer...

Eric Plante hausse les épaules.

— Si c'était le cas, il n'aurait pas ajouté : *il va falloir que tu t'en arranges.*

— Alors il s'agit du chien. A noter que le Président l'a emmené chez lui.

— Un chien qui aurait *beaucoup changé,* au point que le bonhomme ne pouvait plus *y tenir ?* Ça ne rime à rien !

Nouveau silence, très relatif, silence entre eux deux, mais point dans le bar où le juke chauffé au rouge mouline sans trêve de nouvelles égosillades. Ils unissent leurs réflexions. Pèsent à deux sur le mystère pour le faire craquer. Mais le mystère tient bon. Il est dense, sans fissure.

Eric continue de lire la lettre posée devant le flic. Il la lit pour dire, car il la sait couramment, comme il sait « Le chêne et le roseau », « Le bateau ivre » ou « La mort du loup ».

— « *Te connaissant, le mieux était de te mettre devant le fait accompli. Mais surtout n'aie confiance en personne !* »

Il s'interrompt.

Au bout d'un temps, il déclare en soulignant le texte d'un ongle verni de frais :

— Le plus troublant c'est cette mise en garde, vous ne pensez pas ? Pourquoi le Président doit-il n'*avoir confiance en personne ?* Et de qui, de quoi doit-il *s'arranger ?* Il serait intéressant de connaître les relations du vieux.

— Il ne fréquentait personne, assure Pauley.

— Vous en êtes certain ?

— Sa femme de ménage est formelle sur ce point.

Et il a une bouffée rigolarde.

— A propos de la femme de ménage, voulez-vous que je vous en raconte une belle ?

Ça y est, ils sont copains, amis d'enfance, soudés par des toiles d'araignée diffuses. Leurs saloperies ont joué, les ont présentés l'un à l'autre. Des barrières s'écroulent et ils vont rester entre eux, tels les nudistes de jadis dans leurs ghettos ensoleillés.

Eric lui offre un sourire d'encouragement et remue ses jambes pour exprimer l'avenir à la main immobile de Pauley, toujours logée entre ses deux genoux.

Pauley jubile :

— Le Président se fait la gosse de ladite femme de ménage, une gamine de dix-sept ans, j'ai vérifié à l'état civil.

Putain, ce miel ! Dieu, ce zéphyr ! Tu parles d'un tuyau ! Te tient la *Une* complète de son torchon ! *Quand le Président Tumelat joue « Le blé en herbe »*. Cher officier de police Paul Pauley ! Ogre soudain mué en Père Noël ! Sublime connard qui de tigre se fait gazelle ! Massacreur à la main caressante ! Il le sucerait pour la peine. Et même simplement par plaisir.

C'est de l'or en lingot, ce flic-là.

— Alors vous, chapeau ! chuchote-t-il ; comment diantre avez-vous découvert ça ?

Le dindon fait la roue, le croupion en éventail comme une donne de rami dans la main d'un joueur.

— Je suis flic, mon petit vieux !

Et il est son petit vieux ! Déjà ! Oh, comme ils vont s'aimer, s'unir, se faire des choses, s'en dire, en entreprendre. Quelle rencontre providentielle ! Le mal et le mal, main dans la main ou la braguette, avançant sur les chemins ombreux de l'ignominie.

— Et où se perpètre ce crime ? Car le détournement de mineur reste un délit, n'est-ce pas, même lorsqu'il s'agit d'un champion de la politique ?

— Devinez ?

La question, pour un futé, implique la réponse.

— La maison du vieux ?

— Gagné !

— Merde !

D'enthousiasme, il claque des doigts pour alerter le serveur, lui commande un whisky et un Ferney d'autorité. Tous les flics aiment le whisky. Pauley proteste qu'il est sportif. Mais, en belle et noble et sainte France, tous les sportifs aiment le whisky, et le foie gras, et la baise et les nuits du *Lido,* et les cigares de mon pote Zino.

A son tour, il place sa main sur les cuisses musclées de Pauley, prétendant contrôler si c'est bien vrai qu'il est sportif, et c'est authentique, tu toucherais ces muscles de fer, et en plus il bande, et pas pour rire, et il annonce une chopine de centaure, le grand blond. Eric en a le rectum qui clignote comme un phare d'ambulance.

— Pour le compte de qui enquêtez-vous ? le questionne-t-il d'un ton d'enamourance.

Et le gland de répondre finement :

— Pour moi, après on verra.

Eric lui caresse la queue. Une idée germe, audacieuse, dans l'esprit tourmenté, quoique con, du poulet.

Drôle d'idée tu vas voir plus tard, je te promets Pas banale.

Faut coltiner de sacrés complexes pour penser des machins pareils ! Avoir un fameux gouffre à combler au milieu de son subconscient.

— Qu'allez-vous faire de cette lettre ? demande le reporter de *Parfait*.

Paul Pauley (dit Pau-Pau) est loyal :

— J'en sais encore rien.

Donc, tout est possible.

Ils boivent leurs consommations.

— On devrait aller bavarder chez moi, dit Plante, ce serait mieux pour causer.

Pauley trouve qu'en effet...

XXXVIII

L'appel téléphonique a retenti de bonne heure, bien avant l'arrivée de Ginette Alcazar. Il émanait de l'Elysée. Le secrétaire particulier DU PRESIDENT demandait à rencontrer d'urgence *le président* pour l'entretenir d'une affaire de la plus haute importance.

— Voulez-vous venir prendre le petit déjeuner avec moi ? a proposé Tumelat.

On lui a répondu par l'affirmative. Alors il s'est toiletté rapidos, a passé des vêtements d'intérieur somptueux (veste de velours à brandebourgs et col châle de soie) afin de bien marquer à son visiteur qu'il peut se permettre de recevoir en pantoufles un messager de l'Elysée.

Il s'examine dans la glace, complaisamment, satisfait de sa chevelure brillante, de son teint frais, de son foulard de soie crème. Il a déjà récité le nom de Noëlle une millaine de fois, sur tous les tons, depuis le chuchotement jusqu'à la clameur (Taïaut s'en est mis à aboyer de peur, le pauvre). Il a annulé des rendez-vous, comme très souvent dorénavant et, au début de l'après-midi, se précipitera chez Eusèbe pour se gorger d'amour.

Il passe au salon, s'assurer que ses Espagnols ont parfaitement dressé la table pour le petit déjeuner. La nappe de dentelle empesée, la porcelaine anglaise, à fleurs, tout est dressé, paré, prêt.

Alcazar fait son entrée. Théâtrale. Surexcitée.

Le Président fronce les sourcils, ayant une sainte horreur de l'agitation chez les subalternes. Il les veut toujours égaux, à niveau constant, avec des visages immuables et des gestes pour convalescents. La fougue désordonnée de sa secrétaire l'inquiète et l'enrogne.

— Eh bien, qu'y a-t-il, Alcazar ? demande Tumelat avec un brin de mécontentement.

Elle narre les événements de la nuit. Son mari mourant. Hémorragie cérébrale. Plus rien à espérer.

— Je suis navré, soupire le Président qui se fout de Jérôme Alcazar comme tu ne sauras jamais. Restez à son chevet, ma pauvre petite, je m'arrangerai sans vous.

La donzelle récrie bien fort que c'est hors de question. Il n'a pas besoin d'elle pour finir de mourir, ayant si bien commencé tout seul. Son cynisme outrancier alerte Tumelat.

— Mais qu'est-ce qui vous prend, Ginette ?

— Il me prend que je hais ce sale type et que je remercie le Seigneur de m'en délivrer, monsieur le Président. Pourquoi ferais-je étalage d'hypocrisie ? Je n'aime qu'un seul être en ce monde, et mon veuvage va me permettre de me consacrer à lui entièrement.

Là-dessus, elle tombe à genoux devant le Président, comme Jeanne d'Arc devant Charles VII et s'empare d'une de ses mains, au hasard, pour la baiser en grande dévotion.

Le Président, tu ne peux pas savoir ce que cette attitude le fait chier. Il pressent des heures pas faciles. Cette grande chèvre s'est monté le bourrichon sous prétexte qu'il l'enfile sur la carpette, le matin ! La disparition de son époux va dégainer des appétits en sommeil dont il n'avait aucune idée.

— Soyez décente, je vous prie, Alcazar, sermonne-t-il en lui retirant sa main comme d'un pot de merde. Il est des sentiments que, par simple respect humain, on se doit de garder pour soi !

Et, in petto, il décide de cesser toutes relations sexuelles avec la carne ; d'ailleurs, plein d'un amour sublime comme tu le vois, il lui serait impossible de baiser quelqu'un d'autre que la merveilleuse Noëlle.

Penaude, Ginette se retire dans son bureau pour bouder. Le Président sonne alors le chauffeur et lui ordonne d'aller chercher la niche de Taïaut, à Levallois, pour l'installer dans sa chambre. César ouvre de grands yeux, mais ne manifeste pas autrement sa surprise. Le Président lui fournit une explication : la nuit, le chien le réveille en grimpant sur son lit. Ayant retrouvé sa niche, il lui flanquera probablement la paix.

Bon, une niche à chien dans une chambre luxueuse, ça étonne. Ça étonne même le Président qui vient de prendre la décision en même temps que celle qui va plonger Ginette Alcazar dans l'abstinence. Les idées d'un homme sont capricieuses comme l'aiguille d'un sismographe en Extrême-Orient. Peu d'entre nous se risquent à les extérioriser afin de ne point sembler déraisonnables. Seuls, les grands de la Terre et les poètes peuvent se le permettre sans trop de risques.

Là-dessus, Juan-Carlos annonce la venue du secrétaire élyséen. Le Président court l'accueillir.

*
* *

Michegru, l'envoyé extraordinaire DU PRESIDENT est un énarque jeune et réfléchi, dont la chevelure brune et lourde forme comme deux ailes asymétriques de chaque côté de son front quand il se déplace.

Il accepte du café, refuse toasts et croissants et entre dans le vif du sujet sans papotages liminaires. On sent l'homme précis et affairé dont les journées sont rudes et riches en efficacité.

— Je crois savoir qu'il y a quelque temps, Le Président vous a informé de son intention de changer le gouvernement ?

Tumelat opine. Il choisit une odorante brioche coiffée à la zouave et mord dedans comme en un fruit mûr.

La bête politique vient de se réveiller en lui et tout son être est aux aguets. Il se sent plus fort qu'il ne l'a jamais été. Et même davantage que fort : puissant ! Il se croit encadré par deux êtres un peu surnaturels, vigilants, qui lui insufflent un pouvoir nouveau, lui assurent une autorité impériale : Noëlle et le fantôme.

Il mastique sa brioche, posément, en contemplant la menue fumée qui sort de sa tasse et se dissipe aussitôt. Quelque part, dans l'appartement, Juan-Carlos promène son aspirateur dernier modèle qu'il pilote comme s'il s'agissait d'une voiture neuve

L'énarque reprend :

— A la veille de ce changement, Le Président me charge de vous informer qu'il pense à vous pour le poste de ministre d'Etat-Garde des sceaux. Il aimerait savoir comment vous accueillez ce projet ?

Tumelat ne répond pas tout de suite. Il s'empare de sa tasse, touille le café, bien qu'il le prenne sans sucre, et laisse vagabonder son attention par la fenêtre. On est en train de ravaler l'immeuble d'en face et on aperçoit des maçons agiles sur des échafaudages tubulaires ; de loin, l'on dirait des singes.

— Le Président me fait un grand honneur, déclare Tumelat, comme sans y penser, ou plutôt non, attends, comme lorsqu'on allait oublier une chose sans importance pour soi et qu'on y repense presque fortuitement.

— Puis-je lui rapporter une réponse favorable, monsieur le Président ?

— Non.

Un vrai coup de fouet, selon l'expression. Flag !

Tumelat se délecte : le café est exquis, la situation exquise Il va revoir Noëlle dans quelques heures, la prendre dans ses bras, goûter son corps, lui dire et lui faire mille folies, et encore d'autres ensuite.

Le secrétaire remet la plus longue de ses deux mèches brunes en arrière, avec deux doigts. Ce doit être un tic, chez lui ; de même les gens à lunettes appuient-ils à tout bout de champ sur la partie de la monture chevauchant le nez par crainte instinctive qu'elles ne tombent de leur visage.

Son étonnement est manifeste, peut-être teinté d'énervement. Il a horreur qu'on ergote lorsque LE PRESIDENT propose quelque chose. Quels arguments captieux ce vieux cheval d'hémicycle va-t-il lui sortir pour justifier un tel refus ? Il est jeune, l'énarque, plein de sève et aussi de mesure. Forgé à l'école du calme et de la volonté. Il refuse toutes les formes d'indisciplines.

— Est-ce la nature du portefeuille qui ne vous convient pas, monsieur Tumelat ?

Exprès ! Il fait exprès de lui retirer son titre de Président et de le ravaler à son simple patronyme.

Le Président hoche la tête.

— Non, non. Mais il se trouve que je vois les choses différemment depuis quelque temps, monsieur Michegru.

— C'est-à-dire ?

Horace sent plus fortement la présence du séquestré auprès de lui. Présence presque visible pour lui. L'homme des ténèbres est là, dans le salon, assis sur la moquette surchoix, le dos contre le mur ; oui, il est ici, avec son pauvre visage boucané par la sédentarité, ses yeux qui ont fondu, ses mains de momie, et son sourire intérieur qui émane de lui comme la fumée émane du café chaud. Un illuminé de l'ombre, songe Tumelat, sans fausse honte, content d'un jeu de mots pourtant piètre. Un pur esprit. Son ange gardien ?

— C'est-à-dire que j'en ai marre, mon bon, déclare-t-il brusquement en reposant sa tasse.

L'autre, le bien poli, le prudent, l'apprenti-sage, réprime un haut-le-corps. Sans doute aurait-il des choses à dire, des questions à poser, mais il est frappé de mutité. Le Président se lance ; grisé par son emballement, par la fièvre qui monte en lui ; grisé surtout par sa sincérité absolue qui le guide comme une lumière dans la nuit.

— Voilà plus de vingt-cinq ans que je fais un métier de pute, monsieur Michegru. Vingt-cinq ans que je tapine dans les allées du pouvoir, en compagnie d'une horde de rigolos de toutes nuances politiques, mais qui n'en possèdent qu'une authentique : celle du caméléon. Vingt-cinq ans de tripotages, de compromissions, de pressions, de requêtes, de sodomie, de promesses fallacieuses. Vingt-cinq ans que je bouffe dans des mains ou qu'on bouffe dans les miennes. Cela se nomme une carrière politique, monsieur Michegru. Vous qui commencez la vôtre avez déjà compris le principe et accepté ses servitudes. Depuis vingt-cinq ans, avec quelques centaines d'autres faisans de mon espèce, je prétends sauver la France. Seulement, la France, mon pauvre ami, ne va pas plus loin que mon paillasson. La France, monsieur Michegru, c'est les trois cent dix mètres carrés de cet appartement. Le reste ? c'est la matière première, le matériau, les manars qui roulent pour moi et mes co-requins. J'ai cinquante et huit années, monsieur Michegru. Et je me réveille avant de crever. Je regarde autour de moi. Je vois. Pour la première fois que j'habite cette planète, je vois ! Et que vois-je ? Des employés de voirie déguisés en Français. Une immense peuplade de cocus, monsieur Michegru. De cocus mécontents, certes, mais qui n'en sont pas moins cocus jusqu'au trognon, cocus à ne plus pouvoir coiffer le moindre képi ou bonnet phrygien. Des cocus tellement conscients de leur état de cocus qu'ils n'osent même plus procréer, sachant qu'ils fabriqueraient sans coup férir d'autres cocus encore plus cocus qu'eux. Oui, je me suis réveillé, monsieur Michegru. Et me voici frappé d'épouvante, anéanti par mes vingt-cinq années de saloperie, de pétasserie, d'enculardise. J'ai cinquante-huit ans, monsieur Michegru, montre en main ; c'est l'âge de l'ultime choix. Ou bien je décide de commencer à mourir ; ou bien je décide de commencer à vivre. Je choisis la voie de nature, monsieur Michegru, et laisse jouer l'autodéfense : je choisis de vivre. Pas seulement de vivre ma vie d'individu, mais aussi de vivre ma vie d'homme politique. Des milliers de pékins ont déposé dans des urnes un bulletin qui portait mon nom ; je leur dois la vérité qui m'inonde ; je leur appartiens, mon intelligence leur appartient, ma volonté, mon énergie, le reste de mes jours, ma conscience... Ce que je suis en train de vous dire leur appartient. Allez répéter mes paroles AU PRESIDENT pour lequel j'ai une grande estime, mais qui ploie sous le fardeau de l'héritage. Il lui est impossible de renverser le faux trône sur lequel il est assis puisque, précisément, il est assis dessus. Et dites-lui encore que, non seulement je ne ferai pas partie du gouvernement qu'il prépare, mais qu'en outre, je voterai contre. Vous lui préciserez bien la chose, n'est-ce pas ? Je voterai contre ! *Nous* voterons contre.

Le secrétaire a croisé ses mains froides sur ses genoux. Il regarde le Président d'un œil peut-être admiratif, cherchant où le vieux lion veut en venir. Car il flaire une manœuvre. La crise de conscience d'Horace Tumelat lui fait l'effet d'un gargarisme chargé de lui éclaircir la voix. Il attend qu'il recrache.

— Etes-vous sûr que vos amis vous suivront, monsieur Tumelat ? finit-il par questionner.

Le Président a un geste flou.

— J'en entraînerai le plus possible à ma suite.

— Puis-je vous poser encore une question ?

— Je suis là pour répondre à toutes celles qui vous paraîtront opportunes.

— Est-ce à cause de la personne choisie comme Premier Ministre que vous refusez ce gouvernement ?

Tumelat se lève, accomplit quelques pas, en rond, devant son visiteur. Finit par se planter devant lui.

— Je vais avoir du mal avec mon passé, n'est-ce pas ? soupire-t-il. On ne me croira pas plus que vous ne me croyez, vous. On cherchera la combine dans mon attitude. Je sens trop le faisandé pour faire admettre cette... conversion. Eh bien, ma foi, tant pis, j'irai coûte que coûte au bout de mon choix, monsieur Michegru. Je me conformerai à ce que me dicte ma conscience civique ; et il me restera du moins la satisfaction de me sentir un homme. Un homme ! Depuis tant d'années je n'étais qu'une carpette !

Le secrétaire se lève. Il est beaucoup plus pâle qu'à son arrivée et ses deux mèches brunes pendent comme les rames d'une barque en dérive.

— Souhaiteriez-vous avoir un entretien avec LE PRESIDENT, monsieur Tumelat ?

Horace réfléchit.

— J'ai toujours un vif plaisir à rencontrer LE PRESIDENT, mais je ne ferais que lui répéter ce que je viens de vous dire ; et les Présidents de la République ont besoin de « oui », pas de « non ».

Il escorte le messager jusqu'à la grande porte en bois clair du hall. Juan-Carlos se précipite, mais, d'une œillade, son « maître » lui intime de disparaître. Avant d'ouvrir, Tumelat caresse l'opulente crémone de cuivre roux, signe de sa réussite, car elle se niche partout, la réussite.

— Surtout, je vous en supplie, essayez de bien répéter mes paroles AU PRESIDENT, recommande-t-il, sans y introduire votre propre incrédulité. Voyez-vous, monsieur Michegru, dans l'état où je me trouve, je voudrais qu'au moins un homme, un seul, me croie, et j'aimerais que cet homme ce soit lui.

XXXIX

Elle déjeune d'une camomille, Mme Fluck ; bien trop malade de chagrin pour pouvoir avaler quoi que ce soit. Son chat dans le four, mort étouffé, si convulsé, si fou d'asphyxie… Et puis l'autre, le presque angora : Sultan, disparu. Elle a découvert ces forfaits ce matin seulement, au moment de se faire griller du pain dans le four. Minouchet reposait sur la plaque amovible, dans une posture indescriptible d'hyper-agonie ; mort, ignominieusement mort, tué par ce scélérat de flic. Alors elle s'est mise à crier d'effroi et de peine en caressant cette chose raide, épluchée, blanche et noire. Les dents aiguës du félin lui ont fait peur ; on eût dit qu'il avait tenté de mordre sa mort pour l'empêcher de le saisir. Et ses yeux de verre exprimaient l'abomination de son trépas hors du commun. Tout en berçant le cadavre distordu contre sa grosse poitrine helvétique, elle a contemplé ses autres greffiers, à travers ses larmes, les a recomptés par réflexe. Mais déjà, le premier regard lui avait appris qu'il en manquait un autre : Sultan, le clou de sa chatterie, le plus affectueux, le plus noble, le plus tendre. Elle l'a appelé, a fouillé son humble appartement, sans résultat. Alors elle a su que l'affreux type l'avait propulsé par la fenêtre, loin, par-dessus les basses maisons d'alentour et que le majestueux Sultan, si friand de lait et de caresses, était allé s'écraser, après un monstre valdingue, quelque part dans un jardinet ou dans la cour des miracles de l'usine désaffectée. Moi, je te le dis : elle est allée vomir, la Marie-Marthe. Et maintenant elle se sent malade ; réellement malade. Malade de tristesse et de haine.

Elle ira porter plainte, tout raconter au commissaire à qui elle demandera un rendez-vous privé. Un policier n'a pas le droit de tourmenter une vieille et honnête femme, même native d'une autre nation, même veuve d'un pauvre tailleur juif, même témoin des choses pas très catholiques qui se déroulent sous sa fenêtre. Et si le commissaire ne lui rend pas justice, c'est à la presse qu'elle s'adressera ! Et si les gens de la presse ne veulent pas l'écouter, elle écrira au Chef de l'Etat. Et si le Chef de l'Etat ne prend pas sa requête en considération, alors elle se vengera d'une manière ou d'une autre. Enfin, comment ! Comment ! Comment ! Voilà un jeune gaillard obsédé qui ne cesse de la tourmenter, la fait se déculotter, se caresse devant elle, l'oblige à raser les poils de sa chatte, l'insulte odieusement, et qui, de surcroît, le triste sire, joue à assassiner ses chats ! Tiens, pourquoi ne ferait-elle pas appel à la Société Protectrice des Animaux, au fait ?

Elle boit l'amère camomille en massant son ventre grondant Quand elle a une crise de foie, Mme Fluck, c'est pas pour rire, tout son organisme se disloque. Elle pantèle.

Avec ça, son bas-ventre, irrité par le maladroit rasage, est comme en feu. La peau lui pique comme si l'on avait glissé une poignée de semences de tapissier dans sa vaste culotte Elle n'arrête pas de se fourbir le pubis, la pauvre chérie.

Elle n'a plus de courage que pour ses chats, les bien-aimés qu'elle aime d'un amour plus farouche : celui qu'on porte aux enfants rescapés. Eux, elle les protégera. Elle les défendra. Qu'il ne s'avise surtout pas de remettre les pieds chez elle, sinon elle criera « au secours ».

La camomille passe mal. C'est un breuvage qui n'est pas de fantaisie, au goût para-médical. Elle accroît les nausées de Marie-Marthe avant que de les calmer. Mais Mme Fluck s'oblige à boire son infusion, trouvant qu'elle a la saveur amère de sa peine. La vie s'écoulait si bien avant l'entrée de ce soudard vicieux dans son appartement. Calme et furtive, dans toute la grise noblesse du quotidien sur lequel on se laisse emporter vers la vieillesse et la mort sereine. Elle aimait son présent, ne redoutait pas le futur. Elle avait confiance, confiance en tout : en elle, dans l'avenir. Elle croyait au Dieu enseigné par les sévères religieuses de Fribourg. Elle aimait le grouillement silencieux de ses minets, s'amusait à étudier leur caractère — si différent d'un chat à l'autre ! — Elle se préparait des petits plats appris en France. Elle écrivait parfois à des relations restées « là-bas », à de la famille lointaine qui lui répondait à Noël. Et la voici malade de peine, malade de crainte. Le monstrueux policier la terrorise. Un fou, probable, qu'un rien désaxe Pendant qu'il l'enfilait, c'est parce qu'elle prenait plaisir à ses assauts qu'elle a imploré pour ses greffiers, Mme Fluck. Elle voulait que l'harmonie fût complète, joindre la sérénité de l'esprit à celle du corps, tu piges ? Aller dans les apothéoses, ne pas prendre un panard au rabais. Son sexe éprouve encore le beau début de tringlée, en a la nostalge. Fumier mais chibré d'importance, le gestapiste. Evidemment, ce début de coït est gênant à raconter. Elle ne peut pas, si elle porte plainte, en faire état. Or, les supérieurs du monstre la questionneront, voudront en savoir davantage… Tout compte fait, elle va s'écraser ; munir sa porte d'une chaîne de sécurité, et si son tourmenteur se repointe, elle lui expliquera, par le faible entrebâillement, que ce n'est plus possible, ses visites. Fini, fini les débordements avec ce chaticide.

Contente de sa décision, elle veut la mettre à exécution sans plus attendre. Pour lors, ses maux se calment, comme quoi tout est cérébral, hein ? Elle passe une jaquette, chausse ses tartines à talons plats, cramponne son porte-monnaie dans la grosse boîte à biscuit du buffet, et s'en va chez le quincaillier du bout de la rue. C'est un grand magasin pour un si pauvre quartier, avec des resserres pareilles à l'antre d'Ali Baba, qui communiquent entre elles, et l'on vient de loin tant tellement qu'il est riche en fourbi de toute sorte, le quincaille. Un bazar de l'Hôtel de Ville en plus petit, quoi !

Mme Fluck s'y rend d'une allure de cheftaine. Justement, le magasin est presque vide à cette heure calme de début d'après-midi. Elle demande à voir les chaînes. Il n'existe qu'un modèle : « *l'inexpugnable* », ça s'appelle. Exceptionnellement, on consent à le lui poser et un arpète l'escorte jusqu'à son domicile, une trousse à outils sous le bras.

Chemin faisant, elle calcule le montant de la bonne-main (1) qu'elle va consentir à l'employé. Cinq francs ? La somme lui paraît excessive pour la modicité du travail. Deux francs ? Là, c'est trop peu, presque dérisoire. Elle se décide pour trois francs. Que peut-on s'offrir, de nos jours, en France, avec trois francs ? Des timbres ? Un petit verre dans un bistrot ? Un journal ? Un ticket d'autobus ?

Elle est revigorée par l'action. Cette emplette et la marche qu'elle a nécessitée ont eu raison de ses maux. Reste la plaie vive de ses deuils tout frais. Sultan et Minouchet ! Elle va reporter sur les autres l'amour qu'elle leur vouait.

L'arpète l'accompagne sans mot dire. Pas très sympa. Deux francs suffiront. Les jeunes ont une triste mentalité à présent. Ils viennent au monde avec le cœur plein de haine. On dirait qu'ils en veulent à tous ceux qui sont nés avant eux !

Le « quincaillet » perce ses trous sans enthousiasme. L'odeur des chats lui noue la gorge. Il méprise cette vieillasse d'exister parmi ces sales bestioles. Il fixe la chaîne, visse fort, l'éprouve : au poil. Désormais, l'appartement de Marie-Marthe est inviolable.

Elle est toute contente de cette sécurité acquise à prix modique. Tout compte fait, elle ne donne qu'un franc au garçon. Ça lui apprendra à promener une gueule aussi déplaisante. Il prend la pièce sans une parole et part en s'abstenant de saluer la cliente.

(1) En Suisse : le pourboire

Marie-Marthe décide de manger une tranche de jambon. Elle donne la couenne à Raminagrobis, son plus gros pensionnaire qui est boulimique. Il est le plus âgé du lot. Il a douze ans et miaule faible, d'une voix d'eunuque ; peut-être parce qu'il est castré ?

Elle a roulé la tranche et la croque avec les doigts. Ce soir, elle se fera un gratin de macaroni avec beaucoup de gruyère.

Gruyère ! Elle revoit le château, dressé sur la colline à l'entrée de la vallée du Pays-d'Enhaut, c'est ainsi qu'on l'appelle et écrit. Le donjon, les murs blancs, les toits sombres. Il y a un « champ d'aviation », tout au pied, où l'on pratique le vol à voile. Les dimanches d'été, les grands planeurs blancs passent en sifflant doucement au-dessus de vos têtes. Elle a un pleur au souvenir de son pays, Mme Fluck. Elle aurait peut-être dû retourner en Gruyère, à la mort de Moïse ? C'est tellement moche, Levallois. Gris et provisoire, et condamné, on le sent bien ; bouffé par Paris, mal habité par des gens de passage dont le rêve est ailleurs... Si elle était retournée en pays fribourgeois, elle vivrait dans la verdure, respirerait un air miraculeusement pur et pourrait entreprendre de longues marches à travers les forêts pleines d'oiseaux et de ruisseaux. Quelle idée de traînasser dans cette laide banlieue sans âme ? Dans ce morne univers d'où elle n'est pas, dont elle ne sera jamais ? Sans doute est-elle restée pour ses chats. On ne franchit pas la frontière avec seize matous ! Et puis il y a également les souvenirs de Moïse... Et puis rien : c'est ainsi. La vie décide toute seule ; pour lui imposer ses volontés à celle-là, il faut un fameux cran.

Mme Fluck passe ses doigts sous le robinet de l'évier après avoir fini son jambon. Elle se réjouit (c'est une expression suisse, ça : se réjouir) d'avoir son journal à lire ; le journal de là-bas, dans lequel on parle de gens qu'elle ne connaît plus mais dont les noms cependant lui sont demeurés familiers.

Elle entend des pas dans l'escalier. Un double pas. Ça vient chez elle. Ça ne peut venir que chez elle puisqu'elle est seule à l'étage. Son premier sentiment a été l'inquiétude, oui, elle a eu peur qu'il s'agisse du flic. Mais comme il y a deux personnes, ce ne peut-être lui.

On frappe. Elle va entrouvrir en laissant la chaîne de sécurité mise ; non par prudence, mais pour lui faire jouer son rôle. Elle entend s'y habituer.

Par l'interstice, que découvre-t-elle ? Le blond !

Il se tient les mains aux hanches, il a le visage enluminé comme s'il venait de faire un repas copieux. Derrière lui, un garçon jeune qu'elle reconnaît : le journaliste-motocycliste. Obscurément, elle est frappée par la parfaite harmonie de ce tandem. Un beau couple de salopes !

La trouille lui revient, à Marie-Marthe Fluck. Déjà, le flic pèse sur la porte de sa large main ; sourcille de sentir une résistance et son regard s'incline jusqu'à la chaîne de sécurité.

Il ricane méchamment.

— Ouvrez ça, la mère !

— Non, fait résolument la vieille dame. N'insistez pas, espèce de bourreau !

Paul Pauley (dit Pau-Pau) n'hésite pas. Ne prend pas le moindre élan. Juste son torse impulse. Il flanque un coup d'épaule dans la lourde et la chaîne s'arrache comme tu ne peux pas savoir facilement. Ecoute, franchement, c'est comme s'il n'y avait rien eu du tout. Pauley entre, suivi du journaliste. Ce dernier trimbale sur son ventre un appareil photographique muni d'un zoom, que tu le croirais affublé d'une bite d'éléphant ou quelque chose de ce genre, de très indécent, toujours est-il. C'est phallique, quoi.

Le policier referme la lourde. La chaîne pend du côte porte, c'est au chambranle qu'elle a cédé.

Il dit, montrant le journaliste à la vieille :

— Vous le reconnaissez ?

Elle esquisse un signe d'assentiment.

— Il s'appelle Eric, annonce Pauley, c'est un gars tout ce qu'il y a de sympa.

Le journaliste toise Mme Fluck du haut en bas.

— Ainsi c'est la vieille qui m'a mouchardé ? demande-t-il.

— Ouais, répond Pauley, c'est elle, peau de vache, hein ?

Eric crache sur la jupe de Marie-Marthe.

— C'est méprisable, déclare-t-il.

Ils sont devenus follement potes, tous les deux. Il n'y a rien eu de sexuel encore, bien que Plante ait emmené le poulet dans son studio. Ils ont bu de l'Ouzo, presque sec. En bavardant, en laissant s'épanouir leur mutuelle attirance. Avant tout, besoin de se mieux connaître, de comprendre qu'ils étaient destinés à se rencontrer et à vivre des trucs hors du commun ensemble.

Ils ont parlé de leur vie. Eric a raconté son vieil industriel, Paul a raconté Mireille. Contrairement à son habitude, il n'est pas rentré déjeuner, malgré que sa Lyonnaise lui ait promis une fricassée de porc pour midi. Ils sont allés clapper ensemble, dans un bistrot tenu par un Ardéchois grand spécialiste des « caillettes ». Ils ont vidé deux bouteilles d'un « Cassis » très fruité et très frais. Et tout en bouffant, Pauley a exposé son projet ; un aspect seulement du projet. Eric a été enthousiasmé. Alors, bon, très bien, les voici chez la vieille Marie-Marthe. Eric sait déjà quel énervement sexuel elle provoque à son nouvel ami. Il pourrait s'en étonner, le réprouver, en rire, même, lui, pédé, mais non, c'est un type intelligent, ouvert à tout si l'on ose dire, qui comprend tout et surtout les anomalies.

Ils se tutoient. C'est venu spontanément.

Pauley marche à la fenêtre.

— Viens voir, Eric !

Eric le rejoint.

Le policier désigne la maison d'Eusèbe.

— Vue imprenable, non ?

— Magnifique !

— Tu seras aux premières loges. Tu sais bien te servir de ton Nikon, j'espère ?

— Je suis un champion de la pelloche. Tu n'as pas remarqué les posters, chez moi ? Ils ont été faits d'après des photos que j'ai prises.

— Alors pourquoi te fais-tu accompagner d'un photographe ?

— A cause de leurs saloperies de lois syndicales ; on vit dans un pays de droite régi par des syndicats de gauche.

— T'es facho ? demande Pauley, indifférent à la réponse.

— Si être contre les cons qui ne nous apprennent rien et contre les pauvres qui nous prennent tout c'est être facho, alors je dois être facho. Mais attention, hein ? Facho-je-m'enfoutiste. Je ne voudrais jamais encourir la moindre tracasserie pour une idée, pas si bête ! D'abord, les idées politiques, ce sont des idées que les gens se font lorsqu'ils n'ont pas d'idées à eux. Au lieu de penser, ils optent, tu comprends ?

Pauley comprendrait mieux s'il ne s'en torchait à ce point. Lui, il est pour sa bite, uniquement et pour toujours, mais alors, corps et âme ! Il va voter parce qu'il est fonctionnaire et que ça la foutrait moche qu'il y eût un blanc sur le registre en face de son nom. Mais il glisse un cul découpé dans *Lui* à l'intérieur de l'enveloppe. Une fois, n'ayant pas de photo à dispose, il s'est carré un bulletin dans l'oigne, même qu'on voyait très nettement les plis de son rectum. Est-ce que ce bulletin a compté tout de même ? Il n'a pas pris garde au parti qu'il représentait. Ça n'a aucune importance. Lui, son avenir est assuré. Pour fourrer et emmerder ses contemporains, le régime au pouvoir n'entre pas en ligne de compte.

— Le Président n'est pas encore venu ? demande-t-il à Marie-Marthe.

Elle secoue la tête négativement.

— Vous m'avez encore tué deux chats, gémit-elle. Vous êtes un misérable !

Pauley bondit, la main levée. Une main large à te cacher le soleil, lourde à écraser une enclume !

— Répète !

La pauvre femme met ses bras en parade et ne dit plus rien. Le flic adresse un clin d'œil à son complice.

— Tu sais que je devrais l'arrêter pour outrage à magistrat, dit-il. On la flanquerait au trou pour deux mois et ses pourris de matous crèveraient pendant ce temps-là. Tu crois que je devrais l'emballer, cette vieille morue ?

— Oui, tu devrais, approuve Eric Plante en réprimant un sourire.

Le cauchemar s'est reconstitué autour de Mme Fluck. Plus terrifiant que précédemment, car maintenant ils sont deux ! Et la chère femme pressent que le second est pire que le premier, étant manifestement plus malin.

— C'est une sale vache, non ? demande Pauley.

— Tu insultes les vaches, mon grand. Moi je dirais que c'est une saleté.

— Tu sais qu'elle a le cul rasé ?

Eric savait, vu qu'ils ont évoqué ce gag à midi. Il feint la surprise.

— Tu plaisantes !

— Pas du tout. Montre ta moule à mon ami, la mère !

Non, non. Elle refuse. C'est contre toute pudeur, tout respect humain. Elle a pas toujours eu un comportement lilial, Mme Fluck. Elle a branlé des garçons bouchers, s'est laissé mettre en levrette par des facteurs, et debout par des livreurs, sans compter un taxi qui se l'est embroquée toute crue sur sa banquette arrière dans une impasse du 17e, et puis encore des choses de l'existence quoi, dues aux sens brusquement alertés. Elle te le répète pour excuse : il baisait mal et peu, Moïse. Se fringuer en armaillie, ça, il était partant, mais pour tirer une crampe il lui aurait presque fallu une autorisation signée du grand rabbin. Seulement, ses petites cochonneries humaines, elle les a toujours perpétrées sans témoin. Devant un tiers, ça prend des proportions, merde ! Tu entres dans la catégorie « péché mortel » ; elle voit ça comme ça. Tu peux aller confesser à un prêtre que tu t'es laissé regarder la chatte par deux loustics à la fois, toi ?

— Fais-lui voir ton trésor, je te dis, vieille pute !

— Non, non, obstine Marie-Marthe. Non, non. Jamais !

Et puis il y a autre chose que la morale : elle se rend très bien compte que le jeune journaliste n'aime pas les femmes. C'est de tout le genre féminin qu'il va se gausser si elle cède.

C'est LA femme que ses ricanements vont flétrir. Elle ne se sent pas le triste courage de déshonorer tout un genre. Alors elle dit non, et encore non, de la voix, de la tête, de tout son être ; non, en s'appliquant à la fermeté. Qu'il comprenne, ce sale type, que, n'importe son insistance, elle ne cédera pas. Point à la ligne. Qu'il cogne, elle est prête. Mais osera-t-il frapper en présence d'un tiers ?

Tout à coup, il paraît abandonner la partie. Il a un hochement de tête désabusé. Se met à rôdailler dans la pièce, qu'on croirait un renard en quête de poulailler. Il cherche il ne sait quoi au juste, Pauley. Et il trouve. Sur le buffet, trône un gros objet insolite : les gigantesques ciseaux de coupeur de feu Moïse. Ils mesurent au moins cinquante centimètres de long. Leur gigantisme les rend beaux, impressionnants. C'est de l'acier massif, éteint par le temps. Presque une œuvre d'art, en somme ? Le policier s'en empare et engage ses gros doigts dans les boucles. Il fait jouer les mâchoires de l'instrument. Ça produit un bruit un peu grinçant, redoutable, pareil à la mastication d'un fauve. Pauley les ouvre et les ferme très vite afin de « dégommer » un peu l'axe engourdi par l'inaction.

— Pourquoi ne veux-tu pas montrer ta moule à mon copain, la mère ?

Elle est éperdue. Ne sait qu'objecter. Parler de pudeur les ferait pouffer.

— Je le connais pas ! dit-elle piteusement.

Eric se délecte. A inscrire à son florilège de la connerie ! Lui, il est partisan d'une bombe H phénoménale qui remettrait le compteur à zéro. Il pense que ça ne peut plus continuer, la sottise universelle. Que l'individu parvient à bout de bêtise et que tout va craquer une bonne fois.

Pauley revient doucereusement à Mme Fluck. De la pointe du ciseau, il essaie de retrousser sa jupaille ; mais elle rabat de la main, en un geste instinctif, presque farouche.

— Allez, implore-t-il (parfaitement : il implore), montre-la, ta moule, la mère. Te fais pas prier comme ça, à quoi ça ressemble ? On est entre copains, non ?

Non, non, elle dit ; non, non, elle fait. Non ! Et puis non c'est non !

Pauley cueille un chat qui musardait sur la table, le dos arqué, la queue verticale, comme on représente, sur les dessins, un chat au clair de lune.

— Laissez-le ! hurle la vieille.

Pauley tient le matou dans le creux de son bras gauche L'animal est partant pour les caresses. Il bourdonne déjà. Sa queue bat la mesure. Pauley agit avec promptitude. Un grand coup fulgurant des redoutables ciseaux et la queue est sectionnée au ras du dos. Le chat pousse un miaulement sauvage et se jette comme un fou dans la cuisine où il se met à bondir dans tous les sens en poussant des plaintes affreuses. Sa queue gît sur le parquet, toute bête d'être sans le reste du chat. C'est un tronçon dérisoire.

Marie-Marthe est livide ; sur le point de défaillir. Elle porte ses deux mains à sa poitrine pour contenir son cœur qui veut partir.

— Regarde ce qu'il m'a fait, ton salaud de chat ! gronde le flic en désignant une giclée sanglante sur la jambe droite de son pantalon !

Il va à l'évier et ouvre le robinet d'eau froide pour nettoyer les gouttes rouges souillant son futal. Il peste en frottant.

— Quelle horreur, ces chats, nom de Dieu ! C'est criminel de garder cette vermine. Un de ces quatre, je vais venir faire le ménage, je te promets !

L'étoffe détrempée de son pantalon colle à sa jambe, il a horreur de ce contact et son humeur contre Marie-Marthe s'accroît :

— Maintenant ça suffit, la vieille : montre-nous ta saloperie de moule, sinon c'est leurs têtes que je vais couper à tes minets !

D'un mouvement harassé, quasi inconscient, la mère Fluck remonte ses nippes. Elle claque des dents et sa peau est grenue comme celle de certaines oranges. Elle se récite une prière qui ne va pas plus loin que le premier paragraphe car ça se brouille dans son esprit.

La voici troussée, une fois de plus, la misérable femme.

— Tombe ta culotte, morue !

Elle trémousse comme d'ordinaire, fait glisser docilement ce sous-vêtement qui a l'air d'un récipient. Voilà sa chatte dégagée, gris-bleu, avec des petits « piquous » comme sur la gueule d'un déménageur mal rasé.

— Ecarte un peu, qu'on admire le panorama ! ordonne Paul Pauley.

Elle met ses jambes en « V » à la renverse. Sa moulasse pendouille.

Eric Plante ne ricane pas.

Au contraire, il est très grave et prend des photos.

XL

Elle s'est enfermée à clé dans sa petite chambre et, fiévreusement, lui écrit avant d'aller le rejoindre. Tout est bon, en amour, pour conserver le contact ; le garder coûte que coûte et surtout, le matérialiser : les lettres, les photos, les objets les plus humbles.

Elle ne vit plus que pour lui, par lui, et a décidé que c'était pour toujours, et qu'après toujours, dans le ciel promis ou le néant assuré, elle continuerait de lui appartenir. Et qu'il resterait à jamais l'histoire de eux deux dans l'histoire du monde. Elle essaie de lui exprimer cela sur le papier ; mais en fait ce qu'elle a à lui dire tient en une phrase merveilleuse et merveilleuse de brièveté : « je t'aime ». Le reste, c'est du texte, presque de la dissertation en forme de délire.

Elle lui écrit n'importe quoi, s'étant promis de ne pas se relire afin de ne pas déchirer ces mots de feu. Elle lui écrit que la cathédrale de Chartres qu'on aperçoit de si loin dans sa plaine n'est qu'une infime taupinière comparée à sa splendeur à lui, car il est splendide, beau à crier, avec des yeux pour y mourir d'extase. Elle lui écrit qu'elle le sent en elle entièrement, et qu'il l'a remplacée à l'intérieur de son enveloppe charnelle puisqu'elle, Noëlle, est en lui. Elle n'est plus que l'apparence d'elle-même. Et quand sa gentille mère l'appelle pour se mettre à table, elle ignore, la brave femme, que c'est en réalité le Président Tumelat qui s'assied devant la toile cirée à petits carreaux rouges et blancs et qui dégage une serviette à petits carreaux rouges et blancs d'un anneau de buis sur lequel il est écrit Noëlle en caractères anglais. Noëlle, le prénom ignoré du Président Tumelat.

Elle lui écrit qu'elle ne fait plus rien que de l'aimer, ce qui est la plus grande tâche qui soit possible en ce monde ; la plus ambitieuse, la plus téméraire aussi. Que l'aimer, lui, si grand, si beau, si ardent, lui que les années ont ennobli, que l'aimer, donc, est beaucoup plus prodigieux que de découvrir l'Amérique ou que d'aller marcher sur la Lune. Elle joue de la flûte pour jouer son amour, exprime des sons de son instrument en les chargeant du douloureux bonheur qui est en elle. Ou bien elle passe des heures dans la salle de bains, bien modeste avec sa baignoire-sabot et son lavabo exigu, à fourbir son enveloppe, à l'oindre et la parfumer pour la rendre plus présentable à ses lèvres à lui, si charnues, si charnelles, si savantes et voraces, si bien modelées, si fermes, si captatrices. Elle lui écrit qu'elle l'attend, même lorsqu'ils sont ensemble et qu'il est en elle. Parce que l'essence de l'amour c'est l'attente indicible. Elle lui écrit que, lorsqu'elle est seule à la maison, elle branche toutes les radios disponibles à leur maximum d'intensité, et puis qu'elle hurle à s'en rompre la gorge. Hurle d'amour, comme un chien hurle à la mort. Et que cela c'est de la pure folie, ou plutôt de la folie pure, infiniment pure. Elle lui écrit qu'il est unique ; plus unique que Jésus ! Et que si dire cela est un blasphème, elle lui offre ce blasphème pour qu'il le mette à sécher dans un coin de son cœur. Elle lui écrit qu'il n'existe pas de vie sans lui. Et que l'image qu'elle se fait du bonheur, c'est de le regarder exister. De le regarder manger, dormir, parler, marcher, conduire, lire. De le regarder réfléchir. Et de se faire le plus petit possible, et de se lover à ses pieds sous son bureau. Et de s'accroupir dans un coin de sa salle de bains pendant qu'il se rase. Et de l'attendre, et d'attendre de l'attendre. D'attendre qu'il daigne s'étendre sur elle et la pénétrer ; qu'il ait envie de prendre la pointe d'un de ses seins entre ses lèvres. Et d'évoquer, cela la fait pleurer. Alors elle laisse couler ses larmes sur le papier, car c'est l'ultime moyen d'expression, le plus absolu. Et que chaque goutte tombée de son regard a plus d'éloquence que mille de ses lettres parce que c'est son corps qui dit.

Depuis un bon moment, on frappe à sa porte et la voix de Mme Réglisson la hèle.

Noëlle refait un peu surface, range précipitamment les feuillets couverts de sa belle écriture ronde.

— Quoi ? demande-t-elle en ouvrant.

— C'est Gil, ton camarade de collège.

Gil ? Elle ne réalise pas immédiatement. La syllabe lui « dit quelque chose », mais d'incomplet, d'obscur. Gil ? Ah, oui... Le dadais sur son vélomoteur, qui caracole, dressé sur la roue arrière de l'engin.

— Eh bien ?

— Il est ici, il voudrait te parler.

— Pas moi.

— Ecoute, Noëlle, si ça continue, je vais te mener au docteur !

— Chez le docteur, corrige méchamment Noëlle.

L'expression affligée de sa mère l'invite au revirement. Elle se rend dans le living où elle aperçoit le garçon sagement assis devant la table. Sans doute est-il arrivé depuis un bon moment et a-t-il eu une discussion avec la maman ? On sent comme un début d'intimité entre eux.

Le butor ne se lève même pas. Il rougit et murmure :

— Salut, Noëlle.

Noëlle reste à bonne distance. Ce gentil jeune homme lui fait honte. Qu'elle ait pu accepter ses débordements, ne fût-ce qu'un instant, ne fût-ce qu'à contrecœur, qu'à contrecorps, la met en état d'horreur.

— Que veux-tu ? questionne-t-elle âprement.

— Ben, prendre de tes nouvelles. On ne te voit plus...

— Et on ne me verra plus, ajoute Noëlle.

Il est confondu.

— Mais, Noëlle, qu'est-ce qui t'arrive ? Ton bac ? Ça gazait bien, non ? Tu es malade ?

Elle réfléchit à la question, sourit et secoue la tête :

— Non, au contraire.

— Qu'est-ce que tu entends par au contraire ?

— Le contraire de malade. Tu chercheras l'antonyme dans le Petit Robert.

Gil est contrit par le ton acerbe de Noëlle. Acerbe, mais surtout souverainement indifférent. Il flaire que l'esprit de sa condisciple est mobilisé par des préoccupations secrètes. Alors il coule un regard en direction de Mme Réglisson qui s'affaire dans sa cuisine, histoire de les laisser tranquilles, et il demande, plein d'angoisse et d'incrédulité :

— Tu en aimes un autre ?

La question fait bondir Noëlle. Un autre ! Comment ça, *un autre ?* Ce grand dadais, cet apprenti mâle, si gauche, si chien fou, s'imagine-t-il qu'elle ait pu l'aimer, lui ? Qu'il croie une telle chose la met en fureur car ce serait une sorte d'appropriation abusive ! Il détournerait à son profit — au passé, certes, mais la détournerait quand même — une parcelle de l'immense amour qu'elle contient, oui : contient, comme un flacon contient un parfum. Voleur ! Goujat ! Sale petit con orgueilleux !

Aimer ce superbe avorton ? Ce rayonnant freluquet ? Ce collégien soucieux d'examens, qui va acheter la fantaisie dans les magasins de farces et attrapes ? Aimer ce futur bellâtre ? Aimer ce petit d'homme à sexe furtif et incontrôlé ? Aimer ce centaure à moteur deux temps ! Aimer ce gamin ? Oh ! non, non, mille fois non ! Jamais son cœur n'a marqué un battement supplémentaire en l'honneur de ce trou-du-cul ! De toute éternité, elle était destinée au Président. Elle est née pour lui, uniquement pour le rencontrer et se mettre en état d'offrande. Rien n'a distrait le cours de ce destin. Elle l'a attendu, exaltée par une secrète prophétie. Marie a-t-elle eu d'autres préoccupations, d'autres attirances pendant son adolescence, à l'époque où elle ignorait qu'elle enfanterait le Seigneur ? Sûrement pas ; vigoureusement pas ! Impossible. Elle était promise, désignée, ré-ser-vée !

Noëlle aussi était réservée. Qu'a-t-elle fait en attendant la venue du Président ? Elle a appris à jouer de la flûte. Le temps qu'elle vivait, ce temps d'attente, ressemblait VRAIMENT à une gestation. Elle était enceinte de l'amour qui allait venir.

— Un autre ? demande-t-elle durement.

Il rougit, croit comprendre le sens caché, la cruauté de ces deux mots. Il reste bouche bée, démuni infiniment.

— Non, Gil, pas un autre ! J'espère que tu te rends compte que nous ne nous sommes pas aimés, oui ?

Il encaisse mal, il souffre, des larmes se précipitent à ses paupières ; il les torche, d'un revers de bras, ainsi que le font les gamins punis.

— Mais, moi, je...

— Non, toi, rien du tout ! Je t'interdis de prétendre une chose pareille ! Toi, zéro !

— Tu ne peux pas empêcher qu'il y a eu ça entre nous !

— Ça ?

Elle éclate d'un méchant rire.

— Ça ? Tu viens de le dire, ce n'était que « ça », crétin. Un moment de dégoûtation pour moi. Je t'ai laissé faire ton petit numéro de caniche, ridicule, pitoyable. Je t'ai laissé faire « ça », oui, par complaisance stupide, mais sans rien éprouver d'autre que de la répulsion. Pour toi ça représentait peut-être l'amour, l'amour chien-chien, l'amour lapin, l'amour hamster ; pour moi ça n'a été qu'une imbécile souillure, qu'un instant de honte interminable malgré sa brièveté.

Elle monte le ton ; malgré son désespoir, il lui fait signe de parler moins fort, à cause de la proximité de sa mère. Cette crainte met le comble au mépris de la jeune fille.

— Tu n'es qu'un petit pleutre, un gentil petit pleutre, Gil. Merci d'être venu ; mais fais-moi plaisir : ne reviens plus ! Si tu pouvais comprendre à quel point tu m'indiffères, tu cesserais de penser à moi aussi facilement qu'on débranche un appareil électrique. Même tes larmes ne m'émeuvent pas. Ecoute, un jour, il n'y a pas longtemps, je me trouvais dans l'autobus en face d'une jeune femme à l'air désespéré. Elle faisait des efforts pour ne pas pleurer ; mais les larmes ne se contiennent pas. Elles ont fini par couler. Alors elle a pris des lunettes de soleil dans son sac et les a mises sur son nez. Les larmes coulaient par en dessous, elle les essuyait avec un doigt. J'essayais de regarder ailleurs sans y parvenir, le chagrin de cette femme me fascinait. A la fin, je me suis mise à pleurer aussi ; je pleurais une peine qui ne m'appartenait pas, dont je ne savais rien et dont je n'ai rien su. Mais ici, je vois des pleurs dans tes yeux et ils me laissent indifférente. Je me fous de ta peine, Gil ; il est indispensable que tu le saches Et, écoute encore, je te défends de m'aimer ! Ton amour m'écœure. File vite passer ton bac, mon ami ! Tu l'auras avec mention, je te le promets ! La fac sera un jeu d'enfant pour la bête à concours que tu es. Tu deviendras un bon médecin, et tu auras vite de la clientèle car tu es joli garçon. Tu te marieras avec quelqu'un de bien mieux que la fille d'un cheminot ; tu lui feras de beaux enfants ; tu auras de ravissantes maîtresses, tu t'inscriras à d'honorables sociétés, tu iras chasser le faisan en Pologne et tu mourras comblé d'honneurs et de décorations, petit connard.

Elle retourne à sa chambre passer sa veste de laine blanche et prendre la lettre destinée à son vieil amant. Elle crie à sa mère :

— Je vais faire un tour, à ce soir !

Et sort sans un regard pour Gil.

On entend le mécanisme de l'ascenseur, sur le palier. Gil se prend la tête à deux mains. Il est malade de déception infinie, malade d'une tendre blessure dont il redoute déjà qu'elle guérisse un jour.

Compatissante, Mme Réglisson s'approche et lui met la main sur l'épaule.

— Il ne faut pas vous désespérer, c'est un mauvais passage. A son âge, toutes les filles sont plus ou moins folles, vous savez...

— Elle est amoureuse ? demande Gil en hoquetant.

Georgette ne veut pas en rajouter.

— Oh, je ne le pense pas. Mais Noëlle est une enfant rêveuse, idéaliste ! Je voudrais la mener au... chez le médecin, mais mon mari me dit que ça n'est pas la peine, que ce genre de crise, la médecine n'y peut rien, et qu'elle s'en va comme elle est venue. Il n'empêche qu'elle dure. Seulement voudra-t-elle voir le docteur ? Elle a une sacrée caboche, vous savez. C'est une gamine très gentille, mais obstinée. Il ne faut pas la braquer ; toute petite déjà...

— Je suis certain qu'elle a quelqu'un, déclare le jeune homme.

Mme Réglisson aussi en est certaine. Tu verrais d'autres explications au comportement de Noëlle, toi ? Elle souhaite de toute ferveur que l'élu ne soit pas un sale type aux intentions douteuses. Elle houspille son mari pour qu'il suive leur fille, en douce, pendant son jour de congé, afin d'en avoir le cœur net. Mais Victor refuse. Il fait l'autruche, parle de pudeur. Dit qu'il n'a pas un tempérament de flic. La pudeur ! Comme si, à certains moments cruciaux de la vie familiale, ce genre d'objection était valable ! En fait, son époux refuse la vérité. Il préfère attendre, comme on endure une douleur persistante avant de la confier à un médecin, de peur qu'elle ne révèle quelque chose de grave. La plupart des hommes éludent l'irréparable et font leur avenir d'un présent prolongé, étiré jusqu'à la trame.

Elle trouve Gil sympathique. Il ferait un bon gendre. Le

gendre dont rêvent toutes les mères à partir du jour où leurs filles peuvent mettre leurs robes.

***

Noëlle arrive la première chez l'oncle Eusèbe, et c'est la première fois. D'ordinaire, le Président est déjà là, à l'attendre, assis sur le seuil de brique. Elle n'en conçoit pas la moindre inquiétude car elle sait qu'il viendra ; que rien ne saurait l'empêcher de venir. Alors elle prend la pose qui est la sienne habituellement. Elle contemple le jardinet miteux, de plus en plus envahi par les herbes. Pourquoi appelle-t-on mauvaises herbes, les herbes libres ? se demande Noëlle. En quoi un pissenlit est-il moins honorable qu'un poireau ?

Un rectangle terreux attire son attention. L'on dirait l'emplacement d'une tombe. Elle se souvient : là se trouvait la niche du chien.Tiens, pourquoi l'a-t-on évacuée ?

La Mercedes verte survient, presque sans bruit, et stoppe devant la portelle en faisant gicler un peu de terre. Le Président sort en hâte, tout neuf, tout fringant dans une veste pied-de-poule à boutons de cuir. Un foulard de soie verte est négligemment noué dans l'entrebâillement de sa chemise. Il ouvre ses bras et capture son aimée. Il sent bon, il est fort. Il la baisotte un peu partout : sur le nez, les tempes, les cheveux ; dans le cou, au menton, et pour finir, bien sûr, à pleine bouche goulue d'amour. Entre chaque salve de baisers il dit des mots. Il dit : ma chérie, mon petit ange, ma fée bleue, ma maman, mon âme, toi, ma merveille, toi, je t'adore, mon italienne, ma source, toi, toi, toi, lumière, folie, douceur, tendresse, étoile, ravissement, mon île, ma gonzesse, ma douce femelle, mon aimée, ma Grèce, ma joie, toi, toi, mon éternelle, mon attendue, ma bien venue, ma sirène, mon fleuve de miel, ma plus que parfaite, ma femme, ma vie, mon tout, mon tendre, mon désir, ma divine, ma bouche, mon ventre, toi, toi, mon ciel, mon mirage, ma gazelle, mon sexe d'or, ma primevère, mon espoir, toi, toi, ma maman de vieillesse.

Et encore, et beaucoup, inépuisablement ; qu'il pourrait de la sorte l'embrasser et lui dire, lui dire et l'embrasser sans la moindre lassitude, toujours !

Il parvient enfin à s'arracher pour ouvrir la porte. Elle entre ; il entre et sans se donner la peine de refermer, se jette contre elle, la plaque au mur, la comprime de tout lui, à l'étouffer, dévorant sa bouche, bandant d'amour, gémissant de trop d'amour incontenable, irréprimable, tout ça. Et que te dire encore sans tomber dans l'excessif ? On ne raconte pas les amours d'autrui. Ils s'aiment, ils s'emportent, ils se vivent. T'ai-je suffisamment décrit Noëlle cette femme enfant, cette tentation d'homme ? Je préfère te la laisser imaginer, avec ses longs cheveux d'un châtain presque blond et ses grands yeux à regarder le ciel, bleu infiniment. Te laisser penser le reste à ton idée, à l'image de ce que tu voudrais qu'elle fût et qu'elle est, crois-moi, qu'elle est bel et bien, mais en mieux encore. Oui, que tu la conçoives aussi, toi-même, feignant ! Que tu la crées selon tes élans et tes torpeurs languides, selon les graines non épanouies éparses en ta pauvre âme de notre époque. Elle, Noëlle, femme fleur, fille à rêver. Délicate et farouche, bleutée, là où il le faut, si tiède, si douce. Frémissante, vibrante, abandonnée aux mains de grandes mesquinances du Président, aux mains implorantes, exploratrices du Président. Ses mains de rien avec lesquelles il a déjà tout fait, sauf l'essentiel qui était de pétrir ce corps, de le caresser suavement, remontant avec égarement sa jupe chargée de sa belle odeur blonde, s'insinuant par le haut de son slip, comme en un coffret capitonné de duvet, l'horrible voleur, se coulant vers cet émoi si tiède, si doux comme un cœur placé entre ses jambes d'infante. Et qui reste posée sur ce cœur, la main du Président, posée sur ce cœur comme sur un oiseau mal-volant, tombé du nid ou blessé, et qui palpite de peur.

Et pourquoi te dire qu'ils sont là, plaqués, bête à bête, âme à âme, ravis et effrayés, tourmentés par ce noir bonheur qu'ils vivent, qu'ils osent vivre, qu'ils osent se permettre à la face du monde qui se dilue comme un comprimé d'édulcorant dans un chaud breuvage. Pourquoi te dire leurs halètements emmêlés, leur rage somptueuse ; cette grande ivresse mordante et victorieuse, et si tant, si tant tellement effrayée d'être ? Ah, oui : pourquoi te le dire ? Comment te le dire ? Aide-moi, je ne suis qu'un petit auteur insane, né natif de Bourgoin-Jallieu (38) qui n'est pas la ville des très grands écrivains. Un petit auteur dauphinois, à la sauvette, à la manque, à la con, plein de sa folie d'écrire, plein de la terreur d'écrire, et qui écrit vaille que vaille, rien qui vaille beaucoup, hélas, mais en grande passion, crois-le et pardonne-lui. San-Antonio par inadvertance, te dis-je ; par négligence. Pauvrement auteur, comme il est pauvrement homme, n'ayant pour seules armes qu'un cœur, un regard et une bite convenable, crois-je. Alors, oui : aide-le à créer en apportant ta contribution, mon lecteur, en apportant ton manger, c'est-à-dire en imaginant ce qu'il voudrait te faire sentir intensément et qu'à trop vouloir les mots se décolorent comme l'encre avec le temps.

Et le Président, bouleversé d'amour, laisse sa dextre sur le doux trésor de Noëlle qui l'attend depuis dix-sept ans, dans un F 4 de béton atroce. Et il laisse ses dents qui sont heureusement authentiques entre les dents de Noëlle la femme éclose, comme quand deux petits carnassiers se battent et qu'ils se mordent la gueule pour tenter de se neutraliser. Noëlle et le Président ; oui,

oui, je dis bien : deux carnassiers en carnasserie d'amour. Deux carnassiers affolés d'amour.

Ils finissent par s'immobiliser absolument, et seules leurs respirations bougent encore, peut-être aussi leurs paupières, il faudrait voir, mais imbriqués, soudés tels que les voici, comment veux-tu ?

Ils sont en attente de la suite, sans oser en prendre l'initiative, parce que la suite c'est déjà le futur et qu'ils entendent rester dans le présent, éternellement, telle une image fixe de fin de film. Eternellement blottis dans la seconde qu'ils vivent. Eternellement.

Et du temps passe en dehors d'eux, sans leur permission. Du temps qui ne les concerne pas, eux, perdus dans les délices où le charnel et le spirituel se rejoignent, instant de la plus grande rareté, fleur de coin, comme il est dit en numismatique.

Mais leurs corps finissent doucement par s'impatienter. Le Président qui trique comme un taureau sort son sexe et le glisse tant mal que bien entre les jambes de Noëlle, par-dessus l'élastique du slip un peu baissé et qui le maintient contre la toison d'or. Et à nouveau, ils observent un temps d'immobilité, malgré l'intensité dramatique du braquemart (qui est aussi, je te le rappelle, une épée à double tranchant).

Allons, il va bien falloir monter jusqu'au lit, s'y étendre l'un sur l'autre, se pénétrer, se perpétrer, se conjuguer. Oui, il va falloir, aucune autre conclusion n'est envisageable. Ils doivent !

Mais quand le Président retire sa queue pour, pudiquement, se la réintégrer, ils observent encore un temps mort. Un blanc physique pour laisser libre cours à leur amour-esprit.

Pour ce faire, ils entrent dans la cuisine qui sent de plus en plus la cave. Il s'assied sur un tabouret. Elle se place à cheval sur ses genoux, non pour se faire mettre dans cette position intéressante, mais pour lui faire face, bien capter ses yeux et pouvoir l'embrasser syllabe après syllabe.

Elle veut reculer le moment. Parler d'autre chose afin que le désir dure encore, différer au maximum son assouvissement. Et il y consent tacitement.

Elle dit :

— Je t'ai écrit.

Et lui glisse sa lettre dans sa poche. Il a le mouvement pour l'emparer, elle proteste :

— Oh ! non ; plus tard !

Elle dit encore :

— Tu devrais me laisser une clé d'ici.

— Pourquoi ?

— Parce que je viendrais t'y attendre Je passerais mes journées à t'écrire, là, sur cette table. Et puis à faire le ménage, car le besoin commence à s'en faire sentir Cela deviendrait une espèce de « chez nous », tu comprends ?

Il comprend, mais pense au spectre d'en haut. Chose effarante, ses rendez-vous avec Noëlle et ceux qu'il a, avant ou après, avec l'homme sont presque complémentaires. Ils constituent une harmonie.

Pourtant, il murmure :

— Non, je vais chercher un endroit plus convenable.

— Pourquoi trouves-tu que celui-ci ne l'est pas ?

— Regarde comme c'est pauvre, moche, triste, presque lugubre. Je veux un bel écrin pour toi.

La jeune fille l'embrasse et dit avec un grand sourire de clarté intérieure :

— Pour moi, c'est l'Eden, mon amour. Nul lieu ne serait plus beau. C'est ici que je suis devenue ta femme Alors, c'est promis, tu me donneras une clé ?

— Nous verrons, je vais réfléchir.

— Pourquoi réfléchir ? Laisse la clé dehors, dans une cachette dont nous conviendrons, qu'est-ce qu'on risque ? Il n'y a rien qui soit de valeur, il me semble, en supposant qu'un rôdeur la découvre...

Il est cruellement coincé, le Président. Qu'objecter ? Il pense que la planque du fantôme est à toute épreuve ; Eusèbe a parfaitement fait les choses, et au plan de l'insonorisation et à celui de l'invisibilité. N'a-t-il pas eu un mal fou à la découvrir bien qu'il soit au courant ? Il n'empêche que l'oncle interdisait à Mme Réglisson de nettoyer sa salle de bains. Il faut observer la même prudence.

Il parvient à biaiser, à sa grande honte, car mentir à l'infante lui semble sacrilège.

— J'en ai encore besoin pour faire enlever certaines choses, en faire apporter d'autres aussi. J'ai le droit de vouloir rendre cette masure digne de mon amour, non ?

Elle hausse les épaules, sans insister.

— C'est toi qui as fait emporter la niche du chien ? demande-t-elle.

— Oui, l'animal ne parvient pas à se familiariser avec mon appartement, je pense que sa cabane le sécurisera.

Second mensonge. Taïaut est heureux comme un chien de luxe dans le somptueux appartement de Tumelat.

Le Président est mort de honte, de rage contre soi. Il se met en posture d'indignité. Mentir à cette amante tendre, blonde, bleue, limpide, passionnée. Mentir pour cacher la plus insoutenable des infamies, le ravage. Mentir à cette jouvencelle régnante, à cette aurore plaquée à son couchant, est une monstruosité de plus dans sa putain de vie qui en fourmille. Il ne peut pas. Il ne veut plus. Il est devenu quelqu'un d'autre.

Il pose son front contre celui de Noëlle.

— J'ai failli te mentir, lui dit-il. Je t'ai menti pour éluder une horreur, mais je vais balayer ce mensonge en te disant la vérité.

Une vérité très sinistre, Noëlle, ma chérie, ma maman, ma pervenche. Un homme est caché dans cette maison.

Et alors il se dresse, en soutenant Noëlle pour qu'elle retrouve sans dommage son aplomb, et pousse un cri, un grand cri de délivrance.

Pour la première fois, le Président Tumelat sait à quoi ressemble l'honnêteté.

Et il est instantanément ivre de tant de beauté.

XLI

Paul Pauley ramasse la queue sectionnée du chat, avec le pouce et l'index pour ne pas se souiller les doigts.

Il approche l'extrémité de l'appendice du sexe dodu de Mme Fluck et se met à chantonner :

— C'est un petit bout de la queue du chat, qui vous électrise…

Un succès des Frères Jacques.

Que je me rappelle l'avoir braillé, un soir de beuverie dans un bistrot à raclette de l'Oberland où Mme Farah Diba (je sais même pas comme ça s'écrit, ma pauvre) était venue dîner avec des amis mondains. Et Jacob Bach avec son orchestre champêtre accompagnait nos vociférations, à Patrice et à moi, bien beurrés que nous étions ; grands enculeurs d'ex-impératrices, ce soir-là ; garnements pleins de Fendant, drôlement français, n'empêche, sous le bas plafond du *Cerf :* un lieu de miracle où il se passe quelque chose. Et que ça soit dit en passant ; et qu'on n'y revienne plus, parce que si on se lance dans ce genre de sport, hein ? Les évocations, tu m'as compris tu m'as ? Larme à l'œil, l'arme à gauche. Passé, présent ! Il était une fois… Merde !

Bon : Pauley, la queue coupée du matou.

Les poils en sont mal plantés, car c'est un gouttière de la sale espèce, né rôdeur, mais neutralisé par le confort de chez Marie-Marthe. Un transfuge de la belle étoile.

— Ouvre un peu ta moulasse, la mère, tu vas sentir comme c'est doux ! Ben ouvre, quoi, bon Dieu, puisque tu les adores tellement, tes matous de chiasse !

Elle refait ses « non, non » véhéments.

Pauley murmure :

— Tu veux que je leur fasse un brin de toilette à tous ?

Elle voit bien qu'il est vain de vouloir refuser quoi que ce soit à son tourmenteur. Elle ne peut que se soumettre absolument, sans rechigner. C'est un coup de poker. Qu'est-ce qui excite le plus le sadisme d'un bourreau : la docilité de sa victime ou, au contraire, sa rébellion ?

Elle se remet en « V » retourné. Pauley lui passe le plumet sanglant entre les jambes. Eric continue de prendre des photos. Ils vivent un moment de forte dinguerie. Exceptionnel, c'est cela l'important : exceptionnel. La cruauté, pour certains — voire pour beaucoup — est un plaisir luxueux. Quand Amin Dada jetait des gonziers à ses crocodiles, quand Bokassa Ier faisait bastonner à mort des enfants, c'était pour ressentir une certaine jubilation très intense, non ? Une sorte de pré-orgasme. Il y a un mystère de la douleur d'autrui. Un grand mystère fascinant. « Et j'apprendrai ma mort, en comprenant la sienne ». Me rappelle plus qui a écrit ce vers.

Pauley exécute plusieurs va-et-vient avec sa main. Il tient la queue comme une asperge. La mère Fluck, ça la chatouille en la dégoûtant à l'extrême.

Vont-ils continuer longtemps encore ?

Plante cesse de la flasher pour aller regarder par la fenêtre. Il met fin au supplice en murmurant :

— Viens voir, Paul

Le policier le rejoint.

— C'est elle ?

— Oui. Mignonne, non ?

Eric hausse les épaules.

— C'est vrai que c'est pas ton problème, ricane Pauley.

— C'est le tien, à toi ?

— Moi, je suis tout terrain, assure fièrement Pau-Pau. Le vrai queutard, j'enfilerais une chèvre. Quand j'étais môme, si je te disais : je baisais un fauteuil.

— C'est ça, la santé. convient le journaliste, et comment faisais-tu ?

— Je m'agenouillais devant lui et je glissais ma bite sous le coussin de cuir.

— Ça devait te peler le gland, non ?

— Pas tellement.

Ils se taisent pour contempler Noëlle, de l'autre côté de la rue, qui attend son Président, assise sur le seuil du pavillon.

Puis, Eric règle son zoom. Il la cadre de première, impec, pleine image.

— Tiens-toi prêt, le vieux ne va plus tarder.

— Je suis paré, assure Plante, c'est un appareil à répétition, quand tu laisses ton doigt sur la gâchette, tout le chargeur crache.

Pauley lui tient compagnie un petit moment. Il se taperait bien la petite. Mais enfin, il préfère Marie-Marthe. Pour lui, c'est beaucoup plus excitant, sans comparaison. Une ravissante gamine, d'accord, c'est toujours bon à prendre ; mais une vieille peau, empêtrée dans ses harnais, gauche et timide, effarée par tout, quel nectar !

Il retourne à Mme Fluck.

— Je peux baisser ma jupe ? demande-t-elle.

— Non, viens, je vais te mettre.

Elle a hâte, étrangement hâte. Il lui semble que lorsque Pauley aura joui une bonne fois, le maléfice qu'il constitue sera conjuré.

Elle se dirige vers sa chambre. Il l'arrête :

— Non !

D'un doigt « sans réplique », il lui montre la table.

Elle s'en approche, sans bien savoir la manière dont la chose va s'accomplir. Pour quelle position va-t-il opter ?

Elle a l'infinie passivité d'une vache de son pays soumise au taureau. La vache n'a que des prémices amoureuses. Elle simule l'acte du mâle pour indiquer qu'elle le veut. A compter de l'instant où on le lui accorde, elle redevient morne, et comme indifférente, se laisse prendre sans marquer de crainte ni d'intérêt. Marie-Marthe Fluck obéit sans chercher seulement à comprendre. Que cela soit, soit vite ! Voilà tout.

Il lui indique qu'elle doit se coucher sur la table le cul à l'extrême bord, les jambes repliées. Mais ses jambes sont lourdes. Peu accoutumée aux exercices physiques, la chère femme cramponne ses genoux pour parvenir à maintenir cette posture. Pauley se dégaine et s'engage très légèrement. Il veut voir, assister à la pénétration.

D'une voix sourde, il appelle :

— Hé, Eric !

Eric se retourne et pâlit. Le flic, lui, rit, à dents crispées.

— Tu veux prendre une petite photo ? demande Paul Pauley.

Il a la force d'ajouter :

— T'inquiète pas pour le Président, on entendra venir sa bagnole.

Rassuré par le bien-fondé, Eric s'approche et cadre. Ça va donner quoi, si le plan est trop rapproché ? Une image porno. Maître dans l'appréciation du devenir d'un cliché, il étudie un angle permettant de reconnaître Mme Fluck tout en voyant à quel acte elle s'abandonne.

Clic !

Il change d'angle.

Clac !

Pauley commence alors à limer voluptueusement. Quelle joie de la chair !

Eric monte sur une chaise pour une perspective plongeante. Saisissant !

Pauley continue de se refréner. Continue de contempler son exquis va-et-vient, si longtemps espéré ! Qu'il a imaginé pendant des jours et qui s'accomplit enfin dans les meilleures conditions ! Cette calme enfilade de la mère Fluck ! Mesurée, maîtrisée. Balancement animal contenu. Il la fourre de belle façon, avec une rare application ; poussant l'obligeance jusqu'à soutenir ses jambes si lourdes. Elle a clos les yeux, plus à cause de la gêne que de la volupté. Et alors, sans forcer la cadence, il pousse de plus en plus loin ses assauts ; dans l'espoir de la faire réagir. Il voudrait un gémissement d'elle, des plaintes rauques, comme celles que poussait sa mère, autrefois, dans leur cuisine où il l'a surprise en compagnie d'un compagnon de travail de son père. Et il recherche le rythme de cette charge culière héroïque. Croit l'avoir trouvé. Jubile jusqu'en son subconscient, noyé, ravi, soulagé avant même de se libérer.

— Ma poupée ! dit-il, avec la voix du bonhomme ventré jadis sur sa maman, ma poupée !

Il disait cela, le type : ma poupée, de plus en plus vite, en haletant. Ma poupée. Et il monte au cul, Pauley ! Hardiment ! Plein d'un intense courage. Il monte au cul comme au danger, sans autre crainte que la peur d'avoir peur. Eric regarde, la gorge sèche. Il a cessé de prendre ses foutues photos. Il est terrifié, sans comprendre au juste pourquoi, car enfin, il a déjà participé à des partouzes, seulement il s'agissait de vraies partouzes, avec des préalables et des rites et des soupapes de pudeur qui fonctionnaient en temps opportun. Mais là, dans cette cuisine, en voyant le grand blond besogner cette vieillarde terrorisée, passive, devant un parterre de chats indifférents, il éprouve un curieux saisissement, un peu comme s'il assistait à une crapuleuse exécution capitale dans un pays en révolution.

Ce qui le bouleverse, Eric, c'est l'absence de vice dans cette étreinte qui n'est que vicieuse. Paul Pauley baise comme certains fous jouent à la roulette russe en appliquant le canon d'un revolver sur leur tempe. Oui : il a, pour enfiler dame Fluck, la même contraction livide, la même morbide extase que ces dingues, quand leur index enfonce la détente, et qu'ils savent leur mort puisqu'ils ont une chance de mourir.

Eric Plante trouve cette scène inhumaine, éprouvante. Elle lui donne envie de fuir. Mais il reste. Et il regarde cette marée d'homme, fluctuante, qui noie ce vieux corps de renoncement, ce vieux corps hors de service amoureux, dont le total abandon est si tragique.

Heureusement, un bruit de voiture qui freine et stoppe l'oblige à réagir. Il regagne la fenêtre. Il voit le Président Tumelat sortir de sa Mercedes et courir à la fille blonde, la prendre dans ses bras, radieux de passion. Il règle à nouveau son zoom et flashe, flashe, flashe, jusqu'à la fin de la pellicule. Il a tout son temps car le couple ne bouge guère. Dans le viseur, la scène s'offre en gros plans : des bouches unies, des joues unies ; léger recul pour des plans moyens. Eux deux, là-bas, pris jusqu'à la ceinture, bras en pieuvre. Nouveau recul : tout leurs corps qui s'entre-ensevelissent. Et puis, plan général, afin de les situer devant les presque masures entourées d'herbes folles, exubérantes

Il a la sensation de puiser dans un trésor brusquement accessible, Eric Plante. Comme on s'emplit les poches lors d'un pillage, quand les valeurs ne sont plus protégées et que s'en goinfrer ne constitue pas un risque. Il vole ces images d'amour, il puise à déclics secs dans l'ardent bonheur du couple singulier. Il est fébrile, exalté.

Quand il a empli son magasin et qu'il est chargé de son odieux pollen, si laidement butiné, alors oui, il se détourne pour assister à la fin du coït de Pauley. Et il trouve extraordinaire, Eric, d'occuper cette position entre un amour de soleil et un amour de ténèbres, entre des amours d'oiseaux et des amours de cancrelats, entre une adolescente enamourée et une vieillarde à bout de sens. La mère Fluck pousse des cris de complaisance. Elle fait « Oh là ! Oh là ! », d'une voix ridicule, pour signifier à son partenaire qu'elle est sensible à son besognage. Mais Pauley, lui, fait peur à voir. On dirait qu'il meurt. Toute sa figure est révulsée, d'un vilain gris vénéneux. Il a la bouche entrouverte, et l'intérieur de sa bouche aussi est gris. Son regard désamorcé lui fait des yeux d'homme évanoui. Il ne doit plus voir. Obstinément, il continue son va-et-vient grégaire et tout son être s'applique à retarder le plus possible l'instant de délivrance. Il lime au plus juste à présent.

Sur le parquet, les chats mènent leur sotte existence d'animaux en pots, cactus vivants animés par des instincts atrophiés.

Eric est persuadé de vivre un grand moment d'épouvantable misère. Son talent d'écrivain frémit d'appétit. Il voudrait pouvoir « fixer » cela autrement que sur de la pellicule ; donner à la scène un épanouissement sublime. La célébrer telle qu'il la sent ; mais elle est trop magistrale, trop... « dépassante » pour être communiquée par le bélinographe du vocabulaire.

Il devra se contenter d'en être le témoin silencieux, et à jamais l'unique dépositaire.

Pauley lève son visage vers le ciel — une triste gueule émaciée —, comme le ferait un supplicié à bout d'endurance. Et il se relâche enfin, dévalant au fond de son être, comme au fond d'un obscur ravin ; s'y engloutissant avec un grand soupir de fin de soi.

Ensuite il se retire et marche à l'évier afin de s'y nettoyer le sexe.

Se lave copieusement, au gros savon de Marseille ; et se relave encore après s'être séché dans un torchon de cuisine, à croire que ses ablutions ont remplacé la souillure par d'autres, comme il arrive qu'un détachant remplace une tache par une nouvelle.

Pendant ce temps, la mère Fluck s'est remise debout en murmurant :

— Eh bien, ça...

Elle trottine dans sa chambre, d'une démarche bête et salope.

Pauley se rajuste.

Il emprisonne sa main gauche de sa droite pour faire craquer ses jointures telles des noix sèches. Il ne paraît pas gêné.

— Tu nous as pris en train de brosser? demande-t-il à Eric.

— Un vrai documentaire, s'efforce de ricaner le journaliste

— Tu m'en tireras un jeu complet, hein ?

— Compte sur moi.

— Si tu pouvais les agrandir...

— T'inquiète pas : je t'en ferai des posters

— Le vieux est venu ?

— Il est au boulot, en face.

— Tu as pu le photographier aussi ?

— Et comment. Ce sera très bien.

Voilà, ils ne savent plus que se dire. On entend fredonner la mère Fluck dans la pièce voisine. Elle s'estime à l'abri désormais, la vieille. Elle a conjuré le sort en vidant les testicules du policier. Se payer un malabar de trente ans à son âge, voilà qui est réconfortant, non ?

— C'était bon ? demande Eric Plante.

Pauley acquiesce. Puis il se baisse et saisit un chat ; un tout noir, de ceux qui portent malheur.

Il le tient sur son bras gauche replié. De sa main droite, il caresse les pattes postérieures de la bête. Et soudain, en une fulgurante coordination de gestes, il referme sa main sur les deux pattes jointes, soulève le chat et lui fait décrire un arc de cercle pour l'assommer sur le rebord de l'évier. L'animal est foudroyé par l'impact. Pauley va jeter son cadavre dans la poubelle à pédale dont le couvercle caoutchouté se rabat sans bruit.

— J'ai horreur des matous, dit-il en manière de justification : chaque fois que je viens ici, je m'en paye un.

— Tu es terrible, balbutie Eric, impressionné.

Pauley rigole silencieusement.

— Bon, dit-il, on s'en va ?

— Tu ne dis pas au revoir à ta conquête ? demande Plante en désignant la chambre.

— J'ai envie de l'enfiler, pas de lui parler, rétorque Paul Pauley.

Voilà, ils s'en vont.

— Je te ramène à Paris ? questionne le flic, une fois qu'ils sont installés dans sa bagnole.

Sa voix manque de chaleur.

— Fous-moi à une station de taxis, ça ira, répond Plante.

Pauley démarre, sans un regard pour la bicoque d'en face où le Président découvre la vie.

— Il te faut longtemps pour les photos ? demande-t-il.

— Je vais aller les développer tout de suite au labo du journal.

— Demain, tu pourras me donner « les miennes » ?

— Bien sûr.

— Tu es gentil.

Un instant de silence.

— Tu as rudement confiance en moi, tout de même, dit Eric

— Pourquoi ?

Plante aime à jouer avec le feu, c'est dans sa nature. Sa vicerie le porte vers toutes les allumettes qui se trouvent à portée de sa main.

— Tu te rends compte, ces photos de toi baisant la vieille, les ennuis qu'elles pourraient te valoir si je ne t'avais pas à la bonne ?

Pauley met sa main entre les genoux de son nouvel ami, comme il l'a fait au bistrot le matin.

— Tu sais bien que si tu déconnais avec ça, je te tuerais, dit-il sans élever le ton, presque gentiment.

Sa lourde main secoue la jambe gauche du passager.

— Fais-moi plaisir, Eric : dis-moi que tu le sais.

— Oui, répond gravement Eric, je le sais.

XLII

Ce qui plaît au Président, ce qui soulage le Président, lui prouve de manière indubitable que cette fille est hors du commun, qu'elle est digne de leur amour, qu'elle lui convient, qu'il doit la garder coûte que coûte pour lui en l'épousant et en lui consacrant le reste de son temps terrestre ; ce qui l'éblouit, le Président, l'éblouit et l'exalte, c'est qu'elle s'abstient de tout sursaut, de toute question. Elle ne l'assaille pas de sa curiosité laquelle serait cependant légitime après une telle révélation Non, pas plus de la voix que du regard elle ne l'interroge. Elle demeure front à front avec lui, et même son silence est dépourvu de l'avidité de savoir. Il lui confie le secret de sa vie, elle l'accepte sans aider à l'accouchement. Il peut cesser de parler s'il veut, se rétracter, balayer sa déclaration première d'un sourire farceur, Noëlle acceptera tout. Et le mieux, le plus grand, l'inespéré, c'est qu'elle acceptera le secret également s'il va jusqu'au bout du courage d'amour, le Président.

— Il y a un homme dans cette maison, répète-t-il ; un homme qui s'y trouve séquestré depuis dix-huit ans parce qu'il a cherché à me nuire. Tu n'étais pas encore née, pas même conçue, je pense...

Un temps. On ne perçoit que les battements de leurs deux cœurs rapprochés, un bruit terriblement lointain, comme celui d'une rivière souterraine : bruit d'existence suractivée par une émotion contenue.

— Veux-tu que je te raconte la chose ? demande Tumelat dans un souffle.

Elle répond :

— Comme tu voudras, mon amour.

— Si je te la raconte, tu risques, ensuite, de ne plus m'aimer, tellement c'est horrible, avertit le Président.

Elle dit, après s'être reculée de quelques centimètres pour pouvoir prendre ses yeux :

— Rien ne peut faire que je ne t'aime plus ; si tu nourris une telle crainte, c'est que tu ne crois pas à mon amour. Du moins pas vraiment, et si tu n'y crois pas vraiment, alors ne parle pas, je t'en conjure ! Ne me dis rien, plus rien.

Le Président coule sa main sous ses jupes pour la placer en conque devant le sexe velouté de son amante. Il prend un ton de flash-back, un peu noyé. Le prend sans le vouloir, par commodité, afin que « ça » passe mieux. Il est grisé par l'imminence de sa confession. Dix-huit ans de silence absolu, de complet mutisme. Il ne touchait pas un mot du fantôme à Eusèbe lorsqu'il lui arrivait de le voir. C'était un sujet tabou, l'aborder aurait déclenché un mauvais sort. Le silence est le corollaire de la vilenie. Et voilà qu'il va parler, révéler cette monstruosité à une petite fille qu'il ne connaissait pas un mois plus tôt ! Il avait scellé ce presque cadavre au fond de sa conscience. Il vivait en l'oubliant, se déchargeant de tout remords sur le vieil Eusèbe. Et maintenant, il l'exhume pour l'offrir en cadeau de noces à une femme de dix-sept ans.

— Pendant la guerre, commence-t-il, je faisais des études de droit à Paris. C'était l'Occupation, la disette, mais à vingt-deux ans, la vie n'en est pas moins belle. Un jour, je me trouvais dans une brasserie du Quartier Latin, devant un faux café, à potasser mes bouquins lorsque tout à coup, une main furtive a jeté une enveloppe devant moi. J'ai relevé la tête : il s'agissait d'un de mes profs, un grand type roux, avec une gueule d'anarchiste tuberculeux. Il paraissait ne pas m'avoir vu et il est sorti de la brasserie sans se retourner. Sur l'enveloppe, il avait griffonné quelques lignes que je peux citer encore de mémoire : « *Tumelat, je vous supplie de porter l'enveloppe ci-jointe à l'adresse mentionnée au verso. Merci.* »

« Assez éberlué, j'ai fait ce qu'il me demandait. L'adresse en question était celle d'un dentiste de Pantin auquel j'ai remis la fameuse enveloppe. Il l'a prise sans mot dire, m'a seulement adressé un signe d'assentiment et je suis reparti, très intrigué. Le lendemain, à la Fac, j'ai retrouvé mon prof. Il m'a pris à l'écart et m'a expliqué qu'il appartenait à un réseau de Résistance. La veille, il a constaté qu'il était suivi. Comme il était porteur de documents compromettants, il est entré dans ce bistrot où je travaillais pour aller les détruire aux toilettes. C'est alors qu'il m'a aperçu et a eu l'idée de me mettre à contribution.

« D'apprendre cela m'a dilaté d'orgueil ; à vingt-deux ans, il ne faut pas grand-chose pour vous faire croire que vous êtes un héros. Dans le feu de l'enthousiasme, je lui ai dit que j'étais à sa disposition pour d'autres missions de ce genre et l'ai imploré de m'en confier. Il a accepté. A compter de ce jour, j'ai été chargé d'une foule de « commissions », dangereuses dans la mesure où elles auraient pu me valoir la déportation avec ce que cela comportait si je m'étais laissé prendre. J'ai donc servi le réseau de mon rouquin pendant deux ou trois mois. Et puis, un matin, j'ai constaté avec terreur que j'avais un ange gardien. Un grand type vêtu d'un imperméable trop long et coiffé d'un chapeau trop grand me suivait. Sa filature a duré toute la journée. J'en grelottais de frousse. Je m'étais cru héroïque, en réalité je n'étais qu'un couard.

« Je ne pus fermer l'œil de la nuit. Au fur et à mesure que les heures passaient, ma peur s'accroissait. Au petit jour, quand, depuis ma fenêtre, j'ai aperçu le grand type à l'imperméable, en face de mon immeuble, je me suis mis à claquer des dents. Tu ne peux imaginer ce qu'est la vraie peur, la peur mortelle. Ce jour-là j'ai compris que certains êtres se suicident pour échapper à un danger, morbides gribouilles qui préfèrent se donner la mort plutôt que d'en courir le risque.

Il lui parle, le Président, sans la quitter des yeux. Sans ôter sa main de sa chatte fragile, douce comme de la jeune mousse, fraîche comme de la jeune mousse au matin. Noëlle l'écoute calmement. Ses sentiments ne viennent pas à sa surface. Peut-être n'en ressent-elle aucun ? Peut-être reçoit-elle cette confession d'un esprit absent, tant elle est vouée totalement au Président ?

Il repart, de sa voix évocatrice, mais qui reste ferme. Il ira jusqu'au bout. Il fait à Noëlle le don de sa carrière, de son honneur ; le don entier qui va le livrer à elle.

— Je me suis terré dans mon studio jusqu'à midi. Toutes les cinq minutes j'allais soulever un coin du rideau : l'homme ne bougeait toujours pas. Il restait planté contre une encoignure de porche et on l'aurait pris pour un mannequin de grand magasin. Cet homme, c'était le diable. Il représentait mon destin, son écroulement. En jetant cette saloperie d'enveloppe sur mon livre, au café, le prof m'avait probablement condamné à mort. Et tout mon individu regimbait. J'avais vingt-deux ans, de l'appétit, et je voulais vivre, vivre, vivre ! J'avais faim de futur. Se faire arrêter ainsi, c'était trop con, décidément. Je tournais en rond. Mon studio était devenu une cellule où j'attendais qu'on vienne me chercher pour me conduire au poteau ! Que pouvais-je faire pour conjurer cela ? Pour effacer ce cauchemar ? Pour annuler cet imbécile engagement dans une voie que je ne me sentais pas capable de suivre ? Pour renier une besogne qu'il m'était impossible d'assumer ? L'idée m'est venue brusquement, au plus fort de mes affres. Il n'y avait qu'une manière de rebrousser le temps, c'était d'aller à la Gestapo pour dire la vérité, révéler ce que je savais. Et je me suis senti tellement délivré par cette perspective que, pas une seconde, je n'en ai mesuré les conséquences. Etre lâche, c'est cela, Noëlle, n'éprouver que la griserie de sa lâcheté, sans même prendre conscience de ses retombées.

« Je me suis précipité hors de chez moi, comme un fou. J'étais fou. Je craignais que l'on ne m'arrêtât avant que j'eusse pu commettre l'irréparable. La Gestapo ! Vite ! La Gestapo ! Je la voulais comme un homme en crise exige un médecin, je me suis retenu à grand-peine d'aborder mon suiveur pour lui annoncer que j'allais à la Gestapo, et si je ne l'ai pas fait, c'est parce que, ensuite, les Allemands auraient su que j'avais agi par peur, ce qui aurait neutralisé la portée de mon acte. J'ai pris le métro, après quoi j'ai presque couru. Et c'est en franchissant le porche de la sinistre organisation que je me suis enfin senti protégé, vraiment à l'abri des effroyables menaces qui pesaient sur ma tête. J'aurais sauté au cou de ces fonctionnaires en uniforme, à gueules de cire. Les portraits gigantesques de Hitler me comblaient d'aise. J'aurais voulu m'agenouiller devant ces icônes, et prier saint Adolf pour le salut de ma peau de salopard. Mon Dieu, quels instants, si tu savais ! Et comme c'est facile, de devenir un fumier, un criminel. Il suffit de se laisser flotter sur son instinct de conservation… J'ai demandé à parler *à quelqu'un*. J'ai expliqué que j'avais des déclarations importantes à faire.

« On a fini par me piloter dans un bureau déprimant où des officiers nazis discutaient en riant sous un drapeau à croix gammée. L'un d'eux a fini par me prendre en considération. J'ai lâché ma sale petite histoire en flageolant. Il m'a dit, d'une voix glacée : « Très bien, venez par ici. » Et m'a conduit dans une pièce voisine. Là, un secrétaire en uniforme a recueilli ma déposition. Il l'a dactylographiée sans un mot, puis m'a demandé de la signer en précisant mes coordonnées. Je m'attendais à un interrogatoire serré ; je pensais même qu'on allait me garder à disposition, mais non : on m'a laissé aller, ce fut aussi simple que si j'avais rempli un formulaire pour l'obtention d'un bon de chaussures.

« A compter de cet instant, loin de me sentir soulagé, j'ai été en état de semi-démence. Ma peur avait changé d'objet. Je me suis sauvé, j'ai quitté Paris, abandonné mes études et j'ai fini par me retrouver un mois plus tard dans un maquis où je me suis bien battu. J'y ai guéri de ma peur, j'ai dominé ma lâcheté. A la fin de la guerre, j'étais vaguement devenu ce héros que je rêvais d'être. Je suis entré en politique comme en religion. Mais c'est une activité où il est impossible de rester pur bien longtemps. Assez vite, je suis devenu un forban. Tout se passait bien pour moi. Je gravissais quatre à quatre les échelons de la réussite. Lorsque j'obtins mon premier ministère, je reçus au courrier une enveloppe sur laquelle il était écrit « confidentiel ». Elle contenait le fac-similé de ma déposition à la Gestapo. « Quelques heures plus tard, une voix, au téléphone, m'enjoignait de préparer dix millions de francs (c'était il y a dix-huit ans), sinon tous les grands quotidiens allaient recevoir une photocopie du document en question. J'ai cru mourir d'horreur. Te dire mon désespoir d'être ainsi fauché en plein triomphe, livré à un maître chanteur... Je n'avais qu'un confident sûr en ce monde : Eusèbe Je lui ai tout révélé. Il a accepté de se charger des tractations...

Il continue, d'un ton bien uni, le Président. Soucieux de rester très clair, retenant les intonations qui modèlent les mots et savent les faire, parfois, dévier de leur sens exact. Il dit LA vérité. Et il la dit du mieux possible, comme elle doit être dite pour rester LA vérité.

Il ne craint pas le verdict de Noëlle ; quel qu'il soit. Il sait seulement que rien ne serait possible avec elle si elle ignorait cette chose hors du commun ; et qu'il est préférable que rien ne soit plutôt que d'être dans la cachotterie.

Elle continue d'écouter, comme il parle : avec un maximum d'honnêteté.

Elle l'écoute narrer la machination d'Eusèbe, cet honnête bonhomme, ce modeste, ce besogneux, transformé en scélérat par tendresse paternelle. Eusèbe qui s'est assuré de la personne du maître chanteur, il y a dix-huit ans pour l'empêcher de nuire « au gamin » ; et qui, depuis lors, le détenait dans un trou calfeutré, insonorisé, sorte d'abbé Faria pourrissant dans son cul-de-basse-fosse.

Et pendant cette interminable claustration de son tourmenteur, lui, le glorieux Tumelat, Tumelat-le-Magnifique, a continué son ascension, sans plus se préoccuper de l'homme. Il l'a *oublié*, oui : oublié avec une foule d'autres saloperies et turpitudes de moindre importance. Restant disponible pour lui-même qui est le centre de l'univers Tumelatien.

Et un matin, il a appris le suicide de l'oncle Eusèbe. Il lui a fallu endosser l'horrible héritage. Il l'a fait. Mais il aime. Alors, comme il aime et qu'il subit la sanctification de l'amour ; comme il se sent emporté par les ailes de la rédemption ; comme il a besoin de faire conscience nette pour vivre sa passion, il place son destin entre les doigts de madone de la jeune fille. A elle de décider si, le sachant coupable d'une telle monstruosité, elle peut l'aimer encore et se laisser aimer de lui.

Et puis il se tait, en attente de sa décision.

Mais il n'a pas besoin de patienter longtemps. Noëlle cueille la tête du Président de ses deux mains et boit sa bouche d'homme à longs traits. La boit encore, passionnément. A cette fougue, à ce feu, le Président comprend que son cruel récit n'a rien entamé, rien meurtri, et qu'elle l'a reçu sans en être affectée.

Elle accepte tout de lui, et plus il s'accable, plus elle l'absout ; plus il se noircit, plus elle le voit flamboyer car la confession illumine les pécheurs.

Le Président la presse contre lui avec des transports de folle allégresse. Il lui demande pardon de tout ce qu'il a fait de moche avant elle. Pardon d'être ce vieux faisan, ce vieux roué sans vrais scrupules. Pardon de s'être si peu préparé à la recevoir, elle, l'incomparable, la sanctificatrice. Et il remet sa main, là où elle doit être désormais : entre les divines jambes, à la divine jonction. Et ils sont infiniment bien.

— Que penses-tu de cette sinistre affaire ? demande-t-il.

— Rien, répond-elle après réflexion.

Et c'est vrai qu'elle n'en pense rien. Ce qui s'est perpétré, au gré des circonstances et des réactions humaines, ne tombe pas sur le coup de l'appréciation.

— Tu as agi comme tu as pu, ton oncle a fait ce qu'il fallait. Cet homme, l'Allemand, paie une entreprise abjecte qui a échoué.

— Mais que faut-il en faire ?

— De lui ? Plus rien d'autre que ce qui en a été fait : un prisonnier.

Le verdict de la jeune fille tombe, froid comme le couperet de la guillotine dans le matin blafard des cours crapuleuses de prison. Elle n'est pas insensible, elle est logique ; d'une logique implacable, comme doit l'être la logique. La situation est indénouable ; Noëlle l'admet. Elle ose le dire.

— Ce type est devenu un spectre, murmure le Président.

— Que pouvait-il devenir d'autre ?

— Un spectre attachant, un spectre effroyablement fascinant. Veux-tu le voir ?

— Non.

— Pourquoi ? Tu as peur ?

— Non.

Il croit comprendre et, tu penses bien, s'empresse de mettre à côté de la plaque, cet abominable minable :

— Si tu avais un contact avec lui, tu endosserais mon crime, n'est-ce pas ?

Elle lui jette un regard surpris, déçu, qui lui fait mal.

— Ce serait l'unique raison que j'aurais de le voir, riposte Noëlle. Peut-être le verrai-je un jour prochain, mais pour le moment je m'y refuse parce que ce serait donner de l'espoir à cet homme.

— Comment cela ?

— En voyant que tu m'as mise au courant, il penserait que sa délivrance approche. Il ne pourrait pas s'empêcher d'espérer cela. Ce serait odieux. Auparavant, tu devras le préparer à ma venue. Lui expliquer que j'accepte sa punition, que je l'approuve et que je t'engage à ne jamais faiblir.

Un temps.

Elle voit l'avenir, un pan d'avenir...

— A partir de maintenant, je m'occuperai de sa nourriture, car il ne doit pas t'être facile de faire des emplettes quand on est aussi connu que tu l'es. Un homme comme toi ne va pas chez l'épicier. J'apporterai ce qu'il faut. Et puis, comme je te le disais tout à l'heure, je ferai le ménage. Je veux qu'il y ait des fleurs, et une nappe de couleur orange sur cette table, et des rideaux de mousseline à la fenêtre de la chambre, ainsi qu'un couvre-lit à fleurs sur le lit. Je t'aime !

Ils s'embrassent.

Le Président lui saisit le menton.

— Je ne t'ai pas tout dit, Noëlle.

— Eh bien, dis !

— Je veux t'épouser.

Elle est stupéfaite, ouvre grands ses grands yeux limpides.

— M'épouser ! Mais, n'es-tu pas marié ?

— A une femme que je ne vois jamais et qui vit avec un autre homme ! Je vais demander le divorce, les choses iront rondement. Dans quelques mois tu seras mon épouse.

Elle accueille cette décision prudemment. Elle cherche à débusquer les inconvénients avant d'oser s'en réjouir.

— Une telle union fera jaser.

— Tant mieux ; il est préférable d'être critiqué par des gens jaloux que par des gens apitoyés. Titre des journaux satiriques : *Le Président Tumelat, presque sexagénaire, épouse une gamine de dix-sept ans, ou le démon du troisième âge.* Tu veux bien, n'est-ce pas ? J'oubliais tout bonnement ton accord.

— Je veux bien, dit-elle, mais à une condition.

— Laquelle ?

— Nous nous ferons un enfant.

Pour célébrer dignement cet engagement, ils ne font pas l'amour aujourd'hui.

XLIII

Il adore travailler les bleus, Malgençon. Les bleus clairs jaspés de blanc. Il a peint beaucoup de ciels et de marines, conséquemment, ce con. Des ciels d'été d'une sérénité à t'en foutre la colique, et des horizons océaniques pour affiches à la gloire des Seychelles.

Généralement, il travaille sur des formats moyens ; mais depuis qu'il se sait chevalier en puissance dans l'Ordre révéré de la Légion dite d'Honneur (comme si l'honneur allait se blottir dans une médaille !), il voit grand et s'attaque à une immense toile, très blanche encore, donc très riche en possibilités. Un format à la Gnoli, mais que va-t-il en faire, ce saccageur ? Un écran de trois mètres sur presque deux, merde, il ne s'agit pas d'y projeter n'importe quelle purée de navet ! Le Malgençon, prévoyant l'Institut à des échéances raisonnables, décide de s'y préparer en donnant dans l'imposant. Il veut travailler pour les grands espaces, Alain. Pour des accrochages vertigineux sur des murs de temples. Alors il se pointe dans le biblique, le nœud volant. L'art religieux, que tu le veuilles ou non, c'est la base de l'ART tout court.

Tu vas voir cette descente de croix qu'il nous prépare, le grand velu ! Dans les bleus, tout dans les bleus, mais avec des nuées d'Apocalypse, des visages à la Gréco, et une violence jamais atteinte dans le pathétique. The chef-d'œuvre !

Il a exécuté une chiée d'esquisses déjà, lesquelles jonchent son atelier. Cela vient lentement. Pour se stimuler, il s'est payé au fusain un petit canter sur la toile. Une mise en place. La composition est assez bonne, sauf que les deux larrons le font chier. Leurs croix, de part et d'autre du groupe-clé, ont l'air de poteaux télégraphiques américains. Il se demande s'il ne va pas les sucrer tout simplement, Malgençon, ces larrons de chiasse. Ou bien alors n'en conserver qu'un. Seulement lequel ? Le bon à frime d'apôtre ou le mauvais qui a une gueule abjecte ?

Il opte pour le mauvais. Contraste ! Sa figure de banquier juif pour magazine nazi sera en opposition avec la majesté du Christ mort et le désespoir souverain de la Vierge.

Il torchonne son esquisse, la reprend.

Là-dessus, le téléphone retentit.

Malgençon attend avant de décrocher. Généralement, c'est Adélaïde qui règle ce genre de détail. Un artiste en cours d'éjaculation ne peut se permettre d'être interrompu par un coup de fil, souvent insignifiant. Mais la sonnerie persistante lui fait comprendre que sa gonzesse s'est absentée. Et aujourd'hui est le jour de congé de la bonne. Il exhale un grand soupir pour chefs-d'œuvre en péril et va cueillir le combiné.

Au même instant, il voit, par la baie, déboucher la mini de Mme Tumelat sur le terre-plein.

Il décroche, regrettant qu'elle ne soit pas arrivée une minute plus vite.

La voix énergique, prompte et chaude du Président, charme ses trompes d'Eustache.

— Salut, Alain, ça marche, le Ripolin? A propos, j'ai une bonne nouvelle pour toi : tu le seras à la promotion de l'automne.

Malgençon, ça lui picouille le rectum, une pareille nouvelle. Comme si tu lui enfonçais dans l'oigne son plus gros pinceau.

— Non, c'est vrai?

— Tu m'as déjà pris en flagrant délit de mensonge, dis, Van Gogh?

Il éructe que non.

— Notre femme est là? enchaîne le Président.

— Bouge pas, je l'appelle, elle rentre de courses. Et merci, hein? Tu ne peux pas savoir ce que ça représente pour moi!

— Si, fait Tumelat, à l'autre bout, je le sais.

Il sourit, depuis son burlingue, Horace. Sourit au bonheur de son rival. Sourit à la connerie des hommes. Une carotte à la boutonnière! Les cons! Les cons! Les archi, les supra, les inexprimables cons! Une carotte devant le nez, à la boutonnière, dans le cul! Le règne souverain de la carotte! Les cons!

Il entend Malgençon qui hèle Adélaïde. Il l'appelle « Dada », le poilu hirsute. Dada! Hue, dada! Elle est un peu essoufflée à l'appareil. Elle l'est toujours lorsqu'il lui téléphone, comme si une conversation avec son mari constituait une performance physique, ou bien comme si elle lui causait une forte émotion. Mais, il le sait bien, le Président, qu'il ne s'agit pas d'émotivité. Il sait qu'il s'agit d'un essoufflement de haine. Elle ne lui pardonnera jamais leur union ratée. Elle le hait pour cet échec, malgré qu'il soit réciproque.

— Bonjour, j'arrivais...

— Je sais. Tu es en forme?

Il demande cela à tout un chacun. « Vous êtes en forme ? ». Afin d'éluder le « comment allez-vous ? » fadasse.

Elle s'abstient de répondre à cette banalité par une autre et interroge rudement :

— Qu'y a-t-il ?

— Je voulais te faire part d'une idée, Adélaïde.

— Vas-y !

— On devrait divorcer.

Chose curieuse, malgré le côté abracadabrant de leur ménage, jamais ce mot n'était encore venu dans leurs conversations.

— C'est une idée saugrenue, répond-elle. Tu es amoureux ?

— Je n'ai pas à te répondre sur ce point, s'emballe tout de suite le bouillant. Il m'apparaît qu'à la longue notre situation est pour le moins boiteuse et j'ai envie de mettre de l'ordre dans ma vie privée.

— Tu ferais mieux d'en mettre dans l'autre, siffle la vipère.

Ça s'engage mal. Le Président devine que la partie est perdue pour lui ; du moins la première manche. Il réprime sa rage. S'il s'écoutait, il enverrait sa femme au diable.

Et cette peau qui entend lui donner des leçons de civisme ! Morue, va !

— Adélaïde, mon cœur, cela fait combien d'années que nous vivons séparés ?

— Là n'est pas la question.

— Ah ! tu trouves ?

— Horace, si tu veux divorcer, c'est pour en epouser une autre, et je me demande bien ce qu'est cette autre.

Le Président réfléchit vitement. Il a été sot de lui mettre la puce à l'oreille. Elle va se braquer, s'organiser dans son refus. C'est une coriace bourrique que cette femelle. Manœuvrier-né, il opère un somptueux virage sur l'aile.

— Ne va pas croire des choses, Adélaïde, si je te parle de divorce c'est peut-être parce que je me sens vieillir ; un certain écœurement de la vie me vient, que veux-tu. Mon retour d'âge : mais enfin, si tu es contre…

— Je SUIS contre !

Il questionne, à brûle-pourpoint :

— M'aimerais-tu encore par hasard ?

— Oh ! je t'en prie, répond-elle.

Tout juste si elle n'a pas ajouté : « ne dis pas de sottises »

Eh bien voilà, il n'a plus rien à ajouter. Il va falloir se rabattre sur les basses-œuvres pour venir à bout de cette vieille gazelle en décharnance.

— Au revoir, la Belle ! fait-il brusquement.

Il raccroche.

Adélaïde est perplexe. Elle a bien compris qu'il se passe quelque chose.

Son instinct femelle l'avertit que son époux est en puissance d'amour. Sérieusement accroché, le vieux retors, pour avoir décidé d'épouser « l'autre » !. Son futur s'assombrirait-il, à *Madame* Horace Tumelat ? Elle se voit confinée dans les médiocrités mal dorées des pensions alimentaires dites confortables. Vieillissant chichement auprès de son peintre-gorille, dans des odeurs de térébenthine. Pas de ça, Lisette !

Là-dessus, Malgençon se pointe, tout joyce des perspectives de son imminente Légion d'Honneur.

— Rien de cassé ? s'informe le Rembrandt du pauvre.

— *Il* veut divorcer.

Alain renifle, surpris, et puis un sourire lui vient.

— C'est peut-être pas plus con qu'autre chose, ma Dada, ainsi je pourrais t'épouser.

Pour lui, ce serait l'opération « Securitas ». Il serait à l'abri d'une mauvaise surprise. Avec ces gonzesses super-méno, il faut toujours craindre des revirements inattendus. Cette flatteuse promesse que lui adresse le peintre, loin d'apaiser l'amertume d'Adélaïde l'avive. Malgençon amant, bravo ! Malgençon mari, que non point ! Elle est trop « grande bourgeoise » pour convoler avec un rapin. Rapin râpé. La brute ! Si encore il avait du génie, mais il ne possède même pas de talent, le grand primate ! Et puis il lui plaît, hors des considérations matérielles, de demeurer la femme légitime du Président Tumelat.

Mais comment déjouer cette décision d'Horace ? Car elle n'a pas été dupe du revirement : c'est d'une ferme décision qu'il s'agit.

Elle aura beau refuser le divorce, il fera valoir leur séparation de corps qui remonte à plusieurs années.

— Tu ne serais pas heureuse de devenir ma femme pour de bon ? s'inquiète Malgençon.

Elle le foudroie d'un regard de rapace ; retient la réplique cinglante qui lui monte.

Adélaïde se sent faible, fragile, frileuse.

Elle déplore de ne pas avoir d'enfant ; de ne pas avoir su être une véritable compagne pour Horace...

Elle découvre que devenir l'épouse d'un homme ne constitue pas une finalité, mais un commencement.

Adélaïde se met à haïr le Président, très intensément. Elle le hait de n'avoir pas su l'aimer.

XLIV

Ginette sort de l'hôpital déçue : son bonhomme n'est pas encore décédé. Il s'obstine, contre toute attente, toute logique clinique. Continue de respirer en catimini, à fonctionner au ralenti extrême, bref, à être vivant ; et elle considère ce sursis comme une sorte d'injure ultime. Jérôme la fait chier une dernière fois ; lui adresse le vilain pied de nez de l'adieu hostile, cet être de gueuserie, impertinent jusque dans ses comas, le con sinistre ! Mais qu'attend-il pour crever tout de bon, nom de Dieu ! Qu'attend-il ? Pourquoi s'attarde-t-il ainsi, lardé de drains, muselé d'un masque à oxygène, parti et présent encore, bordel ! Quelle idée de vivre en état d'inexistence ? La bête qui se cramponne ! Ça lui rappelle un chaton, jadis, téméraire, qui avait escaladé un arbre, et dérapé de la plus haute branche, se retenant de justesse par les pattes de devant, enlaçant la branche en une folle étreinte, terrorisé. Il pendait comme un fruit mûr harcelé par le vent et qui refuse de choir. Elle était seule à la maison de sa grand-mère, ne pouvait rien pour le minet. Rien que le regarder en jouissant d'une louche convoitise. Et le chaton tenait bon. Tenait, pendant de longues minutes malgré son poids qui l'entraînait vers le sol. Il s'est cramponné de la sorte pendant un laps de temps qui lui parut interminable avant de lâcher prise dans une ultime miaulerie désespérée. Et sa chute rectiligne fut silencieuse. Elle revoit l'affolement muet du chat en train de tomber. Elle se souvient du choc dans l'herbe du verger. La stupeur du matou, hébété de se retrouver vivant, ébranlé, mais indemne ; et la manière dont, au bout d'un instant de stupeur, il s'était mis à étirer ses pattes, l'une après l'autre, les secouant pour les démeurtrir.

Et si Jérôme en réchappait ?

La perspective lui donne envie de dégobiller. Elle la refuse, comme le petit chat refusait sa chute inéluctable, cramponné au bout de la branche, ses pattes de derrière pédalant le vide à la recherche d'un point d'appui. Non, non ! Jérôme, c'est fini

FINI ! Elle se sent veuve. Elle a hâte d'aller le foutre dans un grand trou rectangulaire ; hâte de l'y border avec de la terre argileuse, très compacte.

Sale journée décidément, d'autant plus pénible qu'elle a mal digéré la rebuffade du Président, le matin ; cette façon hargneuse qu'il a eue pour lui rembarrer les transports. Il n'était pas dans un bon jour. Et puis, malgré ses airs de matamore, c'est un grand sensible. Elle aurait dû jouer l'éplorance, il n'a pas accepté son cynisme. Elle regarde l'heure : sept heures du soir. Il est trop tard pour aller dans un institut de beauté. Trop tard pour aller s'acheter des toilettes. Et pourtant, elle aimerait tant déguster les prémices de sa veuverie, Ginette Alcazar.

Sept heures du soir... Une heure un peu évasive de la journée, mal fagotée, qui pose toujours des problos quand on est disponible. Cinoche ? Trop tard ou trop tôt. Restaurant ? Trop tôt. La baise ? Trop tôt également. C'est le moment où les hommes cessent d'être disponibles.

Elle mélancolise à outrance, Ginette. Conserve dans la bouche le goût du foutre de l'infirmier pompé à jeun le matin, et qui lui est désagréable. Elle rentre chez elle à pied, sans joie. La pensée du Président l'obsède. Elle est en manque de lui. Il lui faut le ronron du matin, la chibrance sur la carpette, les discussions à propos de l'emploi du temps présidentiel. Elle s'est sentie inutile toute la journée. Pire : superflue ! Sensation intolérable ; demain elle va reprendre les choses en main. Mais, de grâce, Seigneur Jésus, faites que Jérôme crève d'urgence, qu'on en termine une bonne fois et qu'il cesse ses simagrées de survivant à l'hôpital, où il gît, blanc sur blanc, avec ses tuyaux à la con et son souffle imperceptible.

Avant de franchir le porche de son immeuble, elle renâcle. Ne se sent pas le courage de retrouver l'appartement où rôde encore la présence de Jérôme. La perspective d'affronter ses fringues et ses objets, la trace de ses habitudes la déprime. Ce serait si bon s'il se trouvait à la morgue, mais c'est obsédant quand on le sait encore des nôtres, le cher fumier !

Bon, alors, quoi ?

Justement, un taxi se pointe. Automatiquement, Ginette lui fait signe et la bagnole s'arrête, vibrante de son moteur diesel. Elle y prend place, donne l'adresse du Président. Elle sait que ce soir, l'Illustre a un dîner important avec des personnages de sa dimension historique. Mais elle a besoin de retrouver son odeur, celle de son bureau, cet espèce de P.C. d'où, mine de rien, elle meut certains des menus leviers de la France, elle, la donzelle suceuse, que le Président empétarde aux matins en se retenant d'aboyer.

Un quart d'heure plus tard, elle sonne. C'est Juan-Carlos qui délourde. Elle dit comme ça qu'elle a oublié un dossier. Il lui sourit. Se croit obligé de demander des nouvelles du señor

Alcazar. Ginette répond désinvoltement que le goret existe encore, par cœur, pour ainsi dire, et sans le faire exprès, mais enfin ce qui est étalé dans les draps blancs de l'hôpital, là-bas, c'est un homme vivant, il n'existe pas d'autres mots plus précis pour résumer sa situation sociale.

Moribond, certes ; en réanimation et tout ce que tu voudras, mais vi-vant, merde ! Enfin, demain sera sans doute un autre jour. *Mañana,* c'est ça. Le dernier jour de Jérôme ; bon débarras ! Ah ! l'exquise fraîcheur de nos cimetières ! Leurs senteurs de fleurs fanées ! Leurs chants d'oiseaux funéraires. Putain, ce pied quand elle sera de chrysanthèmes, la mère !

Le larbin l'escorte jusqu'à son bureau. Il lui dit que Rosita est déjà au lit et qu'il fera venir le médecin demain car elle fait de la température. Cette annonce implique une propose de baisance. Du moment qu'il est disponible, non ? Un bon petit coup de tringlette, ça va ça vient ! Seulement, compte tenu de ce turbin survenu au mari, il ose pas trop ramener son chibre, l'Espago. Dans son patelin on a des pudeurs. On respecte les circonstances et ceux qu'elles éprouvent. N'empêche que ça se voit en gevacolor qu'il la fourrerait princesse, l'Alcazoche. C'est écrit en traits de feu dans son regard et en bas-relief dans sa braguette.

La Ginette dit, tout soudain :

— Habillez-vous en civil, Juan, et venez avec moi.

L'autre apeure d'un coup. Il bredouille que sa mémère fiévreuse...

— Allez lui dire que le Président a besoin de vous pour lui apporter un dossier parce qu'il n'arrive pas à mettre la main sur César !

Faut tout leur mâcher à ces connards ibériques. Ça joue les toréadors, ça fait des passes de cape, des véroniques, de l'esbrouffe et au plan pratique, mon cul !

Le larbin se trisse vite fait, un *te deum* dans son slip, espère !

Il revient vite après, loqué en domestique espagnol en congé. C'est des gens d'humilité qu'une livrée ennoblit. Est-ce que l'autre Juan-Carlos aurait de l'allure si, au lieu d'être fringué en roi, il l'était en valet ? Ce serait marrant, tiens donc, de jouer Ruy Blas à l'envers.

Elle l'embarque dans la foulée. Il est tout foutriquet, le pauvre, dans son costar à cent pesetas, d'un marron qui devait déjà être pisseux chez le fripier.

Direction : l'hosto. Vite, ça urge ! Une joyce idée qui l'a emparée d'autor, Ginette.

Elle parlemente avec l'équipe du soir, explique son cas, donne la référence de son vieux dans le service des causes perdues, amadoue, montre le *frère* du pauvre Jérôme arrivé d'Espagnerie à l'instant, devant y repartir dès l'aube, à l'heure où blanchit la campagne... Bref, elle obtient gain de cause. On lui laisse accès à la chambre-laboratoire où son vieux peigne agonise. Elle a droit aux recommandations d'usages, fait les promesses qui s'imposent.

Juan-Carlos est effrayé par le spectacle du gisant. Faut dire qu'il impressionne, ce crétin, déguisé en alambic. Tous ces barbares instruments qui lui distillent des gouttes de vie donnent à un bien portant envie de fuir. Juan-Carlos reste près de la lourde, n'osant s'approcher du blanc catafalque. Il est livide. Ne pige pas pourquoi la secrétaire l'a amené ici de force. Ne comprend pas davantage qu'elle s'empare d'une chaise et la dispose contre la porte afin d'en bloquer le loquet.

Qu'à peine ce petit dispositif mis en place, la voilà qui saute au paf de l'Espanche. Comme s'il se sentait en bandaison dans un lieu pareil, l'homme de la Mancha ! Mais qu'est-ce qui lui prend, à cette houri ! Le chagrin qui la tourneboule ?

— No ! No ! il bafouille, Machin, en reculant ses miches et en plaçant ses mains en bouclier devant son zob.

— Mais si, idiot ! Mais si, tu vas voir ! souffle la mégère.

Il continue de refuser, alors elle change de tactique, Ginette, la bonne ogresse. Elle s'éloigne de lui, va s'acagnarder du cul contre le lit du moribond, jambes ouvertes. Elle se trousse, écarte son slip et s'entreprend un doigt de cour.

Les mains du valet tombent. Il regarde. Il écoute le musical clapotis. Il oublie le lieu, les circonstances. Ses sens démarrent cahin-caha.

— Vois comme c'est beau ! lui chuchote l'ensorceleuse. Regarde, mon petit loup, regarde bien !

Et, tel Michel Strogoff avant qu'on ne lui passe les lampions au sabre incandescent, il regarde de tous ses yeux.

— Allez, viens, mon chéri ! Tu vas voir comme ce sera bon !

Elle est experte, la foutue garce. De son index en crochet, elle déchiquette l'entrejambe de son slip. L'Ibérique s'avance. Tu dirais la démarche de Frankenstein, la première fois qu'il sort de l'établi. Il tâtonne pour dégainer, y parvient après moult efforts et l'engouffre sur le lit à Jérôme. Au début, il s'efforce d'y aller molo, pas trop secouer l'attirail du bonhomme. Mais tu sais, l'instinct fait la sourde oreille. Sa charge devient furieuse, éloquente, frénétique. Il embroque Ginette selon sa manière à lui, n'en ayant qu'une à disposition dans ces cas-là.

Ginette s'étend sur le dos. Elle sent les jambes inertes de son époux contre ses côtes, qui la meurtrissent passivement. Bois mort ! Elle se laisse prendre à toute volée. Magnifique ! Bien ce qu'elle espérait ! La frénésie silencieuse. Le délire absolu ; le coït à l'état pur. « Tiens, mon Jérôme, prends ce coup de bite à la santé de ta vie éternelle ! Et celui-là encore ! Oh ! le fringant, ce qu'il est hardi de la croupe ! Quel étalon, ce con d'Espagnol ! *Viva España ! Olé !* Tu perçois quelque chose au moins, mon Jérôme ? Oui, n'est-ce pas ? Tu sens bien qu'elle se fait tringler d'importance, ta Ginette, si moche, si inapte ? Qu'elle s'en ramasse une longue commak, mon vieux lapin, étendue sur ta crevaison comme sur le plus douillet des matelas ; étendue sur ton fagot d'os, l'ami, sur ta mort qui s'installe. La tassant des fesses pour qu'elle t'investisse mieux, plus vite, plus profondément, mon brave Jéjé, roi des cocus. Cocu jusque sur son lit de mort. Tu danses avec ta bergère sa gigue du cul, mon brave ! Son dernier cadeau d'ici-bas. Elle te l'offre en hommage à l'amour qu'elle voue au Président Tumelat, son Dieu. L'être culminant de sa vie. Le Tout-suprême, l'Unique. Celui qui s'est emparé une fois pour toutes de ses pensées et qui a la mainmise sur sa chair.

Cette magnifique bitée de l'Espingo est exécutée par intérim. Elle ne veut, ta Ginette, mon con, que le sexe du Président, que ses chaleurs à lui, ses raidissements généreux et suaves. Si elle se laisse miser, de-ci et de-là, si elle te suce un infirmier à l'occasion, c'est uniquement pour se maintenir en état de fornication à l'usage exclusif du Président. Parce qu'elle l'adore, cet homme, et qu'il faut constamment aiguiser ses sens, les polir, les cent fois remettre sur le métier pour que le cher Grand les trouve en totale perfection lorsqu'il en use. Elle pose sa chatte sur l'établi afin qu'on la lui martèle bien, qu'on l'assouplisse parfaitement ; ainsi des chaussures de certaines gens qui les font porter par leur valet de chambre lorsqu'elles sont neuves, histoire de les « briser ».

Et Juan-Carlos, ce cher et digne garçon, ardent par toute l'Espagne qui coule dans ses veines, la besogne comme un hidalgo, soudain. Chevalier de la bite, *olé, olé !* Conquistador du cul, *olé, olé !* Fruste Sancho Pança devenu Don Quichotte par la fatalité du sexe en délire. Montant sa Rossinante pour charger les moulins à vent de la jouissance, si vite atteinte et si plus vite encore perdue. Et plus il pèse sur elle, l'Espanche, plus elle est meurtrie par les jambes de Jérôme. Elle veut des assauts sans cesse accrus, parce qu'elle entend souffrir de ces deux choses curieusement raidies par l'inertie. Elle exige la furia intégrale. Sourdement, elle exhorte Juan-Carlos.

— Force, chéri ! Force !

Lui, son français défaillant ne lui permet pas d'interpréter à sa juste signifiance le verbe « forcer » pris dans le sens que lui confie Ginette. Il pense qu'elle l'implore de se presser, compte tenu de la précarité de leur intimité. Mais il a la chance — peut-être te l'ai-je déjà signalé en début de livre, moi l'auteur de Jallieu ? — de ne pas jouir inconsidérément, Juan-Carlos. Il ne fait pas d'éjaculation précoce, c'est un garçon qui a besoin de voir venir. Il a des sprints qui partent de loin. Il essaie de la vigueur pour hâter sa libération triomphante. Force l'allure, monte les feux, rage du bassin, et rran, et rran ! Le sage lit prémortuaire, peu propice, se met à gémir. Jérôme tressaute éperdument, avec ses tuyaux, ses drains, son masque, toutes les conneries chargées de retarder l'inévitable. Ginette sent le paquet de sexe de son vieux crabe à travers le drap, sous son coude. Elle le frotte pour l'attiser, sachant bien qu'il ne triquera plus jamais jamais, Jéjé, et que sa bite torve et que ses grosses couilles pareilles à deux frondes lestées ont perdu tout pouvoir, ne sont plus qu'abats lamentables pour étal de tripier, bas morceaux déchus. Mais de les évoquer du coude (ce point de notre corps qui participe pourtant si peu à notre sens tactile), complète son bonheur. Dieu, comme sa félicité est rare, ce soir. Comme s'est admirablement constituée l'harmonie des éléments qui rendent inoubliables certains instants non prémédités. Merci, Seigneur de bonté et de miséricorde ! Ta générosité est sans limites !

Ah ! lui baiser sur le corps, à ce veau tonitruant, à cette grande gueule enfarinée, à ce gueulard de bistrot, à ce dindon ridicule, à ce rabat-joie, à ce goret dodu, à ce mal queuté, à cet infect, à cette ordure avantageuse ! Se faire mettre, là, sur son lit d'agonie, pour solde de tous comptes ! Oh ! volupté à contretemps ! Ce n'est point la charge de l'Espagnol qui la pâme, Ginette, mais le support de sa troussée. Le bon Ibérique n'est que le batteur, c'est l'instrument qui vibre.

— Force, force, mon chéri !

Et merde ! Il fait ce qu'il peut, le diable. Mais une corrida obéit à un cérémonial, non ? Il en est aux picadors, Juan-Carlos. Après viendra la minute de vérité, la somptueuse mise à mort, intensément accomplie dans le silence exalté des arènes.

Il brosse au triple galop ! Vu depuis la porte, ça doit ressembler à une chasse au renard dans la campagne anglaise.

Pourvu que ces connasses d'infirmières ne trouvent pas la visite trop longue ! Si elles interviennent et font déjanter l'Espago, ce sera terrible. Le bonheur de Ginette dépend de la bonne conclusion des ébats.

Elle l'observe du coin de l'œil. Ah ! voilà que son visage s'allonge encore et se crispe. Un personnage du Greco ! Sa bouche ressemble à celle du brochet. Son regard se fait vertical et figé. Il redresse sa tête pour l'hurlance délivreuse. Il va pousser sa plainte de cerf dans les halliers. Chanter le foutre, comme un coq chante l'aurore avant qu'elle poigne. Elle lui file un coup de talon dans le prose, nom de Dieu, le stimuler au plus. Là, voilààààà ! Il déplâtre, don Conardo ! Lance sans pouvoir l'assourdir sa plainte de joie orgueilleuse. Il dit en un cri inarticulé, comme tous les vrais cris, sa souffrance bienfaisante. Il dit à quel point c'est ultime et réussi. Et qu'il ne garde rien pour lui, le gentil ! *Olé ! Olé !* Cadeau !

Un moment terrassé par l'intensité de son douloureux bonheur, il reste, le nez contre les jambes de Jérôme. Oh, putain, ça le fait réagir, le pauvret !

Le voici debout, rengainé, penaud, effaré Il amorce un signe de croix qu'il n'achève pas. Il a peur de ce qu'il vient de coperpétrer. Ces gens-là ont des périodes de cruauté, mais ce ne sont pas des cyniques.

Il a l'air d'un plantigrade, le svelte Espagnol. Il est lourd d'hébétude, pesant de détresse. Il se fait peur. Tout ici l'effraie, et plus que le reste cet homme inanimé dans les morbides blancheurs de la literie d'hôpital. Indécis, ça, oui, surtout ! Il voudrait s'enfuir. Mais il n'ose.

Et puis il s'avise d'un détail qui met le comble à son épouvante : Jérôme Alcazar paraît avoir repris vaguement conscience. Son regard filtre sous ses paupières grises d'agonisant. Regard indéfinissable, regard de verre, mais regard, quoi. Regard !

— Vous croyez qu'il s'est rendu compte ? balbutie l'Espinguche en le désignant du menton à sa partenaire.

Ginette qui commençait de se rajuster regarde vivement son époux.

Ne sait quelle interprétation donner à ce regard. Voit-il ? Est-il conscient ?

— Tu m'entends, mon Jérôme ? chuchote-t-elle à son oreille.

Aucune réaction.

Elle se relève. Il lui paraît que les yeux gris presque blancs suivent son léger déplacement. Ginette est partagée entre la crainte qu'il vive et l'espoir qu'il ait été conscient pendant cette magnifique enfilade.

— N'est-ce pas que tu m'entends, Gros Loup ?

Immobilité du visage. Et cependant, les yeux... Les yeux ! Le regard ! Le Regard !

— Tu as vu comme ce monsieur m'a bien baisée, Gros Loup ? Et pourtant il est beau, hein ? Tu peux voir comme il est beau ? Jeune, brun, bien musclé. Eh bien, il m'a prise comme un fou, tu as senti ? Tout ton lit dansait, Gros Loup ! Et tes tuyaux ont failli se débrancher. Il a une queue superbe, lui, mon Gros Loup. Pas comme la tienne qui ressemble à un groin de cochon tordu. Une belle bite très dure. Il m'a fourrée avec amour, Gros Loup. Avec élan. Je lui plais. Il raffole de mon corps, lui. Il aime batifoler dans mon sexe. Il s'est vidé les bourses comme un seigneur. Et sur ton propre lit, mon Gros Loup. Tu ne me crois pas ? Tiens, tu vas comprendre que je ne te mens pas. D'abord on ne ment pas à un mourant.

Ginette passe sa main au plus intime d'elle-même, recueille la semence de Juan-Carlos qu'elle applique en un geste caressant sur le mufle émacié de Jérôme Alcazar.

Juan-Carlos se fout à chialer.

Sans raison apparente...

XLV

Le fantôme est allongé dans le noir.

Il éteint souvent, par longues périodes, pour, en éclairant, se créer une sensation de jour. C'est sa manière à lui de rythmer le temps. Celui-ci ne s'écoule plus de la même manière *qu'avant;* c'est-à-dire que le séquestré a fait abstraction des contingences de l'heure, cet asservissement constant des hommes qui passent leur vie à subir la férule d'un cadran de montre. Depuis des années — mais la notion d'année s'est abolie en même temps que celle de l'heure —, il existe en fonction, uniquement, de ses motivations corporelles. La faim, le sommeil, le besoin d'aller à la selle, ou de boire, ou d'éternuer ; le froid, le chaud, le bruit, la fièvre, des maux, sont devenus les espèces de régulateurs de la lumière artificielle qui lui est dévolue. Il éclaire quand il ressent l'impérieux besoin de se réaliser plus fortement. Sinon il ne déteste pas rester lucide dans les ténèbres, à écouter de la musique, voire tout simplement à se laisser emporter par des pensées en demi-teintes. Il va très loin, ainsi. Très haut, flotte voluptueusement dans une irréalité souveraine d'où il est le maître absolu d'une quatrième dimension chèrement acquise, mais qu'il détient absolument et contrôle et maîtrise.

Il lui reste peu de son passé. Sa provenance et ce qui s'ensuivit ne lui importent plus. Ce qui compte, pour le spectre, c'est la qualité de ses réflexions. Elles s'imposent sans qu'il ait à les solliciter, non plus, ensuite, à les canaliser. Elle se constituent spontanément et il règne sur elles jusqu'à ce que son pouvoir le fatigue. Alors, il éclaire les maigrelettes loupiotes, retrouve son palais et ses richesses, se prend à en user à gestes menus, lents et flous, qui doivent laisser un sillage phosphorescent dans le clair-obscur de la tanière.

Il lui arrive de se fatiguer, comme s'il accomplissait des efforts physiques. Il a percé le mystère des équivalences, tout est acceptable, parce que tout est remplaçable. Il faut infiniment peu à l'homme, et moins l'homme possède, plus il se sent riche de lui-même. Il découvre le grand secret qui est que l'homme constitue proprement son unique bien. Les tourments, les regrets, les appétits, les sensations du second degré s'en sont allés peu à peu. Ils l'ont quitté au fil du temps pour ne lui laisser que sa trame. Et il s'est vêtu de sa trame. Et il est bien.

Le fantôme, donc, est allongé dans le noir.

Un grondement concasse le silence. Bruit énorme et maladroit qu'il n'a aucun mal à identifier : le tonnerre.

Le temps est orageux.

Il doit faire effort pour se rappeler ce qu'est un temps orageux : l'odeur d'électricité dans un air hostile qui vous étouffe, et le ciel bas, tuméfié ; et les premières gouttes épaisses comme des fientes d'oiseau qui s'écrasent en crachats sur l'asphalte. Tout cela fut. Tout cela n'est plus que pour des obstinés qui déambulent encore à travers des limbes qui s'appellent le monde.

Le tonnerre...

Il est enfoui dans sa solitude et s'y sent protégé.

Le tonnerre le laisse indifférent. Il n'est pas d'autre bruit réel que celui de son sang dans ses veines. A-t-il dormi ? Il ne sait plus au juste. Penser, rêver, être ou s'abstraire, où est la différence à son stade médiumnique ? Eh bien, non : ce n'était pas le tonnerre, mais le sourd grondement qui précède l'ouverture de sa porte. Une clarté extérieure commence à poindre. D'ordinaire, il s'empresse d'éclairer « chez lui ». Là, il préfère attendre. Comme il devine tout, comme il « sent » tout, il est déjà averti que le Président ne vient pas seul. Il est avec « elle ». Voilà pourquoi il attend. Il veut la voir avant qu'elle ne le voie La savoir avant qu'elle ne le sache.

Bon, ils entrent par la porte-trappe, le dos arqué. Le Président a passé le premier pour indiquer la voie. Elle suit. L'homme la capte l'espace de quelques secondes, au cours du temps d'arrêt qu'elle marque dans l'encadrement, derrière son amant. Il a su, d'un seul regard, qu'elle était jolie, énergique et décidée, et aussi qu'elle est fanatisée par l'amour. Il a donc tout à redouter d'elle, femelle en sauvagerie amoureuse capable du pire pour celui qu'elle aime.

Le spectre actionne son commutateur. La lumière faiblarde paraît importante un instant, compte tenu de ce qu'elle révèle. Noëlle regarde tout de suite le prisonnier. Rien ne frémit en elle Certes, elle est prévenue, mais la réalité ne la commotionne pas.

Elle murmure :

— Bonjour

Du ton qu'on prend (ton évasif) lorsqu'on visite l'habitat d'un autochtone en pays singulier.

Le Président fait, d'une voix d'excuse et de triomphe :

— Voilà, c'est elle.

Comme il est fier de sa jeune maîtresse ! Comme il voudrait la brandir à la face de l'univers pour la faire miroiter au soleil de l'amour et éveiller les tentations !

— Je ne pensais pas que vous me l'amèneriez aussi vite, dit le fantôme.

Et il ajoute :

— Car je savais que vous l'amèneriez, monsieur le Président, puisque vous l'aimez. Vous lui deviez cet étrange présent de la confiance aveugle. Priez le ciel qu'elle vous reste acquise, sinon vous payerez cher cet abandon.

Il se tait. Il contemple Noëlle, la femme-printemps. Il apprécie sa grâce et son air volontaire. Il lui plaît qu'elle n'ait pas peur de lui et ne ressente aucune répulsion à l'approcher.

— Elle est très jolie, admet-il. Vous comptez l'épouser ?

— Oui, répond le Président.

— C'est bien.

— Et je lui ferai un enfant, annonce Tumelat d'un ton de défi

— Evidemment.

— Et je déposerai la France dans la corbeille de noces ! continue le Président.

— Bravo ! Vous avez du nouveau ?

— J'ai fait signifier au Président que je voterai contre son prochain ministère.

— Et comment a-t-il réagi ?

— Je n'ai pas de nouvelles pour l'instant.

— Vous allez en avoir.

— Je le suppose, en effet.

— Vos troupes sont au courant de votre attitude ?

— L'état-major, l'est.

— Ses réactions ?

— Diverses. Il y a les approbateurs et les improbateurs, ceux qui me conseillent de foncer et ceux qui prétendent que je joue avec le feu.

— Le feu est une force quand on sait la contrôler. Foncez !

— Je foncerai.

— La chose a déjà transpiré dans la presse écrite ? Je n'ai rien entendu à la radio.

— Pas encore, mais ces bruits-là sont comme les abcès . ils doivent mûrir avant de percer.

— Etes-vous heureux, monsieur le Président ?

— Infiniment heureux.

— Avez-vous peur ?

— De quoi ?

— De quelque chose ou de quelqu'un des circonstances ou de vous-même ?

— Non, répond résolument Tumelat, je n'ai pas peur ; je n'ai pas peur d'aimer cette enfant, pas peur d'affronter la Nation, pas peur de ma vie très avancée déjà.

— Alors, c'est parfait, dit le spectre

Un long silence les sépare ou les unit, ils ne peuvent définir la chose. C'est vague. Crainte et espoir font alliance dans ce trou d'horreur pestilentiel.

Excepté son vague bonjour, Noëlle n'a pas proféré un mot. Elle continue de s'imprégner de la scène, du décor. L'odeur fétide ne l'incommode pas. Elle n'est pas effrayée par le séquestré. Il s'agit d'une prise de contact froidement décidée et qu'elle aborde avec une maîtrise totale.

— Elle sera une auxiliaire précieuse, finit par déclarer le prisonnier.

— Je lui ai tout dit, révèle Tumelat.

— Je m'en doute.

— Y compris ce qui a motivé votre chantage.

— Il le fallait. Dire la vérité, c'est la dire toute.

— Au fait, je ne vous ai pas encore demandé comment ces documents sont tombés entre vos mains.

— Je travaillais à la Gestapo. Au moment d'évacuer Paris, j'ai pris en charge quelques malles de dossiers. J'avais pour mission de rallier l'Allemagne, mais, comprenant que la partie était perdue, j'ai eu la tentation de sauver ma peau. Je vous ai déjà expliqué que j'ai été élevé en France. Je me suis rendu dans un coin de Haute-Savoie où mon père, grand amateur d'alpinisme, possédait un petit chalet. J'y ai caché mes dossiers et m'y suis terré pendant plusieurs mois avant de me réorganiser sous une fausse identité. Ensuite, je suis parti à l'étranger, en Grèce pour tout vous dire. Je suis parvenu à m'y établir, assez chichement, en travaillant pour un office de tourisme. Là-bas, je continuais de lire des journaux français. Ainsi ai-je appris votre ascension, monsieur le Président. Comme j'étais un garçon méticuleux, pourvu d'une mémoire d'ordinateur, je me suis rappelé ce document vous concernant. L'idée d'en tirer profit m'est venue...

Il a son triste rire ; son rire d'yeux. Un rire qui n'affecte pas son visage en peau de crocodile desséché.

Le silence retombe. Pénible. Noëlle ne souhaite pas s'exprimer. D'ailleurs que pourrait-elle dire à cet homme ? Elle est seulement venue le voir ; pas le visiter : le voir ; plus exactement, le *regarder*.

Çà l'a prise après qu'ils aient eu fait l'amour, le Président et elle. Pour la première fois, ils s'étaient mis entièrement nus sur le pauvre lit d'oncle Eusèbe. Et ils se sont aimés en amants ; en prenant du temps, beaucoup de temps. Quand, épuisés, ils se sont retrouvés face à la vie, Noëlle avait sa tête sur le ventre du Président. Elle contemplait la chambre sans joie, la chambre de mort et d'amour. Alors, elle s'est dressée sur un coude et a dit :

— Montre-le-moi !

— Noëlle vous apportera des provisions, prévient Tumelat.

— C'est moi qui m'occuperai de vous, à partir de maintenant, fait-elle d'une voix calme. Je viendrai tous les jours. S'il est des choses dont vous avez besoin, dites-le-moi !

Le fantôme trace un mouvement phosphorescent dans l'air croupi de sa niche.

Besoin de rien ! L'essentiel, on le lui fournit. Le superflu n'existe plus.

Le Président et sa jeune maîtresse se retirent. A reculons.

Il apprend à Noëlle comment remettre en place l'astucieux dispositif réalisé par Eusèbe. Elle essaie : pousser la baignoire présente quelques difficultés, mais elle y parvient.

Revenue à la position verticale, elle regarde admirativement ce coin de la salle de bains. Du travail parfait de bricoleur génial. Qui donc pourrait se douter que cette vieille baignoire à pieds, pisseuse, barre l'accès à une planque aussi habilement ménagée ? Aucun joint n'est apparent ; la salle d'eau a ce quelque chose de lamentable et d'écœurant des salles de bains d'hôtels miteux. Il semble que le moindre ustensile soit poisseux et que d'ingrates ablutions aient souillé les murs. Jusqu'au fenestron garni de vitres dépolies qui exprime une misère rentrée, un peu malsaine. La crasse mal délogée est la plus efficace des protections.

Le Président est anxieux des réactions de Noëlle.

— Eh bien, quel est ton sentiment ? lui demande-t-il.

Elle hoche la tête.

— C'est atroce, n'est-ce pas ?

— Bien moins que tu ne le dis, répond Noëlle. Cet homme a toujours été anormal, il s'est acclimaté à une situation anormale Qui sait même si...

Elle n'ose achever sa phrase.

— Si quoi ? insiste Tumelat.

— S'il n'avait pas confusément besoin qu'on prenne sa vie en charge, même dans de pareilles conditions !

Elle noue ses bras au cou du Président et se suspend à lui. Il tend tout son être pour la supporter sans faillir. Et il tient bon. Mais sa force frémit. Elle aime qu'il soit déjà vieux et un peu faiblissant. Elle a besoin que ce soit ainsi, lui et elle. Ce presque sexagénaire *encore vert* et elle, la gamine *déjà mûre*. Lui et elle... L'homme de gloire, massif de toute sa vie, de tous ses actes et de ses coquineries, de ses regrets, de ses turpitudes, de ses éhontés mensonges politiques, de ses maux discrets, répétés et rongeurs, qui aident les ans à ruiner un individu ; et puis elle, si neuve, si légère, si arachnéenne, elle qui n'est que désirs de découvrir et poésie ; elle qui n'est que parfum et cabrioles rentrées. Lui, vieux mec ravaudé, elle fille-femme-lierre collée au tronc chenu d'un amant stupéfiant. Mystère ! Mystère !

Ils s'embrassent fougueusement, se disent qu'ils s'aiment dans la bouche l'un de l'autre. Ils se reverront en fin de journée, à Paris, chez *Lipp ;* le Président essaiera d'arracher trente minutes à son programme pour la retrouver encore un peu, la regarder un instant, lui redire qu'il l'aime et, qui sait, glisser sa main sous sa jupe ?

Elle a fermé la porte elle-même et glissé la clé dans un minuscule sac de satin rouge suspendu à son cou par un cordonnet. Il la regarde enfourcher son vélomoteur. La pétarade lui fait mal à l'âme, car ce minuscule moteur vrombissant va l'éloigner de lui, l'emporter ailleurs, cette contrée honteuse qu'il va rayer de la carte, lui, le Président Tumelat.

Il la voit partir dans la rue sans joie, tache claire : rose et rouge en ce jour béni puisque c'est un nouveau jour d'amour intense. De rose et de rouge elle s'est parée cet après-midi pour venir lui apporter son jeune corps et sa chaleur de miel chauffé, et son odeur de fille en fleur, et son regard comme des trous dans le ciel, et sa voix qui ressemble à la longue, à l'interminable résonance d'un violon dans une salle de concert. De rose et de rouge, la divine. De quelles couleurs sera-t-elle ce soir, et demain ? De rose et de rouge aujourd'hui, jour de rose et de rouge pour Noëlle, la bien-aimée, la tant aimée, la vénérée ! De rose et de rouge elle fut, ce jour.

Il a, comme chaque fois, un gros poing velu dans le gosier. L'arrière de ses yeux lui brûle. Il regagne sa Mercedes verte.

Au moment où il ouvre la portière, il avise à la place du conducteur une grande enveloppe de papier kraft.

Est-ce Noëlle qui l'a déposée ? Non, pourtant : il l'attendait et elle ne l'a point quitté. Le Président saisit l'enveloppe avec prudence, sachant que l'on piège volontiers les automobiles des hommes politiques. Cette foutue manie, aussi, de ne jamais verrouiller ses portes, l'inconscient ! Il serait sans doute mieux avisé de ne pas toucher à l'enveloppe et de prévenir la police ; mais c'est un être impatient qui déteste les atermoiements. Il palpe précautionneusement. L'enveloppe contient du papier. Uniquement du papier.

Il l'éventre d'un geste rageur.

Trouve des photos, un journal, une lettre.

Les photos le représentent avec Noëlle, ici même, sur le seuil du pavillon ; ils sont en train de s'embrasser, de s'étreindre à pleins corps. C'est si beau que sa première réaction n'est pas de surprise, mais d'émotion. Mon Dieu, comme il l'aime ! Le journal est le dernier exemplaire de *Parfait,* non encore mis en vente. Ouvert à la page des potins. Un article cerné au crayon rouge au titre ironique : « *Le Président Tumelat pour la protection de la jeunesse* ». Il tient Noëlle plaquée contre soi, il a la tête sur son épaule, le regard pâmé. On ne voit Noëlle que de dos, mais on se rend compte, sans la connaître, combien elle est jeune et gracile.

Quelques lignes commentent le cliché :

« *Le Président Tumelat qui, naguère, à l'Assemblée, déposait une motion concernant l'intégration des jeunes dans la vie sociale semble prendre son projet très à... cœur* ».

C'est tout.

Tumelat a connu bien d'autres saloperies au long de sa carrière. Ce genre de mesquineries ne l'affecte qu'en surface : il pique un coup de sang qui vite se dissipe et finit par hausser les épaules. Mais là, il s'agit de Noëlle. Alors il bouillonne de rage. Une soif de meurtre le prend. Il lit la lettre qui accompagne cet envoi. A en-tête d'Eric Plante, s'il vous plaît. Papier vélin filigrané, gravure en anglaise bleu foncé. L'écriture (à l'encre) ne manque pas d'élégance.

« *Monsieur le Président,*

Je me permettrai de vous appeler demain matin à votre domicile entre huit et neuf. Peut-être serait-il bon que vous donniez des instructions à votre secrétaire pour qu'on vous passe la communication ?

Croyez, monsieur le Président, à mon entier dévouement.

Un petit chef-d'œuvre du genre car plus une menace reste laconique, plus elle inquiète.

Le Président laisse se déposer sa rage. Son sang s'apaise peu à peu et ses pensées redeviennent claires.

Il examine, une à une, les trois photos 18 × 24. Elles l'enchantent. Il y VOIT son amour. Il y lit son futur. Cette adorable fille pleine de grâce, de sagesse intuitive, de vivacité et d'infini amour le ravit et le comble. Oh ! oui, elle est bien l'élue, l'attendue, la seule ! Il a dû patienter plus d'un demi-siècle, et puis la voici, rayonnante et divine. Ils forment un couple sûr. C'est cela qui s'impose : l'indéniable assurance de leur union (il pense : de leur *jonction,* car ils se sont joints, comme le Rhône et la Saône, au sud de Lyon). Il y a de la beauté dans cette étreinte passionnelle Une harmonie spontanée qui saute aux yeux.

— Noëlle, mon être, ma petite femelle, ma gentille, balbutie-t-il.

Mme Fluck qui l'observe, depuis sa fenêtre, laisse retomber son rideau.

Le Président remet les différentes pièces de l'envoi dans l'enveloppe et coule cette dernière dans une poche à soufflet de la Mercedes. Après la colère, la jubilation. Loin de l'affecter, les aimables gredineries d'Eric Plante le ravissent.

Les boomerangs ne sont pas dangereux pour qui est capable de les intercepter au vol.

XLVI

Elle entre dans la chambre présidentielle, lestée des dossiers du jour, ainsi que de son grand bloc où elle consigne les décisions du Président. Elle a le fion endolori par la troussée de l'Espagnol. Un limeur de race, ce Juan-Carlos ! Ces gens-là sont conçus pour la corrida. Leur souplesse de reins, pardon ! Et il y avait les foutues jambes inertes de Jérôme dans son dos, qui la meurtrissaient durement. Mais enfin, là était le plaisir. Elle a joui avec sa colonne vertébrale au lieu de jouir avec sa chatte, la mâtine.

Le Président achève son café. Il paraît joyeux, neuf, infiniment disponible. Jamais il n'a autant eu l'air de ce qu'il est, c'est-à-dire d'un fonceur que rien n'arrête et qui pousse le masochisme jusqu'à raffoler des obstacles. Quand il arbore cette tronche-là, elle l'adore, Ginette, son Merveilleux. Voudrait s'agenouiller devant son lit, comme devant un royal catafalque et prier pour sa gloire et la réussite de toutes ses entreprises : les plus nobles comme les plus fumières.

Il lui décoche un sourire de bienvenue. Chiche qu'il bande déjà sous son drap, le Vaillant ! Tu veux parier qu'il y va du zob, ce morninge, mister Président ?

Si, si, si : il a l'œil viceloque. Coquin en diable. Elle pressent la toute belle séance, Ginette. Dommage que cet ahuri de Taïaut dont le Président s'est entiché perturbe leur intimité par son effervescence. Il est là qui va et vient, tournique, lui fout sa truffe au cul, à Ginette. Ou bien lui renifle le trésor avec cette circonspection un peu comique des toutous qu'un rien rend attentifs. Encombrant, ce cador, merde ! Ce qu'elle voudrait lui savater les miches et le virer !

Et sa niche qui défigure la chambre seigneuriale ! Salaud de clébard ! Quand elle pense qu'à cause de cet odieux bâtard elle a dû confier son Titan à sa concierge qui en raffolait. Faut dire qu'elle n'a jamais été portée sur les animaux, Ginette. Très vite, ils l'ennuient. Une bête, c'est joli au début, les deux premiers jours, comme les bouquets, ensuite ça devient une corvée, ça se fane, se met à puer, faut les entretenir, changer l'eau, tout ça...

— Rien de nouveau pour votre époux, ma chère ? questionne Tumelat en se servant une ultime tasse de caoua.

Elle rembrunit dare-dare, la donzelle.

Si : du nouveau il y a. Le docteur lui a dit, ce matin avec du triomphe plein la gueule, ce veau, qu'après tout, il n'était pas exclu que Jérôme s'en tire. Mais, attention ! Attention : dans ce cas — encore très douteux — il resterait paralysé. Sorte de mort-vivant, tout juste conscient, inapte à une vie normale. Ce serait la petite voiture, en mettant les choses au mieux. Et l'alimentation par perfuse, dans les débuts en tout cas, et puis la sonde pour faire pipi, et la curette pour lui aller débusquer les matières au profond de ses charognardes entrailles de goret. Tu parles d'une perspective ! Certes, elle peut se considérer comme étant débarrassée de lui, mais elle ne recouvrera pas sa liberté complète pour autant. On ne divorce pas d'un grand malade. Mais enfin, quoi, il ne deviendra pas centenaire, l'Horrible ! Elle y mettra bon ordre, pas qu'il s'éternise ; ah ! non ! Elle lui accordera un répit de convenance, pas trop bousculer les choses. Et puis elle fera le nécessaire, promis, juré. Elle est inventive, non ?

On croit toujours que ça arrive chez les autres, ces trucs-là ; mais tu as vu ? Hein, tu as vu ? Le *Sintrom !* Poum ! Descendez on vous demande. Elle aura d'autres tours de cet acabit dans son sac à malice, Ginette. T'inquiète pas pour elle. Est-ce que Mme Franklin Delano Roosevelt n'a pas été tentée de filer le bouillon d'onze heures à son jules quand il a fait son attaque de polio ? Qu'est-ce qu'on en sait, hein ?

En réponse à la question du Dieu Vivant, Ginette fait une série de moues extrêmement dubitatives.

Le Président n'insite pas, peu soucieux de l'amener sur le brûlant terrain des déclarations.

— Pendant que j'y pense, Alcazar, ce petit journaliste de merde qui travaille à *Parfait* doit m'appeler ce matin, vous me le passerez.

Voilà qui surprend Ginette. Le Président n'a pas pour habitude de perdre son temps avec des scribouillards de dernière zone. Lui, une demande d'interview, faut qu'elle émane des grands hebdos, des grands quotidiens pour qu'il les prenne en considération...

Elle croit comprendre que le Président va dire son fait au plumitif. Beaucoup d'honneur, il lui accorde. Les étrons, on les enjambe.

Elle amène sa chaise habituelle sur la rive du plumard, croise les jambes assez haut et large pour montrer qu'elle est parée pour les manœuvres matinales, n'ayant pas de culotte, la chère âme.

Mais le Président s'en fout, il n'a même pas un regard pour le frifri de madame.

— Je vous écoute, mon petit.

Heureusement qu'il l'appelle « son petit », ça tempère la déconvenue.

— Avant toute chose, le Président de la République demande que vous l'appeliez sur sa ligne privée à dix heures tapantes

— Tiens donc, sourit Tumelat, repris par le fumet du combat

Il réfléchit. Appellera, appellera pas ?

Il appellera. On ne traite pas un Président de la République Française par-dessous la jambe. Ce serait contraire aux principes.

— Ensuite ?

— Pierre Bayeur n'a pas cessé d'appeler tous azimuts hier au soir. Vous avez dû trouver mon message en rentrant, non ?

— Demandez-le-moi. Et tout ça ? ajoute le Président en montrant les dossiers (à couvertures vertes) posés sur la moquette près de la chaise de Ginette.

— Cela concerne le prochain congré R.A.S. dont la date approche. Il y a aussi les maquettes que vous avez demandées concernant une modification du sigle.

— Faites voir.

Elle lui présente un petit carton à dessin, fermé sur trois côtés par des attaches de toile noire. Ce carton rappelle au Président sa vie d'écolier. Il revoit l'école primaire de leur banlieue, avec ses quatre gros platanes mutilés d'inscriptions tracées au canif, et ses chiottes, au fond du préau, qui puaient la pisse, surtout en été, où ses condisciples et lui-même allaient se faire une pogne-express pendant des cours trop languissants. Il caresse la surface lisse du carton jaspé dans les tons vert et noir, dénoue chacune des trois attaches d'un petit geste retrouvé. Il étale les quatre maquettes en couleur, protégées par une feuille de papier cristal qui les fait chatoyer en leur donnant déjà la brillance de l'impression.

Intéressant. Des initiatives. Certaines peut-être trop hardies. Il ne faut pas trop bousculer les traditionalistes. C'est plein de vieux cons dans son parti au Président. Plein de nostalgiques « des autres fois ». Le choix va être délicat. Ces projets dilatent sa veine politique. Il piaffe.

— Bon, vous m'appelez cet enculé de Bayeur, Ginette ?

O joie ineffable, il lui donne son prénom. Et pourtant, elle sait qu'il en a horreur. Un jour d'orage entre eux, ne lui a-t-il pas affirmé, le Doux Sauvage, que c'était là un prénom de pute, simplement parce que c'était celui d'une gourgandine de son adolescence ?

Elle compose le numéro privé de Pierre Bayeur. Tombe sur une bonniche portugaise avec laquelle il lui faut parlementer en petit nègre avant d'obtenir le bras droit du Président.

Elle annonce le Maître. *The Maître !* Tend le combiné à Tumelat comme s'il s'agissait d'un crucifix à baiser, frôlant de ses doigts avides les doigts indifférents du Président.

— Salut, Pierrot, il paraît que tu me cherches ? claironne celui-ci.

Son interlocuteur répond par un morose « Salut, Horace » Un léger temps s'écoule. Il attaque :

— Dis donc, je sais pourquoi tu t'es fait teindre les crins il y a quelque temps.

Ces paroles sibyllines renfrognent un peu le Président. Son dauphin, comme l'appelle la presse (comme si à cinquante-huit bougies on avait déjà un dauphin !), adore les contours de langage avant d'exprimer ce qu'il a à dire, comme s'il devait chauffer l'atmosphère au préalable.

Tumelat soupire.

— Oui ?

— Alors tu te mets à jouer « Le blé en herbe » ?

Pour lors, le Président est en éveil, acéré, prêt à la férocité. Il sent ses griffes lui jaillir des doigts et ses crocs sortir de la bouche. Maintenant, finies les fioritures, Bayeur va devoir aller droit aux faits. Comme il connaît son Saint-Patron, il sait que le moment est venu de parler net.

— J'ai reçu, hier après-midi, un numéro de *Parfait* qui est mis en vente ce matin.

Voilà, pigé. Bon, ce n'était que cela.

— Je l'ai eu également, répondit-il sans s'émouvoir.

— Et tu en penses quoi ? demande Bayeur.

— Ce qu'on doit penser de ce genre d'immondice, mon petit Pierrot, ne me dis surtout pas que tu es offusqué, surpris, indigné ou que sais-je encore ? Es-tu un fringant vice-président de groupe, ou une concierge de Belleville ?

La tranquillité du Président, son ton enjoué, ne détournent pas pour autant Bayeur de ses préoccupations.

— Ecoute, Horace, tu es un personnage national, tu pèses lourd dans la vie politique du pays. Crois-tu qu'il soit sérieux de te voir tenir une gamine dans tes bras en roulant des yeux de merlan frit ?

Salaud, va ! Ah ! non, pas de moqueries, de persiflages. Il va devenir mauvais, Tumelat, si on l'asticote. Ces connards qui sont à sa remorque, qui éclateraient sans lui, qui dégoulineraient dans d'autres partis, comme des naufragés se répartissent à bord de bateaux venus à leur secours, merde ! Merde ! Merde ! Et re-merde !

Ses yeux de merlan frit ! Fumier ! Ses yeux de merlan frit ! Mais l'amour est donc un acte de pure solitude à deux ? Il faut donc avoir les seize ans de Roméo pour qu'il touche autrui ? Il n'existe donc pas une transfiguration pour sublimer qui aime et différencier aux yeux du monde un homme qui étreint d'un homme qui défèque ?

Les ondes de sa colère parviennent à Bayeur.

— Horace, murmure-t-il.

— Tu me fais chier !

— Non, attends, ne raccroche pas ; à quoi bon te foutre en pétard ? Ce torchon a levé un lièvre (il se retient d'ajouter : un lièvre qui ressemble à une souris), la grande presse va reprendre l'information. Un patacaisse est déclenché, dont on ne peut prévoir les conséquences... Tu te rappelles la déclaration d'impôts de Chaban ?

Le Président s'aperçoit que la mère Alcazar est immobile, à deux mètres de son lit, ouverte comme les baffles d'une chaîne stéréo, essayant de comprendre, de capter.

Le Président pose sa main sur la partie émettrice du combiné

— Laissez-moi, Ginette ! ordonne-t-il.

Elle en est estomaquée, la pauvrette ; féale et zélée collaboratrice, au fait des secrets et des combines et des manœuvres et de tout le bordel de merde d'un politicard comme Tumelat. Cette éviction est un outrage. Un scandale, comme dit le sourcilleux. Elle ne fait pas un mouvement.

— Allez mettre une culotte, nom de Dieu, votre gouffre me fout le vertigo ! tonne le Président.

Oh ! le méchant méchant !

Elle se retire en marchant sur ses propres pas, comme parfois on marche sur son ombre.

La porte claque puissamment.

Ce bref intermède a permis au Président de rassembler ses idées en bon ordre.

— Tu es là, Pierrot ?

— Et comment !

— Je faisais sortir la mère Alcazar. Bon, reprenons. La presse découvre que le Président Tumelat a une liaison avec un tendron. Et alors ? Tu me parles de l'histoire Chaban, mais ce n'est pas comparable, mon petit. Les Français sont peu nombreux à avoir de la fortune, alors ils détestent ceux qui en ont et qui cherchent à la camoufler ; mais ils baisent à peu près tous, et ils aiment bien que leurs dirigeants baisent aussi. Premier point Second point, je t'annonce une nouvelle : je vais bientôt me remarier. Le temps de divorcer et je convole avec la petite de la photo. Je te la montrerai de face, tu verras qu'elle en vaut la peine. C'est ridicule et un peu romanesque, un vieux kroum qui épouse une adolescente, je sais, mais on tâchera de gommer le côté ridicule au bénéfice de l'autre. Ça fera couler beaucoup d'encre et la une de *Match* est assurée, qui s'en plaindra ? Troisième point enfin, et qui prime les deux autres : je l'aime Tu m'entends, Pierrot ? Je l'aime, comme je n'ai jamais aimé Je me sens totalement rénové. S'il existe un avenir, il est à moi. Tu verras !

A peine a-t-il raccroché que la mère Tate-z'y lui annonce Eric Plante en ligne.

***

Le Président le regarde entrer et sourit.

Il n'a pas un geste d'accueil ; ne se soulève pas d'un pouce dans son fauteuil. Il s'y est étalé, au contraire, comme un roi fainéant dans sa litière à bœufs, une jambe passée sur l'un des accoudoirs, les mains vagues, le regard ironique. Et c'est l'autre, le petit fumelard qui, instantanément, se trouve en position de faiblesse.

Note qu'il avait pressenti la chose, Plante. Au téléphone, il avait ergoté : « Ne vaudrait-il pas mieux, monsieur le Président, que nous nous rencontrions en dehors de chez vous ? » A quoi, de son ton placide, presque bon enfant, le Président avait répliqué : « Quelle idée ! Venez vite, je vous attends ! ». Et à présent ils sont face à face dans le cabinet du grand homme

Pour être certain que la mère Saute-au-Paf n'écoutera pas à la porte, le Président l'a chargée d'un pli top confidentiel pour l'Elysée. Une simple confirmation qu'il appellera bien LE PRESIDENT à dix plombes. Elle s'en est allée, requinquée, en trémoussant du fion, la carne. Le Président se dit qu'il devra se séparer d'elle avant son remariage. Il ne saurait cohabiter, ne fût-ce que la matinée, avec sa nymphe et cette vieille seringue glandulaire trahie par les prémices de la ménopause. Auparavant, il devra prendre ses précautions, déménager tout ce qu'il y a de compromettant ici, capable d'assurer une vengeance.

Eric Plante s'est mis sur son trente et un : complet de velours (il est fidèle au velours) marron, gansé (il adore les ganses) de beige, avec boutons de laiton anciens achetés chez des antiquaires spécialisés dans le costume d'époque. Chemise de soie grège à col ouvert. Chaussures mi-cuir, mi-daim. Il est beau. Gueule de vermine, mais harmonieuse.

— Avancez, avancez ! invite le Président, sans lâcher sa posture abandonnée, je ne vais pas vous manger, jeune homme ! Asseyez-vous !

Eric hésite à contourner l'immense bureau pour aller serrer la main de son hôte ; tout compte fait, il croit sage d'y renoncer et prend place en face de lui.

Tumelat attend. Son sourire ne cache aucune colère ; pas le moindre ressentiment. Il contemple l'arrivant avec complaisance, se dit que s'il était homosexuel, sans doute réagirait-il au charme vénéneux du jeune homme.

Plante puise dans ses réserves d'énergie et de finasserie.

— Je me doute de votre mécontentement, monsieur le

Président. Mais vous devez comprendre que le métier de journaliste ne doit pas tenir compte de certaines considérations qui...

Le Président fait « tsstt tsstt » sans remuer ses lèvres, juste avec le dedans de la bouche.

Puis déclare :

— Ecoutez, mon petit, je n'ai que dix minutes à vous accorder, pas une de plus. Alors proposez-moi ce que vous avez à me vendre sans nous donner, à vous comme à moi, le mal des préambules oiseux.

Eric manque un peu d'air. Dedieu, c'est vrai qu'il est coriace, le vieux bougre. Pour le manipuler, celui-là, il faut y aller à bras-le-corps !

— Vous avez pris connaissance de l'écho accompagnant la photo, monsieur le Président ?

— Bien sûr, et je l'ai trouvé drôle.

— Que pensez-vous des autres photographies ?

— Elles sont excellentes pour du téléobjectif.

— Les choses peuvent en rester là, dit Plante, hardiment. Mais elles peuvent aussi dégénérer. Une campagne de grand style ferait long feu. La jeune personne est mineure. Elle est la fille de la femme de ménage de votre oncle défunt. Vos rendez-vous ont lieu dans la maison de ce pendu. Bref, tout un climat est créé pour une équipée de presse de grand style ; le folklore, monsieur le Président, c'est le nerf de notre métier ; et les conjonctures, donc !

— Combien ? tranche le Président.

L'instant de vérité est venu à toute allure. Plante n'a pas eu le temps de s'y préparer. Il lui faut sauter l'obstacle.

— Dix millions, annonce-t-il froidement.

Il sort de sa poche une épreuve petit format du Président et de Noëlle, celle qui lui a paru la plus éloquente, la plus croustillante de par l'attitude des deux protagonistes. Leur enlacement est suggestif : jambes emmêlées, mains aux fesses et au cou, bouches en folie, yeux révulsés.

— Vous imaginez celle-ci faisant la couverture du *Parfait*, monsieur le Président ?

Tumelat hoche la tête.

Il prend un répertoire téléphonique signé Cartier, le compulse et tombe en arrêt devant un numéro qu'il forme rapidement sur son clavier à touches.

Inquiet, le petit coquin se sent comme aux abois. Se met à confusément déplorer son initiative. N'a-t-il pas visé trop haut ?

Il existe toujours un creux, au début, dans les opérations de ce genre. C'est comme une séance de lutte gréco-romaine quand les adversaires commencent à s'empoigner et à éprouver leur degré commun de résistance.

Le Président a enclenché le petit poussoir qui rendra la

communication à venir audible pour toutes les personnes se trouvant dans la pièce. La mise en composition du numéro appelé crépite, on décroche. Voix volontairement impersonnelle d'une standardiste.

— *France-Soir,* j'écoute.

— Passez-moi Gaston Desmoulins, je vous prie. De la part du Président Tumelat. Urgent !

Gaston Desmoulins est l'un des rédacteurs en chef du fameux quotidien du soir (qu'on peut trouver dans les kiosques dès le matin, d'ailleurs).

Dans son fauteuil, Eric Plante s'efforce de contrôler son calme. Mais c'est difficile. L'appareillage dont le bureau du Président est pourvu lui donne à penser que leur conversation a été enregistrée et il cherche un micro possible autour de lui.

— Voilà, Desmoulins, lance quelqu'un dans la phonie.

— Salut, ami !

— Oh, c'est vous, Président. Quelle bonne surprise !

Les voix vibrent dans l'amplificateur, prennent des résonances de cuivre. Visiblement, l'interlocuteur est surpris, charmé aussi, pas tellement que cet appel personnel le flatte, mais il y devine la préfiguration d'un papier à sensation.

— J'ai une informe pour vous, ami : je vais me remarier. J'ai introduit une instance en divorce car, vous le savez, depuis une chiée d'années je vis séparé d'avec ma femme actuelle. J'épouse une gamine de dix-sept ans ; un ange ! J'ai toujours rêvé de laisser derrière moi une très mignonne veuve.

Le gars de F.-S. est époustouflé.

— Eh bien, mes compliments, monsieur le Président. Voilà une fameuse nouvelle, vous nous donnez la primeur ?

— Naturellement, puisque je vous appelle. Et j'aurai même des photos à vous passer, à moins que vous ne préfériez tirer vos propres clichés, on pourra arranger ça. Vous m'annoncez la chose en douceur, sur fond de mystère, n'est-ce pas ? Le grand amour tardif, le lion amoureux d'une biche, n'ayez pas peur de taper dans les clichés éculés, le public en raffolera toujours. Si même vous voulez m'envoyer un de vos reporters pour qu'on goupille ça ensemble...

— Pas question, avec votre permission, je vous opérerai moi-même, monsieur le Président !

— Vous m'honorez, cher ami ! En ce cas, venez donc dîner ce soir à la fortune du pauvre, si vos occupations le permettent.

— Mais très volontiers.

— On se fera un petit pique-nique de célibataires : caviar, poulet froid : ma cuisinière est en vacances.

— Aurai-je le plaisir de rencontrer l'élue de votre cœur, monsieur le Président ?

— Oh ! non, pensez-vous : on vit encore chez papa-maman, on a de longs cheveux blonds, des yeux couleur de ciel ; bref, tout ce qu'il faut pour rendre complètement gâteux un presque sexagénaire qui ne l'était qu'à demi. A ce soir, ami !

— Mes respects, monsieur le Président.

Tumelat raccroche.

Son interlocuteur est galvanisé d'admiration. Vermine, mais intelligente ; appréciant les êtres exceptionnels. La manière dont le Président a désamorcé sa petite bombe et saisi la situasse à bras-le-corps, le confond, Eric. Il aimerait se dévouer pour un homme pareil. Vivre dans son ombre, pour lui et par lui. Il vient d'en tomber amoureux. Ce numéro, quel brio ! Cet esprit de décision, cette vigueur ! Il en perd le souffle au milieu des superlatifs qui lui arrivent en foule et trombe, le pauvre biquet.

Se dit que leur petite machination cacateuse, à Pauley et à lui, ressemble à du poil à gratter. Le Président l'époussette d'une chiquenaude. N'en a cure. Bien haut de ces merderies infantiles Et lui qui venait mendigoter dix briques. Encore jeunet, l'artiste ; encore naïf malgré ses cogitations ténébreuses. La saloperie ne supplée pas l'expérience.

Il adresse un sourire ému au Président.

— Chapeau, monsieur le Président. Je m'aperçois que je ne suis pas de taille !

Tumelat reste pensif, nullement flatté, ni troublé non plus, et encore moins triomphant. Un type de sa trempe sait maîtriser la victoire, la sachant enceinte de défaites futures.

Il se lève, fait coulisser un panneau de sa bibliothèque qui masquait un coffre-fort encastré. Il tripote les boutons molletés et la porte impressionnante s'ouvre. Tumelat considère la pile de fric posée sur le premier rayon. Une vieille habitude : toujours détenir du liquide à disposition. La vie est fragile, pleine d'inattendus. Il convient de garder ses armes à portée de main. L'argent est l'une d'elles. Il prend une bonne pincée de coupures de cinq cents francs, les compte rapidement. En conserve une partie et remet tout en place.

— Tenez, cow-boy, on va jouer au western, dit-il.

Il prend la liasse, la déchire en deux et tend la partie demeurée agrafée à Eric Plante qui ne comprend pas.

— Ceci représente la moitié de cinq millions anciens. Moyennant cette somme encore intéressante malgré la dégringolade du franc, vous allez accomplir un petit travail pour moi. Cette nuit même !

Il rédige quelques lignes sur une feuille de bloc, fouille dans son tiroir de droite et y puise une poignée de clés étiquetées. Il en sélectionne une et la présente à Plante ainsi que le billet.

— Voici la clé de ma maison de Gambais et un mot vous autorisant à y circuler librement pour y prendre toutes les photographies que vous jugerez utiles. Dans la nuit, vers deux heures du matin, vous vous y introduirez en faisant le moins de bruit possible. Vous gagnerez la chambre de ma femme ; la deuxième porte à droite dans le couloir à partir de la porte d'entrée principale. Vous serez équipé d'appareils photo adéquats, avec flashes et tout le tremblement. Vous trouverez mon épouse actuelle au lit avec un grand diable assez sympa. Vous prendrez le maximum de clichés. L'opération la réveillera et son gorille fera du foin, croyez-moi. Au plan légal, ce mot vous met à couvert ; au plan châtaigne, il serait bon que vous vous fassiez accompagner d'un solide luron capable de juguler la colère du Monsieur. Avantage pour vous : vous aurez affaire à des gens pris en plein sommeil et à poil. Période délicate de l'opération : entrer dans la chambre sans qu'ils vous aient entendu venir. Si les photos sont correctes, je vous donnerai le restant des billets : ciné, ciné, vous voyez, on ne se remet jamais des films d'action de sa jeunesse.

Il se lève.

— Je veux ces photos demain, à la même heure !

Eric Plante se lève aussi, mouillant d'une jouissance jusqu'alors inconnue. Le comportement de cet homme le subjugue, lui, le sceptique, le teigneux, le torve, le cancrelat, lui qui d'instinct méprise et hait ceux qu'il approche.

— Expliquez-moi, murmure-t-il, voyons : je vous ai fait une vacherie, en outre, je suis venu pour essayer de vous escroquer de l'argent et vous me donnez cette preuve de confiance absolument inouïe.

— Ce n'est pas une preuve de confiance, répond le Président. Mais à qui pourrais-je demander une telle saloperie si ce n'est à un salaud, mon garçon ? Soyez logique.

Il lui tapote l'épaule et le raccompagne jusqu'au paillasson. Là, il lui serre la main.

XLVII

LE PRESIDENT de la République a sa voix polaire des mauvaises circonstances. On a l'impression, en sa présence, qu'il doit prendre sur lui pour se montrer chaleureux, et que la froideur est sa vraie nature. Peut-être un refuge, après tout ? C'est un homme qui aime à se servir du temps, il possède une vertu incomparable lorsqu'on occupe un poste aussi écrasant : il sait attendre. N'a-t-il pas ralenti le rythme de « La Marseillaise », lui qui est si peu fait pour la chanter ? Il l'a sans doute au cœur, il ne l'aura jamais en bouche, ayant honte du théâtral. Il y a belle lurette que l'Histoire ne se chante plus.

Il échange de brèves formules de politesse avec Tumelat. Juste la pointe : l'essentiel. Son interlocuteur l'agace parce qu'ils ne sont pas coulés dans le même moule. Il existe entre eux la différence qu'il y a entre un joueur d'échecs et un rugbyman ; entre l'Agent Général de Rolls à Londres et un mandataire des halles de Rungis, entre un poisson et un coq, entre un *château Cheval Blanc* et un *Clos-Vougeot,* c'est-à-dire entre Montaigne et Rabelais.

Oui, LE PRESIDENT est irrité. Moins par le récent comportement politique de Tumelat que par le silence indifférent dont il l'entoure.

Devoir relancer Horace Tumelat l'agace. Lui qui est un grand chasseur abomine que les autres se tiennent à l'affût.

— Mon cher Président, dit LE PRESIDENT, Michegru m'a rapporté votre conversation et je l'ai trouvée pleine d'intérêt. Je pense comprendre votre angoisse et je ne demande qu'à l'apaiser autant que faire se peut.

— Merci, répond Tumelat.

— Cependant, je crois que vos sentiments intimes risquent de perturber l'équilibre politique. Nous vivons l'époque que vous savez et les bonnes volontés doivent s'unir au lieu de se contrarier. Chacun ne peut pas faire SA France. Moi, j'essaie de faire LA nôtre, et ce n'est pas aisé.

— Je m'en doute, renchérit poliment Horace.

Il se sent plus froid encore que LE PRESIDENT. Détaché, presque, si tu vois ce que je veux dire. Comme s'il vivait une scène qui ne le concerne pas, ou bien, tiens, comme quand il y a des interférences sur la ligne et qu'on capte une communication étrangère.

— Le moment est venu pour moi de mettre en application le programme qui me tient à cœur, il faut donc que vous me donniez votre sentiment.

— Il n'a pas varié, monsieur LE PRESIDENT, dit le Président.

Un silence congelé, un silence de freezer.

— Ah ! fait LE PRESIDENT.

Tumelat ne se permet même pas une interjection, lui. Il attend.

— Vous êtes toujours décidé à vous opposer au futur Premier Ministre ?

— Plus que jamais.

— Dois-je comprendre que vous seriez mieux disposé pour une autre personnalité ?

— Sans doute, monsieur LE PRESIDENT.

— Quelle est-elle ?

Le Président s'écoute répondre avec détachement, un réel détachement, je te jure.

— Moi, monsieur LE PRESIDENT, si toutefois je mérite le qualificatif de personnalité.

Tu penses qu'il récrie, LE PRESIDENT, à l'autre bout ? Qu'il exclame ! Qu'il plaide, ergote, promet, dissuade, emberlife ? Tu ne le connais pas !

Il laisse aller une coulée de glace, manière de bien marquer son sentiment, et déclare :

— Bien ; je vous remercie, monsieur le Président.

Plus question d'appeler Tumelat par son prénom. Il raccroche lentement, sans aigreur, en homme terriblement concerné, capable de tout entendre, de tout refréner... De tout supporter.

* * *

Tumelat en fait autant de son côté. Et je vais t'en révéler une bien bonne, à peine croyable : il ne pense déjà plus à ce rapide entretien, pourtant vachetement auguste, moi je dis, l'auteur de Jallieu. Non, vers la fin de leur converse, une bouffée d'extrême et très intense, et presque insupportable amour lui est venue, au Président, l'a gonflé, l'a meurtri, lui a déchiqueté l'âme, qu'il se la sent en lambeaux, le chéri, au bord des larmes de sang, des larmes de sel, prêt à s'allonger sur son tapis, nez dans le coude, cœur perdu. Une bouffée d'impossible. De trop terrible. De plus que de raison...

Fiévreusement il appuie sur le bouton de l'interphone qui le relie à cette carne d'Alcazar.

— Ginette, vous conservez bien tous nos agendas, n'est-ce pas ?

— Mais bien sûr, monsieur le Président.

— Apportez-moi celui de l'année mille neuf cent soixante-deux, je vous prie.

— Dans deux minutes, monsieur le Président.

Tumelat se masse la poitrine qu'une vilaine barre traverse, oblique, incandescente. La nervouze qui lui occasionne cette moche sensation. Il a vu des cardiologues, craignant des prémices d'infarctus ; mais non, il a le guignol fleur de coin, *no problème*. Seulement l'anxiété qui le cisaille ainsi. Alors, la barre : vzoum, en bandoulière, comme le grand cordon de la Légion d'Honneur. Tu sais quoi ? Il vient de penser à la date de naissance de Noëlle : 22 septembre 1962 ; il la lui a demandée la veille. Et ce qui le percute, soudain, ce qui le trucide, c'est de penser que ce jour-là, ce discret, cet humble 22 septembre 1962, lui, il fonctionnait sans pressentir que c'était le jour le plus important de sa vie à lui. Il a vécu en toute insignifiance le plus fantastique 22 septembre de son histoire. Que faisait-il alors ? Comment a-t-il gaspillé cette journée, l'infâme con ? Avec qui, et sous quels cieux ? Il voudrait, quelle qu'elle eût été, l'extraire de son passé comme une écharde de sa chair, l'anéantir, la rendre nulle et non avenue. Il voudrait la revivre, maintenant qu'IL SAIT. La revivre avec elle. Elle forme une tache honteuse dans son passé pourtant souillé de mille et une autres ; mais c'est celle-là qu'il lui faut effacer. Il ne veut plus de ce 22 septembre 1962 vécu à l'heure de *sa* naissance, au soleil de *sa* naissance. Vécu misérablement ; par lui qui l'attendait déjà, qui la pressentait fatalement puisqu'il l'aime à ce point.

Ginette entre avec son cul tortilleur, son sourire rechargé à bloc, son entrain de veuve en cours de veuvage, sa chatte mouillée d'espérances dévergondées.

Elle lui présente quatre petits carnets noirs qui sont les quatre trimestres Hermès de l'année 1962. Les présente avec bonheur, avec l'envie de lui, de se coucher sous lui et de l'accueillir entre ses jambes pendant que Jérôme trépasse d'un train de sénateur, ce goret à l'agonie nonchalante.

Tumelat saisit les petits opuscules en disant merci mon petit sans la regarder.

Elle attend, mais il est trop concentré. La journée est trop en route pour espérer un abandon. Il est rarissime qu'il la culbute en dehors de sa chambre. Ginette pense qu'elle empoisonnera Taïaut, un jour prochain, histoire de renouer avec les vraies intimités d'avant. C'est toujours les autres qui se débarrassent de leurs clébards, au moment des vacances, ou bien parce qu'ils sont trop vieux, ou malades, ou n'importe quoi. Merde ! Pourquoi pas elle ?

Tu crois que la reine Fabiola hésiterait à poivrer son caniche à l'arsenic s'il coupait les ardeurs à Baudoin au moment où le souverain monte en ligne dans la chambre nuptiale ? Compte là-dessus ! Elle commencera par lui administrer un petit vomitif Ginette à Mister Taïaut, manière de préparer le terrain ; et puis, quelques jours plus tard, elle lui fera une piqûre, à ce corniaud de malheur. Elle trouvera. Elle a bien trouvé pour Jérôme, non ?

Elle sort, à regret.

Le Président s'est jeté sur le troisième carnet et compulse activement, en humectant ses doigts de salive pour aller plus vite.

19 septembre, 20, 21, 22.

Sa main tremble, et son cœur plus encore. Il a la gorge nouée comme s'il allait au-devant d'une déconvenue certaine. Comme si son emploi du temps du 22 septembre 1962 allait le terrifier, ajouter à cet obscur désespoir qui le point.

22 septembre. Sa vue est brouillée. Il éloigne un peu le carnet de ses yeux. L'âge ! Les sempiternelles lunettes auxquelles nul n'échappe. Vieux con ! Vieux vieux, va !

Il lit : Venise. Ecrit à l'encre verte. Il a un stylo à encre verte. Venise. Et ça, c'est comme qui dirait le titre de la journée. Elle reste compartimentée en heures et demi-heures. 10 h : appeler Georges Pompidou. 12 h déjeuner à Torcello. Sa mémoire se met à flamber. Tout est clair comme lorsque la buée s'évapore sur une vitre qu'elle troublait. Il voit à travers la lucarne des souvenirs, le Président. Se rappelle tout avec une acuité translucide, comme tu vois le Mont-Blanc, à cent kilomètres de distance par temps idéal. A l'époque, il vivait avec sa femme et ça ne marchait pas tellement mal entre eux. Ils formaient un couple conventionnel. Elle apportait le côté bourgeois à la vie de ce leader au pedigree marqué de cambouis. Il la laissait diriger la maison, organiser les mondanités. Elle jouait bien son rôle. Plus tard, il en a eu marre d'être à la remorque d'Adélaïde. Elle prenait trop d'autorité, par conséquent trop de directives qu'il désapprouvait.

On ne domine pas un Horace Tumelat. L'investir, c'est le chasser. Elle n'a eu droit qu'à la casaque d'épouse. L'époux lui avait glissé des mains pour toujours.

Donc, en cette fin septembre 1962, au plus fort de son règne, Adélaïde avait décidé son Valeureux à passer trois jours à Venise. Ils étaient descendus au *Gritti Palace*, sur le Grand Canal, l'un des plus séduisants hôtels du monde... Tumelat avait passé le plus clair de son temps à téléphoner à Paris. Seule exception : le 22, précisément, où ils avaient frété une vedette pour les conduire jusqu'à l'île de Torcello, au fond de la lagune. Le matin, il avait échangé un coup de fil de trente-cinq minutes avec Georges Pompidou. Dès qu'il avait raccroché, sa femme l'avait entraîné. « En voilà assez de ta satanée politique, filons ! ».

Il revoit Torcello, embusqué dans les hautes herbes, le clocher de sa basilique émergeant d'un paysage d'eau et de prés à l'abandon. Il revoit le poétique canal conduisant à la fameuse auberge *Cipriani* aux tons ocres. Il faisait soleil, il faisait doux. Des marchandes de dentelles jacassaient sur la placette ombragée.

Sa bonne femme potassait un guide touristique, voulant toujours tout connaître des lieux qu'elle visitait, au point d'en lire l'histoire sur place, si bien qu'elle voyait peu de choses de la réalité… Ils avaient commandé de la salade de fruits de mer et des pâtes crémeuses ; bu un petit vin rouge qui possédait le goût de l'Italie. Lui pensait à ses traficotages politiques. Et pendant ce temps-là, Noëlle naissait dans une maternité de banlieue…

Il est étreint par une émotion forcenée, le Président. Il imagine ce bébé de bonheur émergeant des entrailles béantes de Mme Réglisson pour venir à lui, tandis que des touristes idiots, lestés de matériel photographique, investissaient cette merveilleuse petite île de Torcello où il se faisait chier comme un rat mort face à sa dame de bon maintien, lui, le fils spirituel d'Eusèbe Cornard. Manigançant des choses, comme toujours, des choses qui lui permettraient d'aller plus haut, d'être plus puissant.

Il consulte sa montre. Elle raconte dix heures vingt. Noëlle doit lui téléphoner ce matin, sur sa ligne privée.

Et la sonnerie répond à son attente. Tout s'orchestre bien quand l'amour est là. Il décroche. Reconnaît son souffle intimidé.

— Mon amour, je meurs de toi, balbutie le Président.

— Moi aussi, répond-elle, je dors en pointillé. Je prends dix ans à chaque minute.

Il se lance :

— Pourrais-tu partir un matin de chez toi pour ne rentrer que le soir ?

Elle s'exclame :

— Tu pourrais m'accorder une journée ?

Donc, c'est oui.

Et en effet : c'est oui !

Il feuillette fiévreusement l'agenda de sa semaine. Mon Dieu, tous ces rendez-vous inutiles ! Tous ces cons auxquels il devra parler, promettre. Ah ! promettre. Qu'il faudra rassurer. Ils sont toujours inquiets de tout, les gueux. Anxieux, craintifs de voir cesser quelque chose à quoi ils tiennent ou pensent tenir.

— Libère-toi après-demain. Je passerai te prendre au carrefour près de ton immeuble à sept heures du matin.

— Tu es merveilleux.

Elle ne pose pas de questions à propos de l'emploi de tout ce temps qu'il lui réclame.

— A tantôt, mon ange. Je t'aime, je reste en toi.

Mais ni l'un ni l'autre ne se décide à prendre l'initiative horrible de raccrocher. Ils sont là, souffle à souffle, muets d'amour, affolés d'amour. Et des ondes passent, et l'intensité de leur sang bourdonne comme un torrent en grosse crue.

— Sais-tu seulement ce que nous allons faire, après-demain ? questionne sottement le Président. (Car, comment le devinerait-elle ? Il ajoute :)« Nous allons vivre notre 22 septembre 1962 ».

Et c'est lui qui, sur ces paroles, interrompt le contact. Lui qui tue d'un geste cette respiration divine frisant dans son oreille.

XLVIII

— Non, mais tu te rends compte, ce que tu me fais faire ! bougonne Paul Pauley en marchant sur la pelouse, du bout de ses grands souliers de flic.

— Ta gueule ! répond Eric dans un souffle. Et il ajoute : Nous ne commettons rien d'illégal avec la lettre que j'ai sur moi Tu me sers de garde du corps, point à la ligne.

La maison est belle dans le clair de lune. Ennoblie par la nuit claire qui l'enguirlande de halos et de romantiques mystères. Le journaliste, qui est un consciencieux, est venu retapisser les lieux, mine de rien, dans l'après-midi. Son appareil lui pèse sur la nuque. Ballotte sur son estomac, l'objectif pointé, énorme comme un paf de cheval, toujours, moi je dis, l'auteur de Bourgoin-Jallieu : sexuels les zooms. D'abord, les nœuds qui les utilisent prennent leur pied avec, non ? Tu contesteras pas ? Un gros zob noir, raide, avec la coupole brillante de la lentille. Focale, ça s'appelle, je les entends causer. Focale ! Et d'autres termes techniques aussi ; ils aiment. Ça appartient au folklore pelliculaire. Lui, Eric, la photo c'est quelque chose qu'il estime complémentaire. Paul Pauley, auquel il a tout raconté et qu'il a requis pour les besoins de l'expédition, songe aux clichés que lui a remis Plante. Il en trique de les évoquer. Le noir et blanc, c'est féerique pour le porno. Ça ajoute au nébuleux de l'acte. C'est sensuel, ce grain, ces ombrés, tout ça. Un peu irréel.

Il ne se jugeait pas aussi champion, du point de vue brossage. La manière qu'il te verge la vieille en levrette, il met au défi, une image aussi choc, n'importe quel mironton de pas bicher la chopine du siècle, colossale, en plantureuse couperose kif la trogne à Séguy. Il n'a pas lésiné sur la quantité, son pote. Et s'est payé des angles extras, des surplombs vertigineux, des G.P. qui t'atteignent au plexus.

Oui, il ne peut les chasser de son esprit en foulant délicatement la pelouse veloutée de la propriété. Il suit Eric, jouant les renfrognés, les hostiles, les mécontents, mais ravi, dans le fond, de participer à ce safari nocturne. Ça lui rappelle, gamin, quand il allait aux écrevisses, à la lanterne, avec son père. Leurs loupiotes qui arrachaient d'incroyables visions dans les ruisseaux. Les écrevisses, tapies dans un trou d'eau claire, sur un lit de brindilles stratifiées par le calcaire. Et qui se laissaient cueillir par le dos, battant de la queue et agitant les pinces à lui en éclabousser la gueule. Là, ils n'ont qu'une faible lampe électrique pour deux. Et encore, Eric la réserve pour trouver sans barguigner le trou de la serrure.

Parvenus à l'orée de la maison, ils se déchaussent et mettent une godasse dans chacune des poches de leurs vestons. Puis ils enfilent des casquettes à trappon, en toile bleue et chaussent leur nez de lunettes teintées.

C'est Eric qui délourde, sans bruit du tout. Un crack. Il n'a pas peur. D'une main, il contient l'appareil contre son corps, pas qu'il heurte la lourde.

Une odeur d'opulence et de fleurs coupées les accueille. Ils laissent la porte ouverte. Attendent, l'un à côté de l'autre, sentinelles du mal. Le tic-tac rassurant d'une pendule, quelque part, rythme l'obscurité.

— Je prépare mon zinzin, souffle-t-il à l'oreille de son copain. Tu m'ouvriras la porte de la chambre, c'est la deuxième à droite, et puis tu t'écarteras pour me laisser passer. Je vais fonctionner à la volée. Le lit est pile en face de l'entrée. Logiquement, on doit avoir le temps de tourner le documentaire avant que ces deux cloches réagissent. Le mec surtout est un lent. Je l'ai aperçu aujourd'hui : une espèce de grand singe velu. S'il fait du pet, tu l'alignes d'un crochet au bouc.

Il a déjà répété tout cela vingt fois à Pauley, mais il le redit une de plus pour se rassurer. C'est l'ultime doping avant le grand saut. Il parle si bas, si bas, que le flic devine plus qu'il n'entend. Paul Pauley (dit Pau-Pau) opine.

Allez, go ! Assez lézardé, ils ne sont pas au Vietnam, à tenter un coup de main, bon Dieu !

Eric vérifie son appareil, l'assure bien entre ses pattes, le flash est branché. Tout va s'accomplir.

Pauley s'approche de la lourde, saisit le loquet et tourne. Mais rien ne se produit. Les vaches ! Ils se sont enfermés à l'intérieur. D'une courte mimique, il expose la situation à Eric. Eric murmure, dans un souffle :

— Enfonce !

— T'es dingue !

— Vite !

Il veut réussir la mission confiée par le Président. Pas pour le fric, pour ce qui lui tient lieu d'honneur.

Pauley se met de profil, à deux pas de la porte et se rue. La porte s'arrache dans un grand fracas. Pauley embarde et choit dans la chambre obscure. Plante est déjà là. Il mitraille au jugé, en direction du lit. Des voix mal réveillées, des voix qui manquent d'oxygène à cause de la stupeur, voire de l'effroi, crient des choses encore grumeleuses. Plante flashe, flashe, flashe. Il a l'impression de tenir ce couple sous le feu roulant d'une arme automatique. L'impression de tuer. Ça le chavire d'une rare jouissance éperdue. Il prend son temps. Appuie sur le déclencheur, appuie à s'en meurtrir le doigt. Et le flash crépite, mais il ne peut distinguer les amants. Il est en mission suicide, Eric Plante.

Au nom du Président ! Sa vie pour le Président ! Flashe ! Flashe ces deux salauds couchés, fesses à fesses dans leur touffeur humaine, dans leurs miasmes animaux. Il voudrait les détruire au nom du Président ! Pour la gloire de l'espèce ! A mort !

— Ça y est ? Merde ! lance Pauley d'une voix sourde.

La lumière éclate soudain. C'est Malgençon qui a éclairé la lampe de son côté. Il est hirsute, bestial, nu, selon sa bonne habitude.

Il se jette hors du lit sans réfléchir, le courage étant une forme aboutie de l'inconscience.

Il marche sur le photographe, la verge au vent, prêt à le massacrer. Lui fonce dessus, tête première. Son crâne arrive dans la bouche de Plante qui sent craquer ses mâchoires et mourir ses dents.

Il voudrait crier, appeler son pote à la rescousse. Il ne peut proférer un son. Heureusement, après un mouvement instinctif de retraite, Pauley s'est repris. Il se pointe sur le peintre et lui balance un coup de poing à la nuque.

Malgençon s'écroule. La vieille gueule à perdre haleine en remontant les draps à son menton, dérisoire bouclier.

Eric bat en retraite, son appareil pendant à son cou comme une cloche à vache.

Ils se sauvent.

Mais personne ne songe à les poursuivre.

Malgençon est inanimé. Adélaïde sort de sa couche après un long moment d'immobilité totale. Elle a laissé se calmer sa peur, s'apaiser son coeur, fonctionner son esprit.

Elle a tout compris.

En hâte, elle s'habille. N'importe comment. La domestique n'a rien entendu. Malgençon vagit sur le Boukara aux tons lie-de-vin et blanc. Adélaïde l'enjambe sans lui accorder le moindre regard de compassion.

***

Moins d'une heure plus tard, elle sonne au domicile du Président, SON domicile légal, à elle aussi, après tout.

***

Eric Plante entre chez lui en titubant. Il a le visage en feu, la tête bourdonnante de douleurs diffuses.

Il s'approche d'un miroir ancien (il adore le Renaissance espagnole) pour examiner sa figure tuméfiée, en évaluer les dégâts. Ils sont importants. Ses deux lèvres ont éclaté sous le crâne de bronze du taureau furieux. Deux dents de devant sont brisées. D'autres, qu'il vérifie du bout du pouce, bougent. Son fin visage est transformé en une gueule de chourineur chouriné. Il ne faut pas grand-chose pour gommer la beauté et dissiper la grâce. La viande la mieux modelée est prête à endosser l'horreur, à devenir en surface ce qu'elle est à l'intérieur : rebutante.

Au lieu de déplorer ces cruelles avaries, il en jouit. Il ressent une fierté de porter ainsi le témoignage de son acte. Quoi de plus noble qu'un héros blessé ? Demain, lorsqu'il ira remettre ses photos au Président, il pourra lui prouver qu'elles ont été durement acquises. Un reporter de guerre ne peut se sentir plus orgueilleux de sa mission que Plante ne l'est de la sienne. Ce lancinant besoin de se donner à une cause ou à un être est enfin assouvi. Il a payé avec sa chair. Longuement, longuement, avec une admiration *narcissiste,* il contemple ses plaies et bris de dents, se repaît de ses lèvres enflées et sanguinolentes. Ah ! la belle gueule torturée ! Quelle étrange et horrible noblesse s'en dégage ? Pourquoi, au lieu d'être sensibilisé par son nouvel aspect, à la fois écœurant et ridicule, est-il ravi à ce point, l'étrange jeune homme de mauvaises pensées ? Il a laissé sa perversité dans l'aventure, se sent guéri d'un mal profond qu'il ne soupçonnait pas avant de s'en savoir délivré.

En même temps que les photos (pourvu qu'elles soient bonnes, Seigneur !), il rendra l'argent au Président. Pas de salaire du sang ! Que non ! Et si Pauley n'est pas content, il l'enverra chez Plumeau. Mais il le soupçonne d'avoir agi pour le sport, lui aussi, pour l'élémentaire — mais intense — plaisir d'avoir participé à une honteuserie.

***

Pauley vient de stopper sa bagnole devant la maison de Mme Fluck. Il réfléchit.

Il se croyait « libéré » de la hantise Fluck depuis qu'il eut enfilé la dame ; mais les photographies d'Eric ont tout remis en question. Lancinant, le besoin de la vieille se fait sentir. Tourmentant, si tu vois ? La chose obsessionnelle qui te mange l'esprit à toute allure, intense et belle comme un vice impérieux. Il lui faut la Marie-Marthe, à nouveau. Il veut retrouver son blanc grand cul potelé, bourrelетté, un peu pendant, bien sûr, strié de veines bleuâtres. Il veut palper la grosse renflure de la moule ; sa moule de carne jument en laquelle il s'est engouffré, queue et âme, l'autre soir. Un appel éperdu de sa viandasse, une exigence physique très superbe, si ardente qu'elle te vous emporte hors de vous-même et du monde ! Magnifique ! Il en jubile du sexe, Pauley. Il va être trois plombes du mat. La môme Mireille est en train de faire goder des viceloques indéfinis dans les lumières savantes des projos. Lui, son homme, a besoin d'autre chose. Il va grimper chez mémère, la réveiller, et puis lui montrer leurs photos. Ça l'excitera, la poupée. Elle se laissera remonter sa chemise de nuit de grand-mère, s'accoudera à la table. Il l'enfilera sur l'air, mentalement fredonné, du Beau Danube Bleu, si indiqué pour cette circonstance, si propice. Tina nanana, tsoin tsoin tsoin tsoin...

Alors, cette décision étant dûment acquise, s'il réfléchit, c'est à propos des chats. Il se demande de quelle géniale manière il va lui en trucider quelques-uns, ce soir. Car il se sent l'humeur au carnage. Il a le tempérament chatticide. Il voudrait liquider sa chatterie, une bonne fois. Décimer ces maudits greffiers pestilentiels et miauleurs, frôleurs, mendieurs, salauds à poils de la pire espèce. Les anéantir, foutre leurs caissettes à merde par la fenêtre, frotter le parquet à grande eau pour rendre la place nette enfin, que ce petit appartement soit dorénavant privé de chats, et pour toujours.

Ce règlement de compte l'obsède. C'est un défi qu'il se lance à lui-même, mister Pauley. Il va supprimer quelques animaux, mais il veut le faire d'une manière nouvelle. Chaque fois nouvelle, tu sais ? Que pas un ne meure comme le précédent. Il regarde autour de lui dans la voiture. Ouvre sa boîte à gants. Mais aucune inspiration n'en jaillit. Et cependant, il compte sur sa bagnole pour lui fournir le thème, voire le matériel, d'un nouveau supplice.

De guerre lasse, il descend pour aller explorer son coffre. Il y trouve la roue de secours, la trousse à outils, et puis quelque chose qui le rend radieux et dont il s'empare.

Il va prendre l'enveloppe contenant les photos sur le siège arrière.

La maison ressemble de plus en plus à un Utrillo dans la lueur soufrée des réverbères trop espacés. Tu sais qu'il s'est pris de tendresse pour ce quartier chétif, Paul Pauley ? Qu'il raffole de cette rue mélancolique et morne qui semble ne conduire nulle part, ou alors en des lieux de haute déshéritance. Il aime les basses maisons grises, presque lépreuses, sans grâce, avec leurs vilains toits de vilaines tuiles plates, presque noires, leurs fenêtres pourvues de trop grands carreaux au masticage effrité. C'est tellement douloureux, tout ça, tellement accablé et misérable, tellement éloquent aussi, à te chanter notre mal à vivre, notre mort pas lointaine, à nous tous d'en ce moment ! Oui : il aime. Parce que la vie est dégueulasse et que cette rue l'exprime complètement.

Il trouve la porte du bas fermée, mais il sait crocheter une serrure de ce genre, qui n'a pas grand-chose à protéger

***

Adélaïde sonne, sonne...

Les domestiques ne dorment pas dans l'appartement, mais le Président finira bien par l'entendre, lui dont le sommeil est si léger. Il va percevoir ce tintement onctueux de sonnette bien élevée, dans le silence opulent qui l'environne. Sa chambre est à l'autre extrémité du hall. N'importe, si elle persiste à carillonner, Adélaïde finira pas obtenir gain de cause. Elle enrage intérieurement. Ce fumier possède les clés de Gambais, alors qu'elle n'a pas conservé celles d'ici. Elle aurait dû garder un trousseau, ne pas renoncer aussi totalement à cette partie de leur territoire d'époux.

Elle garde l'index rivé au bouton de cuivre. Elle perçoit, très distinctement, le vrombissement du timbre, dans le hall. Il existe une autre sonnerie dans la cuisine, si bien que l'on peut entendre sonner de tous les points de l'appartement.

Soudain, quelque part, des aboiements de chien éclatent en fanfare. Ce ne doit pas être « chez eux » puisqu'ils n'ont pas de clébard. Et cependant, l'on jurerait que...

Les aboiements se font plus présents. Il se produit un bruit de porte. Puis de pieds chaussés de mules claquantes sur le sol de marbre. Le léger déclic du judas dont on relève la pastille qui protège l'œilleton. Adélaïde se sait regardée. Sa féminité reprend le dessus, pour la première fois depuis la séance dans sa chambre. D'un geste instinctif, elle rajuste des mèches de cheveux tombées sur son front.

La porte s'entrouvre. Le Président est là, en robe de chambre en soie bleue sur un pyjama de soie bleue. Il est grave. Comme chez tous les êtres d'énergie, les traces du sommeil se sont tout de suite évaporées de son visage et le voici lucide et disponible, vigilant, prêt.

Il ne prononce pas un mot et s'écarte pour laisser entrer sa femme. Il sait ce qui l'amène ainsi, mal ficelée, non fardée, dans l'aigre torpeur de ce milieu de nuit. Se demande si le coup n'aurait pas raté ; ou bien s'il aurait eu des prolongements regrettables. Mais s'abstient de questionner. Voir venir ! Sa devise depuis qu'il est conscient des dangers au milieu desquels nous posons nos pieds, l'un après l'autre, pour essayer d'avancer, mais on n'avance pas : c'est le décor trompeur qui se déplace comme ces toiles de fond des théâtres forains d'autrefois qui se déroulaient derrière les personnages pour créer la sensation de mouvement.

Elle entre, grelottante d'une fureur surhumaine. Elle le voit fermer la porte pompeuse. Il met ses deux mains en poings dans les poches de la robe de chambre et attend, l'air sinon affable, du moins parfaitement détendu.

Adélaïde se laisse choir dans l'un des deux fauteuils d'apparat, à haut dossier, encadrant l'entrée.

— Je ne pensais pas que tu pourrais atteindre ce degré d'abjection ! fait-elle.

Il sourit. « Atteindre ce degré d'abjection ! » Que voilà donc bien son charabia de fausse grande bourgeoise.

— Ça, c'était avant la comtesse de Ségur, dit le Président.

Interdite, elle demande :

— Qu'est-ce que tu dis ?

— Je parle de ton langage et je te signale qu'on ne s'exprime plus ainsi depuis la comtesse de Ségur, y compris dans la bonne société, la vraie, pas celle des parvenus.

Elle éclate :

— Gredin ! Comment as-tu pu ?

— Tu as bien fait de venir, assure Horace Tumelat, car justement le temps presse et on va pouvoir en gagner. Dès demain, mon avocat entrera en contact avec celui que tu choisiras. Personnellement, je te conseille Maillard qui est un type efficace. Tout doit aller très vite. Et cela ira d'autant plus vite que je ne suis pas le genre d'homme à tirer sur l'autre coin de la nappe en hurlant qu'elle provient de sa grand-mère. On va procéder dans l'équité : moitié-moitié, plus une pension de reine. Tu sais que les biens matériels sont pour moi très secondaires.

— Elle est enceinte ? murmure Adélaïde.

— Pas encore, sourit le Président. Mais cela aussi me fait souhaiter la promptitude. On a de la bouteille, ma pauvre vieille. Pour nous, pour moi en tout cas — les hommes passant les premiers, là comme ailleurs, ces mufles —, c'est du peu au jus. Si je veux vivre un bout de vie, je dois me dépêcher. J'y suis, tu le vois, fermement décidé. Le mieux, c'est donc que tu t'inclines. Moyennant quoi tu obtiendras le maximum de compensations. Si tu ergotes, les photos de toi au plumard avec ton gorille feront le tour de la France et le résultat sera le même en fin de compte. Tu sais très bien que mon divorce est acquis d'avance. Ce que tu as à me vendre, c'est du temps. Je t'achète la rapidité des formalités. En ne freinant pas celles-ci, tu t'épargnes le honteux ridicule d'être la risée du pays. C'est bien vu, ma grande ?

Adélaïde se dresse et marche en direction des chambres.

— Où vas-tu ? demande Tumelat.

— Me coucher, dit-elle. Je suis encore chez moi, ici, n'est-ce pas, monsieur le Président ?

II

Et alors, Mme Fluck dort dans son grand lit de vieux bois mouluré, bien ciré, aux draps fleurant bon la lavande des Alpes. Elle dort et rêve. Rêve de son époux, le cher Moïse, assis devant une longue banque surchargée d'étoffes, les pieds dans un monceau de déchets d'étoffe, de l'étoffe sur ses genoux, de l'étoffe entre ses doigts agiles, ses bons doigts un peu tordus, de vieux juif bienveillant, fraternel, aimant la Suisse, pays de paix profonde et de gens tranquilles. Et aussi la France, il aimait profondément, Moïse Fluck, déplorant ses sottises, craignant ses frasques, se lamentant sur son goût de l'instabilité. Qu'il lui aurait souhaité une monarchie constitutionnelle, à la France, Moïse Fluck. Voire, au préalable, un dictateur pour faire le ménage. Oui : un dictateur, malgré le fâcheux exemple hitlérien. Cher pays frondeur et vain, sombrant dans les puérilités politiques et montrant son cul à qui le lui demande. Il déplorait fort, Moïse Fluck, redoutait l'avenir. La disparition des ultimes aristocrates le tourmentait. Car il aimait l'Histoire de France et pleurait en secret pour ces gens toujours soucieux de s'aller faire mettre en pièces de-ci de-là, sous le plus futile prétexte, et si contents de mourir sur des champs de bataille, voire de se laisser décapiter en place de Grève, revêtus d'une chemise à jabot. Ces gens de noblesse, ces princiers, ces purs seigneurs, fouetteurs de cerfs, écumeurs de banquiers juifs, châtieurs de femmes adultères, qui s'en allaient contracter la peste bubonique sous la bannière des croisades et mourir sous les remparts de Saint-Jean d'Acre, les chers preux, linottes du courage à l'état brut ; à l'état brute.

Il l'aimait d'infinie tendresse, cette noblesse à combustion lente qui n'en finit pas de s'éteindre. Gardait la photo du comte de Paris dans un tiroir, qu'il ouvrait à tout bout de champ pour une œillée brève mais admirative, sans la sortir de sa niche. Et il se serait voulu serviteur zélé d'un puissant aux atours majuscules : duc ou marquis, rutilant de dorures et de générosité folle. Il sentait se plier son échine à l'évocation de la chose, Moïse ; s'imaginait en habit de soie prune ou puce, sobre, éperdu dans les déférences, le genou prompt à la pliure, le mollet cambré sous le bas bien tendu, le tricorne sous le bras, la perruque poudrée à point, éclairé par la gloire et les fastes de son maître. Et quand il ouvrait les journaux, merde, que voyait-il en première page ? La photo du Président Auriol, ce brave monœil sans panache, et puis ensuite celle, ganacheuse un peu, du très brave Président Coty, nanti d'un nom de parfumeur dont il devait ignorer les produits car on le supposait oint de quelque eau de toilette à base de fougère ou d'œillet, le chéri. Moïse avait retrouvé quelque regain d'espoir à l'avènement de Charles XI, mais il ressentait des réticences vis-à-vis du Grand Gaulle, le soupçonnant d'être d'âme réellement républicaine, encore qu'il eût l'air de s'en défendre par son attitude et ses mots méprisants.

Marie-Marthe Fluck rêve que son époux défunt coud un habit gigantesque, pour quelque géant terrifiant. Il coud des boutons à la veste, et cette veste est longue comme un tapis d'apparat dans un aéroport, avec des embranchements qui sont les manches... Et le géant arrive en bramant qu'il lui faut son habit, tout de suite. Et il tambourine à la porte afin qu'on le lui donne au plus vite. Et Mme Fluck, cette grosse chérie, avec sa poitrine dodue et son gros cul de mercière, se demande comment un tel géant peut se tenir sur leur palier, même courbé en deux... Elle se le demande si fort que ça la réveille. Elle entend qu'on frappe au-delà de son rêve, jusque dans la réalité de la nuit. Seigneur, il est plus de trois heures ! La loupiote à abat-jour rose de son chevet lui permet de le constater. Elle sait immédiatement de qui il s'agit. Seul, cet effroyable flic peut avoir l'idée sauvage de la tirer du lit à pareille heure, le misérable. L'assassin de chats innocents. Son cœur bat la chamade comme on dit puis, à Marie-Marthe.

Elle regrette le canton de Fribourg qu'elle sait si paisible sous la lune, en ce moment, si pur, serein et mouillé, sous le clair de lune venu des Alpes. Là-bas on n'a pas à redouter des visites pareilles ! Ses tourments vont reprendre, elle le sait, jamais il n'est venu sans laisser la cruauté et le chagrin, la honte et la souillure derrière soi. Et cependant, elle éprouve comme une louche allégresse au bas de son ventre, Marie-Marthe Fluck. Une petite mouillance capiteuse.

Elle se lève, va se rincer la bouche dans son réduit-salle-d'eau Se la rince à l'eau de Botot avant que de rechausser son dentier.

Les heurts sont impératifs, bien des coups de policier, ça ! Vachement péremptoires. Menaçants aussi. Tu sens qu'une épaule se prépare déjà à l'enfonçage.

Elle délourde en vitesse, la vioque.

Effectivement, Paul Pauley est là, massif, blond, le regard mort. Il tient un rouleau de fil électrique d'une main et une enveloppe sous son bras. Une grande enveloppe sur laquelle il est écrit en lettres noires : « Photos de presse, ne pas plier. »

Il a un sourire, juste avec les dents, un sourire de loup méchant, et il entre.

— Pardon de vous déranger, mais je suis en panne avec ma bagnole dans le quartier et j'ai besoin de réparer ma baladeuse.

Il va s'asseoir à la table, y dépose son fil électrique terminé par une prise à un bout, par une ampoule enrobée d'une espèce de muselière de grillage à l'autre.

— Il me faudrait un couteau qui coupe bien, la mère !

Marie-Marthe va ouvrir le tiroir du buffet, y prend un petit couteau éplucheur à la lame courte, triangulaire, parfaitement affûtée.

Le flic remercie d'un hochement de tête et se met à œuvrer. Pour commencer, il sectionne le fil électrique à la hauteur de l'ampoule. D'un coup sec et brutal, rrrac !

La mère Fluck le regarde agir, plus ou moins intéressée. Comme il paraît affairé, elle espère que cette visite est en effet fortuite, motivée par une panne et qu'elle ne cache aucune intention perfide.

— Je boirais bien un café ! annonce Pauley.

Elle acquiesce et met en branle son fourbi préparé pour le matin.

Pauley a séparé les deux fils jumelés, il s'occupe à les dénuder minutieusement.

— Tenez, je vous ai apporté des photos de nous deux, la mère !

Il montre l'enveloppe.

— Des photos ? demande-t-elle, sans amorcer un geste.

— Ben ouvrez ! aboie Pauley.

Mme Fluck prend l'enveloppe et sort les clichés agrandis au format 18 × 24. En apercevant la première image, tout son être se révulse et elle pousse un cri d'effroi.

— Mon Dieu, quelle horreur !

Elle tremble affreusement, la pauvre dame. C'est la première fois de sa vie qu'elle regarde une photo porno, et il se trouve qu'elle est l'un des deux protagonistes de cette saleté.

— Vous n'allez pas conserver ça ! gémit la malheureuse.

— Ben, et le souvenir ? ricane Paul Pauley.

— Mais, on me reconnaît ! proteste Marie-Marthe.

Elle pense à des gens de chez elle : monsieur le curé, des voisins, une cousine mariée à un commerçant de Bulle, des amies d'école avec lesquelles elle correspond encore au Nouvel An ; et à l'une de ses anciennes maîtresses, sœur Marie-Madeleine qui vit toujours et dont on a célébré les nonante ans à Pâques ; on a même publié sa photo dans *La Liberté de Fribourg*. Oui, c'est à ces gens de sérénité qu'elle pense, la chère Mme Fluck ; à la tête qu'ils « pousseraient » si l'une de ces honteuses photos leur tombait sous les yeux ! Elle est désespérée. Mourir lui paraît insuffisant à conjurer un tel danger, une telle dégradation. Les photos resteraient. Elle les feuillette, faisant croître sa terreur.

— Surtout ne les déchirez pas, hein, la mère ? recommande Pauley. Ça serait dommage, et puis ça ne servirait à rien puisqu'on a les négatifs et qu'on pourrait en tirer des millions !

Il a achevé de dénuder les deux fils sur cinq centimètres environ et les a écartés en fourche. Bon, voilà, il est prêt. Mais il a le temps.

Il repousse sa baladeuse vers l'extrémité de la table. A son tour il prend les photos et son trouble physique grandit.

— Ç'a été formidable, balbutie-t-il, merde, je me doutais pas que c'était aussi beau, nous deux, ma poupée ! Viens les regarder, sale charognerie ! Approche, que je te dis. Fais pas ta sucrée, merde ! C'était nous deux, toi et moi : ton con, ma bite ! Regarde ! Assieds-toi sur mes genoux qu'on admire le panorama ensemble, ma poupée !

Terrorisée et dolente, meurtrie mais fascinée, elle lui obéit, dépose ses énormes fesses sur le genou d'airain qu'il lui propose. Pauley étale les images sur la table, comme il procéderait avec un jeu de cartes pour faire une réussite. Ensuite il glisse sa main entre les cuisses de Marie-Marthe, ses cuisses épaisses, un peu molles, et cette chair jointe n'en finit pas. Il navigue entre les replis, les bourrelets, fendant les jambons de la vieille de son étrave ; pareille à la mer, la viande de Marie-Marthe se referme derrière sa main.

— Me dis pas que c'est pas beau, ça, ma poupée ! chuchote le flic d'un ton d'angoisse. Regarde comme je te rentrais bien, à fond ! Du beau travail, non ?

Il sort sa queue, Pauley, saisit la main de Marie-Marthe et l'oblige à le saisir. Il espère une savante caresse, un élan de volupté, mais la grosse main ménagère se contente de le presser bêtement, comme on pétrit le caoutchouc d'une corne d'auto ancienne. Pouêt-pouêt ! Bourrique, va ! Pourquoi ne se met-elle pas à l'unisson ? Bordel, c'est communicatif, le désir, cependant, non ? Elle devrait chavirer, la vieille, se laisser embarquer dans la griserie de l'instant, il pense, Paul Pauley (dit Pau-Pau).

Il est parvenu à son sexe et s'y insinue.

— C'est beau, pourtant, non ? C'est beau, ma poupée ! Regarde, mais regarde donc, bougre de vieille chaussette ! T'es quand même pas qu'un tas de merde, dis, la vieille ? Réagis !

— C'est trop vilain, gémit Marie-Marthe ! C'est trop honteux !

Fou furieux, il se dresse, la jette au sol d'une secousse de son genou qui lui servait de siège, dans les côtes. Marie-Marthe se retient de ne pas hurler à cause des Italiens du dessous. Le scandale ! S'ils montaient à la rescousse et qu'ils voient ces épouvantables images ! Plutôt se laisser tuer sur le plancher !

Son inertie calme Pauley. Il tombe à genoux au côté de la mère Fluck.

— Je te demande pardon, ma poupée ! gémit-il, c'est les nerfs, tu m'agaces à rester de marbre après ce qu'il y a eu entre nous. Je m'en ressens pour toi, ma poupée ! Comprends-le ! C'est beau, nous deux, bon Dieu, tu t'en aperçois bien ? C'est unique ! Tu m'entends, ma poupée ? Unique ! Tu dois vibrer à l'unisson ! T'es à moi, la mère ! T'es rien qu'à moi.

Toujours agenouillé, il rafle les photos sur la table. Brandit l'une des plus salingues devant le visage large et pathétique de Mme Fluck.

— Regarde comme t'es rien qu'à moi, là-dessus, ma poupée ! La manière que je t'aime en t'enfilant. Tu vois pas ma gueule pleine d'amour ? Dis ? Sois pas une vieille, merde ! Réagis ! Tu prends une bite de trente ans dans les fesses, ma poupée, à bientôt soixante-dix pions, tu crois qu'il y en a des tas ? Une queue de mon âge, aussi solide, n'importe quelle femme du tien paierait pour se la faire enfoncer ! Des vieilles Anglaises, sur la Côte... Tu veux parier ?

— Oui, oui, que répond Marie-Marthe, subjuguée. Oui, oui...

Ça la bouleverse qu'il lui dise qu'il l'aime. C'est ça le divin cadeau, l'inespéré ; ça et pas autre chose.

Il jette les photos sur le plancher et se penche sur elle. Lui saisit la tête d'un bras, lui en fait un oreiller. Pose la sienne contre la joue de Mme Fluck dont les cheveux sentent le crin, le vieux crin chez un bourrelier de village, Pauley connaît ça très bien.

— Ma poupée, dit-il très bas, ah ! ma poupée, je vais te rebaiser cette nuit. C'est parce que j'en avais terriblement envie que je suis venu. Je peux plus m'en passer, ma poupée. Je voudrais habiter ici, avec toi, tu vois ? On serait bien, on serait heureux. Mais sans tes chats, hein ?

— Oh ! non, s'insurge-t-elle.

Il la rend silencieuse d'un coup de genou à la hanche.

— Ta gueule ! Sans tes salauds de chats, je te dis. Et je t'enfilerais sur la table, à tout bout de champ. Je suis un gars très porté, tu sais ! Moi, la brosse trois fois par jour, je ne crains pas. Tu verrais ces séances. Tu veux que je t'enfile maintenant, par terre ?

— Si tu veux, répond-elle.

N'est-ce pas la première fois qu'elle le tutoie ? Faudrait partir voir dans ce qui précède, je me rappelle plus. Mais je n'en ai pas le courage. Ce qui est écrit est écrit. C'est tombé de moi, parti de moi ; ça ne m'appartient plus, ça n'existe plus pour moi. Je suis un écrivain rapide, de Jallieu. Ma première maîtresse d'école, là-bas, s'appelait Mme Savageol et elle ne m'a pas fait chanter pour la fête des prix parce que j'étais trop timide ; trop secret, bel enfant blond aux yeux d'azur, parfaitement, et plein déjà de ces turpitudes qu'il me plaît d'écrire. Et les autres, les petits, les grands, me faisaient peur et pitié comme ils me font pitié et encore un peu peur à présent que je vais bientôt leur mourir au nez, à tous ces cons. Et bon, ça n'a aucune importance qu'elle l'ait déjà tutoyé ou non, Pauley, la mère Fluck ; mais moi, il me semble pas.

Donc, elle lui répond si tu veux. Que oui, elle veut bien qu'il l'empaffe séance tenante sur le plancher où l'eau de Javel n'a pas réussi à supplanter l'odeur des chats. Il la perçoit de plus en plus nettement, cette déchéante senteur de pisse aigre, Paul Pauley.

— Non, décide-t-il, viens dans ton lit. Cette nuit, je veux t'enfiler dans ton lit.

Il l'aide à se relever. Elle est courbaturée, Mémère, de s'être prolongée sur la dure, clopine un chouïe en gagnant sa chambre.

— Enlève ta chemise de nuit, dit-il, je te veux toute nue.

— Et toi, tu ne te déshabilles pas ? demande-t-elle.

Il secoue la tête. Non, non. Lui, la règle de son drôle de jeu exige qu'il reste vêtu. Il n'ôtera même pas son veston.

— Je vais faire un peu de toilette intime, annonce la dame.

Il admet.

— Vas-y, tu m'appelleras quand tu seras prête, ma poupée.

Elle ne pense pas à ses chats. Et pourtant, lui en a-t-il joué d'odieux tours, ce féroce, avec ses malheureux pensionnaires ! Mais non, malgré les fâcheux précédents, elle le laisse de confiance à la cuisine. Sans doute parce qu'elle est envapée par sa déclaration d'amour ?

Aussitôt qu'elle est sortie, Pauley va ramasser un chat en roupille sur un coussin aplati. Il le choisit à cause de son collier. Il attache le fil électrique à la lanière de cuir rouge, agrémentée d'un minuscule grelot doré. Le chat se laisse manipuler avec une innocence béate. Pauley fait rebiquer les deux extrémités dénudées dans le pelage du greffier. Puis dépose la bête sur une chaise où elle commence à se lécher l'intérieur des pattes. Pauley développe son fil et branche la fiche dans une prise qu'il avait déjà repérée. C'est foudroyant. Le chat a un soubresaut et devient raide, qu'à peine l'extrémité de ses membres trembille un peu.

Content, il débranche et récupère le bout dénudé de la baladeuse.

A qui le tour de ces messieurs-dames ?

Non ! Il a une meilleure idée, Pauley. Plus diabolique encore. Il va au frigo et déniche une côtelette de porc à laquelle il entortille sa fourche meurtrière. Fait sentir la viande aux chats qui, du coup, se passionnent pour elle et la suivent. Pauley la dépose sur le sol. Les chats se ruent. Il rebranche la fiche. Ce qui suit est féerique.

— J'y suis, chantonne Marie-Marthe.

Pauley se précipite

— Me voici, ma poupée.

Il s'avance vers le lit. Elle est là, une vraie vache couchée dans le pâturage ! Dodue, l'œil un rien émerveillé.

— Tu n'as pas fait de mal à mes chats, au moins ? réalise-t-elle tout à coup, et son sourire s'éteint.

— Quelle idée ! répond Pauley avec un hochement de tête vexé.

Il grimpe sur le plumard, au bord de la vieille. Ses larges seins sont couchés sur elle. Flétris au voisinage des mamelons, mais bien bombés et lisses dans leur partie la plus volumineuse. Paul Pauley promène le bout de son sexe sur ces outres abandonnées. Il est décidé à faire durer son plaisir à l'extrême, à le reculer aussi longtemps qu'il lui sera possible. De son côté, la mère paraît assez partante maintenant.

Elle pousse la complaisance jusqu'à passer sa main en creuset sous les impressionnants testicules du flic. Voilà de la belle initiative, un geste de coopération dont il lui sait gré d'un baiser au front.

— Tu vas voir, ma poupée, tu vas voir comme on va être heureux, nous deux. Tu vas voir comme ça va être bon...

Elle se croit obligée de roucouler de gratitude à l'énoncé de ces délices imminentes.

Et brusquement, tout change. Elle se dresse, anxieuse, libérée de toute volupté émolliente.

— Attends, j'ai oublié le café, ça va faire du grabuge !

Elle courotte jusqu'à la cuisine avant qu'il ait eu le temps de réagir. Lorsqu'elle ouvre la porte, elle voit.

Tous ses chats sont morts, électrocutés. Tous, et ça représente un tas haut comme ça, large comme ça. Tous ses chats, ses chers chats défuntés de leur gourmandise. Ils se sont entrélectrocutés, somme toute, en voulant conquérir la côtelette. Quelques-uns fibrillent encore un peu, mais ce ne sont que d'ultimes spasmes. La vision est dantesque, de ces nombreux chats, morts sur les photos qui jonchent le plancher. La chère dame Fluck croit périr d'épouvante. Elle ne va pas pouvoir surmonter un tel désastre.

Pauley ronchonne : le coup est foutu. Tu penses qu'elle se laissera baiser après cette catastrophe, la vieillarde ! Merde ! c'était pourtant bien engagé. Pour une fois qu'elle semblait décidée à prendre son pied, à participer...

Elle fait un pas en avant. Dès lors, Pauley réalise.

— Non ! hurle-t-il si fort que la verrerie de la pièce se met à tinter.

Il se précipite. Si la vieille touche à ses chats, elle mourra aussi.

Il est plus prompt qu'elle, d'une bourrade il l'écarte de la zone dangereuse et débranche la fiche.

Maintenant, il n'ose plus la regarder. Cette douzaine de chats morts, c'est quelque chose, tu sais ! Quelque chose d'insoutenable, et qui fait peur. Il regrette. Voudrait conjurer son acte. Le reprendre ! Dire que c'était une blague, un projet de blague idiote, mais que non non, ça n'est rien : minets, minets, relevez-vous ! Hein, qu'on lui a fait une grosse farce à Mémère !

— Je voulais juste faire une blague, dit-il. Je ne pensais pas.. Je suis navré, ma poupée. Je... Je t'en achèterai d'autres, des beaux, des persans bleus, ou des siamois, si tu préfères, j'en ai aperçu de très jolis, l'autre jour, sur le quai de la Mégisserie. Tu verras, des mignons, à longs poils. Des blancs, angora. Avec de grands yeux jaunes...

Il débloque un peu, dit n'importe quoi pour l'amadouer, la guérir de cet immense chagrin. Il voudrait, voudrait...

Il se tourne enfin vers elle et ce qu'il aperçoit. le glace. Cette vieille femme nue, croulante, blanchâtre, veinée de bleu ; cette grosse vieille femme au visage convulsé comme les masques de gorgone que l'on fabrique dans les Grisons pour chasser les mauvais esprits ; cette femelle attardée, c'est la mort ! Elle a la tête infernale de la mort. Au lieu d'une faux, elle tient à deux mains une paire d'énormes ciseaux de coupeur à la mâchoire entrouverte, celle dont il s'est servi pour sectionner la queue du chat l'autre jour. Et son regard que Pauley avait toujours vu atone, bourré d'une infinie résignation, flamboie de haine et de volonté homicide.

— Allons, la mère, allons, bredouille-t-il pour la calmer Allons, ma poupée...

Il est adossé au mur, au-dessus de la prise. Il agite sa grosse main de cogneur devant lui, pour intimer le calme, c'est presque un geste de dompteur.

Alors la mère Fluck s'immobilise à deux mètres de lui. Elle s'arrête comme un robot en panne d'instructions électroniques. On dirait qu'elle est absente, totalement absente.

— Il ne faut pas te fâcher, reprend doucement Pauley. Je ne voulais pas...

Il n'en dit pas plus long car elle vient de se jeter sur lui, d'une manière fulgurante, tout à fait imprévisible de la part d'une personne comme elle, vieille et suisse, si douce de tempérament... Elle s'est ruée, les ciseaux pointés, et les deux lames, longues comme des dagues, se sont enfoncées en diagonale dans le ventre de Paul Pauley.

Elles l'ont crevé sans effort, et sont entrées en lui jusqu'à la charnière des gros ciseaux. Et quand il a déclenché une bourrade pour refouler cette charge trop tardivement perçue, il était trop tard, les deux petites épées l'avaient traversé, presque de part en part. Mais sa refoulée a écarté Marie-Marthe de lui. Marie-Marthe qui n'a pas lâché ses ciseaux sanglants.

Elle les conserve toujours dans ses mains crispées. Paul Pauley sent un feu de mort dans ses entrailles. Un frisson infini le parcourt, qui monte, puis qui redescend le long de son corps.

— Oh ! maman, balbutie-t-il. Oh ! maman...

A tâtons, il cherche le loquet de la porte, sur sa droite. Le trouve et l'actionne fébrilement. Il redoute une nouvelle charge : se sent si lourd et si faible, tout à coup, quasi minéralisé. Il implore Mme Fluck des yeux, des lèvres, de tout son être soudain dévasté.

— Oh ! non, maman, fait-il, oh ! non...

Il parvient à ouvrir la porte et à sortir à reculons sur l'étroit palier qui sent la frigousse des ritals du rez-de-chaussée. Il continue de regarder Marie-Marthe, restée à l'intérieur, nue et moche, pesante, gauche, sinistre, terrible au milieu de ses chats morts ; nue au milieu d'eux si roidement morts enfin, tous, enfin crevées, les sales bêtes maudites, porteuses de malheur ; enfin anéantie, la chatterie, foudroyée par le 220 volts. Morts ses chats, nue la vieille, nue et terrible, nue et monstrueuse avec ses gros nichons qui la caparaçonnent, son gros cul resté plaqué à elle, ses ciseaux assassins dont Moïse se servait jadis pour tailler des costumes mesquins à des gens mesquins. Les ciseaux englués de son sang, à lui, Paul Pauley, officier de police. Rouges et gluants de son sang qui continue de ruisseler le long de son pantalon jusque dans ses godasses. La vieille, la poupée, la grosse vieille Suissesse, si brave et patiente, qu'il a tant tourmentée et qui vient de lui faire ça, au détour de l'existence. Qui vient de lui transpercer le ventre à deux endroits, très profondément, le transpercer à l'en mourir, Paul Pauley, un athlète, un fort, si costaud et blond, et inquiétant avec son regard d'acier et son sexe de taureau. Sa poupée qu'il enfilait sur la table, quelques jours plus tôt, ivre de la plus somptueuse ivresse de sa vie. Te l'embroquait, mistress Fluck, la veuve Fluck ; avec une technique naturelle qui laissait pantois le petit journaliste pédoque. La calçait dans le crépitement des flashes ; la calçait comme on joue du Mozart au clavecin ou du Vivaldi à la mandoline quand on est un grand tout grand virtuose. Il la regarde à pleins yeux, sa gentille victime, sa tendre vieille enculée d'amour, sa poupée chérie, sa maman de Suisse. La regarde pour l'emporter avec lui, la charrier ailleurs, là où il va se rendre sans savoir au juste. Et il a le gosier plein de larmes de feu, Pauley. Il voudrait, il voudrait... Toute sa vie, il a voulu quelque chose d'obscur et n'a jamais su ce que c'était. Le voulait d'instinct, par grand besoin d'humaine misère. Mais il voulait quoi, dis-moi, gros malin, si tu le devines ? Dis-moi ce qui tant le tourmentait, sourdement, Pauley Paul, officier de police ? Dis-moi pourquoi il a divorcé de sa boulotte bourguignonne blonde, pourquoi il s'est mis en ménage avec un travelo lyonnais ? Pourquoi elle lui tourmentait tellement les sens, cette grosse bonne femme nue, de soixante-dix carats bientôt, là, nue parmi ses chats et les photos d'Eric ? Nue et grotesque au-delà de tout, avec ses seins surabondants et ces ciseaux noirâtres de sang en train de sécher, le beau sang vigoureux de Paul Pauley. Dis-moi pourquoi, l'ami... Dis-moi ce qu'il cherchait si obstinément, ce blond massacreur, bien noté de ses chefs, pas très intelligent. mais efficace, ça figure sur les notes confidentielles de ses supérieurs à son propos : pas très intelligent, mais efficace, et qui voulait on ne sait quoi, il ne savait quoi ; mais le voulait ardemment, obstinément.

Elle ne bouge pas, la pauvre femme. Elle est belle dans sa masse comme une statue de Maillol ; belle dans l'immobilité de son hébétude. Son parterre de chats foudroyés et de photos obscènes achève de donner à la scène une allure d'Apocalypse

Paul Pauley hoche la tête. Il dit :

— Au revoir !

Puis il entreprend de descendre l'escalier. Il s'applique parce que ses jambes sont incertaines, trop lourdes pour continuer de marcher. Il tient fermement la rampe. Il lui semble que son ventre pend sur ses jambes et l'entrave. De son autre main, il le contient. Il descend, avec une lenteur de paralytique. On dirait qu'il a des jambes mécaniques, comme certains hémiplégiques

Bon, la dernière marche... Voilà...

Il reste dans l'ombre, l'épaule contre le mur, essayant de puiser de l'énergie dans l'oxygène qu'il respire.

Mais l'oxygène devient brûlant et le fait toussoter. Alors il a un regain de forces et sort.

La rue nocturne lui paraît fraîche, bienfaisante. Il marche presque normalement, malgré ses jambes de pierre, jusqu'à sa voiture. Il met un temps infini à ouvrir sa portière d'une main. L'autre, la gauche, est collée à ses vêtements par un emplâtre de sang et de matières visqueuses.

Il n'arrive pas à se plier pour pénétrer dans l'auto. Jusqu'à sa ceinture, il est comme insensibilisé. Mais à la ceinture, un feu en folie, un feu de forge le consume, espèce de lance-flammes dardé sur lui, sur son ventre perforé, cisaillé.

Il s'y reprend plusieurs fois, coupant de longues étapes ce cheminement forcené qui va de la rue à l'intérieur de l'auto.

Il y parvient. Au bout d'un instant de position assise, la douleur marque un répit ; paraît s'assoupir, comme si, de la sorte tassé, replié sur lui-même, son corps consentait à retrouver son habituel fonctionnement, sa vitesse de croisière.

L'automatisme aide Pauley à démarrer. Ses pieds gourds actionnent les pédales. Il s'agit de les solliciter au minimum, en roulant doucement, sans changer de vitesse, sans freiner.

« L'hôpital, » songe Paul Pauley.

Il cherche, essaie de se rappeler sa position géographique. Les hôpitaux de la région, il les connaît tous, de par son métier de con. Il veut un grand hôpital « bien équipé », car il va devoir subir une opération critique. C'est très grave, ce qu'il trimbale. Pauley. Mortel, peut-être. Alors il faut une intervention rapide et efficace, de grand style. Des termes cliniques lui passent par l'esprit, puisés à la lecture des journaux : laparotomie. . périto-nite...

On va devoir réparer tout ça...

Il pilote mollement, dans du flou, du vague Il conjugue ses forces pour conduire, rassemble ses pensées pour établir l'itinéraire qui le mènera à l'hôpital Beaujon sur lequel il a jeté son dévolu.

Il circule en décrivant des embardées. Les carrefours aux lumières lépreuses tanguent légèrement sous ses roues comme le pont d'un porte-avions. Il avise d'autres voitures paniquées par son comportement, et qui décrivent des crochets pour l'éviter, en le châtiant de coups de klaxons rageurs.

Des rues se jettent dans d'autres rues, des lumières jaunes succèdent à des lumières blanches. Déjà, des camions circulent lourdement en faisant frémir le pavé. Et ce frémissement, il le reçoit dans son ventre, un grand voile opaque devant sa vue. Mais sa volonté ne désarme pas. Il sait ce qu'il faut faire, où il doit se rendre et par où y aller. *Pas très intelligent, mais efficace*, l'officier de police Paul Pauley. Efficace...

Le mal empire. Il devine que son corps désarme, renonce à quelque chose d'essentiel. Alors il le supplée de toute sa volonté qui reste grande. Il faut parvenir à l'hôpital ; il faut. Une fois là-bas, des êtres de savoir le prendront en charge et l'assumeront. Il pourra enfin s'abandonner à la léthargie qui l'investit traîtreusement. Il pourra renoncer à lui-même puisque des hommes en blouses vertes auront pris le relais et lutteront pour le maintien sacré de sa vie. Sa vie... Sa vie de flic, sa vie d'homme. Il reçoit sur l'entendement des pans entiers de son passé, et cela ressemble à des actualités de guerre, où l'on voit des immeubles se disloquer et choir mollement dans une apothéose de feu d'artifice.

Beaujon ! Un panneau le lui indique. Il y est presque... Oui, là-bas : cette immense ruche lumineuse dans la nuit, phare du salut dont le projecteur serait quadrillé en mille et mille petits rectangles...

Il parvient à l'orée de l'hôpital. Un poste de contrôle qui ressemble à un poste de douane. Des silhouettes... Il freine trop lourd et sa gueule de flic va embugner (comme on dit chez moi, à Jallieu) le pare-brise. Il reste affalé sur le volant, déclenchant le klaxon. Il le perçoit, ne peut faire un geste pour l'arrêter. Une bribe, un filament de lucidité lui chuchote que ça n'est pas un mal, ainsi va-t-il attirer l'attention, et donc les secours...

Effectivement, la lumière se fait dans sa tire parce qu'on vient d'en ouvrir la portière. Une voix l'interpelle. On doit lui poser des questions, il ne sait pas trop... Ne les perçoit qu'en pointillé.

Il parvient à articuler :

— Je suis policier... Grièvement blessé au ventre par des loubards...

Ceci est son testament.

Le rachat de toutes ses saloperies. La réponse peut-être à ce qui tant l'a tourmenté au cours de sa brève existence. Il dit cela, et puis il s'enfonce au creux des ténèbres pour aller y retrouver la lumière.

Ainsi mourut Paul Pauley (dit Pau-Pau) officier de police, à trois heures quarante du matin, cette nuit-là...

L

Mme Fluck marche très vite par les petites rues de son quartier

Elle a logé ses chats morts deux par deux dans des poches en plastique pour aspirateur et va les déposer dans des poubelles, de-ci, de-là, en des points éloignés les uns des autres afin que cette hécatombe de chats n'attire pas l'attention.

Elle en est à son dernier voyage et la fatigue se fait sentir

Elle a nettoyé les ciseaux.

Elle a brûlé les honteuses photos.

Elle a roulé la baladeuse et l'a rangée dans son placard, parce qu'une fois réparée, elle pourra encore servir.

Cette nuit, elle est seule, complètement seule. Non, elle ne reprendra plus de chats, jamais. Et aucun homme ne la baisera plus. Cette nuit, veux-tu que je te dise ? Elle est veuve.

LI

— J'apprécie beaucoup la nourriture que vous m'apportez, dit le fantôme à Noëlle.

Vêtue d'un pantalon de jean et d'une liquette blanche, elle se tient assise en tailleur en face de lui. Elle l'observe avec intérêt, mais sans compassion ni cruauté non plus Elle vit la *circonstance*, et bon, voilà, simplement, sans chercher d'autres implications ni se poser des problèmes de conscience. Elle est sereine, logique. éperdument amoureuse et décidée à bien vivre cet amour.

Le fantôme reprend :

— Le Président m'apportait des aliments pour gens riches pressés, tandis que vos mets à vous proviennent de magasins plus populaires ; ils ont l'apparence et le goût des plats cuisinés par les petits charcutiers de quartier et me font renouer avec la gourmandise, un peu comme votre présence me fait renouer avec la grâce et la beauté.

Elle acquiesce, ni flattée ni mécontente. Elle acquiesce pour lui marquer qu'elle comprend parfaitement ce qu'il lui dit. Car elle comprend que sa vue le réjouisse. C'est une charité du premier degré, mais qui lui coûte malgré tout, pas tant à cause du lieu d'épouvante et de l'être en décomposition préalable qu'elle affronte, mais parce qu'elle s'engage pour l'avenir. Elle ne lui retirera plus jamais la mansuétude de sa présence. Elle laisse se constituer le besoin, ce qui est grave. Etant honnête, elle devra respecter cet engagement. Pour l'instant, ce lui est facile.

Mais le jour où elle sera devenue l'épouse du Président, elle disposera moins d'elle-même, ayant tant de contraintes et d'obligations à assumer ! Alors, oui, lorsqu'elle sera *Madame* Tumelat, et qu'elle aura un enfant, d'abord dans son sein (comment pourra-t-elle pénétrer dans la niche du spectre avec un gros ventre ?) ensuite dans ses bras, il lui sera bien difficile d'accomplir cette mission intransmissible.

— Vous rendez-vous compte, reprend l'homme, comme s'il devinait ses pensées, ou pour le moins, son état d'esprit, vous rendez-vous compte du rôle prépondérant que vous allez jouer auprès du Président ?

— Je pense que oui, répond Noëlle.

— C'est un homme en pleine reconversion. En cours de réorganisation morale. Il vient d'apercevoir ce qu'il lui est possible d'accomplir pour son pays, en marge des tripotages, copinages, et mesquineries de toutes sortes. Il a soudain le désir de se consacrer à la plus haute des tâches. Vous seule, mon enfant, avez le pouvoir d'assurer la permanence de ce louable désir ; le comprenez-vous ?

— Il me semble, admet la jeune fille, troublée.

— L'amour n'y suffira pas, il vous faudra beaucoup de volonté, de détermination. Pour qu'il veuille farouchement cela, il faut que vous le vouliez plus encore que lui. Vous le savez ?

— Je le sais, et ça m'effraie, murmure Noëlle.

— C'est normal et c'est bien ainsi. Celui qui n'est pas terrorisé par l'importance de sa mission l'accomplit mal puisqu'il la méconnaît. Jeanne d'Arc crevait de frousse en boutant l'Anglais

— Je ne suis pas Jeanne d'Arc, fait-elle.

— Tout être de bonne volonté l'est plus ou moins. Jeanne d'Arc n'était ni plus ni moins qu'une fille de bonne volonté en colère. Car là est l'important, ma petite : la colère ! On ne peut agir sans colère. Sans ce moteur bienfaisant, si puissant, et qui nous transfigure au point de nous faire jaillir de nous-même. La colère est un levier bien plus efficace que l'ambition. L'ambition est tortueuse, suspecte, souvent déshonorante, alors que la colère, c'est la voix du sang, donc celle du cœur. Mettez-vous en colère, je vous en conjure, je vous en supplie.

— Et que faut-il faire pour cela ?

— Regarder autour de vous. Ecouter ce qu'on dit, lire ce qu'on écrit ; et regarder, et écouter et lire autrement qu'on ne le fait d'ordinaire, c'est-à-dire distraitement, passant outre, jugeant véniel ce qui vous choque, décidé à oublier ce qui est laid, ingrat et inadmissible. Sachez voir, sachez entendre, sachez lire, mademoiselle. Et alors vous comprendrez combien la condition humaine est devenue intolérable, vous comprendrez que nous glissons vers le gouffre parce que nous n'avons plus la volonté de stopper cet écoulement de lave sur les flancs du volcan. Et à cela, il ne faut pas chercher les causes dans des options politiques ; ce serait se dissimuler la vérité. Les régimes importent peu ; ce sont les hommes qui comptent. Et c'est parce que les hommes se laissent dégénérer que leur monde s'écroule. Il faut que des sursauts se produisent. Il faut que l'exemplarité joue. La croisade ! La croisade ! Une croisade n'est pas un safari, elle résulte d'une grande colère collective. Une révolution est la colère d'un peuple. Il faut qu'une évolution résulte également de la colère populaire universelle. Il faut ! Il faut...

Elle l'écoute, bouche bée. Conquise, charmée par ce monstre, subjuguée par cet être physiquement déchu, mais déchu au bénéfice de son esprit clair et pur. Elle sait que sous son lyrisme d'illuminé se cache *la* vérité. Elle veut partir à la conquête de cette vérité. Offrir au Président ce trésor déterré, extirpé du fumier.

— Soyez à son côté, ma fille ! Dorénavant, soutenez-le, exhortez-le ; même avant d'avoir pleinement compris ce pour quoi il doit lutter. Dans trois jours va se tenir une importante séance à l'Assemblée Nationale, dites-lui que vous aimeriez y assister et il vous donnera une carte d'accès aux tribunes. Prévenez-le bien que vous attendez tout de son intervention, et alors, parce qu'il est fou de vous, celle-ci sera éblouissante. Il n'a besoin, cet homme, que de croire à ce qu'il croit. Tout se trouve en lui, mais enseveli sous la tourbe des combines et des abandons. Une graine demeure, qui a eu tout son temps pour pourrir, il est temps que vous la fassiez germer.

— Oui, dit-elle avec foi, en fermant les yeux, oui, oui...

Elle croit en lui, en Tumelat, son magicien, son aimé, son tout-puissant. Elle croit en son pouvoir, en son énergie que les années, loin d'entamer, ont concentrée et rendue plus percutante. Elle croit en son désir de profonde rénovation. Elle croit en sa rédemption Elle sait que sa carrière, jusqu'à leur rencontre, n'a été qu'un tortueux cheminement à la recherche de lui-même, et qu'il s'est miraculeusement trouvé, lui, l'enfant du peuple, riche de sa pauvreté et de son appétit ; qu'il s'est trouvé parce qu'ayant obtenu ce qu'il voulait, il a compris, en découvrant l'amour, que la véritable conquête est ailleurs.

Oh ! comme elle saura l'aider, l'amour, le mâle somptueux, si ardent, si élégant, si noble. Comme elle sera bien présente et efficace, et à point nommé, toujours. Ombre complice, recours, ferveur, assurance de la dignité. Présente à son côté pour qu'il n'oublie jamais son engagement sacré ; pour qu'il tienne ses promesses, celles qu'il a formulées et celles qu'il n'a pas encore eu l'opportunité d'envisager. Ombre douce, propice. Ombre fraîche.

Le fantôme la guette. Le fantôme jubile, dirait-on. Oui, lui, l'être parcheminé, l'individu dépourvu de vraie substance, le terrible résigné, il vibre de la sentir en grande connivence avec lui. Il ressent une joie de la voir adhérer à son projet.

— Ce qu'il faut savoir, ma petite fille, ce qu'il faut admettre avant toute chose, c'est l'urgence du changement. Il ne s'agit pas d'un changement de programme ou d'orientation, mais d'un changement de conception. De conception, vous m'entendez ? Tout va mal, parce que tout est mal conçu ; et tout est mal conçu parce que chacun veut faire son monde à lui sans trop se préoccuper de celui des autres. Il ne considère les autres qu'en tant qu'ennemis à vaincre ou à neutraliser par des concessions. Nous vivons sous le règne du cafardage, de l'insulte, des basses négociations. Aucune fraternité ne se manifeste ; voyez comme les alliances d'idéologie sont sacrifiées à l'ambition des individualités. Une poignée de faquins forts en gueule donnent le spectacle au peuple, et le peuple se confie aux pattes de bois peint de ces marionnettes habillées de lambeaux humains. Le peuple accepte qu'on lui joue guignol au lieu de s'occuper vraiment de lui. Et il applaudit quand Guignol rosse le gendarme ! La politique a remplacé le *Tour de France* de jadis, pendant lequel on s'enflammait pour telle ou telle équipe drivée par tel ou tel champion. On ne s'occupe plus de la France : on se demande qui va gagner l'étape ou prendre le maillot jaune. L'urgence, ma petite enfant, l'extrême urgence, c'est d'extirper du public ce goût du spectacle. Il faut qu'il apprenne à se rassembler, de cœur et d'esprit, face aux problèmes qui se multiplient, s'amplifient, deviennent vitaux. On ne dansait plus sur le *Titanic* après qu'il eut heurté l'iceberg. Vous êtes sur le *Titanic* en train de couler et vous dansez. Quelques personnages désignés, pendant ce temps, s'efforcent de pomper l'eau qui emplit les cales et n'osent vous annoncer que leurs efforts sont vains et que le bateau coule. D'ailleurs, même s'il l'osaient, vous répondriez par des rires parce qu'il vous suffit que le bateau tienne encore la mer le temps d'une danse... Mais écoutez donc la musique qui s'enraye peu à peu et qui va s'arrêter. Sentez l'eau qui monte ! Ceux qui sont conscients de ce que je vous dis, et qui donnent l'alarme, n'ont pas de porte-voix. Ils écrivent un livre qui passe inaperçu, font une conférence devant des fauteuils vides. Le public les fuit car il a horreur des mauvais augures ; ce sont les pestiférés de la Société. Les marginaux ; les invivables. Il faut que des hommes de grand renom, que des puissants, que des ténors écoutés, annoncent la vérité ; qu'ils ébranlent l'opinion en faisant scandale par leur nouvelle prise de conception. Qu'ils viennent à l'avant-scène, dans la lumière des rampes et des projecteurs, habillés d'honnêteté, évidents de pureté, et qu'ils parlent. Puisqu'ils ont le miel du verbe, qu'ils en usent donc pour crier les voies du salut !

— Oui, dit Noëlle, éperdue, oui, oui, il le fera. Je le veux !

Elle perçoit un bruit de pas dans l'escalier, le reconnaît.

— Il vient, annonce-t-elle, instantanément radieuse.

— Eh bien, allez le rejoindre, ma charmante, et qu'il vous apporte le bonheur, à vous, déjà !

LII

Victor Réglisson examine le télégramme avec ébahissement. Il n'en comprend pas la teneur, bien qu'elle soit des plus explicites.

« *Prière de vous présenter de toute urgence à la permanence de votre cellule.*

Antoine Vallier »

Il tourne et retourne le papier bleu, relit les deux lignes qui s'y détachent bien mal et regarde sa femme.

— Du diable si j'y comprends quelque chose, soupire-t-il, inquiet, troublé au plus profond.

Il n'a jamais eu de rapports très suivis avec sa cellule. Certes, il assiste à des réunions, principalement en période électorale, et ne manquerait pas pour un empire la fête de l'*Huma* à laquelle il se rend chaque année comme un croyant à Lourdes ; mais ce n'est pas un pratiquant fervent. Il aime appartenir au P.C., cela le sécurise, lui paraît logique, compte tenu de ses opinions ; mais le P.C. empiète peu sur sa vie.

Peut-être est-ce pour lui reprocher la chose qu'on le convoque ainsi d'urgence ? Sans doute le juge-t-on trop tiède ? A moins qu'il ne se soit laissé aller à des critiques ouvertes... Mais non, il ne se rappelle rien de tel, et d'ailleurs il n'en aurait pas à formuler. Il suit le train, si l'on peut dire, compte tenu de son métier !

Antoine Vallier, le secrétaire de sa cellule, ne lui a jamais beaucoup parlé. C'est un enseignant qui s'est mis en disponibilité pour assumer de grandes tâches utiles. Il est grave, voire soucieux, avec une moue sceptique aux commissures et un air d'appréhender le mensonge.

Réglisson demande à sa femme :

— Qu'en penses-tu ?

Georgette, qui s'en fout comme tu ne peux pas t'imaginer, répond qu'il n'a qu'à se rendre à la convocation pour être éclairé, et qu'il ne se tracasse pas, car enfin il n'a rien à se reprocher. Et elle ajoute qu'elle ne voit pas la nécessité d'appartenir à une formation politique, vu que les idées, c'est dans la tête, et pas dans un porte-cartes.

Réglisson, qui descend de sa loco, va prendre une douche. Tandis que le jet tiède larde son cuir, il crie à la cantonade :

— Noëlle n'est pas ici ?

Georgette répond que non, que leur fille est partie de bonne heure, pour la journée, chez une copine, a-t-elle prétexté, et qu'elle ne rentrerait que tard ce soir.

Réglisson abrège ses ablutions et ressort, mal égoutté et nu, de la salle d'eau.

— Chez quelle copine ? demande-t-il.

L'épouse hausse les épaules.

— Elle ne m'a pas dit.

— Et tu ne le lui as pas demandé ?

— Je respecte tes consignes, Victor : je lui fous la paix. Cela dit, tu ne crois pas qu'il serait peut-être temps de mettre le holà à la vie qu'elle mène depuis un certain temps ? Il n'est plus question du lycée. Elle passe son temps à lire ou à se mistifriser et fiche le camp tous les après-midi. Et quand j'essaie de lui parler, elle m'envoie au bain.

Victor sent le bien-fondé des doléances de sa femme. Mais il ne répond pas et va s'habiller. Passe une chemise à col ouvert et un costume de velours beige à petites côtes qui, au dire de Georgette, le rajeunit.

— Bon, j'y vais, à tout à l'heure...

Avant d'aller prendre sa bagnole au parking, il se rend jusqu'au local réservé aux deux-roues. Il ignore pourquoi il exécute ce détour. Un pressentiment, comme ça... Parfois, tu obéis à des impulsions sans chercher à les analyser. Elles te viennent, tu les suis, et puis c'est comme ça, il n'y a pas de quoi en péter une pendule, non ?

Il avise le vélomoteur de sa fille dans sa travée. Il est d'un beau vert métallisé, avec un filet orange qui en crache, tu verrais ça ! Donc, Noëlle est partie pour toute la journée, et sans son bolide. Ce qui veut dire que quelqu'un est venu la chercher, quelqu'un disposant d'une bagnole.

Il se sent en peine, soudain, le bon Victor. Inquiet. Il redoute qu'elle ait un accident. Ça oui, pour commencer, c'est la hampe de son inquiétude, l'accident. Ensuite, il a peur qu'elle ne soit tombée dans les griffes d'un loubar ; c'est sa hantise. Je veux bien qu'elle est raisonnable, Noëlle ; pas le genre de fille à traînasser dans des bars, à regarder un grand connard chevelu martyriser des juke-box et fumer des joints ; mais une femelle est une femelle et la raison n'importe plus quand elle fait tilt devant un gars. Par ici, des voyous, c'est pas ce qui manque : à pied, à moto, en voiture... En tandems ou par bandes ; plus ou moins débraillés, plus ou moins dangereux ; salopes fétides très souvent ; paumés rouleurs de mécaniques ; flambards en blousons étroits collés à même leurs poitrines nubiles comme une seconde peau. Elle a peut-être subi le charme d'un de ces anges sales, sa Noëlle. Et à présent, elle vit dans un état second, obéissant aux caprices de son chenapan.

Victor s'ébroue de rage.

Il va ouvrir l'œil, exiger des explications, des vraies, Georgette a raison : cette situation n'a que trop duré.

Furieux, il démarre.

* * *

Antoine Vallier le reçoit presque tout de suite dans ce local commercial désaffecté, qui abrita une épicerie, naguère, et conserve encore des odeurs de denrées comestibles.

Victor ne se souvenait plus que Vallier porte des lunettes à monture de fer. Il trouve qu'il ressemble à l'acteur jouant le chef révolutionnaire dans « Docteur Jivago ». On repassait le film, le mois dernier au *City-Lux* et ils sont allés le revoir d'un commun accord, *ses femmes* et lui.

Vallier fait vachement intellectuel, de gauche, tiens donc, évidemment !

Il se fend d'un sourire en pressant la main de Réglisson, mais ça n'adoucit pas le contact pour autant. Une secrétaire, une grosse rondouille, avec des fringues masculines qui accentuent son aspect hommasse, tape sur une vieille machine sans accorder le moindre regard à Réglisson. Il jurerait pourtant (car il est en veine de pressentiments aujourd'hui) qu'elle connaît l'objet de la convocation. Et c'est son attitude hermétique qui, brusquement, porte à son comble la panique de Victor.

— Viens par ici, camarade, nous serons plus tranquilles, fait Vallier en ouvrant une porte vitrée dont les carreaux sont aveuglés avec du papier à fleurs adhésif.

Ils pénètrent dans ce qui fut une arrière-boutique obscure et qui est maintenant une sorte de bureau sans autre fenêtre qu'un vasistas au ras du plafond, à travers lequel on aperçoit du ciment lépreux recouvrant on ne sait trop quelle construction.

Une vaste table surchargée de paperasses en tout genre, des classeurs à volets roulants, des affiches punaisées sur les cloisons d'isorel brut...

Vallier va se placer de l'autre côté de la table. Il invite Victor à prendre une chaise. Il y en a, alignées contre le mur, chaises disparates : de bois blanc, en tubulure chromée, en formica, Réglisson en empare une, comme dans un rêve, la trouve légère, toujours comme dans un rêve, et l'approche de la table. Il est impressionné, et en plus, terriblement anxieux comme devant la certitude qu'un grand malheur est arrivé.

Il regarde Vallier, si sec, si hermétique, si peu généreux

humainement, guindé dans ses convictions, clos pour la vie courante. Trop pur, trop prisonnier de sa pensée qui lui a retiré peu à peu ses pensées. Farouche et froid. Scrutateur, élagueur, déblayeur d'encombres. Vallier fait pour présider quelque tribunal d'exception. Vallier au service d'une justice infiniment rigide.

Les verres de ses lunettes scintillent dans la pénombre du local, dérobant son regard à son interlocuteur. Ses deux avant-bras sont allongés sur la table. Ses mains blanches caressent des dossiers, doucement, mais sans câlinerie. Tout est froid en lui, tout est froid, venant de lui. Qui aime-t-il, s'il aime ? Est-il capable de s'enflammer pour une femme ? Réglisson essaie de l'imaginer en train de faire l'amour, mais très vite renonce à la scène parce qu'elle est par trop invraisemblable, trop inimaginable justement.

— Camarade, connais-tu personnellement le Président Tumelat ? attaque l'autre, comme un coup de lardoire vitement décoché.

Victor rougit et se trouble. Oh ! c'était donc cela ? Et dire qu'il n'y a pas pensé un seul instant. Il évoque les deux visites du Président à son domicile. La seconde surtout est compromettante car le Président leur a remis de l'argent. Son sale fric capitaliste, puant la sanie des basses besognes ; ce fric n'a-t-il pas entaché son honneur d'honnête communiste, à lui, Victor ? Il manque d'air. Regrette son trouble, en a honte ; et plus il s'efforce de le surmonter, plus il en est victime. Il est pris dans les vilaines algues de la confusion, pas moyen de s'en dépêtrer. Surtout que Vallier n'est pas le genre d'hommes à qui il fait bon parler de ses états d'âme. On ne peut se confesser à lui que comme on le fait à un accusateur public.

Le regard indiscernable le fixe derrière ces petites vitres cruelles dont la monture d'acier accentue l'éclat implacable.

— Le connaître, c'est un bien grand mot, finit par articuler Réglisson. Ma femme faisait des ménages chez son vieil oncle, sans savoir qu'il était son oncle. Et puis le bonhomme s'est pendu, et alors on a su que Tumelat...

Il s'arrête, à court de souffle, d'idées, de courage.

— Est-il allé chez toi, camarade ?

— Oui, répond Victor. Pour remercier Georgette, enfin, ma femme, d'avoir si bien soigné son oncle...

Il revoit le Président attablé, chez eux, étrange convive tard arrivé, mangeant leur reste de fricot, buvant leur pauvre vin et leur parlant si cordialement, en homme simple, après avoir jeté un regard sans animosité au poster de Georges Marchais.

Il se sent en porte à faux, Victor. Ni chou ni chèvre, débusqué de ses convictions par un élan de sympathie spontanée. Doutant de lui et du monde auquel il aspire.

Vallier laisse le silence écraser son interlocuteur. Tout ce qu'il pourrait dire pour flétrir cette visite d'un ennemi d'aussi belle envergure serait moindre que ce silence épais, d'infinie réprobation, d'extrême mépris.

Ensuite, quand le pauvre bougre est parfaitement humilié, quand il s'est autoconfondu, Vallier change de direction.

— Tu as des enfants, camarade ?

— Une fille, camarade.

— De quel âge ?

Réglisson doit se livrer à un rapide calcul.

— Dix-sept ans et demi, camarade.

— Que fait-elle ?

— Eh bien, ment Victor, elle prépare son bac.

— En es-tu bien sûr, camarade ?

Victor a une respiration de gibier forcé. Il est aux abois, malade d'une peur inconnue. Quoi, sa fille ? Pourquoi ce grave personnage sans joie lui parle-t-il de Noëlle ? Que vient-elle faire dans cette « mise au point » à propos du Président Tumelat ?

— Pourquoi ? demande-t-il d'un ton d'agonie.

— Parce que je ne pense pas qu'on prépare au bac dans la petite maison de Levallois qu'habitait le sieur Cornard, camarade. Je ne pense pas non plus que le Président Tumelat soit un pédagogue averti et qu'il soit à même d'enseigner les mathématiques ou toute autre science à ta fille. Et encore moins la philosophie, ce vieux requin, videur de gamelles !

Il rabat d'un geste sec la couverture d'un dossier et fait pivoter celui-ci afin de le placer face à Réglisson.

— Tu n'as pas vu ce charmant papier publié dans un torchon pour débiles qui s'appelle *Parfait ?* Tiens, regarde et lis !

Victor se lève comme pour aller vomir. Il a franchement envie de dégueuler Il appuie ses deux grosses pognes à conduire les locomotives sur la table pour se caler face au document. Il a du mal à voir, du mal à lire. Son regard traqué erre sur une feuille de journal. Il ne sait ce qu'il doit regarder. Il faut que Vallier lui désigne la photo du Président tenant Noëlle embrassée. Et même alors, il ne reconnaît pas tout de suite sa fille, Victor Réglisson. Bon, le Président, ça oui, puisqu'il est de face. Mais sa partenaire, non. Et pourtant, la silhouette de Noëlle, tu parles qu'il la connaît, ses longs cheveux blonds, sa taille mince, ses vêtements...

Il met un moment. Combien, je ne sais. Un moment qui lui paraît très long et qui semble plus long encore à Antoine Vallier. Mais Antoine Vallier le laisse découvrir tout seul le pot aux roses. Il darde son regard à monture d'acier sur le bonhomme, pauvret bonhomme, éperdu, dépassé, en noyade.

Et Victor finit par VOIR. Il reconnaît sa fille. La reconnaît entre les tentacules de Tumelat, sa Noëlle, si frêle et romantique, si infiniment jolie, si tendre, si petite fille de tendresse, sa Noëlle tellement musicienne, et belle dans sa chambrette amoureusement conçue pour elle. Sa Noëlle, éperdue d'ardeur amoureuse contre ce vieux chnock, ce faisan politicard, ennemi de la Société, ce vicieux immonde. Et qui leur a donné de l'argent, l'argent des coups qu'il tire avec sa fille tant aimée. Car il est visible, sur ce cliché, qu'ils sont amants, ces deux. Et oui, il reconnaît aussi le petit pavillon d'Eusèbe. Ainsi, le Président, ce pourceau d'infâmure, la viole, car c'est un viol, dans la maison du vieux pendu, dans le lit du vieillard mort de sa vieillesse épuisante.

Et Victor croit qu'il va s'évanouir, la tête lui tourne. Il gronde avec sa poitrine : « Oh, mon Dieu ! Oh ! mon Dieu ». Un grondement de mort, d'homme en passe de mort. Comme ça : « Oh ! mon Dieu, mon Dieu. »

Le secrétaire dégage la page de *Parfait* de son dossier à pince. La plie en quatre, la tend à Victor.

— Tiens, emporte ce petit souvenir, camarade. Tu déchireras ta carte du Parti, tu te doutes bien que nous ne pouvons conserver avec nous un homme dont la fille est la maîtresse d'un scélérat qui a passé sa vie politique à nous nuire par tous les moyens ? Tu es radié de cette cellule. La presse charognarde ne va pas en rester là. Tumelat se payant la fille d'un communiste, c'est trop beau, trop inespéré ! Dans les jours, les heures qui viennent, leur patacaisse va se déclencher ; il est bon que nous prenions nos distances. Tu nous auras assez éclaboussés à travers ta putain de fille. Maintenant cours te faire inscrire au R.A.S., tu y seras sûrement accueilli à bras ouverts.

Là-dessus, Vallier se lève, va ouvrir la porte de son bureau et en sort sans attendre le départ de son visiteur. C'est la pire vexation, la plus absolue. Plus cuisante que de tenir la porte ouverte en attendant que le chassé s'en aille. Non : il est parti, Vallier. A décidé que son bureau était déjà vide, que Victor n'existait plus, qu'il était devenu moins consistant que le léger courant d'air tombant du vasistas.

Réglisson halète un peu. Il serait lancé sur sa machine sans freins, ce qu'il ressentirait ne serait rien en comparaison de ce qu'il éprouve à cet instant de maudissure entière. Une poussière de seconde, et d'honnête travailleur bien noté, d'homme intègre, il est passé à la condition de paria. S'il avait un pistolet, il se tirerait tout de suite une balle dans la tête pour ne pas avoir à retraverser la pièce où travaille la grosse secrétaire hommasse

Il se demande s'il ne ferait pas bien de rester, là, sur sa chaise de bois, pour attendre qu'on l'évacue de force. Et s'il se couchait sur le plancher, Victor, la tête dans les bras, pauvre autruche désemparée, folle de honte et de désespoir ? Et s'il mourait, plutôt, mourait d'une vraie mort, spontanée, en se tuant de son malheur, soit en ne respirant plus, soit en se cassant la tête contre un mur ? Mais les murs sont revêtus d'isorel, et la respiration vous domine et s'opère aussi irrémédiablement qu'elle vous échappe au moment du trépas. Ne pas respirer quand on vit est aussi impossible que de respirer quand on meurt. Il faut subir la vie et la mort. Il faut subir les instants de grande tragédie ; les porter jusqu'à l'instant suivant, à pied ou à genoux, ou même en rampant, mais coûte que coûte rallier le futur qui commence tout de suite au milieu de la honte. Aller. oui ! Aller ! Il faut aller...

Alors il va. Sans trop s'en apercevoir. Il quitte le bureau. Dans la pièce d'accueil, la grosse redouble d'acharnement sur son clavier. Vallier appose une circulaire dans une vitrine réservée aux notes importantes. Ni l'une ni l'autre des deux personnes ne s'occupe de lui. Victor sort. Il marche dans de la plume. Où est donc sa voiture ? Il la cherche pour s'occuper l'esprit l'espace d'un petit bout de temps misérable ; juste un tiret dans l'horreur de son malheur nouveau-né. Juste une ponctuation, une respiration, un petit, tout petit blanc pour lui permettre de ne pas devenir fou, un temps mort pour empêcher son cerveau de trop chauffer, comme les battements de nos paupières lubrifient nos rétines.

Il aperçoit sa voiture, sagement garée. Il se dit : « C'est ma voiture ». Il va à sa voiture. Il s'y glisse lourdement. Comment s'y prend-on pour conduire ? Quelle succession de manœuvres faut-il faire ?

Tu pourrais le lui expliquer, toi ?

Moi, je ne m'en sens pas le courage...

LIII

Elle se tient blottie contre lui, muette d'émerveillement. Tôt, ce matin, il était au rendez-vous, près de la cité H.L.M., au volant de sa Mercedes verte. Il portait un blazer noir, une chemise à col ouvert blanche et un foulard vert. Des lunettes de soleil, énormes, inhabituelles, cachaient une partie de son visage. Elle est montée à son côté, sans un mot, sans se pencher pour un baiser. Il leur arrive d'agir ainsi, à l'instant de leurs retrouvailles, de se réunir sans se regarder, sans se parler, afin de laisser aller leur émotion, de la laisser courir sur son erre sans la troubler, pour en jouir pleinement. Qu'elle les capte en plein et les emporte ensuite dans les fureurs du désir.

Elle se tient blottie contre lui, muette d'émerveillement.

C'est si beau, Venise.

Un long moment, le matin, ils sont restés sans oser se regarder ni se parler dans la voiture dont le cuir, je t'ai dit, sent un peu l'huile de foie de morue, qui est l'odeur de luxe pour les automobiles garnies de vrai beau cuir teuton. L'huile de foie de morue, toujours...

Et le Président a démarré sans qu'ils eussent échangé une seule parole. Elle ignorait où il l'emmenait ; car il ne lui avait rien dit auparavant de son projet, sinon qu'ils allaient revivre ensemble sa date de naissance à elle, le 22 septembre 1962, date historique pour lui, plus importante que celles des déclarations de guerre ou des armistices. 22 septembre 1962, si proche et si loin déjà, jour où une femme du peuple sortit de sa chair la plus merveilleuse fille de France qui se puisse rêver. L'être le plus fabuleux qu'un homme blasé de cinquante et huit années ait le bonheur de rencontrer et d'aimer, sur lequel il puisse s'allonger et qu'il lui soit possible de pénétrer. Il l'a conduite jusqu'à l'aéroport d'où s'envolent les avions de la compagnie Alitalia. Et il avait un billet à son nom ; et puis au moment d'embarquer, il a eu une frayeur, ayant omis de lui dire de se munir d'une pièce d'identité, mais elle en avait une, Dieu fut loué ! Et alors elle est montée dans un avion, en first, où l'arrivée de l'Illustre a déclenché une effervescence et des assauts de courbettes. Il lui a montré comment attacher sa ceinture, car d'avion elle n'avait jamais pris encore. Elle a bu une coupe de champagne qui l'a grisée. Et le Président lui a tenu la main pour le décollage, mais elle n'avait pas peur ; car de quoi aurait-elle eu peur, puisqu'il était là, lui, le fort, l'indestructible, l'homme de puissance devant qui tout plie : les hommes, les choses, les événements et même les circonstances.

Elle se tient blottie contre lui, muette d'émerveillement. C'est si beau, Venise. Si pathétique, en somptueuse agonie, vêtue de brocart mité, de soie pâle qui s'effiloche, sublime dans ses teintes uniques au monde, croulante sur ses pilotis verdâtres où le limon décrit des arabesques de tentures anciennes. Venise qui flotte de plus en plus mal et qui, exténuée, se noie sous les regards émerveillés comme celui de Noëlle, de milliers et de milliers de touristes venus de partout pour assister à cette noyade à grand spectacle. Elle se tient blottie contre lui dans le canot qui les emporte entre deux gerbes d'écume, sur les eaux pourries du bonheur. Les emporte vers le 22 septembre 1962, ces deux êtres dissemblables, uniques d'amour. Et Noëlle s'émerveille de la félicité incroyable de l'instant. S'emplit les yeux des façades roses et ocres, des frontons de pierre blanche, des appontements aux colonnes bleu et or, sommées de lions de cuivre.

Devant eux, le large habitacle est vide. A travers ses vitres, on distingue le pilote, debout à son gouvernail, altier et doré en sa chemise bleue pâle, et si brun ! Conduisant l'embarcation avec sûreté, acrobate des canaux qu'il connaît mieux que sa propre maison.

Elle se tient blottie contre le Président, muette d'émerveillement ; vivant enfin un rêve, un vrai, c'est-à-dire une réalité incroyable. Et les canaux sentent un peu la vieille cave... On croise ou dépasse une gondole noire, tellement plus étonnante par ses proportions que celles des cartes postales. Le gondolier en chapeau de paille touille de sa longue rame l'eau inepte des canaux, d'un geste économe et précis, héréditaire, qu'aucun néophyte ne doit pouvoir réussir tant il vient de loin, rare et transmissible geste, perpétué de père en fils, depuis Casanova et bien avant, et bien avant...

Au passage, il lui a murmuré les mots magiques :

— Le Pont du Rialto, le Gritti Palace, la Place San-Marco, le Pont des soupirs...

Des noms d'églises aussi, qu'elle n'a pas retenus. Elle s'est gorgée de visions convulsives, voulant tout embrasser à la fois : les deux rives et le panorama avant, et le panorama arrière, et même cherchant à deviner les splendeurs en attente à une intersection de ces rues d'eau verte ombrées de ponts arqués ; sensible aux piétinements nombreux, à la rumeur grondante des gens de passage, à la joie éclatante de ceux d'ici. Le Président lui dit qu'il l'adore, qu'on est le 22 septembre 1962... Et il fait un grand soleil pour la circonstance, un grand soleil sur le naufrage par abandon de Venise qui n'en finira jamais de mourir, car toujours des frontons, des tours et des clochers émergeront de la lagune, reliés entre eux par les pigeons éternels aux fientes meurtrières pour la pierre. Toujours, Venise qui bascule et sombre, mais ne peut couler plus bas qu'elle-même. Venise et ses senteurs de limon, senteur d'orchidées pourries dans leurs vases à l'eau inchangée. Etincellement du ciel et des pierres. La seule ville au monde ! La seule...

Le canot sort du canal feutré où l'eau brassée par l'hélice frappe des soubassements en décomposition. A cet endroit, Venise prend un aspect ouvrier et les embarcations cessent d'être de plaisance pour devenir utilitaires, ce qui est bien plus passionnant. Le bateau débouche sur la lagune balisée d'énormes pieux chargés de marquer les tracés navigables. Des cargos poussifs sont à l'ancre sur leur gauche, en face, un îlot-cimetière aux cyprès harmonieux. Romantisme de la mort italienne : on voit surgir d'étranges mausolées par-dessus le mur d'enceinte. Le canot prend de la vitesse et fonce dru vers un horizon coupé d'îles. Les gerbes d'eau se font plus hautes et les éclaboussent. Ils se serrent au milieu de la banquette pour être mouillés le moins possible. Ils rient. Le soleil éclaire leurs âmes ravies. Ils rient et mangent leurs rires, férocement, ivres de clarté, d'amour et de vitesse. L'air crépite. On entend des cloches nombreuses... L'embarcation vibre jusque dans leurs ventres. Ils ont envie l'un de l'autre. Voilà un 22 septembre 1962 d'apothéose, de gloire. La chaleur du soleil les pénètre et celle de leurs corps de même. Ils rient d'extase, rires niais de l'amour inexplicable, rires de sottise des corps contents, rires d'amour riches en salive.

— Là, c'est Murano ! dit le Président en montrant une île sur leur gauche.

— Où l'on fait ces affreuses verreries ?

— C'est cela.

Leur canot déferle devant l'embouchure d'un large canal qui est la voie principale de l'île. Ils sont éblouis par les maisons colorées. Le canot continue vers le large, il double en grondant un vaporetto poussif, bondé de touristes en transes photographiques.

C'est l'instant où, dans une banlieue inhumaine de la région parisienne, Victor Réglisson apprend que sa fille est la maîtresse du Président Tumelat, l'instant cruel où il souhaite la mort pour échapper à la honte.

LIV

Adélaïde s'ennuie.

Elle traînasse dans la chambre d'amis (qu'on appelle chez elle, dans sa famille : la chambre à donner) où elle vient d'établir ses pénates. S'y fait chier copieusement, étant en déroute d'habitudes. Elle raffole tant tellement la maison de Gambais, cette chérie blette. Des années qu'elle y a « fait sa vie » avec Malgençon le gorille, être d'élans, de force, de gros rire, de troussées violentes, bâfreur, gueulard, et qui préfère le vin de la cuisine aux bouteilles à pedigree. Le grand artiste lui manque. Elle s'y est faite ! Il est pratique, discret à vivre malgré son côté tonitruant. Il remplit son existence sans l'encombrer, ce qui est un tour de force.

Dans le somptueux appartement de Neuilly, elle se sent en exil, Adélaïde, pire encore : en visite. Visite imposée car sa présence dérange tout le monde, en commençant par l'époux, bien sûr, et en continuant par la secrétaire qui la hait de tout temps, puis par les domestiques dont elle perturbe les habitudes, pour finir par le vilain chien de l'oncle, fruste comme l'était son vieux maître et qui gronde sourdement lorsqu'elle passe près de lui. Bref, elle est l'intruse. Malgré tout, elle est décidée à tenir bon. Elle n'ignore pas que les absents ont tort ; pendant cet orage, elle doit demeurer sur la dunette, auprès du commandant Tumelat L'importuner de sa présence pour pouvoir ensuite négocier au mieux. Elle sent ce que doit être sa ligne de conduite. Alain Malgençon lui lance de longs coups de grelots enamourés ou furibards, selon son humeur. Il se pèle, l'artiste, dans la propriété de Gambais, sans elle, y constate la précarité de sa situasse. Lui, il l'épouserait bien, l'Adélaïde. Qu'elle obtienne sa maison et une pension confortable suffirait à ce brave coucou. Il se consacre à son art, il bouffe, il roupille, brosse quand les couilles le démangent... Attention, j'attire ton attention : Adélaïde, au lit, c'est pas l'affaire du siècle. Elle se laisse besogner sans coopérer vraiment. Elle est du genre passif silence et jambes ouvertes. Quand il a poussé sa bramance finale et virgulé sa récolte, elle se lève sans mot dire, avec un petit air un peu dégoûté, eh bien, si je te disais, c'est ce dédain qui précisément l'excite, Alain. Ça rejoint celui des putes. Il préfère la passivité ennuyée de sa rombière aux grandes séances survoltées de certaines rapides qu'il a pratiquées naguère. L'amour n'est selon lui qu'un transfert de solitude. Etre seul devant un chevalet ou seul dans le con d'une dame, où est la différence d'après toi ? Hein, réponds !

Bon, je te reviens à Adélaïde en train de se faire tarter chez son mari. Ici, on ne la considère pas comme la patronne, plutôt comme une tante de province, un peu chiante, débarquée à l'improviste et qui contrecarre le train-train quotidien. Elle a essayé d'avoir une conversation franche et massive avec Horace, mais il lui a opposé un mutisme souriant.

— Rien à te dire, ma belle. Reste ici si ça te chante, tu ne me déranges pas et ce n'est pas ta présence dans cet appartement qui entravera le déroulement de ce que j'ai décidé.

Hier, après avoir reçu une visite matinale, il a glissé sous la porte de sa chambre une photo grand format qui la représente au lit avec Malgençon, lequel a sa grosse main de primate posée sur le pubis de la donzelle.

Image sans rémission pour un juge chargé d'examiner un cas de divorce. Surtout lorsque le demandeur est un Président Tumelat !

Elle a été tentée de déchirer la photo. Réaction puérile dont elle a eu honte. Au lieu de cela, elle l'a punaisée bien en vue sur le mur de sa chambre.

Le téléphone sonne. Il s'agit de la sonnerie intérieure. Elle décroche, et la mère Alcazar, de son ton pincé, lui annonce que c'est pour elle.

Elle « prend ». Alain a sa voix jubilatrice. Une voix pour entonner des chansons de salle de garde. Mais au lieu de la « Peau de Couille » ou des « Trois orfèvres », il claironne :

— Dis donc, ma petite bergère, tu as lu « *France-Soir* » ?

Adélaïde répond que sûrement pas. Elle, c'est le *Figaro,* et point à la ligne.

— Eh bien, envoie-le chercher, il vaut son pesant de coquilles ! clame le peintre. Ensuite, tu te grouilleras de rentrer, j'ai les burnes qui me remontent à la gorge à force d'être en manque !

Il raccroche dans un rire chevalin.

Perplexe, Adélaïde appelle Alcazar.

— Vous voulez bien m'envoyer chercher *France-Soir ?* demande-t-elle.

— Juan-Carlos est en courses, riposte la follingue.

— En ce cas, envoyez sa femme ou bien allez-y vous-même, dit froidement Mme Horace Tumelat, je le veux immédiatement.

Alcazar, ce ton ne lui plaît guère. Il ne faudrait pas que cette vieille peau revenue au bercail à la suite d'elle ignore quelle foucade s'avise de la prendre pour sa larbine. Néanmoins, elle est troublée par cette exigence, l'associe au coup de fil que l'autre morue vient de recevoir. Le *France-Soir* de ce jour doit comporter un papier intéressant le Président, probable. Comme effectivement le valet de chambre est sorti, Ginette met le téléphone sur le répondeur et descend jusqu'au tabac de l'avenue.

Elle n'a pas à chercher la chose ; celle-ci étale à la une, sur deux colonnes, pile au-dessus de l'édito de Jean Dutourd.

« *Le Président Tumelat songe à se remarier* »

Alcazar en prend un coup dans le buffet. Elle éprouve comme un vertige, une oscillation de tout son être qui l'empêche d'avancer jusqu'à la caisse pour acheter le journal étalé sur un panneau-réclame. Son branle s'accentue. Elle doit s'asseoir sur la première banquette à disposition. Ce matin, elle a mis une culotte incroyable achetée dans un sex-shop ; un élément arachnéen, qui s'ouvre entre les jambes ; un sous-vêtement ténu, fait de tulle et de dentelle qui garde la masturbation à disposition et permet de se faire mettre sans avoir à déjamber un slip, ce qui est toujours délicate manœuvre dans les cas d'urgence ou d'improvisation. Elle était certaine d'embarquer le Président avec une telle arme secrète, hélas, quand elle est arrivée à l'appartement, elle a trouvé un mot sur son bureau : « *Suis obligé de partir, annulez tout pour aujourd'hui* ». Heureusement, la journée n'avait rien d'excessif et ne comportait que des rendez-vous mineurs.

Et voilà qu'à deux pas d'elle, de vilains caractères noirs, tout frais, annoncent que le Président « songe » à se remarier. Elle comprend la raison de la réinstallation d'Adélaïde. Pas folle, la garce ! Elle comprend aussi que le Président ait cessé ses galipettes matinales avec elle. Un événement considérable s'opérait devant elle et elle ne le voyait pas ! On la trahissait de conserve, avec une rare impudence.

— Ce sera ? demande le garçon.

— Rien.

Elle se lève et va acheter le journal. Lit l'article, assez succinct d'ailleurs...

Une gamine ! Dix-huit ans, annonce l'article. Créature de rêve, cheveux blonds, yeux bleus... Musicienne... La passion ! La passion ! Il entend avoir des enfants...

Il semble à Alcazar qu'elle est ouverte en deux, comme sa salope culotte de sous-pute en effervescence.

Ouverte en deux, du sexe à la gorge, comme une cosse de haricot évidée dont les deux parties ne sont plus réunies que par la tige.

Elle rentre sans y penser. Va directement à la chambre d'Adélaïde. Mme Tumelat lui semble digne de sympathie brusquement. C'est bien fait pour cette vache, mais son infortune la rend moins haïssable.

Elle entre sans frapper, marche en somnambule jusqu'à la coiffeuse ancienne où Adélaïde farde sa gueule de raie. Alcazar lui présente le journal, plié en quatre pour rendre le papier plus évident.

— C'est du propre, hein ? gronde-t-elle.

Mme Tumelat lui coule un regard surpris et prend connaissance de la chose.

— Oh, c'était donc ça, fait-elle en lisant.

Quand elle a terminé, elle jette *France-Soir* sur la moquette.

— Vous n'étiez pas au courant ? demande-t-elle à la secrétaire.

— Vous pensez bien que non, répond l'autre pomme.

Ginette récite :

— Une gamine, blonde, musicienne... Ils veulent avoir des enfants. Des enfants, à son âge ! Il est fou ! Fou ! Vous n'allez pas permettre une chose pareille, madame ?

Adélaïde hausse les épaules.

— Qu'y puis-je ?

— Il faut refuser le divorce ! beugle la pie-grièche. Le Président perd la raison ! Lui, avec une petite pute qui va dévorer ce qu'il possède et le lâcher après l'avoir ridiculisé. Vous n'avez pas le droit de le laisser faire une telle folie !

Adélaïde est moche, peu portée sur les choses du sexe, mais femelle néanmoins, avec des instincts de femelle, des antennes secrètes comme en possèdent la plupart des femmes et qui leur permettent de percer à jour les secrets et de défricher les ambiguïtés. Elle vient de comprendre, à l'instant, et avec surprise, que les relations d'Alcazar et du Président ont certains prolongements assez fréquents chez des gens réunis par le travail. La chose l'étonne parce que son époux a le goût du beau et que Ginette Alcazar est moche à apitoyer une femme laide.

Il aime les jolies filles, le Président. Adélaïde lui a connu des conquêtes plus rutilantes. Mais peut-être s'agit-il après tout d'un amour à sens unique ? D'une passion d'ancillaire subjuguée. Et merde, hein ? Merde ! L'important, pour l'heure, ce n'est pas qu'il ait des bontés pour la secrétaire, c'est qu'il soit fou d'une collégienne. Au point de vouloir l'épouser. Et d'annoncer l'événement à la presse à sensation, comme pour défier la France entière. Il est marié, il va sur ses soixante tickets, il compte parmi les quatre ou cinq bonshommes les plus importants du pays, et pourtant il grimpe au sommet du clocher pour tout là-haut faire le jeune coq, ce vieux con ! Ce vieux nœud ! Il se croit régénéré par une teinture de cheveux, le triple crétin ! Tu veux parier qu'il se gave de vitamines et qu'il a déjà pris rendez-vous en Suisse pour aller se faire injecter des cellules fraîches ?

— Vous allez bien tenter quelque chose, madame Tumelat ? reprend Alcazar, essayer de le raisonner, non ?

— Vous m'agacez, déclare dédaigneusement Adélaïde ; pourquoi cette surexcitation, madame Alcazar, il est mon époux ou le vôtre ?

La rombiasse sort précipitamment, gavée de noire fureur. Elle en a de partout, ça dégouline d'elle comme si elle venait de tomber dans une fosse d'aisance et qu'elle coure se changer.

La voici dans son bureau. L'Espanche qui est rentré, sachant le maître absent, vient voir s'il n'y aurait pas mèche de caser une belle bite espagnole bien fraîche dans le cul rance à Mme Ginette. Mais Mme Ginette ne voit même pas sa gueule implorante comme sur une toile de Velasquez représentant des trucs de l'Inquisition. Elle enfile son imper, en vitesse, Mme Ginette, rafle son sac à main et met les adjas.

Va se cogner un calva dégustation au même tabac de l'avenue où elle a acheté cette catastrophe pour un prix modique. Le boit en se demandant qui elle va assassiner, de la fille ou du Président, voire les deux, non, tant qu'à faire ? C'est toujours les autres qui tuent ceux qui les gênent. Pourquoi pas elle, après tout ? Qui te dit que Boumedienne est bien mort de mort naturelle et qu'il n'a pas été scrafé par une gonzesse jalmince ou un mari grincheux ?

Le calva l'a confortée un peu. Alors elle en commande un second. Dieu que cette journée est assassine, pernicieuse, bordel de merde ! Comment vit-on des jours pareils ? Comment les mène-t-on à terme ? Et comment passe-t-on la nuit qui leur succède ? On prend un somnifère, on suce un passant, on se défonce la gueule au tord-boyaux, ou quoi ? Elle a réagi comment, Mme Kennedy, le jour où son jules s'est fait praliner le cassis ? Et la nuit qui a suivi ? Non, mais elle voudrait savoir, Ginette, c'est très sérieux ! Faut pas sourire. La charité chrétienne commence par ça : s'abstenir de sourire à l'énoncé de telles questions. Elle doit poursuivre sa vie si elle ne se détruit pas, c.q.f.d ! Alors, la poursuivre de quelle manière ? Si au moins elle pouvait pleurer. Mais je t'en fous. Elle est aride dans sa peine ; et les chagrins sahariens sont les plus féroces, on le sait.

Bien, alors quoi ? Se suicider ? Et pourquoi pas ? Mais alors spectaculairement, elle te me le garantit. Dans le bureau du Président, à l'Assemblée, tiens donc ! Poum ! Devant ses amis, ses compagnons, comme ils prétendent, ces cons-requins aux dents brillantes. Là, espère, ça remuerait le potage ! Poum ! A l'Assemblée Nationale ! Tu mords un peu le tableautin ? Pas du Fragonard, hein ? Poum ! une balle dans son cœur qui n'en peut plus de battre pour le Président. Et quoi, merde, c'est toujours les autres qui se suicident : les général Boulanger, les Montherlant, les Goering... Toujours les autres qui sont rois d'Espagne, qui attaquent le train postal Glasgow-Londres, qui vont marcher sur la Lune, à qui on décerne le Goncourt et tout ça... Les autres qui ont des vengeances exemplaires, qui se laissent peindre au Pont d'Arcole ou qui prêtent serment à la Maison-Blanche. Ça suffit comme ça. Un peu à elle, Ginette ! Le sensationnel, elle y a droit, elle aussi.

Sa peine la fait ployer. Son Président qu'elle admire pardessus tout, qui est sien, quoi qu'il en pense, qu'elle protège, qu'elle assiste, son Président ne lui échappera pas. C'est elle qui sera Présidente de la République soi-disant Une et Indivisible (ben ma vache, ajoute l'auteur de Jallieu). Qui tu aimes t'appartient, un point c'est tout. Aimer, c'est posséder, tu m'entends, Fesse de rat ? Posséder ! Elle possède le Président. Et ce n'est pas une bougre de sale petite conne à cheveux blonds et yeux d'azur qui le lui ravira. Non, mais... Qui est-ce qui se fait fourrer, depuis des années, le matin, sur la moquette du Président ? Qui est-ce qui sait ses travers secrets, ses manigances les plus louches, ses mobiles les moins avouables ? Mistress Alcazar ou Monseigneur Marty ? Alors, la petite gueuse blonde n'a plus qu'à remettre son petit cul dans sa petite culotte et l'emmener promener plus loin, sous le nez d'un autre Seigneur facile à descendre.

Alcazar ne permettra pas d'ingérence. Elle fera ce qu'il faudra, quitte à tuer. T'as vu, avec cet emplâtre de Jérôme ? Il plastronnait, le bougre, jouait les tyranneaux (de Bergerac aurais-je ajouté dans un de mes petits polars pour bibliothèques de gares, mais dans celui-ci, t'as remarqué comme je me surveille ?), il exerçait une cruauté mentale sur sa chère délicate épouse qu'il traitait comme un paillasson. Et un jour, elle en a eu sa claque, Ginette. Alors, elle se l'est fait au *Sintrom,* et puis voilà. Et personne n'y peut plus rien, pas même ces dindons de toubibs. Il est cuit, le chevalier du comptoir. Pas encore mort, mais, dans le fond, mieux que cela : réduit à merci. Elle se le finira quand elle voudra, après en avoir beaucoup joué, comme le chat avec la souris. Alors, non, c'est décidé : elle ne va pas se suicider. Pas buter son Président, non plus. Elle va avoir une conversation sérieuse avec lui, bien lui démontrer sa dinguerie de sexagénaire surmené. Lui expliquer où se trouve la véritable volupté, l'avenir le plus solide. Son destin, c'est elle. Elle deviendra son bouclier, son île. Apprendra des trucs sauvages pour le faire jouir aux extrêmes, n'épargnera rien, ira s'éduquer en Thaïlande si besoin. Suivra des cours chez les dames masseuses de Bangkok pour se parfaire. Elle saura tout de la bite et de ses dérivés, implications, subtilités.

Dehors, elle hésite à reprendre sa place au bureau. Mais non, il faut que ce grand polisson apprenne ce qu'a été sa réaction, et que la vie lui est intolérable, à Ginette, quand elle le sait en puissance de petite péteuse.

Pour tenter de se soulager un peu, elle prend sa bagnole et se rend à l'hosto.

Dans le couloir, elle rencontre Saboniche.

— Alors, docteur ?

Mine éplorée, anxieuse, yeux tout de suite embués. Elle est passée championne dans son rôle de pré-veuve. Le toubib. compatissant ce con, la prend par le bras.

— Eh bien, le moment est venu de parler net, madame Alcatraz (il se goure toujours en prononçant son nom). Votre mari est hors de danger, entendez par là qu'il vivra. Mais il restera complètement paralysé et muet. Conscient, ça oui. Mais incapable de transmettre ses pensées autrement que par le regard...

Ginette pense au film Thérèse Raquin, ça la fait mouiller d'avoir Jérôme dans cet état.

— Comment vais-je pouvoir l'assumer, le chéri ! soupire-t-elle ; je travaille et le Président Tumelat a de plus en plus besoin de moi. Quand je ne suis pas à sa disposition, il est perdu.

— Mon Dieu, il est évident que vous ne pourrez pas vous occuper de lui. Il devra entrer dans une maison spécialisée, à moins que vous n'engagiez une infirmière, mais...

Elle dit vivement :

— L'essentiel est que je puisse m'occuper de lui pendant mes rares loisirs.

— Rien ne vous empêchera d'aller le chercher, le dimanche par exemple, et de le promener dans sa voiture de handicapé.

— Ah ! bon ! Oh ! merci... Vous me redonnez du courage, docteur.

Et c'est exact que ça lui en redonne, à Gigi, du courage. Elle s'imagine, par les rues, manœuvrant la voiturette de son gros sac à merde, lui chuchotant des injures au fur et à mesure que celles-ci lui viendront à l'esprit. Le pied.

Elle quitte le toubib et gagne la chambre de l'autre truffe. Il est conscient, c'est clair. Son regard possède une certaine vivacité. On le dirait curieux et angoissé.

Elle s'approche du lit, s'assied en écartant ses jambes.

— Tu as vu, charogne, la délicieuse petite culotte que je me suis achetée ? Je vais pouvoir me laisser enfiler sans l'ôter. Mignon, non ? Un rêve... Tiens, je viens de rencontrer le docteur, il m'a dit qu'il n'y aurait plus la moindre amélioration à ton état, mon goret. Tu resteras donc inerte jusqu'à ta mort sans pouvoir remuer ni parler. On t'alimentera avec des tubes, et tu feras tes besoins dans des poches de plastique, bougre de gros dégueulasse ! La petite voiture, mon gars Jérôme. La jolie voiture nickelée. Le dimanche, j'irai te chercher à l'hôpital où tu vivras désormais, et je t'emmènerai promener. Je suis ravie à l'idée de te balader, ça me rappellera l'époque où je jouais à la poupée. Il paraît que seuls tes yeux resteront vivants, alors je te mettrai des lunettes teintées très très sombres pour sortir. Et puis un jour je ferai un faux pas, devant tout le monde, dans un endroit en pente et ta jolie voiturette passera sous un gros autobus. A moins que... Non, tu ne sais pas ? Je te balancerai du haut des escaliers du Sacré-Cœur. Ouiiii ! Génial ! Ce que ce sera formidable de te voir dévaler toutes ces marches. Je hurlerai, je me tordrai les mains, et puis, quand tu seras arrivé en bas, je m'évanouirai, Jérôme. Tu vois, je voudrais le faire aujourd'hui. Cela me ferait le plus grand bien. Aujourd'hui, je suis malheureuse, mon pauvre gros. C'est triste de ne pas pouvoir pleurer quand on a de la peine. Peut-être que si je priais, cela me réconforterait, non ? Le recours à Dieu est toujours le meilleur. Oui, je vais aller prier à la chapelle de l'hôpital, j'y serai plus tranquille. Jusqu'ici, le Seigneur m'a toujours exaucée, ou à peu près...

Elle dépose un baiser d'épouse au front du paralytique et s'esbigne.

Une infirmière lui indique le chemin de la chapelle. Ginette Alcazar retrouve, avec un confus sentiment de délivrance, une odeur de chandelles et de paille humide. Elle n'est pas très vaste, cette chapelle, c'est une église de poupée, aux murs recouverts d'ex-voto : les guéris qui sont venus témoigner leur reconnaissance à Dieu, avant d'aller mourir d'autre chose ailleurs. C'est constellé de plaques de marbre ou de bronze, de béquilles, de portraits sur émail, de statuettes saint-sulpiciennes... Il y fait doux et religieux. Les flammes des porte-cierges brillent avec une vivacité tremblotante. Une religieuse prie, devant le chœur, abîmée dans une extase infinie.

Ginette choisit un prie-dieu dans un coin d'ombre, s'y agenouille, croise ses mains, ferme ses yeux, se recueille, se concentre, rassemble sa foi, la drape autour de son cœur malmené et pique son démarrage :

— Seigneur, je Te dois beaucoup, et pourtant je viens Te demander plus encore. Seigneur, ce n'est pas seulement pour moi que je T'implore, c'est surtout pour l'homme d'exception que j'aime à en perdre la vie. Seigneur, détache-le de la gamine salope, sous-merde à cheveux blonds et yeux bleus, dont il s'est entiché. Permets que je puisse l'arracher aux griffes de cette garce, Seigneur. Arme mon bras, s'il le faut, pour que j'en vienne à bout et la terrasse comme Saint-Je-ne-sais-plus-qui, Georges ou Michel ? terrassa le Dragon. Elle est un dragon à visage d'ange probablement, avec une petite chatte bien fraîche qui l'aura bouleversé, ce grand sot, toujours enfant. Arme, arme, bordel de merde, Seigneur ! Je ne me suis pas crevé le cul pour voir une fausse pucelle et authentique pute détruire l'amour de ma vie, vérole de Dieu, Seigneur ! Je ne vis que pour cet homme, moi. Il est à moi, je suis à lui, alors les grenouilles en bas âge, hein ? Tu m'as compris, Seigneur : du vent ! Qu'elles aillent se faire mettre ailleurs, je T'en conjure, divin Seigneur de bonté, clémence, miséricorde et autres... Laisse-moi détruire cette verminerie, cette punaise blonde ! Laisse-moi sauver cet homme qui non seulement m'appartient, mais appartient également à la nation ! Je compte sur ton aide, Seigneur. Ne fais pas le con !

LV

A la terrasse de l'*auberge Cipriani,* l'ombre est verte, les tables sont garnies de légers bouquets faits avec les minuscules œillets si odorants des bordures. Les fiasques de vin donnent un aspect de bal en plein air à l'endroit. Cela sent bon la friture fraîche et le parmesan râpé.

Le Président a choisi une petite table à deux places, près du jardin un peu bêta que souillent des jardinières revêtues de coquillages peints, si laids et si puérils qu'on leur pardonne d'être laids et puérils en ce décor virgilien.

Sa venue a créé une effervescence, comme dans tous les lieux publics où il se hasarde. On le connaît bien en Italie, surtout dans des bistrots pleins de touristes français. Les regards convergent sur eux. Noëlle ne sait quelle attitude prendre, ni où porter ses propres yeux pour n'en pas croiser d'autres dans lesquels elle lirait la curiosité, l'ironie et sans doute la réprobation ; elle est si jeune, et lui si célèbre qu'il est devenu plus qu'un homme mûr : une institution. Son emploi est écrasant. Elle le sent et redoute de ne pas se montrer à la hauteur ; certaines figurations sont plus lourdes à assumer que des grands premiers rôles. Elle mange en silence, le regard plongé dans son assiette de fruits de mer en salade.

Il a commandé, sans la consulter — et en lui demandant pardon de cette impolitesse — les choses qu'ils ont mangées ici, le 22 septembre 1962, Adélaïde et lui. Une marotte. Il se demande vaguement à quoi correspond cet acharnement à retrouver cette journée parmi les six mille cinq cents autres qui suivirent... Il cherche à se démontrer quoi, par ce caprice ? A effacer quoi ?

Il la regarde, si blonde à cette terrasse surmontée d'un dais de toile verte, si blonde et si fragile dans sa timidité de biche dont on suivrait les saccades de très loin, à la jumelle. Il est ravi de la voir manger, ému aux larmes par le léger mouvement de sa mâchoire et par la façon dont elle s'efforce de mastiquer en gardant les lèvres fermées. Elle boit comme un oiseau, à lilliputiennes gorgées qui pourtant manquent de l'étouffer tant elle est crispée, la pauvrette, si blonde et si menue, si conquise...

Il croit comprendre pourquoi, dans ses délirades amoureuses, il l'appelait « son italienne ». Probablement envisageait-il ce voyage sans se le dire ouvertement. Il devait caresser cette envie, en grand secret d'âme, le Président. Il voulait l'amener à Torcello, à la terrasse d'ombre verte de l'*auberge Cipriani,* pour y savourer des fruits de mer en salade et y respirer l'air parfumé d'œillets. Naguère, vaguement superstitieux (ou jouant à l'être) il réputait les œillets fleur néfaste. Et voilà qu'il les réhabilite, se met à les aimer, se penche pour en cueillir un qu'il tend à Noëlle. Et Noëlle s'en saisit avec avidité pour le garder toujours en quelque cache intime où nul n'a le droit d'inspection. Elle lui sourit, il lui chuchote qu'il l'aime, qu'il l'adore et que tout va bien, dans cette Vénétie ocre et verte, où la lumière est toujours rasante comme sur les toiles de la Renaissance italienne. Et qu'ils sont incroyablement heureux parce qu'ils sont là, tous les deux, face à face, et que la nappe empesée est bien blanche, et que le vin est doré en sa fiasque foraine, et que les serveurs les servent bien, et que tout cela sent subtilement l'œillet — odeur cependant entêtante d'ordinaire —, et que des cloches tintent dans l'air pur avec des sonorités célestes, et surtout, infiniment surtout, parce que l'on est le 22 septembre 1962, date infiniment historique, et par conséquent immortelle.

Le Président hèle le maître d'hôtel d'un geste discret. Il sait si bien ordonner d'un brin de geste ou d'un clignement de paupière, voire d'un sourire que d'autres pourraient juger vague. Le maître d'hôtel se précipite.

— Signor Président ?

— Quelle est la date d'aujourd'hui ? demande Tumelat.

Et le maître d'hôtel, imperturbable, sans un cillement, déclare que l'on est le 22 septembre 1962, parce que le Président lui a donné dix mille lires pour qu'il réponde cela pendant que Noëlle allait se laver les mains. Noëlle éclate de rire. D'un vrai rire de jeune fille en gaieté.

Elle se sent aimer le Président davantage encore pour ce cadeau.

On voit le clocher de la basilique, aux pierres blondes et dorées. Comment se fait-il qu'il ne fasse pas d'ombre ? Le mot « ombre » la fait évoquer le « spectre », là-bas, dans son grenier de banlieue, tout desséché, tout craquelé par sa détention, en train de rêver la France, lui qui passa des années de sa vie à lui nuire. Elle l'évoque comme on évoque un ami dont l'absence vous crée un manque discret. Un certain sentiment nostalgique et inquiet. Elle se dit que si leur avion tombait, au retour, il périrait d'inanition dans sa souille. Mais serait-ce aussi terrible que cela ? N'est-il pas en train de s'éloigner, enveloppé de la fumée incertaine de sa pensée ? De s'éloigner à reculons dans le néant ? N'est-il pas déjà un peu mort, l'homme enchaîné ? Mort de sa vie déviée ? Mort d'accident, son destin ayant capoté à la suite d'une fausse manœuvre ?

La main ferme du Président emprisonne la sienne.

— A quoi penses-tu, ma tendresse ?

Il l'a prise en flagrant délit de vagabondage mental et tout de suite, le voici alarmé.

Elle le rassure d'une regardée ardente, pleine de flamme et de désir, et de tout ce que tu voudras de brûlant, de lascif, de prometteur.

Elle murmure :

— Il va y avoir demain une importante séance à l'Assemblée, n'est-ce pas ?

Il bronche.

Grand Dieu, elle s'intéresse donc à ces choses-là ?

Il est confondu.

— En effet, comment le sais-tu ? Tu lis les journaux ?

— Je m'y suis mise, oui. Il paraît que le Premier Ministre pose la question de confiance ; cela signifie quoi, au juste ?

Le Président va pour s'élancer, expliquer. C'est son fief, son terrain. Il peut faire une démonstration magistrale ; mais ce qui le retient, précisément, c'est la facilité du sujet. Tous les hommes ont un numéro au point, et leur existence consiste à le faire à tout bout de champ, à le répéter sans relâche et avec plaisir, tels des artistes de music-hall. Chacun sa spécialité, l'un est jongleur, l'autre équilibriste, un troisième clown. A chaque heure, hop en piste ! Bonjour, monsieur Loyal, comment allez-vous ? Nez qui s'allume, mèche rousse à jet d'eau, godasses hyper chaplinesques, parapluie truqué, poches-hottes regorgeantes d'accessoires... Le numéro. Le numéro ! Sans se faire prier, sans même y être convié ! « Comment allez-vous, monsieur Loyal ? » Hop ! Hop ! En piste ! Applaudissez, bonnes gens !

Eh bien, non, il s'y refuse, le Président Tumelat. Pas à « elle », pas le 22 septembre 1962. Il doit la renseigner, puisqu'elle le questionne, mais sans brio ni emphase ; sans exécuter son tour de magicien sortant des formules de ses poches et les échangeant d'une main à l'autre en une volée accordéonesque et docile. Il ne fera pas l'émérite. Il ne jouera pas le tribun de noces et banquets. Combien de fois, à table, lui est-il arrivé de briller, et de s'entendre clamer, au détour d'une tirade, de reconnaître sa propre voix à travers sa propre diatribe ? Et d'en être surpris et charmé, de puiser de nouveaux élans dans ses claironnances de professionnel du verbe ; espèce de ténor écoutant ses disques ! Or, voilà qu'il aime, le Président, et qu'il découvre la pudeur, partant l'humilité Alors il se rabat sur la mesure

— Lorsqu'un Premier Ministre pose la question de confiance, s'il n'obtient pas la majorité des voix, il doit démissionner.

Elle s'étonne.

— Mais il est assuré de l'avoir, sa majorité, puisque la majorité qui gouverne a la majorité ?

Bonne objection. Ainsi donc, elle est au courant de la politique ? Il comprend qu'elle s'y intéresse depuis lui, à cause de lui. Pour devenir « digne » de lui.

— Précisément, il y a un certain risque de divergence au sein de cette majorité, mon amour.

Et puis, comme la question l'embrase, il ne peut lui résister.

— Le Président de la République se propose de changer le gouvernement. Il m'en a fait part. Je lui ai déclaré que j'étais hostile à son projet. Alors il a demandé au Premier Ministre en exercice de poser la question de confiance pour m'amener à prendre ouvertement position. Si je votais contre, avec les gens de mon parti, le Premier Ministre serait contraint de démissionner. Ce serait la preuve que je ne bluffais pas, en foi de quoi, LE Président saurait à quoi s'en tenir.

— Et alors ?

Tumelat sourit. Son orgueil le réintègre, bouillant, intact.

— Alors il y aurait de fortes chances pour que je sois le futur Premier Ministre, conclut le Président.

— Toi ?

Elle s'entend crier ce toi tout fort, tout rugueux, à un futur Premier Ministre et confusionne.

— Oui, moi. Car LE PRESIDENT n'aurait pas d'autre solution ; ce serait cela ou bien l'ouverture d'une crise qui l'amènerait très vite à dissoudre l'Assemblée. Tu comprends ?

— Dans les grandes lignes, oui. Et vous allez voter contre la question de confiance ?

Il devient un peu soucieux.

— Moi, oui. Mais je ne suis pas certain que mes compagnons me suivent. C'est bien parce qu'il en doute aussi que LE Président abat son jeu. En somme, cette manœuvre est dirigée contre moi. Ou bien mes gars me suivent, et je serai Premier Ministre ; ou bien ils redoutent de déclencher un processus de crise, parce qu'ils tiennent à leur place, et je serai mis en situation impossible au sein de ma formation, donc, pratiquement contraint à en lâcher la Présidence.

Elle est sidérée par le ton tranquille qu'il a pour énoncer d'aussi graves perspectives.

— Demain, ta carrière se joue, dit Noëlle, et tu es venu aujourd'hui à Venise, au lieu d'aller galvaniser tes troupes ?

— Demain sera demain, dit Tumelat en haussant les épaules, et aujourd'hui, c'est le 22 septembre 1962. Aujourd'hui je t'ai, et demain, je t'aurai encore, que puis-je craindre, ma nymphe exquise ?

Elle en a le regard embué, la douceur. Un silence relatif (leur silence) les enveloppe. Qui demeure *du* silence, malgré les bruits d'assiettes et de conversations, et le ramage des oiseaux vénitiens dans les branches des arbres.

Ils se brandissent leur amour à cœur perdu, éperdu... Se disent silencieusement qu'ils s'aiment.

Le serveur les trouble avec le plat suivant.

— Crois-tu que tu seras suivi par les tiens ? demande-t-elle, reprenant le fil interrompu.

— Je n'en sais strictement rien. J'espère les violer avant la séance, leur démontrer que l'audace est payante et que nous devons jouer la partie de cette manière et pas d'une autre. Si je les avais trop préparés, ils auraient formé des cénacles, ils auraient chuchoté, se seraient entre-démoralisés, bref m'auraient lâché avant le débat. En les prenant de vitesse, en les subjuguant, j'ai une chance...

— Qu'appelles-tu une chance ?

Il hausse les épaules.

— Tu sais, ma chérie, les tactiques les mieux élaborées ne peuvent rien contre les climats. Tout dépendra du climat qui se créera demain dans l'hémicycle.

— Je voudrais te demander quelque chose, risque Noëlle, ce serait d'assiter à la séance. Tu pourras me faire entrer ?

— Mais bien sûr, répond-il, comblé ; bien sûr...

— Alors je serai là, fait-elle farouchement, en totale communion avec toi. Je te ferai passer toutes les ondes de mon corps. Je serai ta batterie de secours. Et tu te surpasseras, tu leur parleras comme tu n'as encore jamais parlé. Tu leur diras que les hommes ont besoin d'eux-mêmes, n'est-ce pas ? Tu leur expliqueras ce que c'est qu'un pays et les gens qui y vivent ensemble. N'aie crainte de te faire moquer, mon amour, dis-leur tout, tout ce qui est en toi et que tu as accumulé au cours de ton destin. Tout ce qui restait caché, tout ce qui faisait ta véritable force. Oh ! je veux que tu réussisses. Que tu deviennes Premier Ministre et que tu accomplisses de très très grandes et belles et nobles choses...

Des larmes ruissellent sur ses joues délicates. Il est fasciné par cette petite fille exaltée qui l'implore d'être Premier Ministre comme elle lui réclamerait une poupée.

— Mais c'est le Président Tumelat ! s'exclame une voix féminine avec un fort accent italien.

Une vieille dame est là, devant leur table ; personnage de folie, sublime de pittoresque. Douairière très âgée, vêtue avec extravagance de hardes qui furent fastueuses il y a soixante ans au moins : satin, velours, perles et améthystes, mauves passés, noirs blanchis par l'âge, pourpres dont on lit la trame. Elle est ridée, plâtrée, dépeinte, la dame. Outrageusement parfumée, mais son odeur de viande ancienne, en mourance, domine comme celle d'une charogne domine les massifs d'un jardin.

Elle a des yeux écarquillés par le khôl, la seigneuriale personne, si noble dans son extravagance.

Superbe dans ses hardes pour Folle de Venise, échappée à Thomas Mann.

Elle sourit immense avec ses lèvres cyclamen. Son vieux dentier monolithique achève le personnage.

Elle tend une main gantée avec d'énormes bagues par-dessus l'étoffe. Le Président se dresse et s'incline, amorce un baise-main. Il est très ennuyé.

— Me reconnaissez-vous, cher Président ?

Elle devrait être russe. Ses fringues sont italiennes, son accent aussi, mais son excès général évoque la Russie Blanche.

— Mon Dieu, madame, vous voudrez bien pardonner à un homme qui rencontre trop de gens...

— Comtessa Montaggia, annonce-t-elle, théâtrale. J'ai eu le grand plaisir de vous rencontrer ici même, il y a tantôt vingt ans, Président ! Ici même. Je me trouvais en compagnie de mon petit-fils, alors étudiant en Sciences Politiques, qui a voulu à toute force un autographe de vous. Mais il était si timide que je me suis risquée à vous le demander pour lui.

— Oh oui, naturellement, c'était le 22 septembre 1962, n'est-ce pas, madame ?

Elle fait les marionnettes de ses deux mains enfanfreluchées.

— Madone, quelle mémoire !

Puis, avisant Noëlle :

— Votre fille ou votre petite-fille, Président ?

— Ma femelle, répond simplement le Président.

LVI

Georgette Réglisson frotte son plancher à longues chiffonnées appliquées. L'enduit d'un produit célébré à la télévision, par une dame un peu vulgaire, et qui ressemble à Georgette. Un produit engendreur d'éclats, tu sais ? D'éclats qui font ciller comme un phare de bagnole pris en pleine gueule. Et bon, le plancher brille, brille que ça n'a pas l'air vrai mais louche, en tout cas purement momentané, moi je trouve ; moi, l'auteur de Jallieu, que je me rappelle ma mère, lavant le nôtre (plancher) au savon et à l'eau de Javel. Depuis elle j'aime le chlore, son odeur décapeuse de narines encombrées. Maman, le chlore, le passé, Jallieu, le plancher... Des idées vagues, tout ça, improbables, et qui me meurent dans l'âme, plus vite que je me meurs, moi, l'auteur de Jallieu qui, à présent, s'appelle Bourgoin-Jallieu, au pied d'une colline allongée baptisée « Pain de Sucre » ; tout ça... Avec une discrète rivière presque entièrement souterraine nommée « La Bourbre », au nom obscur, au nom épais et ténébreux comme son cours dans la traversée de Bourgoin-Jallieu. La Bourbre. Je pensais à la boue. Une rivière de boue dont il m'étonnait que mon père pût ramener du poisson. Mais il en ramenait parfois. Et il me raconte encore, papa, ses pêches miraculeuses, avec des mots qui font frétiller le poisson dans la mémoire... Et que notre plancher, où en est-il, à l'heure où je te parle ? Et notre mobilier d'humbles gens, qui sentait le bois blanc verni qui est l'odeur du cercueil, toujours ... Hein ? Qu'en est-il de notre mobilier d'alors, posé sur le parquet javellisé ? Je me le demande en admirant les merveilleux meubles que me déniche ma magicienne Madeleine Ferragut au cours de ses randonnées ibériques et qu'elle me brandit en goguenardant de joie malicieuse, avec son œil qui voit tout, Madeleine, et son sourire qui devine tout, là-bas, en son Paradou paradisiaque au point qu'elle ne peut pas savoir ; pas savoir l'à quel point elle m'indispense, cette mâtine au regard comme deux dagues damasquinées, mais qui s'enveloppe soudain de ce je ne sais quoi d'irremplaçable, d'unique, d'humain en peine... Parti en couille ou fumée, le mobilier de bois verni qui sentait le pimpant cercueil ? Où est-elle allée vermouler cette panoplie à exister en famille ? A-t-elle survécu au cercueil de maman ? Mais où, en quelle basse brocante ? Chez quelles gens d'humilité laborieuse ?

Et que, merde, il m'en faut revenir chez les Réglisson : puisque c'est les Réglisson que je te raconte un peu aussi, et non pas les mémorances de l'auteur de Jallieu (Isère). L'homme s'attarde à se revivre sans trêve. Faut dire qu'ils ne laissent que des souvenirs. Et les souvenirs que des mensonges... Mentir son passé est un charme. Le mentir en toute franchise, une délectation du cœur. Enfin, je pense... Enfin, je crois. Et puis qu'importe ; mes souvenirs sont les tiens, ta vie est la mienne, tout sera mélangé après la fermeture.

Tout, épais et noir comme la Bourbre sous les maisons de Bourgoin-Jallieu.

Elle frotte d'acharnance, Georgette. Ne lui reste que ça : fourbir. Ce jour d'hui, la vie mollassonne. Sa fille déconne, elle le sait parfaitement, de même qu'elle devine que son bonhomme est parti à la rencontre d'un grand chagrin. Elle flaire. C'est dans l'air. La pression atmosphérique, comme on dit. Les grenouilles renfrognent au fond de leurs bocaux en tournant le dos à l'échelle.

Et on y peut rien. Il faut laisser se tourner la page. Demain sera mieux, plus facile à vivre. Peut-être ? Elle frotte et acharne à créer la brillance, l'étincelance, la gonzesse vulgaire de la pub-téloche serait contente, autour de son râtelier, de voir ça ; ses résultats, son impact, les fruits de son intervention.

Et la porte branloche parce que Réglisson revient et que sa clé ne trouve pas son trou. Il est nerveux. Georgette se lève et va l'aider, lui délourde juste comme enfin il a pu introduire sa carouble ; si bien qu'elle lui échappe des doigts. Il entre en furieux, bousculant sa dame, sans récupérer la clé fichée dans la serrure. C'est elle qui l'en retire.

— Et alors ? elle questionne

Il ne répond rien. Il a les yeux injectés de sang ; la figure en plâtre et allongée. Ce garçon si équilibré d'habitude est comme fou. Tu lui devines une monstre envie de briser, de défoncer... Il est embarrassé de ses membres, de sa peau. S'il ne répond pas à sa femme, c'est parce qu'il ne l'a pas entendue. Il est sourd, muet, aveugle. Il va à la fenêtre et fait mine de regarder l'angoissant horizon d'immeubles aussi butants que le sien. Mais c'est de la frime. Il respire fort, en chevrotant des poumons.

— Victor, qu'est-ce qui t'arrive ?

Silence. Elle se jette sur lui, effrayée. Rien de plus terrible que l'absence d'un présent.

— Mais réponds-moi. Qu'est-ce qu'on te voulait à la cellule ?

Hein ? Pourquoi tu fais cette tête ? Tu as bu, Victor ? Réponds-moi la vérité ; tu as bu ?

Non, il n'a pas bu, l'idée ne lui en est pas seulement venue. L'alcool n'adoucirait pas ses plaies à vif.

Maintenant, elle le secoue par ses bras. Elle sent ses muscles à travers l'étoffe. Il est très massif, très compact, fort comme un socle d'enclume.

Et pourtant, sa force ne l'impressionne pas ; elle n'a jamais admiré son mari. Elle l'aime d'estime. Simplement, et aussi parce qu'il est le père de leur fille. Et encore parce qu'il est très gentil et qu'il n'y a franchement rien à lui reprocher, à Victor, sinon d'être un homme un peu flou, trop calme, trop quotidien, comme les horaires des trains qu'il conduit.

— Tu vas me dire, Victor. Je veux savoir ce qui te prend, tout à coup, à faire cette tête, à te comporter comme un ours, à...

Il l'étourdit d'une formidable gifle. Elle en a le souffle coupé, la pauvre Georgette. Une baffe de cette ampleur, lui, si mesuré, si doux...

Et tu crois qu'il va se reprendre ? Demander pardon ? Au lieu de cela, il file s'enfermer dans la chambre de Noëlle.

A double tour.

Enfermé comme pour le restant de ses jours. Il hésite même à retirer la clé pour la lancer par la fenêtre. S'il renonce, c'est parce qu'un reste de logique en sommeil l'avertit que ce serait un geste à complications ultérieures. Alors il se contente de s'allonger sur le lit de sa fille, sans ôter ses souliers, mettant ses bras derrière sa tête. La cretonne à fleurettes roses et bleues du couvre-lit a une odeur qu'il ignore, en fait. Il ferme les yeux, ses yeux en feu, ses yeux rouges, dont l'incandescence brûle ses paupières. Son souffle oppressé gronde plus fortement depuis qu'il est à l'horizontale.

Dans le séjour, Georgette caresse sa joue meurtrie. La rage et la surprise luttent en elle. Elle voudrait comprendre. Mais DE TOUTE FAÇON de quel droit se permet-il de la frapper ? Elle va tambouriner à la porte de Noëlle.

— Non, mais ça va pas, la tête, espèce de brute ! Qu'est-ce qui te prend de me cogner sans raison ? Je t'ai fait quelque chose, dis, bougre de saligaud ? Ça ne se passera pas comme ça. Les gnons, moi, merci bien, c'est pas mon genre. Si tu crois que Môssieur peut passer ses nerfs en frappant sa femme, tu te goures, mon bonhomme ! Espèce de lâche, minable !

La porte s'ouvre, c'est un robot qui surgit dans l'encadrement, un robot qui avance son bras mécanique et exerce une lente et ferme pesée qui déséquilibre Georgette. Elle dérape sur son parquet frotté au produit de la dame au dentier vulgaire. Tombe à la renverse en se faisant très mal au dos, cette gentille dame ménagère, si résignée dans l'ensemble, mais en rébellion cette fois-ci, parce que merde, on ne va pas admettre au bout de vingt ans de mariage que votre conjoint se mette à vous molester, non ?

Blême de fureur, elle se redresse, s'époussette. Prend son sac de toile contenant son porte-monnaie et son bâton de rouge à lèvres, plus une feuille de laitue pourrie, et aussi un crayon réclame.

Elle sort de chez eux sans savoir où aller. C'est la fin de l'après-midi. Elle devrait commencer le frichti, peler des patates, mettre de l'eau à chauffer ; mais tiens, fume, qu'il crève, le cheminot ! Il peut aller se foutre sous les roues d'une loco s'il a ses vapeurs, l'enfoiré. Sûr qu'il y a eu un sac de nœuds avec les gars du Parti. Cette idée, aussi, de s'inscrire au P.C. alors que personne ne lui demande rien et que des mecs revendiquent pour lui.

Georgette ne sait où se diriger. Elle est décidée à exercer des représailles en désertant le domicile pour la soirée, mais ignore comment user les heures. Elle est toujours tellement occupée qu'elle est empêtrée dans ce temps mort à dispose alors qu'elle ne l'avait pas prévu. Elle descend, elle quitte l'immeuble.

Les locataires regagnent leur gîte. Des voisins. Visages connus, visages fatigués par la journée finissante. Ils échangent des saluts, des mots vagues, des sourires de mannequins...

Elle remonte leur courant gris. Répond par des signes de tête saccadés aux signes de tête qu'elle recueille.

La voici qui s'éloigne des immeubles pour gagner la rue commerçante, à près d'un kilomètre de là.

S'éloigne mornement, comme une vache qui rentrerait toute seule à l'étable, avertie du chemin à prendre par le sens obscur de la routine.

Pourquoi la rue ? A cause du monde et des boutiques ? Ou pour les maisons basses qui préservent encore des apparences d'humanité ? Elle rêve de villages, Georgette. De maisonnette à jardinet, dans le style de celle à feu M. Cornard. Elle en a sa claque des casernes, des graffiti dans l'ascenseur, des vide-ordures saccagés, des voisins hurleurs et du néant magistral qui entoure le tout.

Voilà la rue... Il y a des droguistes, des bouchers, des marchands de primeurs, des bistrots... Ça remue...

Sa joue enfle, elle le sent. La chair lui tire à l'endroit de la baffe, et quand elle caresse le point sensible elle constate qu'il s'est drôlement dilaté, merde !

Elle va faire quoi, à présent ? Acheter quelque chose dont elle n'a pas besoin immédiatement et qu'il lui faudra coltiner ensuite ? A quoi bon ?

Le café ? Pas son genre, à Georgette. Déjà elle déteste s'y rendre quand elle est accompagnée, tant ce lieu lui paraît factice, inutile.

Elle flânoche devant des vitrines qu'elle sait par cœur. Celle de l'électricien l'intéresse toujours à cause des ustensiles ménagers. Et puis on y voit, sur les côtés, des petites lampes à abat-jour de fausse opaline qui lui rappellent des choses ; des choses qu'elle ne parvient pas à situer, les ayant perdues en route.

Elle ralentit devant l'épicerie italienne de M. Favellini, regorgeante de denrées pimpantes. L'odeur des pâtes et du fromage est une odeur de vacances.

M. Favellini surgit sur le pas de sa porte, tablier blanc, veste immaculée, pantalon de pâtissier à minuscules carreaux bleus et blancs. Il est rondouillard, M. Favellini, avec un accent de là-bas, beaucoup de poils bruns frisés et un sourire qui frise aussi.

Il la salue :

— Bonsoir, madame Réglisson.

Il prononce Réglissonne. Son regard fait des cercles de plus en plus noirs. Sa bouche de prélat annonce le jouisseur, l'homme satisfait de ce qu'il considère comme une réussite. Sans doute est-il parti de sa province des Pouilles un petit matin, à l'âge de quinze ans, nanti d'un balluchon ou d'une valise de carton pour rejoindre un oncle à Paris. Il a travaillé dur, et à présent, il possède sa propre boutique, la plus chouette de la rue. « *Aux Produits Italiens* », tout simplement, telle est l'enseigne. « *Aux Produits Italiens.* » Première qualité.

Elle s'arrête pour lui sourire.

— Qu'est-ce que vous avez à la joue, madame Réglissonne ? C'est tout bleu et tout enflé. Vous vous êtes cognée ?

Elle répond :

— Pas moi : mon mari.

M. Favellini joue à mort la haute réprobation. Il voudrait, en la circonstance, se désolidariser des gens de son sexe.

— C'est pas possible ?

Une femme battue, pour le coup, ça l'intéresse.

— Entrez donc un moment, j'ai un produit contre les piqûres d'insectes qui fait bien aussi pour les *esquimoses*.

Georgette se dit que cela va être un moment d'usé, un moment de casé dans la mornité de la soirée.

Elle entre dans la boutique. M. Favellini regarde sa joue de plus près à la lumière des néons déjà éclairés. Il hoche la tête en produisant un « tssst tssst » de commisération. Battre sa femme, c'est franchement dégueulasse. Pour rien au monde il ne porterait la main sur la sienne qui d'ailleurs attend leur quatrième bambino à la maison, en tournant de la polenta.

— Venez dans l'arrière-boutique.

Elle le suit.

Il s'est bien installé, M. Favellini. Il y a un cabinet de toilette très confortable : lavabo, chiottes, armoire à pharmacie. Elle le regarde farfouiller dans cette dernière. Il déniche un flacon à étroit goulot.

— Prenez du coton, là. Mettez de la drogue dessus et tamponnez, vous voulez que je vous le fasse ?

— Non, non, merci. Vous êtes gentil.

Georgette se soigne devant la glace. S'y découvre une tête effroyable et se met à pleurer de pitié sur son sort. Sa fille qui lui est devenue étrangère, son mari qui se met à la brutaliser ! La voici seule et c'est une découverte pour elle, femme d'aimable connerie patiente, de résignation optimiste, femme docile et consciencieuse, prenant la vie telle qu'elle se présente. Seule, tiens donc, c'est vrai. Seule dans son grand ensemble. Ce mot d'ensemble, quelle dérision pour rassembler des centaines et des milliers de solitudes ! Seule, Georgette Réglisson, devant son parquet-miroir grâce au produit Dugenou ; seule dans l'appartement, en attente de deux êtres également seuls, auxquels elle n'apporte que de la boustifaille cuite à point, des lits bien faits et des planchers encaustiqués avec le truc de la connasse au grand dentier sous la lune.

Elle étouffe de lire cette vérité sur sa gueule. Il fallait une enflure bleutée à sa pommette pour qu'elle sache. Et maintenant, la révélation s'est produite, et elle est en état de pitoyable solitude pour le restant de son temps, Georgette Réglisson.

L'épicier qui est un brave type voudrait la consoler. Il est gêné. Rien n'intimide plus un homme que le chagrin d'une femme, en dehors de ses règles. Ses bras lui démangent. Il aimerait la saisir contre lui et lui dire qu'il l'aidera à vivre, qu'ils mangeront des spaghetti ensemble. Seulement, elle se méprendrait, le tiendrait pour un salaud de profiteur, toujours prêt à fourrer sa queue dans la détresse d'une femme en peine. Il se réprime, si j'ose dire (et que n'oserais-je pas sur une feuille blanche, moi qui crains tant dans le civil de la non-écriture ?) ; se retient donc, notre rital épicemard. C'est un bon mari, bon père, sérieux commerçant de surcroît, naturalisé français, ça va loin ! Il n'a jamais entrepris plus loin qu'un sourire avec ses clientes, qu'à peine, les jours d'été, s'il ose, quand elles sortent de sa boutique, lire leurs culs par transparence à travers leurs minces cotonnades.

Mais c'est Georgette, toute chaude de pleurs qui se jette contre lui par besoin de réfugiance. Elle mouille sa veste blanche, s'écorche le front aux agrafes des stylos garnissant sa poche supérieure. Produits supérieurs, chez Aldo Favellini ! C'est écrit un peu partout dans le magasin. Poche supérieure, produits supérieurs ! Sentiments de qualité supérieure itou. Bravo, maison de confiance ! On n'accepte pas les chèques.

Il héberge sur sa poitrine italoche le désarroi de cette femme, cliente pourtant occasionnelle. En est ému, confus, reconnaissant. Il dit, en lui caressant les omoplates : « Allons, allons, il ne faut pas. » Et se rend compte, tout en causant, qu'elle est drôlement pulpeuse, la signora Réglissonne. Bien en chair tiède, donc bandante. Lui, sa dame arrivant en fin de parcours de sa grossesse, fait ballon depuis un certain laps déjà. Alors ses sens s'émeuvent.

Dans la resserre, cela sent l'huile d'olive vierge et les pâtes stockées, odeurs vivifiantes s'il en est. Georgette s'abandonne carrément, pas par luxure ni désir de vengeance, mais par intime besoin de protection. Cet Italien d'accueil, épicier de grande classe, calme sa détresse avec un minimum de gestes et de mots, que juste il a son bras sur son épaule et une bandaison discrètement fourmillante contre son pubis. Mais le magasin est ouvert, des clientes vont survienndre et tu peux pas te permettre d'enfiler une dame au débotté, sur des cartons de nouilles, de spaghetti, de coquillettes, de lasagne verde, de macaroni, de vermicelles et autres que j'oublie et m'excuse de.

Il est bien ennuyé, M. Favellini, de rater une aussi superbe occase, surtout avec les amygdales enflées qu'il coltine dans son Eminence grise. Sa chasteté s'accommoderait parfaitement d'un mignon péché véniel accompli dans l'arrière-boutique. Il se demande le moyen de comment faire pour. Et l'idée lui surgit qu'il a un petit panneau à dispose : « Fermé pour quelques instants », qu'il suspend à un crochet à ventouse fixé à sa vitre après avoir retiré le bec-de-cane, quand les besoins de déféquer l'emparent, et chez lui, il s'agit d'un rituel prolongé, car il est d'intestins réticents, le pauvre. Il dit « Scousate » ou un machin de ce genre et fonce retirer son bec of cane et mettre l'écriteau.

Puis, comblé, à l'aise, insoucieux d'un hypothétique manque à gagner, il revient à sa cliente en perdition ; l'assure mieux entre ses bras velus en lui promettant qu'il est là, qu'elle doit réagir, et tout ça, des choses qu'elle a besoin d'entendre, et lui besoin de dire pour préparer la voie triomphale à ses mouvements.

Tu penses qu'elle a compris où il voulait en venir, le brave italoche, Georgette. Honnête femme, certes, mais informée par la rumeur de ce genre de choses. A cet instant, elle évoque le jour où, touchée par la générosité d'oncle Eusèbe, elle lui a montré son cul de ménagère laborieuse. La manière qu'il a pris du recul pour mieux considérer l'ensemble, en plan général, et le regard en binocle qui lui était venu, à M. Cornard, à regarder ce gros beau cul plantureux, l'air pensif, comme s'il lui rappelait quelqu'un. Et sans doute était-ce pour attiser des souvenirs qu'il lui avait demandé, très civilement, de se trousser ? Par tourment de mémoire, pour confronter la réalité à des images en perdition dans sa tête.

M. Favellini n'est pas très expérimenté dans les entreprises extra-conjugales. Tendeur, oui. Casanova, non, bien qu'étant originaire d'entre Venise et Trieste. Il n'a pas le velouté qu'on pourrait lui espérer. Mais sa gaucherie fiévreuse ne déplaît pas à Georgette. Elle le guide un peu, mine de rien, comme pour la danse, quand une partenaire aide sans avoir l'air son cavalier à trouver le bon pas, le bon rythme. Elle est consentante. Après tout, elle ne pouvait pas laisser passer ça, cette monstrueuse torgnole du cheminot. vlan ! Et sa bourrade mauvaise qui l'a mise à bas, Georgette. sur son parquet fourbi au machinchose de la tévé. Là, au moins, elle saura qu'elle a pris ses distances, par rapport à l'événement conjugal. Se laisser emplâtrer par un marchand de macaroni en rut, c'est encore la meilleure des diversions.

Alors elle s'abandonne, contente d'avoir justement changé de culotte en début d'après-midi.

La vie est bien faite. somme toute.

LVII

Le Président dépose Noëlle là où il l'a prise, le matin, à ce carrefour derrière l'essaim d'immeubles, lequel est éclairé à présent par de hauts lampadaires dont les globes sont cassés par les frondes des gamins.

Un immense panneau-réclame est fiché dans le terrain vague encore disponible, qui attend pour incessamment des bulldozers voraces. La pube explique comme ça que *Coca-Cola* doit se boire glacé. Et on voit une jolie fille, à frime amerloque, qui semble prendre un pied terrible en brandissant sa bouteille brune, comme si c'était une bite.

Noëlle descend de l'auto, la contourne par l'avant et vient embrasser son amant à sa portière. Elle a pris un coup de soleil au visage sur la lagune. L'odeur émouvante de l'eau demeure embusquée dans ses frémissantes narines. Elle est heureuse, grisée. Venise est restée en elle. Venise s'étend dans l'horizon morose de sa banlieue d'agonie. Elle se dit, avec une joie d'enfant, qu'elle arrive de Venise. Oui, ce matin elle était là, près de ces clapiers monstrueux. Ce soir également. Mais dans l'intervalle, elle a admiré des palais roses et des gondoles noires, des îles posées sur l'eau comme d'énormes et chatoyants nénuphars. Elle a vu s'envoler les pigeons de Saint-Marc. Elle est passée sous le Pont des Soupirs. Et son merveilleux Président lui a fait l'amour, éperdument, dans un lit marqueté du *Gritti-Palace*, tandis que vrombissait le Grand Canal, sous leurs fenêtres, et que des gondoliers à l'amarre jacassaient au petit embarcadère, près de l'hôtel. Journée merveilleuse, de liesse à deux, farouche, ardente, inoubliable. Un 22 septembre 1962 comme il ne s'en trouvera jamais plus, jamais plus, et qui l'accompagnera jusqu'à la tombe, Noëlle, au bout de sa vieillesse, au bout de sa mémoire.

Ils se mordent les lèvres. Ils s'adorent.

— A demain !

Elle le fera demander à son bureau de l'Assemblée. Il lui

remettra une carte d'accès aux tribunes. Ce sera la séance décisive. Demain, il sera triomphant ou battu ; mais demain ils auront de toute manière leur amour, et cela seul importe. Rien ne saurait leur arriver de vraiment fâcheux, puisque demain ils continueront d'être l'un à l'autre.

Un ultime baiser.

Elle s'envole, sort des lumières comme une phalène aspirée par la nuit. S'engage dans le redoutable univers des immeubles... La phalène dorée dans sa course légère...

Il se récite le vers de Musset. Respire un grand coup et démarre vers les tracasseries de sa vie antérieure.

* * *

Noëlle sonne, mais personne ne vient lui ouvrir. Elle est alarmée, tout à coup. Comment se fait-il que sa mère soit absente à pareille heure ?

Elle regarde sous la porte, espérant apercevoir un rais de lumière, mais non.

Sonne encore, puis tambourine. Grand Dieu, serait-il arrivé un malheur ?

Que va-t-elle faire ? Prévenir les gardiens ? Et que feront-ils ? Possèdent-ils un passe qui leur permet d'ouvrir toutes les portes des locataires ?

Comme elle se pose la question, la porte s'ouvre dans le noir. A la lueur verdâtre du palier, elle reconnaît son père. A le temps de se dire que, mort, il fera cette tête-là, Victor ; cette tête couleur de soufre, rigide, avec des yeux inexpressifs. Mais elle n'a guère la possibilité de penser davantage car elle est saisie par un bras, happée, amenée à l'intérieur de l'appartement. Elle reçoit un coup de poing. Le reçoit au défaut de l'épaule, avec dérapage sur le cou. Elle titube, pousse un cri de souffrance, un second de stupeur. Son père, cette brute ? Son père qui ne l'a jamais touchée, et qui, voilà-t-il pas, la boxe !

Elle est empoignée par son col qu'elle sent craquer sous l'effet de la malmenade. Conduite dans sa chambre. Le logement baigne dans la pénombre, sauf toutefois sa chambre qui bénéficie de la lampe de chevet.

Elle est fascinée à la vue d'une espèce de reptile sur le plancher, reconnaît sa flûte tordue et sent son cœur éclater de détresse. Un cataclysme ne l'effraierait pas davantage que cet instrument argenté, ignominieusement coudé, et mort, donc, sans possibilité de revie. Son enfance est disloquée. Son adolescence saccagée. La flûte assassinée lui cause un désespoir d'une violence étouffante parce qu'elle est trop soudaine.

Elle est toujours agrippée par la main de folie du père. Victor veut la précipiter sur son lit, et le haut de la robe se déchire jusqu'à la taille, découvrant la poitrine de Noëlle enclose dans un chaste soutien-gorge encore imprégné de la salive du Président.

— D'où viens-tu, saloperie ! demande Victor Réglisson d'une voix de violeur en train de s'assouvir.

Elle voit que le moment est arrivé ; le grand moment de vérité. Ne la sait-il pas déjà ? Du moins en grande partie ?

— De Venise, dit-elle.

Il est abêti par la réponse.

— De quoi ?

— J'arrive de Venise, reprend la jeune fille Nous avons pris un avion ce matin, un autre ce soir. Voilà.

Nous ! Elle a dit « nous ». Il se sent bafoué. Bravé. Il gifle à la volée, une fois, revers ! Une deuxième fois, nouveau revers La tête de Noëlle ballotte, se marbre instantanément de rose. Elle ne pleure pas et, chose curieuse, sa peur se calme. Elle est terriblement lucide, passive, d'une résignation froide. La fureur paternelle la rapproche du Président. Elle la rend davantage sienne encore.

Réglisson prend brusquement conscience de son accès de folie Il s'arrête de battre sa fille. Un long instant d'incertitude passe entre eux deux. Victor attire, du pied, le fauteuil léger, en faux acajou, placé devant la petite table où, pendant des années, Noëlle a fait ses devoirs. Il s'y assoit comme un vieil homme fatigué par un long déplacement.

— Tu es devenue folle, murmure-t-il. Comment peux-tu *aller* avec un homme qui pourrait presque être mon père ?

— Je l'aime.

Il rebiffe.

— Non, impossible ! Tu crois l'aimer parce qu'il est célèbre, il t'impressionne, il te subjugue, ce vieux saligaud, mais c'est impossible que tu l'aimes ! Ton grand-père ! Tu couches avec un homme qui a l'âge de ton grand-père ! Tu couches, petite salope ! Hein, que tu couches ?

— Oui.

Il gémit sous l'aveu, il espérait tellement qu'elle protesterait, nierait, s'indignerait. Pour un peu, il la supplierait presque de le faire. Il a mal d'entendre ça. Mal de voir qu'elle admet tranquillement l'accusation, sans la moindre regimberie.

Oui, elle couche ! Elle se tape ce vieux cheval de politique, cette grande gueule du capitalisme ! Oh, bordel de merde, mais qu'a-t-il fait pour mériter un malheur pareil, le driver de loco ?

— Tu couches avec ce vieux mec fané ?

— Oui, et il n'est pas fané. Je l'aime, il va m'épouser !

Il hurle :

— Jamais ! Ah ! non, pas ça... Surtout pas ça ! D'abord il se fout de ta gueule, ma fille. Est-ce qu'on épouse une gamine de cheminot quand on est le Président Tumelat !

— Oui, on l'épouse, assure-t-elle avec feu ; on l'épouse, tu verras !

— Quand je t'entends parler ainsi, je voudrais te tuer.

— Eh bien, tue-moi. Mais essaie de comprendre que ça n'est pas ma faute. Je suis folle de lui, papa, parce que c'est un homme merveilleux, plus beau qu'un jeune premier, plus sensible qu'un artiste, plus tendre qu'un oiseau en cage. Je lui appartiens. Tu peux me tuer, en effet, mais tu ne pourras pas m'empêcher de l'aimer, de l'aimer, de l'aimer, de l'aimer...

Elle a joint ses mains, comme sur ses photos de communiante, levé sa face tuméfiée par les gifles vers le ciel où les voisins du dessus ont déclenché un match de football. Elle est inspirée et pathétique. Elle intimide son père. La ferveur est toujours impressionnante.

Brisé, vaincu, il balbutie...

— Ô, ma fille ! Ô ! Ô ! Ô, ma petite, ma toute petite, mon enfant... Mon bébé...

Alors elle va se jeter à genoux devant son père et lui demande pardon, là, bien calmement. Pardon pour le mal, la désilluse. Pardon de n'être qu'une petite femelle en ardeur de vieux mâle. Pardon de n'avoir ni su, ni pu, ni même voulu résister à l'amour. Pardon, peut-être... Pardon, à tout hasard... Mais elle n'est pas en état de repentir. Son pardon n'implique aucune imploration. Pardon, au nom du destin, tu comprends, Ducon ? Pas en son nom à elle. Pardon, au nom des circonstances ainsi fagotées. Pas pardon d'aimer le Président. Ça, au contraire, c'est son rare bonheur miraculeux. Mais en dehors de lui, alors pardon, oui, pourquoi pas ? Pardon, pardon, et pardon, merde !

Il caresse la longue et soyeuse chevelure blonde. Il soupire :

— Et dire que c'est fini, fini. Et dire que tu n'es plus à moi, ma Noëlle. Plus à moi qui ne vis que pour toi. Et pourtant, si tu savais comme je t'ai en moi, ma gosse, ma petite môme. Tu étais encore bébé, hier, et tu criais, la nuit. Je me levais pour te donner le biberon, car ta mère a toujours eu un sommeil de pierre. Et je regardais ta petite bouche goulue sur la tétine, et ça me faisait tant de bien, ce lait qui rentrait dans ta gorge, ma chérie, ô ma chérie d'enfant. Ma chérie... A la clinique, la nuit où tu es née, quand on t'a apportée dans la pièce où j'attendais, j'ai cru que j'allais m'évanouir d'extase, mon amour. Tu étais violette, et tu gueulais, et ta bouche grande ouverte ressemblait à celle des oisillons, tu sais, quand leurs parents reviennent au nid pour leur apporter des insectes et que tous, sans encore y voir clair, les réclament en piaillant.

« Après le biberon, je plaçais mon gros doigt d'ahuri dans ta minuscule main et tu le serrais avec une force étonnante. Et puis tu t'endormais, et j'osais pas retirer mon doigt, ma petite fille, ô mon bébé tout rose. Tu le gardais serré. Je restais là, des heures, dans le noir, à écouter le petit bruit rapide de ta respiration. Et quand je m'ankylosais et que j'essayais de reprendre mon doigt, toi tu serrais encore plus fort. Et j'étais heureux que tu me serres ainsi, ma fille chérie, à moi, rien qu'à moi, rien qu'à moi comme je croyais alors...

« Et quand ta mère allait faire ses ménages, je te gardais et je changeais tes langes, et je nettoyais avec du coton enduit de crème ton tout petit derrière rougi. Et je criais de rire, ma fille toute chérie, je criais de rire à regarder ton minuscule derrière rouge, bien nettoyé par papa. Je tenais tes deux chevilles dans une seule main pour te soulever de la table quand je remplaçais ta couche salie. O, ma fille, tout ça est donc fini ? Fini pour toi ? Comme si ça n'avait pas existé, jamais ?

« Plus tard, la nuit, tu ne pleurais plus, mais tu appelais. Et sais-tu ce que tu criais, ma toute mignonne fille ? Tu criais « papa », oui : papa. Moi, papa ! Tu m'appelais, moi, moi tout seul, moi : papa. Tu n'appelais que moi. Papa ! Dans la nuit, dans mon sommeil, ce cri me venait comme de la musique, pendant les vacances dans le Midi, lorsque tu fais la sieste et qu'une musique retentit quelque part. Papa, dans la nuit, au milieu de la nuit. Et je me levais. J'étais tout nu, je mettais mes deux mains devant mon sexe pour aller voir ce que tu désirais. Et souvent tu me demandais de l'eau ; mais des fois aussi, ce n'était que pour un baiser, un simple baiser au milieu de ta nuit, parce que tu venais de rêver et qu'il fallait te rassurer, mon tendre oiseau de fille, te calmer. Alors tu criais papa, et j'accourais, tout nu, mes mains devant ma queue, par pudeur, pour t'embrasser et te dire que tout allait bien et que j'étais là. Et voilà que, maintenant, tu n'as plus besoin que j'y sois. Un autre est venu, et je ne compte plus pour toi, ni la nuit ni le jour. Un autre qui pourrait être mon père, et qui te fait l'amour, l'affreux type, l'amour, à toi qui viens juste de naître et dont je talquais les fesses hier, ou avant-hier au plus. Crois-tu que j'aie talqué ton adorable cul pour la jouissance d'un vieux bouc, mon enfant de fille ? Crois-tu que les baisers que je te donnais en pleine nuit, mort de sommeil et de fatigue, je les posais sur une bouche destinée à un affreux sagouin ?

« Bon, mais attends, tu as grandi. Tu te souviens de tes maladies d'enfant, toi ? Non, n'est-ce pas ? Moi, si. Intactes ! Tu avais de la fièvre : une broncho-pneumonie ; tu délirais, tes fins cheveux blonds collés à ton front par la sueur. Tes joues étaient rouges comme les pommes que je faisais briller sur ma manche avant de te les offrir. Des nuits complètes, je te veillais, ma puce de fille. Des nuits, avec la frousse au ventre que tu me meures sous les yeux, toi ! Toi que j'aimais si terriblement. Parce qu'il y a ceci à dire : l'amour, le vrai, c'est toi ! Ta mère, ça n'a été qu'une babiole. Un air d'accordéon. Une démangeaison. Mais toi, toi, ma colombe de fille, tu représentes tout le reste, tout ce que je n'ai pas vécu d'amour, tout ce que j'avais à donner d'amour, toute ma fierté d'aimer. Mes pensées de tout le jour. Quand je conduis ma machine, j'aperçois ton visage dans la vitre, et plus loin, au fond de la voie où il y a de la buée tremblotante qui recule à mesure que j'avance. Lorsque tu as commencé à jouer de la flûte, j'ai cru avoir enfanté un ange. Je te regardais à n'y pas croire, et il y avait des sanglots dans mes tripes... Oh ! et puis tout, quoi ? A quoi bon te l'énumérer ? Puisque ça n'existe plus qu'à l'état de souvenir, puisqu'un sale salaud de vieux bonhomme est venu arracher ce bonheur de mon cœur pour s'en faire un matelas ! Il a des varices, je suppose, ton vieillard ? Et un dentier plus vrai que nature ? Et des tas de choses bidons qui l'aident à paraître. Oh ! le fumier, ma fille chérie. L'infect personnage ! Le puant vicieux ! Toi, si ange, si blonde, avec tes grands yeux, ta jeunesse, ta taille de papillon ; et lui, fripé, ridé, pâle de viande mal arrosée par le sang, à son âge ; lui avec des taches brunes par tout le corps, des taches de vieillesse, sais-tu ? Et des veines qui sortent, et des lunettes plein ses poches, je me doute bien. Et des remèdes pour le matin, pour midi, pour le soir, pour la journée et pour la nuit. Des remèdes pour le cœur et l'estomac, pour l'intestin, le foie, les rhumatismes. Des remèdes pour essayer de moins vieillir vite, mais rien n'y fait : il vieillira de plus en plus vite. Il sera de plus en plus blanc, et sa chair fera de plus en plus de plis, sa peau aura de plus en plus de taches brunes. Il aura l'haleine de plus en plus fétide, le matin, malgré ses eaux dentifrices et les tablettes à sucer. Ses veines sailliront de plus en plus, elles formeront des espèces de nœuds en chapelet, horribles, à dégueuler, ma douce fille, à dégueuler !

« Et toi, si belle, si douce, qui resteras innocente, malgré ses cochonneries de vieux jouisseur, toi, tu le laisserais frotter son ventre flasque sur le tien si dur. Son ventre grenu d'avoir trop bouffé, sur le tien si lisse d'être neuf ? O, ma fille d'amour, ô ma petite fleur bleue de fille, mon cheveu d'or de fille qui me défatiguais d'un de tes sourires, le soir, en faisant tes devoirs. O, ma jolie bien-aimée fille, qui criais si bien « papa ! » dans le silence de la nuit ; comprends que c'est impossible, toi et lui. Que cela offense la nature. Qu'il s'agit d'une honte pour le genre humain. Il pourrait être le père de ton père, je pourrais être sorti de ses couilles, sache-le bien, mon rêve de fille de connasse de merde ! Tu vas pas te faire un bouc, nom de Dieu de foutre ! Te laisser grimper par cette grande ganache de kroumir en putréfaction ! Un birbe ! Un vieux jeton ! Un croulant ! Un amorti ! Un délabré ! La Tour de Pise ! Je t'interdis. Tu n'es pas venue au monde pour ça ! Le soir, quand je rentrais tard, je passais dans ta chambre. Parfois, tu révisais et je sentais l'odeur de tes livres et de tes cahiers, je restais un instant à te contempler, à te demander si ça allait. Mais, la plupart du temps, tu dormais, et je prenais un pied terrible accroupi auprès de ton lit, me retenant de respirer par crainte de te réveiller. Je sentais ton odeur de petite fille. Je me disais : « c'est ma fille ». Et, avant de sortir, je te chuchotais à l'oreille : « C'est ton papa qui t'aime », pour que seul entende ton subconscient. Ton papa qui t'aime. Mais les filles, ça ne les intéresse pas que leur papa les aime. C'est trop banal, cela va trop de soi. Elles préfèrent les autres, les voleurs du dehors, prêts à venir les prendre au nid, comme les bohémiens pillaient les poulaillers dans mon enfance.

Il dit cela, Victor Réglisson. Il le dit autrement, avec ses mots à lui, mais il le dit tel que je te le rapporte avec les miens à moi. Et bien plus bellement, bien plus pathétiquement que je ne sais le faire, moi, humble romancier de Bourgoin-Jallieu où ne s'enfantent pas les plus grands écrivains de France.

Il dit cela, avec son cœur éperdu. Le dit de toute sa vaste et infinie détresse de père privé de fille par un vieux beau déliquescent.

Et il ajoute, dans son beau langage de père malheureux, que je parle mal et traduis approximativement, n'étant qu'un écrivain secondaire, peu informé de la chose littéraire, n'en ayant rien à branler d'ailleurs, qu'à quoi ça sert-tu-peux-me-dire ? La vie n'est pas fignolée. Elle est pleine d'entailles, comme un billot.

Et il ajoute, te disais-je, Victor Réglisson, conducteur de locomotives électriques ; il ajoute :

— Tu n'as pas pu crier tant de « papa », dans la nuit, tant de « papa » pour me réveiller, au milieu de ma fatigue, et des fois m'arracher d'entre les cuisses de ta mère, tu n'as pas pu lancer tous ces « papa » qu'on devait entendre dans tout l'immeuble, pour finir chez un maudit bonhomme, un pourri reconnu de danger public, un exploiteur de bulletins de vote ! Dis, c'est impossible, ma rose blanche de fille, ma rose rose, ma rose bleue ; pas possible ! Papa, à moi ! Papa, et je trottinais de pièce en pièce, les mains cachant la bite, les fesses rentrées pour faire moins incorrect ; ne prenant pas le temps de monter dans mon slip, tellement j'étais tout de suite fou d'inquiétude en entendant ces papa ; je me précipitais en trottinant à cause de mes fesses rentrées et de mes mains pressées sur ma queue, trottinais jusqu'à ton petit lit d'ange qui sentait l'eau de Cologne et le lait, ô ma fille ! Ma fille qui m'est venue du ciel et qu'un démon m'emporte. Je le tuerais, si je savais que tu ne le pleurerais pas. Mais tu le pleurerais, ce saligaud, avec tes larmes de madone, mon ange pur de fille ! Tu le pleurerais et je resterais comme un con devant son cadavre qui ne servirait qu'à t'arracher des larmes de madone !

— Papa ! s'écrie Noëlle.

Il se tait, la regarde.

Elle a le visage sec, les yeux nets. Juste un petit air soucieux

— Papa, préférerais-tu que je me donne à une jeune imbécile? A un beau gosse flambard, soucieux de son physique et de sa situation? A un de ces jeunes veaux fringants qui considèrent très vite leur femme comme un produit de consommation courante? Et qui leur font des gosses sans y penser. Et qui en regardent vite d'autres pour voir si elles font mieux l'amour que la leur qu'ils estiment définitivement annexée? Non, papa, non! Pour moi, c'est trop imbécile, trop loin de ce que j'attends. Je préfère appartenir à un homme qui s'est débarrassé de ses errements et qui est capable d'apprécier l'amour. Le Président n'est pas seulement le politicard que tu crois. C'est un homme plein de feu, de sève, d'élans; puis de cœur. Un homme de poésie, de tendresse. Un homme qui vient de se rejoindre et qui va s'accomplir. Il ne faut pas mesurer l'amour avec un calendrier. Sa durée possible importe peu, ce qui compte, c'est sa réalité, son intensité. Je préfère vivre dix ans de plénitude avec le Président, que cinquante ans de flou avec un homme jamais fini. Et puis il y a une chose sublime, papa : le Président Tumelat a besoin de moi. Un jeune n'a jamais besoin que de lui. Demain soir, il viendra ici, et vous parlerez. Je sais qu'il te convaincra, malgré ta jalousie paternelle.

— Me convaincre que tu dois épouser ton grand-père! ricane Victor, tu te fous de moi, ma fille!

Et là-dessus, que je te dise : voilà Georgette qui refait surface, la gentille gueuse-salope. Avec l'aplomb des femmes adultères. Car seules, les autres ont des bouffées craintives. Elle se plante dans l'encadrement, vaillante, avec son sac de toile à la main qui contient un bidon de deux litres d'huile d'olive provenant d'Italie, ses cheveux un peu défaits, et une tache de foutre au bas de sa robe, que ce con d'Italoche n'a pas su repérer après qu'elle se fut rajustée.

Son œil de ménagère avertie repère d'emblée la flûte tordue et la robe déchirée de Noëlle.

— Alors, ça continue, le carnage! J'aimerais un peu savoir ce qui se passe dans cette maison, dit-elle, sévère.

— Il se passe que ta fille veut épouser un bonhomme qui pourrait être mon père, rétorque Réglisson.

Elle méduse ferme, la Georgette.

— Toi! lance-t-elle à sa fille, le temps de préparer la suite.

— Oui, moi! brave l'adolescente.

— Mais tu es devenue folle! Je le sentais! Elle est folle! J'espère que tu ne vas pas laisser faire ça? dit-elle à son époux.

— Jamais, je préférerais tuer ce sagouin! promet Victor.

— Et c'est qui, ce vieux sale?

Le cheminot ricane :

— Je te le donne en mille : le Président Tumelat.

La surprise écarquille Georgette.

— Vous me faites marcher, non? balbutie-t-elle.

— Pas du tout, figure-toi que ta fille est folle de lui, c'est le chevalier Bayard et Alain Delon réunis, plus l'abbé Pierre. Et voilà ce que je dois apprendre de la cellule de mon Parti !

Georgette Réglisson hoche la tête.

— On croit rêver, dit-elle, on croit rêver. Notre fille qui va devenir la Présidente Tumelat !

Elle ouvre ses bras à Noëlle :

— Ma petite fille, mon enfant ! Ce que je suis heureuse ! Embrasse ta maman !

LVIII

Depuis que sa légitime épouse a réintégré l'appartement de Neuilly, le Président a cessé de recevoir la mère Alcazar dans sa chambre. Question de décence.

Il se lève plus tôt que d'ordinaire et, son café avalé, avant de prendre son bain, se rend dans le bureau de sa secrétaire. Là, en dix minutes, il déblaie l'agenda, expédie le dossier courrier, trace le boulot du jour. Ensuite de quoi, il fuit cette vieille chaussette qui, depuis peu, l'épouvante.

On lui a dit que Ginette n'avait pas travaillé hier, pendant qu'il était à Venise. Il a mis cette absence sur le compte de la maladie du mari. Son état a dû s'aggraver, au Jérôme, et sans doute a-t-on mandé sa bergère d'urgence ?

Il entre sans toquer chez sa collaboratrice. Il a un recul en l'apercevant. De noir vêtue, blafarde, les bras croisés, elle l'attend, adossée au grand classeur à volets, immobile et farouche, vénéneuse, avec des dents de rage et des yeux de meurtre.

— Il est arrivé quelque chose à votre époux, mon petit ? questionne le Président, qui n'a pas d'autres explications à se fournir devant cet être de désolation.

Alcazar ne répond pas.

— Il est mort ? insiste Tumelat.

Mais il n'y croit pas trop. Elle attend son veuvage, Ginette, comme un candidat au bac les résultats de l'écrit. Elle ne lui a pas caché son allégresse lorsque le mari a eu son « attaque ». Il a même dû la rabrouer, invoquer la décence, tout ça.

Elle s'arrache au mur et fait des pas courts jusqu'au bureau, désigne deux coupures de presse sur son sous-main. L'une a été prélevée dans *France-Soir,* l'autre dans *Parfait*.

— Oui, fait le Président de son ton le plus serein, et alors ?

Comment « et alors » ? Il a l'aplomb de trouver ces articles normaux, le monstre ?

— C'est la fille de la femme de ménage, n'est-ce pas ?

interroge-t-elle avec une voix comme il en sortait des premiers gramophones. Je la reconnais · elle accompagnait sa mère, à l'enterrement.

— Eh bien, vous êtes physionomiste, Alcazar C'est bien d'elle qu'il s'agit en effet.

— Et vos rendez-vous galants ont lieu chez Eusèbe ?

— Toujours exact, ma belle. Cela dit, je n'ai pas à subir vos interrogatoires, aussi allons-nous laisser tomber le sujet pour n'y plus revenir. Ma vie privée ne vous concerne pas.

Là, elle révolte, la donzelle. Faut voir cet éclair qui lui part de l'œil, ce vinaigre qui lui gicle de la bouche.

— Votre vie privée ne me regarde pas ?

— Non, ma vieille, rigoureusement pas.

Sa vieille bondit. La ménagerie quand le temps est à l'orage et que les abattoirs sont en grève ! Un naja dont on coince la queue ! Une louve dont on veut caresser la progéniture. Et ainsi de suite du même tonneau, tu m'as compris ? L'hyène ! La dame vautour ! La vérole représentée par Walt Disney ! Tiens, je cerne : la sorcière de Blanche-Neige, frappant ! Quand elle regarde la petite princesse clapper la pomme chez les nabots. Et qu'elle la sait en mortance, et qu'elle mouille de haine assouvie. Ya yaïe, ce cauchemar vivant ! Cette goule atroce !

— Vous n'êtes qu'un misérable, Président. C'est monstrueux de torturer une femme comme vous le faites ! On ne brise pas le cœur d'une maîtresse aussi soumise et vigilante. Je suis votre ange gardien, ne l'oubliez pas. C'est moi qui vous sers de bouclier, moi qui organise votre vie politique. Sans moi, vous vous écrouleriez !

Là, le signor Présidente commence à en avoir plein ses galoches de la mégère-secrétaire.

— Je crois que vous vous êtes monté le bourrichon, la mère, dit-il. Il est temps que nos pistes s'écartent. Vous allez rassembler vos frusques et vider les lieux en vitesse. Non, mais sans blague, parce qu'on fait une bonne manière à ce prix de beauté, par politesse presque, il se croit déjà Reine de France ! Foutez-moi le camp, Ginette. Et vite, mon homme d'affaires s'occupera de votre prime de licenciement.

Tout en parlant, il va au classeur et récupère (on ne sait jamais), la boîte à malices dont elle pourrait user à son profit, et contre lui.

Alcazar se dit que la Terre tourne, certes, mais pas dans le sens détecté par Galilée.

Que ce moment n'est pas vrai. Qu'il s'est évadé du subconscient d'un dormeur en plein cauchemar, mais va le réintégrer très vite.

Des années d'adoration, de prosternation. Sa vie entière, livrée à cet homme ! Ses sens détraqués par lui. Un mari en cours d'assassinat, pour lui. Non !

— Horace, balbutie-t-elle, Horace, mon aimé, mon roi ! Horace, mon bel amour, cesse de me tourmenter ainsi, par pitié, tu me fais trop de mal. Pourquoi ces monstrueuses taquineries, grand fou ? Je le sais que tu m'adores. Je le sais que tu es à moi autant que je suis à toi. Nous nous appartenons pour l'éternité, toi et moi. Sans doute as-tu voulu jouer avec cette petite idiote blonde, gros cochon ! Besoin de chair fraîche, hein ? Alors la fille de la bonniche, hop ! Grand fou ! Mais je ne t'en veux pas.

Le Président, ça lui siffle dans la tronche, tout ça, tu croirais le passage d'un train dans un spectacle de Robert Hossein, mon merveilleux. Il suffoquerait s'il était moins aguerri, Tumelat. Plus perméable aux pires situasses.

Très crocheté, il articule :

— Allez, allez, barrez-vous, Alcazar ! Et vite.

Elle secoue la tête, cette pétasse blette.

— Non, je sais que tu m'aimes. Peut-être n'en as-tu pas conscience ; cette connasse blonde, c'est l'arbre qui te masque la forêt de ton amour pour moi. Tu m'aimes, Horace, je le sais, tu m'en as donné tant de preuves !

Ce que ce langage l'enrogne, le pauvre bonhomme. Quoi de plus chiatique qu'une gonzesse qui s'obstine à croire que tu l'aimes ? Quoi de plus affolant au monde ?

Il se retient de lui pisser contre. Et si je t'avouais que ça le démange, et moi encore plus de le faire compisser cette houri du diable, que je n'aurais que trois lignes à écrire pour qu'elle se retrouve ruisselante au milieu d'une flaque, la Ginette ! Arrosée de première par la lance infaillible et drue du Président. Lui, la prostate connaît pas ! Jamais tu le verras se faire éplucher la zézette par un crackman de la lame.

Ce qu'il se reproche de l'avoir calcée, la belle. Maintenant, si elle se met à faire du cri, il aura l'air de quoi, Tumelat ! Tu parles d'un gibier déplumé à son tableau de chasse !

Le mieux sera de nier tranquillement leur passé frivole, de le décréter nul et non avenu ; le rayant ainsi de la réalité. Mentir, ça n'est pas seulement travestir, c'est beaucoup souvent anéantir. Si j'écris « beaucoup souvent », fleur de courge, c'est délibérément, ne pas croire que cela m'a échappé.

Mais gardons en point de mire le Président Tumelat et sa dingue amoureuse. Fallait qu'il comprenne où il plaçait sa queue, l'apôtre. Calcer inconsidérablement provoque des conséquences. On croit, les hommes, que c'est juste une pirouette du bas-ventre, fig-fig, en vitesse, pour dégorger l'escarguinche ! C'est oublier l'idée que s'en font les dames. Va-t'en leur expliquer, par la suite, que tu les as limées sans amour, que c'était purement glandulaire, un simple spasme agréable, l'éternuement de l'instant, va-t'en, mon beau cornichon, leur faire entendre raison, aux femelles ; qu'à peine tu leur en as glissé quatre centimètres qu'elles t'estiment à elle, les greluses tyrannes ! Merde ! ça malconcorde. Faudrait pouvoir mettre les choses au point, leur expliquer que le don, c'est pas un coup de reins. Que même en les remplissant de foutre on continue de se garder pour soi. Et que l'amour, ça implique tout autre chose. Le merveilleux, il séjourne pas entre les jambes. Le merveilleux de la passion, c'est un grand malheur de besoin, une radieuse lumière intérieure, et des apothéoses à n'en plus finir. Tout ça, tu connais, j'espère ?

— Alcazar, déclare le Président, vous allez essayer de comprendre ce que je vais vous dire. Il n'existe pas l'ombre d'un sentiment de moi à vous et il serait parfait qu'il n'en existât pas non plus de vous à moi.

T'as remarqué ces subjonctifs, Bazu ?

Et chez lui, ça coule naturel. Il a appris à ses débuts, s'est exercé. Il dérapait un peu dans les concordances, au commencement, ensuite il a maîtrisé sa grammaire, Horace. Et ce qu'il a bien fait ! La seule chose qui éblouit franchement le populo, c'est le subjonctif aisé. Ne cherche pas plus loin et travaille-le ! Le subjonctif. Au plus-que-parfait, surtout ! Là, oui, c'est plus que parfait, c'est le tout grand pied chevronné. « Que j'eusse vécu », et t'as gagné la cocarde, mec ! C'est vendu ! « Que nous pourvussions à leurs besoins », dis : l'imparfait ; pas dégueulasse non plus ! « Qu'ils voulussent les rencontrer », du gâteau !

Horace Tumelat continue :

— Même platonique, cette tendresse dont vous faites montre à mon égard m'insupporte. Vous ne m'avez jamais inspiré autre chose que de la sympathie, de par la qualité de votre collaboration. Il est regrettable que votre attitude ait dévié ; alors nous allons nous quitter, bons copains si possible. Je vous promets de vous trouver un autre emploi du même tonneau. Cela dit, ça suffit comme ça. Salut !

Il va pour se replier, sa boîte à malices sous le bras. Mais elle l'agrippe sauvagement, lui plante ses griffes dans le gras des bras. Ses yeux sont tellement brûlants, tellement pointus, qu'ils lui meurtrissent le visage.

— Arrête, misérable ! elle invective. Ne me pousse pas à bout, ce serait terrible. Laisse tomber cette sotte petite gourgandine, et reviens-moi. Je suis ta vraie femme, m'entends-tu. Ta seule !

Oh ! la chiasse ! La sale vérole de chiasse de bordel de chiée donc ! Tout lâche dans son esprit en liquéfaction ! Elle a pété ses plombs, la vioque salope ! La voilà transformée en bête fauve. Tu sais que ça vous tuerait, cette saleté !

Il a un terrible ébrouement qui lui fait lâcher prise. Emporté par sa colère, le Président la gifle ; une toute belle baffe basculante. Elle part de profil, comiquement, la tronche inclinée comme pour un air pensif. Est arrêtée par le coin du bureau. S'immobilise, le visage hagard.

Tumelat gronde :

— Bougre de vieille charognerie !

Puis il hèle Juan-Carlos à la cantonade.

C'est Rosita qui radine. Annonce que son jules est allé « au teinturier ». Bon, qu'importe. Tumelat lui désigne la femme en transes.

— Alors, vous, dit-il, foutez-moi cette vieille gamelle dehors. Qu'elle s'en aille, et tout de suite ! Qu'elle ne revienne plus jamais, jamais, jamais ! Comme elle a les clés de l'appartement, vous direz à Juan-Carlos de faire changer les cylindres des serrures ! Si elle sonne, ne lui ouvrez pas. Si elle insiste, ouvrez, mais avec un seau d'eau pour lui foutre à travers la gueule, sa bon Dieu de gueule de rate malade. Vite ! Virez-moi cette saucisse pourrie, Rosita ! Et mettez-y du nerf !

Tu parles, la Rosita, ce rare bonheur qui lui échoit ! Elle en rosit de confusion. Le bonheur, quand il te chope au débotté, est plus intense que lorsqu'on le regarde venir. Tu es là, morose, quotidien, épars dans ta peau, et puis il survient par-derrière, te met les mains sur les yeux en criant « coucou, c'est moi » !

Elle contourne la mère Alcazar et la saisit par un pli dorsal de son tailleur. La pousse rudement vers la porte. Ginette réagit. Mais Rosita ne s'en laisse pas conter. Elle est du pays des taureaux, l'Ibérique. Tu la verrais bouler, tronche en avant. N'oublie pas qu'elle a du poil sous les bras. Une vraie cressonnière ! La secrétaire prend le rush entre les omoplates (extrêmement plates) et en a le souffle coupaga. L'Espanche la malmène jusqu'à l'entrée, à coups de genoux dans les miches, à coups de poings dans les côtes, et le tout ponctué de crépages de chignon (il lui restera une poignée de tifs entre les doigts). La porte du hall claque enfin. Rosita, haletante, appuie son front contre le chambranle histoire de se remettre de son merveilleux effort. Au bout d'un instant, elle actionne le minuscule volet du judas et regarde le palier.

— Elle s'en va, annonce-t-elle avec son gazouilleur accent.

Le Président quitte le bureau de la gorgone. Sa colère s'affaisse sous sa croûte de surexcitation. Il a un flou, un vague désarroi qu'il lui faut surmonter, et vite oublier, car une rude journée politique l'attend.

Il aperçoit son épouse assise sur une banquette du hall. Adélaïde, que l'algarade a alertée, le considère d'un œil à la fois goguenard et méprisant.

— Vois-tu, Horace, lui, dit-elle, ton pire défaut, c'est de méconnaître les services rendus.

LIX

Elle vit une aventure.

Car qu'est l'aventure, sinon un ensemble de péripéties imprévues auquel on est brusquement confronté ? Que l'on traverse en pays de Merveilles, surpris, charmé ou effrayé, avec le sentiment suave de connaître un moment unique, proposé à soi seul par un destin qui vous a désigné parmi tant d'autres !

Elle est assise au premier rang du balcon de l'Assemblée, petite reine de corrida blonde, bien droite, les deux mains sagement posées sur le rebord arrondi.

Ce qui a précédé, appartenait au rêve. Ils ont déjeuné à la cantine du Palais Bourbon, en tête à tête, les yeux dans les yeux.

Et des gens illustres s'approchaient de leur table si peu destinée à recevoir des amoureux pourtant ! Des gens qu'elle a tant de fois vus à la télévision ou à la une des journaux, et qui, debout devant elle, souriant, lui devenaient par magie instantanément familiers. Des gens qui lui serraient la main. Qui lui faisaient déjà la cour, sollicitaient d'emblée ses bonnes grâces en prévision du futur. Ils complimentaient le Président, un peu comme s'il venait de changer de voiture : « Voici donc la petite merveille annoncée dans *France-Soir !* Compliments, mon cher, elle est ravissante ! » Les plus kroums ajoutaient : « un vrai petit Sèvres ! » ce qui déclenchait une œillade ironique du Président

Elle a vu de quelle manière on devient rapidement un personnage, Noëlle. La facilité avec laquelle les gens « en place » vous font, en vous acceptant sous parrainage et en vous distribuant un rôle précis qu'il convient de jouer au mieux Voilà, elle a commencé à mettre un pied dans le monde clos du « Tout-Paris » politique, qui est également le « Tout-France » On l'a vue, appréciée. Elle est jeune, belle, intelligente (cela se lit sur son beau visage adolescent). Sa timidité passe pour une touchante réserve. Elle ne fera chier personne car elle semble de bonne volonté. Ils l'ont jugée, jaugée, prise en charge. Lorsqu'elle sera Mme Tumelat, elle commencera de bien s'habiller et deviendra vite élégante. Il lui apprendra à recevoir et à être reçue. Il lui expliquera ce qu'elle doit dire, et surtout ce qu'elle doit taire. Un jour, lorsqu'elle aura trouvé sa vitesse de croisière et qu'elle sera un peu plus mûrie, elle le trompera discrètement avec un jeune loup irrésistible. Très vite, comme elle a un physique exquis, ses traits seront populaires. On s'attachera à ses pas, on rapportera ses mots, bons ou mauvais (surtout les mauvais). Les amarres sont larguées. La fille unique de la femme de ménage d'oncle Eusèbe est partie pour la Grande Aventure, très inouïe, imprévisible.

Et comme Horace s'est montré fier de sa jeune conquête ! Quel regard d'orgueil grisé il promenait sur ses confrères ! Médaille d'or aux jeux olympiques de l'Amour, Tumelat. Gagnant superbe auquel la victoire sied comme l'uniforme à un Saint-Cyrien. Il est fait pour et connaît, avec Noëlle, sa conquête la plus brillante. Leur couple ne prête pas aux quolibets car, malgré ses cinquante-huit bougies, il ne fait pas barbon ; ni vieux daim entiché d'une « jeunesse ». Il existe une sûre harmonie entre eux, un équilibre. Ils sont quasiment complémentaires : il est puissant et elle est jeune ; il a de la gueule et elle est jolie.

Et puis, quoi : ils s'aiment et cela se voit. Noëlle n'a rien d'une gourgandine, non plus que d'une fillette fascinée par la gloire d'un sexagénaire ; elle est une jeune fille amoureuse d'un homme mûr ; point à la ligne. La sincérité est toujours perçue, même par les gens portés aux sarcasmes. Elle s'impose et en impose. Un couple en amour est immanquablement beau, beau par son rayonnement qui l'éclaire de l'intérieur.

Alors voilà, elle est assise au premier rang des tribunes destinées au public, mais où l'on n'a accès que par protection. Le Président l'a confiée à un huissier empressé comme s'il le chargeait d'une mission périlleuse. Bien placer « Mademoiselle ».

Mademoiselle est bien placée, face à la tribune qui l'impressionne avec ses ornements de cuivre, son double escalier, et la tribune en surplomb du Président.

Le débat va être chaud, brûlant même. Tumelat a mis au point sa tactique qui est simple et périlleuse : ne prévenir personne de ses intentions, s'en remettre à sa force de persuasion et foncer, le moment venu, charger comme la cavalerie de l'Empire après le tonnerre de l'artilleur Napoléon. Découvrir ses desseins à l'ultime instant pour que sa stragédie ne soit pas préalablement grignotée par les ragotages et les inquiétudes. Cela va être beau comme à la Convention, une page d'Histoire. D'où il sortira vainqueur ou écrasé, selon qu'il aura ou non su provoquer l'adhésion d'une moitié de ses troupes, ce qui suffirait à faire chuter le gouvernement.

Il n'a rien préparé. Et encore, tu ne sais pas ? Il s'abstient d'y penser ! Il se comporte comme s'il s'agissait d'un vote de routine sur le rajustement des retraites ou la prime de vieillesse. Il ménage ainsi son inspiration, la laisse intacte pour le dernier moment. Il est inscrit en avant-dernière position, ce qui est une bonne chose. Tout à l'heure, lorsque l'hémicycle sera bien chauffé, bien grondant de passions en survoltage, il grimpera les marches fatidiques et se présentera devant ses pairs, promènera un regard préalable sur eux, sachant déjà que, dans sa rétine, s'inscrira une dominante de bleu, les foules françaises sont toujours bleues, comme les voitures de course de notre pays. Foules de gauche ou de droite, foules de kermesses ou de congrès, foules religieuses, sportives ou protestataires, partout le bleu est prépondérant. Oui, il les considérera, Tumelat, puis lèvera les yeux pour aller chercher la tache pâle d'un blond visage, là-haut, et alors il s'abandonnera. Il dira...

Noëlle sent cabrioler son cœur dans sa poitrine. Elle éprouve une affreuse angoisse. Il lui semble que tout va s'écrouler dans un fracas de cataclysme : les gradins, les tribunes, le Palais Bourbon, Paris... Que tout va s'écrouler et se muer en ruines, comme à Pompéi, un jour... Son sang bat ses tempes. Elle a chaud. Elle étouffe d'appréhension. Son vieux gladiateur en coulisse, que fait-il ? Que pense-t-il ? Les bancs se remplissent assez rapidement. Pour se distraire, elle cherche à identifier les têtes connues : Mitterand, Marchais, Poniatowski, Debré, Chirac... Ils sont difficiles à repérer dans ce grouillement semi-circulaire. Où est la droite ? La gauche ? Elle se demande si la disposition des sièges s'effectue en fonction de la tribune présidentielle ou des galeries. Des personnages qu'elle ne cherchait pas lui apparaissent, qu'elle a parfois du mal à identifier : des demi-portions de la gloire, des confus, des vedettes américaines de l'Assemblée.

Ce qui domine, c'est, tout au fond de son anxiété, une vague déception. Et quoi, les voici donc les fameux représentants du peuple souverain ? C'est eux, les élus ? Ces hommes de quotidienne vie, plus ou moins redondants, plus ou moins dindonesques, qui plaisantent par groupes disparates, se rendent visite d'une travée à l'autre, palabrent, s'installent, s'étalent, planturent ? C'est eux, l'âme de la Nation ? Eux, le Pouvoir français ? Des types en presque goguette d'Assemblée Nationale. Elle s'attendait à mieux, la tendre Noëlle, l'idéaliste, la romantique, la musicienne, la rose blanche. Elle espérait une atmosphère d'église. Elle avait besoin de politiciens graves, pénétrés de leurs fonctions, cette enfant amoureuse. Il lui fallait un rituel, une certaine pompe. Pas ce quasi-débraillage de roteurs fourmillants, pas ce vaste copinage des joyeux de la Cinquième ! Issus pour beaucoup de la kermesse de la Quatrième, voire des banquets de la Troisième guerrière. Elle croyait en la dignité des députés de France, Noëlle Réglisson, fille de Victor et de

Georgette née Plantu. Elle est venue voir un aréopage de sages d'opinions diverses, luttant pour leurs convictions ; et elle n'aperçoit qu'un lâcher de banqueteurs qui viennent « francer » comme on vient bouffer.

Oui, elle est déçue, l'enfant…

Elle ne se doutait pas. Les médias ont joué le jeu, n'importe leurs opinions, le jeu du silence. Ils laissent croire au peuple que ces gens-là sont réellement les artisans de son destin, les défenseurs de son patrimoine, les *perpétuateurs* de ses traditions. Ces piètres gens-là ; ces vieux galopins m'as-tu-vu, ces promoteurs de bavardages, ces marchands de sable (sable qu'ils transmutent en poudre aux yeux), ces bricoleurs, ces contents d'eux, ces escaladeurs de sottises, ces haut-parleurs, ces basœuvriers, ces saltimbanques du jeu de loi.

Noëlle voudrait tant avoir à les admirer.

Et la chose est si impossible !

Elle a tellement besoin de croire en eux, à l'utilité souveraine de leur mission, et ils en sont si peu conscients, si mal soucieux, si éloignés… Elle éprouve un choc qui balaie sa désilluse. Le Président Tumelat vient d'entrer, escorté de deux autres parlementaires, tel Jésus entre les larrons. Tout de suite, c'est elle qu'il cherche des yeux, depuis l'entrée de la salle.

Et tout de suite il l'avise.

Et tout de suite ils échangent de nouveaux serments.

LX

Il fait beau. Mme Fluck s'installe à sa fenêtre. Elle se sent de plus en plus en plus seule et désemparée. Son veuvage devient intolérable. Elle se demande si, tout compte fait, elle ne va pas retourner en Suisse ; à la recherche de son enfance.

S'attarder ici, à quoi bon ?

Les souvenirs sont dans son cœur. Rien de plus commode à transporter. Là-bas, au moins, elle retrouvera des amies, des lieux, la paix...

Dans sa banlieue, depuis la mort de ses chats, elle mesure son inutilité. Elle a compris qu'il était un peu vain et superflu d'exister pour exister, sans autre but que d'attendre le lendemain. Elle est allée sur la tombe de Moïse, elle a regardé des photos, et même essayé de boire un peu plus que raisonnablement, mais rien n'y fait. Elle tournoie à l'intérieur d'un monstrueux entonnoir, se sent aspirée par la petite issue. A plusieurs reprises, dans la journée, elle évoque sa propre mort, l'évoque sans appréhension, un peu comme on pense à son domicile quand on est en vacances. Il va bientôt falloir rentrer.

Rentrer sous terre, mais en passant par le pays natal. Oui : retrouver l'herbe grasse, les vaches noires et blanches, comme l'écusson de son canton. Entendre encore les cloches furieuses de son église où le vieil époux juif se rendait dans son costume folklorique brodé, lui, l'homme du ghetto ; se rendait, plus dévot que la plus dévote, avec sa calotte qui aurait pu être juive ; se rendait, en grande piété circonspecte ; ardent de bonne volonté.

Le temps lui meurt, à Marie-Marthe... L'espoir aussi... Tout est misérablement gris, en perdition irrémédiable. Maintenant que ses chats ne sont plus, elle se met à percevoir leurs relents dans son logis bien fourbi.

Elle a appris par la radio (une brève annonce parmi des dizaines), que l'officier de police Paul Pauley était mort devant l'hôpital Beaujon, assassiné par de nocturnes voyous. Et elle s'est dit : bon débarras. Il était infect, ce garçon. Sadique. Ces gens-là, il vaut mieux qu'ils disparaissent les premiers ; cela assainit la Société.

Elle est à sa fenêtre, son ventre calé sur le rebord, les coudes bien écartés, la tête installée dans ses épaules en « v ».

Elle contemple la rue morte, les maisons de fausse misère, le ciel bas, l'usine de briques en ruine rougeâtres pareilles à du sang séché...

Elle remarque qu'une petite automobile vient de stopper presque en bas de chez elle, face à la demeure d'oncle Eusèbe. Elle est troublée parce que personne n'en sort. La perspective plongeante (ce grand ennemi de l'humain, comme a dit Sartre) ne lui permet pas de distinguer l'intérieur du véhicule. Sans doute s'agit-il d'un couple illégitime venu en ce coin mort pour échanger des langues et se tripoter le sexe ? Elle attend. La voiture ne bouge pas.

***

Dans sa tanière, le fantôme écoute le flash d'information. On parle de la séance à la Chambre. On donne de brefs extraits des interventions de MM. Debré et Marchais... On annonce que le Président Tumelat va monter à la tribune.

Le fantôme ferme les yeux et éteint sa lumière.

Il sera mieux dans le noir pour entendre

***

Dans la cour du commissariat, où d'ordinaire sont rangées les voitures, le cercueil de Paul Pauley a été placé sur un catafalque tendu de noir.

Devant une assistance dite recueillie, le Préfet prononce un éloge funèbre (le modèle 14 bis concernant les officiers de police morts en service). Il a épinglé une médaille sur un coussinet posé au pied de la bière.

L'officier de police Marc Seruti en crève de jalousie. A cause de cet instant privilégié, il lui plairait d'occuper la place de Pau-Pau dans le cercueil, oui, il donnerait sa vie pour être mort à cette minute.

Pour la circonstance, Mireille s'est glissée dans la foule, habillée en homme très exceptionnellement, car elle ne met des effets masculins que pour aller voter ou dire bonjour à sa maman.

Elle ne s'est presque pas fardée et a choisi son sac à main le plus discret.

LXI

Le cœur de Noëlle s'arrête.

Elle regarde son amant se diriger vers la tribune où l'a conviée le Président de l'Assemblée. Elle l'admire d'une manière effrénée. Comment peut-il escalader les marches de ce pas assuré, son Courageux ? Comment peut-il n'être pas vert de frousse, et grelottant et bégayeur, ce Grandiose ?

Après avoir été surchauffée, au fil des heures, l'atmosphère est tombée en relative apathie. Une indolence générale a remplacé la fièvre. Le Premier Ministre a expliqué sa politique, donné les raisons qui l'amenaient à poser la question de confiance. Il a été interrompu à maintes reprises par les huées de l'Opposition, auxquelles ripostaient les applaudissements de la Majorité. Le Président, à son perchoir, ramenait le calme par des « silence ! » ou autres « je vous en prie ! » de routine qui ne calmaient rien.

M. Debré est venu dire qu'il n'était pas tout à fait d'accord, mais qu'il voterait pourtant la confiance ; M. Marchais a affirmé qu'il n'était pas d'accord du tout et qu'il la refuserait. M. Jean-Pierre Cot, au nom des socialistes, a dit presque pareil mais avec un style différent. Et d'autres encore, des sous-leaders de petites formations, sont montés pour lire des textes que personne n'écoutait, et c'est pendant leurs jactances que l'ambiance s'est progressivement affaissée. Les chuchotements dans les travées ont pris ouvertement le ton de la conversation. Le débraillé s'est répandu. Chacun des députés s'est réinstallé, si l'on ose dire, dans son laisser-aller personnel. Il y a les assoupis, les rieurs, les gesticuleurs, les plaisantins ; ceux qui se croient obligés de lancer des sarcasmes à tout prix et hors de propos, ceux qui font de grands gestes réprobateurs pour prendre toute l'assistance à témoin de leur réprobation, ceux qui lisent, ceux qui s'absentent ostensiblement, ceux qui vont s'asseoir sur les pupitres de leurs potes pour montrer l'à quel point ils sont dégagés des contingences, ceux qui restent fixes, le dos raide, la gueule tragique (des vieux, ceux-là), abandonnés, semble-t-il, comme des mannequins placés où ils sont pour faire nombre...

Noëlle a les mains glacées.

Elle regarde infiniment son Maître. Cet homme héroïque qui, dans un instant, va secouer la France, mais la France ne le sait pas encore et s'étale sur les bancs de l'Assemblée dans les différentes attitudes que je viens de dire, moi l'auteur de Bourgoin-Jallieu, et qu'ayant vu, je peux dire.

Horace Tumelat porte un complet gris sombre, sans décorations. Il a mis une chemise tilleul, une cravate unie vert anglais, le Magistral.

Et ainsi donc, le voilà au faîte de la tribune. Il est en face de Noëlle, il lui offre un sourire qui n'en est pas un, plutôt un rictus, afin que le blanc de sa denture soit comme un signe que l'éloignement permet mal à ses yeux de lui adresser.

Il se tient très droit, mais sa posture n'a rien de mécanique. Il est droit pour s'assurer qu'il domine. Tout droit, comme le Courage.

Il ne toussote pas, ainsi qu'il est d'usage, avant de prendre la parole. Ne promène pas de regard souverain sur l'assistance.

Il fixe ardemment la silhouette claire, là-haut. Cette petite fille blonde, penchée sur un vivier de requins.

— Mesdames et Messieurs, dit-il d'une belle voix tranquille, je vais avoir l'outrecuidance de solliciter votre attention, car il se peut fort bien que ce soit la dernière fois que je prenne la parole en ces lieux.

Ce départ ramène un silence intégral dans la salle. Intrigués, tous ses pairs ont levé la tête, sans distinction d'opinions, pour essayer de comprendre avant qu'il ne s'explique. Pourquoi cette apostrophe ? Que signifient ces sibyllines paroles ? Et ce ton ? Car le ton, plus encore que les mots qu'il porte, intrigue. Ton calme, ton ferme, avec pourtant des vibrations lointaines...

Noëelle voudrait éclater en sanglots d'amour. Pleurer l'homme merveilleux qui, soudain, jaillit de sa carrière somptueuse et faisandée pour se révéler et lancer un cri sur cette Assemblée Nationale où flottent d'étranges torpeurs et des langueurs turpides. Voudrait tendre, de là-haut, ses bras d'extase au vieux héros, si beau, si noble qui va faire sauter les mille verrous de sa vie en un pathétique appel.

Elle a promis de le soutenir de ses ondes à elle, elle les lui projette à chaque pulsation de son cœur. Elles partent d'elles en jaillissements saccadés, tel le sang qui s'échappe d'une artère sectionnée.

Elle le veut maître absolu de tous ces faux bonzes à programmes éculés. Roi-empereur incontesté. César bienveillant. Bossuet éblouissant. Elle le comble de majesté et d'idolâtrie. Le protège, ça oui : le protège, elle, la petite fille des tristes banlieues, fleur d'or poussée dans le bitume lézardé des immeubles de haute misère quotidienne ; elle, Noëlle, une gamine, elle soutient Horace Tumelat, le Fameux, le Célèbre, le rhinocéros de la politique, le soutient à bout d'âme amoureuse. Et il est à sa tribune comme en chaire, d'une grandeur de lumière, le Président, ce vieux carnassier, si rompu aux salopes manœuvres.

— Oui, la dernière fois peut-être que vous m'écoutez, vous, mes compagnons de devoir civique, vous tous, tous, tous, avec qui j'ai eu le redoutable honneur, des années durant, de participer au mécanisme politique de la France.

« Ce que je vais vous dire, ô mes confrères de tout bord, complices ou ennemis d'idées ; ce que je vais essayer, oui, essayer de vous dire, est difficile à exprimer du haut d'une tribune faite pour débattre des lois et non pour confier des états d'âme. L'idéal serait que je puisse vous livrer ma vérité séparément, à chacun, devant quelque feu de cheminée ou dans une pénombre silencieuse propre à la confession. Mais puisque la chose est impossible, je vais tenter de vous parler dans cette immense salle, pleine de pourpre et d'or De vous parler d'homme à hommes. Si mes paroles parviennent à vos cœurs, alors je resterai. Si vous ne les entendez pas ou bien si, les ayant perçues, vous les jugez creuses et utopiques, alors, sur le front de cette Assemblée, je démissionnerai et me retirerai définitivement de la vie publique, j'en fais le serment.

Tu entendrais voler une mouche, comme on dit puis par chez moi, à Bourgoin-Jallieu, et dans les communes avoisinantes : à Ruy, à Saint-Chef, à Four, à Saint-Alban-la-Grive, à Roche, à La Verpillère. Un silence profond mais fluide. Le pathétique du discours provient de la voix, qui n'est pas « travaillée » pour faire naître l'émotion, mais qui, au contraire, et chacun le sent, s'efforce de la contenir.

Noëlle a croisé ardemment ses mains froides. Elle doit avoir en elle une prière muette et formidable, qui ne peut laisser Dieu indifférent.

Le Président a cessé de la fixer. Il a fermé les yeux, chose formellement inhabituelle à ce baroudeur. Il tente d'oublier l'hémicycle bondé, tous ces gens de griffes et de crocs, ces incrédules, ces malveillants, ces acerbes, ces cupides, ces désabusés. Les oublier pour mieux les convaincre. Ne plus les voir afin de les pénétrer de son cri. Et il continue, méthodiquement, captant dans son esprit l'idée qui vole pour la brandir aux autres.

— Mesdames, messieurs, tout homme vieillissant traverse à un moment de sa vie, au seuil de la vieillesse justement, une prise de conscience Chacun de nous a droit à la lumière qu'il porte en lui et finit par l'apercevoir. Quelquefois, la chose est fulgurante comme l'éclair, mais il arrive qu'elle demeure et l'illumine jusqu'au terme de ses jours. J'ignore de ce qu'il adviendra de mon propre éblouissement, mes amis. Mais je veux projeter sa clarté ici même, car nous sommes frères en notre mission et comme nous nous devons au pays, nous nous devons les uns aux autres même si les infortunes politiques nous poussent à nous entre déchirer.

« Mes amis, prenons conscience d'une atroce réalité : nous vivons l'ère de la lâcheté. La fin de ce siècle voit notre décalcification intégrale. Grande innovation anthropologique : pour la première fois depuis l'apparition de l'espèce humaine, c'est notre squelette qui, en nous, meurt le premier. De ce fait, l'homme est devenu mollusque en peu de temps. Nous ne marchons plus : nous rampons en laissant derrière nous un sillage de bave. Nous n'agissons plus, nous parlons ! Or, quand on parle sans agir, on déraisonne, mes amis. On déraisonne... Nous avons perdu la vertu la plus riche de nos pères qui était la volonté, mais, comme la nature a horreur du vide, la volonté a été remplacée par la peur. Oui, je dis bien : la peur ! Ayons le sombre courage de l'admettre : nous sommes des poltrons qui tremblent devant tout, y compris devant leur propre image. Nous vivons en froussards, nous mourons en froussards, et, bien entendu, nous pratiquons une politique de froussards ! Je n'incrimine pas par là le Premier Ministre, encore moins le Président de la République, qui ne sont que les victimes du phénomène au même titre que nous, et plus encore que nous peut-être, puisqu'ils dépendent en partie de nous ! Mais vous ne m'empêcherez pas, même en me désavouant tout à l'heure, non, vous ne m'empêcherez pas de penser intimement, de penser ardemment, de penser et de croire que cet état de choses va devoir cesser avant que nous ne culbutions dans l'abîme de l'incohérence ! Vous ne m'empêcherez pas de dire ici, à cette tribune qui est le balcon de la France, que je renie mes errements et les vôtres, que j'ai honte de ma lâcheté et de la vôtre ; vous ne m'empêcherez pas d'affirmer que j'entends, avant de disparaître, devenir un homme de bonne volonté, ou pour le moins de volonté ! Ce désir est en moi, comme un enfant qui veut sortir d'un ventre ! Ah ! je voudrais, pour flétrir ma vie passée, inventer des invectives dignes de mon mépris pour elle ! Je voudrais, quand je songe à tout ce que nous aurions pu faire et n'avons pas fait, ou si mal, oui, je voudrais que les gens de France me fassent un habit de crachats. Comment suis-je encore vivant, après avoir si longtemps macéré dans l'erreur ? Sommes-nous devenus endémiques pour être choléra ? Prenons conscience, nous qui sommes si assurés de notre bon droit et n'en méritons aucun ! Prenons conscience du gouffre sur les rivages duquel nous errons en ayant l'air de savoir où nous allons. Le monde se meurt des hommes ! Les hommes meurent de leur peur. Ils n'ont comme courage que celui de se voiler les yeux. Eh bien, moi, je vous crie : cela suffit ! Je ne veux plus ! Non, je ne veux plus que mon pays se décompose. Me laisserez-vous vouloir cela tout seul ?

La salle est sans réaction. Le silence paraît plus profond encore. Mais personne ne respire-t-il plus dans ce Palais Bourbon ? La stupeur tient-elle lieu d'oxygène ? Noëlle a clos ses yeux, elle aussi, comme l'orateur, pour se sentir en plus complète communication avec lui. Ah, comme il est grandiose, son Valeureux. Comme il emporte au fond du ciel qui veut l'entendre.

Et il repart, à larges brasses orales décidées. Il repart à la conquête de sa conscience qui, singulièrement, passe par celle des autres ce jour. Il démontre, pour bien persuader. Il aborde les cuisants problèmes de l'heure : chômage, pétrole, odeurs de guerre. S'insurge contre le renoncement flou des grandes puissances devant les soi-disant fatalités de l'époque. En politique, il n'existe plus de fatalité, la fatalité c'est le nom que prend la peur lorsqu'on la présente au peuple.

Sa voix monte, trouve tout naturellement des accents tragiques.

— Cessons de vibrionner, perchés à la pointe de nos fausses idéologies. De répéter toujours les mêmes formules aux mêmes gens, tristes perroquets aux croupions sanieux. Cessons de nous laisser dériver à bord de notre frousse, sur l'onde de la frousse, jusqu'au gouffre de la frousse. J'ai cinquante-huit ans, messieurs. Et je veux être un homme avant de mourir ! Puisque j'ai choisi le métier de politicien, je veux enfin faire de la politique ! La politique ne consiste pas à aller apostropher des antagonistes d'opinion devant une caméra de télévision ou un micro de radio , elle ne consiste pas à écrire des professions de foi ; elle ne consiste pas à galvaniser des foules à coups de jeux de mots ou d'impertinences. La politique n'a qu'une seule mission : organiser la Société ! Eh bien, or-ga-ni-sons-la ! Mais groupons-nous pour l'organiser au lieu de nous dévorer comme des rats malades. Qu'importe qui détient le pouvoir, de telle formation ou de telle autre, l'essentiel est qu'il puisse l'utiliser pour le bien commun. Et comment l'utiliserait-il, oui, comment, puisqu'il est mis dans l'horrible obligation de composer avant que de l'exercer ? De composer avec ses détracteurs et avec ses sympathisants. De composer puisqu'il a peur des uns et des autres ! Et puisque tout le monde a peur de tout le monde ! Comment ? Répondez-moi, je vous en conjure, comment peut-on se consacrer à un pays dont les trois quarts vous désavouent avant que vous n'ayez pris une seule mesure. Un pays où la presse, non seulement juge, mais préjuge ; où elle révèle vos projets d'intention avant que vous ne les ayez pensés. Comment gérer dans la désunion ? La France, mesdames et messieurs, la France, la vôtre et la mienne, a besoin d'être gérée. La France, mes amis, notre France, bricolée par les uns, soi-disant sauvée par les autres, notre France veut qu'on lui foute la paix ! La paix ! La paix ! Elle y a droit ! Elle en a besoin ! J'écoutais parler le

Premier Ministre, tout à l'heure, et j'avais pitié. Pas de lui, mais de la France ! Qu'a-t-elle à espérer de cet homme ligoté, mis en accusation comme un forban, contesté dans ses moindres entreprises, calomnié à la face du monde ; cet homme obligé de bredouiller une défense pour s'excuser de vouloir bien faire ! Que peut-elle escompter de lui, la belle et sainte France ? Je vais vous le dire : rien ! Rien ! Alors, mes amis, écoutez jusqu'au bout de ma délirade, si ce que je vous dis là est délirant, laissez-moi aller au bout de mon extravagance, moi, ce vieux machin politique, ce renard madré qui a rongé tant et tant de grosses ficelles, ce Président célébré par quelques-uns des siens et honni par tous les autres, mais qui enfin a vu le jour, le jour éclatant de la lucidité. Ecoutez-moi encore un peu et sentez ma vérité, constatez comme elle est brûlante ! Giraudoux a écrit « Pour dire vrai et pour dire faux, l'on emploie les mêmes mots ; il n'y a que la sonorité qui change ». J'ignore ce qu'est ma voix, car je ne perçois que celle de ma conscience, mais je devine que sa sonorité vous assure de ma sincérité, car il ne peut en être autrement. En attendant que nous ayons pour successeurs des hommes purs et nobles et courageux, essayons de devenir meilleurs Veuillons-le ! Veuillons-le pleinement et nous découvririons avec surprise combien il est facile de l'être.

Le Président sent bien que les mots qu'il dit ne sont que des mots, et qu'ils le trahissent. Mais il fait confiance à sa voix. Il ressent tout à coup un immense sentiment de fraternelle tendresse pour tous ces « élus » rassemblés en éventail devant lui. Alors il poursuit :

« Tous les hymnes, de la *Marseillaise* à l'*Internationale*, appellent à l'union. A l'union sacrée.

« Repartons sur des bases nouvelles ! Puisque l'occasion nous en est offerte, refusons la confiance au gouvernement ; non pas pour le punir de fautes qu'il n'a pas toujours commises, mais pour faire place nette !

« Oui, monsieur le Premier Ministre, j'entends, je veux, je vais vous renverser ! Nous allons, vous renverser ! Et si j'ose aller jusqu'au bout de mon propos, je vous crie : renversez-vous vous-même pour pouvoir être ensuite de plein cœur avec nous ! Parfaitement, je vais jusqu'à cette suprême témérité : implorer de vous un suicide, car il est nécessaire qu'on abatte les ruines pour mieux rebâtir. Alors, tous ensemble, rasons le lugubre présent et rebâtissons !

« Unissons-nous enfin, tout comme si la guerre ou la révolution étaient à notre porte. Unissons-nous pour faire de la politique ! Unissons-nous pour ne pas sombrer.

« Je sais qu'un tel appel peut paraître puéril ; mais je sais aussi que le peuple de France l'approuve. Je sais qu'il comprend mon langage, le peuple de France, parce que c'est celui qu'il parle, et fasse le ciel que vous le parliez aussi !

« Parce que je garde confiance en l'avenir de notre pays, je crie non à la confiance au gouvernement actuel, si prisonnier des multiples antagonismes qui sont devenus la politique de la France.

« Abattons-le, comme on abat une maison vermoulue. Je vous le réclame au nom de nos âmes et consciences. Dans les grandes périodes de malheur national, les Français savent s'aimer. N'attendons plus que la France soit au pire pour découvrir la fraternité du salut.

« Mesdames, messieurs, un homme plein de la plus immense des ambitions et aussi de la plus totale humilité vient vous chercher et vous supplie de réussir ce miracle : être dans cette salle quatre cent quatre-vingt-onze Français en même temps !

Le Président a un bref salut et dévale les marches dans un silence de mort.

LXII

Et que voici donc l'heure imminente du destin. L'instant prévu de l'imprévisible où des forces se conjuguent qui eussent dû s'ignorer

Mme Fluck s'est piquée au jeu et n'a point quitté sa fenêtre, attendant toujours, avec une délectation angoissée, que l'occupant de la voiture rangée au pied de sa maison en sorte, mais il n'en sort pas, et l'auto fascine la grosse veuvasse, la tourmente d'appréhension infondée. Un taraudant besoin de faire pipi la ronge, qu'elle réprime encore, mais plus pour longtemps, moi je te le dis, sinon on va au désastre. Elle n'a d'yeux que pour le toit de vinyl noir de cette voiture, la chère esseulée, cherchant à voir au travers, mais le vinyl n'est pas transparent.

Par contre, un taxi vient de stopper devant chez le vieux pendu. La jeune maîtresse blonde du Président Tumelat en descend, règle sa course gauchement, n'ayant pas l'habitude d'affréter ce genre de véhicule. Elle porte un sac en bandoulière, tout gonflé de paquets blancs.

Vite, elle trotte au petit perron mesquin et ouvre la porte de la bicoque.

La journée est en achèvement ; Mme Fluck, de son mirador, voit s'assombrir le ciel. Il est bourrelé de nuages crépusculaires à travers lesquels luttent des traînées de lumière, mais tout va s'estomper, basculer dans l'ombre pernicieuse d'une nuit de banlieue triste ; tout va devenir autre, c'est-à-dire inquiétant. Noëlle a disparu dans la maison blafarde, qui fait songer de plus en plus à du Vlaminck.

*
* *

Le fantôme entend le roulement sourd de la baignoire qu'on écarte du mur. Le panneau coulisse. Une bouffée d'existence lui ravage les narines : senteurs d'humidité, de corps jeune, de

Paris, d'eau de Cologne commune mais qui s'est ennoblie au contact de la peau qu'elle a enduite.

La jeune fille est là, grave et belle, plus belle, bien plus belle qu'elle ne l'a jamais été jusqu'à cet instant, même lorsqu'elle s'abandonnait aux transports de l'amour-passion. Pâle et d'or, grave et belle, si infiniment belle qu'il en est bouleversé, l'être à peau de papyrus ; qu'il en ressent un plaisir triste, doux comme une rose abandonnée

Elle apporte des paquets de victuailles ; différents de ceux qu'elle lui amène habituellement. Ceux-ci proviennent de Paris. Ils ressemblent aux premiers colis du Président et, sans doute, sortent-ils de la même boutique de luxe ?

Noëlle s'assoit en tailleur, après avoir creusé sa jupe entre ses jambes. Elle a le souffle haletant.

Ils se regardent presque timidement, rendus gauches par ce qu'ils ont à se dire.

— Vous y étiez ? demande l'homme.

Elle opine.

Oui, elle y était. O combien ! Et il va lui falloir bien du temps pour s'en remettre !

— Vous avez entendu quelque chose ? fait-elle en désignant le transistor du menton.

— Des fragments, et puis les commentaires...

Elle acquiesce de nouveau, muette. Ils ont besoin de laisser passer beaucoup de silence sur leurs excitations respectives, pour les calmer, les ajuster à une sorte de commun dénominateur de l'émotion.

Contrairement aux autres fois, l'homme prend l'un des paquets et écarte le papier. Une barquette de carton contient des feuilles de vigne farcies. Il en prend une, poisseuse d'huile, délicatement, comme on puise une dragée dans une boîte, et la porte à sa bouche. C'est nouveau pour Noëlle qui ne l'a jamais vu manger. Opération bizarre. Cela ressemble au fonctionnement d'un casse-noisettes. En plus long, en minutieux. Il mastique menu, à la manière des petits herbivores.

Puis, ayant dégluti, il murmure :

— Ce fut exceptionnel, n'est-ce pas ?

— Fabuleux, renchérit Noëlle, les yeux brillants de larmes rétrospectives.

Le spectre tamponne sa bouche grasse du revers de sa manche élimée.

— D'après les extraits qu'on a transmis, je pense que ce qu'il y avait de plus rare, c'était sa voix.

— Oui, admet Noëlle ; sa voix, on n'entendra jamais plus la pareille, elle semblait venir d'ailleurs. Elle subjuguait l'auditoire. A plusieurs reprises, quelques députés ont voulu crier des choses, mais rien d'autre que des couacs n'est sorti de leurs poitrines.

— C'est cela, être inspiré, fait l'homme. Ça ne se produit qu'une fois dans une vie.

— Non. proteste sourdement la jeune fille, lui l'est très souvent.

Il réprime un rictus amusé. Comme elle est aimante ! Le Président a bien de la chance de savoir inspirer une telle passion !

— Le commentateur prétend qu'il n'y a pas eu un seul applaudissement.

— En effet, tout le monde semblait abasourdi, assommé plutôt, comment vous expliquer ?...

— Je comprends très bien.

— Ils étaient tassés sur leurs bancs, la tête dans les épaules, avec l'air de ne pas croire à ce qu'ils venaient d'entendre. Impossible de deviner ce qu'ils en pensaient vraiment. En ce moment, les groupes délibèrent, c'est celui d'Horace qui a réclamé une suspension de séance.

— Parbleu, il leur a joué un sacré tour en ne les prévenant pas qu'il réclamerait la mise à mort ! Ça doit barder... Vous ne l'avez pas revu ?

— Si, il m'a envoyé chercher par un huissier et je lui ai parlé dans sa voiture, au parking de l'Assemblée. Il était aussi serein, aussi détendu qu'à la tribune. Il m'a dit qu'il avait fait un « bide », mais qu'il ne regrettait rien. Qu'il démissionnerait à l'issue de la réunion de son groupe si celui-ci le désavouait. Il me rejoindra ici.

Elle entremêle ses doigts qui ne se sont toujours pas réchauffés.

— Vous croyez, vous, qu'après un tel discours, il sera désavoué ?

— Non, s'il continue de parler à ses troupes comme il a parlé à l'Assemblée tout entière. Mais en aura-t-il envie ? L'heure des caïmans a sonné. Rien de plus terrible que des disciples en désaccord

— Ce serait dommage, dit Noëlle.

— Ce serait dommage, mais rien ne serait perdu, il l'a très bien senti en assurant qu'il parlait le langage du peuple de France. S'il échoue dans l'hémicycle, il réussira dans l'hexagone. Déjà, les comptes rendus font de lui un « stupéfiant Don Quichotte de la politique » ; l'homme « du grand sursaut », et que sais-je encore ! Sa légende est en marche, mon enfant, et il va falloir *que nous l'aidions* à l'assumer.

— Nous l'aiderons ! assure-t-elle.

Il lui semble qu'elle est encore là-haut, à la galerie du Palais-Bourbon, en train de lui dispenser son énergie et sa foi. Elle décide qu'elle demeurera toujours accoudée au-dessus du Président en posture d'ange gardien fou amoureux de l'âme en charge.

*
* *

Mme Fluck décide qu'elle doit maintenant quitter la fenêtre si elle ne veut pas « se pisser parmi » comme l'on dit dans sa romande Helvétie. Elle n'y tient plus. Et sans parler de ses épaules ankylosées !

Comme elle désamorce ses coudes, retire son ventre, reprend en charge son opulente poitrine, la portière de l'auto inerte s'ouvre enfin. Et si je te disais que ça lui fait peur, tout à coup cette bagnole qui se met à vivre, Mme Fluck. Lui fait peur comme fait peur la chose qu'on espérait lorsqu'elle se produit. Elle réprime un cri.

Une femme sort de l'automobile, côté trottoir. Une femme rabougrie, vêtue d'un manteau léger, ciré noir, et portant un carré Hermès lié en pointe sur les cheveux.

La femme referme sa portière d'un coup de genou et se dirige vers l'arrière de sa bagnole dont elle ouvre le coffre. Elle en retire une grosse chose quadrangulaire de couleur jaune souci, et qui est lourde.

Traverse la rue en direction de la maison d'Eugène Cornard

*
* *

Pendant que Mme Fluck libère enfin sa vessie à n'en plus finir (à présent qu'elle est toute seule, elle ne ferme seulement plus la porte des chiches lorsqu'elle s'y rend !), Ginette Alcazar pénètre sur la pointe des pieds dans la masure.

Elle se sent comme une épée retirée de la forge, la garce, piquante et brûlante à la fois.

Elle attend, immobile dans l'entrée, afin de repérer l'horrible petite carne blonde qui dévoie son Président. Mais ce n'est que silence. Elle se risque dans la cuisine qui est vide. Par contre, de la lumière filtre sur le palier du premier, en provenance de la salle de bains. Donc, elle est en haut, qui se prépare, l'ignominieuse salope, se prépare au Président, en fourbissant sa petite chatte exquise, la jeune truie ! En s'ondant de parfums qu'elle espère captateurs. Sinistre petite enculée ! Garnemente à la blonde crinière pubienne ! Se croit-elle de force à voler l'amant de Ginette ? Croit-elle qu'il suffise d'un petit con rose et de gentils seins drus pour ensorceler un homme d'exception ? Est-elle seulement fichue de le sucer convenablement, la sosotte, ce chibre majestueux comme un sceptre ? Gourgandine en herbe, va ! A son âge, on branle des adolescents et on s'amuse avec des bananes vertes, on ne vient pas perturber la France avec son cul pas fini. Est-ce que tu penses que la princesse Anne allait pager avec M. Wilson, toi ?

La mère Alcazar a un sourire de sorcière, exprès, voulu : de sorcière Elle dit que les papillons qui viennent braver le cierge s'y brûlent, et pas que les ailes, espère ! Pas que les ailes, ma fille jolie ! Tu vas voir les tiennes, petite morue trop dessalée !

L'escalier est en bois, ça ne peut pas mieux convenir ! Ginette dévisse le bouchon de plastique de son jerrycan tout neuf, emplетté dans un Viniprix-c'est-pas-cher. Elle asperge les marches branlantes, la rampe, les murs recouverts d'un horrible papier jaunâtre, à fleurettes jadis roses, il me semble.

Elle a préparé des allumettes dans la poche de son manteau En craque une pincée à la fois, et ça fait une bonne flamme haute comme celle que produit une torche. Jette le feu sur l'essence dont les vapeurs s'embrasent avant même qu'il ne soit à terre Cela fait comme un tourbillon incandescent, une nuée ardente.

Alcazar se retire précipitamment, son jerrycan à la main. Une grosse dame à cheveux gris la regarde retourner à sa voiture depuis sa fenêtre, au premier étage de la maison d'en face. Alcazar jette le bidon de plastique à l'arrière de sa chiotte et s'installe au volant. A cause de la vieille femme qui l'observe, elle démarre, mais, parvenue au carrefour suivant, manœuvre de manière à revenir dans la rue. Elle reste à bonne distance et attend.

Elle est anxieuse car rien ne se produit. L'essence a dû brûler très vite, trop vite, sans engendrer l'incendie escompté.

Ginette attend encore. Toujours rien de particulier à l'horizon. Bon, tant pis, elle recommencera demain.

LXIII

— Pourquoi semblez-vous tellement attaché à la réussite de son entreprise ? demande Noëlle, après une période de réflexions fluctuantes. Vous devriez le haïr, or vous semblez souhaiter qu'il devienne un héros national, voilà qui est incompréhensible...

Le fantôme esquisse son fameux geste flou qui, si fréquemment, précède ses paroles.

— Je ne le hais pas, affirme-t-il. Cela dit, ce n'est pas à sa personne que je m'intéresse mais à la France. Dix-huit années de réflexions très poussées m'ont amené à découvrir que je la vénérais. J'y ai vécu les plus magnifiques années de ma vie, je m'y suis ouvert, instruit, et en guise de remerciement, je lui ai infligé toutes les horreurs que peut déclencher un simple individu contre une nation. Le diable me poussant, bien sûr. Dans cette geôle, j'ai pris conscience de ma vilenie et de mon amour. Ç'a été une exploration passionnante.

— Vous venez de dire que vous ne haïssiez pas le Président, cela se peut-il ?

— Cela se peut, puisque cela est, affirme le spectre. Le Président représente pour moi un cas intéressant. Tout lui est possible à la condition qu'il soit motivé. Il a réussi sa carrière, motivé par l'ambition, comme beaucoup d'hommes à l'enfance médiocre. Il deviendra un grand chef d'Etat motivé par le besoin de se grandir aux yeux de la fille qu'il adore. Son brusque sens moral, sa brusque générosité humaine, résultent de votre rencontre et probablement aussi de la nôtre, à lui et à moi. Je le trouble en malmenant sa conscience. Je suis une écharde suppurante dans sa dignité. Quand un homme se sait, se voit indigne, il se transforme pour essayer de ne plus l'être. Ne pouvant, par esprit de conservation, me libérer, il cherche une compensation en donnant une noblesse à ses fonctions. Il fera beaucoup, il sera vraiment grand, vous verrez ; je vous le répète : avec lui, tout est possible...

Noëlle a cessé de l'écouter. Son attention est captée par un bruit étrange, ronfleur, qui retentit au creux de la maison, sous eux. Elle en cherche l'origine. L'on dirait quelque appareil ménager détraqué, qui s'est emballé. La cuisine d'Eusèbe ne comporte qu'un pauvre réfrigérateur.

Elle requiert, d'un geste, l'attention de son interlocuteur.

— Ecoutez, fait-elle.

Il écoute et opine.

— Il se passe quelque chose d'insolite, admet le spectre, vous devriez aller voir.

La jeune fille se déplie et rampe hors de la tanière. Dès qu'elle surgit dans la salle de bains, elle comprend : l'incendie. De la fumée sourd sous la porte, le bruit s'enfle et s'y mêlent des crépitements caractéristiques. Elle va déverrouiller la salle de bains ; à peine entrebâille-t-elle l'huis qu'une nuée se précipite, noire et suffocante, criblée de flammèches. Sous elle, la maison brûle, l'escalier est en flammes. Une panique de folie s'empare de Noëlle. Elle pousse un cri d'horreur, se jette sur le palier que l'incendie gagne en se pourléchant, à longues languées rougeoyantes. La fournaise se jette sur l'adolescente, l'étouffe. Elle sait qu'elle ne peut plus emprunter l'escalier. Heureusement, la chambre à coucher est là, avec sa fenêtre. Sauter d'un premier étage ne présente pas de problème. Alors, elle s'élance. La chambre, cette chambre de mort et d'amour, cette chambre pour pendaison et pour étreintes folles, garde encore sa sérénité feutrée. Le vieux lit, les murs blancs, les meubles tristounets, la photo de la maman d'Horace dans son cadre d'ébène ouvragé, tout ici rappelle à la maîtrise de soi.

— Oh ! mon Dieu ! balbutie Noëlle.

Elle vient de penser à « l'homme ». A cet être ténébreux, enchaîné, à deux pas d'elle. Et qui va périr brûlé dans un instant si elle ne le délivre pas. Elle retourne courageusement dans la salle de bains, malgré que le feu se soit installé déjà au premier. Il dévore toute la cage de l'escalier, la rampe, le plafond de bois. Il est plaqué aux murs comme une tapisserie de flammes. La fumée s'épaissit et forme d'énormes rouleaux qui tournent lentement sur eux-mêmes. Noëlle hésite. Si elle retourne au grenier, pourra-t-elle ensuite revenir à la chambre ? Question de secondes ! Et même ? Tout cela est si féroce, si intense, si brutal. Ils devisaient, elle se sentait heureuse ; et puis, en un clin d'œil : l'incendie, ce monstre éperdu et rageur qui semble même se jouer de la pierre… l'invincible incendie !

L'homme ! Non, il est impossible qu'elle le laisse brûler ! Elle retourne dans la tanière.

— Il y a le feu en bas, annonce-t-elle d'une voix dont le calme la surprend elle-même.

Elle se jette sur les deux chaînes qui rivent le prisonnier dans sa souille et tire dessus désespérément pour tenter de les arracher de la cloison ; mais tonton a bien fait les choses. Ce ne sont pas des vis courantes qui tiennent les deux plaquettes de métal d'où partent les chaînes, mais d'énormes écrous qui doivent traverser le mur. Impossible de les arracher. La fumée arrive jusque dans le grenier, et la chaleur, et le grondement de cataracte du foyer. C'est dantesque. Aussi formidablement désespérant que d'être à bord d'un avion en chute libre. Irrémédiable. Noëlle claque des dents en tirant sur les chaînes. L'homme ne parle pas. Il semble absent, indifférent. Elle examine les bracelets de fer, ces deux cercles métalliques lui sont barbares comme des ustensiles d'inquisiteurs dans un musée. Elle ne peut pas les lui ôter car ils sont rivés. Minutieux oncle Eusèbe ! Consciencieux jusque dans ses crimes d'honnête homme.

La présence du feu se fait de plus en plus insistante. L'incendie pèse sur le grenier. Il est là, le voici qui débouche, le barbare ! Qui rampe jusqu'à eux, dardant mille fourches de feu dans leur direction. Noëlle hurle comme naguère et se sauve. Devant elle, se dresse un énorme nuage de fumée noire avec en son centre des lueurs de couchant apocalyptique. Il faut le franchir. Pourquoi, à cette seconde, évoque-t-elle un numéro de cirque : des tigres franchissant des cerceaux de feu ? Elle fonce. Il lui paraît qu'elle fond, qu'elle brûle. Une cuisance atroce se plaque à sa peau. Elle court à travers la mort, court en direction de la chambre où le feu vient d'entrer, ce soudard ! Elle le sent sur elle, qui la mange à pleines dents. Elle est folle d'horreur. Elle ouvre la fenêtre, tout l'incendie, dès lors, veut la rattraper, la ceinturer, l'envelopper. Qu'elle ne sorte pas de ce crématoire, qu'elle soit immolée parmi les milliers d'étincelles, dans la sarabande des fumées noires ou grises, serpentins d'abord languissants, mais qui se déroulent impétueusement, pieuvre sombre. Elle étouffe. Et pourtant elle est à l'air libre, mais le feu l'a devancée, il l'attend au-delà de la croisée. Il la broie. Elle ne regarde même pas le sol et se jette hors du cadre. Un choc, un élancement dans tout son corps. Elle sait qu'elle s'est rompu une jambe.

La voici dans les hautes herbes sauvages, les herbes d'abandon, mouillées par la rosée du soir. Malgré ses souffrances, elle s'y roule pour faire lâcher prise au feu. Elle entend des cris, mais le ronflement de l'incendie gronde de plus belle et domine tous les autres bruits de l'univers. Noëlle se traîne comme elle peut, le plus loin possible de cette masse de flammes fabuleuses qui monte, et tourne, et rugit. S'éloigne dans l'herbe mouillée, en direction du mur d'usine. Elle n'est que plaie, que douleur à peine soutenable. Brûle-t-elle vraiment ? Sa souffrance est indicible. Pourtant, elle se force à regarder la bicoque d'Eusèbe. Le feu l'a rendue transparente. Il en reste une forme qui s'affaisse dans une énorme vague de feu. Elle distingue des poutres, le lit de tonton en noir, le lavabo, la baignoire... Quelques poutres en folie de brûlance. Tout est d'une superbe horreur. Tout est monstrueusement beau, car grandiose est la destruction ! Elle se dit que le fantôme est mort à présent, gommé, effacé à tout jamais, détruit, anéanti. Et elle perd aussitôt le souvenir de lui pour que cet anéantissement soit absolu.

LXIV

Le Président écoute *Europun* à bord de sa Mercedes. Au journal de sept heures, il n'est question que de lui. De son « coup de théâtre ». De son appel *vibrant* à l'union. Le gouvernement est renversé. Une partie de ses troupes l'a suivi. Le Premier Ministre a été terrassé par deux voix de majorité. Deux malheureuses voix : celle du Président et une autre (pense celui-ci). Il savoure sa victoire mais appréhende ses suites. Déjà lors de la concertation d'avant le vote, il a dû subir un feu roulant de reproches, de sarcasmes, d'objections. On l'a même traité de « Judas ». Le comble de l'ironie, c'est que ne l'ont suivi que ceux qui ont cru à une ruse machiavélique de sa part. Utopiste, on le refoulait, forban jouant son va-tout, on lui faisait confiance. Les hommes décidément ne se sentent rassurés que par la saloperie. Ils ont peur des grands sentiments. Ils redoutent les gens trop loyaux. La pire race est celle des scouts ! Vive les requins aux dents saignantes !

Donc il conduit rapidement, en prêtant l'oreille aux analystes. On cherche à définir ses chances de réussite, mais on loue très fort sa prise de conscience, sa presque confession publique. L'on dit que « s'il est sincère, il se sera grandi et mérite d'entraîner ses confrères par les chemins de la véritable vertu civique »... L'on dit encore... Mais que lui importe ?

C'est Noëlle qu'il veut, elle dont il a besoin ; à ses pieds qu'il veut déposer les lauriers de sa victoire. Elle ! Elle ! Sitôt le vote acquis, et dans les remous de la confusion, il s'est esbigné avant qu'on ne lui saute dessus. Il connaît les cheminements furtifs permettant de quitter le Palais Bourbon sans subir la meute des reporters. Plus il sera intouchable, ce soir, plus il sera fort. Pour une fois, les absents auront raison. Il faut un peu de mystère maintenant, par-dessus tout ça.

Lui, il va rejoindre un être qui est sa force, qui est sa nouvelle vie. Il va aller plaquer son ventre nu contre le ventre nu de l'amour. Vainqueur, il éprouve une immense faiblesse. Sans doute s'est-il trop donné ! Il est épuisé. Il voudrait se retrouver seul avec elle dans un chalet de haute montagne, près des cimes enneigées. Prendre un bain d'air glacé et de silence translucide. Il voudrait s'abandonner comme un vaincu, le beau triomphant.

A mesure qu'il approche de chez Eusèbe, une drôle d'effervescence se produit dans ce coin de banlieue si abandonné d'habitude. Des sirènes de police et de pompiers mêlées. Une ambulance au phare livide dans la nuit commençante le double, à toute sirène.

Horace Tumelat n'en a cure. Qu'importent les catastrophes. Ce soir il est impitoyable parce qu'il est en besoin infernal d'amour. Il prendra Noëlle longuement, ensuite, il la raccompagnera chez elle et parlera aux parents. Dès demain, il veut vivre avec elle. Elle partagera son aventure. Elle sera accoudée au balcon de sa vie, la douce héroïne, d'où elle continuera de lui insuffler la foi.

Il aborde le carrefour, et il est surpris de le trouver noir de monde. Un agent dévie la circulation. Tumelat regarde au-delà du noir moutonnement, regarde la lueur mouvante qui commence à panteler, à deux cents mètres de là, et il comprend que la maison d'oncle Eusèbe est en flammes, qu'elle achève de brûler. Il est crucifié par ce spectacle. Trop de pensées affluent, et si nombreuses qu'il n'en mène aucune à terme.

— Circulez ! Circulez !

L'agent vocifère. Le Président quitte sa voiture.

— Je vous dis de circuler, bon Dieu !

Il regarde l'agent, l'agent le reconnaît, est sidéré, salue, la ferme.

Le Président se met à courir vers l'incendie. Une haie de pompiers l'intercepte.

Il gronde :

— Laissez-moi passer : c'est chez moi ! C'est chez moi !

Là encore, il est reconnu et bénéficie de la surprise. Il arrive devant la bicoque. Elle a fondu comme une énorme bougie. Ne reste qu'une flaque de feu, un tas brûlant qui crépite encore et fume, fume. Le vent du soir embarque la fumée par-dessus la banlieue, loin, très loin...

Il reste planté devant cette chose. Les jambes écartées, les bras pendants, la figure déjà brûlante. Puis il avise l'ambulance. Des hommes en blanc, d'autres casqués de cuivre, s'affairent autour d'une civière. Le Président marche vers eux. Pour ceux qui ont des gestes de refus à son égard, il psalmodie :

— C'est à moi, c'est chez moi.

Et on le laisse avancer, non pas parce qu'il est le propriétaire de ces décombres, mais parce qu'il est le Président Horace Tumelat dont le monde entier parle à cet instant. Et que lui, le Président, alors qu'il vient de renverser le gouvernement et de créer à l'Assemblée Nationale une émotion jamais enregistrée depuis De Gaulle, lui, l'infiniment célèbre, il est là, le visage rougi par un incendie de banlieue, là, parmi des pompiers surpris et des infirmiers blasés.

Il est là, fantôme de lui-même. Il est là qui s'avance vers un brancard posé au sol devant une auto blanche sommée d'un phare bleu tournant et semant des fulgurances d'outre-tombe sur la scène.

Il arrive au brancard et se penche.

Oh, il la reconnaît tout de même, bien que ce ne soit plus tout à fait elle. Il la reconnaît, malgré qu'elle n'ait plus de cheveux et que son beau visage d'ange soit rongé, boursouflé, cloqué et marbré aussi, rouge et noir, abîmé complètement, complètement, puisqu'il en manque, car il en manque, on le comprend d'emblée. Il manque des lambeaux de chair, il manque une oreille par exemple... Et sans doute ne trouvera-t-on plus de nez sous cette sorte de morille sombre qui fait de son visage un délire magrittien.

Pourtant, reste des yeux. Et ces yeux le regardent. Il ne dit rien. Il regarde également. Il lui est impossible de toucher la moindre parcelle de ce corps dévasté par le feu. Tout est à vif, tout est brûlé. On charge le brancard dans l'ambulance. Des portes coulissent, qui le privent du regard braqué sur lui. Pas un instant il n'a eu l'idée de monter avec elle. La sirène de la voiture retrouve sa plainte déchirante. On emporte Noëlle. On l'emporte de lui.

Il sait, en suivant le phare pivotant des yeux, qu'elle n'aura été qu'un instant, qu'un instant, qu'un instant de ravissement extrême. Qu'un instant de vraie vie. Qu'un instant de sa jeunesse.

Il connaît déjà la date de sa mort, le Président Tumelat Il est mort le 22 septembre 1962.

LXV

— T'as une pipe, camarade ?

Il ne réagit pas tout de suite ; le clochard doit le secouer par le bras en insistant bien haut :

— Hein, dis, t'as une pipe ?

Le Président est assis sur la berge, après le circuit routier, et, par-delà la Seine, contemple le Palais Bourbon savamment illuminé. Il s'arrache à sa fascination lugubre pour prendre notion de l'homme qui le sollicite. Fait un effort pour comprendre ce que l'autre lui demande. Oh ! bon : une cigarette. Non, il n'a pas de cigarettes. Il prend de l'argent dans sa poche, le présente au clodo qui jure de surprise et s'empresse de filer après avoir happé le billet.

Comment est-il venu là, Horace ? Et pourquoi ? Et depuis quand ?

Il n'en sait rien. Ignore également où il a pu laisser sa voiture. La circulation est presque nulle. Il doit être très tard. Il regarde derrière lui, la voie sur berge. Non, la Mercedes ne s'y trouve pas.

Mon Dieu, mais qu'a-t-il fabriqué depuis le... la chose ? Depuis qu'il a vu Noëlle mutilée, en partie détruite. Depuis qu'on l'a fourrée dans une CX blanche munie d'un gros phare bleu et d'une sirène d'agonie.

Il ne conserve aucune mémoire des heures qui viennent de se passer. Il a le réflexe de consulter sa montre : 2 heures moins 20 !

Bon Dieu, mais qu'est-ce qu'il a fabriqué ? Pourquoi se trouve-t-il face au Palais Bourbon ?

Il se tourne vers le monument aux colonnes dérisoires. Cette fausse Grèce, plantée en plein cœur de Paris, quelle connerie ! Sottise, sottise ! Folie ! Vanité ! Turpitude...

Il tousse, il a pris froid au bord de l'eau.

A pas résignés, il se met en route jusqu'à la rampe d'accès. Parvenu sur le quai, il regarde encore s'il aperçoit sa voiture, mais non... Alors il fait signe à un taxi et lui donne son adresse

En cours de route, il pense au spectre anéanti et se sent vidé de sa substance.

Vieux, quoi !

***

C'est Adélaïde qui vient lui ouvrir.

Masque tragique, éploré.

— Oh, mon pauvre ami, toi enfin ! Quelle affreuse chose !

Il lui sourit.

— Va te faire enculer, ma belle, va vite !

Il referme la porte. Quelqu'un qui se tenait assis sur une banquette, un attaché-case sur ses genoux, se dresse : c'est Eric Plante, le journaliste, le petit fumier. Il vient au Président, il ne se perd pas en condoléances. Il est sec, net et précis. Inexplicablement, sa présence apporte un vague réconfort à Tumelat, peut-être à cause de l'attitude très « extérieure » du jeune homme.

— Je vous attends ici depuis quelques heures, il faut que je vous parle, allons dans votre bureau.

Le Président ne résiste pas et précède son visiteur.

— Votre femme ne m'a pas reconnu, dit Plante en refermant la porte.

Et il va s'asseoir.

Un moment passe. Le Président tente toujours de rassembler ses pensées, il voudrait être cohérent, sortir de ce coma bizarre dans lequel il s'est englouti pendant cinq ou six heures. Lui qui rêvait, après la mort d'Eusèbe, qui rêvait d'un feu anéantissant le fantôme. Et il y a eu ce feu.

Et ce feu a tout brûlé. Tout !

— On dirait que vous revenez de l'enfer, dit Eric. Peut-être devriez-vous boire de l'alcool, non ? Bien que je ne croie guère à ce genre de thérapeutique dans votre cas.

Le Président gagne son fauteuil, en tâte les accoudoirs du bout de ses doigts, avant d'y prendre place, comme le font les vieillards.

— Ecoutez, attaque Eric Plante, je me rends parfaitement compte de l'état dans lequel vous êtes, mais il faut que vous m'écoutiez. Je sais que plus rien ne vous intéresse, mais il faut que vous vous intéressiez à ce que je vais vous dire. En ce moment, cinquante deux millions de Français rêvent à vous dans leurs plumards, c'est suffisant pour que vous vous ressaisissiez, quelle que soit l'ampleur de votre peine.

Le Président entend, comprend et admet. Il a un mouvement de menton pour dire que l'autre a raison, et qu'il va faire l'effort souhaité.

— J'ignore ce que vous avez fabriqué depuis sept heures, instant où l'on vous a vu sur les lieux du du sinistre ! Mon idée est que vous êtes allé vous cacher dans un coin en vous demandant si vous alliez avoir le courage de mourir, mais vous n'êtes pas mort. La petite non plus n'est pas morte, et les médecins pensent qu'elle est sauvable, je ne vous dis pas cela pour vous réconforter, parce que dans l'état où elle est, vivante ou morte, elle est finie pour vous, monsieur le Président. L'amour a des exigences auxquelles cette pauvre gosse ne sera jamais plus en mesure de souscrire. Je sais que la chirurgie esthétique a fait des progrès, mais les brûlures ne se réparent pas. Il n'est que de voir la figure du coureur Nicky Lauda pour le comprendre. Vous devez me trouver cruel, mais c'est le moment de l'être ; c'est elle qui a besoin de baume, pas vous. Après la séance révolutionnaire de l'Assemblée, toute la Presse s'est lancée à vos trousses ; moi seul savais où vous trouver. Heureusement ; ça m'a permis d'être sur les lieux en temps opportun... « Le début de l'enquête a permis d'établir qu'il s'agit d'un incendie criminel. » C'est votre secrétaire qui a foutu le feu. La jalousie, je suppose ? Elle a voulu détruire le nid d'amour avec la colombe qui s'y trouvait.

Le Président se lève. Son harassement est tel qu'il marque un temps d'arrêt avant de rejoindre Plante et de le gifler. Eric Plante ne sourcille pas.

— Faites, dit-il, faites, cela vous soulage.

Le Président, dompté, regagne son fauteuil ; cette fois, il s'y assoit sans tâtonnements préalables. Eric ne touche même pas sa joue souffletée. Il n'a rien senti. Il vit trop intensément ce moment pour être perméable à une aussi minime douleur.

— Président, écoutez-moi, je sais qu'il y avait quelqu'un d'autre dans cette foutue baraque ; je ne vous demande pas qui c'était et ne vous le demanderai jamais.

Il ouvre son attaché-case et sort un sac en plastique dont le contenu est lourd et bruyant. Il en retire des chaînes noircies qu'il agite.

Puis il pose le sac sur le bureau.

— Je vous ai ramené ces pièces à conviction. Pour tout vous dire, j'ai fouillé les décombres noyés dès qu'ils ont été accessibles. Oui, j'ai pris ce risque parce que je savais que j'y découvrirais quelque chose d'effarant.

Il prend une enveloppe dans son même attaché-case.

— La lettre d'adieu que vous avait laissée votre oncle, c'est moi qui l'avais fauchée.

Il récite de mémoire :

— Il a beaucoup changé ces derniers temps, et je n'y tiens plus...

« Il m'a fallu du temps pour pressentir la vérité. Bref, j'ai eu le réflexe de fouiller les décombres, chose que les enquêteurs feront dès demain. Bien m'en a pris car, outre ces fers, j'y ai déniché un crâne humain, un bassin et quelques autres ossements de moindre volume. Le tout est à la Seine maintenant. Qu'on m'ait vu fouiller, je pense aux voisins, importe peu, l'essentiel est qu'on n'ait pas vu ce que je retirais des cendres et on n'a pas pu le voir. Pour nous résumer, monsieur le Président, j'ai mis fin à un cauchemar. Certes, un autre commence pour vous, mais celui-ci, vous pouvez le soigner au grand jour et vous avez toute votre vie pour en guérir. Maintenant, vous vous demandez, évidemment, pourquoi j'ai agi de la sorte, moi le vilain petit fumier ? Je vais vous le dire, je suis un être disponible, monsieur le Président. Un individu sans scrupules et plein de ruse. Je ne veux plus gaspiller mon capital saloperie. Vous m'avez ouvert les yeux ces jours derniers par votre comportement. C'est dans l'ombre d'un homme tel que vous que j'ai une chance de m'accomplir. De votre côté, vous, vous avez besoin d'un type comme moi. D'ailleurs vous n'avez plus de secrétaire. Vous êtes au seuil d'une entreprise magistrale, vous aurez besoin d'une ordure dévouée pour la mener à bien. Je viens de vous prouver combien je peux être efficace ; vous verrez que vous bénirez bientôt le ciel de m'avoir à disposition. La vérité est que je vous admire, monsieur le Président. Profondément. Et l'on n'admire vraiment que les gens qu'on aime. Alors disons que j'ai eu le coup de foudre. Je vous jure que nous allons réaliser de grandes choses tous les deux. De très grandes choses...

Il se lève, va au fauteuil de Tumelat et s'agenouille devant le héros.

— Maintenant, giflez-moi encore, monsieur le Président. Je sens que vous en avez grand besoin. Si, si, cognez, cognez fort : je suis déjà là pour ça !

LXVI

Juan-Carlos frappe à la porte de la chambre. Puis il entre, tenant le plateau du petit déjeuner avec son habituelle onction pleine d'aisance.

Il s'approche du lit.

— Il est l'heure, monsieur...

La queue lourdaude de Taïaut fouette l'oreiller. Le valet actionne la lampe de chevet et il a la surprise de constater que le chien seul occupe le lit et que celui-ci n'a pas été défait.

Juan-Carlos regarde alors autour de lui. Il avise les vêtements de son maître en vrac sur une chaise. La porte de la salle de bains est ouverte, et personne ne s'y tient. Un léger bruit attire alors l'attention de l'Espagnol. Cela provient de la niche. S'étant penché, il y découvre le Président endormi, lové en position de fœtus à l'intérieur de la petite cabane. Juan-Carlos a un temps d'hésitation au bout duquel il éteint la lumière et ressort de la pièce. Quand il a refermé la porte, il se met à tambouriner, bien décidé à toquer jusqu'à ce que le Président se soit extrait de la niche et lui ordonne d'entrer.

Et je vais probablement t'épater, moi, l'auteur de Bourgoin-Jallieu, en t'affirmant que Juan-Carlos n'est pas du tout intrigué par le comportement de son maître. Mais alors pas du tout !

Car il sait depuis longtemps que la vie privée des grands de la Terre n'est pas celle de tout le monde, et qu'il faut la leur pardonner.

FIN

Achevé d'imprimer le 20 décembre 1979
sur presse CAMERON,
dans les ateliers de la S.E.P.C.
à Saint-Amand-Montrond (Cher)
pour le compte des éditions du Fleuve Noir

Dépôt légal : 4e trimestre 1979.
N° d'impression : 1309.
Imprimé en France